KARL MAY TASCHENBÜCHER
Ausgewählte Werke

KARL MAY

DER FREMDE AUS INDIEN

ROMAN

UEBERREUTER

CIP-Titelaufnahme der Deutschen Bibliothek

May, Karl:
Der Fremde aus Indien / Karl May. – Wien: Ueberreuter, 1989
ISBN 3-8000-4065-4

T 65
Herausgegeben von Dr. E. A. Schmid
Diese Ausgabe erscheint in enger Zusammenarbeit mit dem
Karl-May-Verlag, Bamberg
© Karl-May-Verlag, Bamberg: alle Urheber- und Verlagsrechte
vorbehalten
Die Verwendung des Umschlagbildes erfolgt mit Bewilligung des
Karl-May-Verlags
Karl-May-Taschenbücher dürfen in Leihbüchereien nicht eingestellt
werden
Gesamtherstellung: Carl Ueberreuter Druckerei Ges. m. b. H.,
Korneuburg
Printed in Austria

1. Das Rätsel von Helfenstein

Im sächsischen Erzgebirge, zwischen einzelnen Bergkuppen und weitgedehnten Höhenzügen, zwischen einsamen Wäldern und Hochmooren, lag unweit von dem kleinen Dorf gleichen Namens das Schloß Helfenstein, ein alter Herrensitz. So weit die schriftlichen Aufzeichnungen der Kirchenbücher und der Ortschronik reichten, hausten hier die von Helfenstein, verbunden mit der Scholle, die einst ein Urahn des Geschlechts zu Lehen empfangen und später ganz zu eigen erworben hatte. Zur Zeit, da diese Erzählung beginnt, in den sechziger Jahren des neunzehnten Jahrhunderts, beherbergte das Schloß nur noch einen vorzeitig gealterten Einsiedler, Herrn Bernhard von Helfenstein, und seine zwei Kinder, die achtzehnjährige Ulrike und den kleinen dreijährigen Robert, den jüngsten Sproß und Stammhalter dieser Hauptlinie derer von Helfenstein. Ergänzt wurde diese kleine Hausgemeinschaft durch Nora von Helfenstein, eine junge, vermögenslose Verwandte vierten oder fünften Grades. Sie hatte hier als Gesellschafterin Ulrikes und Erzieherin des kleinen Robert ein Unterkommen gefunden, nachdem die Schloßherrin kurz nach der Geburt des Spätlings gestorben war. Mit Fleiß und Hingabe widmete sie sich seitdem dieser Aufgabe.

Der Verlust der zärtlich geliebten Frau hatte Bernhard von Helfenstein müde, still und menschenscheu gemacht. Er sah nicht mehr gern Gäste in seinem Haus, und er kümmerte sich nicht mehr wie früher um die Ereignisse der Außenwelt. Hier lag eine der Ursachen dafür, daß es in Helfenstein und Umgebung nicht so aussah, wie es hätte aussehen sollen.

Eine knappe Stunde von Helfenstein entfernt zog sich die Grenze durch die Wälder und über das Gebirge. Das Dorf selbst war fast ausschließlich von armen Leuten bewohnt, deren Gewissen der Druck der Not weit und deren Herzen er empfänglich gemacht hatte für die Lockung eines guten, wenn auch unrechtmäßigen Gelderwerbs. Mit anderen Worten, es wurde gepascht im Gebirge, und es durfte als offenes Geheimnis gelten, daß bestimmt eine ganze Anzahl der Helfensteiner Ortsinsassen zu den Schmugglern zählte. Das heißt, Genaues wußte niemand, und die Bemühungen der zuständigen Beamten, das dunkle Treiben zu unterbinden und einen der Täter oder gar gleich einen Trupp zu fassen, blieben erfolglos.

Schließlich verfiel man in der Landeshauptstadt, wo die Fäden des behördlichen Aufgebots zusammenliefen, auf den Gedanken, einen Kenner des Gebirges, seiner Örtlichkeiten, seiner Verhältnisse und seiner Menschen mit der Bekämpfung der Pascher zu betrauen. Dieser Mann stammte aus Helfenstein. Er hieß Gerhard Burg, war der Sohn des Helfensteiner Försters und hatte sich erst vor kurzem in der Hauptstadt zum Dienst bei der staatlichen Geheimpolizei gemeldet. Seine Ausbildung verdankte er Bernhard von Helfenstein, der den tüchtigen und strebsamen Jungen seines Försters in jeder Hinsicht tatkräftig und großzügig gefördert hatte.

Ob die Berufung des jungen Burg einen glücklichen Griff darstellte oder nicht, mußte sich zeigen. Im Dorf Helfenstein, wo die Sache bald ruchbar wurde, konnte man darüber zweierlei Meinungen hören. Die einen sagten, Burgs Gerhard sei doch weiter nichts als ein aufgeblasener Bursche, ein Günstling des Schloßherrn. Er könne auch nur mit Wasser kochen und werde im ganzen Leben keinen Pascher fangen. Das waren aber möglicherweise die Leute, für die das Wort geprägt ist, der Prophet gelte nichts in seinem Vaterland. Oder es konnten auch verkappte Schmuggler sein, also erklärte Feinde eines jeden Polizeibeamten. Denn es fehlte anderseits auch nicht an Stimmen, die Gerhard Burg nur Gutes nachrühmten und große Hoffnungen auf ihn setzten.

Wer nun recht haben sollte, die einen oder die andern, das offenbarte sich in allerkürzester Frist auf eine ganz überraschende Weise.

Schon seit einigen Tagen war heimlich ein starkes Aufgebot von Zoll- und Polizeibeamten in der Umgebung von Helfenstein zusammengezogen worden. Da horchten die Bewohner des kleinen Gebirgsortes eines Nachts auf, sprangen aus den Betten und streckten die Köpfe zu den Fenstern hinaus. Oder sie schlüpften wohl auch eilig in die Kleider, liefen erregt auf die Straße und sprachen dort miteinander.

„Hört ihr die Schüsse? Das sind die Grenzer! Es gilt den Paschern!"

„Und die Schmuggler antworten. Das ist ein regelrechtes Feuergefecht!"

„Also hat Gerhard Burg doch die richtige Spur gefunden!"

„Aber wie die Sache ausgeht, das steht noch nicht fest", warf einer ein, der vermutlich nicht den Beamten den Sieg wünschte.

Das dauerte so eine Weile, bis sich die Schießerei weiter nach der Grenze hinüberzog. Der nächtliche Lärm verklang und schwieg endlich ganz. Die Bewohner von Helfenstein krochen wieder in ihre Betten. Nur einige ganz Unentwegte und Neugierige fanden keine Ruhe. Sie blieben wach, um beim Eintreffen bestimmter Nachrichten die ersten zu sein.

Diese Leute kamen denn auch auf ihre Kosten. Sie hörten bereits am frühen Morgen, die Beamten unter Führung von Gerhard Burg hätten einen Paschertrupp gestellt und ihm allerlei Waren abgenommen. Gefangen hätten sie allerdings niemand. Die Schmuggler seien nach kräftiger Gegenwehr über die Grenze entwischt. Zweifellos hätten sie Verluste erlitten, und so sei anzunehmen, daß sie in Zukunft die Finger von ihrem gefährlichen Treiben lassen würden.

Das war ein Ereignis, das den braven Dörflern in Helfenstein Gesprächsstoff für Wochen geliefert hätte, wäre der hochwichtige Vorgang nicht sofort von noch viel bedeutsameren Geschehnissen überholt und übertroffen worden. Und diese Geschehnisse nun bezogen sich auf das Schloß und seine Bewohner, bezogen sich vor allem auch auf Gerhard Burg und machten den ruhmreichen Helden des Tages mit einem Schlag wieder ruhmlos, ja ehrlos.

In Schloß Helfenstein waren kürzlich Gäste eingekehrt, eine große Seltenheit seit dem Tode der Schloßherrin.

Der eine war Franz von Helfenstein, der Neffe Bernhards. Franz war das Oberhaupt der einzigen Seitenlinie des alten Geschlechts, eine stattliche Erscheinung und zur Zeit noch unvermählt. Er war dem Familienbrauch, entweder im Heer des Königs als Offizier zu dienen oder die väterliche Scholle zu bebauen, nicht gefolgt, war in die Hauptstadt gezogen und hatte sich hier so erfolgreich mit allerlei Geldgeschäften befaßt, daß es ihm schließlich gelungen war, ein eigenes Bankhaus zu gründen. Das Unternehmen blühte und gewann noch ständig an Ansehen und Größe. Franz von Helfenstein war also für seine Zeit ein unerhört fortschrittlicher Mensch, der sich über die Gepflogenheiten seiner Vorfahren hinweggesetzt hatte. So beurteilte man ihn allenthalben. Er war nach Schloß Helfenstein gekommen, um nach längerer Zeit seine Verwandten einmal wiederzusehen und sich bei dieser Gelegenheit in der Stille der bergigen Landschaft von den Sorgen des Alltags zu erholen. Dazu war ihm hier, wo es weite Spaziergänge gab und wo man gelegentlich auch einmal dem edlen Weidwerk huldigen konnte, reichlich Gelegenheit geboten.

Der zweite Gast des Hauses war Rittmeister von Tiefenbach. Er erfreute sich aus irgendwelchen Gründen der Gunst des Schloßherrn von Helfenstein, und die Dörfler knüpften an seine Besuche allerlei Redereien. Sie wollten mit Bestimmtheit wissen, Tiefenbach sei bei diesen Gelegenheiten eifrig bemüht, das Herz und die Hand der schönen Ulrike zu gewinnen. In ihrem Urteil darüber, ob er Aussicht habe, dieses Ziel zu erreichen, gingen die Meinungen weit auseinander.

„Der Herr Rittmeister ist ein schöner Mann", versicherte die Frau des Dorfbaders, die in Begleitung ihrer ältesten Tochter beim Krämer ein Viertelstündchen verschwatzte. „Das Mädchen möchte ich sehen, das den nicht mag!"

„Und er ist so leutselig und liebenswürdig!" fügte die Tochter hinzu. Sie hatte den Rittmeister nämlich am vergangenen Tag im Dorf getroffen und gegrüßt, und er hatte ihr freundlich gedankt.

Doch die Krämersfrau schüttelte zu alledem überlegen den Kopf.

„Alles ganz gut und schön", widersprach sie. „Aber die Geschmäcker sind verschieden, und ich weiß, was ich weiß. Das Fräulein vom Schloß nimmt den Rittmeister nicht. Die hält es heimlich mit einem andern – im Vertrauen gesagt, Frau Nachbarin!"

„Jaja", seufzte die andere, „es ist ein Kreuz mit den jungen Leuten! Das, worauf Sie abzielen, ist ja kein Geheimnis. Ich verstehe nur den gnädigen Herrn nicht. Er hätschelt den Gerhard Burg ja förmlich wie einen leiblichen Verwandten."

„Und da ist es kein Wunder", ergänzte die Tochter giftig, „daß der Bursche es wagt, seine Augen auf das Fräulein Ulrike zu richten, anstatt sich lieber unter seinesgleichen nach einer ehrbaren Frau umzusehen."

„Na", meinte die Krämerin, „regen wir uns darum nicht auf! Das nimmt kein gutes Ende. Hochmut kommt vor den Fall. An Gerhard Burg erlebt der gnädige Herr noch eine ganz große Enttäuschung! . . ."

Dann kam die Sache mit den Paschern. Am Morgen nach dem Gefecht in der Tannenschlucht – so hieß der Ort, wo die Beamten auf den Schmugglertrupp gestoßen waren – verstummten die Gehässigkeiten gegen Burg zunächst, brachen aber dann sogleich mit erneuter Heftigkeit los.

An diesem Morgen äußerte Ulrike von Helfenstein den Wunsch, sich den nächtlichen Kampfplatz anzusehen. Da ihr Vater an diesem Tag länger als gewöhnlich schlief und nicht zum Frühstück erschien, bot ihr Tiefenbach seine Begleitung an. Die beiden machten sich auf den Weg. Am Anfang der Tannenschlucht spürte Ulrike einen Schmerz im Fuß. Sie setzte sich unter einen Baum ins Moos, um ein wenig auszuruhen. Tiefenbach drang inzwischen ein Stück weiter in die Schlucht ein, um nach Spuren des Paschergefechts zu forschen.

„Ich hole Sie dann gleich nach", versicherte er, „oder ich rufe." Aber er holte Ulrike nicht, und er rief nicht. Vielmehr hörte Ulrike nach einiger Zeit zwei Schüsse. Beunruhigt sprang sie auf und eilte dem Rittmeister nach. Sie fand ihn in seinem Blut liegend. Offensichtlich war hier ein grausiges Verbrechen geschehen, ein Mord. Bei dem Ermordeten stand – Gerhard Burg, die Büchse in der Hand, über den Toten gebeugt.

Was weiter geschah, darüber konnte Ulrike später keine Rechenschaft geben; sie verlor das Bewußtsein und mußte ins Schloß gebracht werden. Die beiden Schüsse waren auch von dem Wachtmeister und seinem Kameraden gehört worden, die in der Tannenschlucht Wache hielten. Sie fanden Tiefenbach und Gerhard Burg, der seltsamerweise nicht an Flucht zu denken schien und sich jetzt ausschließlich mit der bewußtlosen Ulrike beschäftigte. Das Gewehr lag neben ihm auf dem Erdboden.

Der Wachtmeister, ein im Dienst ergrauter und erfahrener Mann, übersah sofort die Sachlage. Zwar erschien es ihm ungeheuerlich, daß Burg, der neuernannte Beamte, dem eine große Zukunft winkte, zum Mörder geworden sein sollte; doch er hatte manch Rätselhaftes in seiner Laufbahn erlebt, und über allem stand ihm die Pflicht.

Der Fall hier lag ja beinahe sonnenklar.

Mit ernstem Gesicht zog er die Folgerungen und hielt sie Gerhard Burg vor, wobei er ihm mahnend die Hand auf den Arm legte.

„Aber so hören Sie doch!" begehrte Gerhard Burg auf. „Ihr Verdacht grenzt ja an Wahnsinn!"

„Herzschuß", erklärte der andre Landjäger und erhob sich von der Leiche Tiefenbachs. „Tot – da kommt jede Hilfe zu spät!" Gerhard Burg achtete nicht darauf. Er sprach weiter auf den Wachtmeister ein.

„Gott im Himmel ist mein Zeuge – es ist so, wie ich's Ihnen sage! Die Schüsse kamen von der Seite, während ich mich mit Tiefenbach unterhielt."

„Und Ihre Doppelbüchse?"

„Ich sprang sofort an den Baum, wo ich bei meiner Rast mein Gewehr gelassen hatte . . ."

„Und?"

„Das ist ja das Rätsel! Es lag abgeschossen am Boden!"

Die beiden Landjäger zuckten die Achseln.

„Sie sind doch selbst Polizeibeamter! Sie müssen wissen, was man einem Menschen als glaubhaft erzählen kann und was nicht.

Seit den Schüssen waren ja nur wenige Augenblicke verstrichen – da konnte der Täter doch nicht verschwunden sein. Sie hätten ihn sehen oder hören müssen."

Mit einem Seufzer ließ Gerhard Burg die Hände sinken, die er in der Erregung erhoben hatte.

„Ich sag's Ihnen ja: ich sah niemand. Der geheimnisvolle Schütze muß augenblicklich entflohen sein. Es war auch keine Zeit zum Suchen, denn Rittmeister von Tiefenbach lag in seinem Blut – vielleicht konnte ich ihm noch helfen!"

Der Wachtmeister nickte mit undurchdringlicher Miene.

„Schon gut. – Sie nahmen also Ihr Gewehr auf und stürzten hierher zurück, die noch rauchenden Läufe in der Hand – und hier fand Sie das gnädige Fräulein über den Toten gebeugt."

„Ja, so war's."

„Und daraufhin wurde sie ohnmächtig, nicht wahr? – Sie werden selber zugeben, Burg: das genügt."

„Um mich zu verhaften?" fuhr Burg auf.

„Es ist ein Tatbestand, dem man Rechnung tragen muß", lautete die Antwort, und aus einer Regung menschlichen Gefühls heraus fügte der Wachtmeister hinzu: „Erleichtern Sie uns unsre unangenehme Aufgabe!"

Nach dieser kurzen Unterhaltung hatte der Beamte eine Tasche Gerhard Burgs nach der andern durchsucht, und ergeben in sein Schicksal ließ es Burg geschehen, ohne noch ein Wort zu sagen. Nur als man aus seinen Taschen einen Schlüssel hervorzog, zuckte er zusammen und behauptete, ihn nicht zu kennen und nicht zu wissen, wie er dahin geraten sei.

Der Wachtmeister steckte den Schlüssel schweigend ein. Dann wurde Burg einstweilen aufs Schloß geführt. Hier begab sich der Wachtmeister sofort zum Schloßherrn, um ihm von dem Vorgefallenen Meldung zu erstatten.

Auf sein Klopfen erhielt er indes keine Antwort; die Tür war verschlossen und der Schlüssel abgezogen. Von dem Diener erfuhr er, daß sich der alte Herr heute noch nicht habe blicken lassen. Das sei noch nie vorgekommen.

Besonders auffällig aber schien es dem Beamten, daß der Schlüssel zum Zimmer nirgends aufzutreiben war, und unwillkürlich dachte er an den Schlüssel, den er bei Burg gefunden hatte. Den zog er hervor – er paßte ins Schloß, und die Tür sprang auf.

Der alte Schloßwart, der vergeblich mit seinem Schlüsselbund gekommen war, stieß einen Schrei des Entsetzens aus. Inmitten des Raumes lag, den Rock mit Blut durchtränkt, die Leiche Bernhard von Helfensteins.

Der Wachtmeister hielt die Dienerschaft zurück und schloß das Zimmer wieder ab, bis die Gerichtskommission eingetroffen war. Sie stellte fest, daß der Schloßherr durch einen Stich ins Herz getötet worden war. Am Boden fand man, von dem herabhängenden Tischtuch verdeckt, ein mit den Buchstaben G. B. gezeichnetes Jagdmesser. Die Klinge zeigte noch die Spuren der grausamen Tat.

Es gehörte Gerhard Burg, der es von Helfenstein als Geburtstagsgeschenk erhalten hatte.

Die Herren der Kommission blickten einander betroffen an. War es möglich? Burg, ein Kollege, den man trotz seiner Jugend bereits mit einem wichtigen Auftrag ausgezeichnet hatte, ein Mörder, ein Doppelmörder?

Der Gerichtsarzt erklärte, daß die Tat etwa um Mitternacht geschehen sein müsse. Und um diese Zeit – einige Minuten vor zwölf Uhr – war Burg beim Schloßherrn gewesen. Ein Diener hatte ihn um diese Zeit aus dem Zimmer des Alten kommen sehen, und seine Kleidung habe deutliche Blutspuren aufgewiesen.

Gerhard Burg gab das auch unumwunden zu.

Er sei, sagte er aus, tatsächlich um Mitternacht bei Helfenstein gewesen, um ihn vor den Paschern zu warnen. Bei dem Kampf in der Tannenschlucht habe er gehört, daß einer der Schmuggler dem andern zugerufen habe: „Tod dem Helfensteiner! Er ist an allem schuld! Ihm die versprochene Kugel!" Er habe sich deshalb sogleich auf den Weg gemacht, den Bedrohten zu warnen. Die Blutspritzer auf seinem Rock rührten von dem Gefecht her. Er habe Herrn von Helfenstein bei voller Gesundheit verlassen.

Diese Ausführungen wurden mit ungläubigem Achselzucken aufgenommen, denn sie brachten nicht den geringsten Aufschluß darüber, wie der Schlüssel in Burgs Tasche und das Jagdmesser ins Zimmer des Ermordeten gekommen waren. Burg gab zwar der Vermutung Ausdruck, daß sich die Schmuggler, die naturgemäß seine und auch des Schloßherrn Feinde gewesen seien, auf unbegreifliche Weise in den Besitz seines Messers gesetzt und ihm auch den Schlüssel in die Tasche gespielt hätten, um den Verdacht ihrer Rachetat auf den verwünschten Gegenspieler fallenzulassen.

Aber diese Erklärung befriedigte die Herren vom Gericht nicht. Nein, bevor man sich auf die aussichtslose Suche nach dem „berühmten Unbekannten" begab, wollte man sich doch an denjenigen halten, der nach aller menschlichen Vernunft allein der Täter war: Gerhard Burg. Und so fielen denn schließlich die inhaltschweren Worte: „Gerhard Burg, Sie sind verhaftet!" – Eines nur war noch unklar: der Beweggrund zur Tat. Der Rittmeister von Tiefenbach war Gerhard Burg so gut wie fremd, und der Schloßherr hatte sich ihm gegenüber immer als väterlicher Wohltäter gezeigt. Aber man würde die fehlenden Glieder in der Beweiskette schon noch finden.

Die Voruntersuchung setzte ein und führte zu einem überraschenden Ergebnis. Hatten bisher noch einige an die Unschuld des Angeklagten geglaubt, so wurden sie jetzt in ihrer Überzeugung erschüttert. Auch der Beweggrund zu dem Doppelverbrechen wurde plötzlich offenbar. Er hieß einfach: Rachsucht.

Burg und Ulrike von Helfenstein, die fast wie Geschwister nebeneinander aufgewachsen waren, hatten sich seit zwei Jahren nicht mehr gesehen, obwohl Burg in dienstlichem Auftrag schon seit einiger Zeit in dieser Gegend weilte. Am Vornachmittag der schlimmen Ereignisse nun begegneten sie sich beim Wildgatter am äußersten Ende des ausgedehnten Helfensteiner Schloßparks. Sei es nun, daß die beiden eine geheime Neigung miteinander verband, sei es aus Freude über das Wiedersehen nach der langen Trennung – genug, die Begrüßung fiel so herzlich aus, daß ein unberufener Zeuge auf eine andre als nur geschwisterliche Zuneigung schließen konnte.

Und dieses Wiedersehen hatte tatsächlich einen Beobachter gehabt. Rittmeister von Tiefenbach war Ulrike nachgegangen und gerade beim Wildgatter zurechtgekommen, um Zeuge der Begrüßung zu werden. Er trat kurz entschlossen vor und ließ ein paar Worte fallen, die der Försterssohn als Beleidigung zurückwies. Wäre Ulrike nicht gewesen, so hätte es wohl einen bösen Streit gegeben. So zog sich Tiefenbach gekränkt zurück und erstattete dem Schloßherrn Bericht von diesen Dingen.

Als Ulrike dann mit Burg zum Schloß zurückkehrte, empfing der alte Herr seinen Günstling Gerhard Burg nicht eben gnädig. Er warf ihm sogar Undankbarkeit vor, und Burg verließ das Schloß mit finsterer Miene.

Diese Vorgänge festigten beim Untersuchungsrichter die Überzeugung, daß der Angeklagte aus niedriger Rachsucht die beiden Verbrechen begangen habe. Zuerst am alten Helfenstein, den er bei Nacht im Schloß aufsuchte, angeblich um ihn zu warnen, in Wirklichkeit aber, um an ihm seine Rache zu nehmen. Dann eilte er davon, wobei er, vielleicht in augenblicklicher Verwirrung, sein Messer liegen ließ und den Schlüssel zum Mordzimmer in seine Tasche steckte. Am frühen Morgen bot sich ihm dann in der Tannenschlucht Gelegenheit zu der zweiten Rachetat.

Dagegen erklärte Burg entschieden, von einem nachhaltigen Streit mit Tiefenbach sei keine Rede gewesen. Der Rittmeister

habe sich vielmehr bei der zweiten Begegnung in der Tannenschlucht wegen seines gestrigen Benehmens entschuldigt, weil
er sich überzeugt habe, daß er, Burg, in jeder Beziehung ein
Ehrenmann und Ulrike von Helfenstein in keiner Weise zu nahe
getreten sei. Tiefenbach habe sich sogar erboten, mit dem Schloßherrn zu sprechen, damit das Mißverständnis aus der Welt geschafft
werde. In diesem Augenblick seien die beiden Schüsse gefallen,
wahrscheinlich von der Hand eines Schmugglers, der sich rasch
entschlossen des fremden Gewehrs bedient habe, um den Mord-
verdacht auf den verhaßten „Spitzel" zu lenken und sich dadurch
für die erlittene Niederlage zu rächen. Vielleicht habe die Kugel
gar ihm, Gerhard Burg selbst, gegolten und nur versehentlich
Tiefenbach getroffen.

Diese Aussage Burgs weckte nur mitleidiges Lächeln. Es war
doch recht unwahrscheinlich, daß sich um diese Zeit noch ein
Schmuggler in der Nähe aufhielt, auf die Gefahr hin, ertappt zu
werden und damit dem Gesetz zu verfallen. Und die Zeugen für
alle andern Behauptungen Burgs waren tot und stumm. Sie zählten
nicht, und jedes Beweismittel fehlte.

Vorm Schwurgericht führte der Verteidiger vergebens den guten
Leumund Burgs als Gegenbeweis an. Vergebens wies er darauf
hin, daß die Beweisgegenstände nur scheinbar für seine Schuld
sprachen. In Wirklichkeit seien sie ebenso viele Beweise für seine
Unschuld. Gerade sie zeugten für ihn, und er könne deshalb der
Täter nicht sein. Denn ein Polizeibeamter von so anerkannter
Tüchtigkeit wie Burg hätte selbstverständlich die Beweise seiner
Schuld, wenn er je in Unrecht verstrickt worden sei, sorgsam
beseitigt, aber keinesfalls bei sich herumgetragen.

Die Rede des Verteidigers begegnete tauben Ohren; der Spruch
aller Geschworenen lautete auf ‚Schuldig'. Auf Grund dieses
Wahrspruchs wurde Burg zum Tode verurteilt, jedoch der Gnade
des Königs empfohlen.

Die Verurteilung Burgs rief allenthalben großes Aufsehen
hervor, und bezeichnenderweise hörte man besonders in Dorf
Helfenstein kaum ein gutes Wort für den Gerichteten. „Das
kommt davon, wenn einer allzu hoch hinaus will", hieß es allgemein. So rächten sich die kleinen Geister auf ihre Art an dem
Mann, der versucht hatte, über sie emporzuwachsen.

Nur wenige bewahrten den Glauben an Burgs Unschuld. Zu
diesen wenigen gehörten seine Eltern und Ulrike von Helfenstein.

Mit Ulrike war eine seltsame Wandlung vor sich gegangen.
Auch sie hatte zuerst ihren einstigen Spielkameraden für den
Mörder Tiefenbachs gehalten und war vor ihm zurückgewichen

wie vor einem Pestkranken. Dann hatte sie der schreckliche Tod ihres Vaters derart niedergeworfen, daß sie für längere Zeit keinen klaren Gedanken mehr zu fassen vermochte. Als aber die Trauerfeierlichkeiten vorüber waren und sie wie aus einem bösen Traum langsam wieder zur Wirklichkeit erwachte, da bäumte sich ihre gesunde Natur gegen den Gedanken auf, Gerhard Burg, der Gespiele ihrer Jugend, der Schützling ihres Vaters, solle ein gemeiner Mörder sein. Nein, nein! Nie und nimmer würde sie an seine Schuld glauben, selbst wenn das Gericht immer neue ‚Beweise‘ herausfände!

Diese Gefühle und Erwägungen gaben ihr die Kraft, sich über das Gerede der Leute hinwegzusetzen und alles zu tun, um den Bedrohten zu retten. Sie war es, die dem Angeklagten einen tüchtigen Verteidiger besorgte; sie ließ auch auf ihre Kosten einen gewiegten Detektiv aus der Hauptstadt kommen und Nachforschungen anstellen, die die Anklage entkräften sollten. Freilich ohne allen Erfolg. Die Beweise gegen Gerhard Burg waren zu zwingend und überzeugend.

Dann kam der Tag, da über Gerhard Burg das Urteil gesprochen wurde, ein böser Tag auch für Ulrike, die in der Landeshauptstadt weilte. Sie meinte, zerbrechen zu müssen an dem fremden Leid. Da gab ihr das Schicksal auch noch eigenes Leid zu tragen, eine reichlich schwere Last. In der folgenden Nacht nämlich ging Schloß Helfenstein in Flammen auf. Der ganze Herrschaftsflügel sank in Asche; nur wenige, schnell erraffte Wertgegenstände konnten geborgen werden. Die Wirtschaftsgebäude dagegen blieben dank des mutigen Einsatzes der Dienerschaft und der Dorfbewohner verschont. Aber den kleinen Robert, Ulrikes Bruder, vermochte niemand mehr zu retten; er wurde als verkohlte Leiche aus den Trümmern geborgen.

Wer hatte den Brand gelegt? — Denn daß es sich um Brandstiftung handelte, das ging für die Polizei aus verschiedenen Umständen klar hervor. Gerhard Burg schied diesmal als Täter aus, wenn man ihm auch ein solches Verbrechen zugetraut hätte; er befand sich im Untersuchungsgefängnis. Die Herren vom Gericht stutzten. Wer kam sonst noch in Frage? Etwa gar die Schmuggler, denen Burg bei seiner Verteidigung immer wieder die Schuld am Tod Tiefenbachs und an der Ermordung des alten Helfensteins gegeben hatte? Man stellte die sorgfältigsten Nachforschungen an, ja, man nahm sogar verschiedene Verhaftungen vor, aber ohne jedes Ergebnis. Die Verdächtigen konnten ihre Unschuld beweisen und mußten wieder in Freiheit gesetzt werden. Die Untersuchung verlief schließlich im Sande.

Aber der Fall hatte trotzdem eine für Burg günstige Folge. Es erhoben sich Stimmen, die eine Wiederaufnahme des Verfahrens gegen den Verurteilten forderten. Schien es nicht so, als ob die Brandstiftung nur ein Glied in einer geschlossenen Kette von Untaten sei? Und an dem Brand war der Verurteilte unschuldig, also vielleicht auch an den beiden ihm zur Last gelegten Verbrechen. Womöglich beging man, falls der König nicht Gnade walten ließ, einen Justizmord!

Der gute Wille dieser Leute erwies sich als überflüssig, denn eines schönen Tages war Gerhard Burg verschwunden. Bei der Überführung vom Untersuchungsgefängnis in die Landesstrafanstalt entfloh er. Als der Zug in Blankenwerda ankam, fand man den Transportführer, einen Wachtmeister, gebunden und geknebelt. Er hatte einen Mitreisenden gebeten, mit ihm und dem Gefangenen im Dienstabteil zu fahren, weil er so des wichtigen Sträflings sicherer zu sein glaubte. Der Reisende, mutmaßlich ein Viehhändler, der sich als ehemaliger Wachtmeister ausgegeben hatte, schien indes im Einvernehmen mit Burg gestanden zu haben, denn mitten auf der Strecke war er über den Beamten hergefallen und hatte Burg befreit. Die Nachforschungen sowohl nach dem Entflohenen als auch nach dem ‚Viehhändler‘ blieben ergebnislos. Burg mußte über die Grenze entkommen sein. Man hörte nie mehr etwas von ihm.

Wenn es in Dorf Helfenstein unter denen, die Gerhard von Jugend auf kannten, ja noch den oder jenen gegeben hatte, der geneigt gewesen war, sich im stillen für die Unschuld des Förstersohnes einzusetzen, so brachte das neueste Ereignis auch diese Leute auf die andere Seite.

„Entflohen ist er", sagten sie, „befreit hat man ihn! Wer anders als seine Freunde können das getan haben, seine Freunde, seine Spießgesellen, die Pascher! Sie waren dabei, als Tiefenbach erschossen wurde. Sie waren dabei, als der alte Helfenstein unter dem Messer starb. Sie haben das Schloß angezündet. Aber ihr Tun richtete sich nicht gegen Gerhard Burg, der sie fangen sollte und ihnen in der Tannenschlucht auch wirklich eine Schlappe beibrachte. Nicht doch! Die Schlappe fiel ja so harmlos aus, denn man hatte den Bock zum Gärtner gemacht. Burg war mit den Schmugglern im Bunde. Weil er ergriffen wurde, als er an Tiefenbach und an dem alten Helfenstein seine Rache für eine verdiente Zurechtweisung nahm, legten seine Kumpane Feuer an das Schloß, sobald nur der Urteilsspruch gegen ihn gefallen war. Und nun haben sie ihn gar den Händen der Gerechtigkeit entrissen. Wahrhaftig, ein durchsichtiges Spiel! Und ein sauberer Bursche, dieser

Gerhard Burg! Schande über ihn! Leid tun können einem nur die ehrbaren Eltern."

So redeten die Leute hier und da in Helfenstein, und es war nicht einer, der dieser klaren Feststellung der Dinge widersprochen hätte.

Ulrike erfuhr von Burgs Flucht erst viel später. Ein Nervenfieber als Folge der vielen Aufregungen hatte sie an den Rand des Grabes gebracht. Als sie nach Monaten gesundete, war aus dem heiteren, lebenslustigen Mädchen ein stilles, ernstes Wesen geworden. Mit ihrem mütterlichen Vermögen – die Schloßherrschaft Helfenstein fiel als Majorat in Ermangelung eines männlichen Erben laut Familienrecht an die einzige Nebenlinie – übersiedelte sie in die Hauptstadt, wo sie fortan einsam und zurückgezogen lebte.

Auch ihre Gesellschafterin Nora von Helfenstein verlor durch dieses Unglück ihre neue Heimat. Sie zog ebenfalls in die Hauptstadt, um sich dort einen andern Wirkungskreis zu suchen. Doch schon nach einiger Zeit steckten die Dörfler wieder die Köpfe zusammen, denn einer hatte aus der Stadt die Nachricht mitgebracht, Nora habe sich mit dem Vetter Franz von Helfenstein vermählt, dessen Bekanntschaft sie hier auf dem Schloß gemacht hatte. Man sprach von einer romantischen Laune des reichen jungen Herrn.

Aber auch hierüber, wie über die aufregenden Ereignisse in Verbindung mit Gerhard Burg, gingen die Dörfler zum Alltag über, und der kleine Gebirgsort sank wieder in sein stilles Dasein zurück, aus dem er für kurze Zeit aufgetaucht war.

2. Im Elendsviertel

Jahre waren vergangen.

Man schrieb Ende November. Tiefer Schneefall hatte das Land verhüllt. Dann wurde das Wetter klar, und jetzt, am Abend, gab es eine schneidende Kälte.

In der Landeshauptstadt begann der Weihnachtsmarkt. Die Läden waren hell erleuchtet, auf den Straßen und Plätzen standen zahlreiche Buden, in denen alles für die kommenden Festtage zu haben war, und arm und reich stapfte in friedlicher Gemeinsamkeit durch den Schnee, um die Leckereien, die nützlichen Sachen und die Glitzerdinge zu betrachten.

Doch es gab auch hier Plätze, wo nur der vom Glück Bevorzugte kaufen konnte. In die abgelegenen und düsteren Winkel und Gassen hatten sich die zurückgezogen, deren Waren mehr dem mageren Geldbeutel der Bedürftigen angepaßt waren.

In einem dieser Armutswinkel saß eine Obsthökerin vor ihrem durch zwei Laternen schwach erleuchteten Stand. An einem benachbarten wackeligen Tischchen handelte ein elfjähriges Mädchen mit binsengeflochtenen Vogelgestalten, wie man sie oft an den Zimmerdecken in den Stuben armer Leute hängen sieht. ‚Heilige Geister' nennt sie der Volksmund. Daneben lagen Holzfigürchen mit beweglichen Armen und Beinen, roh mit der Hand geschnitzt und mit Wasserfarben bemalt. Das Mädchen schauerte vor Kälte; es trug nur ein dünnes Kleidchen und hatte ein zerrissenes Tuch um Kopf und Schultern gewunden.

Am Ende der Gasse, dort, wo sie in die Hauptstraße mündete, sah man Droschken und Herrschaftsschlitten vorübergleiten. Die Strahlen der Ladenlichter glänzten verlockend – aber in diesen Winkel kamen gewiß nur Leute, die kaum jemals in einem Schlitten gesessen hatten oder in einem jener Läden gewesen waren. Um so schärfer war daher in der Seitengasse der Kampf um jeden Menschen, der als Käufer auftauchte.

„Äpfel, schöne Weihnachtsäpfel, meine Herrschaften!" rief die Obstfrau. „Süß und saftig, der reine Zucker, der reine Honig!"

„Heilige Geister, schöne heilige Geister! Ganz neu!" pries das Mädchen mit dünner Stimme seine Kostbarkeiten an. „Hampelmänner und Strampelmänner! Seht nur, seht, wie sie mit Armen und Beinen wackeln, wenn man am Bindfaden zieht!"

Aber das Kind nahm keinen Pfennig ein. Es weinte mitunter vor Frost und Kummer leise vor sich hin.

Wieder nahte sich ein verirrter Marktbesucher, diesmal ein gut gekleideter Herr.

„Äpfel!"

„Heilige Geister! Hampelmänner!"

Er horchte auf das klagende Stimmchen; mitleidig trat er heran und betrachtete die Geister und Hampelmänner.

„Wie heißt du denn, mein Kind?" fragte er dabei.

„Ännchen!"

Das klang schüchtern, vor allem verwundert. Die Kleine war es nicht gewohnt, daß sich jemand mit ihr abgab.

„Leben deine Eltern noch?"

„Der Vater!"

„Und was ist dein Vater?"

Sofort schossen dem Mädchen die Tränen in die Augen.

„Er war bei der Eisenbahn. Seitdem ihm aber bei einem Unglück ein Fuß und eine Hand abgefahren wurden, kann er nicht mehr richtig arbeiten und – und ..."

„... und da macht er solche heilige Geister und Hampelmänner?"

„Ja."

„Hast du noch Geschwister?"

„Einen großen Stiefbruder. Er ist immer krank und kann nichts verdienen. Ach, bitte, kaufen Sie mir doch etwas ab! Wir haben nichts mehr zu essen!"

„Ich kann leider nichts von deinen Sachen brauchen. Aber weil du ein so nettes Mädchen bist, will ich dir etwas schenken."

Er reichte ihr ein Geldstück. Sie betrachtete es fast mißtrauisch; es schien ihr unfaßbar, daß ihr ein fremder Mensch solch ein reiches Geschenk machte.

„Wo wohnst du denn, mein Kind?" erkundigte er sich weiter.

„Wasserstraße Nummer 10."

„Das ist ja gar nicht weit von hier." Er war zu einem Entschluß gekommen. „Pack deine Sachen zusammen, Mädchen, und führe mich zu deinem Vater! Ich will sehen, ob ich euch helfen kann."

Das ließ sich die Kleine nicht zweimal sagen. Schnell raffte sie die heiligen Geister und Hampelmänner in ihr Schürzchen und lief neben dem freundlichen Herrn her. Auf dem Weg ließ er sich in einem Lebensmittelgeschäft einen Korb mit Brot, Butter, Wurst und Obst füllen. Der Korb hatte ein beträchtliches Gewicht, aber die Wasserstraße wurde doch in wenigen Minuten erreicht. Sie war auch eine jener engen, traurigen Gassen, wo das Elend und die Not wohnten.

Das Haus Nummer 10 machte keinen freundlichen Eindruck. Es war schmal, hatte drei Stockwerke und eine Dachwohnung. Durch einen Hausflur, der von einem trüben Gasflämmchen erleuchtet wurde, gelangten sie in einen Hof und von dort in den engen, dunklen Gang eines Seitengebäudes. Das Mädchen öffnete eine Tür; der Raum dahinter war stockfinster.

„Bist du es, Ännchen?" fragte eine Stimme. „Hast du etwas verkauft?"

„Ja. Vater. Warte, ich will Licht anzünden!"

„Ja, brenne an! Ich habe Hunger."

„Hunger!" ließ sich eine knarrende Stimme aus der Ecke vernehmen.

Ein Zündhölzchen flammte, der Docht einer kleinen Lampe flackerte auf. Der Fremde stand vor der noch offenen Tür. Er hatte den Korb neben sich niedergesetzt und erblickte ein Zimmer oder vielmehr ein kaltes, feuchtes Gewölbe. Etwas Stroh und ein paar Lumpen lagen in einem Winkel am Boden; darauf ausgestreckt sah er die Gestalt eines einbeinigen Mannes. In dem andern Winkel hockte ein Geschöpf, das man kaum für ein menschliches Wesen nehmen konnte. Das war der schwachsinnige Stiefbruder der Kleinen.

Der Krüppel gewahrte jetzt beim Lampenschein den Fremden.

„Wer steht denn dort? Wen hast du da mitgebracht?"

„Das ist ein guter Mann, lieber Vater, der mir einen Taler geschenkt hat und einen ganzen Korb voll . . ."

„Laß das, Kind!" unterbrach der Fremde, indem er eintrat und die Tür hinter sich schloß. „Schauen wir zunächst einmal nach dem Notwendigsten!"

Es herrschte eine grimmige Kälte in dem Raum, der mehr einem Stall als einer menschlichen Wohnung glich. Ein kleiner Kanonenofen in der Ecke, an der Wand ein Tisch und an dem einzigen, kleinen Fenster zwei gebrechliche Stühle – das war alles

Der Fremde übersah mit einem Blick die Lage und wußte, was da zu tun war. Er rief die Hungernden an den Tisch und breitete ohne viel Worte den Inhalt des Korbes vor ihnen aus. Ihr Staunen und Fragen wehrte er kurz ab.

„Nachher! Langen Sie erst einmal tüchtig zu!"

Der Schwachsinnige und das Mädchen taten sogleich nach seinem Geheiß. Der Krüppel aber seufzte zunächst tief auf.

„Mein Gott, das ist ja, als wäre heut Christbescherung bei uns!"

Dann griff auch er nach den Speisen, die für ihn zum größten Teil lang entbehrte Leckerbissen bedeuteten. Und so eifrig waren die drei in ihre Mahlzeit vertieft, daß sie erst aufsahen, als sie plötzlich die Tür gehen hörten. Der Fremde war verschwunden.

Doch es währte nicht lange, so kam er zurück, und hinter ihm erschien der Gehilfe des Kohlenhändlers von nebenan. Der Mann schleppte einen schweren Sack und ein Bündel gespaltenes Holz herbei und entfernte sich rasch wieder.

„So", sagte der Fremde, „nun heizen Sie einmal gründlich ein! Morgen kommen noch mehr Kohlen; sie sind bestellt und bezahlt."

Die drei kauten weiter, bis die Vorräte fast verzehrt waren. Dann wurde ein Feuer im Ofen angezündet, und nun erst trat der Krüppel vor seinen Wohltäter hin.

„Dank, Herr, tausend Dank! Darf ich fragen, wer Sie sind, und –"

„Mein Name tut nichts zur Sache. Sprechen wir lieber von Ihnen! Wie lange sind Sie denn schon in solcher Not?"

„Eigentlich erst seit dem Eisenbahnunglück vor sechs Jahren. Vorher hatte ich mein gutes Auskommen, und solange ich Wachtmeister der hiesigen Gefangenenanstalt war, hatte ich mich noch weniger zu beklagen."

„Warum sind Sie denn nicht in dieser Stellung geblieben?"

„Geblieben?" Der Alte lachte bitter. „Ich wäre wohl gern geblieben, aber ich wurde entlassen. Ich hatte das Unglück, daß mir ein Doppelmörder entsprang, den ich in eine Strafanstalt befördern sollte – darum wurde ich fortgejagt! Das war vor zwanzig Jahren."

„Ein Doppelmörder? Vor zwanzig Jahren?"

„Ja. Es war ein Försterssohn mit Namen Gerhard Burg; er hatte den Herrn von Helfenstein und den Rittmeister von Tiefenbach ermordet."

„Soso", sagte der Fremde. „Und dieser Mann ist Ihnen entsprungen?"

„Er hatte einen Spießgesellen, der ihn befreite. Ich mußte dann die Zeche bezahlen."

„Aber Sie fanden wieder Arbeit und Brot bei der Bahn?"

„Ja, und dort brach das Unglück noch furchtbarer über uns herein. Ich wurde zum Krüppel. Man gewährte mir zwar freie ärztliche Behandlung und gab mir eine kleine Entschädigung – das war aber auch alles. Seit jener Zeit wohnen wir hier in diesem Loch."

„Das ist schlimm", nickte der Fremde, „aber es soll anders werden. Dafür will ich sorgen."

„Sie?" klang es fragend zurück. „Auch weiterhin? Herr, nehmen Sie mir ein offenes Wort nicht übel! Wie kommen Sie dazu? Ihren Namen habe ich bisher nicht erfahren, und so kann ich nicht verstehen, warum Sie in dieser Weise Anteil nehmen an uns armen Leuten."

„So glauben Sie wohl nicht an die natürliche Güte im Menschenherzen, an den einfachen Trieb, dem Nächsten zu helfen?"

„Das schon, Herr. Aber so edle Seelen sind selten. Allerdings – mir fällt da etwas ein . . ."

„Nun?"

„Es soll in unsrer Stadt einen Unbekannten geben, der sich in rührendster Weise um die Bedrückten und Notleidenden kümmert. Niemand weiß, wer er ist. Niemand kann sagen, warum er Gutes tut an allen, die es verdienen. Er kommt ungerufen und geht unerkannt, ohne Dank abzuwarten. Sollten Sie etwa gar . . ."

Der Besucher unterbrach den Sprecher rasch.

„Nehmen Sie an, ich sei ein Bote dieses unbekannten Wohltäters der Armen!"

„Ein Bote von ihm?" rief der Alte zweifelnd. „Treiben Sie keinen Scherz mit uns, Herr!" Aber dann schien er sich mit diesem Gedanken zu befreunden. „Ein Bote von ihm – Herr, wenn das wahr wäre, dann würde er uns auch weiterhin helfen!"

„Ja, das wird er gewiß."

Der Krüppel humpelte näher und legte dem Fremden die Hand auf den Arm.

„Ist das wahr? Kennt er uns?'

„Ja. Er weiß, daß Sie unverschuldet ins Elend geraten sind, und wird dafür sorgen, daß sich Ihre Lage von Grund auf bessert. Hier" – der Fremde zog die Börse und legte einige Geldstücke auf den Tisch – „nehmen Sie einstweilen das! Es reicht für einige Zeit. Inzwischen hören Sie wieder von mir."

Der Alte stieß einen heiseren Laut aus und ergriff die Hand des Fremden.

„Herr, wer Sie auch sein mögen, Sie sind wie ein Engel, den uns der Himmel gesandt hat! Er mag Ihnen vergelten – wir können es nicht!"

„Schon gut!" wehrte der Fremde ab. „Stecken Sie das Geld ein! So! Und seien Sie versichert, daß nicht nur Sie in dieser Stunde der Glückliche sind! Mich macht es froh, Ihnen helfen zu können. Ach, wer doch alle Not auf Erden zu lindern und alles Leid zu stillen vermöchte!"

„Jetzt glaube ich, daß Sie wirklich ein Bote und wohl auch ein Freund jenes edlen Mannes sind, von dem die ganze Stadt spricht", sagte der Alte. „Sie haben recht, es muß schön sein, überall als Helfer in der Not zu erscheinen. Das Elend unter den Menschen ist ja riesengroß. Gerade wir hier in der Wasserstraße können ein Lied davon singen, ganz besonders die Bewohner dieses Grundstücks. Wir zählen überwiegend zu denen, die das Glück mit äußeren Gütern nicht gesegnet hat, und der Hauswirt, ein wohlhabender Bankier, ist barsch, unzugänglich und ohne Mitgefühl für Notleidende. Er hat uns einen Hausverwalter bestellt, der keine Nachsicht kennt. Wehe dem, der mit dem Mietzins im Rückstand bleibt! Da ist zum Beispiel im Vorderhaus die Familie Bertram. Der Vater war früher Uniformschneider. Außerdem war er ein ausgezeichneter Waldhornist. Da verdiente er viel Geld, und es ging ihm gut. Dann wurde er krank, konnte nicht mehr arbeiten und verlor die Kundschaft. Seine Frau ist längst gestorben. Nun lebt er mit seiner Tochter Marie und noch zwei kleineren Kindern sowie mit seinem Pflegesohn, einem Findelkind, das er in guten Tagen bei sich aufgenommen hat, in größter Dürftigkeit. Diese Menschen peinigt der reiche Hauswirt oft zum Erbarmen. Das Mädel näht und stickt Tag und Nacht, und der Junge, Richard heißt er, erledigt allerlei Schreibarbeiten für die Leute. Er schriftstellert wohl auch, ist fleißig und unermüdlich wie nur einer, aber er kommt nicht voran."

„Hm", machte der Fremde, der sich offenbar verpflichtet fühlte, dem redseligen Mann noch ein Weilchen standzuhalten, „die Schriftstellerei ist freilich in den meisten Fällen kein einträgliches Geschäft. Selten, daß da einer zu Ruhm und Vermögen kommt.

Der junge Mann hätte vielleicht einen andern Beruf ergreifen sollen."

„Tja, sagen Sie ihm das mal! Er behauptet, er könne nicht anders. Wie drückt er sich nur gleich immer aus? Richtig, so: ein innerer Zwang nötige ihm die Feder in die Hand. Und man muß ihm das glauben. Er ist ein besonderer Mensch, dieser Richard Bertram. Ich erzählte doch schon, daß er ein Findelkind ist. Wer weiß, wo seine Wiege gestanden hat!"

„Man kennt seine leiblichen Eltern nicht?" fragte der Fremde.

„Nein. Niemand kennt sie. Das ist alles in Dunkel gehüllt. Aber ich langweile den Herrn wohl mit diesen Geschichten?"

„Wieso langweilen? Ich höre ja ganz andächtig zu. Dabei erwog ich eben, ob man nicht auch diesen Leuten helfen könne. Ich werde dem, dessen Bote ich bin, von den Bertrams berichten. Nun aber muß ich gehen. Leben Sie wohl, und seien Sie versichert, daß auch in Zukunft für Sie gesorgt wird!"

Geleitet von den heißen Dankesworten des Alten und seiner Kinder, verließ der Besucher die Wohnung. Nachdenklich musterte er beim Hindurchgehen das Vorderhaus, von dem der Krüppel gesprochen hatte. Soeben kam ein junger Mann die Treppe herab, den sich der Fremde genau betrachtete. Er war von großer, schlanker Gestalt, rassig gewachsen, aber blaß. Seine Züge wie seine Kleidung verrieten die Armut.

Irgendwie kam dem Frenden der Gedanke, das müsse Richard Bertram sein, und er folgte dem jungen Menschen, der hastig das Haus verließ, um die nächste Ecke bog und dem belebten Geschäftsviertel zustrebte. Schließlich verschwand er in einer der besten Buchhandlungen.

Der Fremde besann sich nicht lange und betrat gleichfalls den Laden. Dem Verkäufer, der ihn nach seinen Wünschen fragte, erklärte er, er wolle sich die letzten Buchneuheiten ansehen. Die Schriften wurden ihm vorgelegt, und er blätterte unbehelligt darin. Zwischendurch lauschte er nach dem andern hinüber, den er für Richard Bertram hielt. Der junge Mann sprach in einer Ecke des Ladens mit dem Geschäftsinhaber, und der Fremde konnte jedes Wort deutlich verstehen.

„Was wünschen Sie, Herr Bertram?" fragte der Buchhändler, und seine Frage klang nicht sehr freundlich.

„Verzeihen Sie, wenn ich Sie mit meiner Bitte nochmals belästige – ich leide buchstäblich Hunger! Nein, nein, ich will nicht betteln – ich möchte Sie nur um einen kleinen Nachtrag zum Honorar bitten!"

„Aber was wollen, Sie?—Sie wissen, daß ich Ihren Gedichtband eigentlich nur aus Gefälligkeit für Sie erworben habe. Ich habe dabei bisher nur zugesetzt. Wer kauft heutzutage Gedichte? Niemand! Wieviel gab ich Ihnen für das Manuskript?"

„Sechzig Mark."

„Das war viel zuviel! Für die Gedichtsammlung eines Anfängers geradezu unerhört. Das Honorar ist ja das wenigste, was ein Verleger zahlt. Papier, Satz, Druck und anderes, das läuft gleich in die Hunderte. Haben Sie nicht einen zweiten Band?"

„Oh, wie gern würde ich ihn schreiben! Aber ich muß ums trockene Brot arbeiten. Hätte ich wenigstens einen kleinen Zuschuß zum ersten Band!"

„Junger Mann, das Genie verkommt im Glück. Nur im Kampf mit dem Leben erstarkt es. Ich kenne das. Wollte ich Ihnen leichtfertig ein Sonderhonorar zahlen, so wäre das nur zu Ihrem Nachteil."

„Aber es wäre Rettung für mich!"

„Nur in der Not erstarkt der Geist. Im Ernst, Herr Bertram. Gott soll mich davor bewahren, Ihre Triebkraft zum Schaffen leichtfertig zu mindern! Ausgeschlossen! – Sie sehen, daß ich sehr beschäftigt bin. Kommen Sie wieder, wenn der zweite Band fertig ist! Ich werde das Manuskript dann gelegentlich durchlesen, und wenn es mir gefällt, so zahle ich Ihnen vielleicht fünfundsiebzig Mark. Doch nur Ihnen zuliebe, denn Lyrik ist kein Geschäft. Für jetzt aber entschuldigen Sie mich, Herr Bertram!"

Er wandte sich ab.

Richard stand mitten unter den zahlreichen Käufern mit Schamröte übergossen. Ihm war, als müsse er in die Erde sinken. Er wankte, und unwillkürlich griff er um sich, als suche er eine Stütze. Der Fremde sprang hinzu und legte ihm den Arm um die Schulter.

„Sie fallen ja, junger Mann! – Was ist denn mit Ihnen?"

„Belästigen Sie bitte meine Kundschaft nicht, Herr Bertram!" stieß der Buchhändler zwischen den Zähnen hervor. „Reißen Sie sich gefälligst zusammen!"

Doch der Fremde winkte begütigend ab.

„Frische Luft wird Ihnen wohltun", sagte er zu Richard. „Ich werde Sie vor die Tür geleiten."

Vor der Tür, in der Kälte, kehrten Richard die Kräfte wieder. Er murmelte einen leisen Dank und wollte gehen.

„Nein, mein Freund", lächelte der Fremde gutmütig. „Erholen Sie sich erst!" Und mit einem Blick auf die ärmliche dünne Kleidung fragte er: „Was sind Sie?"

„Schriftsteller."

„Was wollten Sie hier im Laden?"

„Einen – Vorschuß oder eine Nachzahlung. Der Buchhändler

hat Gedichte von mir veröffentlicht, und ich soll einen zweiten Band schreiben."

„Ah, Schriftstellerei ist allerdings eine unfruchtbare Sache! – Wohnen Sie weit? Und wie ist Ihr Name?"

„Richard Bertram. Wasserstraße 10, drei Treppen."

„Dichter pflegen gern hoch zu wohnen", nickte der Fremde. „Zumal wenn sie noch von Vorschüssen leben müssen. Gestatten Sie mir, daß ich mit dem Buchhändler über Ihren Fall spreche! Ich – ich habe Einfluß auf ihn. Er wird die erbetene Zahlung leisten. Damit Sie aber nicht zu warten brauchen, schieße ich Ihnen das Geld einstweilen vor. Hier, nehmen Sie! Quittung brauche ich nicht. Die Sache ist erledigt. Lassen Sie mich nur machen!"

Er drückte Richard Bertram einige Geldstücke in die Hand und trat schnell in den Laden zurück.

Erschrocken und doch mit dem heißen Gefühl innigen Dankes für das Mitempfinden des Unbekannten warf Richard einen Blick auf das Geld in seiner Hand – es waren zwei Goldstücke.

Einen Augenblick mußte er sich an der Hausmauer stützen – aber dann war mit einem Schlag alle Schwachheit verschwunden. Wie im Traum eilte er fort – er dachte gar nicht daran, die Rückkehr des Fremden abzuwarten – mit beschwingten Schritten ging er über den Markt, gerade auf ein Lebensmittelgeschäft zu.

Als er heimkam und die Eßwaren auspackte, weinten der Vater und Marie vor Freude. Dann machte sich die ganze Familie voll Heißhunger über das unverhoffte Mahl her. Erst nachdem der schlimmste Hunger gestillt war, mußte Richard erzählen.

„Und wer war der fremde Herr?" erkundigte sich Marie zum Schluß.

„Es war – ah, das weiß ich nicht! Ich habe ihn nicht gefragt, ja, ich glaube sogar, daß ich mich nicht einmal recht bei ihm bedankt habe. Ich war ganz von Sinnen – vor Hunger, Zorn und Beschämung!"

Still ging Richard in den Nebenraum. Die letzte Stunde zitterte in ihm nach, und er suchte ein paar Augenblicke der Einsamkeit, bis sich sein schwerpochendes Herz etwas beruhigt hatte. Und Richard Bertram kannte ein gutes Mittel, seine Seele wieder ins Gleichgewicht zu bringen und sie stark zu machen, dieses harte Leben weiter zu durchkämpfen. Er griff nach einem in Saffian gebundenen Buch, das in goldenen Lettern den Titel trug: ‚Heimat- und Tropenbilder, Gedichte von Almansor – und schon nach wenigen Minuten war er in die schöne Welt seiner eignen Dichtungen eingegangen und hatte die häßliche Wirklichkeit um sich her vergessen.

Inzwischen war Marie, die Pflegeschwester Richards, mit einem Teil der unerwartet reichen Einkäufe ein Stockwerk tiefer gestiegen. Es ist ja eine alte Tatsache, daß die freigebigsten Hände dort zu finden sind, wo man selber bittere Not durchlitten hat.

Unten stand an einer Tür zu lesen: „Wilhelm Fels, Mechaniker". Öffnete man, so kam man in ein ärmliches Stübchen, auf dessen Ofenbank eine ewig strickende, blinde Frau saß. Sie war tagsüber stets allein, denn ihr Sohn Wilhelm kam erst des Abends von der Arbeit heim, um dann an einem Mechanismus zu basteln, der ihm von einem reichen Engländer in Auftrag gegeben war.

Wilhelm, der Lieblingsgehilfe seines Meisters, verdiente sich ehrlich seinen mageren Lohn. Aber sein Vater hatte Schulden hinterlassen, und Wilhelm wollte das Andenken des Toten rein erhalten. Deshalb opferte er seinen halben Verdienst, um die väterlichen Verpflichtungen zu tilgen.

Auch heut, als Marie eintrat, saß er am Tisch und sann und feilte, feilte und sann.

Marie teilte ihre Gaben aus. Sie wußte den Widerstand der Blinden zu besiegen, und mit Worten des Dankes wurde schließlich alles angenommen, was Marie brachte. Dann ging die Frau schlafen.

Wilhelm legte nun auch die Feile endgültig weg, stand auf und kam zu Marie auf die selbstgefertigte Sofabank.

„Du siehst recht angegriffen aus!" sagte er und streichelte ihre Hand.

„Und du heut blässer als gestern."

„Du solltest dich mehr schonen!"

„Du nicht minder."

„Jaja", lächelte er. „Wir geben einander nur immer guten Rat."

„Wie geht's mit deiner Maschine?"

„Immer langsam, aber sicher. Ich habe sehr viel dabei zu berechnen."

„Wann wirst du fertig?"

„Noch vor Weihnachten."

„Wie schön! Dann kannst auch du zu den Feiertagen ruhen."

„Und dann der Haufen Geld, Marie! – Zweihundert Mark oder gar noch mehr."

Sie schlug vor Verwunderung die Hände zusammen.

„Zweihundert Mark! Diese Engländer müssen doch schrecklich reiche Leute sein. Was tust du mit dem Geld?"

„Ich will dir's ins Ohr sagen."

Er zog ihren Kopf heran, küßte sie auf die Lippen und flüsterte

„Heiraten."

Sie errötete, machte glückselige, verträumte Augen und fragte dann:

„Wird dich dein Engländer auch sicher bezahlen?"

„Gewiß! Wir haben ja einen Vertrag abgeschlossen."

„Wo wohnt er denn?"

„In Leeds. Aber er kommt alle Vierteljahre her."

„Hoffentlich enttäuscht er dich nicht!"

Sein Gesicht wurde plötzlich ernst. Er blickte nachdenklich vor sich nieder.

„Das wäre schlimm", seufzte er, „in doppelter Hinsicht schlimm."

„Wieso?"

„Ach, laß das! Reden wir nicht davon!"

Er sagte das kurz und abweisend – doch die Liebe hat scharfe Augen und Ohren.

„Wilhelm, du hast Sorgen?" fragte sie. „Bitte, bitte, laß sie mich mittragen!"

„Es hat keinen Zweck!"

„O doch! Vielleicht kann ich dir helfen."

„Ausgeschlossen!"

„Dann mach dir wenigstens das Herz leichter, indem du dich einmal aussprichst!"

„Wenn du es denn durchaus nicht anders willst! Sieh mich einmal richtig an, Marie! Sieh mir richtig in die Augen! So. Nun sag, ob du mich für ehrlich hältst!"

„Natürlich!" antwortete sie einfach.

Er schüttelte den Kopf.

„Und doch bin ich's nicht", gestand er mit trübem Lächeln.

Sie schlang die Arme um ihn und lachte.

„Hör mich erst an", wehrte er ab. „Und dann magst du urteilen! Als der Engländer die Maschine bei mir bestellte, war ich zu stolz, mir einen Vorschuß von ihm zu erbitten. Das war eine Torheit von mir, wie ich jetzt einsehe. Ich brauchte vielerlei und besaß doch nicht die Mittel, es zu bezahlen. Mein Meister hätte mir schließlich geholfen, aber er darf von dieser Maschine nichts wissen. Darum habe ich mir unter diesem oder jenem Vorwand zuweilen ein Stück Stahl oder Messing von ihm erbeten; doch das reichte nicht zu, und so war ich gezwungen, mir einstweilen ohne sein Wissen das zu nehmen, was ich brauchte."

„Das war falsch, Wilhelm. Du wirst es ihm nachträglich eingestehen und alles bezahlen."

„Selbstverständlich. Aber wenn mir nun der Engländer die Maschine nicht abnimmt? Das wäre schrecklich! Bei der jährlichen

Bestandsaufnahme im Januar käme alles ans Licht. Dann würde mich der Meister des Diebstahls bezichtigen. Außer ihm und mir kann ja niemand zu den Vorräten."

„Oh, da hast du allerdings eine schwere Sorge! Und sie ist besonders drückend, weil du vor dir selbst nicht ganz untadelig dastehst. Aber ich denke doch, daß dir der Engländer deine Arbeit bezahlt. Sonst hätte er sie ja nicht erst bestellt. Dann wirst du den Meister entschädigen und ihm alles offen sagen, damit du dich auch vor dir rechtfertigst."

„Du hast recht. Verzeih, daß ich dich mit so trüben Dingen belastet habe! Du hast selber Sorgen genug!"

„Das ist freilich wahr. Dem Vater geht es von Tag zu Tag schlimmer, und mir ist, als müßte ich jede Stunde auf sein Ableben gefaßt sein. Dazu können wir ihm nicht die geringste Erleichterung verschaffen – oh, es ist ein Jammer!"

Sie erhoben sich. Das war wie ein stummes Einverständnis des Unbehagens über diesen Ausklang ihrer Plauderei.

„Wann bist du zum letztenmal ausgegangen, Marie?" fragte Wilhelm Fels.

„Heut am Vormittag – auf fünf Minuten."

„Hast du ihn wieder gesehen, den vornehmen Herrn, der dir so oft begegnet?"

„Nein, heute nicht, aber vorgestern am Markt. Und da kam er mir wieder nach."

„Bis wohin?"

„Bis vor unser Haus."

„Angesprochen hat er dich nicht?"

„Das sollte er wagen! Ich würde ihm schon Bescheid sagen."

In den Augen des jungen Mannes leuchtete es auf wie heller Stolz.

„Du bist ein tapferes Mädchen", sagte er. „Das ist recht. Immerhin rate ich dir, sei vorsichtig! Du weißt, was man sich in der Stadt von einem rätselhaften Unhold erzählt, der vor keiner Dreistigkeit, vor keinem Wagnis und vor keiner Schandtat zurückschreckt. Selbst aufrechte Männer fürchten ihn."

Jetzt erschrak Marie. Sie wurde ängstlich.

„Du meinst doch nicht etwa, der Mann, der mich stumm verfolgt, sobald ich mich auf der Straße blicken lasse, sei jener Unheimliche, den sie den Hauptmann nennen, weil er offenbar das Oberhaupt einer geheimnisvollen Verbrecherbande ist?"

„Ich rechne mit der Möglichkeit, Marie. Niemand kennt diesen Menschen. Die Behörden sind machtlos gegen ihn. Überall hat er die Hand im Spiel. Er wagt alles, er kann alles, er setzt alles durch.

Niemand vermag die Pläne zu durchschauen, die er verfolgt. Deshalb muß man auf der Hut sein."

„Ach, Wilhelm, nun hast du mir das Herz noch schwerer gemacht!"

„Nicht doch Marie! Ich habe dich nur für alle Fälle gewarnt, um einem Unglück vorzubeugen. Ich frage mich ja selbst vergeblich, weshalb es der Verbrecher gerade auf dich abgesehen haben sollte. Also mach dir nicht unnütz Gedanken, aber halte die Augen offen!"

Sie reichten einander zum Abschied die Hände.

„Gute Nacht, Marie!"

„Gute Nacht, Wilhelm!"

Ein Kuß, dann ging sie und eilte die Treppe hinauf, um sich wieder an ihre Stickerei zu setzen, womit sie sich mühsam ein paar Groschen zu verdienen suchte.

3. Mensch in Maske

Über den Ringplatz schritt ein sehr gut gekleideter Mann, etwa sechzig Jahre alt, mit grauem Vollbart. Er schleppte den linken Fuß etwas nach und stützte sich schwer auf einen Stock mit silbernem Griff. So bog er bedächtig in den oberen Eingang der Wasserstraße ein. Die vierte Nummer dieser Gasse war ein einstöckiges, elendes Häuschen, neben dessen Tür auf einem Holzschild zu lesen stand, daß dort Salomon Rosenbaum mit Altzeug handle und ein Leihgeschäft betreibe.

Die Tür war verschlossen. Der Mann klopfte. Erst nach längerer Zeit erschien in der Türspalte ein Frauengesicht mit krummer, scharfer Nase.

„Was wollen Sie?"

„Kaufen."

Die Stimme der Frau wurde freundlicher.

„Kommen Sie herein und warten Sie! Es ist jemand bei meinem Mann."

Sie ließ den Besucher eintreten, verschloß die Tür und führte ihn in eine Stube, in der allerlei Gerümpel zu sehen war. Während er sich auf einen Schemel setzte, öffnete sie eine in den Nebenraum führende Tür.

„Salomonleben, es ist da gekommen ein feiner Herr, der will machen einen Handel mit dir. Laß laufen das Weib, das doch nicht kann bringen Nutzen einen einzigen Pfennig für dich und unser Geschäft!"

Darauf begab sie sich wieder auf ihren Wächterposten hinter der Haustür.

Eine alte, trübe Öllampe erhellte den Raum. Das Gesicht des Käufers war kaum zu erkennen, dennoch aber schob er sich den Schemel so, daß er noch mehr im Schatten saß.

Nach einer Weile wurde die Tür vom Nebenzimmer her wieder geöffnet. Eine junge, leidend aussehende Frau kam leise schluchzend heraus. Rosenbaums hagere, etwas vornübergeneigte Gestalt erschien im Türrahmen.

„Also sagen Sie", rief er der Frau nach, „daß ich kann Pfand geben nur auf Sachen, die ich bekomme in meine Hände! Wenn er will behalten den Tisch und die Betten, weil er sie braucht, so kann er nichts bekommen."

Der Besucher nickte vor sich hin, als habe sich ihm eine Vermutung bestätigt.

„Ich bitte einzutreten, mein Herr!" Rosenbaum machte eine einladende Gebärde, ins Nebenzimmer zu kommen. Der Käufer aber blieb sitzen.

„Schon gut!" sagte er. „Was wir zu besprechen haben, können wir auch hier erledigen. Schließen Sie die Tür, Herr Rosenbaum!"

Diese Worte waren in einem Ton gesprochen, der jede Widerrede abschnitt.

„Ich habe Ihrer Frau gesagt", fuhr er gleich fort, „daß ich kaufen will. Aber vor allem möchte ich eine Erkundigung einziehen, und ich hoffe, daß Sie mir wahrheitsgetreu Auskunft geben."

Bedächtig ließ sich Rosenbaum auf einer alten Kiste nieder. Dabei fuhr er sich über das graue, kurzgelockte Haar.

„Sie sind wohl ein Geheimpolizist – ein Detektiv?" erkundigte er sich mit überlegener Ruhe.

„Wer ich bin, werden Sie erfahren, nachdem Sie mir auf meine Fragen geantwortet haben."

„Wie soll ich antworten, wenn ich Sie nicht kenne?"

„Sie werden antworten, denn ich sage Ihnen, daß davon vieles, vielleicht sogar Ihr Leben abhängt!"

Der Alte äugte pfiffig von seiner Kiste herüber.

„Mein Leben? Gott Abrahams! Das klingt ja ganz gruselig! Fast so, als spräche der geheimnisvolle Hauptmann zu mir?"

„Der geheimnisvolle Hauptmann? Wer ist das?"

„Wenn Sie sind ein Mann von der Polizei, Herr, so werden Sie das wissen viel besser als ich!"

„Es handelt sich nicht darum, wer ich bin, sondern darum, was Sie von dem Hauptmann wissen."

„Was ich von ihm weiß? Nichts weiß ich, lieber Herr!"

„Machen Sie keine Dummheiten, Salomon Rosenbaum! Ich befehle Ihnen, mir zu sagen, was Sie von dem Hauptmann wissen!

Sprechen Sie etwa so, als ob Sie einen Fremden vor sich hätten, der von den Verhältnissen dieser Stadt und ihrer Umgebung noch gar nichts gehört hat!"

Der scharfe Ton machte keinerlei Eindruck auf den Juden. Er lächelte fast ein wenig spöttisch. Wenn er sich trotzdem zu der geforderten Auskunft bequemte, so geschah es offenbar nur deshalb, weil es Rosenbaum so gefiel.

„Nun, Sie werden doch wissen, daß hierzulande vorkommen alle Arten von Verbrechen fast in dreifacher Anzahl im Vergleich zu früher."

„Nichts weiß ich."

„Auch nicht, daß eine Gaunerbande ist verbreitet über die ganze Gegend?"

Rosenbaums lauernder Blick bemühte sich, das Gesicht des Besuchers in der Dunkelheit zu ergründen.

„Auch das ist mir unbekannt!" erklärte dieser schroff. „Sprechen Sie weiter!"

„Was Sie alles nicht wissen! Die Mitglieder der Bande scheinen zu besitzen ausgezeichnete Spürer und gute Beziehungen. Wo eine größere Summe Geld liegt – sie erfahren es. Mit welchem Postzug Geld fortgeht, das wissen sie. Wenn jemand ausgezahlt erhält ein Erbe, sie holen es. Man sagt, sie seien geschult und eingeteilt geradezu militärisch."

„Von wem?"

„Nun – eben von dem Hauptmann!"

„Wer ist das?"

„Weiß ich es? Weiß es ein anderer? Weiß es die Polizei? Niemand weiß es. Er ist überall und nirgends. Sucht man ihn hier, so ist er dort, und sucht man ihn dort, so ist er hier. Bald ist er ein Bettler, bald ein Fürst; er läßt sich sehen als Offizier, als Schuster und als Kaufmann. Er hat hundert Gesichter und tausend Gestalten. Man hat gesetzt einen Preis auf ihn, aber man kann ihn nicht fangen."

„Fängt man auch keinen von seiner Bande?"

„Wenn schon. Man fängt welche, man denkt wenigstens, daß sie gehören zu der Bande; aber entweder entspringen sie, oder sie können beweisen ihre Unschuld."

„Merkwürdig."

„Ja, sehr merkwürdig. Haben Sie denn nichts gehört von dem Riesen Bormann? Er war Athlet bei einem Zirkus, wurde aber eingesteckt für einige Monate wegen Körperverletzung. Seit jener Zeit ist er der berühmteste Einbrecher."

„So mag man ihn abermals einstecken!"

„Das hat man auch getan, aber man mußte ihn stets wieder lassen frei. Es fanden sich immer Zeugen, die beschworen seine Unschuld."

„Nun, so ist er vielleicht auch wirklich schuldlos gewesen!"

„O nein! Man weiß es genau: der Hauptmann hat ihm allemal durchgeholfen. Es ist gar kein Geheimnis, daß Bormann ist ein Mitglied der Bande."

„So habt ihr eine ausgezeichnete Polizei und glänzende Gerichte!" höhnte der Unbekannte.

„Was reden Sie von Behörden? Die haben ja unter sich auch Mitglieder der Bande."

„Nicht möglich!"

„Gewiß! – Aber jetzt haben sie ihn endlich doch so fest, daß er nicht kann entkommen."

„Wen haben sie fest? Den Hauptmann?"

„Nein. Den Riesen Bormann."

„Und weswegen?"

„Einbruch bei einem Schmuckhändler. Man hat gefaßt Bormann, als er wollte verkaufen den Raub in einem Leihhaus. Der Pfandleiher hat ihn angezeigt."

„Wer war der Pfandleiher?"

Der Jude zögerte. Sein Blick ruhte noch immer lauernd auf dem Besucher. Der wiederholte seine Frage mit besonderem Nachdruck.

„Nun? Wer war dieser mutige Mann?"

„Ich", antwortete Rosenbaum mit erhobener Stimme.

Der Unbekannte strich sich den Bart.

„Sind Sie stets so – ehrlich?"

„Was nützt die Ehrlichkeit, wenn sie wird vergessen auch nur ein einziges Mal? Was gilt ein Topf mit einem einzigen Loch? Jehova ist mein Zeuge, daß es gibt keinen Makel auf dem Namen Salomon Rosenbaum!"

„Ist Bormann kein Makel?"

Bei dieser Frage grinste der Pfandleiher nur.

„Soll ich noch hundert andre Namen nennen?" fuhr der Unbekannte gleichmütig fort. „Soll ich in Ihre Hinterstube hinaufgehen und die Wanduhr abrücken? Liegt dort nicht alles, was notwendig ist zur Anfertigung falscher Pässe und andrer Ausweise, die Sie an zweifelhafte Personen verkaufen?"

Die Wirkung dieser Worte war verblüffend. Rosenbaum wurde kalkweiß; er fuhr auf, sank aber wie kraftlos wieder auf seinen Sitz zurück.

„O mein lieber, hochverehrtester Herr von der geheimen Polizei", begann er, „ich kann Ihnen beweisen –"

„Schweigen Sie! – Wollen Sie etwa leugnen, daß Sie schon

seit langem der Hehler für die Bande des geheimnisvollen Hauptmanns sind?"

„Ja, ich bestreite es! — Es ist nicht wahr!" rief Rosenbaum laut.

„Feigling!" sagte der Besucher verächtlich. „Warum haben Sie keinen andern angezeigt als nur diesen Riesen Bormann?"

„Weil er war der einzige, der zu mir kam – jeden andern hätte ich ebenso angezeigt!"

„Lügen Sie nicht, Mann! Ich will Ihnen sagen, wie die Dinge liegen. Sie haben eine Tochter?"

„Ja. Eine Tochter hat mir gegeben der Gott Israels. Sie heißt Lena, ist schön wie Sulamith und –"

„– und in diese Lena hatte sich der Riese vergafft. Er wurde Ihnen lästig, und um ihn für immer loszuwerden, zeigten Sie ihn an, obgleich er zu den besten meiner Leute gehört."

Während dieser Worte hatte der Unbekannte eine schwarze Maske aus der Tasche gezogen und vor dem Gesicht befestigt. Drohend trat er jetzt aus seinem finstern Winkel heraus, auf Rosenbaum zu und zeigte ihm einen seltsam geschnitzten Hornknopf.

„Gott meiner Väter!" schrie der Pfandleiher auf. „Der Hauptmann!"

„Ja, ich bin's", nickte der Besucher. „Ich bin gekommen, um mit dir abzurechnen, Salomon Rosenbaum!"

Inzwischen hatte sich leise die Tür geöffnet, und zwei Frauen waren eingetreten, Lena und ihre Mutter. Sie hatten aus dem Ton des Gesprächs gehört, daß sich Rosenbaum in bedrohlicher Lage befand und waren gekommen, ihm beizustehen. Lena hatte die Geistesgegenwart, hinter sich sofort wieder die Tür zu verschließen.

„Der Hauptmann?" fragte Lena mit unheimlicher Ruhe. „Der geheimnisvolle Hauptmann, das sind Sie?"

Der Unbekannte wandte sich um, aber er konnte von Lenas Gesicht nichts sehen als Augen, Nase und Mund, da sie ein Kopftuch trug, das sie auch noch um Hals und Kinn geschlungen hatte.

„Was geht das euch an?" murrte er barsch.

„Sie wollen mit Salomon Rosenbaum abrechnen?" fuhr das Mädchen unbeirrt fort.

„Ja! Seine letzte Stunde hat geschlagen!"

„Nun, so ist auch die Ihrige gekommen!"

Unwillkürlich wich er einen Schritt zurück.

„Schwätzerin!"

„Ich schwatze nicht. Wir kennen sehr viele Ihrer Leute. Und wer mit Leuten Ihres Schlages verkehrt, der muß sich auch zu schützen wissen. Tun Sie meinem Vater nur das Geringste, so werden Sie dieses Haus nicht lebendig verlassen!"

Sie sagte das kalt, mit einem Ton ruhiger Überlegenheit.

„Ein Weib macht mich nicht irre", lachte er. „Ich habe mit ihm abzurechnen und werde es auch tun. Also ihr habt den Bormann angezeigt?"

„Warum sollten wir nicht?"

„Das durftet ihr nicht. Ihr wußtet, daß er zu meinen Leuten gehört."

„Er hatte den Einbruch nicht in Ihren Diensten, sondern auf eigne Rechnung ausgeführt."

„Gewiß. Es war ein Fehler von ihm. Dennoch will ich ihn schonen. Daher fordere ich, daß ihr mir helft, seine Unschuld zu beweisen."

„Helfen?" spottete Lena, „Wenn Sie dem Vater nach dem Leben trachten?"

„Er kann es retten, ihr könnt es retten, wenn ihr mir beisteht, Bormann aus der Patsche zu reißen."

„Unmöglich! Das kann kein Mensch!"

Der Hauptmann lachte geringschätzig.

„Ich kenne einen, der es doch kann, und der bin ich."

„Tun Sie, was Sie wollen! Wir aber mögen damit nichts zu schaffen haben. Bormann soll uns nicht mehr ins Haus kommen!"

„Er ist einer meiner besten Leute; er muß gerettet werden."

„Warum retten Sie ihn nicht, wenn Sie können?"

„Ohne euch ist es nicht zu machen."

„Wir haben keine Lust dazu."

Da brauste der Mann mit der Maske herrisch auf.

„Ich befehle es! Zum letztenmal: ich verlange die Rettung Bormanns! Ja oder nein! Keine Zeit mehr zur Überlegung! Ich bin mit allen Geschäften und Schlichen der ehrenwerten Firma Salomon Rosenbaum vertraut. Lasse ich durch einen meiner Leute Anzeige erstatten, so ist es aus mit eurer Herrlichkeit! Ich selber kann dabei ruhig im Hintergrund bleiben. Mich faßt keiner, aber euch geht es an den Kragen. So, das ist mein letztes Wort! Und nun – Antwort!"

Lena wollte erwidern. Doch der Vater wehrte ab. Er war sehr ängstlich geworden.

„Was sollen wir tun für Bormanns Rettung?" erkundigte er sich kleinlaut.

„Das will ich euch sagen. Wem von euch hat er den Raub angeboten?"

„Mir und meiner Frau."

„Ihr seid schon vernommen worden?"

„Ja."

„Hat man euch ihm auch schon gegenübergestellt?"

„Noch nicht."

„Das ist gut. Es wird bald geschehen. Ihr werdet dann einfach erklären, daß ihr ihn nicht wiedererkennt."

„Wir haben doch schon bekundet, daß er es war!"

„Ihr habt euch geirrt. Es gibt einen Menschen, der ihm so ähnlich ist wie ein Ei dem andern – und dieser Doppelgänger Bormanns hat euch die Diebesbeute gebracht."

„Wenn Sie könnten bringen solch einen Menschen . . ."

„Das wird besorgt. Bormann ist unschuldig. Der wirkliche Verbrecher gleicht ihm wie ein Zwillingsbruder dem andern, hat aber ein rotes Mal auf der rechten Wange. – Entscheidet euch!"

Unschlüssig wandte sich Salomon Rosenbaum an seine Tochter.

„Nun, Lena, was sagst du dazu?"

Das Mädchen zuckte die Achseln.

„Was ich sage? Ich habe zwei Bedingungen", erklärte sie.

„Bedingungen?" lachte der Hauptmann. „Sie verkennen die Lage, Fräulein Rosenbaum. Bedingungen habe ich allein zu stellen."

„Die erste ist", fuhr Lena unbeirrt fort, „ein schriftliches Eingeständnis der Schuld Bormanns, von ihm unterzeichnet. Die zweite: Der Riese soll mich nicht wieder belästigen."

„Meinetwegen", sagte der Hauptmann wegwerfend. „Ich will ihn sowieso anderweit verwenden. Er darf gar nicht mehr in der Stadt bleiben."

„Man würde ihn trotzdem nachträglich finden und festnehmen, falls etwa von anderer Seite – Sie verstehen mich wohl? – Nachteiliges über Salomon Rosenbaum gesprochen werden sollte."

Der Hauptmann bedachte die schlaue, hartnäckige Gegnerin unter der Maske hervor mit einem teils bösen, teils belustigten Blick.

„Ich werde Sorge tragen, daß das gewünschte Schriftstück angefertigt und unterzeichnet wird."

„Und in Vaters Besitz gelangt!"

„Auch das." Der Hauptmann wandte sich ab, zögerte aber noch einmal. „Übrigens, Rosenbaum, wer war die Frau, die Sie vorhin fortschickten?"

„Die Frau des Schließers Arnold am Untersuchungsgefängnis, der sogenannten Fronfeste."

„Was wollte sie?"

„Versetzen zwei Betten und einen Tisch. Da ich aber sollte lassen die Sachen bei den Arnolds, konnte ich geben nichts."

„Hatte sie denn nichts anderes?"

„Was soll sie noch haben? Die Wertsachen der Arnolds sind alle längst bei mir."

„Na, das geht mich nichts an. Also, Rosenbaum, was sagen Sie aus, wenn Sie Bormann gegenübergestellt werden?"

„Ich werde sagen, daß es der Falsche ist. Der wirkliche Einbrecher sieht ihm täuschend ähnlich, hat aber ein großes rotes Mal auf der rechten Wange."

„Gut so. Und dabei bleiben Sie! Ungehorsam würde Sie verderben. Sie wissen, ich kenne sogar die verborgensten Geheimnisse Ihres Hauses. Tag und Nacht sind Sie unter schärfster Aufsicht. Nehmen Sie sich in acht, Rosenbaum! Ein zweites Mal bin ich nicht so nachsichtig!"

Er ging. Der Jude führte ihn hinaus und kam bald zurück.

„Ein ungemütlicher Abend!" brummte er vor sich hin. „Ich staune noch immer, Lena, wie du bist umgesprungen mit diesem Menschen."

„Ach was! Ich würde ihm noch ganz anders mitspielen, wenn er es sich einfallen ließe, nicht Wort zu halten. – Doch genug davon! Ich muß hinauf in die Wohnung. Meine Freundin Selma Thal wartet oben auf mich. Wir wollen Gedichte lesen."

„Gedichte?" staunte der Vater.

„Ja doch, Gedichte von Almansor!"

„Almansor? Kenne ich nicht", sagte Rosenbaum mürrisch.

„Ich habe mir das Buch kürzlich gekauft – am Markt. Beim Buchhändler Strickrod. Oh, ich sage euch, der Verfasser ist ein herrlicher Mann! Ich schwärme für ihn."

„Immer lies, immer lies, Tochterleben! Lena Rosenbaum kann es sich leisten, zu lesen Gedichte, die nur Zeit kosten und nichts einbringen. Geist und Bildung sollst du haben, und Grafen und Barone sollen kommen, um deine Hand anzuhalten! – Wahnsinn von dem Bormann, seine Augen zu erheben zu der reichen Lena – und ärgerlich ist es, daß wir sollen helfen dem unverschämten Burschen aus dem Schlamassel!"

Das Schweigen der Winternacht lag über der Wasserstraße mit ihren dürftigen Häusern, über den Dächern mit ihrer dichten Schneelast, über den vielen erleuchteten Fenstern, und es sah aus, als wäre hier aller Armut zum Trotz der Frieden zu Haus. Aber es schien nur so. In Wahrheit lebten hinter all den erleuchteten Fenstern Menschen mit viel Sorgen und Nöten, in Kummer, Bedrängnis und Wirrsal.

Eine Ausnahme von diesen Menschen bildete vielleicht einzig Lena, die Tochter des Altwarenhändlers und Pfandleihers Rosenbaum, die mit Selma Thal in einem mehr prunkhaft als geschmackvoll ausgestatteten Zimmer beim Tee saß und der Freundin in schwärmerischem Tonfall Gedichte von Almansor vorlas. Wer dieselbe Lena vor kurzem beobachtet hätte, wie sie dem Hauptmann entgegentrat und ihm schließlich sogar zäh, schlau und furchtlos ihre Bedingungen vorschrieb, der hätte das Mädchen jetzt nicht wiedererkannt. Aber es war so, diese Lena konnte auch schwärmen und in höheren Gefilden schwelgen. In ihr mußten zwei Seelen wohnen; anders war dieses Rätsel nicht zu deuten.

Ihre Eltern waren indessen noch in flüsternder Beratung in der ungemütlichen Hinterstube des Ladens beisammen und sprachen über den Hauptmann, über den Riesen Bormann und ähnliche unerfreuliche Dinge. Der Hauptmann selbst aber, der geheimnisvolle Unbekannte, ging inzwischen schon wieder anderen dunklen Geschäften nach.

Er war, als er Salomon Rosenbaum verlassen und mit rascher Handbewegung die Maske entfernt hatte, zunächst ein Stück nach links in die Wasserstraße hineingeschritten, dann jedoch umgekehrt, um zu sehen, ob er beobachtet würde. Da das nicht der Fall war, ging er beruhigt nach rechts weiter, schwer auf seinen Stock gestützt, den linken Fuß etwas nachschleppend.

Im allgemeinen schien er mit der Wasserstraße gut vertraut zu sein; denn plötzlich trat er in einen dunklen Flur, wo er sich zunächst mittels einer entstellenden Brille ein etwas verändertes Aussehen gab. Dann tappte er im Finstern, ohne daß er Licht anzündete, sicher die Treppe hinauf. Anscheinend folgte er dem Schall einer weinenden Frauenstimme.

Als er an eine Tür klopfte, schien man erstaunt aufzuhorchen, bevor man „Herein!" rief.

Er trat in ein ärmliches, aber sauberes Zimmerchen. Außer einem Tisch und zwei Betten, die man durch eine offenstehende Tür in der Schlafkammer sah, gab es hier kein Möbelstück.

Auf der Diele spielten zwei Knaben, am Fenster stand eine Frau, die Augen voll Tränen, und an dem Tisch saß auf einer Kiste ein Mann, der eine Brotsuppe verzehrte.

Es war die Frau, die von Salomon Rosenbaum abgewiesen worden war.

Als sie den Besucher erblickte, errötete sie. Sie mochte ihn trotz der Brille erkennen.

Er grüßte höflich und bat um Entschuldigung wegen der Störung.

„Kennen Sie mich wieder, liebe Frau?" fragte er dann. „Ich war beim Trödler Rosenbaum und erfuhr von Ihrer trüben Lage. Schämen Sie sich nicht! Ich komme nur, um Ihnen zu helfen."

Der Mann legte den Löffel fort, und die Frau fuhr sich mit der Schürze über die nassen Augen.

„Die Kinder brauchen nicht zu hören, was wir sprechen", sagte der Besucher. „Schaffen Sie sie hinaus in die Betten!"

Die Frau gehorchte. Als sie zurückkehrte, klinkte sie die Kammertür hinter sich zu. In ihrem Gesicht spiegelte sich erwachende Hoffnung. Sie und auch ihr Mann warteten schweigend und gespannt auf das, was der unbekannte Besucher ihnen mitteilen würde.

„Ich wiederhole meine Frage, ob Sie mich wiedererkennen?"

Sie nickte.

„Sie wollten bei Rosenbaum diesen Tisch und die beiden Betten versetzen?"

Sie wurde blutrot und blickte stumm ihren Mann an.

„Warum fragen Sie?" forschte Arnold unsicher.

„Weil ich Teilnahme für Sie empfinde."

„Wer sind Sie denn?"

„Vielleicht werde ich Ihnen das nachher sagen. Haben Sie nur vorher die Güte, mir mitzuteilen, warum Sie sich nicht an andre Leute als an diesen hartherzigen Juden wenden?"

„Ich weiß keinen andern."

„Was brachte Sie in die traurige Lage, Ihr Eigentum aufs Leihhaus tragen zu müssen?"

„Die Not."

„Und woher diese Not?"

Der Mann wurde unwillig.

„Nehmen Sie es mir nicht übel, Herr – aber Ihre Fragen gehen etwas weit!"

„Nicht doch! Fassen Sie nur einmal Vertrauen zu mir! Ich habe Ihnen ja schon erklärt, daß ich Ihnen helfen möchte."

„Das kann ich kaum glauben. Unter Fremden findet man selten einen Helfer, wenn schon alle Freunde und Bekannten versagt haben. Übrigens kann ich Ihnen so viel verraten, daß ich grad durch einen Bekannten in meine elende Lage gebracht worden bin."

„Wieso?"

„Darüber möchte ich schweigen."

„So will ich es Ihnen erzählen. Der Bekannte, Mehnert heißt er, hatte Sie gebeten, für ihn zu bürgen."

„Herr, woher wissen Sie das? Ich habe zu niemand davon gesprochen, und er hat alle Veranlassung, darüber zu schweigen!"

„Woher ich es weiß, ist gleichgültig. Sie haben sich jedenfalls bereden lassen, ihm den Gefallen zu tun."

„Leider!"

„Und nun hat Sie Mehnert einfach sitzenlassen. Sie sollen auf

Grund Ihrer Bürgschaft zahlen und können es nicht. Man drängt Sie, und Sie müssen gewärtig sein, daß man Ihnen bei Ihren Vorgesetzten Schwierigkeiten macht, daß Sie wohl gar Ihre Stellung als Gefängnisschließer verlieren; denn man dreht die Sache so, als hätten Sie die Bürgschaft leichtfertig übernommen, als seien Sie nicht zuverlässig und gewissenhaft. Ist es so?"

Die Frau schluchzte jetzt laut auf.

„Herr", rief der Mann, „ich frage Sie noch einmal, wie können Sie das alles wissen?"

„Sagen Sie mir lieber vorher, ob Sie noch irgendeinen Weg zur Rettung sehen?"

„Nein! Außer einem – den Tod!"

„Unsinn! Retten Sie dadurch Ihre Familie? Ich hörte zufällig von Ihrer Lage und entschloß mich, Ihnen zu helfen, gestehe aber aufrichtig, daß meine Absicht nicht ganz uneigennützig ist."

Das finstere Gesicht des Mannes erhellte sich; seine Augen leuchteten auf.

„Mein Gott", rief er, „ich will ja alles tun!"

„Wieviel brauchen Sie?"

„Rund hundert Mark."

„Es würde mir sogar auf mehrere hundert nicht ankommen, falls Sie bereit sind, mir einen Gefallen zu tun. Gefahr ist nicht dabei, Mut ist nicht erforderlich, höchstens eines: – Großzügigkeit."

Der Mann blickte rasch auf.

„Großzügigkeit? – Ich verstehe nicht."

„Es handelt sich um einen Gefangenen."

„Da kann ich leider nichts für Sie tun!"

„Dann ich auch nichts für Sie."

Der Unbekannte tat, als wollte er die Stube verlassen.

„Halt! Was verlangen Sie?" stieß der Bedrängte hervor. „Soll ich vielleicht eine Botschaft oder einen Brief besorgen?"

„Das nicht", lächelte der Versucher. „Etwas andres. Sie haben einen Gefangenen in Ihrer Obhut, der unschuldig ist. Das ist aber nur mit Ihrer Hilfe zu beweisen."

„Wenn es so ist, würde ich die Gefälligkeit, die Sie fordern, wohl auch mit meinem Gewissen in Einklang bringen können?"

„Ja. – Bleiben Sie heut nacht im Gefängnis?"

„Ich habe heute Wache."

„So geht es leicht. Sie brauchen mir nur von Mitternacht an bis ungefähr drei Uhr einen Ihrer Gefangenen anzuvertrauen. Tun Sie das, so zahle ich Ihnen dreihundert Mark!"

„Herr, ich darf keinen Gefangenen hinauslassen."

„Auch dann nicht, wenn er bestimmt wiederkommt?"

„Er wird nicht so dumm sein, wiederzukommen!"

„Er wäre im Gegenteil sehr dumm, wenn er nicht zurückkommen wollte! Entflieht er, so darf er sich niemals wieder sehen lassen. Er ist vogelfrei, er bleibt des Verbrechens, dessen man ihn anklagt, schuldig. Kehrt er aber zurück, so kann ich seine Unschuld beweisen, und er wird gerechtfertigt das Gefängnis verlassen."

„Was wird er während der drei Stunden tun?" fragte der Schließer vorsichtig.

„Er soll sich mit einem Anwalt besprechen."

„Der Anwalt kann am Tag zu ihm in die Zelle kommen."

„Das erlauben die eigenartigen Verhältnisse nicht."

„Wer ist's?"

„Bormann, der fälschlich unter dem Verdacht des Einbruchs steht."

„Um Gottes willen!" rief der Schließer. „Dieser gefährliche Mensch? Da darf ich's noch weniger wagen als bei einem andern!"

„Und dennoch können Sie es ohne Sorge tun. Ich werde Ihnen auch beweisen, wie ehrlich ich es mit Ihnen meine. Sagen Sie mir aber vorher, ob es Ihnen überhaupt möglich ist, einen Gefangenen unbemerkt vor das Tor des Gefängnisses zu bringen!"

„Vor das Tor nicht, aber an die Hinterpforte."

„Schön. Ich halte Sie für einen ehrlichen Menschen, dem ich vertrauen darf. Deshalb mache ich Ihnen folgenden Vorschlag: Ich schenke Ihnen dreihundert Mark, damit Sie Ihren Verpflichtungen auf Grund der Bürgschaft nachkommen können. Außerdem lege ich in Ihre Hand etwa tausend Mark als Sicherheit dafür, daß sich der Gefangene um drei Uhr morgens wieder vor der Pforte befindet."

„Tausend Mark?" rief die Frau.

„Tausend Mark", wiederholte der Mann.

„Ja. Ich selber bringe Bormann zurück. Dabei geben Sie mir die Summe wieder. Er kehrt zurück, verlassen Sie sich darauf! Und selbst für den Fall, daß es nicht geschehen sollte, kann Ihnen doch niemand etwas nachweisen. Das Pfand verfällt Ihnen, und Sie könnten sich, wenn es durchaus sein müßte, anderweit einen Erwerb gründen."

Die Frau warf ihrem Mann einen aufmunternden Blick zu. Er aber schüttelte den Kopf.

„Tausend Mark! Das ist sehr viel, gewiß. Doch ein gutes Gewissen ist mehr wert. Meine Seelenruhe verkaufe ich nicht."

Über das Gesicht des Unbekannten zuckte ein spöttisches Lächeln.

„Haben Sie die nicht schon verkauft? Oder vielmehr um einen

Freundschaftsdienst weggegeben? Vergessen Sie nicht, daß ich meine Hilfe von Ihrer Gegenleistung abhängig mache!"

Der Schließer sah gequält zu seinem Bedränger auf.

„Ich wollte, Sie wären gar nicht zu mir gekommen. Sie sind kein guter Mensch!"

„Da muß ich doch sehr bitten!" widersprach der alte Herr mit Nachdruck. „Wollen Sie mich zum Dank für meine Hilfsbereitschaft beleidigen? Dann werde ich gehen . . ."

„Bleiben Sie!" bat die Frau hastig. Dann wandte sie sich an ihren Mann. „Sei doch nicht so grob! Nimm doch Vernunft an! Versuch es doch mit dem Herrn! Er verlangt ja nichts Unrechtes. Er will nur einen rechtfertigen, der zu Unrecht im Gefängnis sitzt."

„Zu Unrecht?" fragte ihr Mann. „Das kann ich nicht glauben. Bormann ist tatsächlich ein Verbrecher."

„Zur Zeit leidet er unverdiente Strafe", fiel der Versucher ein.

„Und wenn es so wäre! Er gehört zur Bande des Hauptmanns."

Das sollte ein Trumpf gegen den Geheimnisvollen sein. Der aber nickte seelenruhig.

„Wenn Sie das wissen, so sollten Sie sich erst recht besinnen und auf mein Anerbieten eingehen. Nicht jedem, dessen Hilfe er fordert, läßt der Hauptmann so gute Bedingungen unterbreiten wie Ihnen."

Der Schließer fuhr auf.

„Der Hauptmann? Mir?"

„Gewiß. Durch mich."

„Das . . . Das ist wohl soviel wie eine Drohung?" stammelte der Schließer, während sich seine Frau zitternd in die eine Ecke der kleinen Stube zurückzog.

„Wie Sie es nehmen wollen", antwortete der Besucher kurz und hart. „Entscheiden Sie sich! Gehen Sie auf meinen Vorschlag ein, so schenke ich Ihnen auf der Stelle hundert Mark, damit Sie erst einmal die Sorge wegen der Bürgschaft los sind. Die versprochenen weiteren zweihundert Mark als Schmerzensgeld für die inzwischen ausgestandene Angst um Bormanns Rückkehr erhalten Sie, sobald ich ihn zurückbringe. Sie können dann diese Summe von den tausend Mark abziehen, die ich um Mitternacht bei Ihnen hinterlege, wenn Sie mir den Gefangenen an der Hinterpforte der Fronfeste freigeben und ihn mir auf drei Stunden überlassen. Ich bringe Bormann bestimmt wieder. Sonst wären ja die gesamten tausend Mark Lösegeld für mich verloren. Ich denke, das ist ein gutes Geschäft. Weigern Sie sich aber, so könnte das schlimme Folgen für Sie haben. Mein Auftraggeber, der Hauptmann, pflegt Widersetzlichkeit schwer zu bestrafen, möglicherweise sogar mit dem Tod."

Damit hatte der Unheimliche das Spiel gewonnen. Der Schließer streckte die Waffen. Er nahm mit zitternden Händen einen Hundertmarkschein in Empfang, bedankte sich stammelnd dafür, versprach, Bormann zur bestimmten Zeit an die Hinterpforte des Gefängnisses zu bringen, und leuchtete schließlich dem geheimnisvollen Besucher die Treppe hinab. Dann kehrte er zu seiner Frau zurück, die ihn mit ängstlich fragender Miene erwartete. Ächzend sank der Mann auf die Kiste am Tisch.

„Gott gebe, daß alles gut abläuft!" –

Der Unbekannte hatte inzwischen das Haus verlassen. Gemächlich nahm er die Brille ab, steckte sie in die Tasche, rief an der nächsten Querstraße eine Droschke an und ließ sich in ein entlegenes Stadtviertel fahren. Dort stieg er aus und schritt durch einige Gassen, bis er an eine Mauer kam. Als er sich überzeugt hatte, daß er nicht beobachtet wurde, zog er sein Taschenmesser, steckte die Klinge in eine Ritze zwischen zwei Steinen, von denen der eine, rings vom Mörtel befreit, locker in den Fugen saß.

Ohne Mühe entfernte ihn der Mann. Dann griff er in die Öffnung, zog drei spitze, meißelähnliche Eisen hervor und brachte den Stein wieder an seine Stelle. Nun schob er die Eisen in drei gleichmäßig übereinander angebrachte Löcher, so daß sie ein paar Zoll weit hervorstanden und auf der andern Seite der Mauer ebenso weit herausragten. Dadurch waren sie als Stufen zu benutzen. So gelangte der Graubärtige leicht hinauf und an der andern Seite wieder hinab. Dabei kletterte er so gewandt wie ein Vierzigjähriger, und vor der Lähmung seines linken Beins war plötzlich nichts mehr zu bemerken.

Er landete in einem verwilderten Park. Hier zog er die Eisen heraus, versteckte dann Stock und Hut in einem Gebüsch, nahm den grauen Bart ab und vertauschte die graue Perücke, die er trug, mit einer rothaarigen. Hierauf schlich er zwischen den Bäumen dahin bis an die Hinterseite eines Hauses. Eine steinerne Freitreppe ward sichtbar und neben ihr zu beiden Seiten Kellerfenster. Eins davon war nur angelehnt. Der Geheimnisvolle drückte es vorsichtig auf, stieg ein, zog es wieder zu und befand sich nun in einem dunklen Raum, den er sehr gut zu kennen schien, denn er schritt weiter, ohne einer Leuchte zu bedürfen.

Bald gelangte er an einige schmale Stufen, kletterte zwei empor, schob den Riegel einer Falltür zurück und hob sie leise in die Höhe.

Lichtschein fiel von oben herein. Der Mann zog die Maske aus der Tasche und befestigte sie vorm Gesicht; dann stieg er langsam weiter.

Die Falltür mündete in einen saalartigen Raum mit gewölbter

Decke und war so angebracht, daß der Unbekannte gerade hinter einem breiten Rednerpult aus der Tiefe auftauchte.

Geräuschlos schloß der Mann mit der Maske hinter sich die Öffnung im Fußboden. In kauernder Stellung steckte er nun hinter dem Pult. Schließlich richtete er sich rasch auf. Vor dem Pult saßen gegen dreißig verhüllte und maskierte Personen, alle mit dem Rücken nach dem Pult. Keiner sprach mit dem andern. Es herrschte tiefe Stille. Eine einzige von der Decke herabhängende Lampe erhellte den Raum notdürftig.

Der Maskierte ergriff eine bereitstehende Klingel und ließ sie ertönen. Sofort erhoben sich alle, drehten sich zu dem Geheimnisvollen herum, der jetzt, wie aus dem Erdboden gewachsen, hinter dem Pult stand, verbeugten sich und ließen sich wieder nieder, kehrten ihm aber nun die verlarvten Gesichter zu.

Auf einen Wink kam einer herbei und erstattete flüsternd Bericht, worauf er im gleichen Flüsterton neue Befehle erhielt und sich aus dem Gewölbe entfernte.

So kam ein zweiter, ein dritter und fünfter. Jeder verließ sofort nach seiner Abfertigung den Raum. Nur einige wenige mußten zurückbleiben, mit denen der Unbekannte zu sprechen begann.

„Wie steht's mit dem Schreiber Richard Bertram?"

„Morgen abend bringt er mir die Noten."

„Du wirst ihm aber kein Geld geben."

„Ich bin nicht zu Haus; der Wirt soll die Noten in Empfang nehmen."

„Ich bin mit dir zufrieden. Ihr wißt, worum es sich heute handelt?"

„Ja."

„Sind die Schlüssel fertig?"

„Ja, hier."

Einer übergab dem Hauptmann mehrere Wachsabdrücke und Schlüssel zur Nachprüfung.

„Sie werden passen", sagte er, nachdem er sie aufmerksam verglichen hatte. „Bormann wird heute mitarbeiten."

Die Vermummten sagten nichts, hoben aber die Köpfe. Sie waren überrascht, zu hören, daß ein Kamerad mit ihnen arbeiten sollte, den sie in festem Gewahrsam wußten. Der Hauptmann wendete sich wieder an den ersten, der eine Art Unterbefehlshaber zu sein schien.

„Hast du Schminke bei dir?"

„Gewiß!"

„Punkt zwölf Uhr trefft ihr euch unter den Bäumen gegenüber dem Untersuchungsgefängnis. Ich werde mit Bormann zu euch stoßen, und du machst ihm ein großes, blaurotes Mal auf die rechte

Wange. Nach erledigter Arbeit bringt ihr ihn wieder mit. Er kehrt dann in seine Zelle zurück. Vergeßt aber nicht, ihm vorher das Mal wieder abzuwaschen!"

Abermals entstand eine Pause des wortlosen Staunens.

„Darf ich fragen, Hauptmann, warum er wieder zurück soll?" fragte der Unterführer.

„Um freigesprochen zu werden. Der alte Jude Salomon Rosenbaum wird sagen, daß der, der ihm die Uhren verkaufen wollte, ein Feuermal auf der rechten Wange gehabt habe, sonst aber Bormann sehr ähnlich sei. Rosenbaum hat sich auf das Mal erst jetzt besonnen. Bormann wird sich seinem heutigen Opfer zeigen. Das wird später seine Aussage tun, und da Bormann sicher in der Feste steckt, so wird man sich zu der Annahme bequemen müssen, daß er einen Doppelgänger hat, an dessen Stelle er unschuldig eingesperrt worden ist. Unser Anwalt wird seine Sache schon machen."

„Und wie steht es sonst mit dem Überfall, Hauptmann?"

„Zwischen zwölf und eins kommt ihr am Tatort an. Die Schlüssel hier nehmt ihr mit. Sie schließen das Haustor, die Tür des Vorsaals und auch die andern Eingänge. Sobald ihr kein Licht mehr bemerkt, macht ihr euch an die Arbeit! Ich habe euch übrigens schon gestern das Nötige gesagt. Morgen treffen wir uns hier wieder. Ihr könnt gehen!"

Er winkte, und die Männer entfernten sich.

Jetzt befand sich der Hauptmann allein im Gewölbe. Vom Eingang her erscholl noch ein halblautes: „Alles in Ordnung!" Dann wurde die Tür verschlossen.

Der Hauptmann stieg vom Pult herab und löschte die Lampe. Nun herrschte tiefes Dunkel, und er kehrte auf dem gleichen Weg, den er gekommen war, in den Park und auf die Straße zurück. Dabei vergaß er nicht, sich hinter der Parkmauer erst wieder in den würdigen Herrn von sechzig Jahren zu verwandeln und auch die Steigeisen wieder in ihrem Versteck zu sichern.

4. Im Auftrag des Freundes

Die Häuser der Wasserstraße stießen mit den Hinterhöfen an die Gärten einer andern Straße, die im Gegensatz zu jenem Elendsviertel nur von wohlhabenden Leuten bewohnt wurde.

Das erste Stockwerk des Hauses, das mit seinem Hof an das Grundstück Nummer 10 der Wasserstraße grenzte, war festlich erleuchtet. Schlitten um Schlitten fuhr vor, denen Menschen in kostbaren Pelzen entstiegen. Droben wurden die Gäste von Dienern in Empfang genommen und in den Salon geführt, wo die Herrin des Hauses, Frau Oberst von Tiefenbach, sie begrüßte.

Ihr Gatte, der Oberst, war der ältere Bruder des durch Mörderhand gefallenen Rittmeisters von Tiefenbach. Das Oberstenehepaar hatte nur ein einziges Kind, die achtzehnjährige Tochter Hedwig.

Zwanglos nahmen die Gäste Platz oder plauderten stehend in einzelnen Gruppen über die Tagesneuigkeiten, bis die Gastgeberin das Zeichen zur Tafel geben würde.

„Und ich behaupte, dieser unheimliche Hauptmann gehört den guten Gesellschaftskreisen an", sagte soeben die Frau Oberlandesgerichtsrat.

„Woraus schließen Sie das?" fragte Nora von Helfenstein, die Frau jenes Neffen Franz, dessen Ehe man eine romantische Laune genannt hatte. Sie, die ehemalige Gesellschafterin Ulrikes von Helfenstein, war noch immer eine Schönheit, trotz ihrer vierzig Jahre.

„Das ist doch sehr einfach, meine Liebe", meinte Frau Oberlandesgerichtsrat. „Wie könnte er sonst eine so genaue Einsicht in die Vermögensverhältnisse seiner Opfer besitzen? Mit Kleinigkeiten gibt sich der Hauptmann nicht ab. Mein Mann ist übrigens der gleichen Meinung."

„Dann ist allerdings nichts dagegen zu sagen", spöttelte die Frau des Bankiers.

„Die genaue Kenntnis, die dieser Verbrecher von allen möglichen Verhältnissen und Ereignissen hat, grenzt geradezu ans Wunderbare", fuhr die Rätin fort, ohne auf den leisen Spott zu achten. „Er muß an allen Ecken und Enden seine Spürer haben."

„Wahrscheinlich sogar bei der Polizei!" fügte eine andre hinzu.

„Was fällt Ihnen ein!" rief Frau Oberlandesgerichtsrat empört. „Unsre Polizei ist über allen Verdacht erhaben!"

„Jedenfalls scheint er ein außerordentlicher Mann zu sein", suchte eine vierte zu vermitteln.

„Außerordentlich?" Frau Oberlandesgerichtsrat zog die Brauen in die Höhe. „Das dürfte denn doch wohl zuviel gesagt sein, meine Liebe. Nicht jeder geheimnisvolle Mensch muß deswegen schon ein außerordentlicher Mann sein, ein Räuberhauptmann gleich gar nicht!"

„Jedenfalls aber hat das Geheimnisvolle seine Reize und ist dazu angetan, einen Menschen irgendwie anziehend zu machen", lenkte Frau Nora ab. „Ich denke da an einen andern geheimnisvollen Mann, den Inder, von dem die ganze Stadt spricht, obgleich ihn noch keine zehn Personen wirklich kennengelernt haben."

„Sie meinen den Fürsten van Zoom?" fragte die Rätin. „Das ist allerdings richtig. Nur stimmt die Bezeichnung ‚Inder' nicht ganz. Soviel man von ihm in Erfahrung gebracht hat, ist er wohl gar kein echter Inder, sondern ein Holländer, der nur viele Jahre in den Kolonien gelebt hat."

„Ist er wirklich so reich, wie man sich erzählt? Sein Haus soll die seltensten Kostbarkeiten bergen."

„Wer kann das sagen?" meinte die Rätin achselzuckend. „Noch niemand aus unsern Kreisen ist über seine Schwelle gekommen. Er weilt nun schon über sechs Monate in der Stadt und hat noch bei niemand Besuch gemacht, noch nie eine Einladung erlassen, nie auch eine angenommen."

„Ich finde das unhöflich von ihm", mischte sich eine Jüngere in die Unterhaltung. „Ein Mann wie er hat die Pflicht, unter die Leute zu gehen und sein Haus der Gesellschaft zu öffnen."

„Vielleicht tritt er heute aus seiner Zurückhaltung heraus", wandte sich ein Herr von einer benachbarten Gruppe zu den Damen.

Erstaunt kehrte man sich zu ihm um.

„Wieso? Wie meinen Sie das?"

„Oberst von Tiefenbach hat den Fürsten vor ein paar Tagen kennengelernt."

„Und mit ihm gesprochen?"

„Ja. Er versichert, der Fürst sei ein liebenswürdiger Gesellschafter. Daraufhin hat er ihn für heute eingeladen."

„Das ist allerdings ein Ereignis!" meinte Nora von Helfenstein. „Aber erscheint der Fürst heute, so wird er sich auch weiteren Bekanntschaften nicht entziehen können. Daher glaube ich, daß er nicht kommt."

In diesem Augenblick wurde die Flügeltür weit geöffnet, und ein Diener rief in den Salon: „Seine Durchlaucht Fürst van Zoom."

Alle Blicke flogen zum Eingang.

Der Fürst war ein schöner Mann, nicht viel über vierzig Jahre. Man wußte, daß er aus Ostindien kam, doch war die Farbe seines Gesichts keineswegs gebräunt, sondern von einer Weiße und Reinheit, als ob er stets im Norden Europas gelebt hätte. Sein Gesicht wies zwei Narben auf, eine über Stirn und Nasenwurzel, die andre vom rechten Ohr herab über die Wange bis in den Schnurrbart. Er trug den üblichen Gesellschaftsanzug. Der einzige Ring, der an seiner Rechten blitzte, zeigte einen Diamanten von außergewöhnlichem Wert.

Oberst von Tiefenbach ging ihm entgegen. Nachdem Fürst van Zoom die Familie kennengelernt hatte, zog er sich in eine Fensternische zurück und schien so tief in Gedanken versunken, daß man ihn nicht weiter zu stören wagte. Aber es schien nur so, als ob er sich mit seinem eignen Innern beschäftigte. In Wirklichkeit beobachtete er alles um sich her so scharf, daß ihm nichts entging. So fiel ihm auch auf, wie gefeiert die Tochter des Hauses war. Gerade jetzt gab sie allgemeinem Drängen nach, setzte sich an den Flügel und sang mit ihrer vollen Altstimme ein Lied.

Begeisterter Beifall lohnte sie, und er war, wie sich Fürst van Zoom gestand, wohl verdient. Bescheiden verschwand Hedwig in einem Nebenzimmer. Van Zoom folgte ihr.

Hedwig stand an einem Fenster und blickte durch die Scheiben in die schneehelle Nacht hinaus – hinaus auf den Hof, woran sich ein Garten schloß, hinter dem die hohen Häuser der Wasserstraße wie eine dunkle Kulisse aufragten.

Plötzlich vernahm sie Schritte hinter sich; sie wandte sich um und schaute in das Gesicht van Zooms.

„Ich bin ein Freund der Musik, mein Fräulein", sagte er einfach. „Ich kenne viele Lieder, doch noch nie hörte ich das von Ihnen vorgetragene. Können Sie mir sagen, von wem es ist?"

„Der Text ist von Almansor."

„Almansor? – Jedenfalls wohl ein Deckname. Und der Komponist? Ich liebe diese einfachen Melodien, die mehr zu Herzen sprechen als die geistreichen Tonkünsteleien."

Sie errötete ein wenig.

„Der Komponist? – Er steht vor Ihnen, Durchlaucht."

„Wie? Höre ich recht? Sie selber haben das Gedicht in Musik gesetzt?"

„Ein schüchterner Versuch!"

Er nahm ihre Hand und küßte die Fingerspitzen.

„Dann freue ich mich um so mehr, Ihnen mein Urteil schon vorher gesagt zu haben. Sie würden es sonst leicht für eine Schmeichelei halten."

Diese ehrliche und warmherzige Art der Anerkennung verwirrte sie.

„Wie schade", lenkte er geschickt ab, „daß ich nicht den Dichter kenne, der Sie zu Ihrer Vertonung begeisterte."

„Hier liegt sein Buch, Durchlaucht."

Sie reichte ihm von einem Tischchen den Saffianband, und er blätterte darin.

„Oh, mein Fräulein, das trifft sich gut! – Sage mir, was du liest, und ich will dir sagen, wer du bist!" lächelte er. „Daher meine Wißbegier."

Sie antwortete nicht und wartete geduldig, bis er dieses und jenes Gedicht gelesen hatte.

Nach einer Weile klappte der Fürst das Buch zu und gab es Hedwig zurück

„Soviel ich sehe, sind die Gedichte wirklich gut. Dieser Almansor ist ein Könner."

„Ich liebe ihn!" sagte sie, als ob sich das von selbst verstünde.

„Ihn? – Oder seine Verse?" scherzte er.

„Auch ihn. Wie könnte man einen Dichter von seinen Werken trennen!"

Unter der Tür erschien Nora von Helfenstein. Van Zoom verbeugte sich höflich und trat näher, um sich vorstellen zu lassen; dann kehrte er in den Saal zurück und suchte die Dame des Hauses auf.

Neben Frau von Tiefenbach saß Ulrike von Helfenstein, ernst und in Schwarz gekleidet, als ob sie noch immer Trauer trüge um Vater und Bruder.

Obgleich seit den Schreckenstagen im Tannengrund und auf Schloß Helfenstein gegen zwanzig Jahre verflossen waren, schien sie nur wenig gealtert. Sie gehörte zu jenen Frauen, die der Zeit oft bis ins hohe Alter Widerstand leisten, und mit ihren achtunddreißig Jahren hätte man sie noch für achtundzwanzig halten mögen. Nur hatte sich über ihr jugendfrisches Gesicht ein Hauch von Schwermut gebreitet.

Frau von Tiefenbach stellte ihr Fürst van Zoom vor. Andre traten hinzu, und es entwickelte sich ein angeregtes Gespräch, das sich selbst dann noch fortspann, als man sich zur Tafel gesetzt hatte. Man sprach vom Orient und besonders vom geheimnisvollsten Land des Ostens, von Indien. Auch der Fürst beteiligte sich, und alles lauschte seinen lebendigen Schilderungen.

So war van Zoom in die Gesellschaft der Stadt eingeführt. Nur widmete er sich dem neuen Kreis fürs erste Mal nicht lange. Kurz nachdem die Tafel aufgehoben worden war, verließ er das Haus des Gastgebers. Er verzichtete auf seinen Schlitten und schlenderte durch das Straßengewirr. Dabei wandte er sich der Gegend zu, wo das Haus Ulrikes von Helfenstein lag. An der noch unverschlossenen Tür eines Neubaus blieb er stehen und lauschte, bis er aus dem Innern ein halblautes „Pst" hörte.

„Wer ist da?" fragte er.

„Der Schlosser."

Im Nu stand er auch innerhalb des Eingangs.

„Ist die Sitzung geschlossen?"

„Schon seit längerer Zeit."

„Wurde etwas am gestrigen Plan geändert?"

„Ja."

„Was?"

„Es soll noch eine Person bei dem Überfall mitwirken."

„Gut. Hat der Hauptmann die Schlüssel von Ihnen erhalten?"

„Ja. Die Ihrigen habe ich bei mir."

Der Mann gab van Zoom einen Schlüsselbund. Dann stellte er seinerseits eine Frage.

„Was haben Sie beschlossen, Herr? Werden alle, die in Ihre Hände fallen, festgenommen und abgeliefert?"

„Ist der Hauptmann in eigner Person dabei?"

„Nein."

„Ich vertraue Ihnen und habe daher schon einmal gesagt, daß ich vor allen Dingen erfahren will, wer dieser Hauptmann ist."

„Das weiß keiner von uns."

„Ich glaube Ihnen. Deshalb bin ich ja auch der Meinung, daß ich mein Ziel schneller erreiche, wenn ich mich seinen Leuten gegenüber nicht als Feind betätige. Ob ich also einen von ihnen heute festnehmen werde, hängt nur vom Verhalten dieser Männer selbst ab. Wie hat der Hauptmann erfahren, daß sein neuestes Opfer jetzt eine solche Geldsumme bei sich hat?"

„Ich weiß es nicht."

„Wer soll das gestohlene Geld erhalten?"

„Zur Hälfte der Hauptmann, zur Hälfte wir."

„Welche Anweisung haben Sie in bezug auf Fräulein von Helfenstein?"

„Es soll ihr kein Leid geschehen, denn sie muß als Zeugin dienen."

„In welcher Weise?"

„Sie soll einen von uns sehen und später imstande sein, zu erklären, daß sie ihn wiedererkennt."

„Hm", brummte van Zoom grübelnd. „Wahrscheinlich handelt es sich um ein Alibi. Ist der Betreffende erst heute zur Teilnahme an dem Überfall bestimmt worden?"

„Ja."

„Wer ist es?"

„Das verrate ich nicht, seinetwegen nicht."

„Und die Überfallene soll diesen Mann sehen, um aussagen zu können, daß er dabei gewesen ist? Eine verzwickte Sache. – Wo werden Sie sich treffen?"

„Unter den Bäumen unweit der Fronfeste, des Untersuchungsgefängnisses."

„Soll der neue Mann, von dem wir sprachen, dort erst zu Ihnen stoßen?"

„Darüber kann ich keine Auskunft erteilen."

„Wann werden Sie beginnen?"

„Zwischen zwölf und eins treten wir an. Beginnen werden wir erst dann, wenn in jenem Haus sämtliche Lichter erloschen sind."

„Es ist jetzt elf. Sie werden Ihre heutige Beute verlieren. Kommen Sie morgen vormittag verkleidet an den bewußten Ort! Man wird Ihnen eine Entschädigung auszahlen. Haben Sie sonst noch irgend etwas?"

„Nein."

„Und über den Hauptmann können Sie mir wirklich keine nähere Angabe machen?"

„Ich könnte nicht, selbst wenn ich wollte. Er hält sein Gesicht verhüllt; man weiß nicht einmal, ob er einen Bart trägt oder nicht."

„Gut, dann sind wir für heute fertig!"

Van Zoom trat auf die Straße hinaus und setzte gemächlichen Schrittes seinen Weg fort. Er hatte ja noch genug Zeit. Bevor Ulrike von Helfenstein nicht nach Hause zurückgekehrt war, würde der Hauptmann nichts unternehmen; denn ihre Anwesenheit war ja nötig, da sie später Zeugnis ablegen sollte, wie der Schlosser verraten hatte.

Der Wohnung Ulrikes gegenüber huschte der Fürst in einen offenen Torweg. Ein Mann kam im Dunkel auf ihn zu.

„Etwas geschehen, Friedrich?" fragte van Zoom.

„Nichts, gnädiger Herr!"

„Hast du mein Lahialaki mit?"

Lahialaki ist ein arabisches Wort und bedeutet eigentlich „Bartfarbe". Die indischen Gaukler und Zauberer aber bezeichnen damit jene Färbe- und Schminkmittel, durch die sie imstande sind, sich binnen wenigen Sekunden völlig unkenntlich zu machen.

Der Diener reichte ihm eine brieftaschenähnliche Hülse. Van Zoom steckte sie zu sich.

„Die chemische Laterne!"

„Hier! – Wo soll ich warten?"

„Du kannst heimgehen. Ich brauche dich heute voraussichtlich nicht mehr. Gute Nacht!"

Für van Zoom hieß es nun, sich in Geduld fassen. Von der nahen Kirche schlug es halb zwölf, dann dreiviertel und schließlich Mitternacht. Endlich, als der letzte Schlag verhallt war, fuhr ein Schlitten vor. Eine Dame stieg aus und betrat das Haus, während der Schlitten weiterfuhr. Ulrike war von der Gesellschaft bei Tiefenbach zurückgekehrt.

Nun war für van Zoom die Zeit gekommen. Er ließ noch fünf Minuten verstreichen; dann zog er die Schlüssel, die er vom

„Schlosser" erhalten hatte, wählte nach Gefühl den, der ins Schloß passen mochte, und versuchte vorsichtig. Es gelang – die Tür öffnete sich ohne Geräusch.

Er trat ein und schloß wieder hinter sich ab. Nun brachte er seine chemische Laterne hervor, ein Kristallfläschchen, das mit einer Mischung von Öl und Phosphor gefüllt war. Diese Mischung gibt unter Einwirkung des Sauerstoffs der Luft im Dunkeln einen Schein, der dem eines kleinen Öllämpchens gleicht. Mit seiner Hilfe fand er die Treppe. Oben an einer Vorsaaltür stand zu lesen: Ulrike von Helfenstein. Auch dort versuchte er einen seiner Schlüssel, und ohne den geringsten Laut fand er Eintritt.

Ulrike von Helfenstein war noch nicht zur Ruhe gegangen. Sie zögerte noch, das Mädchen zu rufen, das ihr beim Auskleiden behilflich sein sollte, und träumte einstweilen ein wenig den Erlebnissen des verflossenen Abends nach. Vornehmlich dachte sie an den rätselhaften Fremden, den Fürsten van Zoom, mit dem sie nur einige wenige Worte gewechselt und dessen Wesen dennoch Eindruck auf sie gemacht hatte – einen seltsam angenehmen Eindruck, über dessen Ursache sie sich keine Rechenschaft zu geben vermochte.

Soeben erhob sie sich aus ihren Träumen um nun doch zu klingeln, da klopfte es leise an die Tür.

„Herein!" rief sie.

Ulrike glaubte, es wäre die Zofe, die sich zur Dienstleistung melden wollte. Aber als sich die Tür öffnete, wich sie erschrocken zurück.

Der, an den sie soeben gedacht, stand vor ihr: der Fürst van Zoom.

Er zog die Tür langsam hinter sich ins Schloß und legte dabei warnend den Zeigefinger der Linken an seine Lippen. Ulrikes Blick hing mit banger Frage an seinem Gesicht. Da lächelte er.

„Nicht rufen! Nicht erschrecken! Ich bin kein Einbrecher, kein Bösewicht, wenn ich auch um Mitternacht und gänzlich ungebeten bei Ihnen eindringe. Ich komme als Freund und Helfer und will Sie warnen. Man hat Nachschlüssel zu allen Schlössern Ihrer Wohnung angefertigt um . . ."

„Nachschlüssel?" rief Ulrike, sich endlich aus ihrer Erstarrung aufraffend. „Will man etwa hier einbrechen?"

„Allerdings will man das. Man hat erfahren, daß Sie gegenwärtig eine bedeutende Summe im Haus haben."

„Von wem sprechen Sie? Wer will mich berauben?"

„Der Hauptmann, der seine Spürer in allen Kreisen der Gesellschaft hat."

Sie legte beide Hände aufs Herz.

„Der Hauptmann?" hauchte sie.

„Ja. Seine Leute stehen schon unten vorm Haus. Sie warten nur, bis Sie das Licht verlöscht haben."

Es summte ihr in den Ohren. Sie wankte und ließ sich in eine Sofaecke gleiten.

Van Zoom zog sich einen Stuhl heran.

„Sie brauchen sich nicht zu fürchten. Solange das Licht hier brennt, wird keiner der Burschen wagen, das Haus zu betreten."

Sie bat um einen Schluck Wasser.

Er griff nach Glas und Karaffe, die auf einem Ecktischchen standen, goß ein und ließ sie trinken. Sichtlich erfrischt hob sie den Kopf.

„Ich danke Ihnen, Durchlaucht. — Und nun erzählen Sie mir Genaueres! Wie kommen Sie hierher?"

„Nehmen Sie an, daß ich einen Dietrich besitze, der mir jede Tür öffnet!"

„Warum haben Sie mich nicht schon bei Tiefenbachs gewarnt?"

„Um Sie nicht unnötig lange zu beunruhigen. Auch mußte ich Sie völlig ungestört sprechen. Sie wären erschrocken. Das wäre aufgefallen. Und es ist meine Absicht, keinen Menschen ahnen zu lassen, daß Sie auf den Überfall vorbereitet sind."

„Also ist die Gefahr nicht abzuwenden?"

„Doch."

„So haben Sie wohl schon zur Polizei geschickt?"

„Nein."

„Mein Gott, das wäre doch das allernächste!"

„Gewiß, wenn man es darauf anlegt, die Einbrecher zu verscheuchen. Aber das möchte ich nicht. Ich will Ihnen verraten, daß es in meinem Plan liegt, die Banditen ungehindert ins Haus und vielleicht sogar bis ins Schlafzimmer gelangen zu lassen . . ."

Ulrike fuhr betroffen auf.

„Mein Gott! Warum denn das?" rief sie in plötzlich erwachtem Mißtrauen.

„Muß ich Ihnen das sofort erklären? Oder kann ich mit meiner Erklärung warten, bis die Sache vorüber ist?"

„Mein Herr", sagte sie langsam und zurückhaltend, „gewiß vertraue ich Ihnen — aber Ihr Eindringen bei mir ist so rätselhaft, daß — daß . . ."

„Nun denn!" meinte er lächelnd. „So muß ich mich ausweisen." Damit zog er eine Polizeimarke aus der Tasche, die ihm die zuständige Behörde sogleich nach seiner Ankunft in Deutschland zur Verfügung gestellt hatte, als er sich dort meldete und den

Zweck seines Aufenthalts in Europa darlegte. „Sie sehen, mein Fräulein", fuhr er dann fort, „ich handle mit Zustimmung der Polizei, allerdings ganz aus eigenem Antrieb und nach eigenem Ermessen. Und nun werde ich Ihnen einen Namen nennen, dessen Klang Sie vielleicht bewegen wird, sich mir ohne Rückhalt anzuvertrauen."

„Einen Namen? Was für einen Namen?"

„Gerhard Burg."

Sie hatte sich in ihrer Spannung halb erhoben; beim Klang dieses Namens aber sank sie in die Polster zurück. Tiefe Röte färbte ihr Gesicht, Hals und Nacken.

„Gerhard – Burg!" wiederholte sie. „Mein Gott! Kennen Sie ihn? Lebt er noch? Ist er tot? So reden Sie doch!"

„Ich traf ihn in Indien – wir wurden Freunde."

„Freunde? Er lebt also noch?"

„Ja. Er ist – Verwalter meiner Besitzungen."

Diese Kunde verwandelte Ulrike von Helfenstein wie mit einem Schlag.

„Welch eine Nachricht! Welch eine Freude!" rief sie. Wie in Andacht faltete sie die Hände; sie schien die drohende Gefahr völlig vergessen zu haben. „Gerhard Burg! – Fast zwanzig Jahre habe ich nichts mehr von ihm gehört! Ob er sich wohl noch meiner erinnert?"

„Oft."

„Wirklich, er hat an mich gedacht? Hat er Ihnen erzählt, aus welchem Grund er die Heimat verlassen mußte? Und wie mißtrauisch auch ich damals zuerst gegen ihn war?"

„Alles. Es hat einen düsteren Schatten auf sein Leben geworfen."

„Ich habe es bald bereut. Aber als ich einsah, wie unrecht ich ihm tat, da war es schon zu spät. Er wurde verurteilt, und dann– ja, dann habe ich ihn nie wieder gesehen. – Und heute, jetzt sagen Sie mir: er lebt! So sprechen Sie doch: Wie lebt er? Ist er glücklich? Hat er die Vergangenheit überwunden? Ist er – verheiratet?"

„Ja", sagte van Zoom.

Ulrike zuckte zusammen. Die Röte wich aus ihren Wangen, aber sie faßte sich.

„Hat er Kinder?"

„Ja, vier liebe Kinder, zwei Jungen und zwei Mädchen."

„Wer ist – seine Frau?"

„Eine Holländerin."

„Ich – freue mich seines Glücks – wie könnte ich auch anders! Vorausgesetzt, daß er wirklich glücklich ist."

„Oh, ich bin überzeugt, daß er augenblicklich sehr glücklich ist."

„Wie kamen Sie mit ihm zusammen?"

Van Zoom zog die Brauen hoch.

„Mein Fräulein, gestatten Sie mir, daran zu erinnern, daß unten vor Ihrem Haus Leute auf das Zeichen warten, hier einzudringen. Ich wollte mich nur durch den Namen ausweisen. Habe ich das erreicht?"

„Vollständig, ich vertraue Ihnen."

„So bitte ich Sie, keine Abwehrmaßnahmen zu treffen, sondern so zu tun, als ob Sie sich ruhig schlafen legten. Zeigen Sie mir zuvor noch Ihre Räumlichkeiten! Ich kam durch den Vorsaal und ein Vorgemach in dieses Zimmer. Wohin führt die Tür links?"

„Zum Zimmer der Zofe."

„Und dann weiter?"

„In mein Schlafzimmer."

„Weiter?"

„Weiter nicht. Mein Schlafzimmer ist ein Eckraum."

„Gehen aus den beiden Schlafzimmern Türen zum Flur?"

„Nur aus dem der Zofe."

„So mag dort von innen verriegelt werden."

„Oh, kommen Sie! Sie müssen diese Anordnungen selber treffen! Die Zofe ist noch nicht zur Ruhe gegangen."

Das Mädchen staunte nicht wenig, als sie ihre Herrin einen wildfremden Menschen zur Mitternachtsstunde durch die Wohnung führen sah. Ulrike sagte ihr ohne viel Umschweife mit kurzen Worten Bescheid.

„Berta, mit deinem Schlaf ist's heute nichts! Dieser Herr meldet mir soeben, daß man bei uns einbrechen will."

Das Kammerkätzchen fuhr entsetzt in die Höhe.

„Ach du lieber Himmel! – Einbrechen! – Bei uns?"

„Ja. Aber es ist nur halb so schlimm. Dieser Herr wird uns beschützen."

Van Zoom hatte sich inzwischen überzeugt, daß ein Eindringen hier unmöglich war, sobald man die Tür verriegelte.

„Bitte", sagte er zu Ulrike, „kommen Sie wieder mit in Ihr Wohnzimmer! Wieviel Leute haben Sie im Haus?"

„Sechs Personen mit der Zofe."

„So mag das Mädchen den andern mitteilen, daß sie sich fest einschließen sollen, damit sie nicht in Gefahr kommen."

Ulrike gab den entsprechenden Befehl. Berta huschte eilig fort.

„Und wie soll ich mich selber verhalten?" fragte Ulrike.

„Sie bleiben mit der Zofe in deren Zimmer, dessen Tür wir verriegeln. Ich werde die Einbrecher im Wohnzimmer empfangen."

„Das geht nicht, Durchlaucht. Sie setzen sich einer fürchterlichen Gefahr aus!"

„Keine Sorge! Ich verstehe mit solchen Leuten umzugehen."

„Gleichwohl", widersprach Ulrike heftig. „Ich begreife nicht, warum Sie den Banditen durchaus entgegentreten und sich mutwillig in eine bedenkliche Lage bringen wollen. Wozu das alles?"

„Ich will den Hauptmann entlarven, von dem der Anschlag auf Sie oder besser auf Ihre Kasse ausgeht."

„Den Hauptmann entlarven!" Ulrike hob den Kopf. „So sind Sie also doch Detektiv und arbeiten im Einklang mit der Geheimpolizei, Durchlaucht?"

Van Zoom lächelte auf eigene Art.

„Nein. Ich handle, wie ich Ihnen schon sagte, für mich, indem ich dem Hauptmann nachstelle. Richtiger gesagt: Ich handle für unsern gemeinsamen Freund Gerhard Burg."

Die erneute Erwähnung dieses Namens genügte, Ulrike sogleich wieder aufhorchen zu lassen.

„Gerhard Burg?" fragte sie. „Was hat er damit zu schaffen?"

„Das will ich Ihnen kurz andeuten; zu längeren Auseinandersetzungen fehlt uns jetzt die Zeit. Sie wissen, daß Gerhard Burg seinerzeit als gemeiner Verbrecher verurteilt wurde. Sie wissen, daß die Schuld an den Untaten, die man ihm zuschrieb, noch heute auf ihm lastet. Burg aber hat mir versichert, daß er unschuldig ist, daß er das alles, was man ihm damals vorwarf und heute noch vorwirft, nicht getan hat. Und ich habe Burg als einen zuverlässigen, wahrhaften Menschen, als einen Ehrenmann kennengelernt. Somit besteht kein Grund, seinen Versicherungen zu mißtrauen, und ich…"

„Durchlaucht, ich . . . ich danke Ihnen!"

In den Augen van Zooms zuckte es hell auf. Er freute sich sichtlich über Ulrikes Dank. Im übrigen aber ging er nicht weiter darauf ein.

„Deshalb halte ich es für Menschenpflicht", fuhr er fort, „alles zu tun, was in meinen Kräften steht, um den Namen Gerhard Burgs von dem Makel zu befreien, der ihm anhaftet. Zu diesem Zweck habe ich mich hierzulande umgetan, bin alten Spuren nachgegangen und habe dabei die Feststellung gemacht, daß es hier Leute gibt, die sehr wohl um Burgs Unschuld zu wissen scheinen. Aber sie schweigen darüber. Und diese Leute – nun kommt die Hauptsache – habe ich stark im Verdacht, Anhänger und Verbündete des Hauptmanns zu sein."

„Oh, ich begreife, so dunkel die Sache auch auf den ersten Blick erscheint! Sprechen Sie weiter, Durchlaucht!"

„Ich habe nicht mehr viel zu sagen", erklärte van Zoom. „Zweck meiner Ausführungen war ja nur, Ihnen darzutun, warum ich dem Hauptmann nachstelle, warum ich im Augenblick seinen Leuten, die bei Ihnen einen Besuch machen werden, entgegentreten möchte. Sie haben mich verstanden, und ich hoffe, Sie sind nun mit mir im Bunde."

„Ich werde gern alles tun, was Sie verlangen."

„Dann bitte! Sie sollen sich mit der Zofe einschließen, wie ich schon sagte; weiter nichts. Das übrige ist meine Sache."

Er zog seine beiden Revolver.

„Und was werden Sie mit den Dieben anfangen?" fragte Ulrike.

„Das kommt darauf an, was sie selber beginnen werden. Bitte, es gilt, keine Zeit mehr zu verlieren!"

Die Zofe war von ihrem Gang zurückgekehrt, und Ulrike schloß sich mit ihr ein, nachdem sie ihren Retter noch einmal beschworen hatte, sich ja zu schonen. Nun zog van Zoom die Hülse hervor, die er sich von dem Diener hatte geben lassen. Auf ihr stand in arabischer Schrift und Golddruck das Wort „Lahialaki" zu lesen. Er öffnete. Es zeigten sich kleine Fächer mit verschiedenen Gegenständen und Flüssigkeiten. Der Fürst trat an den Spiegel; ein rascher Strich entfernte die Narben. Dann wischte er mit einem Läppchen übers Gesicht, und sofort nahm es eine dunkle Färbung an. Mit einem andern Läppchen fuhr er über die Haare und den Bart und gab ihnen damit eine graue Farbe. Dazu kam eine Hornbrille, und ein Mann von etwa sechzig Jahren blickte ihn aus dem Spiegel an.

Das Kaminfeuer war ausgebrannt. Van Zoom setzte ein Licht hinein und schloß die Tür. Dann drehte er die Lampen am Gasleuchter weit herab – es war fast finster im Zimmer.

Der Kamin trat sehr weit vor, und van Zoom rückte sich einen Stuhl dahinter. So konnte man ihn nicht gleich sehen, und zudem war es ihm von dort aus ein leichtes, den Gasleuchter wieder aufflammen zu lassen.

Jetzt wartete er ohne Sorge der Dinge, die da kommen sollten. Zehn, zwanzig Minuten vergingen – eine halbe Stunde war vorüber, da endlich vernahm van Zoom ein leichtes Knarren.

Man kam.

Er hörte die vorsichtigen Versuche der Einbrecher am Türschloß.

„Es ist offen!" flüsterte eine Stimme.

„Wohin führt die Tür?"

„Ins Wohnzimmer."

„Und dann?"

„Erst in das Zimmer der Zofe und nachher in das der Herrin. Der Hauptmann hat es gesagt. Er muß selber dagewesen sein."

„Vorwärts! Leuchte, ob die Luft rein ist!"

Einer ließ den Strahl einer Blendlaterne umhergleiten.

„Niemand!"

„Also die nächste Tür auf!"

Der diese befehlenden Worte sprach, war ein ungeschlachter, starker Kerl. Van Zoom hatte beim kurzen Aufflammen der Laterne sein Gesicht und seine Gestalt gesehen.

Alle Teufel – der Riese Bormann! dachte er. Der sitzt aber, soviel man weiß, in der Fronfeste! Folglich ist er herausgeholt worden, und das erdichtete Alibi bezieht sich auf ihn! Doch was für ein Mal hat er denn da auf der Wange?

Ein Schlüssel klirrte leise im Schloß. Jetzt mußten auch die beiden Frauen merken, daß die Einbrecher bei der Arbeit waren.

„Donner!" murmelte der Mann, der am Schloß fingerte.

„Paßt der Schlüssel nicht?"

„Meine Schlüssel passen stets. Aber die Tür ist von innen verriegelt!"

„Pest!" knurrte Bormann. „Da ist es am besten, ich trete sie ein." Er schob die andern beiseite und hob den Fuß.

„Welch eine Unvorsichtigkeit, Leute! An der Tür sind Selbstschüsse!" erklang es in diesem Augenblick hinter ihnen.

Sie fuhren erschrocken herum.

Hinter ihnen stand, vom schnell wieder aufgedrehten Gaslicht hell beschienen, van Zoom, in jeder Hand einen Revolver.

„Verdammte Geschichte!" brüllte der Riese und duckte sich, um dem unerwarteten Gegner an die Kehle zu springen.

Aber er führte den Sprung nicht aus.

„Zurück!" donnerte ihn van Zoom an. „Zurück, wenn dir dein Leben lieb ist!"

Diese Worte waren in einem solchen Ton gerufen, daß auch Bormanns Spießgesellen sich nicht zu rühren wagten.

„Wetter! – Er kennt mich!"

„Ich kenne euch alle, ihr Jungens! Setzt euch dort auf die Stühle! Wenn ihr verständig seid, sollt ihr ungeschoren bleiben!"

Sie zögerten.

„Eins – zwei – dr . . .!"

Fluchend ließen sie sich auf die seidenbespannten Stühle fallen, daß die leichten Sessel in den Fugen krachten.

„Bravo!" lobte van Zoom.

„Halt's Maul!" knurrte Bormann. „Wir sitzen – und was weiter!"

„Zunächst sollt ihr sehen, daß ich eure Pläne kenne. Bormann mag antworten. Ihr wolltet hier einbrechen?"

„Blöde Frage!" spottete Bormann bissig. „Das sieht doch ein Blinder!"

„Um das Geld zu holen, das Fräulein von Helfenstein augenblicklich hier liegen haben soll."

„Dem Hund brech' ich die Knochen, der dir das verpfiffen hat!"

„Benimm dich anständig, Bormann! Ich habe hier zwölf blaue Bohnen in den Schießeisen – es kommt mir nicht darauf an, dir eine zwischen die Rippen zu jagen!"

„Der Teufel bleibe ruhig bei so'nem Verrat! Und wenn ich den Schuft kriege . . ."

„Schweig! Muß es denn Verrat sein, Bormann? Ich will dir etwas andres sagen: Euer Hauptmann taugt nichts! Ihr denkt, er wisse alles – nun, warum hat er euch denn, wenn er alles weiß, in diese Falle hier laufen lassen, he? Wenn ich den Finger krümme, seid ihr verloren, allesamt. Und wo steckt euer Hauptmann? Irgendwo, und läßt es sich wohl sein von der Beute, die ihr ihm mit Preisgabe eurer gesunden Knochen und mit Lebensgefahr zubringt! Kerle wollt ihr sein? Feige Memmen seid ihr, die vor der schwarzen Maske eines Unbekannten zittern!"

Ein Knurren und Murren kam von den Stühlen her.

„Ich will es euch beweisen, Jungens. Ihr steckt hier in der Patsche. Warum ist er nicht selber hier? Weil er sich von den gefährlichen Dingen fernhält und sie von euch allein drehen läßt! Und warum tut ihr das? Einfach, weil er es euch befiehlt, so wie man Sklaven befiehlt. Oder wie man einem Köder pfeift!"

Wieder kam das Knurren und Murren von den Stühlen.

„Ja, knurrt nur! Wahr ist's doch. Und wenn ihr etwas ergattert habt, wer kriegt den Löwenanteil, obgleich er keinen Finger rührt? Euer Hauptmann! – Pfui Teufel, ich würde mich an eurer Stelle in die tiefste Seele schämen, diese Memme so zu mästen!"

Bormann schob den Unterkiefer vor.

„Quatsch nicht!" stieß er heraus. „Tu lieber die Knaller da weg und sag uns endlich, was du von uns willst! Denn daß wir nur eine fromme Predigt hier genießen sollen . . ."

„Nein", lachte van Zoom gemütlich, „das ist nicht der Zweck. Ich will euch einen Vorschlag machen, und wenn ihr ihn annehmt, lasse ich euch so heil laufen, wie ihr gekommen seid, und kein Mensch soll von allem hier erfahren."

„Dann beeilen Sie sich, Herr!" sagte Bormann in höflicherem Ton. „So'n Revolver kann mal von alleine losgehen. Und es ist verdammt kein Spaß, 'ne geschlagene Viertelstunde vor 'nem geladenen Lauf zu sitzen!"

„Gut. Also hört! Ihr alle endet einmal unterm Beil, wenn ihr euer Leben so weiterführt. Ich will euch Gelegenheit geben, ehrliche Kerle zu werden. Warum sollt ihr eure Haut zum Markte tragen für einen feigen Menschen, den ihr noch nicht einmal kennt?"

„Er wird uns vernichten, wenn wir ihm nicht mehr gehorchen!"
sagte ein andrer.

„Pah! Glaubt doch das nicht! So denken Sklaven, aber keine
Männer! Nein, Jungens, bestellt euerm Hauptmann, daß ich ihn
wie einen Wurm zertrete, wenn er noch ein einziges Mal wagt,
einen Finger gegen dieses Haus und seine Besitzerin zu erheben!
Heut mag es hingehen; ein zweites Mal aber wäre er verloren und
jeder, der noch zu ihm hält! Das ist es, was ich euch sagen wollte.
Indem ich euch heute laufen lasse, erspare ich einem jeden von euch
einige Jahre Zuchthaus – oder gar noch Schlimmeres. Bedenkt
das und handelt danach! Jetzt könnt ihr aufstehen und verschwinden! Aber einzeln und hübsch hintereinander!"

Keiner von den Männern sprach ein Wort, bis sich endlich der
Riese zuerst erhob.

„Hol mich der Kuckuck, so ganz unrecht kann ich ihm nicht geben. Kommt, bevor er mit 'ner neuen Walze beginnt! – In dies verdammte Haus gehe ich nie wieder!"

Im Gänsemarsch, einer hinter dem andern, so wie van Zoom es
befohlen hatte, schritten sie zur Tür hinaus. Dann zog der Fürst
seine Hülse, und in wenigen Augenblicken hatte er sein vorheriges
Aussehen wiederhergestellt. Hierauf nahm er das Licht aus dem
Kamin und folgte ihnen vorsichtig. Er hörte unten die Tür öffnen
und wieder schließen – nun wußte er, daß jede Gefahr vorüber war.

Als er wieder ins Wohnzimmer trat, hatte Ulrike soeben die Tür
aufgemacht, um sich zu überzeugen, wie die Dinge ständen.

„Sind sie wirklich fort?"

„Ja", sagte van Zoom. „Haben Sie unsre Unterhaltung gehört?"

„Jedes Wort! Herr, mein Gott, in welcher Gefahr habe ich ge-
schwebt! Und die Rettung danke ich nur Ihnen!"

Sie streckte ihm die Hände entgegen, die er herzhaft drückte.

„Es war nicht so gefährlich, wie es aussah."

„Sie wollen mich nur beruhigen. Ich glaube, bei der ersten Unvorsichtigkeit hätte man Sie getötet. Und dann? Was wäre dann aus
uns geworden? – Warum haben Sie denn diese gefährlichen Menschen entkommen lassen?"

„Eine besondere Absicht, die ich Ihnen später noch erklären
werde. Darf ich eine Bitte äußern?"

„Ich werde für Sie alles tun, was ich kann!"

„Sie haben gehört, was ich den Einbrechern zusicherte. Wollen
Sie mir helfen, mein Wort zu halten?"

„Wenn es Ihr Wunsch ist, werde ich schweigen."

„Auch die Zofe und die andern hier im Haus?"

„Ich werde mein möglichstes tun."

„Dann bin ich zufrieden und darf jetzt wohl gehen?"

Ulrike erschrak.

„Sie wollen mich schon verlassen?" fragte sie. „Ist das unbedingt notwendig?"

„Nicht unbedingt, aber doch wünschenswert. Erstens möchte ich beobachten, was die Burschen jetzt beginnen, zweitens befinden Sie sich außer aller Gefahr, und drittens darf ich nicht wagen, Sie länger zu belästigen."

„Diesen Leuten zu folgen, wird selbst Ihnen unmöglich sein", widersprach Ulrike, „denn sie sind wohl schon längst verschwunden. Und was mich betrifft, so spüre ich noch die Aufregung in allen Gliedern. Ich fände doch keine Ruhe. Ich bitte Sie, bleiben Sie noch!"

„Wenn es ihr Wille ist!"

„Nur meine herzliche Bitte! Gestatten Sie mir nur ein paar Minuten!"

Sie eilte davon und kehrte bald mit der Zofe zurück, die Wein, Gebäck und Früchte auftrug.

Ulrike schenkte selber ein.

„Wissen Sie, warum ich Sie zurückgehalten habe?" fragte sie. „Ein wenig aus Furcht, daß die Bande doch noch wiederkehren könnte; mehr aber aus Wißbegier. Ich möchte Sie bitten, mir noch einiges von Gerhard Burg zu erzählen. Sie setzten sich für seine Ehrenrettung ein und werden mich, die ich am Anfang auch an seine Schuld glaubte, vielleicht verurteilen. Aber seien Sie versichert, daß ich nur in der ersten Verwirrung, fast erdrückt von der Wucht und vom Grauen der Ereignisse, an Gerhard Burg irre zu werden vermochte! Ich war ja gar nicht imstande, selbständig zu denken! Sobald ich aber wieder ruhiger war, erkannte ich, wie sehr ich an ihm gesündigt hatte. Noch heute martert mich der Vorwurf, daß ich, wenn auch nur in den ersten Wochen, an seiner Ehrenhaftigkeit habe zweifeln können."

„Er wird es Ihnen gewiß nicht nachgetragen haben", meinte van Zoom.

„Das glaube ich wohl, denn was lag ihm auch viel an meiner Ansicht?"

„Wieso?"

„Nun, ich war ihm zu gleichgültig, als daß ihn meine Meinung hätte bedrücken können."

„Woraus schließen Sie das, mein Fräulein?"

„Weil er mich vergessen hat!"

„Vergessen? Niemals!"

Frage und Antwort waren schnell aufeinandergefolgt, ohne

Pause, und wahrscheinlich noch beeinflußt von der Erregung, in die das nächtliche Abenteuer besonders Ulrike versetzt hatte.

„Und doch hat er mich vergessen", sagte sie daher hitziger, als sie es sonst wohl getan hätte. „Denn er hat eine andre, eine Holländ . . ."

Ulrike hielt jäh inne, und in tiefster Verlegenheit fuhr sie fort: „Entschuldigen Sie bitte! – Ich bin stets sehr erregt, wenn ich an jene unseligen Zeiten denke!"

Van Zoom griff nach ihrer Hand, die neben dem Weinkelch auf der Tischdecke lag.

„Erlauben Sie mir, als Freund zu Ihnen zu sprechen? Sie haben ihn – sehr lieb gehabt?"

Ulrike senkte die Lider und errötete; ihre Lippen blieben geschlossen.

„Sie haben diese Liebe unbewußt im Herzen getragen, und erst später wurden Sie sich Ihrer Neigung bewußt?"

„So mag es gewesen sein", flüsterte sie. „Es ist mir Jahre und Jahre nachgegangen . . ."

„Und darum ist Ihr Lebensweg so einsam geblieben?"

Sie hatte ihm die Rechte entzogen und hielt die Hände gefaltet; an ihren Wimpern hingen Tränen. So sah sie starr vor sich hin ins Leere. Und als sie zu sprechen begann, war es, als redete sie mit sich selbst und hätte die Anwesenheit des Fremden gänzlich vergessen.

„Ja, einsam war ich all die langen Jahre hindurch, und einsam werde ich bleiben. Aber das ist recht so. Ich klage nicht darüber. Er soll glücklich sein, und ich will mich bescheiden mit meinem Schicksal."

Dann war es still im Zimmer, bis van Zoom die letzte Äußerung Ulrikes aufgriff.

„Bescheiden?" fragte er. „Weshalb? Sie tragen doch keine Schuld an dem Unglück Gerhard Burgs!"

„Wirklich keine?" kam es zurück. „Das können Sie nur sagen, weil Sie sich nicht in die Seele eines Menschen zu versetzen vermögen, der einem andern untilgbares Unrecht zugefügt hat. Freilich, ich habe damals dem Jugendfreund, auf den so schwerer Verdacht fiel, einen tüchtigen Anwalt als Verteidiger gestellt. Ich habe weiter einen gewiegten Detektiv Nachforschungen anstellen lassen, um Gerhard Burg zu entlasten. Aber der Erfolg bewies die Nichtigkeit meiner Bemühungen. Selbst hätte ich vor die Richter hintreten sollen, um flammend für die Unschuld des Bedrohten zu zeugen. Und das, gerade das brachte ich nicht fertig. Ich war . . ."

Ulrike kam nicht weiter. Van Zoom unterbrach sie.

„Schonen Sie sich! Klagen Sie sich nicht selbst an! Sie begehen damit nur ein neues Unrecht. Bedenken Sie, wie jung Sie damals waren, gänzlich unerprobt im Ringen mit den Härten des Lebens! Und bedenken Sie ferner, wie sehr alles gegen Gerhard Burg sprach! Ich glaubte, damals wäre es auch Ihnen nicht gelungen, die Richter umzustimmen. Jetzt läßt sich das alles anders an. Jetzt habe ich der Ehrenrettung Burgs vorgearbeitet und bin nahe daran, greifbare Beweise seiner Unschuld erbringen zu können. Helfen Sie mir jetzt, so werden Sie zehnfach alles gutmachen, wenn damals Ihrerseits wirklich etwas versäumt wurde."

Ulrike von Helfenstein hing mit den Blicken am Mund des Sprechers. Hoffnung leuchtete auf in ihren Augen. Doch dieses Leuchten erlosch sogleich wieder, und sie fragte zagend:

„Zehnfach wieder gutmachen? Das sagen Sie so leichthin. Ich denke anders darüber. Ich weiß, daß ich zum mindesten eines nicht wieder ausgleichen kann."

„Und das wäre?"

„Ich kann die Bitterkeit nicht auslöschen, die in der Erinnerung Gerhard Burgs hervorbrechen muß, wenn er sich vor Augen hält, daß auch ich ihn einmal verloren gab."

Darauf schüttelte van Zoom ernst den Kopf.

„Sie denken falsch von ihm. Er zürnt Ihnen nicht."

„Weil er mich vergessen hat!"

„Nein", sagte van Zoom leise, als wollte er seine Worte besonders eindringlich machen. „Nein, er hat Sie nicht vergessen. Das kann ich Ihnen beweisen. Ich habe sogar den Auftrag dazu."

Sie starrte ihn ungläubig an.

„Beweisen? – Auftrag?" stammelte sie.

Er holte einen Papierumschlag aus der Brusttasche und gab ihn ihr. Er enthielt — das Bild Gerhard Burgs in holländisch-ostindischer Offiziersuniform.

„Gerhard!" rief sie. „Gerhard!"

Ulrike vergaß alles ringsum; sie lachte und weinte. Sie erhob sich und ging in tiefster Erregung im Zimmer hin und her. „Gerhard!" flüsterte sie. „Gerhard – du!"

Gedankenverloren wanderte sie weiter über den Teppich, blieb plötzlich stehen und sank in ihren Stuhl nieder, das tränenüberströmte Gesicht in den Händen bergend.

Van Zoom rührte sich nicht. Er achtete ihren Schmerzensausbruch und wagte nicht, ihn zu stören.

Plötzlich hob Ulrike den Kopf und sah ihm in die Augen.

„Hätte er diese Holländerin nicht geheiratet – ja, noch heute würde ich zu ihm eilen, um ihm zu sagen, wie lieb ich ihn habe! Das ist nun unmöglich. Aber eins kann und will ich tun: sein Andenken reinigen. Gerhard war unschuldig, und seine Unschuld will ich beweisen helfen!"

„Das ist wirklich Ihr Vorsatz?"

„Ich will!" sagte sie entschlossen. „Der Schmerz um ihn hatte mich betäubt; auch mußte ich annehmen, er sei längst gestorben. Aber jetzt bin ich wach geworden – und jetzt kenne ich meine Pflicht!"

„Sie wollen meine Verbündete sein?"

„Ja."

„Gut. So will ich Sie in den Stand der Dinge einweihen. Aus welchem Grund, glauben Sie wohl, daß ich Indien verlasse und mich hier angekauft habe?"

„Um die Vorzüge des Abendlandes kennenzulernen."

Er lächelte.

„Nein, so neugierig bin ich nicht. Mich leiteten andere Ziele. Gerhard Burg ist mein Freund. Er sehnt sich nach seiner Heimat, und er darf doch nicht zurück. Darum habe ich mich aufgemacht, seine Schuldlosigkeit an den Tag zu bringen, und sollte es mich noch soviel kosten. Ich bin reich und kann dieses Opfer bringen."

Mit glänzenden Augen hatte sie ihm die Worte von den Lippen gelesen, und nun streckte sie ihm beide Hände entgegen.

„Wenn es so ist, oh, dann wollen wir Verbündete sein!"

Van Zoom drückte ihre Hände herzlich.

„Ich nehme Ihre Kameradschaft mit Freuden an. Aber ich warne Sie vor übertriebenen Hoffnungen auf einen raschen, leichten Erfolg. Ahnen Sie, was es heißt, Spuren zu suchen und zu finden, die fast verweht sind – seit zwanzig Jahren?"

„Ich kann es mir denken."

„Wollen wir die Unschuld unsres Freundes beweisen, so kann es nur dadurch gelingen, daß wir den wirklichen Täter entdecken. Haben Sie eine Vermutung, wo er vielleicht zu suchen wäre?"

„Eine Vermutung, ja! Gerhard hielt das Ganze für einen Racheakt der Schmuggler, deren Treiben er ein Ende bereitet hatte."

„Sonst haben Sie niemand im Verdacht?"

„Nein."

„Das habe ich erwartet", nickte van Zoom. „Aber Sie befinden sich im Irrtum, wie sich auch Burg all die Zeit hindurch getäuscht hat: Die Schmuggler kommen als Täter nicht in Frage."

Ulrike sah ihn überrascht an.

„Das wollen Sie so bestimmt behaupten können?"

„Allerdings, und Sie sollen meine Gründe dafür sofort hören. Man glaubt hier in der Stadt allgemein, der geheimnisvolle Fürst van Zoom befände sich erst seit sechs Monaten hier. Ihnen aber, als meiner Freundin und Vertrauten, will ich verraten, daß ich vorher schon fast dreiviertel Jahre unauffällig und unerkannt im Land umherwanderte, um nach Spuren jener geheimnisvollen Verbrechen und ihres Täters zu suchen."

„Das ist wie in einem Roman", sagte sie andächtig. „Und was haben Sie gefunden?"

„Nichts, was die Schmuggler mit dem Doppelmord und der Brandstiftung in Verbindung bringen würde. Ich war in den Höfen der Bauern, ich forschte in den Hütten der armen erzgebirgischen Weber, ich habe die einsamen Behausungen der Köhler aufgesucht und auch dort gefragt. Der Erfolg war gleich Null. Glauben Sie mir, wenn von diesen Leuten, die ja alle mehr oder weniger mit den Paschern versippt und befreundet waren, etwas zu erfragen gewesen wäre, so hätte ich es aus ihnen herausgeholt. Das Alter macht gesprächig, und ich verfüge über gewisse Anlagen, die vielleicht einen ganz guten Detektiv aus mir gemacht hätten."

„Aber wer, um des Himmels willen, käme denn sonst in Frage, wenn nicht die Schmuggler?"

Van Zoom achtete nicht auf diesen Einwurf.

„Ich sah ein, daß ich meine Nachforschungen umstellen müsse, wenn ich zu einem Ergebnis kommen wollte", fuhr er fort, „und so legte ich mir denn zunächst die Frage vor: Wer war es, der Gerhard Burg aus dem Zug holte, als er in die Strafanstalt geschafft werden sollte?"

„Das ist bis heute nicht aufgeklärt worden", meinte Ulrike.

„Mag sein, daß es die Öffentlichkeit niemals erfahren hat. Ich aber weiß es von Gerhard Burg selbst. Es waren der Dorfschmied von Helfenstein und sein Sohn."

Ulrike blickte den Sprecher erstaunt an.

„Die beiden?"

„Ja. Wundert Sie das?"

„Allerdings. Ich habe nie bemerkt, daß Gerhard mit einem der Schmiede befreundet war."

„Das war auch nicht der Fall. Und trotzdem haben sie sich seiner angenommen. Der Vater, als Viehhändler gekleidet, schlug den Wachtmeister nieder, und der Sohn häufte vor dem Mundloch eines Tunnels Steine auf die Schienen, so daß der Zug halten mußte. Bei dieser Gelegenheit sprangen Burg und sein Befreier ab und verschwanden ungesehen im Wald."

„Aber wie kommen grad diese zwei dazu . . .?"

„Ich kann mir nur einen Grund denken: die Reue, das mahnende Gewissen muß die beiden dazu getrieben haben, Burg zu retten."

„Wie soll ich das verstehen?"

„Sie hatten wahrscheinlich Kenntnis von dem eigentlichen Täter.

Sie wußten um die Unschuld Burgs, aber sie konnten nicht für ihn auftreten. So wurde er verurteilt. Ihr Gewissen schlug. Sie wollten es zum Schweigen bringen und verhalfen deshalb dem unschuldig Verurteilten zur Flucht."

„Bei Gott! Das wäre eine gute Erklärung!"

„Als mir dieser Gedanke kam, unternahm ich sofort weitere Schritte. Meine Erwägungen lauteten so: Warum konnten die Schmiede nicht als Entlastungszeugen für Burg auftreten? Antwort: Weil sie damit entweder sich selbst als Verbrecher entlarvt oder einen andern als Missetäter verraten hätten, den sie – aus Zuneigung oder aus Furcht – schonen und decken wollten. Leuchten Ihnen diese Gedankengänge ein, mein Fräulein?"

„Gewiß", nickte Ulrike eifrig. „Ich bin begierig zu erfahren, wohin Ihre Folgerungen Sie geführt haben. Sprechen Sie weiter!"

„Ich fand nun", fuhr van Zoom in seinem Bericht fort, „daß die Schmiede als Mörder Tiefenbachs und Ihres Herrn Vaters nicht in Betracht kommen. Erkundigungen an Amtsstelle und andernorts haben das einwandfrei bewiesen. Blieb also der Verdacht bestehen, daß sie Mitwisser des eigentlichen Täters gewesen seien. Wer aber war dieser Mann? So fragte ich mich, und der Antwort auf diese Frage spüre ich heute noch nach."

„Mit oder ohne Erfolg?"

„Mit halbem Erfolg und mit Aussicht auf den ganzen. Es geht nämlich, wie ich feststellte, ein Unbekannter bei den Schmieden heimlich ein und aus. Diesen Mann halte ich für . . ."

„. . . für den Täter von damals?" fragte Ulrike in atemloser Spannung.

„Ja."

„Oh, wenn Sie ihm die Schuld nachweisen könnten!"

„Ich bin eifrig dabei, indem ich mich bemühe, sein Ich ans Licht der Öffentlichkeit zu ziehen und zu zeigen, daß er ein gewerbsmäßiger Verbrecher ist. Diesem Ziel gilt all mein Tun, auch mein seltsames Erscheinen in dieser Nacht in Ihrem Hause."

Das hatte van Zoom mit besonderem Nachdruck gesagt. Ulrike stutzte.

„Heute?" fragte sie. „Hier? Wie meinen Sie das?"

Van Zoom lächelte bedeutsam.

„Ich meine, der Mann, an dessen Stelle einst unser Freund Gerhard Burg unschuldig verurteilt wurde, der Mörder Tiefenbachs, Ihres Vaters und Ihres Bruders, der Mann, der die Schmiede, wahrscheinlich gezwungen, begünstigen und decken hat seit damals Verbrechen auf Verbrechen gehäuft. Er wird von der Allgemeinheit, die ihn fürchtet, schlechthin ‚der Hauptmann' genannt . . ."

5. Der alte und der junge Wolf

Die Ereignisse der letzten Nacht, zunächst die Gesellschaft beim Obersten von Tiefenbach, dann das Abenteuer mit der Bande des Hauptmanns und die darauffolgende lange Unterhaltung mit Ulrike von Helfenstein in deren Wohnung, hatten van Zoom spät zur Ruhe kommen lassen. Gleichwohl war er am nächsten Morgen schon zeitig auf den Beinen. Der Diener Friedrich, der das ganz besondere Vertrauen seines Herrn genoß, brachte das Frühstück. Van Zoom langte sogleich wacker zu und hielt Friedrich, der das Zimmer schweigend wieder verlassen wollte, mit einem kurzen Wort zurück.

„Laß den Schlitten anspannen", sagte er dann, „aber den alten, und nimm die alten Gäule! Wir machen eine Fahrt hinauf nach Helfenstein."

„Sehr wohl. Soll ich den Kutscher . . . ?"

„Nein. Du selber wirst fahren. Und es braucht niemand zu wissen, wohin es geht."

„Also in Verkleidung?"

Van Zoom lächelte. Es freute ihn immer wieder, zu hören und zu sehen, wie brauchbar sein Friedrich war. Der Diener verstand auf der Stelle, worum es ging; man mußte ihm nicht erst umständliche Anweisungen geben. Und er bedachte auch sofort von sich aus alles Nötige.

„Ganz recht", nickte der Fremde aus Indien. „Mach dich etwas älter, als du bist! Zieh dich anständig an, aber nicht städtisch! Du bist mein Kutscher. Ich selber will für einen Mann gelten, der viel Geld und wenig äußeren Schliff hat, etwa für einen Grundstücksmakler oder dergleichen."

„Und im übrigen? Ich meine, gibt es besondere Verhaltungsmaßregeln?"

„Das muß sich von Fall zu Fall zeigen. Mein Besuch gilt dem Gastwirt Christian Wolf in Helfenstein und seinem Sohn, dem Schmied."

„Ah! Jetzt weiß ich Bescheid."

„Ich werde heute endlich nähere Fühlung mit den beiden nehmen."

„Mit ihnen und dem Unbekannten?"

„Wenn er zur Stelle ist, ja. Sonst hoffe ich, wenigstens Genaueres über ihn zu erfahren."

Friedrich verschwand. Van Zoom griff nach der Post, die mit dem Frühstück gebracht worden war, eine Menge Briefe und Drucksachen, auch einige Postkarten dabei. Die Durchsicht dauerte nicht lange. Van Zoom machte nur hier und da einen kurzen Vermerk auf die Schriftstücke, dann blieb die Erledigung seinem Sekretär überlassen, der herbeigerufen wurde und die nötigen Weisungen in knappen Worten in Empfang nahm.

Hierauf erhob sich van Zoom und zog sich in einen besonderen Ankleideraum zurück. Hier gab es zwei Schränke von gewaltigem Umfang. Sie standen einander gegenüber, und ihre Türen waren mit Spiegelglas versehen. Dadurch war es van Zoom möglich, wenn er zwischen den Schränken stand, sich von allen Seiten genau zu betrachten. Diese Einrichtung war getroffen worden, weil sich der Fremde aus Indien gewissermaßen als Detektiv betätigte und sich fast täglich gezwungen sah, eine Verkleidung anzulegen, die natürlich vom Scheitel bis zur Sohle tadellos sein mußte.

Er verließ schon nach kurzer Zeit diesen Raum äußerlich so verändert, daß in dem behäbigen, schwerfälligen Mann mit dem altmodischen Pelz und der plumpen Krimmermütze, den Schaftstiefeln, dem tiefschwarzen Bart und Kopfhaar keiner den Fürsten van Zoom vermuten konnte.

Unten wartete bereits der Schlitten, aber nicht etwa vor dem Haus, sondern eine Straßenecke weiter, und van Zoom verließ das Grundstück, das er bewohnte, durch einen Hinterausgang, völlig unbemerkt. Wer ihn dann den Schlitten besteigen sah, konnte wiederum nicht auf den Fürsten van Zoom schließen.

„Du weißt Bescheid, Johann", sagte er zu seinem Friedrich, der in ganz vorzüglicher Maske erschienen war, breitschultrig, dick, gemütlich, ein Mensch, der kein Wässerchen trüben zu können schien. Der Diener paßte zu seinem Herrn und zu dem Gefährt mit den massigen Gäulen wie ausgesucht.

‚Johann' hatte van Zoom gesagt, und Friedrich vermerkte im stillen, daß das für heute sein Name sein solle. Er setzte die Pferde in Bewegung, und in mäßig schneller Fahrt ging es durch ein paar Straßen, zur Stadt hinaus, hinein in die weite, tiefverschneite Landschaft.

Der Schlitten besaß keinen besonderen Kutschbock. So konnten sich Herr und Diener während der Fahrt ungehindert miteinander unterhalten. Vor allem brauchten sie dabei nicht sonderlich laut zu reden, so daß nicht leicht ein Unbefugter, der des Wegs daherkam, ein Wort aufzuschnappen vermochte, das nicht für ihn bestimmt war.

Van Zoom erstattete seinem Friedrich kurz Bericht über die Ereignisse der letzten Nacht, selbstverständlich nur insofern, als es den Vertrauten anging. Er erzählte, wie er die Leute des Hauptmanns abgefertigt, daß er über die Person des Geheimnisvollen noch nichts Näheres erkundet und daß er Ulrike von Helfenstein als Bundesgenossin im Kampf für die Ehrenrettung Gerhard Burgs gewonnen habe.

„Sie weiß", fügte er hinzu, „warum ich es auf die beiden Wolfs abgesehen habe, und ist bereit, uns zu unterstützen, soweit es in ihrer Kraft steht."

„Weiß sie auch um die heutige Fahrt?" erkundigte sich ‚Johann'.

„Nein. Ihr im voraus davon zu sprechen, hätte keinen Zweck gehabt. So handelte ich nach dem altbewährten Grundsatz, daß im Zweifelsfall immer Schweigen das bessere ist."

„Besonders Frauen gegenüber", ergänzte der Diener.

Der Fürst lächelte.

„Oho, Johann!"

„Doch, Herr! . . ." Dann sah sich Friedrich rasch einmal um und fuhr mit gedämpfter Stimme fort: „Da fällt mir ein, daß ich für alle Fälle den Namen kennen möchte, unter dem Sie heute reisen."

„Ganz recht. Wäre alles schon noch gekommen. Ich heiße Schulze, Leberecht Schulze, wohnhaft in Buchwalde. Bin, wie gesagt, Agent für Grundstücksverkäufe. Zweck meines Aufenthalts in dieser Gegend ist – nun staune, Johann! – aus dem stillen, armseligen Helfenstein ein wohlhabendes Kurbad zu machen."

‚Johann' staunte wirklich, nicht nur pflichtschuldig.

„Was?" fragte er. „Ein Kurbad?"

„Ja. Ich habe nämlich entdeckt, daß das Quellwasser in Helfenstein heilkräftig ist."

„Ein hübscher Schwindel!"

„Nicht doch. Werde mich hüten, mir so leicht nachweisen zu lassen, daß ich Unfug treibe. Ich habe mir kürzlich eine Probe des Wassers, das mir wegen seines Eisengehaltes auffiel, mitgenommen und chemisch untersuchen lassen. Das Wasser ist in der Tat nicht so ohne. Es hat also für alle Fälle Hand und Fuß, was ich behaupte."

„Das Ganze ist aber doch nur Köder?" meinte der schlaue Friedrich.

„Ja. Ein Köder, womit ich die Wolfs und vielleicht auch noch einen andern fangen will. Du weißt also nun Bescheid."

„Vollständig, Herr Schulze."

Helfenstein lag, wie schon mehrfach erwähnt, oben im Gebirge; die Straße dorthin ging also durchweg bergan, und so war es erklärlich, daß die dicken Gäule vor dem Schlitten des verkleideten van Zoom nur verhältnismäßig selten einen kleinen Trab wagten. Sie hielten sich in der Hauptsache im Schritt. Klingelnd glitt das Gefährt über die glatte Bahn, und der Fremde hatte hinreichend Zeit, die Landschaft vor sich, zur Rechten und zur Linken, zu mustern.

Da gab es Hügel und Hänge, kahle Lehnen, bewaldete Kuppen, breite Täler, schmale Mulden, bald weitgedehnte freie Flächen, bald ganze Strecken dichten Forst, und dazwischen tauchte von Zeit zu Zeit eines der Dörfer auf, deren niedrige, einfache Häuser meist da und dort verstreut lagen und sich nur jeweils in der Nähe der Kirche zu dichteren Gruppen ballten. Es war sehr still in diesen Ortschaften. Der Winter hielt die Leute in ihren Stuben fest, wo sie in gewohnheitsmäßiger Geduld auf die bessere Jahreszeit warteten, die ihnen wieder die Ausgaben für Feuerung und Licht ersparen sollte. Denn die Gebirgler führten ein dürftiges Leben. Ihre kleinen Äcker trugen nicht viel, und sonst gab es erst recht keine einträglichen Erwerbsmöglichkeiten hier oben.

Gleichwohl ruhte der Blick des Fremden aus Indien mit einem freundlichen, fast liebevollen Ausdruck auf den verschneiten Feldern, Wäldern und Dörfern. Entweder hatte dieser Mann eine sehr starkes Einfühlungsvermögen, oder ihn reizte vielleicht das Neue, Ungewohnte. Denn dort, wo seine stolzen Besitzungen sich dehnten, unter der heißen Sonne des Südens, sah es natürlich ganz anders aus. Dort verschenkte die Natur alles freigebig an die Menschen, jedes Jahr in mehrfacher Ernte, gegen verhältnismäßig geringe Mühe.

Freilich – das wußte van Zoom recht wohl – Armut fand sich auch dort, und Frau Sorge hauste auch im sonnigen Süden unter manch ärmlichem Dach. Auch die Tropenwelt bedeutet ja nicht etwa schlechthin das Paradies, und es gibt keinen Garten Eden auf dieser Erde. Was die Menschen Glück nennen, ist überall zu gewinnen, aber überall nur in rüstigem Schaffen, das seinen Lohn, die Glückseligkeit, in sich birgt.

Die Gedanken des Fremden schweiften und schweiften. Längst war die Unterhaltung zwischen ihm und dem Diener verstummt. Da deutete Friedrich, der seinen Herrn schon mehrmals hierher ins Gebirge begleitet hatte, mit der Peitsche nach vorn.

„Dort drüben liegt Helfenstein! In einer halben Stunde sind wir am Ziel. Ich soll doch beim Gasthof vorfahren?"

„Gewiß", nickte van Zoom. „Die einzige Schenke im Orte selbst gehört ja den Wolfs, die gleichzeitig die Schmiede betreiben. Der Vater hat, soviel ich erfuhr, die Gastwirtschaft im Besitz, der Sohn die Schmiede."

„Wird ausgespannt?"

„Vorläufig nicht. Ich will so tun, als entschlösse ich mich erst nachträglich zu längerem Bleiben."

So kamen die beiden nach Helfenstein. Langsam fuhr der Schlitten durch das Dorf. Vor dem Wirtshaus hielt er an. Van Zoom trat in den Flur und in die Gaststube, Friedrich machte sich fürs erste noch mit den Pferden zu schaffen.

Der Fürst sah sich in der Gaststube um. Sie war ziemlich groß, aber niedrig und kahl, die Tische ungedeckt, die Stühle aus derbem Holz mit hartem Sitz. An den Wänden zogen sich Bänke hin. Rechts gab es einen langen Schanktisch, dahinter eine Tür, die vermutlich in die Küche führte, weiterhin einen hohen Kachelofen, der eine behagliche Wärme ausstrahlte. An den Wänden war nichts zu sehen als die groben Fenstervorhänge, ein Spiegel, ein Kalender, zwei billige Öldrucke in einfachen Rahmen und ein paar Kleiderhaken.

Van Zoom hängte Pelz und Krimmermütze an einen der Haken und setzte sich in die Nähe des Ofens.

Da kamen Schritte von der Küche her. Der Wirt trat ein, Christian Wolf, der frühere Schmiedemeister, jetzige Gasthofbesitzer von Helfenstein. Wolf war ein Mann am Anfang der Sechzig, mittelgroß, noch immer kräftig und rüstig. Seitdem er nicht mehr in der Schmiede arbeitete, hatte er etwas an Umfang zugenommen. Von den Mundwinkeln hingen ihm die Enden eines Seehundbartes wehmütig herab. Unter zwei buschigen Brauen standen kleine, ein wenig verkniffene Äuglein. Sein stark ergrautes Kopfhaar war schon bedenklich gelichtet. Im ganzen sah der Mann pfiffig, aber auch gutmütig aus.

„Was steht zu Diensten?" fragte er nach höflichem Gruß. Dabei musterte er den Fremden mit unverhohlener Neugier.

„Etwas Warmes zu trinken", sagte van Zoom händereibend, wobei er seiner Stimme mit erstaunlichem Geschick einen rauhen Klang zu geben wußte, den sie von Natur nicht hatte. „Es ist heute verdammt kalt im Schlitten."

„Da kann ich dem Herrn einen guten Kaffee empfehlen. Oder lieber ein Glas steifen Grog? Oder ein Warmbier? Ist alles schnell zubereitet."

„Bringen Sie mir Kaffee! Und zwei Tassen dazu! Mein Kutscher trinkt auch mit."

„Wird besorgt."

Wolf verschwand, kam aber sogleich wieder. Offenbar fühlte er sich verpflichtet, dem fremden Gast die Wartezeit durch ein Gespräch zu verkürzen, und das gerade war es ja, was van Zoom wünschte.

Wie es immer geht, kam zuerst das Wetter an die Reihe. Ja, es sei kalt, aber so müsse es sein, ein richtiger Winter. Nur hier oben im Gebirge schwer zu ertragen, namentlich für die armen Leute.

„Es ist hier wohl nicht viel los um diese Jahreszeit?" steuerte van Zoom nunmehr auf sein Ziel zu.

Wolf merkte, daß seine Gesellschaft erwünscht war, und setzte sich an den Nebentisch.

„Hier ist nicht viel los", sagte er, „auch im Sommer nicht."

„Wovon leben dann die Leute?"

„Ja, da fragen Sie mal!" nickte Wolf wichtig vor sich hin. „Der Ackerbau bringt herzlich wenig ein bei dem schlechten Boden. Von Viehzucht ist nicht groß zu reden. Die meisten treiben hier Handweberei, andere arbeiten im Forst, wieder andere basteln und schnitzen in Holz, alles keine rechten Erwerbsquellen. Im allgemeinen hungern sie sich so durch, die guten Helfensteiner."

„Drunten in der Stadt", meinte van Zoom ganz harmlos, „überhaupt im Flachland, sagt man, es würde hier an der Grenze noch immer viel geschmuggelt."

Wolf zog die Brauen hoch.

„So?" dehnte er. „Nun, die da unten müssen's ja wissen."

Van Zoom lachte.

„Nichts für ungut, mein Lieber. Ich wollte die Bewohner Ihrer Gemeinde nicht kränken. Es wird ja soviel geredet."

„Ja, geredet wird viel, mehr, als die Leute verantworten können. Aber die Städter sollten sich lieber um sich selbst kümmern und vor ihren eigenen Türen kehren. Du lieber Herrgott, was wird in den Städten nicht alles geschwindelt und gegaunert! Dagegen sind die Gebirgler, die mal einen Pack Tabak, ein paar Pfund Mehl, Zucker oder Fleisch oder ähnliche Dinge unverzollt über die Grenze schaffen, die reinen Waisenkinder. Und das tun sie obendrein nicht mal aus angeborener Schlechtigkeit und Lasterhaftigkeit, sondern aus Hunger und Not. So liegen die Dinge, mein lieber Herr. Erzählen Sie das mal den Leuten in der Stadt, die so leichtfertig über die Grenzbewohner im Gebirge herziehen! Erzählen Sie denen das mal, und sagen Sie ihnen, es gäbe hier oben wahrscheinlich genauso anständige Christenmenschen wie da unten, vielleicht sogar bessere und bravere! Ein jeder müsse nur zusehen, wie er mit seinem Herrgott zurechtkommt!"

Der alte Wolf war beträchtlich ins Zeug gegangen und hatte sich in eine ehrliche Entrüstung hineingeredet. Van Zoom war mit diesem Verlauf der Unterredung sehr zufrieden. Der Gefühlsausbruch des Schmieds und Gastwirts gab ihm hinreichend Aufschluß über die Wesensart dieses Mannes.

Wolf war offenbar nicht schlechter und nicht besser als die meisten seines Schlages. Er nahm die Dinge, wie sie kamen. Er war kein Gauner oder Betrüger, aber er hatte auch kein allzu enges Gewissen. Er ließ die Gesetze gelten und richtete sich nach ihnen. Doch er bahnte sich auch einmal zwischen ihren Maschen hindurch seinen Weg, wenn sie ihm lästig wurden. Er glaubte an den Herrgott und seine sittliche Weltordnung und hielt wohl gerade deshalb ein kräftiges Gebet zur rechten Stunde für wirksam genug, einen kleinen Fehltritt vom schnurgeraden Weg wieder auszugleichen.

Van Zoom, der verstohlen über diese Dinge nachsann, faßte sein Urteil darüber etwa so zusammen: Das ist gewiß keine mustergültige und taugliche staatsbürgerliche Gesinnung, aber offenbar leider Gottes die landläufige Denkungsart breiter Schichten hierzulande. Gebe der Himmel, daß einmal bessere Zeiten kommen, Zeiten, die imstande sind, die sozialen Probleme zu lösen, die hier so brennend nach Lösung verlangen! Dann wird diese Gattung von Menschen, wie sie der alte Wolf darstellt, von selbst verschwinden.

Im übrigen fand van Zoom hinreichend Zeit zu solchen Betrachtungen, denn Wolf hatte sich am Schluß seiner Rede erhoben und war, ohne eine Antwort abzuwarten, in die Küche gegangen, um nachzusehen, wie es mit dem Kaffee für den Fremden stand. Bevor er wiederkam, trat Friedrich ins Zimmer und setzte sich auf einen Wink seines Herrn zu van Zoom an den Tisch. Im nächsten Augenblick brachte der Wirt das bestellte Getränk. Van Zoom schenkte sich und dem Diener ein.

„Jaja", nahm er schließlich das unterbrochene Gespräch wieder auf, da Wolf am Schanktisch stehenblieb. „Sie mögen schon recht haben. Sie müssen ja die Leute hier besser kennen als irgendeiner. Sie kommen ja täglich mit ihnen zusammen."

Wolf schüttelte den Kopf.

„Täglich? Was Sie denken! Die Helfensteiner haben kein Geld, sich täglich in die Schenke zu setzen. Kaum, daß es bei dem einen oder dem andern zu einem regelmäßigen Sonntagsschoppen langt. Wenn wir die Schmiede nicht hätten, die ab und zu etwas einbringt, könnten wir gar nicht bestehen."

„Und das ist schon immer so gewesen?" fragte van Zoom.

„Früher war es in mancher Hinsicht doch besser. Da wohnte die Herrschaft noch oben im Schloß und brachte etwas Geld unter die Leute."

„Im Schloß? Ist das die Ruine, die in der Richtung nach dem Walde liegt?"

„Ganz recht. Das Besitztum ist seinerzeit abgebrannt und nicht wieder aufgebaut worden. Das war vor etwa zwanzig Jahren."

„Ich entsinne mich dunkel, davon gehört zu haben. Wenn ich mich recht erinnere, handelte es sich um eine Brandstiftung mit Mord und Totschlag."

Wolf setzte plötzlich eine recht betrübte Miene auf und seufzte.

„Ja, es kam damals reichlich viel zusammen. Unser abgelegenes Helfenstein ist seinerzeit gründlich in Verruf geraten."

Der Wirt brach ab. Friedrich hatte die leere Kaffeetasse mit vernehmlichem Klirren auf die Unterschale zurückgesetzt. Jetzt stand er auf.

„Mit Verlaub, Herr Schulze! Ich möchte mal fragen, was mit den Pferden werden soll. Wenn wir noch eine Weile hierbleiben, können sie nicht so in der Kälte stehen."

„Hm." Van Zoom schien zu überlegen. „Eigentlich habe ich mit dem Wirt hier noch etwas zu besprechen . . ."

„Der Herr kann getrost ausspannen lassen", fiel Wolf ein. „Für zwei Gäule ist reichlich Platz in unserm Stall." Und zu Friedrich gewandt, fügte er hinzu: „Nebenan in der Schmiede ist mein Sohn. Dem brauchen Sie nur Bescheid zu sagen, dann hilft er Ihnen, die Tiere unterzubringen."

Der Kutscher blickte abwartend auf seinen Herrn. Van Zoom überlegte noch immer, sah nach der Uhr und fragte schließlich: „Mittagessen für zwei Personen ist wohl hier auch zu haben?"

„Ei gewiß! Es ist immer was da. Und Sie werden bestimmt zufrieden sein."

„Gut. Spann aus, Johann, und versorge die Tiere!"

„Jawohl, Herr Schulze. Und dann darf ich vielleicht beim Handpferd auch gleich mal nach den Eisen sehen lassen. Ich glaube, da ist nicht mehr alles in Ordnung. – Weil wir nun mal in einer Schmiede sind", ergänzte er sachlich.

Van Zoom nickte. Er verstand, was Friedrich damit wollte. Der pfiffige Diener suchte nach einem Vorwand, seinen Herrn noch für einige Zeit mit dem alten Wolf allein zu lassen. Vielleicht war es auch seine Absicht, drüben in der Schmiede mit dem jungen Wolf ein Gespräch anzuknüpfen.

Friedrich ging also. In der Gaststube lief die Unterhaltung weiter, nachdem der Wirt in der Küche ein Mittagessen für zwei Personen bestellt und zurückgemeldet hatte, der Herr müsse sich freilich noch eine Weile gedulden.

„Sie sagen, die Gegend sei damals wegen der Brandstiftung und allem, was damit zusammenhing, in Verruf geraten", begann van Zoom, als der Wirt wieder bei ihm saß. „Wie kommt es dann, daß man nicht wenigstens äußerlich die Erinnerung an jene Ereignisse beseitigt hat? Ich meine die Schloßruine. Man hätte die kahlen Mauern, die vom Brand zurückblieben, entweder abtragen oder das Schloß neu aufbauen sollen."

„Hätte man, gewiß", bestätigte Wolf. „Aber das wäre Sache des Herrn Bankiers gewesen, der das Besitztum geerbt hat, und der wollte davon nichts wissen. Er soll gesagt haben, die Ruine möge als ewiges Denkmal jener abscheulichen Missetat eines ruchlosen Verbrechers stehenbleiben für alle Zeiten. Er selber werde seinen Fuß sowieso nie wieder auf Helfensteiner Boden setzen, um nie mehr an all das von damals denken zu müssen. Also brauche er auch kein Schloß hier. Und so ist alles geblieben, wie es war."

„Schade", brummte der Fremde. „Die Brandstätte schändet die Landschaft, und die Helfensteiner Gegend ist sonst schön und reizvoll."

„Das will ich meinen."

„Ob der jetzige Besitzer den Grund und Boden des alten Schlosses wohl verkaufen würde?"

„Verkaufen?" fragte Wolf verwundert. „Wer sollte sich hier ankaufen wollen?"

„Sie meinen, in dieser verrufenen Gegend? Nun, vielleicht wüßte ich einen, der Lust dazu hätte."

„Was Sie nicht sagen! Sie sind wohl gar deshalb hierhergekommen?"

„Ich wollte mich wegen dieser Dinge wenigstens einmal umsehen", gab van Zoom zu. „Allerdings müßte ich wissen, ob auch noch weiteres Land dazu zu haben wäre."

„Welches Land?"

„Ein Stück Wald und vor allem das Moor zwischen dem Wald und der Schloßruine."

„Das ... das Moor?" dehnte Wolf, sichtlich betroffen. „Was wollen Sie mit dem Moor?"

„Haben möchte ich es", lachte van Zoom.

„Das ist nicht zu haben", sagte der Wirt plötzlich barsch und abweisend. „Dort hat kein Fremder was zu suchen." Und da er merkte, daß seine unvermittelte Grobheit den Fremden stutzen ließ, fügte er begütigend hinzu: „Was wollen Sie auch mit dem wertlosen Sumpf anfangen? Der ist doch zu nichts nütze."

Oho, dachte van Zoom, hier habe ich offenbar wider Erwarten eine wichtige Entdeckung gemacht! Wenn auch dir, alter Fuchs, der Sumpf zu nichts nütze wäre, würdest du dich nicht so darüber erregen, daß ich ihn kaufen will. Also schwindelst du, und ich werde bemüht sein, hinter deine Schliche zu kommen.

In dieser Absicht beschloß er, Öl ins Feuer zu gießen, um den alten Wolf zu reizen und zu einer unbedachten Äußerung zu verleiten.

„Sagen Sie das nicht!" meinte er so ruhig, als hätte er die Grobheit des Wirts überhaupt nicht gespürt. „Mancher weiß mit irgendeiner Sache nichts anzufangen und wirft sie achtlos weg. Da kommt ein anderer, hebt sie auf und macht sonst etwas daraus. Vielleicht ist es mit dem Moor oder, wie Sie sagen, mit dem Sumpf genauso."

Es war dem Gastwirt anzumerken, daß es ihm förmlich die Augen aufriß, daß er hochfahren und heftig entgegnen oder eine hastige Frage stellen wollte. Aber er bezwang sich. Seine angeborene Pfiffigkeit siegte über den Sturm seiner Empfindungen. Unter gesenkten Wimpern hervor, deren Zittern allein seine Erregung verriet, schickte er einen lauernden Blick zu dem Gast hinüber. Dann versuchte er ein Lächeln, und schließlich nickte er vor sich hin.

„Jaja, Sie haben recht. Es könnte sein, daß Sie mit dem Sumpf doch etwas anzufangen wüßten. Gewiß könnte das sein. Fragt sich nur, worauf Sie hinauswollen."

„So ist es", bestätigte van Zoom trocken.

„Wenn man hören dürfte, worum es sich handelt . . ."

Hier brach Wolf ab. Sein Gast sah ihm gelassen ins Gesicht.

„Was dann?" fragte er.

„Dann . . . dann wäre es unter Umständen möglich, etwas für Sie zu tun."

Diese Antwort war so zögernd herausgekommen, daß van Zoom sogleich merkte, woran er war. Wolf dachte nicht daran, dem angeblichen Bewerber um den Besitz des Moores irgendwie behilflich zu sein. Er wollte nur herausbringen, welche Pläne der Fremde mit dem Landkauf verfolgte. Und diese Pläne wollte ihm van Zoom nicht vorenthalten. Sie waren ja der Köder, womit er Wolf und seinen unbekannten Freund fangen wollte.

Während van Zoom diese Erwägungen anstellte, ging sein Blick zum Fenster hinaus auf die verschneite Dorfstraße. Da stutzte er plötzlich. Das heißt, er machte eine Wahrnehmung, die ein kurzes Aufleuchten in seinen Augen verursachte, nicht mehr. Der Fremde war ja ein Mann, der sich zu beherrschen verstand.

Scheinbar achtlos schaute er jetzt hinaus. Da draußen ging soeben einer im Schnee vorüber, sah nach der Gasthofstür und bog ein, aber nicht nach der Schenke, sondern mehr nach der Schmiede zu. Der Mann war ein Bauer oder etwas dergleichen. Darauf deuteten Kleidung, Gang und Aussehen. Es war an ihm nichts Außergewöhnliches zu bemerken. Für van Zoom aber bildete sein Erscheinen eine hochwichtige Überraschung; denn dieser Mensch war es, dem er nachspürte, der Unbekannte, der so häufig bei den Wolfs verkehrte, der nachts geheime Unterredungen mit dem Wirt und seinem Sohn hatte, kurz, der bei van Zoom im Verdacht stand, womöglich gar der berüchtigte Hauptmann zu sein.

Auch Wolf hatte die Gestalt auf der Straße gesehen, und van

Zoom stellte mit Genugtuung fest, daß der Wirt unruhig wurde. Offenbar wäre er am liebsten aufgestanden und hinausgeeilt, um den Unbekannten zu empfangen und ihm irgendwelche Mitteilung zu machen. Aber das mochte Wolf wohl für zu auffällig halten, und so zwang er sich einstweilen noch zur Ruhe und zum Bleiben.

„Hm", sagte jetzt van Zoom, „ich sehe ein, daß es für mich wahrscheinlich von Nutzen wäre, Sie in meine Absichten einzuweihen. Ich hätte auch nicht übel Lust, Sie zu meinem Helfer zu machen, zumal meine Pläne, wenn sie durchgeführt würden, voraussichtlich auch Ihnen großen Vorteil bringen könnten. Aber ich muß vorher wissen, ob Sie verschwiegen sind."

„Wie das Grab", versicherte Wolf mit der Miene eines Biedermannes. „Über meine Lippen kommt kein Wort."

„Gut. Ich glaube Ihnen, und so will ich es mit Ihnen versuchen. Ich trage mich mit weitschauenden Absichten. Wissen Sie, was ein Kurort ist, ein Badeort?"

Wolf machte ein dummes Gesicht.

„Ein Badeort? Nun, das ist ein Ort, wo die Leute baden."

„Ja. Aber nicht baden schlechthin, sondern ich meine, Heilbäder nehmen, Bäder zur Wiederherstellung oder zur Förderung der Gesundheit."

„Jaja, so etwas gibt es. Wenn irgendwo eine heilkräftige Quelle fließt, wird sie aufgefangen, und dann strömen die Menschen von weit her herbei und trinken das Wasser oder baden darin, um Genesung von irgendwelchen Leiden zu finden."

„Sehen Sie, jetzt haben Sie mich verstanden. Einen solchen Badeort will ich aus dem stillen Helfenstein machen."

„Aus Helfenstein? Einen Badeort? Nicht möglich!"

„Warum nicht?"

„Weil das Wichtigste fehlt, die Heilquelle."

„Die fehlt eben nicht. Ich bin heute nicht zum erstenmal hier im Dorf; ich habe schon vor einiger Zeit entdeckt, daß das Wasser einer Quelle, die offenbar mitten in dem Moor oben bei der Schloßruine zu suchen ist, wertvolle Mineralbestandteile enthält. Das Wasser ist auf meine Veranlassung von Fachleuten untersucht worden, und sie haben meine Entdeckung bestätigt. Also, die Heilquelle ist da, und deshalb will ich das Moor mit den umliegenden Ländereien kaufen."

Bei diesen Eröffnungen hatte Wolf anfangs dagesessen, als sei vor seinen Augen ein Wunder geschehen. Dann schien er zu überlegen. Hierauf trat wieder der pfiffige Zug in sein Gesicht, und schließlich war seine Miene nicht mehr zu durchschauen.

„Das ist das Tollste, was ich in meinem Leben gehört habe!"

rief er mit gemachter Lebhaftigkeit. „Helfenstein und Badeort! Das hat sich das alte Nest auch nicht träumen lassen.“

„Na“, beschwichtigte van Zoom, „vorläufig ist es ja noch nicht soweit. Bis dahin, daß meine Pläne Wirklichkeit werden, ist noch ein gut Stück Weg zurückzulegen.“

„Jaja! Gewiß! Freilich!“

„Sie müssen bedenken, es gehört Geld zu einem solchen Unternehmen, sehr viel Geld. Da müssen Bauten und Anlagen geschaffen werden, die Unsummen kosten.“

„Ganz recht.“

„Vor allem aber muß ich erst einmal den nötigen Grundbesitz in meine Hände bringen. Und das ist ja leider, wie Sie sagen, fast unmöglich.“

„Fast unmöglich“, nickte Wolf, „aber doch nicht ganz. Ich bin nicht abgeneigt, Ihnen zu helfen.“

„Das wäre ja großartig!“

„Nur langsam, mein lieber Herr! So etwas will überlegt sein. Und dazu muß man Zeit haben. Das werden Sie einsehen.“

„Zeit will ich Ihnen gern zugestehen. Es eilt ja nicht. Aber Sie dürfen inzwischen nicht etwa plaudern.“

„Ausgeschlossen! Was denken Sie von mir!“

„Ich habe für alle Fälle Ihr Ehrenwort, daß Sie schweigen?“

„Meine Hand darauf.“

Dabei reichte Wolf dem Fremden die Rechte, die van Zoom eifrig drückte und schüttelte.

Im übrigen wurde die Unterredung hier abgebrochen. Wolf erklärte, er müsse jetzt erst einmal nachsehen, wieweit man in der Küche mit dem Essen sei. Der Fürst wußte, daß dieser Eifer weniger der bestellten Mahlzeit als vermutlich dem Mann galt, der inzwischen drüben in der Schmiede eingekehrt war. Nachdenklich blieb er in der Gaststube allein.

Was für eine Bewandtnis mochte es mit dem Moor haben? Soweit sich van Zoom auskannte, gehörte es dem Bankier Franz von Helfenstein. Wie kam Wolf dazu, zu behaupten, es sei unverkäuflich? Und weshalb wurde der ehemalige Schmied und jetzige Gastwirt so ungemütlich bei dem Gedanken, das Moor könne in den Besitz eines andern übergehen?

Wolf, so rechnete van Zoom, hatte seinerzeit, als Viehhändler verkleidet, den verurteilten Gerhard Burg befreit, und der junge Wolf hatte dabei geholfen. Das war zweifellos irgendwie eine Tat der Reue gewesen. Die beiden wußten um Burgs Unschuld, sie kannten den wahren Täter, den Mörder Tiefenbachs und des Schloßherrn von Helfenstein, den Brandstifter, den Unbekannten, den der Fremde aus Indien für den geheimnisvollen Hauptmann hielt. Sie verkehrten wohl noch heute mit dem Hauptmann, waren ihm hörig und mußten ihm auch jetzt noch Helferdienste leisten.

Lag da nicht die Vermutung nahe, irgendwo bei dem Moor oder gar in dem Moor, dessen Unantastbarkeit Wolf so eifrig verteidigte, sei ein Schlupfwinkel des Hauptmannes und seiner Bande zu suchen? Vielleicht hing das mit der Pascherei zusammen, die in Helfenstein und Umgebung noch lange nicht ausgerottet sein sollte.

Ob diese Berechnung stimmte oder ob noch etwas anderes hinter alledem stecken mochte, das wollte van Zoom nun schon herausbringen. Am wichtigsten war es ihm, daß er dabei endlich dem Hauptmann und damit zugleich dem Täter von damals auf die Spur zu kommen hoffte. Er kämpfte ja für die Ehrenrettung Gerhard Burgs, und so beschloß er denn, zunächst einmal abzuwarten, wie sich Wolf in der Angelegenheit des Landverkaufs weiterhin verhalten würde.

Während er noch so überlegte und dabei sinnend auf die menschenleere Straße im Winterkleid hinausblickte, ging plötzlich die Tür auf, und herein trat Friedrich, heute Johann genannt.

„Der Wirt sagte mir, das Essen sei fertig."

„Wird gleich kommen", meinte van Zoom. „Der Wirt ist schon in die Küche gegangen."

Friedrich schüttelte den Kopf, indem er sich zu seinem Herrn setzte. Dabei blinzelte er bedeutsam.

„Ist in der Schmiede", flüsterte er.

„Dachte es mir. Hat es etwas Wichtiges gegeben?"

„Es ist ein Mann in der Schmiede", fuhr der Diener leise fort. „Was er mit dem Schmied zu verhandeln hatte, konnte ich nicht hören. Dann kam der alte Wolf und schickte mich fort, wegen des Essens, wie er sagte. Ich dachte: Aha, sie wollen unter sich sein! Deshalb kehrte ich heimlich wieder um, als ich dem Kleeblatt, Vater, Sohn und Gevatter Heidenreich, wie sie den Mann nannten, aus den Augen war. Die Dummköpfe suchten sich gerade den Schmiederaum als Ort ihrer geheimen Aussprache aus, und dieser Raum grenzt an einen Geräteschuppen. Dahinein huschte ich vom Hof aus, duckte mich unter ein völlig verstaubtes und verschmutztes Fenster, das früher wahrscheinlich auf den Hof mündete, jetzt aber in den nachträglich angebauten Schuppen hinausgeht, und konnte so jedes Wort hören, das drinnen gesprochen wurde, denn das Fenster hat nur noch Reste von Glasscheiben.

‚Der Kutscher ist fort', meldete soeben der Schmied, der hinter mir hergespäht hatte. ‚Wir können ungestört sprechen.'

Darauf begann die tiefe Stimme des alten Wolf:

‚Unser Geheimnis ist verraten. Der Mann, der drinnen in der Gaststube sitzt, der Herr des Kutschers, will das Moor kaufen.'

‚Verdammt!' riefen der Schmied und Heidenreich wie aus einem Mund, und der Schmied fügte hinzu: ‚Dem Kerl soll man den Hals umdrehen!'

‚Was will er denn mit dem Moor? Weiß er wirklich in unsrer Sache Bescheid?' erkundigte sich Heidenreich weiter.

‚Das hat er mir natürlich nicht auf die Nase gebunden', sagte der Wirt. ‚Er hat mir ein Märchen erzählt von einer Heilquelle, die angeblich auf dem Grund des Moores entspringen soll. Die will er auffangen und aus Helfenstein ein Kurbad machen.'

‚Dummer Witz!' knurrte der Sohn.

‚Schlauer Bursche! Wir müssen auf der Hut sein vor ihm', meinte Heidenreich. ‚Am besten ist es, wir tun, als gingen wir auf seine Pläne ein. So behalten wir ihn im Auge.'

Mehr konnte ich nicht hören", vollendete Friedrich seinen Bericht, „denn die Sache nahm ein überraschendes Ende. In meinem Eifer, die drei nicht nur zu belauschen, sondern womöglich auch zu beobachten, hatte ich mich aufgerichtet, um vorsichtig durch das Fenster in die Schmiede zu sehen. Dabei muß ich in dem ziemlich finsteren Raum an das Gerümpel gestoßen sein, das neben mir aufgeschichtet lag. Das Zeug kam ins Rutschen, und plötzlich gab es ein furchtbares Getöse. Ein ganzer Berg von alten Hufeisen, zerbrochenen Wagenrädern, Pflugscharen und anderen Metallstücken stürzte in sich zusammen und verursachte einen Lärm, daß die drei nebenan sicherlich nicht schlecht in die Höhe gefahren sind."

„O weh!" sagte van Zoom stirnrunzelnd. „Nun ist alles verdorben. Man wird . . ."

„Nicht doch!" unterbrach ihn Friedrich. „Hören Sie mich nur rasch zu Ende an! Ich dachte: Laß dich nur nicht verblüffen, Junge, sonst bist du verloren! Mit einem Satz war ich aus dem Schuppen hinaus. Dabei stieß ich gerade auf den alten, lahmen Hofhund, den ich schon vorher draußen bemerkt hatte. Wahrscheinlich habe ich den Köter in der Eile auf eine Pfote getreten. Er heulte laut auf. Das war meine Rettung. Mir kam ein großartiger Gedanke, und ich setzte ihn sogleich in die Tat um. Den Köter packen, in den Schuppen stecken und die Tür hinter ihm schließen, war eins. Dann war ich mit drei Sätzen über den Hof hinweg und im Hausflur. So, nun soll mal einer sagen, ich hätte da drüben gehorcht! Kein Mensch hat mich gesehen. Die drei Gauner werden den Schuppen öffnen und den Hund darin finden. Wer weiß, wer das Tier versehentlich dort eingesperrt hat! Dem Vieh ist es ungemütlich geworden, es hat nebenan die Stimme seines Herrn gehört und wollte an dem Fenster in die Höhe springen. Dabei hat der Hund den Gerümpelhaufen umgeworfen, das Zeug ist ihm auf den Balg gestürzt, und da hat das Tier aufgeheult. Stimmt das nicht alles prächtig zusammen?"

Van Zoom war schon recht ärgerlich gewesen über das Mißgeschick seines Verbündeten. Jetzt mußte er lächeln.

„Das hast du fein gemacht. Ganz mein Friedrich, der sich aus jeder Klemme herauszufinden weiß! Es ist tatsächlich zu hoffen, daß alles noch gut geht. Wir müssen..."

Hier brach der Fürst ab und fuhr, während er bisher ebenso geflüstert hatte wie Friedrich, mit nun etwas lauterer Stimme fort:

„... wir müssen uns doch einmal ernstlich nach dem Essen umsehen. Der Wirt kommt nicht wieder und ... ah, da ist er ja endlich! Herr Wirt, wir verhungern allmählich hier!"

Wolf war ins Zimmer getreten. Van Zoom hatte sein Kommen rechtzeitig gehört. Der alte Wolf konnte seine Erregung kaum verbergen; er war mißtrauisch. Aber das Verhalten seiner Gäste beruhigte ihn vollends, nachdem schon der Hund im Schuppen dahin gewirkt hatte, den ersten Schreck der drei Männer in der Schmiede zu besänftigen.

„Entschuldigen Sie nur!" sagte er. „Es hat sich noch ein Weilchen verzögert. Aber jetzt geht es wirklich los."

Und in der Tat trug er nun den Gästen das Mittagessen auf, dem die beiden mit sichtlichem Behagen zusprachen.

6. Schatzgräber

Der alte Wolf hatte sich, während seine beiden Gäste ihr Mittagmahl verzehrten, wieder in die Küche zurückgezogen. Friedrich kaute mit Wohlbehagen, schielte dabei aber ab und zu dorthin, wohin der Wirt verschwunden war. Drüben wurden Stimmen laut. Dann schlug eine Tür heftig zu.

„Abscheulich!" knurrte der brave Diener seines Herrn. „Jetzt huscht der alte Schleicher wieder hinüber in die Schmiede, und die drei setzen ihre Beratung fort. Wer jetzt zuhören könnte, würde vielleicht alles erfahren, was wir wissen wollen. Ich möchte am liebsten —"

„Nicht doch!" unterbrach ihn van Zoom. „Keine Unvorsichtigkeit! Was nicht ist, das ist nicht."

„Ganz recht. Aber auf diese Weise tappen wir im dunkeln."

„Dann müssen wir uns eben bemühen, Licht in dieses Dunkel zu bringen. Wozu ist dem Menschen der Verstand gegeben? Wir

wollen nachdenken! ‚Unser Geheimnis ist verraten‘, haben der
Schmied und Heidenreich gesagt, als ihnen der alte Wolf die Nachricht brachte, es sei meine Absicht, das Moor zu kaufen. Und der
Schmied hat hinzugefügt: ‚Dem Kerl soll man den Hals umdrehen!‘ Diese Worte müssen uns als Fingerzeig dienen. Die drei
planen irgend etwas, wobei das Moor eine wichtige Rolle spielt,
und glauben, ich sei hinter ihre Schliche gekommen und wolle sie
stören. Was mögen sie vorhaben?“

„Das möchte ich auch wissen!“

„Ich vermute, es geht um die Pascherei, die hier immer noch oder
jetzt wieder von neuem blüht.“

„Und das Moor?“

„Es wäre denkbar, daß sie im Moor, wo niemand dergleichen
sucht, einen Schlupfwinkel, ein Versteck für Pascherwaren oder
dergleichen haben.“

„Das könnten sie doch schlimmstenfalls anderswohin verlegen.“

„Könnten sie. Ja. Wenn ich ihnen nicht, wie sie meinen, auf die
Spur gekommen wäre. Wer weiß, welch große Bedeutung der
Schlupfwinkel für den Hauptmann hat.“

„Dann ist es unsre nächste Aufgabe, uns das Moor einmal
genauer anzusehen“, meinte Friedrich.

„Richtig!“ nickte van Zoom.

„Und weiterhin“, fuhr Friedrich mit gedämpfter Stimme fort,
wie denn überhaupt diese ganze Unterhaltung nur sehr leise geführt wurde, „und weiterhin dürfen wir die drei vorläufig nicht aus
den Augen lassen.“

„Sie sind ein tüchtiger Fachmann, Herr – wollte sagen, du bist
einer, mein lieber Johann. Dasselbe habe ich auch schon gedacht.
Wir bleiben heute hier in Helfenstein.“

„Im Gasthof?“

„Ja.“

„Wird man uns dabehalten?“

„Wahrscheinlich sehr gern. Du hast ja gehört, daß sie uns auf
die Finger passen möchten. Diesen Zweck können sie am besten
erreichen, wenn sie uns bei sich haben.“

„Gut. Einverstanden. Wir bleiben, meinetwegen bis Ostern
und auch noch länger.“

„Ich frage den alten Wolf nach einem Unterkommen und erzähle
ihm, ich möchte mir das Gelände, das ich zu kaufen beabsichtige,
gern einmal noch gründlicher ansehen. Das werden wir dann am
Nachmittag auch wirklich tun. Abends gehen wir zeitig zur Ruhe,
das heißt, angeblich. In Wahrheit legen wir uns auf die Lauer.
Wenn es im Moor oder beim Moor ein Pascherversteck auszuräu-

men gibt, werden das die drei möglicherweise gleich heute abend in Angriff nehmen. Dabei schleichen wir ihnen nach –"

„– und greifen sie!" fuhr Friedrich auf.

„Je nachdem", meinte sein Herr. „Es kann auch sein, daß wir sie einstweilen unbehelligt lassen. Den Hauptmann darf ich erst dann fassen, wenn ich ihm alle seine Sünden haarklein beweisen kann."

Es war ein Glück für die beiden, daß sie ihre Beratung auf diese Weise soeben zu einem gewissen Abschluß brachten, denn sie hätten dazu weiterhin keine Gelegenheit mehr gehabt. Die Tür, die vom Flur in die Gaststube führte, tat sich auf, und herein trat – der Gevatter Heidenreich, der Mann, den van Zoom für den Hauptmann oder doch für einen Unterführer der Bande hielt.

Der Fürst glaubte, ebenso wie Friedrich, sogleich zu wissen, was das bedeutete. Heidenreich kam auf Geheiß des alten Wolf, kam als Späher, um den Fremden, der das Moor kaufen wollte, anzuschleichen. Darauf stellte sich van Zoom jetzt ein. Er beschloß, dem Kundschafter scheinbar entgegenzukommen, ihm scheinbar willig Rede und Antwort zu stehen, in Wirklichkeit aber ihm seinerseits auf den Zahn zu fühlen.

Heidenreich grüßte und schlug dabei nach Bauernart mit der Faust auf die nächste Tischplatte. Das hieß: Mein Gruß gilt allen, die hier versammelt sind! Also auch dem alten Wolf, der soeben im Rahmen der Küchentür erschien. Heidenreich bestellte sich ein Glas Bier, ließ sich unweit von van Zoom und Friedrich nieder und begann mit dem Wirt ein Gespräch, in das bald auch der angebliche Grundstücksmakler Schulze verwickelt wurde, während der „Kutscher Johann" mehr die Zurückhaltung übte, die ihm im Beisein seines Herrn zukam.

„Schulze, Leberecht Schulze aus Buchwalde?" überlegte Heidenreich, als ihm van Zoom seinen angeblichen Namen nannte. „Kenne ich nicht! – Und doch lasse ich mich fressen, wenn ich dem Herrn nicht schon mal irgendwo begegnet bin!"

„Wäre ja möglich", meinte der Fürst leichthin. Das heißt, er ließ es sich nicht merken, daß ihn dieser Ausspruch einigermaßen beunruhigte. Was wollte Heidenreich damit sagen? Glaubte er wirklich, van Zoom zu kennen? Oder war das nur ein erster Vorstoß des Kundschafters aufs Geratewohl?

„Aber dann hätte ich mir auch den Namen gemerkt", fuhr Heidenreich fort. „Für Namen habe ich ein sehr gutes Gedächtnis."

Verwünschter Kerl! dachte van Zoom. Jetzt sagt er mir mehr oder weniger unverblümt, ich trüge eine Maske. Wenn das auch die Wahrheit ist, diese offene Äußerung ist eine Dreistigkeit! Und van Zoom war nun erst recht überzeugt, den Hauptmann vor sich zu haben; denn nur ein Gegner wie dieser Banditenhäuptling konnte so keck zum Angriff schreiten.

„Dann bleibt nur die eine Möglichkeit", erklärte der Fürst laut, „nämlich die, daß Sie mich mit einem andern verwechseln."

„Hm."

„Oder meinen Sie, ich segelte unter falscher Flagge?"

Heidenreich sah den Sprecher groß an. Aus diesem Blick war alles und nichts zu lesen.

„Ich meine weiter nichts, als was ich gesagt habe", brummte er gelassen. „Ich weiß nicht, wo ich Sie hintun soll."

Van Zoom lachte.

„So lassen Sie mich ruhig hier, wo ich bin, im Gasthof von Helfenstein! Ich möchte nämlich vorläufig auch hier bleiben. – Herr Wirt, wie steht es mit der Unterkunft?"

„Übernachtung?" klang es hinter dem Schanktisch hervor.

„Für zwei Mann, gewiß. Die Pferde sind ja bereits aufgehoben."

„Geht zu machen. Ich habe eine Stube frei. Eigentlich sollte die der Gevatter Heidenreich haben, der heute hier zu tun hat und erst morgen oder übermorgen wieder abreisen will, aber den kann ich zur Not auch drüben bei meinem Sohn unterbringen. – Ist es recht so, Gevatter?"

„Mir gleich", nickte Heidenreich. „Wenn ich nur ein Bett habe."

„Sehr freundlich", lächelte van Zoom, und zu dem alten Wolf gewendet, ergänzte er: „Ich möchte mit meinem Begleiter heute nachmittag mal hinauswandern nach – nach der Schloßruine. Sie wissen schon."

„Aha! So, so! Ja freilich!"

Dabei wechselte Wolf mit Heidenreich einen raschen Blick, der etwa besagte: Siehst du, sie wollen schnüffeln gehen! Wir müssen aufpassen!

„Nach der Ruine?" fragte Heidenreich. „Werden schlechten Weg haben, die Herren, sehr schlechten Weg. Nach dem Wald zu ist alles verweht."

„Macht nichts. Wir fürchten ein paar Schneewehen nicht, und die herrliche Winterlandschaft wird die Mühe lohnen."

„Jeder nach seinem Geschmack! Es kommt immer darauf an, was sich einer von einem Unternehmen verspricht. Ich habe mir sagen lassen, daß es besonders in der Stadt drollige Käuze geben soll, die noch ganz andre Opfer bringen, um in einer alten Ruine herumzustöbern. Aber das müssen dann wohl ganz alte Gemäuer sein von Anno Tobak und noch älter, verwunschene Raubritternester und dergleichen, wo es spukt und wo man Geister beschwören kann."

„Na, na", lachte van Zoom, „Sie halten mich hoffentlich nicht für so einen!"

Wieder warf Heidenreich einen seiner seltsamen Blicke auf den Sprecher.

„Für einen Geisterbeschwörer? Ich weiß nicht, fast möchte ich es dem Herrn schon zutrauen, daß er in alten Büchern und Geheimschriften Bescheid weiß."

„Holla! Sehe ich denn wirklich so aus?"

„In den Augen liegt das!" behauptete Heidenreich.

„In den Augen?"

Der Fürst wußte beim besten Willen nicht, was er aus den sonderbaren Reden Heidenreichs machen sollte. Auch Friedrich riet im Augenblick Rätsel. Das las ihm van Zoom vom Gesicht ab. Der alte Wolf sagte gar nichts. Er hörte nur aufmerksam der eigenartigen Unterhaltung zu.

Da van Zoom die letzten Worte mit einem erstaunten Kopfschütteln begleitet hatte, zog Heidenreich die Brauen hoch und setzte eine wichtige Miene auf.

„Ich habe mir sagen lassen . . ."

Aber da fiel ihm Friedrich in die Rede.

„Lieber Mann, diese Wendung gebrauchen Sie nun schon zum zweitenmal. Nichts für ungut, aber ich glaube, Sie haben sich so mancherlei nicht nur sagen, sondern weismachen lassen."

Er lachte. Doch Heidenreich wehrte ernsthaft ab.

„Der Gevatter Heidenreich läßt sich nichts weismachen. Ich halte die Augen und die Ohren offen, und so habe ich manches erfahren und gelernt, wovon andre keine Ahnung haben. Auf diese Weise verstehe ich es auch, einen Menschen herauszufinden, der sich mit der Schwarzen Kunst beschäftigt. Natürlich wird es der Betreffende nicht wahrhaben wollen. Aber das ändert ja nichts an der Tatsache, daß er etwa das Hexeneinmaleins kennt und allerlei wirksame Sprüche dazu, womit man die Geister bannt."

Friedrich wollte schon wieder den Mund auftun. Er hatte eine scherzhafte Entgegnung auf der Zunge. Doch van Zoom kam ihm zuvor.

„Donnerwetter!" sagte er, scheinbar betroffen. „Vor Ihrem Scharfsinn muß man sich offenbar hüten."

Heidenreich lächelte geschmeichelt, und wieder ging ein vielsagender Blick, der verstohlen sein sollte, von ihm zu dem alten Wolf hinüber.

„Jaja", brummte er. „Der Gevatter Heidenreich ist nicht so ohne. – Was hält der Herr zum Beispiel von der Schatzgräberei?"

„Je nachdem", erwiderte van Zoom mit größter Seelenruhe,

obwohl ihn die neueste Wendung des Gesprächs abermals verblüffte. „Wenn etwas dabei herausspringt, muß ich sie loben. Andernfalls taugt sie nichts."

„Das ist ein guter Witz!" lachte Heidenreich. „Aber so war meine Frage nicht gemeint. Ich wollte sagen: Wie zwingt man einen Schatz ans Tageslicht?"

„Mit Arbeit und redlicher Mühe."

„Das allein tut's nicht. Er gehört noch mehr dazu."

„Und das wäre?"

„Ein Zauberspruch."

„Ach so! Ja richtig. Das hätte ich beinahe vergessen."

„Kennen Sie solche Sprüche?"

„Mehr als einen. Aber der Kernspruch, der einzig den Erfolg verbürgt, ist und bleibt doch nur einer."

„Und der lautet?"

„*Ora et labora!*"

Ora et labora! Bete und arbeite! Damit wollte van Zoom sagen, daß der Mensch nur durch Gottvertrauen und Fleiß zum Erfolg vorzudringen vermag. Er setzte voraus, daß ihn der andre nicht verstand, und so lief für ihn das ganze Wortgefecht auf einen Scherz hinaus. Ob es aber damit sein Bewenden hatte, das blieb ihm unklar, denn Heidenreich sah ihn plötzlich wieder so eigenartig an.

„*Ora et labora!*" wiederholte der Mann, der sich dem Urteil van Zooms nach mitunter so gänzlich undurchsichtig zu machen wußte. „Sie haben recht. Das ist der Kernspruch. Man muß ihn nur richtig anwenden."

In diesem Augenblick trat der Wirt hinzu, um das Geschirr vom Tisch zu räumen. Er wünschte seinen Gästen gesegnete Mahlzeit, und so war das Gespräch unterbrochen. Es lebte auch nicht wieder auf, denn Heidenreich trank sein Bier aus, verließ hinter dem alten Wolf das Zimmer und kam nicht wieder.

„Was war denn das?" meinte Friedrich mit einer Kopfbewegung nach der Tür hin, die Heidenreich soeben zugeklinkt hatte. „Hat dieser Mensch ein Rädchen zuviel oder eins zuwenig im Schädel?"

„Pst!" mehnte sein Herr. „Wir müssen vorsichtig sein. Ich halte diesen Heidenreich für einen ganz durchtriebenen Gesellen. Er stellt sich dumm, ist aber dabei mit allen Wassern gewaschen."

„Dann ist er ein Schauspieler, wie ich noch keinen gesehen habe."

„Bedenke, daß er wahrscheinlich der Hauptmann ist!"

„Hm! – Den Hauptmann hatte ich mir anders vorgestellt."

„Ich auch, aber ..."

„Was sollte denn die ganze Rederei um die Schwarzkunst und um die Schatzgräberei?"

„Darüber sinne ich noch vergeblich nach. Vielleicht will uns der Hauptmann eine Komödie vorspielen, um uns in eine Falle zu locken, und die Unterhaltung jetzt war nur die Einleitung dazu. Wir werden ja sehen. Einstweilen machen wir uns auf den Weg nach dem Moor. Ich möchte dort einmal Umschau halten. Möglicherweise entdecken wir eine Spur des Verstecks oder des Pascherlagers, das dem alten Wolf und seinen Spießgesellen diesen Ort so wertvoll macht. – Komm!"

Als die beiden aufstanden, erschien der Wirt wieder. Van Zoom bezahlte. Er hörte, das Zimmer für ihn und seinen Kutscher werde hergerichtet. Dann gingen sie.

Es war in der Tat eine mühselige Wanderung durch den tiefen Schnee, den der Wind in Hohlwegen und an Böschungen zu hohen Wehen gestaut hatte. Aber sie kamen überall durch, wenn auch mitunter etwas atemlos. Schließlich erreichten sie den Waldrand. Hier waren sie der eisigen Luft, die von Osten daherpfiff, weniger ausgesetzt. So ging es fort bis an das Moor, das stellenweise von Erlengebüsch dicht umsäumt war.

Der Fürst glaubte, er würde hier vielleicht Spuren im Schnee entdecken, die darauf schließen ließen, daß in letzter Zeit jemand ab und zu gegangen sei. Doch es fand sich nichts dergleichen. Nun wendete er all seinen Scharfsinn an, den Ort zu erraten, wo die Schmuggler in diesem Gelände etwa ihren Schlupfwinkel haben könnten. Aber auch das war vergeblich.

Schon wollten die beiden wieder umkehren, zumal die Sonne bereits den westlichen Himmelsrand berührte, da hörten sie plötzlich hinter sich in den Sträuchern am Waldsaum ein Rascheln. Dort standen Krüppeleichen, die noch das dürre Laub trugen.

„Achtung!" warnte van Zoom. „Nicht umdrehen!"

Friedrich hatte ihn sofort verstanden. Er deutete mit ausgestrecktem Arm weit über das Moor hinweg, das zugefroren und von einer festen Schneedecke überkleidet war. Das sollte aussehen, als spräche er mit van Zoom über die Landschaft. Dabei hing aber seine Gebärde mit seinen Worten überhaupt nicht zusammen.

„Hinter uns kriecht einer in den Büschen herum. Wahrscheinlich ist es der Gevatter Heidenreich, der Schwarzkünstler und Schatzgräber."

„Oder einer von den beiden Wolfs. Paß auf, wir werden ihn auf gute Art vertreiben!"

Damit machte van Zoom kehrt und schritt gerade auf die niedrigen Eichen am Waldrand zu.

„Komm, Johann!" rief er über die Schulter zurück. „Wir wollen uns beeilen, daß wir das Dorf und die Schenke wieder erreichen!

Sonst überrascht uns die Finsternis. Wir gehen so weit wie möglich am Saum des Waldes hin, damit uns der Wind nicht packen kann."

Diesen Worten folgte die Tat. Der Späher im Gesträuch zog sich hastig zurück. Dabei konnte er nicht genügend auf Deckung achten. Er geriet für einige Sekunden ins Blickfeld der beiden Männer.

„Aha, es ist der junge Wolf!" murmelte Friedrich. „Dort läuft er."

„Laß ihn laufen! Er wird seinen Auftraggebern nicht viel über uns berichten können."

So kehrten die beiden denn in den Gasthof zurück und verbrachten den Rest des Tages mit Nichtstun. Einige Versuche van Zooms, den alten Wolf oder dessen Sohn verstohlen auszuhorchen, um Näheres über die geheimen Machenschaften des dreiblättrigen Kleeblattes zu erfahren, schlugen fehl, und so erklärte van Zoom schließlich beizeiten, er sei müde und wolle zu Bett gehen. Da er das Zimmer mit seinem Kutscher teilte, brach auch ‚Johann' auf.

Sie verschwanden in ihrer Schlafkammer im ersten Stock des Hauses. Hier krochen sie auch wirklich in die Betten, nachdem das Licht verlöscht worden war. Aber sie hatten nur die Jacken ausgezogen, und ihre Schuhe standen griffbereit. Ab und zu flüsterten sie leise miteinander, um sich wach zu halten. Sie waren überzeugt, daß ihre drei Gegner noch in dieser Nacht einen Ausflug nach dem Moor unternehmen würden, und wollten ihnen nachschleichen. Es galt also aufzupassen, um das Weggehen der drei nicht zu überhören.

In dem alten Gebäude herrschte tiefe Stille. Das begünstigte das Vorhaben der beiden Lauscher in den Betten. Es verging eine Stunde und noch eine, und es mochte fast elf Uhr sein, als draußen plötzlich die hölzerne Stiege knarrte.

„Achtung!" raunte van Zoom seinem Friedrich zu. „Es kommt jemand."

„Wahrscheinlich will man sich überzeugen, ob wir schlafen", klang es wie ein Hauch zurück. „Ich werde den Mann beruhigen und ein wenig schnarchen."

Und Friedrich schnarchte meisterhaft und gründlich. Ab und zu machte er eine Pause, um nach der Tür horchen zu können, hinter der jetzt vermutlich der Lauscher stand. Und richtig, draußen knackte die Diele ein wenig. Es raschelte, als streife jemand leicht an der Wand hin. Dann wieder Stille. Friedrich schnarchte wieder.

Hierauf abermals eine Pause. Die Treppenstufe knarrte von neuem. Vorsichtshalber ließ Friedrich noch einige Grunztöne hören.

„Genug!" sagte endlich van Zoom. „Der Horchposten ist fort. Jetzt werden sie aufbrechen."

Schon huschte Friedrich ans Fenster, das in den Hof hinausführte. Van Zoom trat hinter ihn. Sie öffneten den rechten Flügel einen Spalt weit.

„Vorsicht!" mahnte van Zoom. „Sie dürfen uns nicht sehen, wenn sie etwa über den Hof gehen! Der Mond scheint hell und –"

„Und wenn sie nun das Haus durch den vorderen Ausgang verlassen?" fragte Friedrich.

„Werden sich hüten. Pascher müssen heimlich sein."

Die beiden spähten und horchten in die mondhelle Winternacht hinaus. Eine Weile blieb alles stumm. Da endlich klang von unten gedämpftes Geräusch. Gleich darauf erschienen drei vermummte Gestalten: Heidenreich, der alte Wolf und sein Sohn. Sie trugen Geräte, das war deutlich zu erkennen: eine Hacke, einen Spaten und eine Brechstange. Der Schmied hatte auch noch ein Stoffbündel im linken Arm, das sich auf die Entfernung hin nicht ohne weiteres deuten ließ.

So schlichen sie über den Hof, bogen um die Ecke und waren verschwunden.

„Die Schatzgräber ziehen auf Beute aus!" schmunzelte Friedrich. Der Fürst lächelte.

„Wahrhaftig, so sah es aus. Sie wollen also doch ein Pascherversteck ausräumen. Das ist mir jetzt klar. Dazu die Geräte."

„Der junge Wolf hat ja auch für alle Fälle ein paar leere Säcke mitgenommen", ergänzte Friedrich. „Wir müssen ihnen vorsichtig folgen."

„Ja", sagte van Zoom. „Doch wir machen einen Umweg. Im freien Feld können sie uns bemerken, wenn sich einer von ihnen zufällig umdreht."

„Aber wie kommen wir aus dem Haus?"

„Am besten durchs Fenster. Der Blitzableiter läuft hier dicht nebenan an der Wand hinunter, und wir können klettern."

„Gut", nickte Friedrich. „Ich werde den Anfang machen."

Dabei zog er auch schon seine Jacke und die Schuhe an, setzte die Mütze auf und stieß das Fenster weit auf. Flink schwang er sich auf den Sims, untersuchte die Festigkeit des Blitzableiters, hängte sich daran und begann hinabzuturnen. Er kam auch glücklich unten an, und nun folgte ihm sein Herr auf dem gleichen Weg. Im Hof hielten sie Umschau. Nirgends mehr war Licht zu entdecken. Die Frau des Gastwirts Wolf und die des Schmieds schienen samt den Kindern und dem Gesinde bereits zu schlafen. So war es auch zu erwarten gewesen, denn es ließ sich voraussehen, daß die Männer ihrer Familie und ihren Leuten gegenüber ihr nächtliches Treiben geheimhielten.

Van Zoom und Friedrich huschten nach dem Hofausgang. Die Dorfstraße war menschenleer. Sie warteten trotzdem noch ein Weilchen. Dann brachen sie endgültig auf.

Sie hielten nach Südwest zu, während das Moor im Südosten lag. So erreichten sie nach anstrengendem Marsch den Wald, immer eine gute Strecke von dem Weg entfernt, den Heidenreich und die Wolfs vermutlich benützten. Nun bogen sie links ein, am Saum des Gehölzes entlang, schließlich ganz im Schutz der Bäume, bis die nächste Umgebung des Moores vor ihnen auftauchte.

Jetzt war doppelte Vorsicht geboten. Kein Zweig durfte rascheln, kein Ästchen, das etwa aus dem Schnee ragte, durfte unter einem unbedachten Tritt knacken. Van Zoom und Friedrich duckten sich und pirschten sich voran wie zwei Trapper in Wildwest, die einen Trupp feindlicher Indianer beschleichen.

Bald erkannten sie draußen hinter dem kahlen Gestrüpp am Ufer des Moores drei Gestalten. Es waren die Gesuchten. Sie hatten sich ein Stück in das Moor hineingewagt, dessen Oberfläche, wie schon erwähnt, fest gefroren war. Es schien, als stritten sie lebhaft miteinander. Das war aus den heftigen Bewegungen ihrer Arme und Hände zu ersehen.

„Wir müssen trachten, hinter die Erlenbüsche zu kommen", flüsterte van Zoom seinem Begleiter zu.

„Wird verteufelt schwierig sein, wenn wir unentdeckt bleiben wollen", meinte Friedrich.

„Nicht doch. Der Schnee dämpft jeden Tritt, und die drei unterhalten sich ziemlich laut. Sehen werden sie uns auch nicht, weil sie uns die Rücken zukehren. Vorwärts!"

Es wurde gewagt und glückte. Schon lagen die Späher hinter den Erlen, nur noch wenige Schritte von den drei Schatzgräbern entfernt, und so konnten sie nun auch hören, was dort gesprochen wurde.

„Hier ist der Ort und nirgend anderswo", erklärte soeben der alte Wolf mit größter Bestimmtheit. „Wollen endlich anfangen!"

„Geduld, Geduld!" mahnte sein Sohn.

„Ach was! Ich habe keine Geduld mehr, seit der Fremde erschienen ist und erklärt hat, er wolle das Moor kaufen. Soll er uns etwa den Schatz vor der Nase wegschnappen?"

„Das würde ihm wohl nicht so leicht werden."

„Dein Vater hat recht", mischte sich Heidenreich ein. „Der Fremde kann uns gefährlich werden, wenn wir nicht rasch zum Ziel kommen. Er kennt den Spruch, das hast du ja gehört. Ein Glück, daß ich ihn ins Gebet nahm. Ich sah es ja an seinen Augen, daß er sich auf die Schatzgräberei versteht. Hahaha, der Gevatter

Heidenreich ist ein schlauer Kerl! Was ich aus dem Fremden herausgebracht habe, hätte kein andrer erfahren. Nun kennen wir den Spruch, nach dem wir so lange gefahndet haben, und wenn es auch noch nicht ganz die richtige Nacht ist, so werden wir doch die Geister zwingen, den alten Schatz im Moor herauszugeben... Horcht! Von der Dorfkirche schlägt es zwölf! Die Geisterstunde beginnt..."

Heidenreich machte einige sonderbare Handbewegungen. Dann streckte er gebieterisch den linken Arm aus.

„Ora et labora!"

Während die Glockenschläge der Dorfkirchenuhr herüberschallten, wiederholte er noch sechsmal den Spruch. Hierauf ergriff er die Hacke, Wolf nahm den Spaten, der Schmied die Brechstange, und so begannen sie mit verbissener Wut den harten Boden zu bearbeiten.

Friedrich sah seinen Herrn und Gebieter an und van Zoom seinen Diener und Gefährten. Die Blicke, die zwischen den beiden hin und her gingen, sagten alles. Es lag ein Erstaunen darin, ein Lächeln und zugleich das Geständnis: O weh, sind wir dumm gewesen, daß wir nicht gemerkt haben, mit wem wir es hier zu tun hatten! Nicht mit dunklen Verbrechern, sondern mit Narren! Die drei haben es tatsächlich auf eine Schatzgräberei abgesehen. Das Verhör, das Heidenreich mit uns anstellte, hatte keinen andern Zweck als den, einen vermeintlich wissenden und offenbar erfahreneren und klügeren Mann verstohlen um guten Rat zu fragen, wie man wohl die Geister bannen und zur Herausgabe eines verborgenen Schatzes zwingen könne. Und Wolf war einzig deswegen auf das Moor so versessen, weil er sich von dem Fremden mit der Schatzgräberei nicht zuvorkommenlassen wollte.

Der Fürst gab Friedrich einen Wink. Sie krochen zurück, sie schlichen sich durch den Wald davon, blieben endlich stehen und sagten einander offen, was hier zu sagen war.

„Lassen wir die drei ruhig im Moor buddeln", schloß van Zoom. „Sie werden ein wenig in Schweiß geraten und sich nasse Stiefel und kalte Füße holen und schließlich heimkehren. Das ist alles."

„Und der Hauptmann?" fragte Friedrich, enttäuscht lächelnd.

Van Zoom nickte.

„Du hast recht. Ich war auf falscher Fährte. Auch das sehe ich ein. Dieser Heidenreich hielt mit den Wolfs geheime Zusammenkünfte wegen der geplanten Schatzgräberei, wegen nichts weiter. Er ist ein Dummkopf, der sich von einem Spaßvogel einen Bären hat aufbinden lassen. Darum glaubt er an den Schatz im Moor. Im allgemeinen mag er ein wenig gerissen sein. Der Hauptmann ist er nicht. Dazu hat er das Zeug nicht. Der Hauptmann muß aus anderm Holz geschnitzt sein. – Komm! Wir müssen unser Heil anderswo versuchen."

So endete dieses Unternehmen des Fremden aus Indien mit einem glatten Mißerfolg. Als er am andern Tag Helfenstein wieder verließ, war der Gevatter Heidenreich schon verschwunden. Der Schmied ließ sich nicht sehen, und der alte Wolf war recht gedrückt und einsilbig.

„Wegen des Landkaufs hören Sie wieder von mir", erklärte ihm der Fremde, „wenn ich mir die Sache inzwischen nicht anders überlege. Ich weiß es noch nicht."

Wolf machte ein verdutztes Gesicht. Auch ein gewisses Mißtrauen prägte sich in seinen Mienen aus. Aber er sagte nichts.

7. Der Feind aus dem Dunkel

Ein Herr, dem der Engländer auf hundert Schritt anzumerken war, schlenderte mit der diesem Inselvolk eignen Unbekümmertheit durch die Hauptstadt, bis er die Wasserstraße erreichte. In Nummer 10 bog er ein und stieg die Treppe hinauf bis zu der Tür, wo die Anschrift „Wilhelm Fels, Mechaniker" zu lesen war. Nach kurzem Klopfen trat er ein.

Die Blinde saß, wie immer, auf der Ofenbank, neben ihr Marie, die sich jedoch bescheiden in eine Ecke zurückzog.

„*Good morning*", grüßte der Besucher. „Hier wohnt Mister Fels, der Mechaniker?"

„Ja, mein Herr. Aber er ist jetzt auf Arbeit."

„Wann kommt er heim?"

„Um die Mittagszeit."

„Er arbeitet an einer Maschine, die ich bei ihm bestellt habe Wann wird er damit fertig sein?"

„Noch vor Weihnachten."

„*All right* – denn ich muß sie bis dahin haben. Ich werde heut oder morgen abend wiederkommen. *Good bye!*"

Marie öffnete ihm die Tür. Sie huschte mit ihm hinaus und begleitete ihn bis in den Hausflur. Dort endlich faßte sie sich ein Herz.

„Entschuldigen Sie, Herr", sagte sie, „darf ich Ihnen eine Bitte vortragen?"

Sie war so tapfer gefaßt gewesen, als ihr bei dem unerwarteten Erscheinen des Engländers rasch der Entschluß auftauchte, Wilhelm die große Sorge zu nehmen, und nun wurde ihr plötzlich recht bang zumute. Der vornehme Herr sah sie so sonderbar an.

„Was für eine Bitte?" fragte er.

„Wenn Wilhelm zu Hause gewesen wäre, hätte er es Ihnen selber gesagt."

„Wilhelm – wer ist Wilhelm?"

„Herr Fels, der Mechaniker, der für Sie arbeitet."

„Sind Sie vielleicht seine Schwester? – Nicht? – Dann wohl seine Braut?"

„Ja", gestand sie errötend. „Und so werden Sie es verstehen, daß ich an seiner Stelle spreche."

„Reden Sie!"

„Wilhelm ist arm. Er kann die teuren Rohstoffe, die er zu Ihrer Maschine braucht, nicht kaufen. Er hat sie sich vorläufig aus den Vorräten seines Meisters geborgt."

„Nun", sagte der Engländer ruhig mit einem forschenden Blick in ihr erregtes Gesicht, „dann ist doch alles in Ordnung."

Sie zögerte einen Augenblick.

„Ja, aber . . ."

„Oder nicht?"

„Wilhelm hat die Rohstoffe genommen, ohne . . ."

Wieder stockte sie.

„Ah, ich begreife, mein Fräulein! Mister Fels ist dem Meister diese Rohstoffe noch schuldig geblieben – oder er hat seinem Meister überhaupt nichts davon gesagt, daß er sie den Vorräten entnommen hat!"

Unter seinem scharfen, beobachtenden Blick erglühte sie bis in die Haarwurzeln.

„Ich meine – ich wollte – ich hätte gern . . .", stotterte sie in tiefer Verlegenheit.

Er musterte sie nochmals vom Kopf bis zu den Füßen.

„Schon gut. – Ich werde ihm, wenn ich komme, das Geld mitbringen, damit er seine Schuld bei dem Meister begleichen kann. Auf Wiedersehen!"

Der Engländer ging. Marie kehrte in ihre Wohnung zurück. Eigentlich hätte es ihr leichter ums Herz sein sollen, denn sie hatte ja für Wilhelm erreicht, was sie erreichen wollte. Und doch lag es noch immer oder wohl gar jetzt erst recht wie eine Zentnerlast auf ihrer Seele. Immer wieder sah sie den Besucher vor sich und fühlte seinen seltsamen Blick auf sich gerichtet. In diesem Blick war etwas gewesen, wovor sie zitterte.

Und Marie hatte auch wirklich Grund zu zittern. Ein rasches Verhängnis brach über ihren Verlobten herein.

Es war um die Mittagsstunde. Im Geschäft des Mechanikers und Optikers Hartwig, wo sich sonst um diese Zeit kaum ein Kunde blicken ließ, fragte ein gutgekleideter Herr nach dem Meister.

„Ist Herr Hartwig zu sprechen?"

„Ich bin es selber", antwortete der Meister. „Womit kann ich dienen?"

„Umgekehrt!" lautete der bündige Bescheid. „Ich denke, daß ich Ihnen dienen kann. Ich will Ihnen etwas zeigen. – Hier!"

Er zog eine Messingmarke aus der Tasche.

„Ah, Sie sind Geheimpolizist!" stutzte Hartwig.

„Wie Sie sehen! Arbeitet bei Ihnen ein gewisser Wilhelm Fels?"

„Jawohl."

„Was für ein Mensch ist das?"

„Er ist mein geschicktester und zuverlässigster Arbeiter."

„So, hm! Wirklich zuverlässig und treu?"

„Ich halte ihn dafür. Warum fragen Sie, mein Herr?"

„Weil wir ihm schon längst wegen verschiedener Unregelmäßigkeiten auf der Fährte sind, die aber nicht hierher gehören. Bei dieser Gelegenheit ist uns der Verdacht aufgestiegen, daß er Ihnen Rohstoffe unterschlägt."

„Unmöglich, Herr! Das wird er nie tun!"

„Bei der Polizei gibt es das Wort ‚unmöglich' nicht. Gerade die durchtriebensten Gauner genießen mitunter das größte Vertrauen. Überzeugen sie sich selber! – Fels arbeitet nächtelang zu Haus und verkauft Maschinen und Instrumente auf eigene Rechnung."

„Wie?"

„Gegenwärtig hat er wieder eine Maschine für einen Engländer in Arbeit. Es ist nie gut, wenn Brotgeber allzu vertrauensselig sind. Das verleitet auf die Dauer selbst ehrliche Menschen – und wir haben dann unsre Not mit ihnen."

Meister Hartwig schüttelte heftig den Kopf.

„Sie haben im allgemeinen gewiß nicht unrecht, aber bei Wilhelm Fels – nein!"

Der Geheime lächelte nachsichtig.

„Legen Sie ihm lieber das Handwerk, bevor er Ihnen noch größeren Schaden zufügt! Nachsicht und Milde sind hier nicht am Platz."

„Sie sagen, er hat eine Maschine für einen Engländer zu Haus in Arbeit?"

„Ja. Sobald er vom Mittagessen wiederkommt, können Sie hingehen und sich überzeugen."

„Das werde ich allerdings tun. Ich bin das meinem Mitarbeiter Fels und auch mir selber schuldig." –

Um ein Uhr kehrte Wilhelm Fels in die Werkstatt zurück und nahm seine Arbeit wieder auf. Niemand fiel es auf, daß der Meister kurz darauf das Haus verließ.

Er ging schnurstracks zur Wasserstraße 10.

„Ist Herr Fels da?" fragte er die Blinde.

„Nein. Kann ich ihm etwas ausrichten?"

„Ich wollte ihm eine Arbeit in Auftrag geben. Nimmt er dergleichen an?"

„Gern, mein Herr. Könnten Sie nicht heut abend wiederkommen und mit ihm selbst sprechen?"

„Das ist möglich. Aber lieb wäre es mir, eine Arbeit von ihm zu sehen."

„Draußen in der Kammer steht eine Maschine, die er für einen Engländer anfertigt."

Herr Hartwig betrachtete die Maschine und erkannte an verschiedenen Merkmalen des Werkstoffs sein Eigentum. Er war wie vor den Kopf geschlagen. In der ersten Empörung ging er geradenwegs zur Polizei – eine Stunde später saß Wilhelm Fels in Untersuchungshaft.

Nicht allen Menschen ist die vorweihnachtliche Zeit vom Licht des Advents erhellt. Dunkle Mächte spinnen ihre Fäden um ihre Opfer auch in diesen Tagen.

Von dem Verhängnis, das Wilhelm Fels so plötzlich gepackt hatte, wußte Marie noch gar nichts, da brach schon neues Leid über sie herein. Es war in den frühen Abendstunden. Sie konnte Wilhelm noch nicht von der Arbeit zurückerwarten, aber wenn er kam, gedachte sie ihm mit einer frohen Botschaft entgegenzutreten. Die Stickerei, an der sie lange mit zähem Fleiß gestichelt hatte, war endlich vollendet, und so machte sie sich auf den Weg, um das Werk ihrer emsigen Hände verschiedentlich anzubieten und sich dadurch einen bescheidenen Verdienst zu schaffen, denn die Not daheim war groß. Aber nirgends hatte sie Glück. Die eine ihrer steten Abnehmerinnen war gerade anderweit in Anspruch genommen und konnte sich Marie nicht widmen. Eine andere war abwesend, eine dritte hatte für die angebotene Arbeit im Augenblick keine Verwendung. Entmutigt und ratlos trat sie den Heimweg an. Wie hatte sie sich auf das sauer verdiente Geld gefreut! Sie hatte sich schon ausgerechnet, auf welche Weise es angewendet werden sollte, und wie sie davon dem Vater, Richard, den Geschwistern und auch Wilhelm eine kleine Weihnachtsfreude bereiten wollte – und nun war die Arbeit von langen Monaten vorläufig umsonst! Fast getraute sie sich nicht heimzukehren.

Zu Hause herrschte eine gedrückte Stimmung. Die kleinen Geschwister hatten sich in die Ecke geduckt, der Vater hustete qualvoll, und Richard sah stumm zum Fenster hinaus. Auch er hatte inzwischen einen Gang um Geld getan und war sehr niedergeschlagen zurückgekommen.

„Endlich!" sagte er beim Eintreten Maries erfreut. „Ich hoffe, du bist glücklicher gewesen als ich, Marie!"

„Hast du die abgeschriebenen Noten nicht abliefern können?"

„Das ja. Aber der Herr ist verreist. Man hat die Noten behalten und mich vertröstet. Ich soll in einer Woche wiederkommen."

„Gott, o Gott!" schluchzte sie auf. „Nichts will gelingen!"

Nachdem sie ihr Mißgeschick berichtet hatte, ging Richard schweigend in die Kammer. Marie folgte ihm leise und scheu. Als sie sah, daß er einen alten Koffer aus der Ecke hervorzog und ihm ein sorgsam umhülltes Päckchen entnahm, ergriff sie seinen Arm.

„Richard, was willst du tun! Deine Kette? – Nein, die darfst du nicht verkaufen! Du weißt, sie wurde mit dir gefunden. Sie stammt von deinen Eltern, wenigstens ist das anzunehmen. Es ist der einzige Familienbesitz, den du hast. Nur durch diese Kette kann es dir einmal gelingen, doch noch zu erfahren, woher du stammst."

Er richtete sich auf, ein wenig verlegen, ein wenig unwillig.

„Ich will sie ja gar nicht verkaufen. Ich will sie nur zum Pfandleiher tragen."

„Auch dort wird sie dir verlorengehen. Du kannst sie nicht wieder einlösen."

„Zunächst allerdings nicht, aber ich werde die Zinsen für das Darlehen, das wir unbedingt brauchen, aufbringen, so daß mir das Eigentumsrecht an der Kette bleibt. Sie ist mir wahrhaftig nicht weniger wertvoll und heilig als dir, wenn ich auch deine Zuversicht nicht teilen kann, ich würde jemals noch etwas über meine Herkunft erfahren. Das Schmuckstück hier verrät ja nichts. Der goldene Anhänger daran ist mit seltsamen Schnörkeln geschmückt, die keiner zu deuten weiß; links davon steht ein R, rechts davon ein H. Das R hat man als Hinweis auf meinen Vornamen genommen und mich Richard genannt. Über meine Familie besagt die Kette nichts. Nein, Marie, laß mich machen!"

„Der Unbekannte wird uns helfen, der dir im Laden des Buchhändlers so großzügig beigesprungen ist", ereiferte sie sich.

„Auf ihn allein können wir uns nicht verlassen. Wer weiß, ob ich je wieder etwas von ihm höre. Wie käme er auch dazu, uns alle Sorgen abzunehmen! Und du weißt, der Mietzins ist fällig und vieles andre dazu, und der Hauswirt samt seinem Verwalter ist unerbittlich. Es geht nicht anders. Ich muß mich kümmern und das Letzte versuchen."

Eine Viertelstunde später stand er im Zimmer Salomon Rosenbaums, des Pfandleihers.

„Was will der junge Herr?" fragte der Alte, während sich seine Tochter Lena in der Ecke zu schaffen machte.

„Würden Sie mir auf eine goldne Kette leihen?" fragte Richard höflich.

„Was soll sie sein wert?"

„Ich weiß es nicht. Hier ist sie."

Er reichte sie dem Trödler mitsamt dem Papier, in das er sie in der Eile eingewickelt hatte, einem Korrekturbogen seiner Gedichte.

Der Alte setzte die Brille auf, wickelte die Kette aus, schob das Papier achtlos auf den Tisch und untersuchte sie. Nach der Prüfung warf er einen scharfen Blick auf Richard.

„Ist die Kette Ihr Eigentum?"

„Gewiß."

„Von wem haben Sie das Schmuckstück?"

„Jedenfalls von meinen Eltern."

„Jedenfalls? Was soll das heißen?"

„Ich weiß es nicht genau. Ich bin ein Findelkind und habe, als man mich fand, diese Kette um den Hals getragen."

„Das kann jeder sagen, junger Mann. – Haben Sie einen Schein, der beweist die Wahrheit Ihrer Worte?"

„Nein", antwortete Richard betreten. „Ich kann mich nur auf meine Ehrlichkeit berufen und . . ."

„Was heißt Ehrlichkeit?" meinte der Jude grob und warf dabei einen bezeichnenden Blick auf das ärmliche Äußere seines Besuchers.

Dem schoß die Röte der Scham ins Gesicht. Zugleich regte sich sein beleidigter Stolz. Aber die drängende Not hielt ihn davon zurück, sich kurzerhand abzuwenden und den Pfandleiher stehenzulassen.

„Ich bin kein Betrüger", sagte er hart, „kein Dieb und kein Hehler, wenn ich auch zugeben muß, daß ich ein armer Teufel bin." Dann fügte er wie im Spott hinzu: „Andernfalls stände ich ja nicht hier in der Pfandleihe."

Nun trat auch Lena näher, und während sie die Kette betrachtete, fiel ihr Blick auf das Einpackpapier, das ihr Vater achtlos beiseite geschoben hatte.

„Was?" rief sie. „Das ist ja ein Gedicht von Almansor! – Wie kommen Sie dazu?"

„Ich bin der Verfasser", erklärte Richard.

Sie richtete die dunklen, sprühenden Augen voll auf ihn, als wollte sie ihm auf den Grund der Seele blicken.

„Sie? Wirklich Sie? Sie wären der Dichter der ‚Heimat- und Tropenbilder‘?"

„Nicht wahr, mein Fräulein, ich sehe nicht aus wie ein Dichter?" lächelte er bitter. „Man stellt sich Dichter gewöhnlich anders vor. Wie kann ein Dichter ins Leihhaus gehen?"

„Almansor wären Sie? Ich kann's kaum glauben!"

„Wie soll ich's Ihnen beweisen? Sie müßten meinen Verleger Strickrod fragen."

„Also wirklich?" fragte Lena noch immer zweifelnd. Dabei warf sie einen forschenden Blick in Richards Gesicht, und als sie dort dem schwermütigen Glanz eines Augenpaares begegnete, das sie sogleich in seinen Bann zog, meinte sie: „Freilich, in Ihren Zügen steht etwas geschrieben, das den Dichter ahnen läßt."

„So, so", sagte Richard, „mein Gesicht weist mich als Dichter aus! Mag sein. Im übrigen könnte ich Ihnen, wenn es die Zeit erlaubte, so viel von meinen wachen Träumen erzählen, die mich die Wunder der Fremde ahnen lassen, daß Sie mir schon deshalb glauben müßten."

Das war der Ton, der auf Lena wirkte. Wunder der Fremde! Das Blut der Orientalin regte sich in ihr.

„Ich glaube Ihnen auch so!" rief sie hastig. „Ich verstehe Sie. Ihre Sprache verkündet mit den Dichter Almansor, dessen Verse ich so sehr liebe. Bitte, bitte, zürnen Sie mir nicht, daß ich –"

„Warum sollte ich Ihnen zürnen? Es hat mich noch niemand auf den ersten Blick für einen Dichter gehalten", sagte er, abermals mit leiser Bitterkeit. „Also Sie haben meine ‚Heimat- und Tropenbilder‘ gelesen?"

„Manche kann ich sogar auswendig! – Aber sprechen wir jetzt nicht von Ihren Gedichten, sondern von Ihnen selbst: Wie sind Sie in Not geraten? Warum müssen Sie uns diese Kette bringen? – Papa wird natürlich dieses Pfand nicht annehmen, sondern Ihnen auch ohne Sicherheit soviel leihen, wie Sie brauchen."

Das war ihrem Vater doch ein wenig zu großmütig. Er begeisterte sich mehr für Pfandscheine als für Gedichte.

„Lena!" warnte er, „soll das sein ein Geschäft?" Doch sie überhörte diese Mahnung geflissentlich, nahm die Kette aus den Händen ihres Vaters und hielt sie dem jungen Mann hin.

„Ich danke Ihnen von Herzen, mein Fräulein!" wehrte Richard ab. „Aber so geht es nicht. Ohne Sie sicherzustellen, werde ich keinen Pfennig nehmen."

„Gut!" entschied das Mädchen. „So wollen wir die Kette auf

Ihren Wunsch behalten. Wieviel brauchen Sie? Genügen hundertfünfzig Mark?"

„Das ist reichlich, mein Fräulein!"

„Abgemacht! Ich gebe Ihnen hundertfünfzig Mark auf diese Kette. Zahl es ihm aus, Papa! Oder soll ich's aus meiner Kasse nehmen?"

„Nein, nein, wenn du es nimmst aus deiner Kasse, würdest du berechnen keine Zinsen!" stieß der Alte hastig hervor, entsetzt über die Summe, die seine Tochter über seinen Kopf hinweg für das Pfandstück ausgeworfen hatte.

Er holte das Geld und zählte es auf. Indessen streckte Richard dem Mädchen in rascher Aufwallung die Hand entgegen. „Ich danke Ihnen. Sie haben uns gerettet! – Oh, das viele blanke Geld!"

Dann wollte Richard Bertram eine Empfangsbescheinigung ausstellen, aber Lena wehrte ab.

„Bitte jetzt noch nicht! – Wo wohnen Sie?"

„Wasserstraße 10."

„So ganz in unsrer Nähe? Und ich vermutete Sie im Orient! Doch ich will Sie jetzt nicht länger aufhalten. Sie werden – ich meine des Geldes wegen – Sie werden gewiß dies und das zu erledigen haben. Wenn das geschehen ist, kommen Sie wieder! Tun Sie uns die Ehre an! Essen Sie heute bei uns zu Abend! Dann kann auch das Schriftliche abgemacht werden."

Überwältigt von der seltsamen glücklichen Wendung und den begeisterten Worten des willensstarken Mädchens reichte er ihr die Hand.

„Ich werde kommen, mein Fräulein. Es ist mir ein Herzensbedürfnis, Ihnen meine Dankbarkeit zu zeigen."

Ihr Blick hing noch an der Tür, als Richard längst dahinter verschwunden war.

Die Mutter, die draußen, das Ohr an der Tür, den Vorgang erlauscht hatte, führte ihn auf die Straße. Dann kehrte sie ärgerlich ins Zimmer zurück.

„Aber Lena, was hast du gemacht für einen Streich? Wie kannst du reden und sprechen von Ehre, die uns wird widerfahren, wenn er besucht unser Haus? Wie kannst du einladen diesen Habenichts, damit er wegißt das Abendbrot, das bestimmt ist für uns drei?"

Da aber geschah etwas, was die Alte nicht für möglich gehalten hatte: Salomon Rosenbaum verteidigte seine Tochter.

„Red' nicht!" sagte er. „Weißt du denn überhaupt, was ist ein Dichter?"

„Ein Dichter? Pah, das ist ein Mann, der zu dumm ist für ein vernünftiges Geschäft; deshalb macht er Reime und sucht andre

Dumme, die kaufen seine Reime. Oder er schreibt Liebesbriefe für Hausknechte und Stubenmädchen, das Stück zu zehn und zwanzig Pfennig."

„Unsinn! Ein Dichter ist ein Mann, der im Leben erhungert das Geld zu dem Denkmal, das man ihm wird setzen nach seinem Tod, wenn er nicht mehr braucht zu essen und zu trinken. Und wer ihn unterstützt in seiner Armut, dessen Name wird vielleicht mit eingehauen in den Marmor und wird schimmern in goldenen Buchstaben, die kosten herzustellen beinahe fünfzig Pfennig das Stück. Und was wird uns kosten dieser Ruhm?"

„Unser gutes, sauer erspartes Geld!"

„Schweig, Alte! Lena wird ihm vorsetzen Brot und Käse und Fleisch. Macht zusammen vielleicht fünfzig Pfennig."

„Aber dafür wird er kommen alle Wochen und dir abborgen immer mehr Geld!"

„Diese Kette ist wert dreihundert Mark. Einhundertfünfzig hab' ich ihm gegeben – immer noch ein gutes Geschäft. Und will er noch mehr Geld, so mag er mir bringen noch mehr solche Ketten."

„Er wird keine mehr haben!"

„So wird er bekommen kein Geld."

„Aber was soll ich sitzen am Tisch und reden mit solch einem Mann? Er schwatzt von Dingen, die unsereiner nicht kennt, und das Abendbrot wird mir nicht schmecken, wenn ich bei jedem Bissen muß darüber nachdenken, was ist gemeint und was ich soll sagen dazu."

„Das ist nicht nötig. Auch ich selbst weiß nicht zu setzen schöne und gelehrte Worte, die sich reimen am Ende der Zeile. Aber Lena, unser Kind, hat gelernt Geographie, die Geschichte von der großen französischen Revolution und die Kunde von Nordpol und vom Lande der Chinesen. Sie kann plauschen mit ihm nach Herzenslust und wird speisen mit ihm in ihrem Zimmer, wohin paßt ein Dichter eher als in diese Niederlage von alten Gegenständen. Sie wird – ah, Gott der Gerechte, sie ist bereits fort! Sie ist schon verschwunden! Sie wird sich haben zurückgezogen, um zu machen ihre Toilette."

Lena hatte sich allerdings entfernt. Sie kannte ihre Eltern und wußte, was sie wollte und durfte. Sie gab der alten Magd Geld, einen Korb und einen Zettel, auf dem ihre Wünsche für das Abendbrot säuberlich vermerkt standen.

Dann kleidete sie sich an wie zu einem Fest.

Richard Bertram eilte durch die Straßen; die Freude beschwingte seinen Schritt. Als er aus des Trödlers Haustür herausgeschossen kam, wäre er beinah an einen gutgekleideten alten Herrn gestoßen. Er murmelte eine Entschuldigung und hastete weiter. Der Alte aber blieb einen Augenblick stehen und schaute ihm nach.

„War das nicht der Schreiber Bertram?" murmelte er. „Jedenfalls hat er bei Salomon Rosenbaum etwas versetzt. Ausgezeichnet! – Er pfeift auf dem letzten Loch!"

Nach diesem wenig menschenfreundlichen Selbstgespräch trat er in ein kleines Haus, setzte wieder die entstellende Brille auf, tappte die finstere Treppe empor und klopfte an eine Tür.

Gleich darauf wurde geöffnet. Auf der Schwelle stand die Frau des Schließers Arnold; sie erkannte den Besucher sofort wieder und bat ihn mit freudeglänzenden Augen herein.

„Sie sind es, mein Herr?" rief sie. „Seien Sie herzlich willkommen! Sie haben uns aus einer bösen Lage gerettet!"

„So sind Sie nun mit mir zufrieden?"

„Über alle Maßen!"

„Und ihr Mann ebenso?"

„Auch! Er hat zwar große Angst ausgestanden, ob der Riese Bormann wirklich in die Fronfeste zurückkehren würde, aber..."

„Was ich verspreche, pflege ich zu halten. Wo ist Ihr Mann?"

„Er ist nach dem Abendbrot wieder zum Dienst gegangen."

„Das ist unangenehm. Ich hätte gern mit ihm gesprochen, doch konnte ich leider nicht eher kommen. Kann man ihn nicht aufsuchen?"

„Gewiß, aber es ist..."

Sie stockte verlegen.

„Fahren Sie nur fort!"

„Wegen solcher Dinge, wie sie vorgestern hier erörtert wurden, dürfen Sie nicht zu ihm gehen, weil – weil man leicht Verdacht schöpfen könnte."

„Ach so!" meinte der alte Herr. „Ich glaubte, Sie hätten einen andern Grund. Wie wäre es denn, wenn Sie zu ihm gingen?"

„Ich?" stutzte die Frau. „Ich kann doch die Kinder nicht allein lassen."

„Sie sind ja in einer Viertelstunde wieder da, und ich bleibe hier, bis Sie zurückkommen."

„Ist es wieder etwas Gefährliches?"

„O nein! Aber Ihr Mann kann sich nochmals hundert Mark verdienen!"

Das wirkte. In den Augen der Frau zuckte es auf.

„Was soll er dafür tun?" fragte sie hastig.

„Bormann noch einmal herauslassen."

„Darauf wird er wohl nicht mehr eingehen."

„Warum nicht?"

„Weil er sicher nicht wieder soviel Angst ausstehen will. Und er möchte auch ohne Not nichts Verbotenes mehr tun."

Der Alte schüttelte den Kopf.

„Ohne Not!" wiederholte er langsam. „Das heißt: ohne dazu gezwungen zu sein. Liebe Frau, ich glaube, daß Ihr Mann doch gezwungen ist, Bormann noch einmal herauszulassen. Ich habe heut einen Brief vom Hauptmann erhalten."

„Mein Gott! Einen Brief vom Hauptmann? Betrifft der Inhalt uns? Bitte sagen Sie es mir! Was steht drin?"

„Daß vorgestern etwas vergessen worden ist. Es muß noch eine Kleinigkeit zwischen Bormann und seinem Anwalt besprochen werden. Doch es wird das letzte Mal sein, daß man an Ihren Mann eine solche Forderung stellt."

„Und wenn er sich nun nicht darauf einläßt? Ich weiß, wie er in Angst war. Er hat noch gezittert, als er vom Dienst heimkam."

„So wird der Hauptmann den Schließer Arnold zur Rechenschaft ziehen."

„Hilf Himmel! – Sie meinen, daß ich rasch zu meinem Mann hinüberlaufe?"

„Das ist das einfachste. Hier ist der Brief! Überzeugen Sie sich!"

„Und Sie zahlen wirklich nochmals hundert Mark?"

„Ich gebe sie ihrem Mann, sobald er mir den Gefangnen bringt."

„Zu welcher Zeit?"

„Punkt zwölf. Ich werde am gleichen Ort warten wie vorgestern. Laufen Sie! Ich bleibe inzwischen hier."

Die Frau warf ein Tuch über und eilte die Treppe hinunter. In ihrer Vorstellung lockten die hundert Mark. Sie hatte keinen Begriff von der Größe der Pflichtverletzung, zu der sie ihren Mann wieder verleiten wollte. Doch als sie nach einer Viertelstunde zurückkehrte, hatte ihr Gesicht einen versorgten Ausdruck.

Und die Besorgnis wich einem offenkundigen Schreck, als sie die Tür zu ihrer Wohnung aufklinkte, einen Blick ins Zimmer warf und hier nur die Kinder gewahrte, nicht aber den alten Herrn, dessen Obhut sie die Kleinen anvertraut hatte.

Sie wollte eine Frage tun, wo der „fremde Onkel" geblieben sei, und ob sich die Kleinen so allein nicht gefürchtet hätten, denn die Kinder verhielten sich auffällig ruhig. Da hörte sie hinter sich plötzlich ein Geräusch. Scheu und verängstigt, wie sie im Verlauf der letzten Ereignisse in ihrem Heim geworden war, fuhr sie herum.

„Hier bin ich", sagte da der geheimnisvolle Besucher. „Sie dachten wohl schon, ich wäre davongelaufen?"

Er klinkte die Tür zu, riegelte ab und tat so, als wäre er hier zu Hause. Dann gab er der Frau einen stummen Wink, die Kinder wieder in die Kammer zu stecken und erklärte ihr kurz, wieso er plötzlich hinter ihr aufgetaucht war.

„Ich habe aufgepaßt", sagte er, „da ich Sie zurückkommen hörte. Sehen Sie, liebe Frau, wer mit dem Hauptmann im Bunde ist, der muß vorsichtig sein und alle Möglichkeiten bedenken. Wie leicht konnten Sie auf den Gedanken kommen, statt zu Ihrem Mann lieber zur Polizei zu laufen und dort zu melden, ein Abgesandter des berüchtigten Hauptmanns sitze in ihrer Wohnung; man solle gefälligst mitkommen und ihn festnehmen!"

„Wahrhaftig!" rief die Frau verblüfft.

„Gewiß", lächelte der alte Herr. „Dergleichen hätte geschehen können. Deshalb huschte ich, als ich Ihre Schritte im Flur vernahm, zur Wohnungstür hinaus und versteckte mich draußen. Im Notfall wäre ich verschwunden geblieben, und kein Polizist hätte mich gefangen. Das können Sie mir glauben. Zu meiner Freude aber sehe ich, daß diese Vorsichtsmaßregel überflüssig war. Sie sind eine vernünftige Frau, die auf ihren Vorteil bedacht ist. Das ist mir lieb, und es soll Ihr Schaden nicht sein – Und nun bitte, wie steht es? Was hat Ihr Mann zu meinem Verlangen gesagt?"

„Er war ganz und gar dagegen."

„Aber er tut es doch?"

„Ja! Aber nicht wegen der hundert Mark, sondern wegen der Drohung des Hauptmanns. Doch soll es auf jeden Fall heut das letzte Mal sein, daß er so etwas gegen seine Pflicht unternimmt."

„Einverstanden. Also er ist Punkt zwölf mit Bormann am Pförtchen?"

„Ja."

„Schön. Gute Nacht!" – –

Der Geheimnisvolle pfiff zufrieden durch die Zähne, als er wieder auf die Straße trat, die Brille einsteckte und sich dem entlegenen Stadtteil zuwandte, wo in jenem Parkhaus die geheimen Zusammenkünfte der Bande des Hauptmanns stattfanden.

Erst kurz vor Mitternacht kehrte er von dort auf dem alten Weg über die Mauer zurück und begab sich zur Fronfeste.

Bis weit über Mitternacht mußte er warten, bevor endlich das Hinterpförtchen geöffnet wurde und zwei Männer heraustraten, Arnold und der Riese.

Der Schließer atmete tief auf, als er den alten Herrn erblickte.

„Ah, da sind Sie ja! Ich wage viel, Herr! Werden Sie ihn auch diesmal wiederbringen?"

„Punkt drei."

„Ich tu's zum letztenmal!"

„Man wird es auch nicht öfter verlangen. Hier sind Ihre hundert Mark."

Der Versucher drückte dem Schließer die abgezählte Summe in die Hand und zog Bormann mit sich fort.

„Was soll's heute schon wieder?" fragte Bormann mißmutig.

„Deine Rettung."

„Wohl so wie vorgestern?" kam es bissig zurück.

„Das war ein dummer Zufall. Ihr Tölpel seid selber schuld. Ich wende eine hohe Summe auf, um dich zu retten, ihr sollt einen Haufen Geld bekommen und laßt euch von einem einzelnen Menschen so ins Bockshorn jagen! Hättet ihr ihn doch niedergeschlagen!"

„Leicht gesagt, Hauptmann! Er stand mit zwei Revolvern vor uns. Hätte ich mich auch nur bewegt, ich wäre im nächsten Augenblick eine Leiche gewesen!"

„Darüber wollen wir nicht rechten. Es schießt sich nicht so schnell. Aber vorbei ist vorbei. Ich brauche dich notwendig, darum sollst du auf alle Fälle frei werden, aber nicht durch die Flucht, sondern durch richterlichen Spruch. Ist die eine Gelegenheit verpaßt, so muß ich dir eine andre bieten."

„Ich habe verdammt wenig Lust, diese Affenkomödie mitzumachen", knurrte Bormann.

„Was? Wie? Du willst wohl ewig im Loch stecken?"

„Nee."

„Du willst nicht frei sein?"

„Der Teufel hole die Freiheit, wenn ich sie mit solchen Dummheiten erkaufen soll!"

Verblüfft trat der Hauptmann einen Schritt zurück.

„Du willst wohl den Reumütigen spielen?" sagte er verächtlich. „Ich hätte dich nicht für einen solchen Waschlappen gehalten, daß du nach der blöden Bußpredigt dieses albernen Kerls gleich umkippst! Aber meinetwegen! Folg ihm! Laß dich verurteilen! Weißt du, was du zu erwarten hast?"

„So an die zwölf Jährchen Zuchthaus – das heißt, wenn sie mich erwischen. Aber diesmal läßt sich der Bormann nicht wieder greifen. Er fängt es schlauer an; er brennt nach Amerika durch und wird dort ein ehrlicher Kerl."

„Bravo, bravo", höhnte der andere. „Scheinst ja die Karte zur Überfahrt schon in der Tasche zu haben. Und ehrlicher Kerl, haha! So leicht ist das nicht, wie du denkst!"

„Oh, mich wird man hier nicht mehr sehen!"

„Und deine Frau?"

Bormann zuckte die Achseln.

„Und dein Junge?"

Da wandte sich der Riese langsam um und starrte dem Frager mitten ins Gesicht.

„Mein Kind, mein Junge, mein . . ."

Er hielt inne. Über den bärenstarken Menschen war eine Rührung gekommen, deren er nicht Herr zu werden vermochte. Erst nach einer Weile wiederholte er mit leiser, zärtlicher Stimme: „Mein Junge – mein alles."

Plötzlich gab er sich einen Ruck.

„Das hätten Sie nicht sagen dürfen, Hauptmann. Bin allezeit ein wilder Kerl gewesen und mache mir aus einem Menschenleben nicht viel. Habe meine guten Eltern in den Tod geärgert und mein Weib ins Elend gebracht; habe gestohlen und zugeschlagen, wenn sich mir einer in den Weg stellte. Ist dabei manch einer liegengeblieben, Hauptmann. Mochte es sein. Habe geglaubt, daß da unter meinen Rippen keine Spur mehr von dem sei, was andre das Herz nennen – aber, hol mich der Teufel, 's ist doch da drinnen und klopft und klopft! Hätten mich, verflucht, nicht erinnern sollen an meinen Jungen, denn dem zuliebe, wissen Sie, diesem kleinen, süßen Fratz zuliebe wird aus dem verlumpten Bormann doch noch 'ne ehrliche Haut! Der Teufel soll mich fressen, wenn's nicht so ist!"

Er hielt abermals inne. Er verschränkte die breiten Hände und dämpfte seine Stimme, so daß die einzelnen Worte in dem leichten Nachtwind fast verlorengingen.

„Los, Bormann!" mahnte da der andre scharf. „Du hast keine Zeit zum heulenden Elend! Wir haben nur noch reichlich zwei Stunden."

Aber der Riese stand wie ein Baum.

„Herr, mein Junge hat Augen, so blau wie der Himmel! Und die Wangen sind . . ."

„Zum Henker, du alter Schwätzer! Hörst du, da schlägt's bereits eins!"

„Ach, der Junge!" sagte Bormann verträumt. „Papa hat er schon gesagt! Zu mir hat er's gesagt! Er hat mich beim Haar gezaust und das Köpfchen auf meine Schulter gelegt – und dann kam er mit den Ärmchen um den Hals . . ."

Er schluckte, und aus dem Schlucken wurde ein Schluchzen – er schlang die Arme um den nächsten Stamm, als ob er jemand an seine Brust ziehen wollte.

„Was mögen sie machen? Werden sie an mich denken? ‚Papa' wird der Kleine sagen. Aber der, nachdem er sich sehnt, ist ein verkommener Hund, den man an die Kette gelegt hat. ‚Fang ein

neues Leben an', hat mir meine Frau immer geraten – aber ich hab'
ihr die Faust ins Gesicht gesetzt und bin meinem elenden Handwerk
nachgelaufen! Der Leibhaftige soll mir das Fell bei lebendigem
Leib abledern, wenn ich jetzt nicht Schluß mache! – Schluß, ja!
Ich gehe nach Amerika und nehme die beiden mit!"

„Schwatz keinen Unsinn!" fuhr ihn der Versucher an. „Dich
hätten sie doch gleich wieder gepackt!"

Bormann löste die muskulösen Arme vom Baum und hielt die
Fäuste vor sich hin.

„Dann lieber den Tod!"

„Und was hätte dein Junge davon? Dein Weib läge auf der Straße;
denn wer würde der Frau eines Zuchthäuslers Arbeit geben? Und
dein Junge käme ins Waisenhaus."

„Ins Waisenhaus, Herr?" brüllte Bormann auf.

„Pst – mäßige dich! Aber ich will dir was sagen: Wenn du wirk
lich ein andres Leben beginnen willst, dann handle, wie ich dir
rate! Dann wirst du freigesprochen und kannst in drei oder vier
Wochen für die Deinen tun, was du willst!"

Der Riese stand wie gebannt.

„Man wird mich freisprechen, Hauptmann? Wirklich?" stieß
er hervor. „Man wird mich zu meinem Weib und meinem Jungen
gehen lassen? Ehrenwort?"

„Ehrenwort."

„Und was muß ich dazu tun?"

„Du steigst noch einmal ein."

„Gut – auch das will ich noch auf meinen Buckel nehmen. Sei's
drum! Aber eine Bedingung stelle ich: Es darf kein Mord dabeisein!"

„Kommt gar nicht in Frage. Du sollst lediglich bei einer Dame
einsteigen und ihren Schmuck holen."

„Na, wenn's weiter nichts ist! Wer ist sie?"

„Die Tochter des Obersten von Tiefenbach."

„Die? Ah, die kenne ich und das Haus auch. Wie komme ich
hinein?"

„Durch die Nummer 10 in der Wasserstraße. Hier!"

Der Geheimnisvolle gab Bormann einen Schlüssel.

„Pech und Schwefel, Hauptmann – das ist diesmal kein Nachschlüssel. Woher haben Sie den?"

„Nebensache. Du öffnest vorsichtig und gelangst ohne Gefahr
bis in den Hof; die Mauer stößt an Tiefenbachs Garten. Sie ist hoch,
aber von Rissen durchzogen; du kannst leicht hinüberklettern.
Dann steigst du im zweiten Stock durch das dritte Fenster von
links."

„Wie komme ich hinauf?"

„Mit einer Leiter. Ich habe sie mit. Dort zwischen den Bäumen liegt sie."

„Und die soll ich von hier bis zur Wasserstraße schleppen? Durch einen Hausflur, einen Hof, über eine Mauer und durch einen Garten?"

„Sie ist zusammenlegbar. Sieh sie dir an!"

Bormann betastete sie.

„Ah, von Eisen!"

„Von Stahl. Nur wenige Pfund schwer."

„Und sie soll zwei Stock hoch reichen?"

„Ja. Es ist meine eigne Erfindung. Sie trägt sich wie ein Feldstuhl. Ich werde dir nachher zeigen, wie sie auseinandergezogen wird. Höre erst weiter! In dieser Mappe sind zwei Pflaster, um das Fenster geräuschlos einzudrücken. In der Mappe sind auch Knebel und Stricke. Du bindest und knebelst das Mädchen, läßt ihr jedoch die Augen offen, damit es dich deutlich sieht. Du weißt, von wegen dem Feuermal auf der Wange, das ich dir gleich machen werde. Das letzte Mal hat es ja nicht geklappt. Darauf kommt aber alles an, Bormann. Am Spiegel steht das Schmucktischchen. Der Schlüssel steckt. Wenn nicht, so liegt er bestimmt im Nachttischkasten."

„Woher Sie das nur alles so genau wissen!"

„Meine Sache! Wenn du den Schmuck genommen hast, kehrst du auf dem gleichen Weg zurück."

„Ich bin allein?"

„Ja. Bis zum Haus der Wasserstraße 10 gehe ich mit. Dort werde ich warten. In einer Viertelstunde kannst du fertig sein." Der Hauptmann malte Bormann mit geschickter Hand ein Feuermal auf die rechte Wange und drückte ihm einen Revolver in die Hand. „Hier – für den Notfall! Morgen wird es heißen, der Riese Bormann habe bei Tiefenbachs einen Einbruch verübt. Die Tochter wird das sagen; sie hat dein Bild schon mehrfach in den Zeitungen gesehen. Du bist aber gefangen und hast zur fraglichen Stunde in der Fronfeste gesessen. Also muß der Einbrecher der letzten Nacht ein andrer gewesen sein. Es muß einen geben, der dir ähnlich ist wie ein Ei dem andern, nur daß er ein Mal hat. Der Pfandleiher Rosenbaum wird beschwören, daß auch der, der damals bei ihm gewesen ist, ein Mal gehabt hat. Daraus geht hervor, daß man dich schon längere Zeit mit einem Doppelgänger verwechselt und seine Schandtaten dir zur Last gelegt hat. Er ist der Sündenbock – und du bist gerettet."

In der Wasserstraße blieb der Hauptmann zurück, nachdem er dem Riesen die Handhabung der zusammenlegbaren Leiter erklärt hatte. Bormann gelangte ohne Zwischenfall in den Hof, über die Mauer und bis an die hintere Seite des Tiefenbachschen Hauses. Ja, dort oben hinter dem dritten Fenster war noch Licht.

Er nahm die Leiter auseinander und richtete sie auf. Am oberen Ende besaß sie zwei Haken, mit deren Hilfe sie an der Fensterbrüstung festen Halt fand.

Bormann stieg hinauf. Jetzt blickte er ins Zimmer – Hedwig lag im Bett und schlief. Das gedämpfte Licht kam von einer kleinen Nachtlampe.

Nun klebte er ein Pflaster an die Fensterscheibe – in solchen Dingen hatte er große Erfahrung – ein kurzes, leichtes Klingen, dann war es wieder still. Die Schläferin schlief sorglos weiter. Jetzt griff der Riese durch das Loch im Glas, drehte den Fensterwirbel und stand im nächsten Augenblick im Zimmer, den Knebel und die Schnuren in der Hand. Doch er zögerte noch. War es das erwachte Gewissen? Er trat einige Schritte zurück. Da aber war es ihm, als hörte er in der Ferne ein Geräusch. Im Nu erinnerte er sich an die Gefährlichkeit seiner Lage. Das Fenster war geöffnet; er hatte dicht an diesem Fenster gestanden – wie leicht konnte er vom Haus gegenüber gesehen worden sein . . .

Ein unterdrückter Schrei, ein kurzer, verzweifelter Kampf des Mädchens gegen die groben Kräfte des Riesen – dann lag Hedwig geknebelt und gebunden im Bett, die Augen angstgeweitet und starr auf Bormann gerichtet.

Er nickte ihr beruhigend zu.

„Keine Angst, Gnädige!" sagte er halblaut. „Ich tu Ihnen nichts! Will mir nur einige Schmucksachen von Ihnen leihen. Kennen Sie mich? Ich bin der Riese Bormann. Sie können das morgen aller Welt sagen. Ich bin auch kürzlich da drüben bei einem Uhrmacher eingebrochen. Mit mir ist nicht zu spaßen, aber so einem hübschen Mädel wie Ihnen werde ich natürlich nichts tun – vorausgesetzt, daß Sie keine Geschichten machen!"

8. Blinder Eifer

Als die Bande des Hauptmanns in dieser Nacht auseinandergegangen war, eilte der letzte, der von der Besprechung im Parkhaus kam, dem Innern der Stadt zu. Es war der Schlosser, der heimlich im Solde des Fürsten van Zoom stand und doch gleichzeitig das Vertrauen des Hauptmanns genoß. Er schien sehr erregt und betrat verschiedene Gastwirtschaften, als suche er jemand.

So wurde es beinah ein Uhr, und seine Unruhe stieg.

Schließlich stand er einen Augenblick still, als ringe er mit einem Entschluß. Dann strebte er mit erhöhter Hast dem vornehmen Stadtviertel zu.

Fast im Laufschritt durchmaß er die Palaststraße, wo der Fürst van Zoom wohnte, und bog schließlich in die dahinterliegende Siegesstraße ein. Auch dort gab es große, prächtige Gebäude; aber er hielt vor einem Häuschen in freundlichem Schweizerstil, das bescheiden zwischen den herrschaftlichen Nachbarn stand und nur für eine Familie eingerichtet zu sein schien.

Der Mann drückte auf den Knopf einer elektrischen Klingel.

Ein grauhaariges Mütterchen öffnete, eine Lampe in der Hand.

„Was wollen Sie?"

„Ich muß zu dem Detektiv, der hier wohnt."

„Ich verstehe Sie nicht. Ich kenne keinen Detektiv. Wer sind Sie denn?"

„Ich bin ein Diener dessen, den ich suche."

Nachdenklich schüttelte das Mütterchen den Kopf.

„Das kommt mir alles recht seltsam vor. Ich werde lieber meinen Mann holen."

Sie ließ die Lampe im Flur stehen und trat in ein einfaches Zimmer, wo ein weißbärtiger Greis in einer Jagdzeitung blätterte.

„Wer war es?" fragte er und schob die Brille auf die Stirn.

„Es will einer zum Detektiv."

„Hat er das Stichwort?"

„Nein."

„Hm. So muß ich selber nachsehen."

Der Alte ging hinaus. Draußen ließ er den Lampenschein voll auf den Schlosser fallen.

„Wer schickt Sie zu uns?"

„Er selber."

„Wer? Hat man Ihnen denn nicht richtig gesagt, nach wem Sie fragen sollen?"

„Nein."

Merkwürdig! dachte der Alte. Aber vielleicht ist's ein Neuer, den er erst noch prüfen will.

„Den, zu dem Sie wollen, kenne ich freilich nicht", erklärte er laut, „aber ich weiß einen, der oftmals von einem Detektiv spricht, der angeblich hier in der Nähe wohnen soll. Dieser Mann kann Ihnen sicherlich Auskunft erteilen. Ist's sehr eilig?"

„Sehr! Es gilt, ein Verbrechen zu verhüten. In einigen Minuten ist es vielleicht schon zu spät!"

„O Gott!" stieß der Alte erschrocken hervor, und die Lampe

zitterte in seiner Hand. „Da muß ich Ihnen allerdings den Ort nennen, wo jener Mann im Augenblick vermutlich zu finden ist. Kennen Sie die Ufergasse?

„Ja."

„Und die Wirtschaft der Witwe Pauli? – Ja? – Gut. Laufen Sie sofort dorthin! Sie werden im Gastzimmer einen Mann mit blondem Bart finden – er heißt Brenner. Der wird Ihnen Auskunft geben können."

Der Schlosser rannte durch die menschenleeren nächtlichen Straßen und trat keuchend in die Gaststube der Witwe Pauli ein. Ja, da saß in einer Ecke ein Mann mit blondem Bart. Sonst war niemand in dem Raum zu erblicken, auch die Wirtin nicht.

„Sind Sie Herr Brenner?" fragte der Schlosser leise.

„Allerdings. W-w-was soll's?" fragte der Blonde stotternd.

„Ich bin . . ."

„Schon gut." Jetzt stotterte Brenner nicht mehr. Ein Blick auf den Schlosser hatte ihn belehrt, daß Verstellung hier überflüssig war. „Ich kenne Sie! Wer schickt Sie?"

„Zwei alte Leute aus der Siegesstraße."

„So muß Ihre Sache wichtig sein. Ich bin zuweilen Stellvertreter des Herrn, den Sie vermutlich suchen. Was ist los?"

„Ist Ihnen der Riese Bormann bekannt?"

„Ja. Er ist vorletzte Nacht bei dem Fräulein von Helfenstein eingebrochen."

„Ich sehe, daß Sie wirklich das Vertrauen jenes Herrn genießen, mit dem ich sprechen wollte", sagte der Schlosser. „Sie sind eingeweiht!"

„Mehr als Sie denken. Sie sind ein Untergebener des Hauptmanns, dabei aber ein geheimer Anhänger meines Herrn. Ich weiß. – Was ist es mit dem Riesen?"

„Er soll heute nacht im Schlafzimmer der Tochter des Obersten von Tiefenbach einbrechen!"

Der Blondkopf sprang auf.

„Vielleicht schon in diesem Augenblick!" fügte der Schlosser hinzu.

„Vorwärts – fort!" drängte Brenner. „Alles Weitere unterwegs!"

Er warf der Wirtin, die soeben gemächlich von der Küche ins Zimmer hereinschaute, einen beruhigenden Blick zu, legte ein Geldstück auf den Tisch und eilte zur Tür.

Auf der Straße ergriff der Blonde den Arm des Schlossers.

„Sind Sie genau unterrichtet?"

„Ja. Ich war dabei, als der Hauptmann davon sprach."

„Der Riese soll also in dieser Nacht abermals freigelassen werden?"

„Ja."

„Das wird das Verderben des Schließers sein. Er dauert mich. Aber ich kann ihm nicht helfen. Bormann ist ein gewalttätiger Mensch; das Mädchen befindet sich vielleicht in Lebensgefahr. Schade, ich erfahre die Sache zu spät, um selber noch Maßnahmen zu treffen. Ich muß also die Hilfe der Polizei anrufen. Wer wird bei dem Riesen sein?"

„Ich weiß es nicht."

„Sie sind nicht mit dabei, wie vorgestern?"

„Nein. Und da der Hauptmann jedem seine Befehle nur einzeln und leise gibt, so weiß keiner, was der andre zu tun hat."

„Scheuen Sie die Polizei?"

„Ja. Ich fürchte, der Hauptmann hat sogar bei der Polizei Anhänger."

„Das glaube ich nicht. Ich kenne die hiesigen Verhältnisse genau. Aber Sie haben anderweit Grund genug, nicht mit diesen Leuten zusammenzukommen. Es ist besser, wir trennen uns. Gute Nacht!"

Brenner ließ den Schlosser stehen und eilte weiter.

Einige Minuten später befand er sich schon in der nächsten Polizeiwache. Der diensttuende Wachtmeister blickte erstaunt von einem Aktenstück auf.

„Was wünschen Sie?"

„Ein Unbekannter bat mich eben auf der Straße, Ihnen schleunigst eine wichtige Meldung zu machen."

„Und?" drängte der Beamte.

„Bei der Tochter des Obersten von Tiefenbach wird eingebrochen!"

„Donnerwetter! – Wann?"

„Vielleicht schon in diesem Augenblick!"

„Das wäre . . .!"

„Der Riese Bormann ist's!"

„Unsinn! Der steckt in Nummer Sicher."

Der Blondbart zuckte die Achseln.

„Ich kann nur sagen, was mir der Mann auf der Straße aufgetragen hat."

„Ein Scherz, mein Lieber, ein übler Scherz!" lächelte der Wachtmeister. „Sie haben sich mitten im Winter in den April schicken lassen."

Einer der Schutzleute vom Bereitschaftsdienst, die in einem Nebenraum auf den Holzpritschen lagen, war inzwischen in das Wachlokal getreten. Er flüsterte seinem Vorgesetzten etwas ins Ohr. Der musterte daraufhin erneut den Blondbärtigen.

„Ich höre soeben, Sie sind der Kunstmaler Brenner?"

„Bin ich. Woher kennt mich der –?"

„Er sah Sie zuweilen in der Wirtschaft der Witwe Pauli. Doch halten wir uns nicht mit diesen Dingen auf! Bleiben Sie bei Ihrer Meldung, Herr Brenner?"

„Ich möchte dringend bitten, der Sache auf den Grund zu gehen. Der Mann, der mich ansprach, kam atemlos angerannt wie einer, der in höchster Aufregung ist. – ‚Laufen Sie zur Polizei!' rief er mir zu. ‚Ich hole noch anderweit Hilfe!' Dann war er auch schon wieder fort. Bedenken Sie, was hier vielleicht auf dem Spiele steht!"

„Gut", sagte der Wachtmeister. „Wir werden die Angelegenheit sogleich untersuchen. – Auf, Leute! Und zwar alle! Nur Müller bleibt hier! Ich werde die Meldung auch noch weitergeben und für alle Fälle von der Hauptwache Verstärkung beantragen."

Bei dem Durcheinander fiel es nicht auf, daß der Maler Brenner sich still empfahl. Kaum eine halbe Minute nach ihm verließen auch die Polizisten den Wachraum und eilten nach kurzer Anweisung einzeln und auf verschiedenen Wegen zum Ziel.

Das Tor des Tiefenbachschen Hauses war verschlossen. Der Wachtmeister zog es vor zu klopfen, anstatt die Klingel zu ziehen. Der Pförtner lugte durch sein Schiebefensterchen.

„Die Polizei! – Öffnen Sie leise! Aber hoppla, hoppla!"

Der Mann war bestürzt, und es dauerte eine Weile, bis das Tor aufsprang. Er trat den Beamten entgegen.

„Polizei? Wahrhaftig! Was wollen Sie?"

„Halten Sie uns nicht auf, Mann! – Wo schläft Fräulein von Tiefenbach? Liegt das Zimmer nach der Straße oder nach dem Hof?"

„Nach dem Hof. Weshalb?"

„Wir erwarten Einbrecher. Ist Ihnen Verdächtiges aufgefallen?"

„Nein."

„Ist die Hoftür ohne Geräusch zu öffnen?"

„Schloß und Angeln sind immer gut geölt."

„Machen Sie Platz, Mann! Stehen Sie nicht so verdutzt da! Hier muß rasch gehandelt werden. Dieser Eingang bleibt offen – ein Posten hierher, um die Nachkommenden zu empfangen. Die andern – los!"

Der Pförtner öffnete die Hintertür; der Wachtmeister trat vorsichtig in den Hof und blickte sich um. Aber im gleichen Augenblick sprang er in den Schutz des Flurs zurück.

„Sie sind schon oben – eine Leiter an der Wand – wahrscheinlich sind die Einbrecher von der Wasserstraße her in den Hof gelangt."

„Wollen wir die Leiter hinauf?" fragte einer.

„Nein. Zu gefährlich. Wer von außen durchs Fenster steigt, ist den Waffen der Einbrecher ausgesetzt. Sind die Türen oben verschlossen?"

„Ja", entgegnete der Pförtner, „aber mein Hauptschlüssel öffnet alle."

Behutsame Schritte nahten – die erwartete Hilfe von der Hauptwache.

„Sechs, acht, zehn, zwölf", zählte der Wachtmeister. „Das genügt völlig. Einer ans Haupttor, zwei Zuverlässige hier in den Hof – Grundmann, Krause – die andern mir nach."

Sie huschten wie die Katzen die Treppe hinauf.

Noch waren sie kaum verschwunden, da stieß Grundmann den Kameraden an.

„Dort – dort an der Mauer!" raunte er.

Auf der Mauer, die das Grundstück von dem dahinterliegenden trennte, erschien ein Mensch. Er ließ sich herab und kam leisen, aber eiligen Laufs herbei.

„Er gehört zu den Einbrechern! Wollen wir?" gab Krause zurück.

„Nein, beileibe nicht – laß ihn nur hinauf! Dort ist er uns sicher. Wenn er jetzt Lärm schlüge, könnte er uns den ganzen Fang verderben."

Sie zogen die Tür so weit heran, daß sie eben noch durch eine schmale Lücke den Fremden zu beobachten vermochten. Er war schmächtig, die Gesichtszüge ließen sich nicht erkennen. Schnurstracks eilte er auf die Leiter zu und kletterte hinauf. Oben hielt er eine Sekunde an und lugte durch das offene Fenster.

„Da, er springt hinein", flüsterte Krause erregt.

„Pst!"

Einen Augenblick blieb alles still. Dann hörten die Beamten oben einen scharfen Anruf.

„Zurück, du Schuft!"

Gleichzeitig erscholl ein Schrei, der fast dem Brüllen eines wilden Tieres glich.

„Das ist der Kampf!" meinte Polizist Krause und packte die Waffe fester. –

Als Richard von seinem Gang zum Pfandleiher Rosenbaum nach Hause zurückkehrte, atmeten die Seinen erleichtert auf, da er ihnen das Geld auf den Tisch legte. Nun konnte der rückständige Mietzins bezahlt, konnte auch noch so manches beglichen werden, was als drückende Schuld auf den armen Leuten lastete, und dann blieb immer noch eine Summe übrig, die für diese Menschen ein Guthaben bedeutete.

Der alte Bertram machte ein so frohes Gesicht wie seit langer Zeit nicht mehr. Nur Marie war noch immer still und in sich gekehrt. Als Richard sie darum fragte, seufzte sie.

„Ich muß daran denken, um welchen Preis du dir das Geld verschafft hast. Du wirst deine Kette nie wieder einlösen können."

Richard strahlte sie mit der unverwüstlichen Zuversicht an, die den meisten Künstlernaturen und unter ihnen ganz besonders den Phantasten eigen ist.

„Wer sagt das?" gab er zurück. „Laß mir nur Zeit! Ich weiß, daß ich mich als Dichter durchsetzen werde, und so wird der Tag kommen, da ich auch über ausreichende Geldmittel verfüge. Bis dahin muß ich sorgen, daß die Zinsen jeweils pünktlich bezahlt werden. Dann aber hole ich mir das alte Erbstück zurück. Du hättest die Augen sehen sollen, mit denen Rosenbaum die Kette betrachtete! Sie muß einen hohen Wert besitzen. Meine Eltern scheinen keine armen Leute gewesen zu sein. Ach, wenn ich doch ermitteln könnte, wer sie waren!"

Hierauf berichtete er von der Einladung Lena Rosenbaums. Er sprach davon als von einer Auszeichnung und klagte darüber, daß er in seiner ärmlichen Kleidung hingehen müsse. Marie lächelte dazu.

„Geh in Gottes Namen! Wegen deines Anzugs brauchst du dir keine Kopfschmerzen zu machen. Der rechte Mann adelt den Rock, den er trägt, nicht umgekehrt."

Das leuchtete Richard ein. Es stärkte sein Selbstbewußtsein. Er ging mit Eifer daran, seine Kleidung sorgfältig zu säubern und sich das Haar zu bürsten. Endlich war er soweit. Er machte sich wieder auf den Weg. Erst bezahlte er, was zu bezahlen war. Das restliche Geld erhielt Marie für die Wirtschaft. Hierauf lenkte er seine Schritte abermals zum Haus des Pfandleihers Rosenbaum, wo er zunächst ordnungsgemäß die Empfangsbescheinigung über das geliehene Geld ablieferte und dafür einen Pfandschein über die Halskette erhielt.

Lena empfing den Dichter mit strahlender Miene. Sie hatte sich festlich gekleidet und reich mit Schmuck behängt. Im Wohnzimmer war der Abendbrottisch feierlich gedeckt. Es gab nicht nur Fleisch und Käse, sondern allerlei Leckerbissen. Lena selbst bediente ihren Gast. Die Eltern ließen sich entschuldigen; sie hätten im Laden noch allerhand Wichtiges zu erledigen.

Richard legte keinen sonderlichen Wert auf die Anwesenheit des Ehepaars Rosenbaum. Es war ihm durchaus recht, mit dem seltsamen Mädchen, das soviel Begeisterung für Dichtung im allgemeinen und für seine Verse im besonderen zeigte, ungestört plaudern zu können. Anfangs war er ein wenig befangen. Doch das änderte sich. Lena gab sich so, als wären sie längst gute Freunde. Er durfte ihr aus den ‚Tropenbildern‘ vorlesen. Sie hatte hundert Fragen dazu. Namentlich wollte sie wissen, wie dies und jenes Gedicht entstanden sei.

„Ich staune", sagte sie, „und kann es nicht fassen, daß Sie den Orient, den Sie in so glühenden Farben schildern, nicht aus eigener Anschauung kennen. Wie ist das nur möglich?"

„Das ist möglich", erwiderte Richard träumerisch, „weil ich die Ferne, von der meine Dichtung erzählt, zwar nicht mit leiblichen, aber mit geistigen Augen geschaut habe. Das Schweigen der weiten Wüste im Sonnenbrand, der Zauber einer Mondnacht am Nil, das Leben und Treiben im Basar, die Stimme des Gebetsrufers, der die Gläubigen zur Andacht mahnt, das alles habe ich erlebt. Und ich habe es so schön, so stimmungsrein, so vollkommen erlebt wie kaum einer von denen, deren Wege tatsächlich durch jene Länder geführt hat. Sie alle haben sich täglich wohl unzählige Male an den kleinen Widrigkeiten des derben Alltags gestoßen, die eine solche Reise unwiderruflich mit sich bringt. Mir blieb das erspart. Ich war nur im Traum meiner unendlich schweifenden Phantasie dort, und so entfielen für mich Ablenkung und Ernüchterung. Wohl aber war mein Traum so wach, daß mir vom Zauber des wirklichen Erlebens nichts verlorenging. Ist es da erstaunlich, daß ich den Orient so zu besingen vermag?"

Mit großen Augen sah das Mädchen den Sprecher an.

„Sie sind ein Dichter", sagte sie, hingerissen von Bewunderung. „Ich beneide Sie, daß Sie so wunderbar wach zu träumen verstehen, daß sie den Orient so zu erfühlen wissen. Ach, ich liebe den Orient mit seiner heißen Sonne und seinen geheimnisvollen Nächten! Das ist wie eine Stimme in mir, die mich bisweilen ruft. – Oh, ich beneide Sie, und ... ich verehre Sie!"

Richard fing einen Blick aus ihren Augen auf und wurde verwirrt und beklommen. Was ihm da entgegenleuchtete, war nicht nur Verehrung, wie man sie wohl einem großen Künstler entgegenbringt, das war mehr. Dafür gab es nur eine Bezeichnung: Liebe.

Bei dieser Erkenntnis fühlte er plötzlich eine Art Verpflichtung, das schwärmende Mädchen in die Wirklichkeit zurückzurufen. Bewunderung und Verehrung für ihn als den Schöpfer der ‚Tropenbilder‘ hätte er ohne weiteres verstanden. Aber Liebe von ihr, der Jüdin, zu nehmen, war ihm ein unerträglicher Gedanke. Zudem schlug ja sein Herz heimlich für eine andre. Zwar war ihm diese andre so fern wie die Sonne der Erde. Doch was fragt das liebende Herz nach solchen Dingen! Es kennt das Wort ‚unmöglich' nicht. Es kennt nur seine Sehnsucht und sein Hoffen. Ihm verwischen sich die Grenzen zwischen Traum und Wirklichkeit, zumal wenn dieses Herz in der Brust eines Dichters schlägt.

Also bemühte sich Richard, das Gespräch wieder vom Persönlichen fort und auf die Dichtung zurückzulenken. Lena folgte ihm nur widerwillig. Mehrmals noch ließ sie Richard ahnen, was er nicht wissen wollte, und so drängte er schließlich zum Aufbruch. Es sei schon spät, sagte er, und er dürfe diesen ersten Besuch nicht über Gebühr ausdehnen. Auch werde er daheim erwartet.

Doch davon wollte Lena nichts wissen. Sie plauderte seine Einwände hinweg, sie fütterte ihn mit allerhand Leckerbissen und schenkte ihm immer wieder von dem Wein ein, dessen Wirkung er bald zu spüren begann. Er merkte plötzlich, daß Lena dunkle Augen hatte, die ihn lockend festhielten. Er begann, sie mit der Phantasie des Dichters zu umspinnen, und so konnte es geschehen, daß er willig zur Feder griff, als sie ihm zum Schluß ihr Poesiealbum hinschob und ihn um eine Eintragung in Versen bat.

Ohne zu überlegen, schrieb er. Es wurden mehrere Strophen, und als er es auf Lenas Verlangen vorlas, war er selbst überrascht von dem, was sich da, scheinbar ohne sein Zutun, gestaltet hatte.

> „Wo keiner Stimme Töne klangen
> am Grunde der kristall'nen See,
> da liegt, vom Schlummer lind umfangen,
> im Zauberschloß des Meeres Fee.
>
> Sie träumt von Liebe, träumt von Leben,
> das über ihrem Reiche rauscht,
> dem, von Triton und Elf umgeben,
> sie oft verborgen zugelauscht.
>
> Doch endlich hat auch sie getrunken
> des Lebens und der Liebe Glut
> und trägt in sich den Gottesfunken,
> der im erwärmten Herzen ruht."

Richard legte das Buch vor Lena auf den Tisch. Sie blitzte ihn aus ihren dunklen Augen an; sie glaubte, ihn verstanden zu haben: die Meeresfee, von der der Dichter schwärmte, war sie. Und das genügte ihr für heute.

Lena entließ ihn mit herzlichen Worten, mit einem zärtlichen

Händedruck und mit der Bitte, recht bald wiederzukommen. Er sagte nicht zu, er lehnte nicht ab; dann ging er.

Draußen in der rauhen Winternacht fühlte er, daß ihm das Gesicht brannte. Das war gewiß nicht nur die Wirkung des schweren alten Weins, den ihm Lena vorgesetzt hatte. Es war wohl mehr eine Folge der inneren Erregung. Doch die kalte Nachtluft wirkte rasch ernüchternd auf ihn. Das schwärmende Mädchen, das ganz offensichtlich um die Zuneigung des Dichters warb, war ihm plötzlich seltsam ferngerückt. Ob er jemals wieder zu ihr ging?

Dann irrten seine Gedanken zu jener andern, um die seine Sehnsucht kreiste in einsamen Stunden, der so manches seiner Gedichte heimlich gewidmet war.

Als Bertram daheim die Treppe hinaufstieg, wurde oben eine Tür geöffnet, und Marie, seine Pflegeschwester, trat heraus.

„Du bist noch wach?" fragte er verwundert.

Marie hob den Zeigefinger der Rechten und legte ihn warnend an den Mund. Dabei sah Richard, daß ihre Hand zitterte.

„Was gibt es?" flüsterte er betroffen.

„Leise! Der Vater soll uns nicht hören."

„Ist etwas Schlimmes geschehen?"

„Ach, Richard!" Das Mädchen kämpfte mit Tränen. Man sah es ihr an, daß sie eine furchtbare Erregung gewaltsam unterdrückte. „Ich verliere beinah den Verstand. Das stürmt von allen Seiten auf uns ein, als wäre da irgendwo eine unbekannte Macht, die uns vernichten will."

„Marie", mahnte er, „faß dich! Und rede deutlich! Was ist's?"

„Du weißt doch", begann sie stockend, „der fremde Herr, von dem ich dir erzählt habe ..."

„Der dir schon mehrmals nachgelaufen ist?"

„Ja. Wilhelm warnte mich wiederholt vor ihm."

„Ich entsinne mich. Hat er dich wieder belästigt? Warst du noch einmal auf der Straße?"

„Ein Stück nur habe ich mich vom Hause entfernt. Ich hielt es in der Stube nicht aus. Ich brauchte ein wenig frische Luft. Da sprach mich plötzlich ein Mann an."

„Jener Unbekannte?"

„Nein. Ein älterer Mann war es, meiner Schätzung nach ein Arbeiter. Ich hielt ihm arglos stand, weil ich meinte, er wolle mich vielleicht etwas fragen. Dann aber zeigte es sich, daß der unverschämte Mensch eine Botschaft an mich auszurichten hatte, die ..."

Sie brach ab und begann leise zu weinen. Richard biß die Zähne aufeinander. Er ahnte etwas.

„Du mußt dich aufraffen", sagte er gütig, „und mir alles erzählen. Was ist es mit der Botschaft?"

Marie faßte sich.

„Der Unbekannte spielte auf unsere Not an und dann auf jenen Herrn. Er schien von allem genau unterrichtet zu sein. Der fremde Herr lasse mir sagen, wenn ich mit meinen Sorgen nicht mehr fertig werde, so würde ich wohl auch endlich meinen dummen Stolz aufgeben. Dann solle ich Vernunft annehmen. Er wolle sich meiner erbarmen und mir einen Boten schicken, der mich zu ihm führen könne. Dann solle unser Elend ein Ende haben."

„Unverschämtheit!" knirschte Richard. „Du hättest dem Menschen ins Gesicht schlagen sollen!"

„Ach, Richard, ich war wie gelähmt. Der Mann redete lange auf mich ein. Ich habe gar nicht mehr gehört, was er noch sagte. Schließlich habe ich mich abgewandt und bin nach Hause gelaufen. Und dann ist es mir schwer genug geworden, den Vater nichts merken zu lassen. Aber dir mußte ich alles erzählen."

„Das war recht, Marie. Ich werde ... doch nein, im Augenblick weiß ich selbst nicht, was ich tun werde. Jedenfalls gehst du von nun an abends nie mehr allein auf die Straße. Hast du Wilhelm schon von dieser Begegnung unterrichtet?"

„Denke dir, Wilhelm ist noch immer nicht da!" schüttete sie ihm ihre nächste Sorge aus.

„Er arbeitet wohl noch."

„Aber in diesem Fall würde er es uns doch wissen lassen! Nein, es muß ihm etwas zugestoßen sein!"

„Man darf nicht gleich an Arges denken. Warten wir noch ein Stündchen! Ich höre ihn immer kommen. Ist er dann noch nicht zurück, so werde ich einmal Ausschau nach ihm halten."

Die kleinen Geschwister schliefen längst. Der Vater saß im Lehnstuhl und hustete. Er hatte es vorgezogen, in der warmen Stube zu bleiben, anstatt sich in das kalte Schlafzimmer zu legen.

Richard fühlte das Bedürfnis, mit sich allein zu sein, und so ging er in die hintere Kammer, wo er leise auf und ab schritt, in allerlei krause Gedanken versunken.

Versonnen trat er ans vereiste Fenster und brachte mit seinem Atem die dichten Eisblumen an einer Stelle zum Schmelzen, um in die Nacht hinauszustarren. Alles war tiefe Dunkelheit ringsum, nur drüben im Hause der Obersten von Tiefenbach leuchtete noch ein Fenster.

Dort drüben weilte sie, die ihm, ohne es zu wissen, die Gedanken zu den schönsten seiner Gedichte eingeflößt hatte; sie, deren Bild ihm vorschwebte, wenn er einsam im kalten Stübchen am Tisch saß und mit halberfrorenen Fingern jene Gedichte schrieb, deren Farbenpracht in so krassem Gegensatz zu seinem trübseligen Leben stand.

Er hatte Hedwig von Tiefenbach nur einigemal auf der Straße gesehen, aber seitdem lebte er in ständigem Gedenken an sie. Dort drüben wohnte sie; ein Ruf seiner Stimme konnte ihr Ohr erreichen, und doch – darüber war er sich grausam klar – hätte sie ihm nicht unerreichbar sein können, wenn ihr Haus auf einem Millionen von Meilen entfernten Stern gestanden hätte.

Richard Bertram setzte sich an den Tisch und suchte die ihn bestürmenden Gesichte in Verse einzufangen. Es gelang ihm nicht recht.

Unwillig erhob er sich. War die Stunde schon um, die er noch auf die Heimkehr von Wilhelm Fels hatte warten wollen? Noch einen Blick schickte er hinüber nach dem erleuchteten Fenster; da stutzte er plötzlich.

Was war das? Stand dort drüben am offenen Fenster nicht ein Mann? Was hatte dieser Mensch mitten in der Nacht da zu suchen? Richard strengte seine Augen an, soviel er konnte, und starrte wie gebannt hinüber. Dann stieß er einen halblauten Ruf der Überraschung aus.

„Eine Leiter? – Ah, man bricht ein!"

Er ging ruhig durch die Wohnstube, um den Vater nicht zu ängstigen, nahm dabei ein Messer vom Tisch, das vom Abendbrot her dort liegengeblieben war, und zog noch beherrscht die Tür hinter sich ins Schloß – dann aber rannte er die Treppen hinab und zur Hintertür hinaus.

Mit einiger Mühe kletterte er an der Mauer hoch und sprang auf der andern Seite hinab. Er sah nur das offene Fenster und bemerkte nicht, daß hinter der spaltbreit geöffneten Hintertür schon die Polizisten standen. Der schwere Wein erregte seine Einbildungskraft. In Sekundenschnelle rasten Bilder von Gefahren für die Angebetete durch sein Hirn und Möglichkeiten, diesen Gefahren zu begegnen. Er nahm das Messer zwischen die Zähne und hastete die Leiter hinauf.

Nun war er am offenen Fenster. Da lag sie, die er verehrte, gefesselt im Bett, und ein fremder, riesiger Kerl war eben im Begriff, sich mit seinem Raub abzuwenden, um das Fenster zu gewinnen. Richard erwog nicht, daß er einem solchen Goliath unmöglich gewachsen sein könne – er sprang ins Zimmer.

„Zurück, du Schuft!" schrie er.

Dabei wollte er die Hand des Einbrechers packen, aber er ergriff nur eine Halskette. In diesem Augenblick ging die Tür auf; die Beamten stürmten herein.

Bormann stieß einen Schrei der Wut aus. Er sah sich verloren, wenn es ihm nicht gelang, sich durchzuschlagen.

Der Wachtmeister stutzte.

„Weiß Gott, der Bormann!" rief er. „Auf ihn! – Den andern erledige ich allein!"

Er stürzte sich auf Richard Bertram, der, völlig verdutzt, in der Linken die goldene Kette und in der Rechten das Messer hielt und nicht wußte, wie ihm geschah. Abwehrend hob er die Hände, und das erweckte den Anschein, als wolle er seinen Raub mit dem Messer verteidigen. Im nächsten Augenblick, bevor er nur ein Wort zu sagen vermochte, brach er unter dem Totschläger des Polizisten lautlos zusammen.

„Kommt her, ihr Lumpen!" brüllte Bormann. „Ihr sollt dranglauben, alle miteinander!"

Er trat und schlug um sich; aber vier Polizisten hatten sich mit aller Kraft an seine Arme gehängt. Zwei Schüsse krachten aus Bormanns Revolver, doch die Kugeln pfiffen in die Wände und zerfetzten nur die Seidentapete. Der Riese schäumte vor Wut. Nun packte auch der Wachtmeister, der soeben mit Richard fertiggeworden war, den Herkules beim Genick. Mit einem wilden Fluch brach Bormann nieder und wurde sofort an Händen und Füßen gebunden.

„Gott sei Dank! Das wäre geschafft!" sagte der Wachtmeister aufatmend. „Nun aber zum Fräulein!"

Kaum waren ihr die Fesseln und der Knebel genommen, so kamen auch schon die Bewohner des Hauses voller Angst herbei; doch niemand durfte eintreten, außer den Eltern Hedwigs.

Das Mädchen hatte die Besinnung keinen Augenblick verloren und erzählte, was geschehen war.

„Einer der Burschen ist später gekommen als der andere?" fragte der Wachtmeister.

„Das weiß ich nicht. – Ich habe geschlafen. Als ich erwachte, war ich schon halb gefesselt. Und dann lag ich so, daß ich die eine Seite des Zimmers nicht überblicken konnte."

„Kennen Sie diesen jungen Menschen?"

„Nein."

Auch sonst war Richard keinem bekannt.

Bormann wußte am besten, woran er war: für viele Jahre lebendig im Zuchthaus begraben. Von einer weichen Stimmung war jetzt keine Rede mehr; es kochte in ihm vor Wut über das Fehlschlagen seines Befreiungsplans. Konnte er jetzt noch auf den Hauptmann rechnen? Besonders wild war er auf diesen jungen Kerl, der ihn im letzten Augenblick gestört hatte. Wäre dieser Bursche nicht dazwischengekommen, so hätte er längst die rettende Leiter zwischen den Fäusten gehabt.

„He, mein Junge", sagte der Wachtmeister schmunzelnd, „du hast dir da etwas ins Gesicht gemalt! Aber wir kennen dich trotzdem. Du gibst doch zu, Bormann zu sein?"

„Verfluchter Greifer!" fauchte der Riese. „Wenn ich die Pfoten frei hätte, dann . . ."

„Schon gut", lachte der Beamte. „Deine Pfoten werden wir jetzt auf ein paar Jährchen in Eisen legen, denke ich! – Aber nun sag uns mal, wie bist du eigentlich aus der Fronfeste herausgekommen?"

Ein häßliches Grinsen ging über das grobe Gesicht. In Bormann brach der Wildling durch, dem es eine Genugtuung war, in den eigenen unvermeidlichen Untergang auch noch andere mit hineinzureißen.

„Das möchtest du wohl gern wissen? Ha, wenn's mir an den Kragen geht, warum soll ich die andern schonen? – Der Schließer Arnold hat mich 'rausgelassen."

„Unmöglich!"

„Frag ihn doch selbst!"

„Wer ist denn dieser junge Mensch?" Der Wachtmeister deutete auf Richard. „Ist wohl ein Neuer in deiner Zunft? Du wolltest ihn wohl anlernen, was?"

„Seht, wie schlau ihr Greifer doch seid!"

„Wie bist du zu ihm gekommen?"

„Das ist meine Sache!"

„Woher stammt denn die feine Leiter?"

„Die hat er mir besorgt."

„So scheint er ja bereits ein ganz durchtriebener Junge zu sein! – Aber wir werden ihn schon wieder auf den schmalen Pfad der Tugend bringen. Los, Leute!"

Die beiden Gefangenen wurden in dem Schlitten, der die Beamten von der Hauptwache hierhergebracht hatte, in sicheren Gewahrsam geschafft.

Der Schlag, der Richard betäubt hatte, war überaus kräftig geführt worden. Der Gerichtsarzt, der den Ohnmächtigen sogleich untersuchte, erklärte, daß er wohl noch lange bewußtlos liegen könne.

Aus diesem Grund erfuhr man erst, wer er war, als der Gefängnisgeistliche, Pfarrer Matthesius, kam, der Richard kannte.

9. Hinter Gittern

Die Kunde von dem Einbruch beim Oberst von Tiefenbach setzte die Bevölkerung in große Erregung, und der Schreck steigerte sich, als man erfuhr, daß der berüchtigte Riese Bormann, den man sicher in der Fronfeste wähnte, die Tat ausgeführt hatte.

Die Mittagsblätter brachten dann noch folgende Nachricht:

„Im Lauf des heutigen Vormittags ist es der Polizei gelungen, den Spießgesellen des Riesen Bormann als den Schreiber Richard Bertram festzustellen. Er ist der angenommene Sohn des ehrsamen ehemaligen Militärschneiders Bertram, Wasserstraße 10."

Man las die Meldung und ging dann zur Tagesordnung über. Nachhaltiger berührte sie nur die Bewohner der Wasserstraße und besonders natürlich die des Hauses Nummer 10.

Aber auch noch an zwei andern Orten brachte diese Veröffentlichung einen außerordentlichen Eindruck hervor. Da war zunächst das Haus des Pfandleihers und Trödlers Salomon Rosenbaum.

Lena saß träumend in ihrem Zimmer. Plötzlich kam es eilig die Treppe heraufgepoltert, die Tür wurde aufgerissen, und ihr Vater trat ein, ein Zeitungsblatt in der Hand, hinter ihm die Mutter mit gerungenen Händen.

„Was gibt's?" fragte Lena erschrocken. „Was ist denn geschehen?"

„Was geschehen ist?" wiederholte Rosenbaum. „Ein großmächtiges Unglück ist geschehen, wie es gar nicht schlimmer kann sein auf der Welt!"

„Aber so rede doch!" rief Lena.

„Ja, reden werde ich! Ein großer Verlust hat betroffen das Haus Salomon Rosenbaum! Mein Kind hat ein zu weiches Herz, und darum gibt es fort Geld, ohne zu fragen, ob es kommt auch wieder herein!"

„Geld? Ah, es handelt sich nur um Geld? Ich vermutete Schlimmeres!"

„Geld? Nur Geld?" wiederholte der Jude erbost und fuchtelte seiner Tochter mit der zerknüllten Zeitung vorm Gesicht herum. „Sprich nicht so verächtlich vom Geld! Geld ist Reichtum, ist Größe, ist Glück, ist Seligkeit! Man kann nur dann sein ein Mensch, wenn man hat Geld, viel Geld! Man darf es nicht hinausgeben mit Leichtsinn. Du aber hast das getan und wirst verlieren das ganze Geld!"

„Wieso? Ich habe keinem Menschen Geld gegeben, das ich verlieren könnte!"

„Nicht? Hast du mich nicht gezwungen, zu geben die große Summe für die Halskette von Gold? Hast du das nicht gegeben an Bertram, den Dichter?"

„Ja. Aber das kann und werde ich nicht verlieren."

„Wie nun, wenn die Kette, die er dafür hat verpfändet, ist geraubt oder gestohlen?"

Lena sah ihn überrascht an.

„Wo denkst du hin! Ein Dichter kann nicht stehlen!"

„Nicht? Kann er nicht? Aber wenn er nun nicht bloß stiehlt, sondern sogar einbricht?"

„Vaterleben, du bist krank! Richard Bertram soll ein Einbrecher sein?"

„Ich werde es dir beweisen. Du sagst selbst, daß sein Name lautet Richard Bertram."

„Ja."

„Er hat gesagt, daß er wohnt in der Wasserstraße hier?"

„Ja, in der Nummer 10."

„Und er hat auch gesagt, daß er ist Schreiber, um abzuschreiben andern Leuten für Geld?"

„Das hat er gesagt. Ist das eine Schande für ihn?"

„Nein. Aber das ist eine Schande für ihn, wenn hier in der Zeitung ist zu lesen von ihm: ,Im Laufe des heutigen Vormittags ist es der Polizei gelungen, den Spießgesellen des Riesen Bormann als den Schreiber Richard Bertram festzustellen. Er ist der angenommene Sohn des ehrsamen ehemaligen Militärschneiders Bertram, Wasserstraße 10.' Ist das nicht eine grausige Schande?"

Lena war leichenblaß geworden.

„Herr Zebaoth!" rief sie. „Das steht dort? Das ist unmöglich! Er kann es nicht sein! Man meint einen andern."

„So sieh es dir an mit eignen Augen!"

Rosenbaum hielt ihr das Blatt entgegen. Sie griff danach. Sie las, aber die Buchstaben verschwammen ihr vor den Augen.

Sie war ein Mädchen, das hartnäckig sein Ziel verfolgte. Der Schreck hatte sie zwar überrascht, doch sie beherrschte sich schnell, zwang sich zur Ruhe und las die Mitteilung noch einmal durch. Dann schritt sie zur Tür.

„Ich werde beweisen, daß er unschuldig ist!"

Ihr Vater hielt sie beim Arm fest.

„Wohin willst du?"

„Zu Richard Bertram!"

„Zu dem? Hast du nicht gehört, daß er sitzt im Kerker, wo da sind die Spitzbuben, Einbrecher und ertappten Hehler?"

„So gehe ich dorthin!"

„Gott Abraham! Du bist wahnwitzig! Denkst du denn, daß man dich dort wird einlassen?"

„Ich werde es schon durchsetzen!"

Lena tat einen Schritt vorwärts. Sie schien fest entschlossen, ihren Vorsatz auszuführen. Die Mutter war außer sich darüber. Sie schlug die Hände zusammen und rief:

„Wo denkst du hin, Tochterleben! Werden wir zugeben, daß unser Kind geht ins Gefängnis, wo da sind lauter Verbrecher und Leute, denen man wohl abkauft Uhren, Ringe und alte Sachen, denen man aber nicht macht einen Besuch an einem solchen Ort?"

„Laßt mich! Ich gehe doch!"

Jetzt riß Salomon Rosenbaum die Geduld. Er zwang die Tochter auf einen Stuhl nieder.

„Sag mir vorher, was du willst im Gefängnis!"

„Ihn retten!"

„Du bist ein eigensinniges Geschöpf, und wir haben dir immer gelassen deinen Willen. Deshalb möchtest du stets mit dem Kopf durch die Wand. Aber du bist auch ein vernünftiges Mädchen und wirst nicht bringen ein sinnloses Opfer. Laß uns sprechen offen über diese Sache! Wie willst du ihn retten?"

„Indem ich seine Unschuld beweise! Bertram ist bis nach Mitternacht bei mir gewesen. Kann er da den Einbruch verübt haben? Denn zu einem solchen Einbruch sind allerlei Vorbereitungen nötig."

„Die hat getroffen der Riese Bormann oder . . ."

Der Jude hielt inne. Sein Gesicht drückte größte Bestürzung aus.

„Was hast du, Salomonleben?" fragte seine Frau.

„Es fällt mir da einer ein, an den wir bis jetzt gar nicht haben gedacht – der Hauptmann!"

„Der Hauptmann! Gott unserer Väter!"

„Ja", nickte Rosenbaum. „Der Hauptmann hat befohlen und vorbereitet diesen Einbruch, um zu retten den Riesen!"

„Was geht das mich an?" fragte Lena kühl. „Richard Bertram darf deshalb nicht unglücklich werden."

„Wer sagt denn, daß er wird unglücklich? Willst du nicht sein verständig, Tochterleben? Dein Vater ist klug. Er wird dir sagen, wie du hast anzupacken diese Sache. Entweder ist dieser Bertram mit beim Hauptmann – dann ist er ein Dieb. Oder er gehört nicht zu der Bande – dann könnte er sein unschuldig. Aber selbst wenn er ist unschuldig, so hat der Hauptmann mit ihm eine bestimmte Absicht, und wir müssen es lassen gehen, wie es ist."

„Ihn verderben lassen? Nie!"

„Tochter, Tochter!" warnte der Alte. „Habe ich gesagt, daß wir ihn wollen lassen verderben? Nein. Er ist ein großer Dichter, und wenn er ist unschuldig, so soll er nicht laufen ins Unglück. Aber auch wir wollen uns nicht leichtsinnig stürzen in Angst und Sorgen.

Wenn er ist unschuldig, so werden wir warten eine kurze Zeit. Wird er dann noch nicht gelassen aus dem Kerker heraus, so werden wir hingehen und beweisen, daß er ist gewesen bei uns an dem Abend. Vor allen Dingen aber müssen wir abwarten einen Besuch des Hauptmanns, um zu erfahren, ob er uns erlaubt, zu retten den Dichter der ‚Tropenbilder‘."

„Und bis dahin soll er also im Gefängnis schmachten?"

„Es wird ja sein nur einige Tage. Warum willst du dich zanken mit dem Gericht, wenn er ist unschuldig und wenn man ihn wird freigeben womöglich ganz von selbst? Also, sei still, Lenaleben! Laß uns Geduld haben, bis wir sehen klar in dieser Sache!"

Der andere Ort, wo die Zeitungsnachricht über Richard Bertram mehr als anderswo beachtet wurde, war das Haus des Fürsten van Zoom.

Der Fremde aus Indien saß an seinem Schreibtisch und hatte das Blatt mit der bedeutsamen Meldung vor sich.

Richard Bertram, wohnhaft in der Wasserstraße 10! Das konnte kein andrer sein als jener junge Schriftsteller, dem er damals bis in die Buchhandlung von Strickrod nachgegangen war, den er überraschend beschenkt und dem er kurzerhand jeden Dank abgeschnitten hatte. Aus besonderen Gründen beschäftigte sich van Zoom seit jener Stunde in Gedanken häufig mit Richard Bertram. Und nun las er hier, daß man den armen Schlucker unter einem so schweren Verdacht verhaftet hatte.

Van Zoom überlegte weiter.

Am Tatort war auch der Riese Bormann festgenommen worden, der allgemein für ein Mitglied der Bande des Hauptmanns galt. Diese Nachricht an sich war van Zoom nichts Neues. Er selber hatte Bormanns Festnahme ja gewissermaßen veranlaßt. Es hatte alles so kommen sollen und müssen. Weiterhin aber sah van Zoom die Dinge anders an, als es die Behörde und die Presse taten. Er wußte, daß es sich hier um einen Streich des Hauptmanns handelte, und wo der Hauptmann und Bormann gemeinsam arbeiteten, da hatte der Teufel seine Hand im Spiel; da konnte leicht auch ein ehrlicher Mensch auf heimtückische Weise unglücklich werden. So war es gewiß dem Schreiber und Schriftsteller Richard Bertram ergangen, der sicherlich von Haus aus mit dem Einbruch bei Hedwig von Tiefenbach gar nichts zu tun hatte.

Er brach ab und legte die Stirn grübelnd in die Hand. Dann griff er nach einer Glocke und läutete. Ein hübscher, junger Mensch mit klugen, ehrlichen Gesichtszügen trat ein, einer der Leute, die sich van Zoom mitgebracht hatte, die er für seine Dienerschaft ausgab und auch ganz so behandelte, um ja keinen Verdacht zu erregen, die aber in Wahrheit auswärtige Geheimpolizisten waren.

„Anton!" sagte van Zoom. „Erinnerst du dich meiner vorgestrigen Weisung?"

„Sehr wohl!"

„Ist sie ausgeführt worden?"

„Nach Kräften."

Dabei spielte ein zufriedenes Lächeln um die Lippen des Dieners.

„War die Annäherung leicht?"

„Was man gern tut, fällt nie schwer."

„Wo trafst du die Zofe?"

„Ich wartete in einer benachbarten Gastwirtschaft, bis sie ausging, dann begann der Angriff, und zwar mit Erfolg. Am Abend sah ich sie wieder. Sodann gestern vormittag und abermals des Abends. Morgen abend gehe ich wahrscheinlich mit ihr aus."

„Schön. Hinterher versuchst du, die Zofe heimzubegleiten. Ich brauche nächster Tage jemand, der die Zimmer ihrer Herrschaft genau kennt. Ich vermute, daß ich bestohlen werden soll."

„Sie?" fiel Anton ein. „Das soll man nur schön bleiben lassen! Wer die Nase ohne Erlaubnis hierhersteckt, dem spick' ich sie mit Schrot!"

„Das ist nicht grad meine Absicht, mein Lieber."

„Nicht? Was denn? Wollen Sie sich etwa ruhig bestehlen lassen?"

„Gewiß! – Anton, du weißt, unter welchen Bedingungen ich dich angestellt habe, und ebenso, wie sehr ich dir vertraue."

„Für Euer Durchlaucht gehe ich durchs Feuer!"

„Na, na; Feuer ist 'ne Angelegenheit! – Also es liegt mir daran, zu erfahren, wer die Beute besitzen wird, er oder sie."

Der Diener zog ein verblüfftes Gesicht. „Alle Wetter! Verstehe ich recht? Die . . . die beiden sind es, die Sie bestehlen werden?"

„Ja. Entweder persönlich oder durch Dritte."

„Ah, jetzt geht mir ein Licht auf. Sie lassen es sich absichtlich gefallen!"

„Ja. Natürlich nur, um sie desto sicherer zu entlarven. Nun, Anton, hast du dich jetzt von deinem Staunen erholt?"

„Ja. – Das, was ich hörte, war allerdings derart . . ."

„Merk dir eins, Anton: ein guter Diener findet an einem Auftrag seines Herrn nie etwas zu staunen. Nie! – Verstanden? – Also ich setze den Fall, der Diebstahl würde wirklich ausgeführt. Wäre es da möglich, noch an dem gleichen Abend zu erfahren, wo der Dieb die Beute versteckt hat?"

„Stehen mir Dietriche zur Verfügung?"

„Alles was du brauchst."

„So bitte ich, mir zwei Stunden zum Nachdenken zu gewähren."

„Zugestanden", nickte van Zoom. „Ich hoffe, daß alles nach Wunsch geht. Ich war damals bei den Wolfs auf falscher Fährte, wenigstens hinsichtlich der Person des Unbekannten. Jetzt aber, so hoffe ich, ist mir die richtige Erleuchtung gekommen. Ich hege einen kühnen Plan und habe auch anderweit schon vorgearbeitet. Es kann nichts schaden, wenn du andeutungsweise einiges davon erfährst. Unten am Fluß haust ein alter, verkommener Apotheker, der verschiedener böser Dinge wegen die Gerechtsame verloren hat."

„Ah, der alte Giftmischer, der auch den Viehdoktor macht?"

„Ja. Als kürzlich der Rappe lahmte und die Kur des Tierarztes nicht sofort anschlug, ist der Kutscher ohne mein Wissen zu dem Winkelapotheker gegangen, und dessen Mittel hat schnell gewirkt. Der Kutscher . . ."

„Sie meinen den neuen Geheimen?"

„Pst! Darüber spricht man nicht, auch nicht unter vier Augen! Er hat bei dem Apotheker so etwas wie menschliches Wildbret gerochen und ist deshalb öfter zu ihm gegangen; später hat er auch unsern Friedrich mitgenommen."

„Das ist grad der Richtige!"

„Ja, eine Nase wie ein Jagdhund! Er hat mir verschiedenes zugetragen. Einen Augenblick mal!"

Der Fürst läutete dreimal. Gleich darauf trat Friedrich ein.

„Durchlaucht?"

„Weiter gehorcht?" fragte van Zoom.

„Ja."

„Wichtiges gehört?"

„Wie man es nimmt. Ich habe dem Alten vorgespiegelt, daß ich mit Ihnen nicht auskommen könnte. Sie sind zu knickerig und zu anspruchsvoll. Übrigens will ich heiraten, und Euer Durchlaucht dulden das nicht."

„Das ist ja ein richtiger Roman! So geh fort und heirate!" lachte sein Herr. „Wer ist denn die Braut?"

Friedrich zog ein Gesicht, als ob er eine Bürste verschlingen müsse.

„Die – Jette!"

„Die Jette? Was für eine ‚Jöttin' ist denn das?"

„Einen Meter fünfzehn Zentimeter lang, sechzig Zentimeter in den Schultern, dick wie ein Pfannkuchen und Arme wie ein Paar Leberwürste."

„Heilige Venus von Medici! Wessen Tochter ist diese Holde?"

„Die einzige Tochter des Apothekers, vier andre nicht mitgerechnet, die aber noch nicht verheiratet sind."

Van Zoom lachte hellauf.

„Aber die Jette ist demnach verheiratet?"

„Sie war's. Jetzt ist sie Witwe und Mutter von drei Kindern. Ich habe mir vorgenommen, der Waisenvater von allen vieren zu werden."

„Hast du bereits mit dem Alten gesprochen?"

„Nein."

„Aber mit der Jette?"

„Auch noch nicht. Doch sie erwarten, daß ich's tue. Ich soll mit der Witwe und meinen drei Stiefkindern in die Oberstube ziehen. Eine Bodenkammer und die Hälfte vom Keller bekomme ich auch."

Das hatte Friedrich mit dem größten Ernst vorgetragen.

„Beneidenswerter!" warf van Zoom ein.

„Und weil ich mich hier nicht mehr wohlfühle und dort ein solches Glück finde, so ist es leicht begreiflich, daß ich mir das bessere Teil erwähle."

„Aber, Friedrich, daß wir uns später nicht etwa Vorwürfe machen müssen! Ich liebe es nicht, daß man mit Menschenherzen spielt!"

Aus den Augen des Dieners brach ein scharfer Blitz.

„Durchlaucht haben recht", sagte er. „Aber wie, wenn eine Bestie in Menschengestalt unzählige Mitmenschen mordet und foltert? Darf ich mich nicht auf sie stürzen und zupacken, selbst wenn auch einige andre ein paar Schrammen dabei abkriegen? Ist das nicht schließlich Notwehr? – Nein, einem solchen Raubtier werfe ich mich in den Weg und frage nicht lange, ob's ihm oder seiner Sippe 'n bißchen weh tut!"

„Du hast nicht unrecht, Friedrich. Tu, was du für nötig hältst!"

Eine Viertelstunde später stieg van Zoom in den Schlitten.

„Zur Wasserstraße!" befahl er dem Kutscher.

Am frühen Morgen hatte man im Auftrag des Staatsanwalts in den Wohnungen der Gefangenen der letzten Nacht strenge Haussuchung gehalten. Sie verlief ergebnislos, hatte aber in andrer Beziehung eine furchtbare Wirkung. Der alte Bertram erlitt auf die Nachricht, daß sein Pflegesohn bei einem Einbruch ertappt worden sei, einen Blutsturz. Nach kurzer Zeit war er tot. Die Mutter von Wilhelm Fels brach bei der Eröffnung der Beamten über die Festnahme ihres Sohnes und die Beschlagnahme der Maschine in ein irrsinniges Lachen aus. Als sie den Versuch machten, die Blinde zum Sprechen zu bringen, gab sie nur wirre Laute von sich. Der Polizeiarzt erklärte, ihr Verstand habe sich verwirrt.

Als van Zoom auf der Bildfläche erschien, wurde eben der

Tote aus dem Haus getragen. Die Kleinen weinten und jammerten zum Herzzerbrechen; Marie war vom Schmerz so erschüttert, daß sie überhaupt nichts mehr wahrzunehmen schien. Der Vater tot, der Geliebte ehrlos, und der Bruder als Einbrecher ertappt – das war mehr, als selbst ihr starker Geist zu ertragen vermochte.

Der Fürst machte nicht viel Worte – hier waren Taten nötig. Er gab Anweisung, die Blinde in seinem Auftrag in einer Anstalt unterzubringen. Dann ließ er sich zur Vormundschaftsbehörde fahren und erklärte sich bereit, die Vormundschaft über die minderjährigen Kinder Bertrams, auch über Marie zu übernehmen. Die Behörde war froh, daß der Fall eine so glückliche Lösung fand, und so erhielt van Zoom ohne weiteres die gewünschte Vollmacht.

Der nächste Schritt war, daß er die Waisen in seinen Schlitten packen und das Haus jener alten Leute in der Siegesstraße fahren ließ, wo seinerzeit der „Schlosser" wegen des geplanten Einbruchs vorgesprochen hatte. Die Kinder waren durch die Neuheit der Eindrücke über den schweren Verlust schnell hinweggetäuscht; Marie dagegen ließ alles stumm und gleichgültig über sich ergehen. Es war ihr so dumpf im Kopf, als hätte sie einen Keulenschlag erhalten. Ihr Herz schien tot zu sein – und doch war es nur die unendliche Traurigkeit, die sie unempfindlich zu machen schien. Sie hörte, was man ihr sagte, sie gab auch Antwort, aber der Jammer hielt sie so fest gepackt, daß nichts mehr ihre Teilnahme erregen konnte.

So verging auch dieser trübe Tag, und ein neuer Morgen brach an.

Pfarrer Matthesius, der Gefängnisgeistliche, schritt durch die Zellen der Fronfeste. Der erste, den er heute aufsuchte, war Bormann.

Der Riese lag ausgestreckt auf der nackten Diele und machte auch keine Anstalt, sich zu erheben, als er den Geistlichen eintreten sah.

„Nun, Bormann? – Wollen Sie nicht aufstehen?"

„Laß mich in Ruhe, du alter Schaumschläger!"

„Bormann, Bormann, Sie rennen immer tiefer ins Verderben!"

„Fünfzehn Jahre Zuchthaus – dazu brauche ich keinen Kirchenvers."

„Haben Sie sich wegen Ihrer Aussage besonnen? Wollen Sie durch Lügen Ihre Lage . . ."

„Scher dich zum Teufel, verfluchter Apostel! Wenn ich nur deine Fratze sehe, dann juckt's mir schon in den Fäusten!"

„Es ist meine Pflicht, Sie zu besuchen, Bormann. Ich bitte Sie, gehen Sie in sich! Sie haben eine Frau zu Haus und einen kleinen, unschuldigen Knaben . . ."

Er hielt mitten im Satz inne. Der Riese war mit einem lästerlichen Fluch aufgesprungen und schüttelte die Handschellen vor dem Gesicht des Geistlichen.

„Verdammter Süßholzraspler! Wer mich noch einmal an die Brut erinnert, dem dreh' ich das Gesicht ins Genick!"

Der Pfarrer hörte noch, nachdem die Zellentür längst ins Schloß gefallen war, das Fluchen und Brüllen des tobenden Bormann.

Langsam und traurig schritt er durch die düsteren Gänge und trat bei dem Schließer Arnold ein, der nun selber Gefangner war. Arnold hockte in trübes Sinnen versunken, auf seiner Pritsche. Als er den Pfarrer erblickte, erhob er sich mit widerwilligem Gruß.

„Nun, Arnold, heute wieder Verhör gehabt?"

„Ja."

„Haben Sie gestanden?"

„Gestanden? Was soll ich gestehn?"

„Aber Sie geben doch zu, daß der Riese ohne Ihre Hilfe nicht herausgelangen konnte!"

„Die Sache ist mir ein Rätsel", beharrte der Schließer.

„Sie werden verurteilt werden, Arnold!"

„Ich werde mich bis zum letzten verteidigen!"

„Was könnten Sie denn noch anführen?"

„Dreierlei: Erstens, daß mehrere Beamte Schlüssel besitzen. Zweitens, daß Bormann den Richtigen nicht nennen wird, sondern den unter den Aufsehern, dem er eins auswischen möchte."

„Und drittens?"

„Drittens weiß man, daß der Hauptmann fast allmächtig ist. Da ist es doch leicht möglich, daß der ihn herausgeholt hat."

„Das ist aber alles wenig wahrscheinlich, Arnold. Ich rate Ihnen, einfach die Wahrheit zu sagen."

„Und Ihnen, Herr Pastor, rate ich, sich nicht in Sachen zu mengen, die Sie nichts angehen!" –

Man pflegt die Gefangenen, die wegen der gleichen Sache verhaftet sind, möglichst zu trennen. So war auch Richard Bertram in einer andern Abteilung des Gefängnisses untergebracht.

Als der Pfarrer sich Richards Zelle näherte, fand er die Zellentür offen. Er blickte hinein. Drinnen war Assessor Schubert mit dem Gefängnisarzt. Am Boden lag der Gefangne in mitleiderregendem Zustand.

Der Strohsack war zerrissen, so daß der Häftling auf dem blanken Stroh ruhte.

Die beiden Herren waren eben erst eingetreten und begrüßten den Geistlichen kurz. Dann wandte sich Assessor Schubert, der hier als Untersuchungsrichter tätig war, an den Schließer dieser Abteilung.

„Hat er gesprochen?"

„Ja, aber nur dummes Zeug."

„Wieso dummes Zeug? Haben Sie etwas davon behalten?"

„Es waren viele Reime dabei."

„Sonderbar!"

„Oh, der will uns doch nur an der Nase herumführen, Herr Assessor! Er tut nur so, als ob er ganz von Sinnen sei. Das kenne ich. Der Bursche markiert den wilden Mann! Das ist immer die letzte Zuflucht solcher Leute, wenn sie im Fangeisen sitzen. Der da macht's mit der Poesie." Der Schließer lachte grob. „Der dichtet in einem fort!"

„Warum haben Sie ihm denn diesen zerrissenen Strohsack gegeben?"

„Er hat ihn selber zerfetzt. Er tobte derart, daß wir ihn, wie es die Hausordnung in solchem Fall verlangt, an die Kette schließen mußten."

Der Assessor schien das Herz auf dem rechten Fleck zu haben. Er wandte sich kopfschüttelnd an den Gerichtsarzt.

„Halten Sie diese Kette für notwendig?"

„Wenn er Krankheit heuchelt, ja. Ist sein Zustand echt, dann wäre es grausam!"

„Hoffentlich ist es nicht schwer, zwischen Wahrheit und Täuschung zu unterscheiden."

Richard Bertram hielt die Augen geschlossen; nicht die mindeste Bewegung zeigte an, ob Leben in ihm war.

Der Arzt beugte sich über ihn und rief ihn an.

„Bertram!"

Keine Antwort.

„Berühren Sie ihn einmal!" riet der Assessor.

Der Arzt legte ihm die Hand leicht auf den Kopf, aber vergebens. Er drückte kräftiger. Dabei kam er an die Stelle, die von dem Hieb getroffen worden war; sofort fuhr Richard mit einem Schmerzenslaut auf. Die Augen öffneten sich und starrten mit unbeschreiblichem Ausdruck die Männer an.

„Bertram!" wiederholte der Arzt.

„Fräulein Lena!" flüsterte der Gefangne.

„Kommen Sie doch zu sich!"

„Sie haben uns gerettet!"

„Nehmen Sie sich zusammen, Mann! Dann werden Sie vielleicht auch jetzt gerettet!"

„Oh, das viele blanke Geld!"

Der verwirrte Geist Richards beschäftigte sich mit der Summe, die er durch Lena Rosenbaums entschiedenes Eintreten von ihrem

Vater erhalten hatte. Die Männer aber gaben seinen Worten eine gefährliche Deutung.

„Ah!" meinte der Assessor. „Er denkt an den Einbruch. – Sprechen Sie bitte weiter!"

„War es nur Geld? – Nicht auch Schmuck?" fragte der Arzt.

„Weiter nichts als die Kette?"

Die Männer wechselten einen Blick.

„Er meint die kostbare Halskette", raunte der Assessor, „die er in der Hand hielt, als man ihn ergriff."

„Weiter nichts?" fuhr der Arzt in seinem Verhör fort.

Da Richard nicht antwortete, rüttelte er ihn ein wenig bei der Schulter.

„Weiter nichts als Kette?"

Über das bleiche Gesicht Richards huschte ein Freudenschimmer

„Und der Wein – und das Essen – ich hatte Hunger!"

„Das verstehe ein andrer", meinte der Arzt ärgerlich.

„Sprechen Sie nur noch etwas mit ihm!" drängte der Untersuchungsrichter.

„Wer gab den Wein und das Essen?"

„Wer?" fragte Richard langsam und wie abwesend.

„Wer ist denn diese Lena?"

„Lena? – Die Fee des Meeres."

Bei diesen letzten Worten glomm ein heller Strahl aus Richards Augen. Er breitete die Arme aus und sprach selbstverloren hinauf zu dem vergitterten Fensterchen:

> „Wo keiner Stimme Töne klangen,
> am Grunde der kristall'nen See,
> da liegt vom Schlummer lind umfangen,
> im Zauberschloß des Meeres Fee."

„Heuchelei?" flüsterte Assessor Schubert am Ohr des Arztes.

„Dann wäre er ein Meister der Verstellungskunst!"

„Versuchen Sie es weiter! Ihnen scheint er zu antworten."

„Bertram, beantworten Sie mir . . ."

Der Arzt konnte den Satz nicht vollenden; denn Richard sprach weiter, und zwar in einem Ton, als ob er von einem schönen, wohltätigen Traum umfangen sei. Er streckte dabei die Hand aus, als hätte er ein greifbares Wesen vor sich.

„Nacht, Nacht, meine Nacht!"

Aber nicht Lena, sondern eine ganz andre war seine ‚Nacht' gewesen, und sein irrer Sinn ging sogleich auf andern Bahnen. Sein Gesicht drückte jäh entsetzliche Angst aus.

„Zurück, du Schuft!" schrie er gellend auf Dann brach er nieder ins Stroh, und seine Augen schlossen sich.

Der Assessor machte eine Bewegung der Überraschung

„Diese Worte geben mir zu denken, Herr Doktor."

„Warum?"

„Weil er dabei abermals in Ohnmacht fällt."

„Er hat sie sehr häufig gesprochen", warf der Schließer ein, „sehr häufig!"

„Drohend? So wie jetzt? – Oder hatten sie den Klang eines plötzlichen Schrecks?"

„Drohend. – Es klang geradeso, als wolle er sich auf jemand stürzen."

Assessor Schubert hob die Hand.

„Das sind die Worte, die im Zimmer des Fräuleins von Tiefenbach gerufen wurden. Die beiden Polizisten, die an der Hoftür Wache standen, haben sie deutlich gehört. Wollen Sie die Güte haben, zu versuchen, ob von ihm noch etwas zu erfahren ist, Herr Doktor?"

Der Arzt beugte sich wieder über Richard und fragte:

„Wer ist der Schuft, den Sie meinen?"

Aber Richard antwortete nicht. Er schien gar nicht zu wissen, daß Menschen in der Nähe waren. Der Arzt wiederholte seine Frage; als das abermals keinen Erfolg hatte, legte er dem Gefangnen die Hand wieder auf die schmerzende Stelle des Kopfes. Da fuhr Richard auf und ballte die Fäuste.

„Zurück, oder ich ersteche dich!" brüllte er wild. „Du darfst ihr nichts tun!"

Seine Augen flammten, und alle Muskeln schienen angespannt.

„Wem soll nichts getan werden?"

„Ihr! – Der Nacht, Nacht, Nacht!"

„Wer ist das?"

Richard machte ein verwundertes Gesicht, und ganz leise und zärtlich begann er, ein andres Geicht vorzutragen.

> „Wenn auf des Urwaldstromes Fluten
> sich Dämm'rung breitet leicht und sacht,
> kühlt milder Hauch der Sonne Gluten:
> Des Waldes Königin erwacht!
> Sie weckt die Wunder, die tags ruhten,
> die zauberhafte Tropennacht.
>
> In ihrem Gang ist Palmenbiegen,
> und Blumen schmücken ihr Gewand;

sie stillt der Winde Wipfelwiegen
mit einem Winken ihrer Hand.
Ist sie zur Welt herabgestiegen,
ruht Frieden überm müden Land."

Er hob das Gesicht sehnsüchtig gegen die niedrige Decke und fuhr
dann fort:

„Und ihre stolze Stirn umkränzen
die Sterne rings am Himmelszelt.
In ihren dunklen Locken glänzen
sie als der schönste Schmuck der Welt
und leuchten hell in ihren Tänzen,
bis einst die Welt in Staub zerfällt.

Naht dann der neue Morgen wieder,
so grüßt sie scheidend das Revier.
Ihr Atem läßt als Tau sich nieder,
labt Gras und Blume, Baum und Tier.
O Königin! Hör meine Lieder,
sie rufen durch die Nacht zu dir!"

Dann sank er langsam in sich zusammen.

„Kennen Sie die Verse, Herr Assessor?" fragte der Arzt.

„Ja. Zufällig. Es ist die ‚Nacht der Tropen' aus der Gedichtsammlung eines gewissen Almansor."

„Er kann sie auswendig und verbindet mit dieser Nacht der
Tropen irgendwelche Begriffe. Ich glaube, daß er tatsächlich
geistig gestört ist, vielleicht infolge eines plötzlichen Schrecks,
vielleicht auch infolge – ah, da fällt mir ein: nicht wahr, sein Vater
ist gestorben?"

„Ja, ganz plötzlich."

„Weiß er schon davon?"

„Nein."

„Man sollte ihn an die Leiche führen."

„Das ist allerdings ein Gedanke! Wenn seine geistige Verwirrung
nur erheuchelt sein sollte, läßt sich annehmen, daß der unerwartete
Anblick des toten Vaters ihn packen und ihm die Maske abreißen
wird."

„Wenn es eine Maske ist, ja. Aber ich möchte jetzt doch behaupten,
daß er sich nicht verstellt. Sein Zustand ist ernst. Gerade deshalb
erwarte ich, daß er zur Besinnung kommt, wenn man ihm den Toten
zeigt."

„So wollen wir nicht säumen, Herr Doktor!" –

Nach einer halben Stunde hielten am Friedhof zwei Schlitten, denen mehrere Herren entstiegen, der Gerichtsdirektor mit dem Assessor und dem Gerichtsarzt; ihnen folgten zwei Sicherheitsbeamte, die Richard Bertram führten.

Die Herren traten mit ernster Feierlichkeit in die Leichenhalle und an die Bahre des alten Bertram.

„Bertram", wandte sich der Assessor an Richard, „wissen Sie, wo Sie sich befinden? – So antworten Sie doch! – Hören Sie denn nicht, daß man mit Ihnen spricht?"

Alle hielten die Augen auf den unglücklichen jungen Mann gerichtet, der mit Handschellen vor dem Totenlager seines Vaters stand.

„Bertram", sagte der Arzt mit erhöhter Stimme, „Sie stehen vor einem Toten, Sie stehen vor der Leiche Ihres Vaters! – Hier! – Erkennen Sie ihn?"

Er zog das Tuch von der Leiche, doch Richard blickte überhaupt nicht auf.

„Näher!" gebot der Gerichtsdirektor.

Als der Gefangne auch diesen Befehl überhörte, schob ein Beamter ihn vorwärts und drehte ihm den Kopf in die erwünschte Richtung. Dabei berührte er mit der einen Hand die Schmerzstelle am Kopf, und sofort stieß Richard einen Schrei aus. Er fuhr mit der Hand nach oben. Sein Blick fiel starr auf den Toten.

Alle warteten gespannt auf den Eindruck dieses gräßlichen Wiedersehens. Aber Richard betrachtete den Toten mit leerem Blick und ohne eine Äußerung des Erkennens.

Der Assessor sah fragend von einem zum andern und zuckte die Achseln.

„Fort mit ihm!" befahl der Gerichtsdirektor. „Gehen wir!"

„Was sagen Sie dazu, Doktor?" wandte sich der Gerichtsdirektor an den Arzt, als sie wieder im Schlitten saßen.

„Er ist wirklich geistig gestört; das sieht man auch an seinen leer blickenden Augen. Es ist unmöglich, daß ein so junger, unerfahrener Mensch uns derart zu täuschen vermöchte!"

„Ach, lieber Doktor, wir haben noch jüngere Verbrecher kennengelernt, die geriebener waren als mancher alte!"

„Aber er hätte doch nicht in dieser Weise an sich halten können! Es ist selbst für den verstocktesten Bösewicht keine Kleinigkeit, den Vater unerwartet als Leiche vor sich zu sehen."

„Da gebe ich Ihnen recht, fühle mich aber doch noch nicht ganz überzeugt. Wir könnten noch ein Zweites versuchen. Morgen ist die Beerdigung; die Kinder sollen dabeisein, der Sohn auch. Läßt auch das ihn gleichgültig, so will ich schon eher glauben, daß er nicht heuchelt."

Um die gleiche Zeit stand der Fürst van Zoom zur Ausfahrt fertig angekleidet, diesmal wirklich als der Fremde aus Indien.

„Also, Friedrich, paß gut auf! Du weißt, daß ich früher oder später Besuch erwarte. Ich werde mich mit meinem Gast in meinem Arbeitszimmer unterhalten. Du wartest im Vorzimmer. Wenn ich klingle und ein Glas Wasser verlange, so ist es das Zeichen für dich, auf deinen Posten zu gehen."

„Auf welchen?"

„Du bringst mir das Glas Wasser und sagst dabei, der Hausmeister wolle mir die verlangte Rechnung vorlegen. Dann kehrst du ins Vorzimmer zurück und begibst dich von da in meinen Ankleideraum. Dort steckst du dich unter den Tisch, dessen lange Decke dich verbirgt. Dabei behältst du den Geschmeideschrank im Auge und wartest, was kommen wird. Du kennst Stück für Stück der Wertgegenstände, die sich dort befinden?"

„Genau."

„Was sich auch ereignen mag, du verhältst dich still! Hinterher aber siehst du nach, was fehlt, schreibst es auf, steckst den Zettel in einen Umschlag und überreichst ihn mir als Brief, der soeben abgegeben wurde! Ist es nötig, so schreibe ich die Antwort darauf; die liest du im Vorzimmer, um dich danach zu richten! Verstanden?"

„Verstanden wohl, aber noch nicht ganz verdaut."

„Nun, mein Gast wird, wie ich vermute, während meiner Abwesenheit in meinen Ankleideraum gehen, um sich mit dem Schrank zu beschäftigen. In welcher Weise sich das abspielen wird, weiß ich jetzt noch nicht, werde es aber brieflich durch dich erfahren."

„Mit andern Worten: Der Gast wird mausen?"

„Wahrscheinlich. – Und nun Schluß damit! – Laß jetzt anspannen! Anton fährt mit."

Nach kurzer Zeit saß van Zoom im Schlitten und hing unterwegs seinen Gedanken nach.

Er war dabei ehrlich genug, sich einzugestehen, daß er bei aller Gründlichkeit und Schlauheit, womit er das schwierige Werk der Ehrenrettung Gerhard Burgs und der Entlarvung des Hauptmanns angefaßt hatte, zunächst doch immer noch reichlich kurzsichtig gewesen war. Wie hatte er sich nur so völlig darauf versteifen können, auf dem Umweg über die beiden Wolfs Näheres über die Person des Gegners zu erfahren! Nur dadurch war es geschehen, daß er sich in eine Sackgasse verrannte. Was er jetzt nach jener Schlappe fertigbrachte, nämlich in Ruhe nachzudenken und so den offenbar richtigen Weg zu finden, das hätte ihm auch gleich anfangs gelingen können, wenn . . .

Van Zoom lächelte, er lächelte über die eigene Unvollkommenheit. Stand doch auch er jetzt vor dem Wenn, dem jeder Mensch in seinem Leben einmal begegnet. Es hatte wohl alles so kommen müssen, und vielleicht war seine Bekanntschaft mit den Wolfs doch nicht umsonst gemacht. Vermutlich würde er sich auch mit ihnen noch einmal beschäftigen müssen.

Vorläufig mußte erst einmal der große Schlag gegen den vorbereitet und geführt werden, den er nun endlich als den Hauptschurken durchschaut zu haben glaubte.

Er fuhr bei seiner Verbündeten Ulrike von Helfenstein vor und erstattete ihr rückhaltlos Bericht über den Stand der Dinge. Als sie von seinem Mißerfolg bei den Wolfs hörte, war sie betroffen und ein wenig verzagt.

„Also doch!" sagte sie. Und van Zoom ergänzte den Satz, den sie aus Höflichkeit unvollendet ließ.

„Gewiß. Der Mann, auf den Sie so große Hoffnungen setzten, hat also doch versagt. – Bitte, wir wollen nichts beschönigen! Es ist so. Aber wir werden dabei nicht stehenbleiben. Ich habe bereits andere Erwägungen angestellt, die zu neuen Plänen führten, und diesmal irre ich nicht. Der Feind wird mir nicht wieder entwischen. Hören Sie!"

Er enthüllte Ulrike seine neuesten Gedankengänge, die so kühn und unerhört waren, daß sie erschrak und heftig abwehrte.

„Nein, Durchlaucht, was Sie da sagen, sind Unmöglichkeiten!"

„Die Ereignisse der nächsten Zeit werden darüber entscheiden, ob ich nicht doch recht habe. Lassen Sie sich erzählen, was nunmehr geschehen soll!"

Die Augen seiner Zuhörerin wurden immer größer, als er sprach. Sie konnte es nicht glauben, daß alles so sei und so kommen werde, wie van Zoom behauptete. Aber er ließ sich nicht beirren.

„Geben Sie mir Zeit zum Handeln! Sie hören bald wieder von mir."

Damit verabschiedete er sich, und Ulrike von Helfenstein blieb in begreiflicher Erregung zurück. Van Zoom hatte seine Behauptungen mit Gründen belegt, über die sie jetzt noch einmal ruhig nachsann. Und je länger und eingehender sie nachdachte, um so mehr Wahrscheinlichkeit gewannen auch für sie die Vermutungen des Fürsten. Voll Spannung sah sie der weiteren Entwicklung der Dinge entgegen.

Van Zoom machte inzwischen einen Besuch bei dem Bankier von Helfenstein, eine reine Höflichkeit, nicht mehr. Aber sie gewann besondere Bedeutung dadurch, daß er den Herrn des Hauses nicht antraf. Frau Nora von Helfenstein war allein anwesend. Sie empfing den Gast mit großer Liebenswürdigkeit, denn sie war stolz darauf, ihr Haus durch einen Besuch des Mannes ausgezeichnet zu sehen, der sonst sehr ungesellig und zurückgezogen lebte.

Darüber machte sie ihm bei dieser Gelegenheit denn auch halb scherzend Vorwürfe, die er kurz und bündig durch die Tat entkräftete.

„Ich möchte Ihnen beweisen", sagte er, „daß ich kein verstockter Einsiedler bin. Nur müssen Sie mir helfen, den Beweis zu führen. Darf ich Sie und Ihren Herrn Gemahl gleich für heute abend zu mir bitten?"

Die unverhoffte Einladung wurde mit lautem Dank angenommen. Der Fürst lächelte und versicherte, die Freude sei ganz auf seiner Seite. Dann setzte er seine Fahrt fort. Er sprach bei dem Oberst von Tiefenbach vor, um sich nach dem Befinden Hedwigs zu erkundigen.

Van Zoom fand die Familie des Oberst allein. Natürlich war der Einbruch fast der ausschließliche Gesprächsgegenstand. Der Oberst rühmte die Wachsamkeit, Umsicht und Rücksichtnahme der Polizei, die seine Tochter, statt ins Präsidium zu laden, im Haus vernommen hatte. Der Untersuchungsrichter war selber hier gewesen.

Grad als man noch darüber sprach, meldete der Diener den Assessor Schubert wieder.

„Ah, jedenfalls etwas Neues und Wichtiges!" meinte Oberst von Tiefenbach. „Ich lasse bitten!"

Nachdem der junge Untersuchungsrichter die Damen des Hauses begrüßt hatte und dem Fürsten van Zoom vorgestellt worden war, wandte er sich an den Hausherrn.

„Ich bitte sehr um Entschuldigung, daß ich hier störe, zumal mich eigentlich nichts Zwingendes dazu veranlaßt. Ich komme lediglich mit einer Frage, Herr Oberst."

„Wir stehen gern zur Verfügung", antwortete Tiefenbach. „Unter vier Augen? Oder kann Durchlaucht..."

„Aber gewiß!" versicherte der Assessor. „Es ist nicht das geringste Vertrauliche dabei. Es handelt sich um den Angeschuldigten Bertram."

„Ah!" meinte van Zoom. „Niemand vermag sich zu erklären, wie sich der Riese Bormann mit ihm verbünden konnte."

„Das ist auch mir ein Rätsel."

„Hat Bertram gestanden?"

„Ich habe überhaupt noch kein Verhör mit ihm vornehmen

können. Er liegt entweder in vollständiger Teilnahmslosigkeit, oder er phantasiert."

„Oder er verstellt sich!" ergänzte der Oberst.

„Sehr richtig. Auch ich war zunächst gezwungen, das anzunehmen; aber jetzt bin ich schon zu der Überzeugung gelangt, daß von einer Verstellung keine Rede ist."

„Dann läßt sich vielleicht aus seinen Phantasien etwas schließen!"

„Eben nicht. Er ruft zum Beispiel: ‚O Nacht, Nacht, Nacht!', oder er trägt Verse vor."

„Bekannte Verse?"

„Hm – das eine Gedicht hat die Fee des Meeres zum Gegenstand, und das andere ist ‚Die Nacht der Tropen' aus einer Gedichtsammlung von Almansor."

„Sonderbar."

„Auch scheint er körperlich zu leiden. Er hat sein Lager zerwühlt und zerrissen, vielleicht unter dem Eindruck irgendeines Schmerzes. Heut haben wir ihn ans Totenlager seines Vaters geführt. Wir glaubten, ihn dort zum Sprechen zu bringen – aber vergebens, und morgen – nun, das ist eben die Frage, die mich zu Ihnen führt."

„Ich bitte sehr."

„Sie haben schon gehört, Herr Oberst, daß der Pflegevater Richard Bertrams vor Schreck gestorben ist?"

„Gewiß!" rief Hedwig an Stelle des Vaters. „Es muß entsetzlich sein! Der Sohn ein Einbrecher, der Vater tot vor Schreck und die kleinen Kinder verwaist! Die Familie soll drüben in der Wasserstraße gewohnt haben, so daß man von uns aus grad in ihre Fenster sehen kann. Mir graut – ich vermag keinen Blick hinüberzutun!"

„Es ist Ihnen freilich von dorther Schlimmes widerfahren", sagte der Assessor, „aber ich trage gewisse Bedenken, den jungen Bertram einfach als Mittäter anzusehen. Mir fehlt da ein Glied in der Kette: Wie kommt der Riese aus dem Gefängnis heraus und zu dem kleinen Schreiber?"

„Es gibt nur zwei Erklärungen", fiel van Zoom ein. „Ist Bertram wirklich schuldig, so hat er mit dem Riesen den Einbruch doch nicht unmittelbar besprechen können."

„Das steht fest."

„Also hat eine dritte Person den Plan geschmiedet. Haben Sie schon an den Hauptmann gedacht, Herr Assessor?"

„Gewiß. Bormann behauptet, vom Schließer Arnold herausgelassen worden zu sein; Arnold aber stellt das entschieden in Abrede. Er will nicht das geringste davon wissen und sagt, daß es nur dem Hauptmann auf irgendeine bis jetzt noch ungeklärte Weise gelungen sein könne, den Riesen aus dem Gefängnis zu befreien."

„Das wäre möglich", meinte van Zoom.

„Aber ich bitte Sie! – Wohin kämen Polizei und Gericht, wenn sie bei jedem schwierigen Fall auf den geheimnisvollen Hauptmann zurückgreifen wollten?"

Doch der Fürst ließ sich nicht beirren.

„Ist Bertram wirklich schuldig", erklärte er, „so muß man meines Erachtens als sicher annehmen, daß auch er ein Untergebener des Hauptmanns ist."

„Gut, nehmen wir das an, Durchlaucht! Aber halten Sie selber es für wahrscheinlich, daß der berüchtigte Hauptmann sich solcher Kräfte bedient?"

„Nein – gerade diese Unwahrscheinlichkeit wollte ich von Ihnen bestätigt haben. Und damit kommen wir zum zweiten Fall, Herr Assessor: Bertram ist unschuldig! Fräulein von Tiefenbach bemerkte vorhin, daß man von hier aus die Fenster von Bertrams Wohnung sehen könne. Nun, wenn man hinüberblicken kann, so kann man auch herüberblicken. Bitte, mein Fräulein, brannte bei Ihnen Licht, als die Tat geschah?"

„Ja."

„Nun stellen Sie sich diesen kleinen romantischen Schreiber Richard Bertram vor, der andauernd Verse vorträgt – und was man im Wahn tut, ist meistens eine Widerspiegelung der Wirklichkeit! Also dieser Bertram steht zur gleichen Zeit drüben an seinem Fenster. Er blickt herüber. Er gewahrt die Gestalt oder auch wohl nur den Schatten eines Mannes – bedenken Sie: mitten in der Nacht – und ahnt Böses. Seine Einbildungskraft, die dabei zufällig das Richtige trifft, gaukelt ihm eine ganze Schauergeschichte von Einbruch, Raub und Mord vor, und er folgt augenblicklich dem Drang seines Herzens und eilt, das Böse zu vereiteln."

Der Assessor lächelte nachsichtig.

„Sehr hübsch, sehr hübsch! – Aber dieser unschuldige Bertram war bewaffnet und hielt eine goldne Kette in der Hand, als er ergriffen wurde!"

„Sollte sich das nicht auch erklären lassen? Wie ist Bormann über die Mauer gekommen?"

„Er befand sich im Besitz einer ausgezeichneten Stahlleiter, mit deren Hilfe er hier ins Fenster einstieg. Er ist, das weiß die Polizei schon, durch ein Haus der Wasserstraße gekommen: den Schlüssel zum Haus Nummer 10 fand man in seiner Tasche."

„Gut. Und nun zu Bertram! Ist das Messer erkannt worden, das er bei sich hatte?"

„Ja. Die kleinen Geschwister des Angeklagten sagten aus, daß es den Bertrams gehöre."

„Und wo war der Angeklagte vor der Tat?"

„Die Kleinen konnten darüber nichts bekunden. Nun ist zwar noch eine größere Schwester vorhanden, aber sie ist infolge des Schrecks ganz verstört. Sie konnte sich nur entsinnen, daß ihr Bruder zum Abendbrot nicht zu Haus gewesen sei. Er war erst später heimgekommen und in seine Kammer gegangen, nach einiger Zeit aber wieder fortgeeilt."

„Das ist es, was ich wissen wollte", sagte van Zoom. „Lassen Sie mich weiter folgern! Bertram also sieht den Einbrecher von weitem; er faßt den Entschluß, die Tat zu vereiteln. Die Seinen wären ihm dabei nur hinderlich gewesen, darum hält er es für besser, ihnen nichts zu sagen, um sie nicht zu beunruhigen. Er ergreift das Messer, rennt die Treppen hinab in den Hof und überklettert die Mauer zum Nachbargrundstück. An der Hinterseite des Hauses erblickt er die Stahlleiter Bormanns und benutzt sie, findet das Fenster offen, steigt ein und sieht den Einbrecher. Er stürzt sich auf ihn, reißt ihm dabei die Kette aus der Hand und hebt das Messer zum Angriff oder zur Abwehr. In diesem Augenblick dringen die Beamten ins Zimmer. Sie sehen ihn mit Kette und Messer und schlagen ihn nieder."

Der Assessor war den Worten van Zooms höflich und aufmerksam gefolgt. Jetzt nickt er.

„Ich erinnere mich, Durchlaucht, daß zwei Polizisten, die am Hoftor Wache hielten, aussagten, sie hätten einen Menschen von der Mauer des angrenzenden Grundstücks herabspringen, durch den Garten herbeieilen und die Leiter emporklimmen sehen. Darauf hörten sie oben den Ruf: ‚Zurück, du Schuft!' und dann . . ."

„Jaja!" rief Hedwig. „Das waren die Worte, die ich auch gehört habe!"

„Und ich habe ganz den gleichen Ruf aus dem Mund des phantasierenden Bertram vernommen", fügte Assessor Schubert hinzu.

„In diesem Fall möchte ich doch annehmen, daß meine Vermutung richtig ist", schloß der Fürst. „Und dann noch ein wichtiger Punkt, der mir soeben einfällt. Bertram trägt in seinen Phantasien ein Gedicht vor. Wissen Sie, in welchem Verlag die Gedichte von Almansor erschienen sind?"

„Bei Strickrod – hier am Markt."

Van Zoom legte die Hand über die Augen, als suche er in seiner Erinnerung.

„Ich setze meinen Kopf dafür zum Pfand", sagte er dann in festem Ton, „daß Richard Bertram unschuldig ist."

„Wir nüchternen Juristen sind dickfellige Leute", lächelte der Assessor. „Wir wollen immer einen schlüssigen Beweis!"

„Den Beweis werde ich Ihnen liefern, Herr Assessor! Lassen Sie mir noch etwas Zeit!"

„Es sollte mich freuen, Durchlaucht. Wenn wir auch durch unsern Beruf etwas abgebrüht sind, so tut es doch auch uns leid, einen bisher noch völlig Unbescholtenen unter den Händen zu haben. Jedenfalls habe ich hier einige wertvolle Anregungen erhalten, und ich hoffe, morgen sind wir ein Stückchen weiter. Der Angeklagte ist noch geistig verwirrt, aber das Gericht denkt, daß ihn vielleicht das Miterleben der Beisetzungsfeier seines Vaters erschüttern und zu sich bringen wird."

„Vielleicht gäbe es ein noch einfacheres Mittel", meinte van Zoom. „Aber darüber reden wir morgen, Herr Assessor! Ich werde Sie, falls Sie es mir gestatten, am Nachmittag zu sprechen suchen."

Der Assessor verbeugte sich zustimmend.

„Wenn ich erwarten dürfte", sagte er dann zögernd, „daß der Herr Oberst in gleicher Weise Anteil an diesem Bertram nehmen, so . . ."

„Gewiß!" fiel der Oberst ein. „Auch ich beginne zu glauben, daß Bertram unschuldig ist."

„Das gibt mir Mut, meine Bitte auszusprechen. Würden Sie, Herr Oberst, vielleicht mit Gemahlin und Tochter bei der Beerdigung anwesend sein?"

Tiefenbach hob abwehrend beide Hände.

„Nehmen Sie es mir nicht übel, Herr Assessor – aber man geht ohne Not nur ungern auf den Gottesacker; bei solch einem Anlaß nun gleich gar nicht!"

„Oh, das bedaure ich sehr, Herr Oberst! Der unerwartete Anblick Ihres Fräulein Tochter . . ."

„Unsinn!" schnitt der Oberst rauh ab.

Der Fürst machte eine beschwichtigende Handbewegung.

„Werden Sie Ihre Weigerung auch aufrechterhalten, Herr Oberst, wenn ich selber komme, um das gnädige Fräulein abzuholen?"

„Sie? Sie wollen auch mit? Erlauben Sie, daß ich das nicht ganz begreife."

„Nun, so sehe ich mich doch gezwungen, von dem zu sprechen, was ich erst morgen dem Herrn Assessor mitteilen wollte. Ich traf kürzlich im Buchladen von Strickrod einen jungen Menschen, dem es wirtschaftlich offenbar sehr schlecht ging. Ich hörte, daß er für Strickrod einen Band Gedichte geschrieben habe, Richard Bertram heiße und Wasserstraße 10 wohne. Soweit die nackte Wirklichkeit. Nun kommt meine Vermutung. Da drüben in seiner elenden Wohnung hat dieser Dichter Richard Bertram vielleicht Abend für Abend gestanden und zu einem erleuchteten Fenster herübergestarrt, hinter dem bisweilen eine lichte Mädchengestalt auftauchte. Er, das Kind der Dürftigkeit, hat sich dabei herübergeträumt in dieses Haus des Wohlstandes und des Glücks, zu der Fee aus dem Märchenreich . . ."

„Sie sind selber ein Dichter, Durchlaucht!" lachte Assessor Schubert. Aber unter dem vorwurfsvollen Blick Hedwigs verstummte er.

„Ich finde", entgegnete van Zoom, „hier ist das Leben mit seinen krassen Gegensätzen der größte Dichter gewesen. Die düstere Gasse des Elends drüben und hier die stolze Straße des Glücks. Auf dem einen Ufer menschliche Not, Armut, Unglück, alles Häßliche und Drückende, und mitten darin ein hungernder Dichter, eingesponnen in die Träume seines Herzens, hilflos preisgegeben dem harten Zugriff eines unsäglich grausamen Schicksals. Ein vollkommener Träumer. Auf dem andern Ufer Wohlstand, Glück, Jugend und Schönheit. Lassen Sie mich bitte noch einige Worte sagen! Als ich Richard Bertram damals halbverhungert im Strickrodschen Buchladen fand, habe ich mich sofort nach ihm erkundigt. Ich habe immer eine Neigung für das Absonderliche besessen, Herr Assessor, denn auch ich habe in meinem Leben manches Absonderliche erlebt. Kurz: nach wenigen Minuten wußte ich alles über ihn und hatte seinen Band Gedichte in der Hand. Diese Gedichte sind gut. Vermutlich hat der Verfasser darin sein unbekanntes Gegenüber verherrlicht. Die Erde hat ihn vernachlässigt, die Menschen haben ihn nicht beachtet, das Leben ist hart und grausam gegen ihn gewesen – er aber griff trotzdem kühn nach den Sternen. Und, meine Herren, so und nicht anders stelle ich mir einen begnadeten Dichter vor!"

Van Zoom blickte sich in dem kleinen Kreis um; niemand fand ein Wort des Widerspruchs. Der Oberst und der Assessor Schubert sahen vor sich hin auf den Teppich, und Hedwig spielte mit ihrem Armband und blickte wie abwesend durchs Fenster hinaus. Da meldete sich der Fremde aus Indien noch einmal.

„Ich will Ihnen eine Probe seiner Dichtkunst und Dichtart geben – und dann möchte ich Sie fragen, ob der, der solche Verse schreibt, auf der andern Seite der rüde Genosse eines Bormanns sein kann:

> ,In ihrem Gang ist Palmenbiegen,
> und Blumen schmücken ihr Gewand;
> sie stillt der Winde Wipfelwiegen
> mit einem Winken ihrer Hand . . .'

Mit solchen Klängen im Herzen hat Bertram vielleicht auch am Abend des Einbruchs drüben gestanden und nach diesem Fenster herübergeblickt. Ich sage nicht, daß es so war – aber ich bin der Meinung, daß es so hätte sein können. Er hat den Einbrecher bemerkt und ist herübergestürzt, um zu retten. Der Lohn ist ihm dafür geworden: er befindet sich in Untersuchungshaft, mit wirrem Geist."

Jetzt hob Hedwig das Gesicht und sah van Zoom mit großen Augen an.

„Ich kenne diese Verse; ich zeigte Ihnen ja bei Ihrem ersten Besuch jenen Gedichtband. Ist dieser Richard Bertram wirklich der Dichter Almansor?"

„Ja."

„Mein Gott!"

Der Assessor schüttelte wiederholt den Kopf.

„Seltsam! Fast als einziges Eigentum des Gefangenen hat sich ein Gedichtband von Almansor vorgefunden, und zwar mit Randbemerkungen, deren Gedankenreichtum mich verblüffte. Und die Strophe, die Sie soeben anführten, hat der junge Mann in der Zelle laut vor sich hergesagt. Und nun soll er selbst der Dichter jener Lieder sein?"

„Überzeugen Sie sich! Fragen Sie Strickrod, seinen Verleger! Stellen Sie die beiden einander gegenüber! Herr Assessor, Sie haben diesen Almansor im Gefängnis. Sein Verleger ließ ihn hungern – und für die, die er zu retten suchte, wurde er in Ketten gelegt!"

Hedwig sprang auf.

„Er muß frei sein! Herr Assessor, ich bitte Sie, geben Sie ihn frei!"

„So schnell geht das nicht, Kind!" dämpfte der Vater.

„Zunächst ist das Ergebnis der Begegnung beim Begräbnis abzuwarten", fügte der Assessor erklärend hinzu.

„Ich gehe mit!" rief Hedwig. „Durchlaucht, ich nehme Sie beim Wort! Sie werden mich abholen?"

„Wenn Ihre Eltern es gestatten?"

„Ich kann meine Erlaubnis nicht verweigern", meinte der Oberst, jetzt schon eher einverstanden. „Aber wissen möchte ich doch, ob Bertram wirklich dieser Dichter Almansor ist."

„Man wird den Buchhändler Strickrod in seine Zelle führen", erklärte Assessor Schubert. „Ich werde das veranlassen."

Als Hedwig in ihrem Zimmer wieder allein war, blickte sie zu dem düsteren Hinterhaus der Wasserstraße hinüber. Waren wirklich die Gedichte da drüben geboren, die sie so oft begeistert hatten?

Noch lange Zeit saß sie sinnend am Fenster.

11. Die Versuchung

Als der Wagen des Bankiers von Helfenstein am Abend vor dem Haus des Fremden aus Indien vorfuhr, war der Fürst soeben erst zurückgekehrt. Van Zoom warf einen Blick zum Fenster hinaus. Seine Züge strafften sich. Ihm war zumute wie dem Feldherrn beim Beginn der Entscheidungsschlacht.

Der Diener Anton stand vor seinem Herrn.

„Die Zofe hat dich also zu sich bestellt? Das ist mir lieb. Wird dich die andre Dienerschaft sehen?"

„O nein! Die Zofe ist sehr auf ihren guten Ruf bedacht."

„Schön. Ich weiß nicht, wie lange meine Gäste hier verweilen werden, aber es wäre mir von Wichtigkeit, wenn du sie nach ihrer Heimkehr beobachten könntest."

Anton zog ein pfiffiges Gesicht.

„Man müßte das außerordentlich dumm anfangen."

„Wieso?"

„Sich von der Herrschaft in deren Zimmer überraschen lassen."

Van Zoom lächelte.

„Großartig! Du hast keine Zeit, dich zu entfernen, und versteckst dich, um den Beobachter zu spielen?"

„So meinte ich es. Die Zofe wird zwar vor Angst vergehen, doch ich werde in aller Ruhe meine Feststellungen machen."

„Du magst der Zofe sagen, daß die Herrschaft erst um Mitternacht heimkehrt; ich aber sorge dafür, daß sie eher kommt. Das, was ich beobachtet sehen möchte, wird, wenn mich meine Vermutung nicht täuscht, im Schlafzimmer sein."

„So verstecke ich mich dort unter ein Bett."

„Meinetwegen. Wie du dann hinauskommst, Freundchen, das ist deine Sache! Habe ich mit meiner Ahnung das Richtige getroffen, so halte ich nach der Heimkehr der Helfensteins in der Nähe der Wohnung Wacht. Du findest mich am großen Brunnen. – Und nun Schluß! Es klingelt – sie kommen schon!"

Der Fürst ging seinen Gästen entgegen. Da sah er zu seinem Erstaunen, daß Nora von Helfenstein allein kam. Ihr Gatte Franz war nicht dabei, und es war ihr erstes, dem Hausherrn diesen Umstand zu erklären und wegen des Fernbleibens ihres Mannes um Entschuldigung zu bitten.

„Mein Mann, der von unserer raschen Verabredung nichts wußte, war für heute abend bereits versprochen", sagte sie. „Es handelt sich um dringende Geschäfte. Er versuchte trotzdem, sich freizumachen, aber es ging nicht. Sie können sich denken, Durchlaucht, wie sehr er bedauert . . ."

„Das Bedauern ist ganz auf meiner Seite."

„Dann darf ich wohl kaum hoffen, daß mein Erscheinen Sie einigermaßen entschädigt. Ich brachte es, offen gestanden, nicht übers Herz, ganz abzusagen. Die Gelegenheit, das Haus des Fürsten van Zoom als Gast betreten zu dürfen, läßt man sich nicht so leicht entgehen. Deshalb habe ich es gewagt, allein zu erscheinen."

„Sie sind mir herzlich willkommen", versicherte van Zoom.

„Bitte, treten Sie ein!"

Er führte Frau Nora in sein Arbeitszimmer. Hier plauderte man von diesem und jenem, bis Friedrich im Speisezimmer das Essen auftrug.

„Ein kleines Abendbrot unter zweien, Verehrteste", lächelte der Gastgeber. „Leider mangelt meinem Heim die sorgende Frauenhand. Ich muß um Nachsicht bitten."

„Die sorgende Frauenhand ist heute hier. Erlauben Sie mir, Ihnen zu zeigen, wie angenehm es wäre, wenn eine Frau van Zoom hier schaltete."

Frau Nora legte dem Fürsten vor und war überhaupt in jeder Weise um ihn bemüht. Nach Tisch äußerte sie den Wunsch, das Haus ihres Gastgebers zu besichtigen.

Sie ahnte nicht, wie sehr sie damit dem fein berechnenden Mann in die Hände arbeitete. Scheinbar zögernd gab er nach.

„Darf ich bitten? – Friedrich wird uns begleiten, um die Zimmer zu erhellen!"

Von Friedrich geführt, durchschritten sie alle Räume. Frau Nora bewunderte den gediegenen Reichtum, der sich hier überall spiegelte. Sie sah seltene Dinge und fremdländische Kostbarkeiten, deren Wert und Namen sie kaum kannte. Dabei erzählte ihr van Zoom mit einigen kurzen Worten, daß seine Besitzungen in Indien immer noch sein eigentliches Heim bildeten, und daß er dieses Haus nur vorübergehend bewohne.

Endlich kehrten sie ins Arbeitszimmer zurück. Nora warf sich, wie erschöpft von der Buntheit des Gesehenen, in einen Sessel.

„Meine Erwartungen waren hochgespannt, Durchlaucht. Sie wissen ja gar nicht, was für Wunderdinge man sich von Ihnen in der Gesellschaft erzählt. Aber die Wirklichkeit übertrifft alles, von dem kleinen Mohren aus dem Palast des Sultans bis zu dem kostbaren Säbel des berühmten Nena Sahib! Ich kann nicht anders, ich muß Sie beneiden."

Van Zoom hob wie zweifelnd die Schultern.

„Worum beneiden, meine Verehrte? Um toten Besitz? Was haben Sie denn bei mir gesehen? Die Einrichtung eines einsamen Mannes, weiter nichts! Glauben Sie mir, Reichtum an sich ist noch lange nicht gleichbedeutend mit Glück. Was sind mir, um nur ein Beispiel zu nennen, etwa meine Edelsteine, von denen jeder einzelne ein kleines Vermögen wert ist? Glück kann ich mir dafür nicht kaufen oder eintauschen."

„Wie?" fuhr sie auf. „Solch edle Steine besitzen Sie? Und diese Kostbarkeiten haben Sie Böser mir nicht gezeigt?"

„Ich wußte nicht, daß Sie auf diese tote Welt Wert legen."

„Tote Welt, Durchlaucht? Oh, wo gäbe es ein weibliches Wesen, das sich nichts aus Schmuck und Edelsteinen machte? Wo wäre die Frau, die nicht dieser toten Welt mit ihren Gedanken Leben einhauchte?"

Höflich stand van Zoom auf.

Er führte Frau Nora ins Nebenzimmer, in jenes Ankleidegemach, das früher bereits erwähnt wurde. Besonders zwei Gegenstände fielen hier auf: ein stählerner Geldschrank und ein andrer Schrank, hoch, breit und mit den feinsten Hölzern nach chinesischer Machart eingelegt. Van Zoom deutete auf den Stahlschrank.

„Meine Kasse", sagte er.

Zugleich schob er einen eigenartig geschnittenen Schlüsselbart ins Schloß und drehte an einem Buchstabenzirkel.

„Sehen Sie, meine Gnädigste", fuhr er fort, „das Schloß ist nur von dem zu öffnen, der das Geheimnis kennt. Sollte es dennoch einem Unberufenen gelingen, so würde er jetzt von Selbstschüssen empfangen. Hier diese Läufe! Die Schüsse gehen nur deshalb nicht los, weil mir der Griff bekannt ist, der beim Öffnen die Hähne in Ruhe versetzt."

„O Gott!"

Erschrocken blickte Frau Nora auf die Pistolenläufe, die ihr hinter den beiden geöffneten Türen entgegenstarrten.

„Glauben Sie, daß man mich bestehlen kann?"

„Ausgeschlossen, Durchlaucht. Dieser Schrank ist ja wie eine Festung! – Natürlich befinden sich Ihre edlen Steine auch in der Festung?"

Er antwortete mit einem feinen Lächeln, dessen Bedeutung sie allerdings nicht vestand.

„Nein. Sie sind an einem viel sicherern Ort aufbewahrt. Hier liegen nur meine Gelder und Papiere."

Nun öffnete er die breiten Doppeltüren des zweiten Schranks. Eine Reihe von Büchern mit goldbedruckten Rücken glänzte Frau Nora entgegen.

„Ah, Ihre Bücherei!" sagte sie enttäuscht.

„Bücher sind oft kostbare Edelsteine, gnädige Frau. Aber" – er griff in den Schrank – „nehmen Sie zum Beispiel einmal diesen Band und prüfen Sie sein Gewicht."

Er gab ihr eins der Bücher in die Hand. Es war sehr schwer, und als sie den Band genauer betrachtete, bemerkte sie, daß es kein Buch, sondern ein Holzkästchen war.

„Da, wo man ein Buch öffnet, öffnet man auch hier. Versuchen Sie es!"

Sie stieß einen Ruf des Erstaunens aus – sechs prächtige Armbänder, mit Perlen, Rubinen und Smaragden ausgelegt, strahlten auf.

So schlug er nun Buch um Buch auf – überall Anhänge, Ringe Ketten, Arm- und Halsbänder, Broschen und alle Arten von sonstigem Schmuck.

„Das ist ein wahres Wunder", sagte sie mit glänzenden Augen. „Diese Bücherei ist ja wertvoller als Ihr ganzes Haus mit seiner kostbaren Einrichtung!"

„Und dieses Bändchen hier ist wieder mehr wert als die gesamte übrige Bücherei", lachte er und wog ein neues Kästchen in der Hand. „Lesen Sie!"

Er hielt ihr den Rücken den Büchleins entgegen. Darauf war gedruckt: ‚Les rois des peirres', zu deutsch: ‚Die Könige der Steine'. Er öffnete. In dem Kästchen befanden sich zwei unscheinbare, breitgedrückte Lederbeutel, die Steine von der Größe einer Erbse bis zu einer Haselnuß enthielten.

„Was ist das?" forschte sie.

„Meist Diamanten, auch Rubine, Saphire und Smaragde", er widerte er in einem Ton, als ob es sich nur um Kieselsteine handle.

Die Frau aber wurde unruhig. Eine fiebernde Unrast regte sich in ihr.

Van Zoom beobachtete sie scharf. Er sah das Zittern ihrer Hände und den gierigen Glanz in ihrer Augen; und nun wußte er genau, daß er recht vermutet hatte, und daß er sein Ziel erreichen werde.

„Tand!" sagte er verächtlich. „Was habe ich denn von diesen toten Schätzen? – Da stecken sie! Was für Nutzen bringen sie mir? Oder der Welt?"

Vor Erregung vermochte sie nicht zu antworten. So kehrten sie ins Arbeitszimmer zurück; Friedrich trug den Tee auf. Dann drückte van Zoom auf die Glocke. Der Diener erschien.

„Ein Glas frisches Wasser!"

Das war das verabredete Zeichen. Nach kurzer Zeit kehrte Friedrich mit dem Wasser zurück.

„Durchlaucht verzeihen – der Hausmeister wünscht den gnädigen Herrn zu sprechen. Er sagt, es sei sehr dringend; es handle sich um die Rechnungsvorlage, die morgen mit dem frühesten . . ."

„Dumm!" meinte van Zoom, scheinbar ärgerlich. „Entschuldigen Sie, gnädige Frau! Aber es ist wirklich dringend."

Sie zeigte ihr bezauberndstes Lächeln.

„Lassen Sie sich durch mich nicht bestimmen, etwas Notwendiges zu vernachlässigen!"

„Auch wenn ich mich für zehn Minuten beurlauben müßte?"

„Aber ich bitte Sie, Durchlaucht! – Wenn ich wüßte, daß ich Sie durch meine Gegenwart auch nur im geringsten beenge, würde ich sofort gehen."

„Zehn Minuten nur", wehrte er ab. „Ich danke Ihnen. Da liegen Zeitungen und Zeitschriften! Friedrich, sage dem Hausmeister, ich käme sofort! Er mag mich unten in seinem Zimmer erwarten. Du aber gehst hinunter in den Stall; gib dem Kutscher die Weisungen für nachher, und sieh einmal nach dem Rechten da unten! Es scheint nötig. Ich möchte eine Bummelei wie heute morgen nicht wieder erleben!"

„Zu Befehl, Durchlaucht!"

Draußen zog Friedrich die Stiefel aus, schlich durch die Flurtür ins Ankleidezimmer, kroch unter den Tisch und ordnete die Falten der langen Decke so, daß er den Schrank überschauen konnte.

Langsam trank van Zoom unterdes sein Glas Wasser und verließ mit nochmaliger Entschuldigung das Zimmer.

Frau Nora von Helfenstein ließ etwa zwei Minuten verstreichen, dann öffnete sie die Tür zum Vorzimmer und blickte hinaus. Kein Mensch. Sofort huschte sie zurück und in den Ankleideraum. Hier öffnete sie den Schrank, den van Zoom scheinbar versehentlich nicht wieder verschlossen hatte, griff nach dem Buch mit dem Goldaufdruck ,Les rois des pierres' und nahm die beiden Beutel heraus. Hastig wählte sie aus jedem Beutel zwei oder drei der wertvollsten Steine und ließ sie in ihre Handtasche gleiten. Mit bebenden Fingern tat sie dann die Ledersäckchen wieder in ihr Versteck, stellte den Band an den Platz zurück, klinkte den Schrank zu und saß wenige Augenblicke später in ihrem Sessel, eine Zeitung in der Hand.

Erst nach geraumer Zeit kehrte van Zoom zurück; er fand Nora von Helfenstein in die Zeitschriften vertieft.

Es entspann sich nun eine seltsame Unterhaltung; der Fürst sprühte von Geist, und die Besucherin bemühte sich krampfhaft, ihren Gastgeber durch ein betont heiteres Wesen zu fesseln. Mit Genugtuung stellte van Zoom diese Veränderung fest. Er fühlte, sie suchte nach allen möglichen Mitteln, ihn daran zu hindern, abermals an den Schrank zu gehen.

Friedrich überreichte auf silbernem Teller einen Brief.

„Von wem? So spät am Tag?" fragte van Zoom.

„Der Kutscher gab ihn mir; ein Diener, den er nicht kennt, bittet um Antwort."

Van Zoom öffnete den Umschlag. Das inliegende Blatt enthielt nur die von Friedrich geschriebenen Zeilen: „Sie hat aus den zwei Beuteln mehrere Steine genommen; diese stecken in ihrer Handtasche."

„Die Nachricht ist erfreulich", nickte van Zoom. „Da muß ich mich allerdings zu einer Antwort bequemen. Entschuldigen Sie, Frau von Helfenstein! Das Schicksal will offenbar nicht, daß wir diesen Abend ungestört genießen."

Er zog eine Karte aus der Brieftasche und schrieb darauf: „Nimm, wenn mein Besuch geht, die Maske Nummer zwei mit!"

Dann steckte er die Karte in einen Umschlag und schickte den Diener fort.

Von da an stockte die Unterhaltung auffällig. Der Gastgeber schien ermüdet oder von andern Gedanken beherrscht. So schleppte sich das Gespräch flau dahin, bis Frau Nora entschlossen die erste Gelegenheit ergriff, den Besuch zu beenden.

„Ich habe Ihre Freundlichkeit heut sehr in Anspruch genommen, Durchlaucht. Darf ich mich verabschieden? Und wann werde ich Sie wieder bei mir sehen?"

„Erlauben Sie mir, mich morgen nach Ihrem Befinden zu erkundigen!"

„Ich werde Sie mit Vergnügen erwarten!"

Sie reichte ihm die Hand.

„Ah!" sagte er enttäuscht. „Ich hatte geglaubt, Sie begleiten zu dürfen."

„Soll mir eine Freude sein, Durchlaucht. Kommen Sie!"

Er selber legte ihr im Vorzimmer den Pelz um die Schultern und geleitete sie vor das Tor, wo der Wagen van Zooms bereitstand. Das Helfensteinsche Gefährt war nach der Ankunft Frau Noras wieder weggefahren. Friedrich öffnete den Wagen, schloß den Schlag hinter Frau von Helfenstein und dem Fürsten und schwang sich gewandt zum Kutscher auf den Bock.

Nun erst, da der Wagen in Bewegung war, fühlte sich Frau Nora sicher. Sie stieß einen Seufzer der Erleichterung aus und lehnte sich behaglich in die Kissen zurück.

An ihrem Haus half ihr van Zoom beim Aussteigen und verabschiedete sich mit vollendeter Höflichkeit.

„Die Maske!" sagte er zu Friedrich, als sie wieder allein waren. „Und langsam zurückfahren!"

Der Wagen hatte kaum die Ecke der nächsten Straße erreicht, so entstieg ihm ein alter, grauköpfiger Herr mit Mütze.

Gemächlich schritt er zum Helfensteinschen Haus zurück. In dessen Nähe, im Schatten eines Denkmalbrunnens, wartete er. Er konnte die ganze Vorderseite des Hauses überblicken.

Nach einer Zeit, die van Zoom eine Ewigkeit dünkte, zeigte sich unter dem Tor im Laternenschein ein Pärchen. Das Mädchen trat wieder in den Flur, der Mann entfernte sich, kehrte aber bald auf der andern Straßenseite zurück und blieb am Brunnen stehen.

„Nun, wie steht es oben?" wurde er vom Fürsten angesprochen.

„Es geht da etwas vor, was ich nicht begreife."

„Vielleicht begreife ich es. Hat man dich bemerkt, Anton?"

„Nein."

„Bist du richtig ‚überrascht' worden?"

„Ich war so glücklich."

„Gut. Erzähle!"

„Ich war im Schlafzimmer der gnädigen Frau. Es hat mich allerdings einen ungeheuren Aufwand von Überredung gekostet. Erst als ich der Zofe sagte, daß die übrige Dienerschaft uns am allerletzten im Schlafzimmer der Herrin vermuten werde, wurde sie vernünftig. Die Kleine ist ein verdrehter Racker, und mir summen noch jetzt die Ohren von ihrem Geschwätz. Na, dann fuhr Gott sei Dank ein Wagen vor. Das Mädchen trat ans Fenster – der Schreck, als sie die Herrin kommen sah! – Als sie sich vom Fenster zurückwandte, erblickte sie mich schon nicht mehr."

„Du stecktest schon unter dem Bett?"

„Natürlich! Sie wollte mich hervorholen, aber ich gehorchte nicht. Sie bettelte, befahl und weinte – und dann war's zu spät. Einige Augenblicke später hörte ich bereits Frau von Helfenstein nebenan im Salon. Ich blieb also stecken. Die Zofe war schon hinausgeeilt, ihre Herrin zu empfangen. Dann ging plötzlich die Tür auf, die Bankiersfrau betrat ihr Schlafzimmer und zündete Licht an. Ich konnte sie genau beobachten. Sie griff in die Handtasche und – hielt plötzlich einige ungeschliffene Steine in der Hand. Das mit den Steinen war deshalb genau festzustellen, als jeden einzelnen zwischen die Fingerspitzen nahm und sorgsam betrachtete. Und nun passen Sie auf! Jetzt kommt die Hauptsache: Sie legte einen der Steine gesondert auf den Tisch. Gegenüber dem Waschtisch steht eine kleine Uhr auf einem Wandsockel. Übrigens eine sehr kostbare Uhr, so etwa Rokoko oder Barock. Ich verstehe mich nicht auf dergleichen. Mir fiel nur auf, daß man offenbar vergessen hatte, das Ding aufzuziehen. Die Stunde stimmte nicht. Diese Uhr also holte die gnädige Frau herab und schließlich auch den Sockel – er ist hohl –, und dahinein steckte sie die kostbaren Dinger. Dann brachte sie alles wieder in die frühere Ordnung."

„Und der einzelne Stein auf dem Tisch?"

„Darüber bin ich mir eben im unklaren. – Neben dem Bett führt eine Tür in den Gang zu den Räumen des Bankiers. Durch diese

Tür entfernte sich die Frau auf kurze Zeit. Meine Lage war nicht gerade bequem und sicher. Ich hatte nun genug erfahren und wollte mich aus dem Staub machen. Ich war auch schon mit dem halben Leib unter dem Bett hervor, da mußte ich schnell zurück – die Frau kam wieder. Sie brachte zu meinem Erstaunen Rock, Hose, Weste und Hut mit . . .‟

„Einen Männeranzug?‟

„Ja, auch einen Bart und allerlei Krimskrams, den ich nicht genau zu erkennen vermochte.‟

„Zog sie den Anzug an?‟

„Vermutlich. Zunächst aber verließ sie das Zimmer noch einmal durch die gleiche Tür – und ich ergriff das Hasenpanier. Meine Zofe hatte unterdes fürchterliche Angst ausgestanden und nahm daher einen ergreifenden Abschied von mir, als ich durch den Salon in den Flur gehuscht kam. – So, das ist mein Bericht! Einen Vers darauf müssen Sie sich selbst machen.‟

„Ja‟, nickte van Zoom, „den Vers darauf habe ich schon fast fertig. Frau Nora will heimlich ausgehen. Wenn ich recht vermute, so beabsichtigt sie, den Stein in Geld umzusetzen.‟

„Ich glaube, daß sie das Gebäude durch das Hinterpförtchen verlassen wird. Die Zofe sprach davon. Sie sagte, daß man durch dieses Türchen in die Räume des Herrn gelangen könne.‟

„Ich werde also an dieser Pforte wachen. Du bleibst hier! Kommt die Frau, verkleidet oder nicht, doch hier heraus, so holst du mich sofort!‟

„Und wenn sie durch die Hinterpforte kommt, so werden Sie ihr folgen. Was tue dann ich?‟

„Du wartest hier, bis ich zurückkehre. Es liegt mir daran, diesen Eingang nicht aus den Augen zu lassen.‟

Van Zoom fand auf der dem Pförtchen gegenüberliegenden Straßenseite ein Haustor, in dessen Dunkel er verschwand. Kurz darauf vernahm er drüben ein leises Geräusch – die Pforte öffnete sich, und ein Mann erschien, sah sich flüchtig um und entfernte sich. Sogleich schlich ihm van Zoom nach. Es ging durch verschiedene Straßen, bis der Verfolgte an einem niederen Haus haltmachte.

Es war das Haus des Trödlers Salomon Rosenbaum.

Als Frau Nora von Helfenstein in ihrer Männerkleidung vor dem Haus Rosenbaums ankam, fand sie die Haustür verschlossen, eine Selbstverständlichkeit zu dieser Stunde. Aber ein Fenster war noch erhellt; also wachten die Rosenbaums vermutlich noch. Sie klopfte.

„Wer ist da?‟ fragte die Stimme der alten Jüdin durch die Türspalte.

„Ein Käufer", antwortete Nora, indem sie sich bestrebte, ihrer Stimme einen tieferen Klang zu geben. „Ist Rosenbaum zu Hause?"

„Warum soll er nicht sein daheim? Aber es ist schon spät und..."

„Rede nicht und öffne! Ich bringe ein gutes Geschäft."

Die Alte ließ den jungen Herrn – so schätzte sie den Unbekannten ein – zu dem Pfandleiher.

„Was verschafft mir die Ehre?" erkundigte sich der Alte unter ständigen Verbeugungen.

„Ich möchte mit Ihnen allein sein!"

Auf Rosenbaums Wink entfernte sich die Frau.

„Was ist das?"

Nora reichte ihm den Stein.

Er nahm ihn in die Hand und hielt ihn ans Licht. Erst schüttelte er den Kopf, dann rückte er seine Brille zurecht und suchte aus dem verstaubten Wust eines Tisches eine Lupe hervor. Damit trat er, das Licht mit sich nehmend, in eine Ecke, wo er, den Rücken dem Besucher zugekehrt, eine Weile hantierte. Als er wieder zurückkam, hatte sein Gesicht einen andern Ausdruck angenommen. Er hustete einigemal unruhig, versuchte aber, Gleichmut zu heucheln.

„Was wird's sein? Ein Stein, den man nennt Jaspis oder Achat, höchstens ein paar Groschen wert."

„So gib wieder her, Alter! Ich weiß mir Leute, die bessere Kenner sind als du."

Als Rosenbaum sah, daß sein Schwindel nicht verfing, lenkte er ein, um sich das gute Geschäft nicht zu verderben.

„Gott Abrahams, wie ist der Herr rasch und von großer Hitze! Wissen Sie denn, was es ist für ein Steinchen?"

„Ein Diamant!"

„Die Leber soll mir verschrumpfen! Ein Diamant soll das sein? Will der Herr aus mir machen einen Narren?"

„Höre, Alter, auf dieses Spiel lasse ich mich nicht ein! Du unterschätzt mich wegen meiner Jugend. Du denkst wohl, ich kenne dich nicht? Hier – lies!"

Sie zeigte ihm ein Papier. Rosenbaum warf einen Blick darauf und fuhr betroffen zurück.

„Die geheime Schrift! Gott Jakobs! So ist der Herr wohl gar ein – ein Bekannter von Herrn Hauptmann?"

Die verkleidete Frau überhörte die Frage.

„Weißt du nun, mit wem du es zu tun hast?" fragte sie. „Und jetzt sei ehrlich: Was für ein Stein ist's?"

„Ein Diamant, ja, ein echter Diamant!"

„Wieviel wert?"

„Dieser Stein wird kosten zu schleifen ein schönes Stück Geld."

„Alle Wetter! Ich habe nicht gefragt, was das Schleifen kostet, sondern wieviel der Stein jetzt wert ist."

„Für den Kenner tausend Mark!"

„Zeig einmal!"

Sie tat, als ob sie den Stein nur betrachten wolle; der Jude gab ihn ihr zurück, während seine matten Augen vor Habgier aufleuchteten. Sie aber steckte den Diamanten ein und lachte spöttisch.

„Du bist nicht wert, Rosenbaum, daß man dir den geringsten Vorteil zuwendet. Gute Nacht, alter Schacherer!"

Mit einem kreischenden Aufschrei faßte er ihren Arm.

„Halt! Warum sagen Sie gute Nacht, da doch ein gutes Geschäft ist viel besser als eine gute Nacht? Bleiben Sie noch! Ich werde schätzen ehrlich den Wert des Steins! – Von wem ist er?"

„Was fällt dir ein? Willst du mich ausfragen? Sag, was du bietest!"

„Wieviel fordern Sie?" erkundigte sich der Alte vorsichtig.

„Zehntausend Mark! Das ist sehr billig, da ich kein Darlehen auf den Stein verlange, sondern ihn verkaufe."

Der Jude schlug die Hände über dem Kopf zusammen.

„Zehn – tausend – Mark? Gott Israels, ich sterbe vor Schreck! Mich wird treffen der Schlag!"

„Wenn du dich nicht bald erklärst, fordere ich fünfzehntausend. Ist er etwa weniger wert?"

„Nein, o nein! Er ist wert sogar noch ein klein wenig mehr! Ich sage das, weil ich will sein aufrichtig. Der Schliff aber wird kosten noch viel Geld. Ein Juwelier wird bieten fünftausend Mark und wird geben fünftausend Mark mehr."

„Abgemacht! Zehntausend Mark! Du zahlst mir jetzt die Hälfte und in einer Woche den Rest!"

Salomon Rosenbaum schnitt ein Gesicht, als ob er vor einem Abgrund zurückschaudere. Ihm ging dieser Handel zu schnell.

„Zahlen? – Ich?" fragte er. „Hab' ich denn geboten dieses Geld, he?"

„Du hast doch selber gesagt, daß ich für den Stein soviel erhalten würde."

„Ja, aber vom Juwelier. Von mir nicht. Der Juwelier kauft am Tag und von Leuten, die er kennt; ich aber muß kaufen des Abends und des Nachts und weiß nicht, wer es ist, der mir bringt Diamanten und alte Handschuh. Ich will Ihnen trotzdem machen ein Gebot: ich werde geben sofort fünftausend Mark – mehr keinen Pfennig!"

„Gute Nacht!"

Jetzt machte Frau Nora Ernst. Wie der Wind war sie zur Tür

hinaus. Zwar sprang ihr der Jude nach, aber als er den Hausflur erreichte, fand er seine Frau dort schon allein.

„Wo ist er?" rief er. „Du hast ihn fortgelassen?"

„Konnte ich ihn halten? Er riß den Riegel zurück, und draußen war er!"

„Gott, der herrliche Stein!" jammerte Rosenbaum. „Weit über zwanzigtausend war er wert – und ich habe geboten fünftausend Mark! – Die Haare möchte ich mir ausraufen! Wenn er nur nicht wäre davongestürzt wie ein Wilder! Ich hätte ihm geboten auch sieben – was sag' ich – zehn! Frau, du bist mein Unglück! Du bist ein Nagel zu meinem Sarg! Du hast nicht aufgehalten den Herrn! Und ich ließ ihn entwischen! Oh, ich bin ein geschlagener Mann!"

Während Rosenbaum noch wehklagte, kehrte Nora in ihre Wohnung zurück. Sie brauchte das Geld nicht allzu eilig und sah sich also nicht gezwungen, den Stein zu verschleudern. Aber sie kannte jetzt den Wert des Diamanten.

Van Zoom stand auf der andern Straßenseite an einer dunklen Tür, als Frau Nora das Haus des Trödlers verließ. Er hatte sich die Zeit damit vertrieben, darüber nachzudenken, was für ein Spiel die Frau des Bankiers wohl eigentlich spiele.

Er war nach dem verfehlten Kundschafterunternehmen im Gebirge bei den Wolfs zu der Überzeugung gekommen, daß der Hauptmann gänzlich anderswo zu suchen sei. Er hatte weiter geforscht, und da kam ihm das zu Hilfe, was die Menschen Zufall nennen. Er ging noch an jenem Abend an der Mauer vorbei, über die man mittels Steigeisens zum Versammlungsort der Bande des Hauptmanns gelangen konnte. Eine vermummte Männergestalt kletterte gerade herüber. Van Zoom stutzte, drückte sich in eine Mauernische, bis der andere um eine Straßenecke gebogen war, eilte ihm dann nach, überholte ihn unbemerkt und lauerte ihm versteckt auf. Dann ging der Mann an ihm vorbei. Van Zoom hatte es so eingerichtet, daß jener dabei den Lichtkreis einer Straßenlaterne durchqueren mußte. So erkannte ihn van Zoom. Er spürte dem Verdächtigen weiter nach, beobachtete mit geschärftem Blick dessen Tun und Treiben und stellte endlich zweierlei fest: erstens, daß der Mann, dem Gerhard Burg das Unglück seines Lebens verdankte, kein andrer sein könne als – Franz von Helfenstein, der Bankier. Franz selber, der den Ehrenmann spielte, hatte all das auf dem Gewissen, was man Gerhard Burg zuschrieb. Und zweitens war Franz von Helfenstein nicht nur der Verbrecher von damals, sondern auch heute noch ein Schurke durch und durch. Er führte ein dunkles Doppelleben, stellte auf der einen Seite den achtbaren Bankier dar und vollführte anderseits die finstersten Taten als der gefürchtete Hauptmann.

Gehilfin und Vertraute bei seinem schändlichen Treiben war ihm wohl schon seinerzeit Nora von Helfenstein gewesen, seine nachmalige Frau. Wahrscheinlich war diese Ehe nicht einer romantischen Laune entsprungen, wie die Leute mutmaßten, sondern dem häßlichen Zwang, der die zwei Verbrecher aneinander fesselte.

Als van Zoom bis zu dieser Erkenntnis vorgedrungen war, richtete er sein ganzes Streben darauf, die beiden zu entlarven. Doch das mußte mit größter Vorsicht geschehen. Er mußte die zwei überführen, um sie in seine Hand zu bekommen. Deshalb lud er die Helfensteins zu sich ein. Er wollte ihnen seine Reichtümer zeigen, die den Hauptmann und seine Frau dazu verlocken sollten, sich auch im Hause des Fürsten van Zoom einmal Beute zu holen.

Diese List führte nun wirklich zum Ziel. Doch ging Franz, der Hauptmann, dem Fremden aus Indien nicht selbst ins Garn. Er kam gar nicht zu Besuch, nur die Frau erschien bei van Zoom. War das nun ein schlauer Trick des gerissenen Verbrecherpaares? Oder hatte das andere Gründe?

Der Fürst war geneigt, das zweite zu glauben. Soviel er ermittelt hatte, war die Ehe des Bankiers keineswegs glücklich, wenn man das auch vor den Leuten verbarg. Franz und Nora gingen völlig getrennte Wege. Nur Schuld und Missetat banden sie aneinander und ließen sie in gewissen Dingen gemeinsam handeln. Deshalb erschien es durchaus nicht unmöglich, daß die Frau ihren Mann bisweilen betrog – und umgekehrt.

Van Zoom rechnete so: Vielleicht hatte Frau Nora ihrem Gatten überhaupt nicht gesagt, daß sie für diesen Abend bei dem Fremden aus Indien zu Gast geladen seien. Vielleicht hatte der Hauptmann seiner Frau gegenüber längst einmal den Wunsch geäußert, im Hause des Fürsten verkehren zu können, um dort die Gelegenheit zu einem ganz großen, ganz reichen Beutezug auszuspähen. Und als nun die Einladung so überraschend schnell erfolgte, glaubte Frau Nora wohl gar, diese Möglichkeit allein ausnützen zu sollen, weil sie die Beute nicht mit ihrem Mann teilen mochte. Und da schließlich der Abend so verlief, daß der Diebstahl scheinbar unbemerkt auf der Stelle ausgeführt werden konnte, wollte Frau Nora vermutlich ihre Schätze ohne das Wissen des Bankiers nach und nach zu Geld machen. Möglicherweise meinte sie, das Geld einmal zu brauchen, wenn sie ihr Leben eines Tages von dem des Verbrechers trennen wollte. Daher ihr rascher nächtlicher Besuch bei Salomon Rosenbaum.

So weit war van Zoom mit seinen Erwägungen gerade gediehen, als er sah, daß Frau Nora das Haus des Trödlers wieder verließ. Er schlich ihr bis zu ihrer Wohnung nach und stellte fest, daß sie ihr Heim durch das Hinterpförtchen wieder betrat. Gelassen wandte er sich ab, um seinen vertrauten Diener aufzusuchen. Anton wartete noch am Brunnen.

„Ist jemand vorbeigekommen?"

„Nein."

„Auch der Bankier nicht? Die ‚Gnädige' erzählte mir, er sei in dringenden Geschäften unterwegs."

„Geschäfte? Er ist ins Kasino gegangen und hat hinterlassen, daß er erst sehr spät heimkommen werde. Ich weiß es von der Zofe."

„So, so! Kennst du das Kasino?"

„Sehr gut."

„So geh hin! Du hältst dich im allgemeinen Gastzimmer auf und wirst wohl scharfsinnig genug sein zu merken, wann Helfenstein aufbricht. Dann eilst du nach Haus und gibst mir Bescheid!"

Hierauf kehrte van Zoom in die Wasserstraße zurück, um zu erfahren, ob dort ein Edelstein verkauft worden sei. Er klopfte an die Tür des Pfandleihers, die Frau öffnete ihm.

„Wer ist da?"

Er verspürte keine Lust, auf der Straße eine lange Vorverhandlung zu führen; deshalb stieß er die Türe auf, so daß die Frau gegen die Mauer gedrückt wurde.

„Hilfe!" schrie sie. „Salomonleben, zu Hilfe!"

„Schweigen Sie!" herrschte van Zoom sie an. „Wer tut Ihnen denn etwas? Ich bin kein Einbrecher. Aber es kann mir nicht einfallen, mich draußen von Ihnen verhören zu lassen!"

Nun steckte auch der Trödler die Nase aus der Stubentür.

„Was ist's denn, Alte? Ist der Herr mit dem Stein zurückgekommen, den du . . ." Jetzt erst bemerkte er den nächtlichen Besucher und betrachtete ihn genauer. „Herr, warum dringen Sie hier ein?"

Van Zoom schob die beiden in die Stube.

„Zunächst einmal dorthinein; das Weitere wird sich finden! Ich hoffe, daß ihr mir die Wahrheit sagt!"

„Salomon Rosenbaum sagt niemals eine Lüge, Herr! Und mein Weib ist die Wahrheit selbst, so daß sie könnte gemalt werden auf die Leinwand als Göttin der Wahrheit, eingerahmt in Goldleiste und mit einer Glastafel für einen Taler."

„Werden sehen, ob es stimmt. Ihr hattet vor kurzem Besuch?"

„Besuch? Ja, den haben wir gehabt vor kurzem. Es war der Herr Rabbiner Ben Johaba, der bei uns geblieben fast drei Tage lang."

„So meinte ich das nicht. Ich spreche von heute abend. War nicht soeben jemand hier?"

„Kein Mensch!" beteuerte Rosenbaum.

„Merkwürdig. Und doch wurde euch ein Diamant zum Kauf angeboten. Sie sprachen ja soeben selber von dem Herrn mit dem Stein."

Die beiden erschraken sichtlich.

„Ein Diamant?" fragte der Alte unsicher. „Was weiß ich davon? Weißt du es, Frau?"

„Kein Wort!"

„Ihr lügt euch um den Hals, Leute! Wenn ihr noch weiter leugnet, verhafte ich euch auf der Stelle!"

Der Fremde aus Indien zeigte ihnen die Polizeimarke.

„Gott der Gerechte!" schrie Rosenbaum auf. „Ein Polizist! Ein Geheimer! Ein Detektiv!"

Die Frau sagte gar nichts. Ihr war der Schreck in alle Glieder gefahren und schien ihr sogar die Sprache vorübergehend gelähmt zu haben.

„Also seid vernünftig!" mahnte van Zoom. „Oder wollt ihr auch jetzt noch leugnen?"

„Nein, verehrter Herr. Aber Sie begreifen, ein Geschäftsmann sagt nicht jedem, was er weiß. Nur mit der Polizei muß man machen eine Ausnahme. Sie darf alles erfahren."

„Gut also! Es war einer hier mit einem Diamanten, den er zum Kauf anbot?"

„Ja."

„Haben Sie ihn gekauft?"

„Wie habe ich kaufen können den Stein? Bin ich doch ein armer Mann, der nicht hat fünfzig Taler im Haus!"

„Wieviel haben Sie gegeben?"

Rosenbaum ließ sich nicht einen Augenblick verblüffen. Er war es gewohnt, solchen Kreuzfragen zu begegnen.

„Nichts gegeben und nichts geben können", beharrte er.

„Und wieviel war der Stein wert?"

„Weiß ich es? Habe ich jemals gekauft einen Diamanten? Kann ich überhaupt kaufen Edelsteine? Ich weiß wohl, was sind wert ein Paar Schuhe oder Stiefel, die sind ohne Sohlen und Absätze aber ich weiß nicht, was wert ist ein Diamant."

„Kannten Sie den Menschen?"

„Nein."

„Er war noch nie bei Ihnen?"

„Noch nie in meinem ganzen Leben."

„Ich will mich mit dieser Antwort begnügen. – Gute Nacht!"

„Gute Nacht, verehrtester Herr! – Frau, laß ihn hinaus und verschließ die Tür, denn die Nacht ist keines ehrlichen Menschen Freund!"

Ein wenig ermüdet kehrte van Zoom heim. Aber noch durfte er sich nicht der Ruhe hingeben. Er legte sich angekleidet auf den Diwan, um gleich zur Stelle zu sein, wenn Anton vom Kasino kam. Zwar hätte er sich seine Edelsteine auch ohne das Dabeisein des Bankiers zurückholen können, aber er wollte nicht auf die Genugtuung verzichten, die Diebin vor den Augen ihres Mannes zu entlarven.

Er schlummerte ein, und es war schon zwei Uhr vorüber, als Friedrich ihn weckte. Anton war gekommen und berichtete, daß Helfenstein zu Fuß auf dem Heimweg sei; er dagegen habe einen Wagen genommen. Wenn sich Durchlaucht beeile, so könnte er noch vor dem Bankier an dessen Haus sein.

Der Fürst war sofort tatbereit. Die beiden Diener mußten schnell Bärte und Perücken anlegen, dann ging es fort.

Als sie das Helfensteinsche Haus erreichten, schlug es vom nahen Kirchtum halb drei. Fünf Minuten später kam der Bankier. Er schritt geradenwegs auf den Eingang zu und streckte schon die Hand nach dem Glockenzug aus, als ein alter Herr vor ihm stand.

„Der Herr Bankier von Helfenstein?" fragte der Fremde höflich.

„Ja. Was gibt's?"

„Darf ich um eine kleine Unterredung bitten?"

„Eine Unterredung? Jetzt? Was wollen Sie?"

„Ich werde mir gestatten, Ihnen das in Ihrem Zimmer zu sagen."

„Wer sind Sie denn?"

„Hier mein Ausweis!"

Helfenstein erblickte die bekannte Polizeimarke, und es fuhr ihm wie ein Stich durch alle Glieder. Was wollte man von ihm? Er faßte sich jedoch schnell.

„Ein Polizeibeamter? – Bitte, kommen Sie!"

Er läutete.

„Sie gestatten, daß auch die beiden Herren mit eintreten", meldete sich der verkleidete van Zoom noch einmal.

Franz von Helfenstein drehte sich rasch um. Hinter ihm standen noch zwei Männer, Friedrich und Anton.

„Gut, kommen Sie!" sagte er kurz. „Eine Bitte der Polizei ist mir Befehl."

Der Türhüter leuchtete den vier Herren hinauf, brannte im Zimmer des Bankiers die Kerzen an und entfernte sich.

Scheinbar unbefangen steckte sich Helfenstein eine Zigarre an und warf sich in einen Sessel.

„Bedienen Sie sich!" sagte er lässig. „Dort stehen Zigarren und Feuerzeug! – Und nun haben Sie wohl die Güte, mir den Grund Ihres nächtlichen Besuchs mitzuteilen?"

„Es ist eine heikle Angelegenheit", erklärte van Zoom. „Wir können sie nur in Anwesenheit Ihrer Frau Gemahlin erledigen."

„Meine Frau? – Das ist stark! – Früh drei Uhr soll meine Frau geweckt und zu einer polizeilichen Erörterung gerufen werden?"

Der Mann mit der Polizeimarke zuckte die Achseln.

„Wie müssen leider auf unserm Verlangen bestehen!"

„Herr, wer sind Sie denn, daß Sie in einem solchen Ton mit mir zu sprechen wagen?"

„Ich habe mich als Geheimpolizist ausgewiesen."

„Hm, ja, ausgewiesen", meinte Franz von Helfenstein hochmütig. „Aber Sie können nicht leugnen, daß mit solchen Polizeimarken auch schon mancherlei Unfug getrieben worden ist. Rechnet man dazu die höchst ungewöhnliche Stunde, die Sie zur Ausübung Ihrer angeblich amtlichen Tätigkeit ausgesucht haben, so . . ."

„Genug!" schnitt ihm van Zoom das Wort ab. „Ich fragte Sie kurz und bündig, ob Sie meinem höflichen Ersuchen entsprechen wollen oder nicht. Und ich wiederhole meine dringende Bitte" – er sprach die drei letzten Worte langsam und mit scharfer Betonung aus – „uns unsre Aufgabe nicht zu erschweren und Ihre Frau sofort wecken zu lassen."

„Herr!" fuhr Helfenstein auf.

Van Zoom hob abwehrend die Hand.

„Morgen steht Ihnen jede Beschwerde offen – falls Sie dann noch das Verlangen danach zeigen."

Franz von Helfenstein mochte merken, daß es geraten sei nachzugeben. Er erklärte sich, freilich mit eisiger Miene, bereit, die Frau des Hauses zu bemühen. Als er nach der Tür schritt, schärfte ihm der Geheime ein, ja keine Unbesonnenheit irgendwelcher Art zu begehen. Der Bankier schien das zu überhören.

„Was ist los?" fragte Nora von Helfenstein, als ihr Mann sie aus dem Schlummer störte. „Was willst du mitten in der Nacht?"

„Ich? Ich will nichts!" erwiderte er mit unterdrückter Wut in der Stimme. „Aber drei Herren von der Polizei sind hier, die darauf bestehen, mit mir und mit dir zu sprechen."

Für eine Sekunde stieg es wie Angst in Frau Nora auf. War man am Ende gar schon hinter ihr her? Aber das war ja vollkommen unmöglich.

„Ich werde das Mädchen wecken, mich anzukleiden", sagte sie.

„Kleide dich lieber allein an! Ich habe keine Lust, mich unnötig lange mit diesen Menschen herumzuärgern!"

Er ging.

Als Nora nach kurzer Zeit ins Zimmer trat, saß Franz von Helfenstein halb abgewendet in einem Sessel, während die drei Fremden auf Stühlen Platz genommen hatten.

„Meine Frau!" sagte der Bankier hochmütig. „Das sind die Herren, Nora, die glauben, daß selbst Personen von Rang und Namen gezwungen seien, ihnen früh um drei Uhr Rede zu stehen!"

Sie ließ sich in der Haltung einer Königin in einen Sessel fallen.

„Du bist zu nachsichtig, lieber Franz", spottete sie.

„Ja, wir geben zu, daß Ihr Gatte bisweilen zu nachsichtig ist", sagte van Zoom mit noch schärferem Spott laut und deutlich. „Wer es geschehen läßt, daß seine Frau hinter seinem Rücken gefährlich dunkle Wege geht, der ist schon mehr als nachsichtig, der ist leichtsinnig!"

Diese Worte wirkten wie ein Funke im Pulver. Nora sprang auf, ihre Züge verzerrten sich; aber sie brachte kein Wort hervor. Auch Franz war leichenblaß geworden. Seine Augen flammten, seine Rechte fuhr nach der Rocktasche.

„Was – war – das?" fragte er mit stockendem Atem. „Was – wagen Sie?"

Van Zoom sah das matte Blitzen eines Revolvers in der Rechten des Bankiers. Aber zu gleicher Zeit waren auch schon die Waffen der drei Männer drohend auf Helfenstein gerichtet.

„Was das war?" erwiderte van Zoom langsam. „Es war die wohlverdiente Zurückweisung einer Herausforderung. Doch behalten wir Platz! Legen Sie Ihre Waffe weg, Herr von Helfenstein! Sie sehen, daß Sie uns gegenüber im Nachteil sind!"

Der Bankier machte eine verächtliche Gebärde und schleuderte den Revolver auf den Teppich.

„Es gibt Kerle", knirschte er, „die keine Kugel wert sind. Aber ich verpfände Ihnen mein Wort, daß Sie Ihr dreistes Verhalten heute noch büßen!"

„Lassen wir solche Redensarten!" fertigte ihn van Zoom ab. „Wir wollen jetzt auf den Zweck unseres Besuchs kommen. Es ist wohl nicht nötig, Ihnen, meine Herrschaften, mitzuteilen, daß in dieser Nacht beim Fürsten van Zoom ein Diebstahl verübt worden ist?"

Weder der Bankier noch seine Frau antworteten. Aber ihre Gesichter verrieten allerlei.

Während sich in den Zügen Noras deutlich der neuerwachte Schreck und die Angst spiegelten, erstarrten die Mienen des Mannes zunächst. Dann tauchte etwas wie Erstaunen, Verwunderung, Mißtrauen darin auf. Zuletzt warf er einen lauernden Blick erst auf den Geheimen, dann auf Frau Nora.

Er weiß also wirklich noch nicht, daß sein Eheweib den anfangs wohl gemeinsam geplanten Beutezug auf eigene Faust ausgeführt hat, stellte van Zoom bei sich fest. Laut aber sagte er:

„Wie ich bemerke, überrascht Sie beide diese Neuigkeit durchaus nicht. Das hatte ich erwartet, denn ich weiß, daß Sie dieser Angelegenheit nicht fernstehen."

„Sind Sie verrückt?" brüllte der Bankier und sprang auf. „Soll ich Sie ins Irrenhaus sperren lassen?"

„Schweigen Sie!" fuhr ihn van Zoom an. „Soll ich Sie oder Ihre Frau vor Ihren Bediensteten als Diebe bloßstellen? Also Ruhe! Das muß ich Ihnen zu Ihrem eigenen Vorteil sagen!"

Das sichere Auftreten van Zooms schien zu wirken. Franz von Helfenstein ließ sich wieder in einen Sessel fallen. Vorher warf er noch einen bösen Blick auf seine Frau, die sich vergeblich bemühte, die hochmütig Abweisende herauszukehren.

„Kommen wir auf den Diebstahl zurück!" fuhr der Fremde aus Indien in ruhigem Ton fort. „Van Zoom hat noch keine Ahnung davon, daß er bestohlen worden ist. Ich habe meine Feststellungen ohne ihn gemacht."

Frau Nora machte eine wegwerfende Geste.

„Was behelligen Sie uns mit diesem Geschwätz? Kommen Sie zur Sache!"

„Zur Sache?" wiederholte der Fremde. „Ich bin bereits dabei. Sie müssen wissen, daß ich im Haus des Fürsten van Zoom als Geheimdetektiv tätig bin. Ein Mann, der über Schätze verfügt wie van Zoom, braucht dergleichen Schutz und Sicherung. Auf einem Kontrollgang stellte ich fest, daß innerhalb eines bestimmten kurzen Zeitabschnitts kostbare Steine des Fürsten abhanden gekommen waren. Das Weitere können Sie sich denken, Frau von Helfenstein. Ich richtete einige Fragen an die Dienerschaft und erfuhr –"

Hier brach der Geheimpolizist ab.

Nora lehnte totenbleich im Sessel. Ihr Mann hingegen überlegte krampfhaft, was in seiner Abwesenheit wohl geschehen und wie dem zu begegnen sei.

„Sie schweigen beide?" fragte van Zoom nach einer Pause.

„Ich verstehe Sie nicht!" stieß der Bankier hervor.

„Verstehen auch Sie mich nicht, Frau von Helfenstein? Eine Diebin muß klug sein. Wenn sie sich entdeckt sieht, muß sie sofort alles tun, um Nachsicht zu finden."

„Diebin?" giftete sie, und ihre Augen nahmen einen starren Ausdruck an.

„Diebin?" brüllte der Bankier. „Schurke, ich zermalme dich!"

„Ruhe!" gebot ihm van Zoom. „Frau von Helfenstein ist eine gemeine Diebin! Dabei bleibt es. Sie hat gestern abend dem Fürsten van Zoom Steine von außergewöhnlichem Wert gestohlen!"

Der Bankier zitterte am ganzen Leib.

„Nora, straf ihn Lügen! – Rede, sag ich dir!"

Sie setzte mehrfach an.

„Es – ist – eine – Lüge", lallte sie endlich.

„Sie leugnen noch?" fiel van Zoom ein. „Dann muß ich deutlicher werden. Wer ging denn heut nacht, nach der Rückkehr von einem längeren Besuch beim Fürsten, in Männerkleidung und mit falschem Bart aus, um einen der gestohlenen Steine zu verkaufen? Leider bot der Pfandleiher Salomon Rosenbaum zu wenig, und so kehrten Sie ergebnislos nach Hause zurück!"

„Ist das wahr?" keuchte der Bankier.

„Lüge! – Lüge!"

„So zwingen Sie mich, Ihrem Gatten zu beweisen, daß Sie doch eine Diebin sind. Herr von Helfenstein, ich werde jetzt bei Ihrer Frau nach den geraubten Steinen suchen. Verweigern Sie die Erlaubnis dazu, so sende ich sofort einen meiner Begleiter nach weiterer polizeilicher Hilfe. Dann wird öffentlich in Gegenwart Ihrer Dienerschaft Haussuchung gehalten."

Dora hatte jetzt ihre Haltung wiedergewonnen. Wahrscheinlich glaubte sie, man würde die gut versteckte Diebesbeute nicht finden. Sie stand auf und maß die drei Männer mit einem verächtlichen Blick.

„Lüge! Nichts als Lüge!"

„Nun ist es genug der Frechheit!" sagte van Zoom. Dann gab er Anton einen Wink. „Sie wissen, wo die Steine liegen. Führen Sie den Herrn Bankier hinüber! Zeigen Sie ihm das Versteck! Nehmen Sie aber Ihren Kameraden mit – wir haben Zeugen nötig!"

Der Bankier schritt voran, die beiden Polizisten folgten. Der unerwünschte Besucher blieb mit Nora allein.

Es vergingen nur wenige Minuten; dann nahten die Schritte wieder. Die Tür wurde aufgerissen. Helfenstein stürzte herein.

„Diebin!" knirschte er.

Der Bankier hatte die Fäuste geballt; sein Atem ging kurz und schwer; er befand sich im Zustand der äußersten Wut.

Sie wandte sich langsam ihm zu.

„Und du? Was bist du?"

Das Auge van Zooms war jetzt mit höchster Spannung auf die beiden gerichtet. Würden sie einander verraten?

In diesem wichtigen Augenblick stellte sich leider eine Störung ein. Anton und Friedrich kamen aus dem Schlafzimmer. Sie brachten die gestohlenen Edelsteine mit. Das löste die Spannung. Mann und Frau traten voneinander zurück.

„Herr von Helfenstein", sagte der Geheime jetzt laut, „glauben Sie meiner Anklage nun?"

„Ich muß", knirschte er. „Nun bleibt mir nichst andres übrig als eine Kugel vor den Kopf!"

„Das würde ich an Ihrer Stelle nicht tun", meinte van Zoom scheinbar nachsichtig. „Noch sehe ich keinen Grund zu dieser Tat der Verzweiflung. Noch weiß niemand außer uns von dem Diebstahl."

Franz von Helfenstein blickte mißtrauisch auf.

„Werden Sie etwa keine Anzeige erstatten?"

„Das hängt ganz davon ab, ob wir einig werden. Ich habe meine Bedingungen, unter denen ich bereit bin, den Ruf der Familie von Helfenstein zu schonen, natürlich im Rahmen des gesetzlich Zulässigen."

„Sprechen Sie, aber verlangen Sie nichts Unmögliches!"

„Was ich verlange, ist nur recht und billig. Wer stiehlt, ist entweder ein Dieb oder krankhaft veranlagt. Einen Dieb oder eine Diebin lasse ich bestrafen; eine Kranke aber gehört nicht ins Gefängnis. Ich gebe Ihnen von heut an drei Tage Frist. Befindet sich Frau Nora von Helfenstein bis dahin in Obhut einer Heilanstalt, sagen wir etwa Rollenburg, so werde ich schweigen. Nicht einmal van Zoom soll dann von dem Diebstahl erfahren. Ist Ihre Frau aber noch hier, so lasse ich sie verhaften. Denken Sie über meinen Vorschlag nach und seien Sie überzeugt, daß ich mir von meinen Bedingungen nicht ein Jota abhandeln lasse! Wir werden uns nur dann wiedersehen, wenn Sie mich zwingen, als Ihr Gegner aufzutreten."

Er ging. Seine beiden Begleiter folgten ihm.

„Habt ihr die Steine?" fragte er unterwegs.

„Ja. Nun ist die Sammlung wieder vollständig."

„Was sagte der Bankier, als er sie unter dem Sockel liegen sah?"

„Er zog ein Gesicht, als ob er die Posaunen des Jüngsten Gerichts hörte. Ich möchte Zeuge des Auftritts sein, den es jetzt zwischen ihm und seiner edlen Frau Gemahlin gibt. Glauben Durchlaucht, daß die zwei auf die Bedingungen eingehen?"

„Die Frau wird sich natürlich dagegen sträuben; aber der Mann, wie ich ihn kenne, wird sie annehmen – er würde sonst in der Öffentlichkeit unmöglich. Und Rücksicht auf seine Ehegattin –?"

„Warum haben Durchlaucht denn diese harte Bestimmung getroffen? Der Bankier ist doch wenigstens ebenso schuldig wie seine Frau!"

„Du hast recht. Aber ich habe meine triftigen Gründe. Gerade mit dieser Bedingung habe ich einen Schachzug getan, wodurch ich einst das Schachmatt des Gegners zu erzwingen hoffe."

12. Gift . . .

Franz von Helfenstein hatte die drei Männer bis an die Treppe begleitet, um sich zu überzeugen, daß sie das Haus auch wirklich verließen. Dann rannte er wie ein Tobsüchtiger zurück. Er fand Nora kraftlos in dem gleichen Sessel sitzen, in dem sie die Bedingungen van Zooms angehört hatte. Sie war weiß wie Kalk.

Mit fast übermenschlicher Anstrengung bezwang er sich, ihr nicht an die Kehle zu springen. Er kreuzte die Arme über der Brust und schritt im Zimmer auf und ab. Endlich blieb er vor ihr stehen und musterte sie mit einem haßerfüllten Blick.

„Diebin!"

Ihre Wimpern hoben sich. Aber in ihren Augen stand nichts von Reue oder Scham; nur eine unendliche Gleichgültigkeit sprach aus ihnen, eine Gleichgültigkeit, die einzig das Ergebnis einer wahrhaft bewundernswerten Verstellung und Selbstbeherrschung sein konnte.

„Spitzbube!" antwortete sie gähnend, als langweile sie die Unterhaltung.

Seine Faust fuhr hoch.

„Soll ich dich niederschlagen?"

Ihre Wangen begannen sich zu röten, um ihre Lippen zuckte es, in ihren Augen glomm tödlicher Haß.

„Schlagen? – Ich werde der Dienerschaft klingeln, um mich gegen derartige Angriffe zu schützen."

„Klingle! Die Dienerschaft soll erfahren, weshalb ich dich in dieser Weise behandle!"

Sie lachte auf.

„Du willst mir drohen? Wer bist du denn? Ein Hund, der nur von meiner Gnade lebt! – Ein Wort von mir, und du bist verloren, du Dieb, du Schmuggler, du Betrüger, du Mörder!"

Wieder machte er eine Bewegung, als wollte er sich auf seine Frau stürzen. Sie aber sah ihm furchtlos entgegen.

„Beherrsche dich, oder ich klingle wahrhaftig nach der Dienerschaft! – Besser wäre es, mein werter Freund, wir würden uns endlich vernünftig miteinander unterhalten. Was beweist das schon, daß die Steine bei mir gefunden wurden?"

„Daß du sie gestohlen hast!"

„Oh, es gibt genug Leute, die bei mir Zutritt haben! Der Dieb hat geglaubt, daß ein Versteck bei mir ihm mehr Sicherheit bietet als jedes andre. Waren die Steine denn wirklich bei mir verborgen? Wo befanden sie sich?"

„Im Sockel der verwünschten Stutzuhr. Das wirst du wissen."

„Wer hat die Steine herausgenommen? – Etwa du?"

„Nein. Der eine der Polizisten."

„Das dachte ich mir. Er hat die Steine schon vorher in der Hand gehabt und sie nur scheinbar herausgenommen!"

„Meinst du etwa, daß ich dieser Fabel Glauben schenken soll?"

„Ob du mir glaubst, das ist doch Nebensache. Es kommt hier auf die Ansicht an, die der Richter hat."

„Teufel auch! Hältst du es für klug, diese Sache bis zum Richter kommen zu lassen?"

„Ich sehe keine Gefahr dabei. Wer ist denn dieser Detektiv, der nicht einmal seinen Namen nannte? Eine sehr märchenhafte Persönlichkeit!"

„Doch immerhin ein ..."

„Du fürchtest dich!" unterbrach sie ihn. „Ich an deiner Stelle hätte ihn gefaßt und unschädlich gemacht."

Franz hob nur die Schultern.

„Du bist ein Angsthase!" höhnte sie weiter.

„Redensarten! Ich weiß, was ich wagen kann und was nicht. Schluß damit! Jetzt möchte ich wissen, wie ich mit dir stehe. Wir schweben in Gefahr. Wie wenden wir sie ab?"

„Endlich wirst du vernünftig. Stellst du deine Fragen in dieser Weise, so bin ich nicht abgeneigt, sie zu beantworten. Aber durch Drohungen und Schimpfreden ist bei mir nichts zu erreichen."

„Du hast also die Edelsteine genommen? Wann war das?"

„Gestern abend. Die Gelegenheit war günstig."

„Und man hat dich dabei beobachtet?"

„Kein Mensch hat mich gesehen. Der Verdacht muß nur auf einer Schlußfolgerung beruhen!"

„Was wolltest du mit den Steinen?"

„Sie vor allen Dingen in Sicherheit bringen. Man konnte ja nicht wissen, ob der geplante Einbruch zu andrer Zeit wirklich gelänge."

„Das redest du mir nicht ein! Warum hast du mir verschwiegen, daß uns van Zoom an diesem Abend sein Haus öffnen wollte? Ich wäre dann mitgefahren. Doch das paßte dir nicht. Du wolltest die Beute für dich allein ergattern. – Aber das ist jetzt gleichgültig. Du gingst mit einem der Steine zum Juden Rosenbaum. Er kaufte ihn nicht?"

Nora erzählte nun ausführlich von der Verhandlung mit dem Pfandleiher.

„Welch eine Unvorsichtigkeit!" sagte Franz von Helfenstein. „Der Geheime hat dich beobachtet und ist dann bei Rosenbaum gewesen! So hat er alles erfahren. Du hast uns da in eine schauderhafte Lage gebracht. Dieser unheimliche Mensch wird auf seiner Bedingung bestehen."

Nora erblaßte.

„Wegen der – der – Heilanstalt? – Und du – du willst darauf eingehen?"

„Was bleibt mir sonst übrig?"

„Nie, mein Lieber! Versuch's, und es ist dein Verderben!"

„Ereifere dich doch nicht unnütz, Nora! Noch haben wir eine Frist von drei Tagen. Es ist also nicht nötig, schon heute einen Entschluß zu fassen."

„Der meine steht längst fest: mich bringt keine Macht der Erde in eine solche Anstalt! Richte dich danach!"

Er blickte düster vor sich nieder. In seinem Innern kochte es, aber er verriet sich nicht. Er kannte seine Frau. Die war seine Mitwisserin in allem und deshalb seine gefährlichste Gegnerin. Er hatte sie immer gehaßt – seit dem Augenblick, da sie ihn in ihrer Gewalt hatte und zu dieser entsetzlichen Ehe zwang. Aber nie hatte er sie diesen Haß merken lassen dürfen; sie hätte ihn sonst kaltblütig vernichtet. So tat er denn auch jetzt gleichmütig.

„Ich verstehe. Es muß verteufelt unangenehm sein, als unzurechnungsfähig zu gelten. Aber noch habe ich Zeit, und ich fürchte diesen Detektiv nicht so sehr, daß ich dich aus Angst vor ihm einer Nervenheilanstalt überliefere. Die Hauptsache ist, zu sehen, wie sich van Zoom in dieser Geschichte benimmt. Denkst du, daß er wirklich nichts weiß und dich besuchen wird?"

„Wir sind in bester Freundschaft voneinander geschieden."

„Vielleicht hat dieser rätselhafte Geheime gar irgendeinen Grund, ihn nichts wissen zu lassen!"

„Wo sollte dieser Grund liegen? Ich fürchte vielmehr, der Mann macht nach Ablauf der Frist, die er gestellt hat, seine Drohung unbarmherzig wahr. Und ich frage mich sogar, warum er uns überhaupt eine Brücke baut und nicht schonungslos zugreift. Aus Mitleid? Schwerlich! Ich wittere hier eine Falle."

„Du hast recht. Es ist da so vieles unklar, und wir müssen uns Klarheit verschaffen. Es kommt hier viel auf deine eigne Klugheit an, Nora. Du mußt den Fürsten, wenn er wirklich einen Gegenbesuch macht, aushorchen, ohne daß er die Absicht merkt. Jetzt aber Schluß – ich bin todmüde und will versuchen, einige Stunden zu ruhen."

„Ja, es wird gut sein, das Ganze zu beschlafen. Gute Nacht!"

Nachdem Frau Nora von Helfenstein sich wieder zur Ruhe begeben hatte, schloß ihr Mann die Tür hinter ihr zu, die ihre Räume mit den seinen verband.

„Sie fühlt sich sicher", sagte er zu sich. „Es ist mir gelungen, sie zu beruhigen. Dieses Frauenzimmer hat mich an den Rand des Verderbens gebracht; das darf nie wieder geschehen. Sie wollte die Steine für sich behalten, sich also ein Vermögen schaffen. Wahrscheinlich will sie von mir fort. Dieser Wunsch wird ihr in Erfüllung gehen. Ja, sie soll fort, aber dorthin, wo sie ungefährlich ist! Und daß das ohne Aufsehen und Widerstand geschieht, dafür will ich heute noch Sorge tragen."

Der Morgen, der dieser ereignisvollen Nacht folgte, war trübe, feucht und neblig. Er mutete durchaus nicht an wie ein Dezembertag, und die Menschen schienen fröstelnd und mürrisch ihres Wegs zu trotten.

Aus der Hintertür des Helfensteinschen Hauses trat ein Mann mit rotem Haar, rotem Vollbart und einer blauen Schutzbrille. Er sah aus wie einer, der bessere Tage gesehen hat, zur Zeit nicht gerade an Überfluß krankt, aber noch immer auf sein Äußeres hält.

Er wandte sich dem Fluß zu, und zwar jener Gegend, wo die Armut ihre Hütten aufgeschlagen hatte. Vor einem alten Haus blieb er stehen. Es war so schmal, daß neben der niedern Tür nur zwei Fensterchen Platz gefunden hatten.

Hier klopfte er. Ein Gesicht erschien an einer der erblindeten Scheiben, aber es dauerte noch eine geraume Weile, bis sich die Haustür auftat.

Der sie öffnete, war ein langer Mann, der nur aus Haut und Knochen bestand. Sein Kinn war spitz, seine Nase noch spitzer, und sein Blick war am allerspitzesten.

Er musterte den Ankömmling.

„Zu wem wollen Sie?"

„Zu Ihnen", lautete die Antwort.

„Kennen Sie mich denn?"

„Sehr gut sogar, Herr Horn."

„Darf ich fragen, wo ...?"

Das klang wie ein unvollendeter Satz. Der Uneingeweihte hätte vermutet, es fehle etwa die Ergänzung „... Sie mich kennengelernt haben?" In Wahrheit aber verhielt sich die Sache anders. Das zeigte die Antwort des Rothaarigen.

„Ganz hinten", entgegnete er.

Darauf ging es wie ein Aufblitzen über das Gesicht des Hageren.

„Ah! Sie sind – ein ..."

„Schon gut! Reden Sie nicht so viel, und lassen Sie mich ein treten!"

Der Besucher drängte sich in den engen Flur und weiter in die Stube. Eine beißende Luft schlug ihm entgegen. Fünf häßliche Frauen saßen da an einem Tisch und drehten Zigarren. Der angefeuchtete Tabak lag auf der Diele, unter dem Tisch, unter dem Ofen, unter den Stühlen, auf den Fensterbrettern, kurz, überall. Der Dunst war kaum auszuhalten, und wie es in der Stube aussah, so sahen auch die Frauen aus.

Sie starrten den Besucher neugierig an, sagten aber kein Wort, sondern rollten ihre Wickel weiter. Der Hagere deutete auf die Ofenbank.

„Setzen Sie sich, wenn Sie nichts Außergewöhnliches bringen, und brennen Sie sich eine Zigarre an! Neubacken schmecken sie am besten, hähähä!"

„Danke!"

„Warum denn nicht? – Jette, gib dem Herrn eine!"

Die kleinste der Frauen, die unter den fünf noch den besten Eindruck machte, nahm einen Wickel, rollte ihn in das Deckblatt, drehte die Spitze an, klebte sie mit Kleister zu, der wie Teichschlamm aussah, und da dieses Bindemittel noch nicht recht halten wollte, half sie mit Speichel nach. Dann hielt sie dem Besucher diese prachtvolle Havanna hin.

Er wehrte mit beiden Händen ab.

„Danke, Frau Henriette. Ich rauche nie. Meine Brust ist schwach. Ich kann den Tabak nicht vertragen."

„Wie?" fragte der Hagere. „So genau kennen Sie meine Familie? Sie wissen, daß Jette verheiratet war?"

„Wie sie sehen, lieber Doktor!"

„Doktor? – Sie sind nobel; so hat mich lange keiner genannt."

„Nobel bin ich stets, und ich komme, es Ihnen auch heute zu beweisen."

Dabei schlug sich der Besucher wie zufällig mit der linken Hand leicht auf den linken Oberschenkel. Der Hagere, seines Zeichens ursprünglich ein Apotheker, der aber bis zum Hehler und Giftmischer heruntergekommen war, bemerkte es sofort und erhob sich. Seine Miene wurde achtungsvoll, und er betrachtete den Rothaarigen genauer.

„Entschuldigung! Sie kennen mein Haus in der Tat ganz hinten, ja, Sie wissen sogar das Zeichen. Sie sind also ein Mann von Rang. – Womit kann ich dienen?"

„Ich bedarf Ihrer Hilfe."

„Kommen Sie mit hinunter!"

„Vater, Vater!" rief jetzt die jüngste der Frauen. Und die vier andern fielen ein: „Vater! Dürfen wir mit?"

Der Alte blieb stehen und blickte den Besucher fragend an.

„Wissen Sie, was sie meinen?"

„Ja, bester Doktor."

„Dürfen sie?"

„Wenn Sie es erlauben!"

„Gern. Aber bezahlen müssen Sie."

„Versteht sich. Ich bin nicht so. – Kommen Sie, meine Damen!"

Die ganze Gesellschaft verließ die dunstige Stube. Der Apotheker öffnete eine Falltür im Flur; eine schmale, steinerne Treppe zeigte sich, die in den Keller führte.

Der Keller war im Verhältnis zur Breite und Tiefe des Hauses ziemlich groß. Im vorderen Teil spendeten zwei Lampen notdürftiges Licht. Aus einem Faß in der Ecke füllte der Apotheker ein Blechmaß. Der Rothaarige nippte vorsichtig; es war armseliger Kartoffelfusel. Dann bot er das Maß den Frauen, und sie fielen gierig darüber her.

Nachdem die weiblichen Wesen auf diese Art für eine Weile Beschäftigung gefunden hatten, führte der Apotheker seinen Gast durch eine Hintertür in einen Nebenraum. Beim Schein einer Lampe, die der ‚Doktor' trug, erkannte man ein Durcheinander von Kräutern, Flaschen, Gläsern, Büchsen und Tiegeln, dazwischen einige Schemel, die wie Inseln aus dem Chaos hervorragten.

„Ein Geheimnis?" fragte der hagere Alte jetzt.

„Ja."

„So will ich abschließen."

Horn schob die Tür zu, verriegelte sie von innen und nahm erwartungsvoll auf einem der Schemel Platz. Der Besucher zeigte dem Apotheker in der hohlen Hand einen seltsam geschnitzten Hornknopf, und sofort schnellte der Alte von seinem Sitz hoch.

„Mein Gott! Der Hauptmann selber!"

Der andere wehrte ab und steckte den Knopf wieder ein.

„Bleiben Sie sitzen, und beantworten Sie meine Fragen!"

„Ich erwarte Ihren Befehl."

„Kennen Sie ein Mittel, einen Menschen – wenigstens für eine Weile – geistig zu verwirren?"

„Oh, sogar mehrere, je nach dem Zweck!"

„Wohlgemerkt: es kommt nur ein Mittel in Frage, das nachträglich von keinem Arzt als Ursache der Geistesverwirrung entdeckt werden kann."

Der Alte wiegte den spitzen Kopf.

„Das ist verteufelt schwierig – und teuer, teuer!"

„Kommen Sie mir nicht mit solchen Mätzchen! Sie wissen, ich zahle, was Sie brauchen! Aber ich muß es bis heut um Mitternacht haben!"

„Oh, das ist verdammt kurz! – Ist's für einen Mann oder eine Frau?"

„Frau."

„Wie alt?"

„Vierzig. – Und vor allem noch eins: sie darf dummes Zeug reden, soll aber nichts ausplaudern."

„Das ist unmöglich! Man kann einem Menschen wohl die Gedanken verwirren, aber nicht verhindern, daß er..."

„Verstehe schon. – Also etwas andres!"

Der hagere Alte schob sein spitzes Kinn vor und tippte mit dem Finger daran.

„Wie wäre es denn mit einer künstlichen Lethargie, also mit einer geistigen Erschlaffung? Sie geht in Schlafsucht über und führt schließlich, – hähähä – wenn nötig, schmerzlos zum Todesschlaf."

„Die geistige Erschlaffung würde vorläufig genügen. Später sehen wir weiter. Jedenfalls darf das Opfer in dreimal vierundzwanzig Stunden nicht mehr klar denken – das ist zunächst die Hauptsache."

„Dreimal vierundzwanzig Stunden – hm! Zuerst heftige Erregung, Tobsucht mit nachfolgendem Stupor. Hm." Der Apotheker lachte wieder häßlich auf; es klang wie ein teuflisches Meckern. „Da hat man indischen Hanf. Oder Bilsenkraut. Auch Schierlingsdämpfe. Mandragora oder das Pfeilgift Curare, Muskarin. Hinterher Exzitantien und..."

„Lassen Sie mich mit Ihrer Giftküche in Frieden, Doktor! Das Wie geht mich nichts an."

Horn hob den Kopf, als sei er mit sich ins reine gekommen.

„Gut. Die Sache wird gemacht."

„Es fragt sich, wie bereits erwähnt, nur noch – und das ist sehr wichtig für mich – ob die Ärzte imstande sind, nachzuweisen, daß der Kranke ein solches Mittel eingenommen hat."

„Kaum. Man wird doch zunächst nicht im Magen nach Giftresten suchen, sondern vermuten, daß ein Blutaustritt im Gehirn stattgefunden hat. Zerebral oder spinal. Ist die Frau heftigen Gemütserregungen ausgesetzt?"

„Gegenwärtig sehr."

„Das vereinfacht die Sache. Vielleicht Enzephalomalazie oder erst Parese, Paralysis, Akinesia..."

„Zum Kuckuck mit Ihrem gelehrten Krimskrams, Doktor! Bei mir heißt es: entweder – oder!"

„Gut, gut. Ich bin im Bilde."

„Und wie ist das mit dem etwaigen tödlichen Ausgang?"

„Das ist eigentlich das einfachste dabei, hähähä! Doch rate ich, diesen Zeitpunkt fünf bis sechs Monate hinauszuschieben, da sonst das Mittel noch in der Leiche nachgewiesen ..."

Der Apotheker unterbrach sich, und beide horchten auf. Die vordere Kellertür hatte sich kreischend in ihren Angeln gedreht. Eine Männerstimme wurde laut, die fünf Frauen antworteten.

„Was ist da draußen los?" fragte der Hauptmann.

Der Apotheker lauschte noch einige Augenblicke.

„Keine Sorge, Herr!" sagte er dann. „Ein guter Freund."

„Ein Eingeweihter?"

„Noch nicht, aber ich hoffe, daß er es bald wird."

„Wer und was ist er?"

„Diener beim Fürsten van Zoom."

„Alle Teufel! Mann, wie unvorsichtig! Van Zoom ist keineswegs unser Freund."

„Ich weiß. Einen desto besseren Freund haben wir daher an seinem Diener."

„Der Kerl ist vielleicht ein Spion."

Wieder meckerte Horn.

„Hähähä! Bin ich etwa ein Dummkopf? Ich sehe den Leuten bis in die Nieren. Hähähä! Der da draußen wird nicht mehr lange bei van Zoom sein."

„Wieso? Hat er eine andre Stellung?"

„So ziemlich, bei – hähähä – bei mir."

Der Hauptmann blickte den Alten erstaunt an und schüttelte bedenklich den Kopf.

„Bei Ihnen? Als was?"

„Als – als Schwiegersohn."

„Was? Er will eine Ihrer Töchter heiraten?"

„Die Jette."

„Mann, sehen Sie sich vor, daß dieser Mensch nicht Sie, Ihre Jette und womöglich uns alle an der Nase herumführt! Wir dürfen keinem trauen, den wir nicht in der Hand haben!"

„Ist alles in Ordnung, Herr. Ich weiß, was Sie befürchten. Doch ein Punkt beruhigt mich. Der junge Mann ist Gymnasiast gewesen, hat aber aus Armut Kellner werden müssen. Sein Lieblingsfach war Chemie. Die hat er auch als Kellner weiterbetrieben. Sie ist seine Leidenschaft. Und das kenne ich, denn mir ist's selber ähnlich ergangen."

„Versteht er denn etwas von Chemie?"

„Und ob! – Der Grünschnabel ist fast noch gescheiter als ich, hähähä! – Dann kam er in die Dienste van Zooms. Auch dort hat er heimlich Versuche angestellt. Sein Herr aber hat es entdeckt und verboten. Als das nichts half, hat er dem Burschen sein kleines, mühsam zusammengespartes Laboratorium zerstört. Seither frißt in dem jungen Menschen Groll gegen van Zoom. Er brennt vor Verlangen, sich an dem Fremden aus Indien zu rächen."

„Wie kam der Mann zu Ihnen?"

„Der Kutscher des Fürsten van Zoom, der einmal gelegentlich meine tierärztliche Fähigkeiten in Anspruch nahm und seitdem eine Art Stammgast in meinem Haus wurde, hat den Burschen hier eingeführt. Reine Freundschaftsbeziehungen! Ich merkte, daß er auf Versuche ganz versessen war, und bot ihm meinen Keller dazu an. Jetzt bringt er alle freien Stunden hier zu. Sein Herr darf davon natürlich kein Wort erfahren."

„Wenn es so ist, möchte ich ihm einmal auf den Zahn fühlen."

„Wir brauchen uns nur zu ihm zu setzen."

„Mit unsrer Angelegenheit sind wir also im klaren?" lenkte der Hauptmann auf den Zweck seines Besuchs zurück.

„Bis auf den Preis, Herr", antwortete der Apotheker schlau.

„Wieviel wollen Sie haben?"

„Ich mache es billig, Herr, weil Sie es sind, und weil..."

„Kurz, Doktor!"

„Zweihundert Mark, da Sie nicht handeln."

Der Hauptmann zählte ihm die Summe in die Hand.

Dann erhob er sich.

„Ich bin Architekt, Doktor", flüsterte er, „und heiße Jakob. Ferner bin ich nicht von hier, will mir aber in der Hauptstadt eine Stellung suchen."

Die beiden kehrten in den vorderen Raum zurück. Dort saßen die fünf Frauen um Friedrich herum. Sie hatten dem Schnaps schon stark zugesprochen, doch es zeigte sich kaum eine Wirkung bei ihnen.

„Willkommen, junger Freund!" grüßte der Alte. „Haben Sie heute frei?"

„Solange es mir beliebt. Ich habe gekündigt und um die Erlaubnis gebeten, mich nach einer andern Stellung umsehen zu dürfen."

„Viel Glück! Ein Mann wie Sie wird bald etwas finden."

Friedrich hielt die flache Hand an die Kehle.

„Noch einmal Diener? Den Buckel krümmen und bei jeder dummen Laune der Herrschaft springen wie ein Wiesel? – Nie wieder! Ich will endlich Mensch sein. Ich will endlich auf eignen Füßen stehen! Ein bißchen Erspartes habe ich; das reicht hin, ein Geschäftchen anzufangen. Dann kann ich nebenbei nach Herzenslust quacksalbern. Wenn einer heutzutage ein neues Pflaster oder ein Schönheitsmittel erfindet, kann er in kurzer Zeit Millionär sein."

„Sehr vernünftig. Aber zu einem Geschäft gehört vor allen Dingen auch eine Frau. Sonst fliegt das Ersparte zum Fenster hinaus."

„Das weiß ich gar wohl", nickte Friedrich ernsthaft. Dabei warf er einen Blick, der verstohlen sein sollte, auf Jette, die soeben das Blechmaß an den Mund führte.

„Suchen Sie, suchen Sie – hähähä – das ist das Wichtigste!" krähte Horn.

„Werde nicht lange zu suchen brauchen. – Wollen Sie sich nicht 'n bißchen zu uns setzen, Herr Doktor?"

„Na, für ein Weilchen. – Kommen Sie nur heran, Herr Jakob! – Der Herr ist Architekt und sucht hier eine Anstellung", stellte der Alte den Hauptmann vor. „Nehmen Sie Platz, Herr Jakob!" Dann folgte die Vorstellung Friedrichs. „Und der hier ist ein großer Chemiker vor dem Herrn und im Nebenberuf Diener beim Fürsten van Zoom. Er hustet aber auf diese Ehre. – So, und nun schenk ein, Jette!"

Der alte Apotheker setzte sich zwischen seine Töchter. Das Mißtrauen des rothaarigen Architekten Jakob gegen den van Zoomschen Diener schwand bald. Er zog Friedrich immer wieder ins Gespräch, denn er sagte sich, daß er hier eine treffliche Errungenschaft machen könne. Hatte er im Haus van Zooms einen zuverlässigen Verbündeten, so mußte ihm das von größtem Nutzen sein.

Bald herrschte eine ausgelassene Stimmung, namentlich bei den Frauen, denen solche Stunden selten geboten wurden, und das Blechmaß ging von einem „schönen" Mund zum andern, während die drei Männer fast gar nicht tranken.

Friedrich erwies sich als ein vielseitiger und unterhaltsamer Gesellschafter. Er steckte voller Witze und Einfälle und ließ dazwischen Bemerkungen fallen, die den Hauptmann in seiner Meinung bestärkten, daß es mit der Gewissenhaftigkeit dieses lustigen Burschen nicht aufs beste bestellt sei.

Und einen solchen Vertrauten brauchte der Hauptmann. Deshalb nahm er sich vor, ihm noch ein wenig näherzukommen. Aus diesem Grund wartete er mit dem Aufbruch, bis auch Friedrich ging, und zusammen verließen die beiden das Haus des Apothekers.

An einer Ecke blieb Friedrich stehen.

„Hier werden wir uns trennen müssen, Herr Jakob. Meine Wohnung, das heißt die meines bisherigen Herrn, liegt in dieser Richtung."

„Das ist doch kein Grund, uns so schnell zu verabschieden. Ich kann Sie noch ein Stück begleiten, wenn es Ihnen recht ist. Ich bin Herr meiner Zeit."

„Sie Glücklicher!"

Dieser Ausspruch Friedrichs war von einem tiefen Seufzer begleitet.

„Herrendienst ist eine unangenehme Sache", nickte der Architekt bedauernd. „Aber sind Sie denn wirklich gezwungen, jetzt schon heimzukehren?"

„Nein. Ich sagte ja vorhin, daß ich heute frei habe."

„Nun also! Warum wollen wir uns da so schnell trennen: Oder behagt Ihnen meine Gesellschaft nicht? Das sollte mir wirklich leid tun, denn Sie gefallen mir, und ich komme wenig mit heitern und anregenden Menschen zusammen."

„Gut, bleiben wir noch beisammen!" lachte Friedrich.

„Das freut mich. Kommen Sie! Sie werden sicherlich ein Kneipchen hier in der Nähe wissen, wo man noch etwas plaudern kann."

„Allerdings. Aber die Kneipe, die ich im Auge habe, ist eine der besten Weinstuben, und ich habe" – Friedrich lachte verlegen – „nun, mein Lieber, der schnöde Mammon ist nie meine starke Seite gewesen! Und wenn man dazu noch ein kostspieliges Steckenpferd und zu allem Unglück noch einen elenden Geizkragen zum Herrn hat . . ."

„Ein kostspieliges Steckenpferd?"

„Die Chemie."

„Sie quacksalbern wohl sehr gern im Laboratorium?'

„Leidenschaftlich. Und deshalb leidet mein Beutel an chronischer Schwindsucht."

„Na, ein Glas Wein für einen guten Freund bezahle ich mit Freuden."

Friedrich, der geriebene Schlaukopf, sagte sich, daß ein stellenloser Architekt keine teuren Weine zu trinken pflegt. Ging Jakob also auf die Weinkneiperei ein, so ließ sich vermuten, daß der rothaarige Architekt ein anderer war, als er scheinen wollte. Und er beschloß, sich den Mann genauer anzusehen.

„Verzeihung", sagte er deshalb, „dort wird nicht glasweise verkauft. Man muß gleich eine ganze Flasche bestellen. Und billig ist man dort durchaus nicht."

„Nun, das werde ich mir schon einmal leisten können. – Abgemacht!"

Sie fanden in der Weinstube eine Nische, wo sie ungestört plaudern konnten, und der Architekt streckte sich behaglich in seinem Stuhl.

„Wirklich nicht übel hier. Auch der Wein ist gut, wenngleich er nicht die Sorten erreichen wird, die Ihr Herr trinkt."

Friedrich zuckte die Achseln.

„Darüber fehlt mir das Urteil."

„Na, Sie werden doch zuweilen auch einen Schluck zu kosten kriegen?"

„Wein zu kosten? Wo denken Sie hin! Van Zoom ist ein Knicker und Knauserer, ein Ekel!"

„Aber wenn er Gesellschaft bei sich sieht, muß er doch Wein reichen – und dann wird wohl auch für Sie ein Schluck abfallen!"

„Der und Gesellschaften? Durchfragen Sie die ganze Hauptstadt, und Sie werden hören, daß er, abgesehen von einer einzigen Ausnahme, noch keinen Menschen zu sich eingeladen hat! Ich habe in all den Monaten, die ich bei van Zoom bin, noch nicht einen Pfennig Trinkgeld eingenommen, eben weil er so ungastlich ist."

„Ich hörte, van Zoom sei Millionär?"

„Das ist er auch. Ich glaube, er besitzt so viele Millionen wie ich Spartaler."

„Und ist so geizig?"

„Ein widerlicher Knicker ist er! Und nicht nur das – er scheint ein wahres Vergnügen daran zu finden, seine Umgebung zu quälen und zu ärgern. Ach, gehen Sie mir mit diesen reichen Leuten, Herr Jakob! Die Reichen haben kein Verständnis dafür, wie es einem armen Teufel zumute ist, der sich jede Mark sauer verdienen muß. Sie sitzen auf dem hohen Pferd, brauchen auf keinen Menschen Rücksicht zu nehmen und treten alles und alle mit Füßen. Und dann wundern sie sich noch, wenn sie nichts als Haß ernten. Ich sage Ihnen, Herr Jakob, wenn ich einmal Gelegenheit hätte, diesem eingebildeten van Zoom eins auszuwischen – wissen Sie, so recht von Herzen eins auszuwischen – dann würde meiner Mutter Sohn mit allen zehn Fingern danach greifen!"

Der Hauptmann hörte aufmerksam zu. Er beglückwünschte sich insgeheim, grad diesen für ihn so brauchbaren Menschen kennengelernt zu haben; der erbitterte Diener würde sicherlich ein gutes und geschicktes Werkzeug in seiner Hand werden.

„Das ist freilich traurig", meinte er beifällig. „So habe ich mir diesen van Zoom nicht vorgestellt. Wie ich hörte, gönnt er Ihnen nicht einmal das unschuldige Vergnügen, sich in Ihrer Freizeit mit Chemie zu beschäftigen?"

„Die Retorten und Gläser hat er mir zerschlagen, ohne mir die Kosten zu ersetzen. – Er sagt, seine Wohnung sei keine Mixturenbude!"

„Ein andrer wäre sicherlich nicht so geduldig wie Sie."

„Sie meinen, er würde ihn auf Schadenersatz verklagen?"

„Das wäre die allergrößte Dummheit. Gegen einen solchen Mann kann kein Kläger aufkommen. Nein, mein Freund, in solchen Fällen gibt's nur Selbsthilfe!"

Friedrich schaute sich vorsichtig um.

„Sie haben gut reden, Herr Jakob. – Was soll ein einfacher Diener gegen einen solch großen Herrn anfangen?"

Der angebliche Architekt antwortete nicht gleich.

„Wir kennen uns noch zu wenig", begann er endlich vorsichtig. „Aber Sie scheinen ein Mann zu sein, der sich nicht die Butter vom Brot nehmen läßt. Das gefällt mir. Na, kommt Zeit, kommt Rat, mein Lieber. Vielleicht kann ich Ihnen helfen, mehr helfen, als Sie jetzt denken."

„Was meinen Sie damit?"

„Hm", wich der Rothaarige wieder aus. „Sie möchten sich, wenn Sie Ihre jetzige Stelle aufgegeben haben, gern mit Chemie beschäftigen?"

„Das ist mein heißester Wunsch."

„Und dabei ein Geschäft betreiben, das Sie ernährt? Dazu gehört Geld!"

„Ich habe, wie gesagt, eine Kleinigkeit erspart, und der alte Apotheker wird auch etwas hergeben, wenn ich seine Jette heirate."

„Vielleicht. Aber wird das ausreichen? Übrigens, mein Freund: heiraten Sie die Jette aus Liebe oder aus ...."

Jakob rieb dabei die Spitze des Zeigefingers am Daumen.

„Was will man machen?" brummte Friedrich verlegen.

„Das sagt ein Prachtkerl wie Sie? Könnten Sie nicht eine andre bekommen, lieber Freund?"

„Das schon, aber nicht mit Geld!"

„Sie kriegen allemal eine, die nicht ganz ‚ohne' ist! Wie ich den Alten kenne, besitzt er kein großes Vermögen. Und selbst wenn das der Fall wäre, würde er sich hüten, Ihnen allzusehr unter die Arme zu greifen. Er ist genau solch ein Knicker wie Ihr Fürst!"

„Wollen Sie mir das Herz schwermachen?" seufzte Friedrich.

„Ich will Ihnen nur als Freund die Wahrheit sagen. Wie, wenn Sie dann die Frau haben, und der Alte rückt nichts heraus?"

„Das wäre eine verdammte Schuftigkeit!"

„Vielleicht läßt sich Ihr Zweck noch durch andre Mittel erreichen."

„Ich wüßte nicht wie."

„Sprachen Sie nicht davon, ein Geschäft oder eine Kneipe aufzumachen?"

„Das wäre mein Ideal!"

„Nun, ich weiß einen, der Ihnen die Mittel dazu gäbe. Soviel, daß Sie nebenbei auch Ihre geliebte Chemie betreiben könnten."

„Sie scherzen, Herr Jakob – solche Menschen gibt's nicht. Keiner verschenkt heutzutage etwas."

„Da haben Sie recht. Aber Sie sind ein kluger Kopf, Sie ver-

stehen mancherlei, auch scheinen Sie eine ganz vernünftige Welt-
anschauung zu besitzen. Daß das Leben nichts ohne Gegenleistung
bietet, das ist ein altes und gutes Gesetz, das Geltung haben wird,
solange sich die Erde dreht."

„Und?" fragte Friedrich erwartungsvoll. „Natürlich bin ich zu
jeder Gegenleistung bereit, wenn sie nicht meine Kräfte übersteigt."

„Bravo! So kommen wir uns schon näher. Darf ich Sie einmal
fragen, wie Sie über Staat und Gesetz denken?"

„Hm. Ich meine, daß das Gesetz eine von Menschen gegebene,
veränderliche Satzung ist, die dem Staat, also der Allgemeinheit
dienen soll, in Wahrheit aber meist nur einzelnen Bevorzugten dient.
Es ist irdisch, also oft auch irrig. Als das Gesetz gemacht wurde,
hat man mich nicht um meine Zustimmung gefragt. Soll ich ihm
nun sklavisch gehorchen, wenn mir einmal gerade das Gegenteil
von Nutzen ist?"

„Sie sind mein Mann", lobte Jakob. „Ich glaube, ich kann mit
einem Menschen wie Sie ohne Scheu aufrichtig sprechen. Haben
Sie schon von dem Hauptmann gehört?"

„Gewiß", nickte Friedrich so harmlos, als ahnte er noch immer
nicht, worauf der andere hinauswollte. „Dieser Hauptmann gefällt mir eigentlich. Ich kann es nicht leugnen. Er scheint mir ein
ganzer Kerl zu sein. Ich gäbe etwas drum, könnte ich ihm einmal
begegnen!"

„So? – Und wenn ich Ihnen dazu verhelfen würde?"

„Sie, Herr Jakob?" tat Friedrich erstaunt. „Ich denke, Sie sind
hier fremd?"

„Das will nichts besagen. Der Hauptmann hat auch auswärts
seine Leute."

Jetzt wurde Friedrich warm. Er rückte näher heran und dämpfte
die Stimme.

„Wir sind hier allein, Herr Jakob. Sagen Sie mir offen, warum
Sie den Hauptmann erwähnt haben! Sie können mit mir wirklich
reden, wie Ihnen der Schnabel gewachsen ist. Ich bin kein Wickel-
kind mehr."

„Weil ich weiß, daß er sehr gut zahlt, und daß er seinen Leuten
hilft, wo er nur kann. Ihm würde es gewiß ein Leichtes sein, Ihnen
die hübscheste Kneipe zu verschaffen."

„Und was würde er dafür verlangen?"

„Nicht mehr, als Sie ihm bieten können. Tüchtige Chemiker gibt
es nicht viele. Ich glaube, Sie könnten ihm wertvolle Dienste
leisten. Und dementsprechend wäre auch sein Dank."

Friedrich nickte nachdenklich.

„Gewiß, gewiß. – Sie sind ihm persönlich bekannt?"

„Nein. Aber ich stehe ihm nahe genug, um Sie ihm mit Erfolg empfehlen zu können. Ich brauche mich gar nicht besonders anzustrengen, wenn es gilt, Ihnen nützlich zu sein."

Freudig erregt packte Friedrich mit beiden Händen die Rechte des Architekten.

„Das ist heute der schönste Tag meines Lebens, Herr Jakob! Sie meinen, ich soll die Jette laufen lassen? Aber was dann weiter?"

„Darüber sprechen wir noch. Wer das Vertrauen des Hauptmanns erringt, ist ein gemachter Mann. Erste Erfordernisse sind unbedingte Treue und Wahrhaftigkeit. Sind Sie einmal in den Bund aufgenommen, so dürfen Sie vor dem Hauptmann kein Geheimnis mehr haben."

„Das scheint mir selbstverständlich. – Und wer nimmt mich auf in diesen Kreis?"

„Er oder einer seiner Vertrauten. Auch ich kann ein neues Mitglied prüfen und aufnehmen."

„Sie selber, Herr Jakob?"

„Ja."

„Und welche Bedingungen muß ich erfüllen?"

„Das ist verschieden. Man wird von einem Beamten oder einem Handwerker etwas andres verlangen als von einem Chemiker. Aber bei allen ist Voraussetzung: rückhaltlose Offenheit, Treue und blinder Gehorsam."

„Das ist nicht mehr als recht", nickte Friedrich eifrig.

„Ich werde eine kleine Probe mit Ihnen machen, mein Freund", sagte der angebliche Architekt und hob sein Glas. „Trinken Sie! Wir werden noch eine Flasche nehmen und unsre Freundschaft begießen. – Hallo, Herr Ober! – Sie sagten vorhin, Ihr Herr van Zoom sei kein Freund von Gesellschaften."

„Stimmt. Er empfängt niemals Besuch."

„Ich hörte aber, daß ein Herr bei ihm verkehrt, dem er ein ungewöhnliches Vertrauen bezeigt."

Friedrich zog die Brauen zusammen.

„Davon müßte ich doch auch wissen."

„Ich halte Sie für einen ehrlichen Menschen. Also antworten Sie! Sie haben doch von dem seltsamen Mann gehört, der es als seinen Beruf betrachtet, Tränen zu trocknen und Elend zu lindern?"

„Gewiß. Man spricht ja jetzt überall von ihm."

„Erwähnte ihn auch Ihr Herr?"

„Nicht, daß ich wüßte. Ich wenigstens habe nie dergleichen von ihm gehört."

„Und doch sagt man, daß dieser geheimnisvolle Mann bei Ihrem Herrn verkehrt."

„Bei uns? Der unbekannte Geber bei van Zoom, bei diesem hartherzigen Knicker? Das ist wirklich zum Lachen! Mein Herr fährt
neuerdings nur zum Bankier von Helfenstein oder zum Oberst von
Tiefenbach. Das sind die beiden einzigen, mit denen er verkehrt.
Einer von ihnen müßte demnach der Mann sein, den Sie meinen."

„Aber mir ist zu Ohren gekommen, daß er erst gestern noch Besuch empfangen hätte."

„Wahrhaftig, das wissen Sie auch schon? Nun, ich habe keinen
Grund, darüber zu schweigen. Es war jene Ausnahme, von der ich
vorhin sprach, eine Dame, die Frau von Helfenstein. Ursprünglich
wollte oder sollte der Bankier mitkommen; aber er war verhindert.
Sie haben miteinander gespeist, und ich bediente sie."

„Und dann später? War in der Nacht nicht noch jemand da?"
„Ausgeschlossen. Ich müßte das wissen."

„Seltsam. Haben Sie denn auch heute früh nichts Besonderes an
Ihrem Herrn bemerkt, eine mehr als gewöhnliche Erregung oder
ähnliches?"

„Als ich das Haus verließ, schlief der Herr noch."

Der Hauptmann vernahm das mit großer Genugtuung. Glaubte
er doch daraus zu erkennen, daß der nächtliche Gast im Helfensteinschen Haus Wort gehalten und van Zoom noch keine Meldung
erstattet habe. Anderseits aber gedachte er der Warnung Noras,
die hier, mit Recht wohl, eine Falle witterte. Er grübelte ange-
strengt. Da waren noch allerhand Rätsel, die es zu lösen galt.

Bis dahin aber war es geraten, alle geplanten Unternehmungen
zu vertagen und sein Augenmerk einzig auf den Geheimnisvollen
zu richten. Seit einiger Zeit glückte ohnehin nichts mehr. Der Einbruch bei Tiefenbachs war kläglich gescheitert und Bormann zum
zweitenmal gefaßt. Alles schien gegen den Hauptmann verschworen.
Dazu das Eingreifen des Geheimen, das allerlei befürchten ließ!
In der Tat, es war eine heikle Lage.

Also zuerst frei werden von diesem gräßlichen Spuk – den rätselhaften Feind aufspüren und zu Tode treffen! Das war gegenwärtig
das dringlichste.

„Gut so", sagte der Rothaarige nach einer Pause. „Die erste
Probe ist günstig für Sie verlaufen. Sie haben die Wahrheit gesagt,
und ich darf Ihnen vertrauen. Wenn Sie also noch wollen, so kann
ich Sie durch Handschlag für unsern Bund verpflichten; Sie dagegen sollen bald die Mittel erhalten, sich eine sichere Zukunft
zu gründen. Aber beherzigen Sie: Offenheit, Treue, blinder Gehorsam!"

Jakob nahm die Hand Friedrichs und blickte ihm in die Augen.
Dann fuhr er fort:

„Mein junger Freund, es handelt sich um Leben und Tod! Von diesem Augenblick an befinden Sie sich ständig unter Beobachtung. Auf Feigheit, Untreue oder Hinterlist steht ohne Gnade der Tod! Sie werden bald Ihre Weisungen erhalten, denn jetzt folgt der Prüfung die Tat! – So, und nun muß ich gehen. – Sie mögen noch bleiben und gemütlich austrinken." Er warf ein Goldstück auf den Tisch. „Auf Wiedersehen!"

13. In Seelennot

Daheim fand Friedrich seinen Herrn im Arbeitszimmer.

„Du bringst Neues?"

Friedrich erzählte kurz und doch gründlich von seiner Begegnung mit dem Rothaarigen. Van Zoom hörte aufmerksam bis zum Schluß zu.

„Für wen hältst du diesen Architekten?" erkundigte er sich schließlich.

„Für den Hauptmann selbst."

„Ganz recht. Er war es. Er hat eine wichtige Abmachung mit dir getroffen, er hat dich gewissermaßen in seine Bande aufgenommen – sei überzeugt, das macht nur der Hauptmann selber! Aber was hat er bei dem alten Giftmischer gewollt?"

„Darüber wurde nicht gesprochen, und ich durfte mich durch eine Frage danach nicht verdächtig machen."

„Wenn schon – ich kann es mir denken. Dabei gehe ich von der Feststellung aus, daß der Hauptmann kein andrer als der Bankier Franz von Helfenstein ist. In diesem Fall möchte ich glauben, daß er sich beim Apotheker ein Mittel bestellt hat, um bei seiner Frau geistige Störungen herbeizuführen. Er ist dazu gezwungen, wenn er meine Bedingung erfüllen und die Widerstrebende in eine Anstalt bringen will."

„Nicht übel. Ist es nicht unsre Pflicht, diese Tat zu verhindern?"

„Nein. Es ist vielmehr unsre Pflicht, sie geschehen zu lassen."

Friedrich schnitt ein Gesicht, als habe er in eine Zitrone gebissen.

„Gräme dich nicht, Friedrich!" lachte van Zoom. „Die künstlich erzeugte Unzurechnungsfähigkeit der Frau ist der Posten, den ich in meiner Rechnung noch brauche. Ich habe heute nacht mit voller Absicht die Bedingung gestellt, die Frau unter ärztliche Beobachtung zu bringen. Natürlich wird sie sich mit Händen und Füßen sträuben. Deshalb wird der Bankier sie heimlich oder offen zu zwingen suchen. Was wird die Folge sein?"

„Die gnädige Frau wird wüten."

„Richtig, und das ist die seelische Stimmung, die ich bei ihr für meine Zwecke hervorrufen will. Sie ist die Hauptverbündete des Bankiers. Wenn es mir gelingt, sie noch mehr gegen ihn aufzubringen, so ist das Spiel gewonnen."

„Wie aber, wenn das Mittel gefährlich ist?"

„Sie wird nicht gleich daran sterben. Der alte Giftmischer wird sich hüten, Beihilfe zu einem offenen Mord zu leisten, weil ihn das den Kopf kosten könnte. Und du kannst dir denken, daß ich rechtzeitig auf der Bildfläche erscheine." –

Wenige Minuten später fuhr Fürst van Zoom zum Hause Helfenstein. Es galt, der Frau des Bankiers den versprochenen Besuch zu machen und dabei so freundlich und unbefangen wie möglich zu tun, um Franz von Helfenstein und Nora nicht ahnen zu lassen, wo der Gegenspieler des Hauptmanns und seiner Verbündeten in Wahrheit zu suchen sei.

Van Zoom erreichte seine Absicht auch vollständig. Die Frau des Bankiers empfing ihn aufs liebenswürdigste. Dabei mußte sie sich freilich argen Zwang antun, denn in ihr fieberte noch alles von den Aufregungen der letzten Nacht. Sie plauderte krampfhaft mit dem Besucher, und van Zoom tat, als fühle er die Unrast nicht, die hinter alledem steckte.

Mit dem Lächeln des besten Freundes verließ er endlich das Haus seiner Feinde, um sogleich zu Tiefenbachs zu fahren, wo Hedwig ihn bereits erwartete.

Die Stunde war gekommen, da der alte Bertram begraben werden sollte. In seinem Wagen brachte van Zoom das junge Mädchen bis in die Nähe des Kirchhofs. Das letzte Stück Wegs legten sie gemeinsam zu Fuß zurück.

Am Eingang, gleich beim Tor, fanden sie Platz und sahen nun die Amtspersonen mit Richard und Marie Bertram nebst den kleinen Geschwistern erscheinen. Als Richard an ihnen vorüberging, drückte Hedwig den Arm des Fürsten.

„Das ist er!"

„Ja, ich erkenne ihn. Es ist der junge Dichter, dem Strickrod die Tür wies. Sieht er aus wie ein Einbrecher?"

Stumm schüttelte sie den Kopf.

Jetzt kam auch Assessor Schubert, der Untersuchungsrichter; er trat höflich grüßend an die beiden heran.

„Ich danke Ihnen, daß Sie meiner Bitte gefolgt sind. Würden Sie die Güte haben", wandte er sich an Hedwig, „sich so zu stellen, daß seine Blicke bei der Rückkehr auf Sie fallen müssen?"

Hedwig nickte nur. Dann nahm die Trauerfeierlichkeit ihren Anfang. Viele Neugierige hatten sich eingefunden, obwohl es bitter kalt war. Der Friedhof vermochte sie kaum zu fassen.

Der Tote war in der Halle aufgebahrt. Die Kleinen begannen beim Anblick des Vaters sofort zu weinen. Richard hielt die Augen gleichgültig gesenkt. Marie verwandte keinen Blick von dem geliebten Toten.

Nun kam der Pfarrer. Er gab das Zeichen, und der Gesang der Kurrende ertönte.

"Jesus, meine Zuversicht . . ."

Der Chor schwieg. Der Pfarrer verlas zuerst Namen, Stand, Geburts- und Sterbetag des Toten. Dann hob er den Blick vom Buch und ließ seine Augen über die Menge gleiten.

Er war ein beliebter Redner, der es ernst meinte. Er wußte, weshalb der Sohn ans Grab des Vaters geführt wurde, und er wollte das Seinige dazu beitragen, die verstockte Seele aufzuschließen. Außerdem nahm er an, daß sich Untergebene des Hauptmanns unter der Zuhörerschaft befänden, um der Beisetzung des Alten beizuwohnen, dessen Tod sie verschuldet hatten. Auch in ihren dunklen Herzen wollte er ein Echo wecken.

Die Rede machte auch wirklich Eindruck auf die Zuhörer; viele weinten sogar. Nur der, dem die erschütternden Worte des Geistlichen ganz besonders galten – Richard – weinte nicht. Er stand völlig unberührt von dem, was um ihn her geschah. Schließlich wurde der Segen über die Leiche gesprochen, und der Chor begann von neuem zu singen.

Während dieses Gesanges sollte der Sarg geschlossen und hinausgetragen werden. Man ergriff den Deckel – da erscholl ein Schrei, so laut und schrill, daß er den Gesang übertönte. Marie hatte ihn ausgestoßen.

"Vater! Mein Vater!"

Der seelische Bann, der sie in den letzten zwei Tagen beherrscht hatte und auch in veränderter Umgebung und guter Obhut nicht von ihr weichen wollte, war mit einemmal gebrochen. Ein befreiendes Schluchzen erschütterte ihren Körper.

Die Feier war beendet, und die Menge entfernte sich, nachdem man den Toten der Erde übergeben hatte. Die Beamten nahmen Richard Bertram wieder in ihre Mitte und zogen ihn fort. Ruhig ließ er es geschehen, den Blick unverwandt zu Boden gerichtet. Jedermann erkannte, daß er vollständig geistesabwesend war.

Unweit des Fürsten van Zoom stand, in einen wertvollen Pelz gehüllt, ein schwarzhaariges Mädchen mit fremdländischen Gesichtszügen, das jetzt vordrängte, um den Gefangenen betrachten zu können. Ausdruckslos blickte Richard vor sich hin. In diesem Augenblick aber schob sich das fremde Mädchen noch weiter vor, und Richards Blick fiel auf ihr Gesicht, senkte sich in ihre dunklen, glutvollen Augen. Sein Fuß stockte, seine Pupillen schienen sich zu erweitern, und seine Züge belebten sich.

„Geld, Geld!" sagte er, allen hörbar. „Das viele Geld!"

Unwillkürlich machte der Fürst eine Bewegung der Überraschung. Dadurch zog er die Aufmerksamkeit Richards auf sich. Der Gefangne schien sich einen Augenblick zu besinnen, dann faßte er plötzlich die Hand van Zooms und murmelte etwas von Hilfe und Dankbarkeit.

Trotz seiner Verstörtheit hatte er doch den Mann erkannt, der ihn einmal aus ärgster Not geholfen hatte. Und nun sah er auch Hedwig stehen. Seine Wangen röteten sich, sein Blick leuchtete auf, seine Gestalt reckte sich – und mit halblauter Stimme begann er zu sprechen.

Wie auf Befehl verstummte das Flüstern rundum. Der Menschenkreis um Richard schloß sich noch enger. Man wollte kein Wort versäumen. Auch van Zoom lauschte.

„. . . sie stillt der Winde Wipfelwiegen
mit einem Winken ihrer Hand . . ."

Das war alles, was der Fürst verstand, Richards Rede endete in einem Gemurmel, worin höchstens noch einmal die Worte ‚Nacht, Nacht, meine Nacht' deutlich wurden.

Tiefes Schweigen herrschte ringsum. Man sah, wie es in den Zügen Richards arbeitete. Er schloß und öffnete die Augen, als suche er ein Traumbild einzufangen oder sich an Vergessenes zu erinnern. In diesem Augenblick trat der Gerichtsarzt an ihn heran, ergriff seine Hand und deutete auf Hedwig.

„Kennen Sie diese Dame?"

Das Gesicht Richards nahm plötzlich einen andern Ausdruck an.

„Zurück, du Schuft!" rief er im Ton jäher Angst.

Seine erhobenen Arme sanken, sein Blick erlosch, und seine Knie brachen. Bewußtlos glitt er zu Boden.

Hedwig machte eine Bewegung, um ihn aufzuhelfen, aber van Zoom hielt sie zurück.

„Bitte nicht!" bat er. „Der günstige Zeitpunkt ist vorüber."

„Mein Gott!" klagte sie. „Dieser junge Mann kann unmöglich schuldig sein!"

„Ich bin davon überzeugt, und wir werden uns nach Kräften seiner annehmen."

Der Ohnmächtige wurde aufgehoben und zum Wagen getragen. Van Zoom wandte sich mit einer höflichen Bitte an das fremde dunkelhaarige Mädchen und schritt mit ihr und Hedwig von Tiefenbach schnell zum Friedhofstor hinaus. Als sie dann aus dem Bereich der Menge waren, blieb der Fürst stehen und zog den Hut vor der Unbekannten, die ihm, wenn auch sichtlich befremdet, hierher gefolgt war.

„Verzeihen Sie, mein Fräulein! Ich hatte auf dem Friedhof keine Zeit zu langen Erklärungen. Jetzt möchte ich mich Ihnen vor allen Dingen vorstellen. Mein Name ist van Zoom."

„Ich heiße Lena Rosenbaum."

Er war überrascht.

„Sie wohnen in der Wasserstraße?"

Das Mädchen nickte. Nun wußte er, daß sie die Tochter des jüdischen Pfandleihers war, bei dem er sich gestern abend nach dem gestohlenen Diamanten erkundigt hatte.

„Sie kennen den Gefangnen?" fuhr van Zoom fort. Fast unmerklich hatten seine Züge etwas Abweisendes angenommen. Lena verspürte aber dennoch diese Veränderung, und ihr Stolz bäumte sich dagegen auf. Was wollte dieser Mann von ihr, und weshalb war er plötzlich so zurückhaltend und kühl?"

„Nein", sagte sie kurz.

„Und doch möchte ich behaupten, daß er Ihnen nicht fremd ist. Seien Sie aufrichtig! Diese Dame hier ist Fräulein Hedwig von Tiefenbach."

Lenas Brauen zogen sich zusammen. Aus ihren Augen schoß ein Blitz des Hasses auf Hedwig.

„Hedwig von Tiefenbach?" fragte sie. „Die ihn angezeigt hat?"

„Nein, nicht angezeigt. Die Dame trägt keine Schuld daran, daß er in eine so böse Lage gekommen ist."

„Wer denn sonst? – Er, ein Dichter, ist gefangen, entehrt, wahnsinnig! Und wer anders ist schuld daran als diese hier?"

Sie wandte sich empört ab, doch Hedwig hielt sie am Arm.

„Sie irren sich, Fräulein Rosenbaum", sagte sie ruhig. „Ich bin hier, um ihm zu helfen."

Lena drehte sich langsam um und blickte der Sprecherin ungläubig ins Gesicht.

„Ihm helfen? Der Ihretwegen so elend wurde? – Ich hasse Sie!"

„Daran kann ich im Augenblick nichts ändern", erwiderte Hedwig gelassen, „aber ich werde doch alle Hebel in Bewegung setzen, seine Schuldlosigkeit zu beweisen. Sie kennen ihn – und so ist es Ihnen vielleicht möglich, zu diesem Beweis beizutragen!"

„Er ist unschuldig, ich weiß es", sagte Lena selbstbewußt.

„Dann bitte ich Sie, uns beizustehen! Wir werden Ihnen dankbar sein!"

„Ich verzichte auf Ihren Dank. Ich brauche Sie nicht. Ich allein bin genug, ihn zu befreien."

Damit wandte sich Lena ab und schritt davon.

„Lassen Sie die Jüdin laufen!" sagte van Zoom. „Nun, da ich sie kenne, ist sie uns sicher. Wenn sie uns auch die Auskunft verweigert, vor Gericht wird sie sprechen. Haben Sie gesehen, daß der Kranke bei ihrem Anblick stehen blieb, daß er sie erkannte?"

„Ganz deutlich."

„Und haben Sie sich die Worte gemerkt, die er bei ihrem Anblick sagte?"

„Geld, Geld! Das viele Geld!"

„Ja, so war es. Ich entsinne mich, gehört zu haben, daß die Beamten, die nach der Verhaftung des jungen Mannes bei den Bertrams Haussuchung hielten, auch einiges Geld im Besitz der armen Leute gefunden haben; nicht viel, aber für diese Stiefkinder des Glücks doch immerhin etwas. Auch hat die Polizei ermittelt, daß die Bertrams, kurz bevor der Einbruch bei Ihnen geschah, dem Hauswirt noch die fälligen Mietzins bezahlt und sich wohl auch sonst noch von kleinen Schulden befreit haben. Das hat der Behörde zu denken gegeben, denn die Bertrams hatten in letzter Zeit nachweislich keine besondere Einnahmequelle. Die Äußerung des jungen Bertram nun der Lena Rosenbaum gegenüber bringt mich auf den Gedanken, daß er auf irgendeine Weise von dem Vater des Mädchens Geld bekommen hat. Dieser Vater ist nämlich der Pfandleiher und Altwarenhändler Salomon Rosenbaum in der Wasserstraße."

„Und Sie meinen, daß der junge Mann mit diesem Juden dunkle Geschäfte gemacht hat?" fragte Hedwig erschrocken.

„Nein. Das spräche ja zuungunsten unsres Schützlings, den ich für einen ehrlichen, anständigen Menschen halte. Ich denke eher an ein Darlehen oder gar an ein Geschenk."

„Ein Darlehen oder ein Geschenk!" wiederholte Hedwig sinnend. „Richard Bertram müßte also in näheren Beziehungen zu den Rosenbaums stehen. Das würde zu meiner Wahrnehmung passen. Ich glaube – diese Lena Rosenbaum liebt den unglücklichen Gefangnen."

„Das wäre möglich", nickte van Zoom. „Gut, daß wir sie kennen. Ich werde sogleich den Untersuchungsrichter benachrichtigen."

Sie fuhren zum Gerichtsgebäude, wo sie von Assessor Schubert in Gegenwart des Gerichtsarztes empfangen wurden.

„Leider hat sich unsre Erwartung nicht erfüllt, Durchlaucht", kam der Assessor auf die Vorgänge nach dem Begräbnis zu sprechen. „Kaum begann sich Bertram zu erinnern, so sank er auch schon wieder in seine Umnachtung zurück."

„Es wäre vielleicht besser gewesen, ihn nicht zu unterbrechen", meinte van Zoom. „Doch das sind nachträglich müßige Erwägungen. Denken wir lieber weiter! Könnte man ihn jetzt in der Zelle besuchen? Das Erscheinen meiner Begleiterin macht vielleicht Eindruck auf ihn."

„Von meiner Seite steht dem nichts entgegen", erwiderte der Untersuchungsrichter. „Ist es den Herrschaften recht, so gehen wir gleich nach der Zelle."

Als Hedwig durch die finstern Flure schritt, an vergitterten Fenstern und eisenbeschlagenen Türen vorüber, wurde ihr das Herz schwer, und als sie gar die Zelle betrat, wo der Gefangne bleich und mit geschlossenen Augen auf seinem zerfetzten Strohsack lag, entrang sich ihren Lippen ein tiefer Seufzer.

„Mein Gott! Das ist nun Almansor?"

„Er ist es wirklich", erklärte Schubert. „Ich habe es mir von seinem Verleger Strickrod bestätigen lassen."

„Übrigens haben wir eine Person entdeckt, die behauptet, seine Unschuld beweisen zu können", fiel van Zoom ergänzend ein.

Darauf erzählte er von der Begegnung mit Lena Rosenbaum und seinen Vermutungen. Der Assessor versicherte, er werde die Jüdin sofort als Zeugin vernehmen.

„Bitte, Fräulein von Tiefenbach", riet dann der Fürst, „wollen Sie nicht einmal ein Wort zu dem Gefangenen sprechen?"

Sie beugte sich zu ihm nieder.

„Herr Bertram!"

Er schwieg.

„Nennen Sie ihn beim Vornamen!"

Aber auch das blieb ohne Erfolg.

„Almansor!" rief sie nun. „Almansor!"

Die Männer standen in größter Spannung – wirklich, er öffnete langsam die Lider. Seine Züge verloren die Starrheit; dann schloß er aufs neue die Augen.

„Almansor! Hören Sie mich?" wiederholte das Mädchen drängend.

Ein Lächeln glitt über sein Gesicht.

„Nacht", flüsterte er, „Nacht, meine Nacht!"

„Damit meint er Sie, mein Fräulein", wandte sich der Assessor an Hedwig. „Er verehrt Sie. Jetzt glaube ich's; Bertram war in jener Nacht gekommen, Sie zu verteidigen!"

Hedwig nickte nur, und Tränen traten ihr in die Augen. Ihr Herz ging auf in unendlichem Mitleid. Sie brachte die Hand unter den Kopf des Gefangnen, um ihm eine bessere Lage zu geben – aber sofort ballte Richard die Fäuste und knirschte mit den Zähnen, wie einer, der unter dem Einfluß eines wilden Grimms steht.

Erschrocken fuhr sie hoch.

„Was war das?"

„Das ist ja seine Krankheit!" erklärte der Gerichtsarzt. „Er ist vollkommen ruhig und schlägt plötzlich wie ein Wütender um sich."

Der Fürst schüttelte nachdenkend den Kopf. Er beugte sich nieder und versuchte nun seinerseits, die Hand unter das Haupt des Kranzu bringen. Sofort setzte sich Richard heftig zur Wehr. Da wandte van Zoom den Gefangnen behutsam auf die Seite und betrachtete den Hinterkopf genauer.

„Wie ist seine Gefangennahme erfolgt?" fragte er. „Hat er sich widerstandslos fesseln lassen?"

„O nein! Er wurde mit dem Totschläger niedergeschlagen."

„Na, ist es da ein Wunder, wenn man seinen Kopf nicht berühren darf? Haben Sie ihn schon einmal daraufhin untersucht, Herr Doktor, ob die Hirnschale unverletzt geblieben ist?"

„Die Hirnschale?" entgegnete der Arzt. „Ich habe ihn bei der Einlieferung allgemein untersucht und damals nichts weiter feststellen können als eine schwere Erschütterung. Doch ich will gleich noch einmal genauer nachsehen."

Beim sorgfältigen Abtasten des Kopfes ergab sich tatsächlich eine Verletzung der Hirnschale, die zwar nicht lebensgefährlich war, jedoch eine Überführung Bertrams in die Krankenabteilung notwendig machte. Der Arzt bemühte sich sofort darum.

„Ich werde alles für ihn tun, was in meinen Kräften steht", erklärt auch der Assessor im weiteren Verlauf des Gesprächs. „Noch heute vernehme ich die Lena Rosenbaum. Sollte ihre Aussage noch nicht genügen, so . . ." – er sann einen Augenblick nach. „Allerdings gäbe es jemand, dessen Aussage ihm sofort die Freiheit wiederschenken könnte."

„Wer ist das?" fragte Hedwig von Tiefenbach schnell.

„Der Riese Bormann. Er hat Bertram für seinen Mitschuldigen ausgegeben und beharrt auf seiner Aussage. Ich weiß, er lügt, aber ich kann ihm das nicht beweisen. Bringen Sie mir den Widerruf Bormanns, so entlasse ich Bertram augenblicklich! Doch Bormann ist ein verstockter Bösewicht, ohne Herz und Gefühl. Es gibt meines Wissens nur einen Punkt, wo er vielleicht zu fassen wäre: sein Kind."

Hedwig horchte auf.

„Ja", fuhr Assessor Schubert fort. „Das Kind Bormanns ist ein hübscher, gesunder Knabe. Die Mutter kommt täglich mit ihm her und möchte ihren Mann besuchen. Bormann quälte mich erst vorhin wieder um die Erlaubnis, sein Kind sehen zu dürfen."

„Sie haben es also bisher noch nicht erlaubt?"

„Nein. Ich muß mit dieser Erlaubnis zurückhalten, denn sie ist das einzige Mittel, ihn zu packen und seine Verstocktheit zu erschüttern."

„Wissen Sie, wo die Frau wohnt?"

„Ufergasse 9, vier Treppen. Die Frau ist brav. Gott weiß, wie sie an diesen elenden Burschen geraten ist!"

„Würden Sie ihr auf meine Fürsprache hin Genehmigung erteilen, ihren Mann zu sehen?"

„Ich errate", nickte der Assessor, „und werde Ihren Wunsch gern erfüllen." Dann brach er ab und warf einen Blick den Flur entlang. „Sehen Sie, da kommen schon die Krankenwärter, um Bertram fortzuschaffen. Der Doktor hat es eilig; die Sache ist ihm offenbar peinlich." –

Als Hedwig dann mit van Zoom den Wagen bestieg, bat sie: „Ufergasse 9 – ja?"

Er lächelte und gab dem Kutscher den Befehl weiter.

Zehn Minuten später standen sie vor einer Tür, an der auf einem unansehnlichen Zettel die Worte zu lesen waren: Auguste Bormann, Plätterin.

Aber das Plätteisen stand unberührt auf dem Tisch; auf einem Stuhl saß eine junge Frau mit vergrämten Zügen und hielt einen kleinen Knaben im Arm. Er war in jenem Alter, in dem Kinder ihre drolligen Sprechversuche machen. Unentwegt schwatzte das Bübchen munter, unterbrach sich aber ab und zu wie überlegend, sah zu seiner Mutter auf und fragte zum soundsovielten Male:

„Wo Papa ist?"

„Er ist fortgegangen, mein Kind!"

Das war wie immer ihr Bescheid, und mit einem trüben Lächeln strich sie dem Knaben über die blassen Wangen.

„Kommt wieder?" wollte der Kleine weiter wissen.

„Gewiß, er kommt wieder, aber heut noch nicht."

Da klopfte es, und die Frau schrak zusammen. Kam denn abermals jemand vom Gericht oder von der Polizei?

„Herein!" rief sie heiser.

In der Tür erschien ein hochgewachsenes Mädchen mit freundlichem Lächeln.

„Ich suche Frau Bormann. Sind Sie es?"

„Ja."

„Sie sind Plätterin?"

„Ja, mein Fräulein!"

„Haben Sie augenblicklich viel zu tun?"

Die Mundwinkel der abgehärmten Frau zuckten nach unten.

„Gehen Sie nur schon gleich wieder, wie die andern alle!" sagte sie bitter. „Ich bin die Frau des Einbrechers Bormann, damit Sie's nur wissen! – Keiner gibt mir noch zu plätten, seitdem . . ."

Ein Tränenstrom erstickte die trotzige Stimme.

„Arme Frau!" sagte Hedwig mitleidig. Auch sie hatte Mühe, ihre Rührung niederzukämpfen. „Was können denn Sie dafür?"

Frau Bormann blickte erstaunt auf. Es war das erstemal, daß man nach ihrem Bekenntnis nicht gleich wieder davonlief, um nur so schnell wie möglich aus der Wohnung des berüchtigten Verbrechers zu kommen. Der herzliche Ton des Mitgefühls öffnete ihr Herz und tilgte ihre selbstquälerische Bitterkeit.

„Wie?" fragte sie verwundert.

„Ich finde das häßlich von den Leuten!" fuhr Hedwig tapfer fort. „Sie können doch nicht für die Taten Ihres Mannes büßen. Würden Sie von mir Arbeit annehmen?" Und da die Frau sie mißtrauisch aus den Augenwinkeln ansah, fügte sie schnell hinzu: „Ich werde Ihnen auch zehn Mark Vorschuß geben!"

Ein wenig scheu schob sie der Frau das Geld in die Hand, und sogleich brach der letzte Rest von Trotz und feindlicher Zurückhaltung in Frau Bormann zusammen. Jäh schlug sie die Hände vors Gesicht und schluchzte vor sich hin.

„Wo Papa ist?" begann in diesem Augenblick der Kleine wieder seine Erkundigung. Fragend sah er zu der Besucherin hin und dann wieder auf die weinende Mutter.

Fassungslos stand Hedwig all diesem Jammer gegenüber. Endlich aber faßte sie sich ein Herz, sprach ein paar liebe Worte zu dem Kind und legte schließlich einen Arm um die Schulter der Weinenden.

„Trösten Sie sich!" suchte sie Frau Bormann zu beruhigen. „Auch für Sie werden wieder bessere Zeiten kommen. Ich werde für Sie und das Kind sorgen!"

Die Frau ließ die Hände sinken und starrte Hedwig aus feuchten Augen an.

„Wer sind Sie denn, daß Sie sich meiner so annehmen?"

„Ich heiße Hedwig und bin die Tochter des Obersten von Tiefenbach."

„Von Tiefenbach? – O mein Gott! – Menschen, denen ich nicht das geringste getan habe, stoßen mich von sich – und Sie, der mein Mann so arg mitspielte, Sie kommen zu mir, um mir zu helfen?"

„Ich sagte Ihnen ja schon, daß Sie nicht für die Taten Ihres Mannes büßen können. Hätte ich gewußt, wie unglücklich Sie sind, so wäre ich schon eher zu Ihnen gekommen. Sie müssen sehr unter Ihrem Mann gelitten haben!"

„Sehr, ach so sehr!" weinte die Frau. „Ich liebte ihn, bevor ich wußte, wer er war. Und dann war's zu spät. Haben Sie schon einmal einen Mann geliebt?"

Errötend schüttelte Hedwig den Kopf.

„Dann können Sie mich auch noch nicht verstehen", fuhr die Frau des Riesen Bormann fort. „Er hat mich geschlagen – er hat mich betrogen – er ist ein Verbrecher – und doch muß ich ihn lieben. Ich verachte mich manchmal deshalb – und doch, und doch! Er liebt mich ja auch, aber nach seiner Weise. Ich habe niemals etwas über ihn vermocht. Dann kam das Kind – und das ist das einzige Wesen, das – wie soll ich sagen? – das Einfluß auf ihn hat."

„Wirklich? – Oh, dann wäre es vielleicht möglich, das Schicksal Ihres Mannes zu mildern und zugleich einen andern zu retten, der ohne Schuld im Kerker steckt!"

Die Frau hörte nur den ersten Teil des Satzes.

„Sein Schicksal mildern?"

„Ja. Wenn er bei seiner jetzigen Verstocktheit bleibt, wird seine Strafe sehr hart sein. Ein offenes Geständnis dagegen würde die Richter zur Milde stimmen. Er aber ist grob und widerspenstig, und das ist um so schrecklicher, als er einen armen, unschuldigen Menschen mit ins Verderben reißen will."

„Wen denn?"

„Einen gewissen Richard Bertram."

„Der soll unschuldig sein? Wie ich hörte, ist er doch ein Genosse meines Mannes und mit ihm zusammen erwischt worden?"

„Nein, er ist kurz nach Ihrem Mann eingestiegen, um mich zu retten. Aus Rache sagt nun Ihr Mann aus, daß Bertram sein Spießgeselle sei."

„Das ist ja schrecklich!"

„Bertram ist infolge seiner derzeitigen körperlichen und seelischen Verfassung nicht imstande, seine Unschuld zu beweisen, und so ruht sein Geschick ganz allein in den Händen Ihres Mannes."

„Ja, so kenne ich ihn. Wer ihn in seinem Vorhaben stört, den bringt er ins Verderben. Nein, Fräulein, da werden Sie nichts erreichen."

„Aber Sie sprachen doch vorhin von dem Knaben! Wenn der Vater seinen Sohn auf den Armen hat, wird sein hartes Herz vielleicht weich werden."

„Das wäre nicht unmöglich. Aber er wird eben sein Kind nicht zu sehen bekommen. Ich habe den Untersuchungsrichter schon mehrmals gebeten, mit dem Kind zu meinem Mann zu dürfen – doch es wurde mir stets abgeschlagen."

„Nun, der Untersuchungsrichter ist Assessor Schubert. Er ist mir bekannt. Wenn ich ihn darum bitte und meine Bitte begründe, wird er es Ihnen erlauben."

„Oh, wenn Sie das tun wollten!"

„Warum nicht? Aber es müßte bald geschehen. Ich bin im Begriff, zu ihm zu fahren. Wollen Sie mitkommen?"

Flehend hob die junge Frau die gefalteten Hände.

„Ach, gnädiges Fräulein!"

„Ich will keinen Dank", wehrte Hedwig ab, „denn ich tue es ja in erster Linie für den unschuldig Verhafteten. Machen Sie sich schnell fertig!"

Die Frau griff nach dem Umschlagtuch, legte es um sich und das Kind und folgte Hedwig hinab auf die Straße, wo van Zoom mit dem Wagen wartete. Beim Anblick des vornehmen Gefährts zögerte die Frau des Riesen, aber Hedwig schob sie einfach hinein. Der Fürst sprach ihr gütig zu, so daß sie allmählich Vertrauen gewann.

Bormann lag lang ausgestreckt auf der Pritsche, als der Schließer die Frau und den Jungen hereinließ.

Der Knabe streckte sofort die Ärmchen nach Bormann aus und jauchzte. Da ging ein Ruck durch die athletische Gestalt. Mit einem Satz war Bormann auf den Beinen.

„Gustel, du hier?" schrie er. „Und der Kleine? – Komm her, du Goldjunge!"

Er riß das Kind an sich und bedeckte sein Gesichtchen mit Küssen. Dabei durchmaß er wie ein Raubtier mit wenigen großen Schritten die Zelle, soweit die Ketten e ihm erlaubten, und gab dem Knaben lauter Kosenamen.

Endlich blieb er vor der Frau stehen.

„Hat dieser Hund, dieser Assessor, dir endlich den Besuch erlaubt? Die Knochen werde ich ihm brechen, wenn ich wieder draußen bin!"

Sie schüttelte den Kopf.

„Nein, der Assessor wollte nicht. Aber Fräulein von Tiefenbach hat für mich gebeten."

„Fräulein – von – Tiefenbach? Die Tochter des Obersten? – He, du, aufgepaßt! – Da stinkt etwas!" Bormann setzte den Knaben ab und öffnete und schloß seine schweren Fäuste. „Was will das Frauenzimmer damit, he?"

„Ludwig!" bettelte sie. „Sei doch vernünftig! Sie tat es nur aus Mitleid!"

„Aus Mitleid? Du bist ein Schaf! – Oder" – seine kleinen Augen blitzten auf – „oder hast du dich dazu hergegeben, mich zu hintergehen?"

Er trat zurück, als wollte er zu einem tätlichen Angriff Anlauf nehmen. Die Frau sah ihrem Mann fest und offen ins Gesicht.

„Was denkst du nur von mir? – Du weißt, daß ich zu dir halte –

durch dick und dünn – ich habe nur mein Wort geben müssen, nichts Verbotenes mit dir zu reden. Und das werde ich auch halten!"

„Verbotenes? Haha! – Wohl, ob du mir nicht einen Kassiber besorgen willst oder gar 'ne Feile für meine Armbänder hier? – Gib mir den Jungen wieder her! – So! – Und nun heraus damit, was du mir zu erzählen hast!"

Sie redete von allem, was ihr gerade in den Sinn kam, nur nicht von ihrer Not – das mochte er nicht hören. Mitten in einem Satz schob er den Jungen fast schroff von sich.

„Sag mal, Gustel – du hast doch mit diesem Affen gesprochen, mit dem Assessor, meine ich. Wieviel wird man mir diesmal aufbrummen?"

„Mein Gott, es ist schrecklich! Er spricht von fünfzehn Jahren Zuchthaus. Wie oft habe ich dich . . ."

„Halt den Mund!" unterbrach er sie grob. „Zum Verurteilen und Absitzen gehören zwei. Was würdest du während dieser fünfzehn Jährchen tun?"

„Was soll ich tun? – Arbeiten!"

„Arbeiten? – Du, sieh mir in die Augen – grad in die Augen! So. Ich will dir sagen, was du tust: Heiraten wirst du!" Der Gefesselte schüttelte die Fäuste, daß die Ketten klirrten. „Du wirst dich scheiden lassen, du verdammte Hexe! Aber ich warne dich! Ehe mein Junge, mein Herzensjunge da, einen andern Vater kriegt, weißt du . . ."

Seine Augen funkelten wie die eines Tigers, dem man sein Junges nehmen will.

„Ludwig!" schrie sie auf. „Versündige dich nicht. Oh, du weißt es doch selber am besten, daß ich nicht von dir lassen kann – auch wenn ich wollte! O Gott, ich habe dich trotz alledem noch lieb – und ich werde auf dich warten! Nein, nein, unser Kind soll keinen andern Vater haben! Das schwöre ich dir mit allen Eiden!"

Da war es, als hätte jemand mit einem Tuch über die Seele des Riesen geputzt. Das bedenkliche Glimmen in seinen Augen erlosch, und die Fäuste sanken schlaff herab.

„Dein Glück!" knurrte er zwischen den Zähnen. „Dein Glück, Weib. Komm her!" Er schlang einen Arm um sie. „Hölle und Teufel, du bist doch noch die beste von dem langhaarigen Gesindel!"

Der Mann wandte sich halb ab und fuhr sich mit den Fingern nach den Augen.

„Verdammtes Geflenne! Aber das kommt davon, wenn man sich mit Weibsbildern abgibt. Jetzt wieder dieses Ding bei der Tiefenbach – ah, Gustel, sagtest du nicht, das Frauenzimmer hätte dich hierhergebracht?"

„Ja, Ludwig."

„Aber du redest mir nicht ein, daß sie das aus lauter Mitleid tut!"

„Du hast recht, Ludwig. Nicht aus Mitleid mit mir allein – sie möchte damit auch noch einem andern Menschen helfen."

„Einem andern? Na, so tu doch endlich die Zähne auseinander! Der Wachhund hier, dieser neue Schließer, ist ein gemeiner Bursche. Er ist imstande und holt dich wieder 'raus, bevor du mit deinem Schwatz zu Rande gekommen bist. – Da war der Arnold doch ein andrer Kerl. Tut mir fast leid, daß ich ihn in die Tinte gebracht habe."

„Ach, Ludwig, einem andern hast du noch viel mehr geschadet! Und wenn du vernünftig bist, wird das Fräulein von Tiefenbach alles tun, um deine Strafe zu erleichtern."

„Na, so sprich doch schon!"

„Ich meine den Bertram, den sie mit dir zusammen festgenommen haben."

Bormann lachte dröhnend auf.

„Ach, das Jüngelchen! Der kann von Glück reden, daß die Greifer dazwischen kamen! Sonst wäre ich mit ihm abgefahren, sage ich dir . . ."

„Warum willst du ihn denn mit ins Verderben ziehen? Das Fräulein meint, die Richter würden . . ."

„Laß mich mit den Richtern in Frieden!"

„Gut", sagte die Frau tapfer. „Also das Fräulein erklärt: wenn du dem Bertram heraushilfst, dann will sie auch an den Kleinen denken und für ihn sorgen!"

„Den Kleinen?" knurrte er versöhnlicher. „Wäre ganz gut, wenn sie für den etwas von ihrem Überfluß abgäbe. Warum ist die denn so scharf hinter dem Bertram her? Sie hat wohl was mit ihm, he?"

„Nein, Ludwig. Sie hat ihn bei dem Einbruch zum erstenmal im Leben gesehen. – Und dann noch eins, Ludwig: sie hat mir Arbeit versprochen und mir sogar schon einen Vorschuß gegeben!"

„Arbeit? Dazu brauchst du das adlige Pack nicht."

„Ach, Ludwig – keiner von meinen alten Kunden will mehr bei mir plätten lassen seit der Geschichte! – Wir haben gehungert, der Kleine und ich – und er hat geweint, daß es mir ins Herz geschnitten hat – o Gott!"

Tränen rannen ihr über die Wangen. Bormann machte eine mürrische Gebärde.

„Heule nicht! Du weißt, ich kann das Heulen nicht ausstehen. – Meinetwegen, die Tiefenbach soll ihren Willen haben. Aber nur wegen des Kleinen. Dem Burschen, dem Bertram, hätt' ich schon ein paar Jährchen Tütenkleben gegönnt! – Und deinen alten Kunden kannst du bestellen: Wenn ich wieder unter freiem Himmel bin, dann würde ich ihnen die schmutzige Wäsche aufplätten, daß es raucht!" –

Zehn Minuten später stand er mit seiner Frau und dem Kleinen im Amtszimmer des Untersuchungsrichters.

„Also Sie wollen ein Geständnis ablegen, Bormann?" begann Assessor Schubert in ruhigem Ton. „Wird nur zu Ihrem Besten sein. Darf Ihre Frau hören, was Sie mir zu sagen haben?"

„Alles."

Der Gerichtsschreiber nahm Platz und tauchte die Feder ein. Der Schließer blieb an der Tür stehen.

„Dann los, Bormann! Was haben Sie mir mitzuteilen?"

„Daß der Bertram unschuldig ist."

„Er ist nicht Ihr Spießgeselle?"

„Nein. Ich habe ihn vorher nie gesehen."

„Wie aber kam er an dem Abend mit Ihnen in das Tiefenbachsche Zimmer?"

„Weiß ich nicht. Er ist mir wohl nachgestiegen. Plötzlich hörte ich hinter mir den Ruf: ,Zurück, du Schuft!' – Schuft hat er gesagt, Herr Assessor. Ich drehe mich um und sehe den Milchbart. Er reißt mir die Kette aus der Hand, und ich denke: na, das Bürschchen wirst du mal 'n bißchen auf den Arm nehmen! Da platzten auch schon die verdammten Greifer herein – und alles war aus!"

„Warum aber gaben Sie ihn als Ihren Mitschuldigen an?"

„Na, Herr Assessor! Teer will ich fressen, wenn Ihnen in meiner Lage nicht auch die Galle übergelaufen wäre! Alles ging wie am Schnürchen, und da muß mir ausgerechnet dieser verhungerte Kleiderständer zwischen die Beine stolpern! Wenn dieser unglückselige Kerl nicht gewesen wäre, dann säße der Riese Bormann jetzt auf'm Schiff nach Amerika!"

Die Feder des Schreibers kratzte eilig übers Papier.

„Und in bezug auf den Schließer Arnold haben Sie uns nichts zu sagen?"

Bormann spielte an seinen Handschellen.

„Na, wenn Sie wollen! Mir soll's auf ein Geständnis mehr oder weniger nicht mehr ankommen."

„Was heißt das? Ist etwa auch er unschuldig?"

Bormann grinste übers ganze Gesicht.

„Wenn Sie den auch mit 'reinlegen wollten, käme er dazu, wie der Blinde zur Ohrfeige. Der arme Teufel war lediglich in einer bösen Zwickmühle. Lassen Sie ihn getrost laufen und bestellen Sie ihm 'nen schönen Gruß von mir! Und er soll den Riesen Bor-

mann nicht wieder so anschnauzen, wenn er noch mal die Ehre hat,
ihn in diesem elenden Gasthof zu bedienen!"

„Wie aber kamen Sie denn hier heraus, wenn der Schließer nicht
mit Ihnen im Bunde war?" fragte Schubert.

„Durch den Hauptmann!"

„Auf welche Weise?"

Bormann winkte ab.

„Wird nicht verraten! Das haben wir schwören müssen bei
Strick und Beil!"

„Aber Sie geben zu, ein Helfer des Hauptmanns zu sein?"

„Ja, wenn ich auch jetzt nichts mehr wissen will von dem feigen
Lumpen!"

„Kennen Sie ihn? Wissen Sie, wer er ist?"

„Nein."

„Sie kamen aber oft mit ihm zusammen?"

„Ja."

„Wo? Und wie geschah das?"

„Nee, Herr Assessor, der Bormann ist ein gefährlicher Bursche
auch auf einen Messerstich und 'ne Kugel ist's ihm nie angekom-
men – aber 'n Genossen verpfeifen und meineidig werden – pfui
Deibel – nee, das tut er nicht!"

14. Das Teufelsrezept

Ein neuer Tag brach an und brachte neues, bedeutsames Erleben.
Van Zooms Wagen hielt vor dem Haus des Bankiers von Helfenstein.

„Verzeihung, Durchlaucht", sagte der Diener. „Die gnädige
Frau ist plötzlich erkrankt."

„So melden Sie mich dem Herrn Bankier!"

Franz von Helfenstein erschrak zunächst, weil er glaubte, der
Fremde aus Indien hätte nun offenbar doch von dem Diebstahl
erfahren und käme wegen dieser Sache. Als er dann erkannte, daß
seine Befürchtungen unbegründet waren, atmete er auf, nahm die
Beileidsbezeugungen van Zooms dankend entgegen und erzählte,
wie er gestern abend, bei der Heimkehr vom Geschäft, seine Frau
in einem eigentümlichen Zustand gefunden habe.

„Ich ließ sofort den Hausarzt und dann auch noch einen Fach-
arzt kommen – aber sie gehen in ihren Meinungen so sehr auseinander, daß es unmöglich ist, zu einem klaren Urteil zu gelangen!"

Van Zoom bedauerte sehr, wünschte alles Gute für baldige Genesung und fuhr zu Assessor Schubert. –

„Ich habe noch gestern", berichtete der Untersuchungsrichter, „diese Lena Rosenbaum kommen lassen und verhört. Ihr Vater hat Bertram mit Geld unterstützt."

„Der Pfandleiher den armen Schreiber und Dichter!" nickte van Zoom. „Immerhin nicht alltäglich. Soviel man hört, ist der alte Jude sonst nicht so freigebig."

Der Assessor lächelte.

„Das habe ich mir auch gesagt und daher den Gründen dieser Großzügigkeit behutsam nachgeforscht. Dabei ergab sich die Vermutung oder schon mehr die Gewißheit, daß Lena Rosenbaum auf ihren Vater eingewirkt hat. Sie scheint eine große Neigung für den Dichter Almansor zu haben, als der sich Bertram entpuppt hat. – Nun ja, wie die Mädchen so sind! Und die Liebe tut bisweilen Wunder. Unser Fall bestätigt leider die alte Erfahrung, daß es weniger Verwirrung und Unheil in der Welt gäbe, wenn die Liebe nicht wäre."

„Und viel weniger Glück!" sagte van Zoom mit Nachdruck.

Dann empfahl er sich, um Richard Bertram aufzusuchen. Der Assessor hatte ihm noch versichert, daß nunmehr endgültig aller Verdacht gegen Bertram beseitigt sei. Das buchte der Fürst als einen schönen Erfolg seiner Bemühungen.

Etwa um die Zeit, da van Zoom bei Helfensteins vorfuhr, saß Lena Rosenbaum bedrückt in ihrem Zimmer. Kein Schlaf war während der Nacht in ihre Augen gekommen; das gestrige Verhör hatte sie zu tief erregt.

Da hörte sie den Vater die Treppe heraufpoltern. Er trat ein, die Brille auf der Stirn, das Morgenblatt in der Hand, hinter ihm die Mutter.

„Wirst du erraten, weshalb ich komme, Lena, meine Tochter?"

„Wegen der Zeitung", antwortete sie.

„Ja. Aber was steht darin geschrieben zu lesen?"

„Weiß ich es? Lies es vor!"

„Es ist von deinem Dichter."

„Großer Gott! Von Bertram? Lies vor, Vater lies vor!"

Rosenbaum schob die Brille vor die Augen.

„Höre zu! Überschrift: Richard Bertram unschuldig. Ausrufungszeichen. In einem erneuten Verhör hat der Riese Bormann ein Geständnis abgelegt. Er gab zu Protokoll, der Schreiber Richard Bertram sei an dem Einbruch beim Oberst von Tiefenbach vollkommen unbeteiligt gewesen. Bertram habe im Gegenteil die Überfallene schützen wollen, sei aber im nächsten Augenblick schon von den eindringenden Polizisten niedergeschlagen worden. Wir haben bereits gestern durchblicken lassen, daß wir nicht recht an die Schuld Bertrams glaubten, und sehen unser Urteil hierdurch bestätigt. Bertram wurde sofort aus der Haft entlassen. Leider aber ist sein Zustand derart, daß man ihn in das Krankenhaus überführen mußte.

Auch der Schließer Arnold, der im Verdacht stand, Bormann aus eigenem Antrieb heimlich aus der Frontfeste gelassen zu haben, ist, wie verlautet, nur bedingt schuldig. Er scheint vielmehr selbst das Opfer verbrecherischer Machenschaften und Erpressungen zu sein. Ferner hat die Untersuchung ergeben, daß Bormann tatsächlich der Bande des geheimnisvollen Hauptmanns angehört und wahrscheinlich auch im Auftrag des Hauptmanns den Einbruch bei Oberst von Tiefenbach ausgeführt hat."

Lena hatte mit leuchtenden Augen zugehört.

„Frei ist er – frei! Habe ich nicht sofort gesagt, daß Bertram schuldlos ist?"

„Ja, das hast du gesagt. Wie könnte auch ein Dichter ein Einbrecher sein? Und wem hat er zu verdanken diese plötzliche freie Entlassung?"

„Nun wem?"

„Dir! Du hast gestern ausgesagt vor Gericht, um zu bezeugen seine Unschuld. Darum ist er geworden frei. Er ist dir verpflichtet zu Dank sein Leben lang. Und er wird abtragen diesen Dank, indem er wird der Eidam von Salomon Rosenbaum! Denn Salomon Rosenbaum hat durch seiner Hände Arbeit so viel erworben, daß sein einziges Kind kann wählen, wen es will, selbst einen armen Dichter!"

Lena strahlte vor Glück und Siegesfreude. Dann aber ging wieder ein Schatten über ihre Züge. Hastig stand sie auf.

„Er liegt im Krankenhaus!" rief sie. „Da muß ich hin! Ich muß mich um ihn kümmern!"

Der Vater trat ihr in den Weg. „Gott der Gerechte, unter Kranke? Willst du dir holen eine Ansteckung? Und denkst du nicht an mich und deine Mutter?"

„Es ist meine Pflicht!"

„Waih geschrien! Was heißt Pflicht? Was hast du für Gewinn als barmherzige Schwester? Warte noch ein Weilchen, und du bist seine barmherzige Frau! Das ist besser als Schwester! Auch hast du uns noch gar nicht gesagt, ob der Herr Assessor hat gefragt, warum wir haben geborgt an Bertram unser Geld."

„Weil er in Not war. Den Pfandschein hat man glücklicherweise nicht bei ihm gefunden."

„Das ist günstig! – Hast du gesprochen von Zinsen?"

„Nein."

„Das ist klug von dir. Das bringt mein Geschäft in guten Ruf. Einem Dichter borgt man nicht gegen Zinsen. Und hast du etwas gesagt von dem Pfand, das Bertram gegeben hat?"

„Kein Wort."

„Also weiß der Herr Assessor nichts von der Kette?"

„Ich werde mich hüten, davon zu sprechen!"

„Brav! Du bist die würdige Tochter von Salomon Rosenbaum, die hat geerbt von ihm seine ganze Klugheit. Von dieser Kette darf erfahren kein Mensch. Gut, gut – aber geh nicht ins Krankenhaus!"

Und sie ging doch, natürlich ohne Wissen ihrer Eltern, wurde aber nicht vorgelassen. Als sie das Krankenhaus verließ, sah sie gerade den Fürsten van Zoom in seinem Wagen davonfahren.

Van Zoom kleidete sich zu Haus um. Er legte wieder eine seine Masken an. Sein nächstes Ziel war das Haus des alten Apothekers.

Obgleich er noch nie dort gewesen, war er doch durch Friedrich über alles genau unterrichtet. Er fand die Haustür verschlossen und klopfte.

„Wohnt hier der Apotheker Horn?" fragte er den hageren, spitzigen Alten, der an der Pforte erschien.

„Ja. Ich bin es selber."

„Ich habe mit Ihnen zu reden."

„Wo?"

„Ganz hinten."

„Ah, Sie wissen Bescheid!"

„Besser als Sie denken. Verschließen Sie die Tür! Wir dürfen nicht gestört werden. – Bitte!"

Van Zoom zeigte ihm die Polizeimarke. Der Alte war nicht gerade angenehm überrascht, verstand es aber, seine Betroffenheit leidlich zu verbergen.

„Oh, das habe ich nicht gewußt! Was wünschen Sie von mir?"

„Herr Horn", begann van Zoom, als sie unten im Keller Platz genommen hatten, „Sie haben sicherlich schon oft von dem sogenannten Hauptmann gehört?"

„Gewiß. Man hört so allerlei von ihm."

„Gesehen haben Sie ihn noch nicht?"

„Nein."

„Sie wissen auch nicht, wer er ist?"

„Nein."

„Und dennoch sind Sie sein Leibapotheker?"

Der Alte fuhr wie von einer Schlange gebissen hoch.

„Herr! – Wie meinen Sie das?"

„Setzen Sie sich bitte! Wir wollen in Ruhe verhandeln. Als Einleitung und damit Sie sich das richtige Bild von mir machen, werde ich mir erlauben, Ihnen einige Ihrer Geheimnisse mitzuteilen."

„Herr, welche Geheimnisse sollte ich vor der Behörde haben?"

„Ihr erstes ist zunächst dieser Keller; aber davon ein andermal. Schon ein wenig bedenklicher ist es, daß Sie Ihren Schwiegersohn an den Hauptmann verkaufen."

„Sie scherzen, Herr!"

„Denken Sie an einen gewissen Friedrich, der Ihre Jette heiraten soll! Sie haben ihn mit dem Hauptmann zusammengeführt."

„Wer hat Ihnen denn das aufgebunden?"

„So wissen Sie wohl auch nichts davon, daß Sie dem Hauptmann Gift verschachert haben?"

„Gift? Herrgott, welche Verleumdung!"

„Ja, Gift, und zwar für eine Frau."

Dem Apotheker schlotterten die Knie.

„Herr, ich – begreife – Sie – durchaus nicht!" stotterte er.

„Seien Sie vernünftig, Herr Horn, und reden Sie sich nicht noch mehr hinein! Hören Sie lieber zu, was ich Ihnen sage! Ein Wort von mir genügt, Sie ins Zuchthaus zu bringen; ich habe die Beweise Ihrer Schuld in der Hand."

Horn rutschte von seinem Schemel nieder auf den Steinboden.

„Gnade, Gnade!" wimmerte er.

„Sie sollen Gnade finden", sagte van Zoom, „aber nur unter der Bedingung, daß Sie von jetzt an mir ebenso gehorchen, wie Sie bisher dem Hauptmann gehorcht haben."

Der Alte hatte sich langsam erhoben und seine Haltung einigermaßen wiedergewonnen. Nun ging er ein paar Schritte hin und her.

„Ja", sagte er, „ich will alles tun, alles." Dabei zog er sich zur Mauer zurück. Seine Augen zeigten einen eigentümlichen Glanz. „Ja", wiederholte er, „ich gehe auf diese Bedingung ein, denn . . ."

Er hielt inne. Er hob die Hand. Über ihm hing eine Schnur von der niedrigen Deckenwölbung. – Aber der Fürst hatte ihn nicht aus den Augen gelassen, und bevor noch der Alte die Schnur berührte, stand er mit einem Sprung bei ihm und packte den erhobenen Arm.

„Halt, Bursche! – So kommst du mir nicht! Nieder auf deinen Sitz!"

In der Rechten van Zooms blitzte ein Revolver, und gleich darauf spürte der Alte die kalte Mündung des Laufs an seiner Stirn.

„Gnade!" ächzte er wieder in Todesangst und sank auf den Schemel.

„Rühr dich nicht!" drohte van Zoom. „Die Welt hat nicht viel verloren, wenn ich dich niederknalle!"

Dann untersuchte er die Schnur. Sie führte an der Decke hin, bis genau über die Stelle, wo er gesessen hatte. Dort war ein Blechkästchen angebracht, an dessen Deckel die Schnur endete.

„Was ist in dem Kästchen?" forschte van Zoom.

„Nichts, gar nichts!"

„Schön. Das ist sehr gut für Sie, mein lieber Horn. Setzen Sie sich einmal auf meinen bisherigen Platz, hierher, gerade unter das Kästchen!"

„Warum, Herr?"

„Ich möchte ein bißchen an dieser Schnur ziehen. Also vorwärts!"

Der Alte zitterte am ganzen Leib. Seine Augen irrten suchend umher, aber er fand nichts zu seiner Rettung. Er hätte es vielleicht auf einen Kampf ankommen lassen, doch angesichts des drohenden Revolvers wagte er keine verdächtige Bewegung mehr.

„Ich will alles gestehen!" sagte er endlich. „Das Kästchen enthält eine Mischung zum – zum Riechen."

„Ach so. Zieht man an dieser Schnur hier, so wird es geöffnet, und die Mischung fällt auf den Daruntersitzenden."

„Ja."

„Und der Duft des Riechmittels ist so wirksam, daß das Opfer betäubt wird."

„Ja."

„Ich bin zufrieden. Sie sehen aber, daß Sie es nicht mit einem Schulknaben zu tun haben. Darum sage ich: noch eine einzige Heimtücke, und meine Kugel fährt Ihnen in den Kopf! Setzen Sie sich wieder!"

Der Apotheker gehorchte sofort.

„Und nun Rede und Antwort! Also, ich erklärte Ihnen, daß Sie mir, um sich zu retten, ebenso dienen müßten wie bisher dem Hauptmann. Sind Sie jetzt dazu bereit?"

„Ja."

„Der Hauptmann darf nicht das mindeste davon erfahren."

„Ich schweige."

„Sie stehen von jetzt an unter steter Aufsicht. Merken Sie sich das! Meine Leute wissen, daß ich bei Ihnen bin. Wäre mir etwas geschehen, so hätten allein Sie den Schaden gehabt. Besitzen Sie noch mehr von dem Gift, das Sie für den Hauptmann bereitet haben?"

„Ein wenig. Draußen im Vorkeller."

„Sie werden es mir geben – ich bezahle es. Wie wirkt es?"

„Es versetzt sofort in tiefe Erstarrung."

„Das weiß ich. Ich will andres wissen. Auf den Geist kann dieses Mittel doch unmöglich so schnell wirken?"

„Nein. Es wirkt nur auf den Körper; es lähmt gewisse Nerven."

„Der Kranke liegt gelähmt und kann nicht sprechen, aber er sieht und hört alles, was um ihn her geschieht?"

„Ja."

„Und muß sterben?"

Der Alte zögerte.

„Nein", stieß er endlich hervor.

„Das heißt", sagte van Zoom, „er stirbt nur dann nicht, wenn man ihm rechtzeitig ein Gegenmittel einflößt?"

„Ja."

„Besitzen Sie das Gegenmittel?"

„Ja."

„Wieviel braucht man von beiden?"

„Je nach der Widerstandsfähigkeit des – Patienten."

„Ich verstehe. Sie werden mir die Einzelheiten nötigenfalls mitteilen. Ich kann also beide Mischungen haben?"

Der Alte hatte erkannt, daß man offenbar seine Teufelskünste brauchte. Das gab ihm seine Sicherheit einigermaßen zurück.

„Wenn sie gut bezahlt werden!" sagte er deshalb frech.

„Wer gibt mir die Bürgschaft, daß ich nicht betrogen werde?"

„Ich."

Ein eigentümliches Lächeln spielte um die Lippen van Zooms.

„Gut, Herr Horn", erwiderte er seltsam bereitwillig. „Ich nehme Ihre Bürgschaft an. Der Hauptmann kennt das Gift. Auch das Gegengift?"

„Nein."

„Um so besser. Genügt es Ihnen, wenn ich Ihnen für beide Mittel zweihundert Mark bezahle?"

Die Augen des Alten leuchteten gierig auf.

„Gewiß."

„Hier. Nehmen Sie! Aber nun auch her mit dem Zeug!"

Der Apotheker steckte die Scheine in die Tasche.

„Danke, Herr! Kommen Sie mit nach vorn! Sie sollen beide Arzneien haben."

Im vorderen Raum zog der Alte einen Stein aus der Mauer und nahm aus der Öffnung ein Kästchen, das mit kleinen Flaschen gefüllt war. Von diesen wählte er zwei aus.

„Das weiße enthält das Gift, das grüne das Gegengift. Es ist genug in beiden, um den Versuch etwa zehnmal vorzunehmen."

„Dann wären wir vorläufig miteinander fertig", sagte van Zoom. „Wenn Sie mir treu dienen, Horn, werden Sie mit mir zufrieden sein. Ertappe ich Sie aber auf einer Untreue, so ist es aus mit Ihnen!" Dann ließ er seinen Blick wie absichtslos durch den Keller schweifen. „Was ist in diesen großen Fässern?" fragte er hierauf. „Wein?"

„Nein, aber etwas ebenso Vorzügliches: alter, hochfeiner Branntwein."

„Nicht übel, wenn er wirklich echt ist. Haben Sie Gläser?"

„Hier. Wünschen Sie einen Schluck?"

„Gewiß. Wir können getrost einen friedlichen Schluck auf unsern neuen Bund trinken. Schenken Sie ein, bitte!"

Der Alte füllte beide Gläser.

„Doch dazu gehört eigentlich eine Zigarre, so eine Friedenspfeife", meinte der Gast gemütlich.

„Soll ich Ihnen eine Zigarre holen?"

„Meinetwegen! Aber kommen Sie gleich zurück! Sie wissen, meine Leute wachen und warten!"

Der Alte stieg die Treppe empor. Das hatte van Zoom gewollt. Schnell ließ er aus dem weißen Fläschchen einige Tropfen in das Branntweinglas fallen. Kaum hatte er das Fläschchen wieder eingesteckt, so kehrte Horn mit den Zigarren zurück.

Der Fremde brannte sich eine an und griff nach dem einen Glas. Dadurch bekam Horn das andere, worin das verhängnisvolle Gift war. In einem Zug trank er sein Glas leer, während van Zoom nur nippte.

„Da fällt mir noch etwas ein!" begann wieder der Gast. „Nimmt man das Gift in Wasser?"

„Wie Sie wollen: in Wasser, Tee, Schokolade, Wein, auch Branntwein."

„Haben Sie noch mehr von dem Gegengift?"

„Keinen Tropfen."

„Und es stimmt, was ich vermutete: der Kranke sieht und hört alles, was mit ihm und um ihn vorgeht?"

„Er hört, sieht und fühlt alles, doch das Bewegungsvermögen ist außer Tätigkeit gesetzt, es scheint aber so, als wäre der Kranke bewußtlos."

„Dann ist das Mittel Gold wert. – Geben Sie mir noch ein Gläschen Branntwein!"

Van Zoom trank aus, obwohl das Zeug schauderhaft brannte, und ließ wieder füllen. Dann hörte er einen längeren Bericht Horns über seine ‚Arzneien' an. Dabei wurden die Antworten des Alten immer matter; die Zunge schien ihm schwer zu werden wie bei einem Rausch.

„Herr", stammelte er, während seine Augen starr wurden. „Sie haben – haben . . ."

„Was denn?" fragte van Zoom und sah gespannt auf den Apotheker.

„Sie haben – mir – mein – mein eignes Gift . . .?"

„Allerdings! Sagten Sie nicht, daß Sie selbst die Bürgschaft für die Güte übernehmen wollten?"

„Das ist – ist – ist . . ."

Das übrige ging in einem unverständlichen Gurgeln verloren. Wie ein Sack sank der Alte von seinem Sitz und lag bald lang ausgestreckt auf der Erde. Van Zoom beugte sich zu ihm nieder und leuchtete ihm mit der Laterne ins Gesicht.

„So, Bursche, prüfe ich meine Leute! Du siehst mich, und du hörst auch, was ich sage. Ich habe dir einige Tropfen von der weißen Medizin gegeben. Die Wirkung ist gut; ich bin zufrieden. Aber das Gegengift, Freundchen – ob es auch so unfehlbar wirkt? Ich werde morgen wiederkommen und dir einige Tropfen einflößen. Wirkt es nicht, so hast du mich zu deinem eignen Schaden getäuscht. Das Geld nehme ich einstweilen wieder an mich. Ist auch das Gegengift gut, so bekommst du es zurück.

Er zog ihm die Geldscheine aus der Tasche und verließ den Keller. Die von innen verriegelte Haustür war leicht zu öffnen, und van Zoom entfernte sich, ohne von den fünf Töchtern des Apothekers gesehen zu werden.

Als sich der Alte nach längerer Zeit immer noch nicht blicken ließ, begab sich eines der Mädchen in den Keller und rief alsbald durch ihr Klagegeschrei die andern herbei. Alle glaubten, daß ihren Vater der Schlag getroffen habe. Sie brachten ihn aus dem Keller ins Bett und schickten nach dem Arzt.

Am frühen Morgen des nächsten Tages kaufte sich ein alter Mann einige Zigarren bei den Horns. Er hörte, daß der Apotheker erkrankt sei und bat, ihn sehen zu dürfen. Vor dem Bett des Kranken zog er ein grünes Fläschchen aus der Tasche, öffnete ihm den Mund und ließ drei Tropfen aus der winzigen Flasche hineinfallen. Schon nach einer Viertelstunde begann der Kranke, sich schwach zu bewegen, und nach kaum dreißig Minuten öffnete er den Mund, um zu sprechen. Es gelang ihm noch nicht recht; er brachte es nur zu einem unverständlichen Lallen, aber der Fremde schien zufrieden. Zur großen Verwunderung der Mädchen griff der Unbekannte in die Tasche und legte zwei Hundertmarkscheine auf das Bett.

„Sagen Sie Ihrem Vater, meine Damen", erklärte er freundlich, „daß die Arznei gut ist! Er wird wissen, was ich meine, und wird mich seinerzeit wiedersehen."

15. Harte Prüfung

Frau Nora von Helfenstein war ganz plötzlich von einem schweren Nervenleiden befallen und in der Heilanstalt von Professor Hoffmann in Rollenburg untergebracht worden. Ihr Mann, der Bankier Franz von Helfenstein, zeigte sich untröstlich über das furchtbare Schicksal, das seine Gattin getroffen hatte. Er war zu jedem Opfer bereit, um die kostbare Gesundheit seines Weibes zurückzugewinnen.

So hieß es im Munde der Leute. In Wahrheit hatte Franz von Helfenstein die harte Bedingung seines geheimnisvollen Gegners erfüllt und Frau Nora mit Hilfe jenes Gifttranks aus der Hand des alten Horn in die Heilanstalt gebracht. Seine Absicht war es, sie dort verschwinden und sterben zu lassen. Leider wußte er noch nicht, wie. Er mußte erst herausfinden, wie sich Professor Hoffmann zu dem Krankheitsfall stellte. Hoffmann schien ein tüchtiger Arzt und ein unbestechlicher Mensch zu sein. Wie nun, wenn der seltsame Zustand Frau Noras seinen Argwohn erregte?

Vorläufig fuhr Helfenstein hinaus nach Rollenburg und erkundigte sich in gut geheuchelter Besorgnis nach dem Befinden der Kranken.

„Was halten Sie nun von dem Zustand meiner Frau, Herr Professor?" fragte er eines Tages wieder den Inhaber und Leiter der Anstalt.

„Diese Frage kann ich noch nicht beantworten", erklärte der Arzt. „Ich habe alles mögliche versucht: warme Bäder, galvanischen Strom, Gliederreiben und Ganzmassagen, indifferente Thermen und entsprechende Arzneien. Aber nichts hat angeschlagen. Sie müssen mir also noch Zeit lassen, die Kranke in aller Muße zu beobachten."

„Ein schlechter Trost, mein Lieber."

Der Professor zuckte die Achseln.

„Ein noch schlechterer wäre es, wenn ich Ihnen schon jetzt rundheraus erklären müßte, Ihre Frau sei unheilbar."

„Jaja!" Franz von Helfenstein starrte vor sich hin. „Eine unheilbare Krankheit ist schlimmer noch als der Tod."

Der Arzt sah seinen Besucher verstohlen forschend von der Seite her an.

„So ist es", nickte er. „Schlimmer als der Tod."

Schließlich führte der Professor den Bankier in das Krankenzimmer seiner Frau. Nora lag leichenblaß auf dem Ruhebett. Der Puls ging sehr schwach, der Atem fast unmerklich.

„Sie schläft", sagte Helfenstein.

Der Professor beobachtete ihn eine Weile lang unter gesenkten Wimpern hervor. Sodann winkte er ihn beiseite und zog ihn in ein Nebenzimmer.

„Das ist kein Schlaf!" begann er hier. „Ihre Frau Gemahlin ist eine Kranke, wie ich noch keine gehabt habe."

„Geben Sie Hoffnung?"

Der Professor zog die Brauen hoch.

„Ich werde aus ihrem Zustand nicht klug. Es ist eine tiefe Lähmung."

„Und wie denken Sie über die Ursache dieser unerklärlichen Krankheit?"

„Hm. Soll ich Ihnen offen meine Meinung sagen?"

„Ich bitte darum."

In dem undurchdringlichen Gesicht des Professors erschien ein entschlossener Zug. Er war entschieden ein Mann, dem es nicht an Scharfsinn und auch nicht an Mut zu unbedingter Offenheit fehlte.

„Ihre Frau Gemahlin", sagte er langsam, während er dem Bankier scharf in die Augen sah, „ist nicht nervenkrank, sondern auf künstliche Weise in diesen Zustand versetzt worden."

Helfenstein zuckte sichtlich zusammen.

„Das kann nicht Ihr Ernst sein, Herr Professor! Wie könnte eine solche – nein, das wäre ja ein fürchterliches Verbrechen!"

„Allerdings. Aber ich habe meine guten Gründe für meine Behauptung. Ihre Frau Gemahlin ist nur in bezug auf die willkürlichen Bewegungsnerven gelähmt. Dagegen merkt sie es, wenn ich sie berühre; sie empfindet jeden, auch den leisesten Luftzug."

„Und sie hört, was man an ihrem Bett spricht?"

„Jeden Laut. Sie würde ebenfalls alles sehen, wenn die Lider nicht geschlossen wären. Ich glaube, es liegt hier eine strafbare Handlung vor, und infolgedessen bin ich fast bei der Erkenntnis angelangt, daß mir nichts andres übrigbleibt, als Anzeige zu erstatten."

„Aber wie könnte das geschehen sein, Herr Professor? Meine Frau war fast immer in meiner Nähe! Nein, ich bin überzeugt, daß Sie sich irren."

„Ich irre mich nicht! Es steht für mich fest, daß man Ihrer Gattin irgendein lähmendes Gift beigebracht hat!"

„Und nun wollen Sie tatsächlich bei der Behörde Meldung machen? Um Gottes willen, dieser Skandal! Meine Frau würde entsetzt sein, wenn sie nach ihrer Genesung davon erführe! Das darf ich auf keinen Fall zugeben, Herr Professor!"

„Es ist meine Pflicht als Arzt. Ich habe schon länger gewartet, als ich eigentlich verantworten kann; nur weil es sich um Ihren klangvollen Namen handelt, Herr Bankier. Jetzt aber tritt auch noch ein Umstand hinzu, der mich geradezu zwingt, den verdächtigen Fall anzuzeigen. Gestern hat ein neuer Assistenzarzt bei mir seinen Dienst angetreten. Doktor Zander ist zwar noch jung, aber es geht

ihm ein guter Ruf voraus. Er hat sich an mehreren Nervenheil-
anstalten bewährt und ist nicht der Mann, der sich täuschen läßt.
Also steht auch mein wissenschaftliches Ansehen auf dem Spiel."

„Dieser Doktor Zander hat die Kranke schon gesehen?"

„Einmal, als ich ihn durch die Zimmer führte."

„Und wie ist seine Meinung?"

„Er zog die Lider der Kranken empor und meinte nur, daß dieser
Fall nicht nur vor den Arzt gehöre. Ein schlagender Beweis dafür,
wie gut er sich in seinem Fach auskennt."

„Aber um alles in der Welt, das sind doch vorläufig nur Vermutungen! Wenn wir den Schurken – falls Sie recht hätten, Herr Professor – fassen wollen, müssen wir erst in aller Stille Beweise sammeln."

Professor Hoffmann verzog kaum merkbar die Lippen.

„Sie sind in einer Weise um Ihren guten Ruf besorgt, Herr von
Helfenstein . . ."

Hier brach er ab. Der Bankier warf ihm von der Seite her einen
forschenden Blick zu.

„Ich weiß nicht . . ."

„Was?"

„Ob wir uns verstehen . . ."

„Vielleicht", meinte der Professor.

„Ich würde jedes Opfer bringen, um –"

„– um die Angelegenheit der Öffentlichkeit nicht bekannt-
werden zu lassen?"

Darauf ein tiefer Atemzug Helfensteins.

„So ist es."

„Was heißt: jedes Opfer?"

Jetzt glaubte Helfenstein, das Spiel gewonnen zu haben. Er
nannte eine sehr hohe Summe, die er hochtönend als ‚Sonderhonorar' bezeichnete. Der Arzt nickte dazu vor sich hin. In Wahrheit galt dieses Nicken der Feststellung, der Bankier sei wirklich ein
Halunke und habe seine Frau mit Hilfe eines Giftmischers in ihren
rätselhaften Zustand versetzt oder versetzen lassen. Aber das
sagte der Professor nicht. Sein Mund sprach sogar ganz anders.

„In dieser Weise", meinte er, „kommen wir vielleicht zusammen,
Herr von Helfenstein. Ich werde meiner Hochachtung vor dem
Namen Helfenstein ein Opfer bringen. Dann bleibt mir allerdings
nichts übrig, als der Kranken sobald wie möglich ein Sonderzimmer
außerhalb des eigentlichen Anstaltsgebäudes anzuweisen, um sie
dauernd unter eigener Beaufsichtigung zu haben."

„Ich verstehe. Dort hat der Assistent nichts zu suchen. Oh, Sie
beruhigen mich, Herr Professor! Ich werde mich, wie gesagt, in
jeder Beziehung erkenntlich zeigen."

Die Beruhigung Franz von Helfensteins währte allerdings nicht lange. Ein neuer Schlag versetzte ihn bereits am nächsten Abend in schwere Sorge. Er erhielt nämlich von Professor Hoffmann die kurze, rätselhafte Nachricht, seine Frau sei nicht mehr in der Anstalt zu Rollenburg. Hoffmann erwarte seinen Besuch.

Franz von Helfenstein verbrachte eine schlimme Nacht. Er grübelte schwer. Schon seit einiger Zeit bemächtigte sich seiner mehr und mehr das Gefühl, einer Hand aus dem Dunkel wehrlos ausgeliefert zu sein, einer Hand, die unfehlbar sicher ein Netz wob, in dessen Schlingen er sich verstricken sollte.

Der Bankier biß böse die Kiefer zusammen. Er war aus zähem Holz geschnitzt; sein Herz war kalt und hatte sein Leben lang nichts von unnützen Gefühlen oder gar von Ängsten gewußt. Jetzt aber kam es schon vor, daß er sich in der Nacht schlaflos brütend auf dem Lager wälzte. Und wie er auch sein listiges Hirn zermarterte, das Dunkel, das seinen Feind schützend verbarg, blieb dicht und undurchdringlich wie zuvor.

Eine Weile hatte er den Fürsten van Zoom im Verdacht gehabt, dieser erbarmungslose Feind oder doch mit ihm im Bunde zu sein, da er eine zeitliche Übereinstimmung zwischen van Zooms Erscheinen in der Hauptstadt und dem Beginn der fast ununterbrochenen Folge von gescheiterten Plänen herausgerechnet zu haben glaubte. Aber das Leben van Zooms lag zu offen vor aller Augen, als daß dieser Verdacht stichhaltig gewesen wäre. Der Fremde aus Indien ging oder fuhr selten aus; den größten Teil des Tages verbrachte er daheim. So berichteten dem Hauptmann seine Späher übereinstimmend. Selbst der junge Chemiker Friedrich, den doch ein heißer Haß gegen van Zoom verzehrte, wußte nichts andres zu melden.

Schließlich gab Helfenstein es auf, nach dem Geheimnisvollen zu forschen, und begnügte sich damit, für eine gewisse Spanne Zeit seine Unternehmungen als Hauptmann einzustellen. Wenn er sich ruhig verhielt, würde vielleicht die Wachsamkeit seines Todfeindes einschlafen.

Nun war dieser neue, furchtbare Schlag gegen ihn gefallen. Denn anders vermochte er sich die rätselhafte Überführung seiner Frau aus der Hoffmannschen Heilanstalt nach einem Ort, über den sich der Arzt in seiner Mitteilung ausgeschwiegen hatte, nicht zu erklären. Oder hatte die ‚Hand aus dem Dunkel‘ nichts damit zu tun? War sein Verdacht nur eine Ausgeburt seiner gehetzten Phantasie? Aber aus welchem Grund sonst, in drei Teufels Namen, hätte man seine Frau überhaupt so plötzlich aus Rollenburg fortschaffen sollen? Helfenstein zerbrach sich den Kopf Stunde um Stunde ergebnislos.

Um sich nun Gewißheit zu verschaffen, fuhr er, müde und zerschlagen von der schlaflosen Nacht, morgens mit dem ersten Zug hinaus nach Rollenburg, begierig zu hören, was der Leiter der Anstalt zu dieser neuen Wendung der Angelegenheit zu sagen habe. Franz von Helfenstein hatte Professor Hoffmann glänzende Vorteile angeboten, und der Arzt war auf dieses Angebot eingegangen. Aber wie nun, wenn Hoffmann ein falsches Spiel trieb? Wenn er in Wahrheit für Helfensteins Gegner arbeitete?

„Rollenburg! – Alles aussteigen!"

Der Bankier sprang auf den Bahnsteig. Über dem Grübeln war ihm die Fahrt wie im Flug vergangen.

Professor Hoffmann saß noch beim Frühstück, aber er ließ den Bankier sofort eintreten.

„Wo ist meine Frau?" war Helfensteins erste Frage.

„Nicht mehr hier, das drahtete ich Ihnen ja", erklärte der Arzt ruhig.

Diese Antwort ließ Helfensteins Erregung hell auflodern. Mit heftigen Worten fiel er über den Arzt her. Es sei ein Skandal, daß in einer Anstalt von gutem Ruf dergleichen geschehen könne. Überhaupt habe ihm Hoffmann doch versprochen, Frau Nora in ein Sonderzimmer außerhalb des eigentlichen Anstaltsgebäudes bringen zu lassen. Und so ging es weiter.

Der Arzt ließ ihn gelassen ausreden, schob dabei das Frühstück auf dem Tisch vor sich beiseite und faltete das Mundtuch bedächtig zusammen.

„Herr von Helfenstein", sagte er dann, „das klingt ja fast so, als wollten Sie mir Vorwürfe machen!"

„Und wenn? Sie haben unsre Abmachung nicht eingehalten."

„Höhere Macht, oder wie wir es nennen wollen, ist Ihnen und mir hier zuvorgekommen. Ich konnte Ihre Gattin nicht in den versprochenen Sonderraum schaffen lassen, und Sie – brauchen nun das ‚Sonderhonorar', von dem Sie sprachen, nicht zu bezahlen."

„Lächerlich!" fuhr Helfenstein auf. „Was frage ich nach dem Geld! Rechenschaft will ich haben, Rechenschaft über den Verbleib meiner Frau!"

Der Professor hob den Kopf und sah den Aufgeregten forschend an.

„Sie scheinen das Verschwinden Ihrer Frau für irgendeine unverständliche Maßnahme meinerseits zu halten – Luftveränderung, Umgebungswechsel oder dergleichen?"

Vor dem Blick des Professors und wohl auch vor dem ernsten Klang seiner Stimme wich Helfenstein zurück.

„Sie müssen mich recht verstehen, verehrter Herr Professor", erklärte er. „Selbst wenn es so wäre, weiß ich doch, daß Sie es nur zum besten der armen Kranken getan hätten. Aber dann bleibt doch für mich immer noch das Recht auf Gewißheit . . .“

„Sie irren“, unterbrach ihn der Arzt. „Die Gewißheit, die Sie von mir begehren, könnte Ihnen – gegebenenfalls – allein die zuständige Behörde, die Polizei, geben. Dorthin müssen Sie sich wenden.“

„Die Polizei?“ wiederholte Helfenstein bestürzt.

„Ja. Sie erschien gestern hier in Rollenburg und holte Ihre Frau ab.“

„Und Sie?“

„Wie meinen Sie das?“

„Ließen Sie das denn ruhig zu? Verlangten Sie nicht Aufklärung? Waren Sie das nicht dem guten Ruf Ihres Unternehmens schuldig?“

„Herr von Helfenstein, hier gehen Sie zu weit! Was zu geschehen hat, um die Ehre meines Namens und den Ruf meines Unternehmens zu schützen, darüber befinde ich allein. Bitte, beachten Sie das!“

So endete dieser Besuch in Rollenburg für Franz von Helfenstein ergebnislos. Was sollte er jetzt unternehmen? Sich an die Behörde wenden? Gewiß, das würde er der Form halber wohl tun müssen. Aber er tat es nicht gern, und er wollte dabei so vorsichtig wie möglich verfahren. Das riet ihm sein schlechtes Gewissen. Im übrigen nahm er von Rollenburg das Gefühl mit hinweg, es wäre klüger gewesen, Professor Hoffmann von Anbeginn gefaßter und höflicher entgegenzutreten.

16. Weihnachtsabend

Oft, wenn Richard Bertram im Krankenhaus die Augen aufschlug, gewahrte er die Züge van Zooms vor sich; manchmal aber sah er – wie einen flüchtigen Traum – ein freundliches Mädchenantlitz über sich gebeugt.

„Nacht! Meine Nacht!“ flüsterte er dann und schloß die Lider, als fürchte er, das schöne Bild zu verscheuchen.

So verging Tag um Tag. Richard befand sich längst auf dem Weg der Besserung. Er hörte und begriff, was geschehen war, und nahm alles ruhig und gefaßt auf. Selbst die Nachricht vom Tod seines Pflegevaters hatte er überstanden, ein Zeichen, daß kein Rückfall in seinen krankhaften Nervenzustand mehr zu befürchten war. Er fühlte sich sogar stark genug, das Krankenhaus zu verlassen, aber die Ärzte versagten ihm noch die Erlaubnis.

Nun stand auf dem großen Abreißkalender der vierundzwanzigste Dezember – Weihnachtsheiligabend. Am Vormittag kam van Zoom und fragte Richard, wie gewöhnlich, nach seinen Wünschen.

„Nur fort von hier!" lautete die Antwort. „In die Freiheit! Weiter möchte ich nichts!"

„Wissen Sie denn schon, was Sie mit dieser Freiheit anfangen werden? Fühlen Sie sich wirklich kräftig genug, es wieder mit dem Leben aufzunehmen?"

Richard holte einige Papiere aus dem Tischchen zwischen Bett und Fenster.

„Seit kurzem arbeite ich wieder: Gedichte. – Der zweite Band der ‚Heimat- und Tropenbilder‘."

„Honorar sechzig Mark", ergänzte van Zoom.

„Oh, für den zweiten Band hat mir Strickrod fünfundsiebzig versprochen! Ich denke, daß er Wort halten wird."

Der Fürst lächelte.

„Jetzt sehe ich, daß Sie tatsächlich wieder auf der Höhe sind, mein Freund. Halten Sie nur noch bis zum Abend aus; dann können Sie einen Strich unter die Vergangenheit machen!"

Der Tag wollte Richard zur Ewigkeit werden. Endlich wurde es dunkel, und die Krankenpflegerin brachte ihm einige Pakete.

„Das möchten Sie heut anziehen, Herr Bertram."

Verwundert öffnete er und fand einen schönen neuen Anzug mit allem, was dazu gehörte. – Wer war der Geber? Es war wohl ein Weihnachtsgeschenk seines Gönners . . .

Im Spiegel erkannte sich Richard kaum wieder – und in der Tür stand lächelnd der Fürst van Zoom.

„Ich komme, um Wort zu halten. Frei! – Sind Sie bereit?"

„Was – wie – warum . . .?"

„Eine kleine Überraschung, weiter nichts!"

Draußen stand ein Wagen. Richard stieg ein.

„Zum Oberst von Tiefenbach!" rief van Zoom dem Kutscher zu, indem er neben Richard Platz nahm, und fort ging's in sausender Fahrt.

„Was soll ich denn dort?" fragte Richard.

„Man hat einige Gäste eingeladen, darunter auch Sie. Kommen Sie nur mit, Herr Bertram!" –

Van Zoom führte ihn dann die Treppe empor, vorbei an Dienern, die sich verbeugten, durch Türen, die sich wie auf ein geheimes Zeichen geräuschlos öffneten. Richard fühlte sich wie im Traum. Schließlich blieb der Fürst vor einer Tür stehen und klopfte.

„Hier hinein!" sagte er. „Wir sehen uns nachher wieder."

Bevor Richard es sich versah, stand er schon jenseits der Schwelle, und die Tür schloß sich hinter ihm. Verblüfft schaute er sich in dem behaglichen kleinen Zimmer um. Da erhob sich aus einem Sessel ein Mädchen – Hedwig von Tiefenbach.

Das Blut stieg Richard in die Stirn. Er war ein wenig ärgerlich auf den Fürsten, der ihn hier in diese Verlegenheit brachte; er suchte krampfhaft nach Worten – vergebens. Doch da kam sie ihm schon freundlich entgegen und reichte ihm die Hand, die er kaum zu berühren wagte.

„Endlich!" sagte sie lebhaft. „Willkommen nach so schweren Zeiten, Herr Bertram! Nehmen Sie für einen Augenblick bei mir Platz! Die Eltern sind noch nicht soweit."

Noch immer fand er kein geeignetes Wort, das in diese märchenhafte Stimmung und vor diesem Mädchen gepaßt hätte. Was sollte er hier? Er konnte die Gegenwart nicht fassen. Wie hilfesuchend blickte er umher.

Sie verstand seine Befangenheit.

„Ich habe heut eine Dankespflicht erfüllen wollen, Herr Bertram", begann sie vorsichtig. „Sie haben in letzter Zeit um meinetwillen viel Schweres durchmachen müssen. In diesem Haus begann Ihr Leid, und hier soll es auch sein Ende finden. Statt daß man Ihnen für Ihre Opferbereitschaft, mir zu helfen, dankte, wurde Ihnen bitter unrecht getan."

War Richard anfänglich noch etwas verwirrt gewesen, so hatte er jetzt sein seelisches Gleichgewicht wiedergewonnen.

„Es braucht sich niemand irgendwelche Vorwürfe zu machen, mein Fräulein. Was mich ins Unglück brachte, war eine unheilvolle Verkettung der Umstände – nichts anderes."

Sie blickte ihm klar in die Augen und nickte nur.

„Ich denke", sagte sie dann nach kurzer Pause, „die Eltern werden jetzt bereit sein. Lassen Sie uns gehen!"

Im angrenzenden Zimmer wurde Bertram von dem Oberst und seiner Frau in Gegenwart des Fürsten van Zoom herzlich begrüßt. Er fühlte, daß ihre Worte keine leeren Redensarten waren, und erwiderte sie in seiner einfachen Weise.

Nach und nach kamen noch mehr Gäste. Unter ihnen bemerkte er auch eine schöne, nicht mehr junge Dame, die ihn seltsam anzog. Sie war ganz in Schwarz gekleidet. Richard entdeckte sich mehrfach dabei, daß seine Blicke unwillkürlich zu ihr hinglitten. Es war ihm, als ob er diesem Gesicht mit den weichen Zügen, diesen blauen Augen und diesem goldblonden Haar schon einmal begegnet sei. Er sann und sann, aber er kam zu keinem Ergebnis.

Es war Ulrike von Helfenstein.

Jetzt ging die Flügeltür zum Empfangszimmer auf – ein reichgeschmückter Weihnachtsbaum leuchtete drinnen. Geschenke lagen darunter ausgebreitet, meist für die Familienglieder; aber auch für jeden der Gäste war eine Gabe dabei, eine kleine Aufmerksamkeit.

Hedwig trat zu Richard.

„Kommen Sie, Herr Bertram! Das Christkind hat auch an Sie gedacht. Darf ich Sie führen?"

Sie geleitete ihn dahin, wo ein kunstvoll gebundener Band lag. Auf der Außenseite glänzte in Goldschrift: „Heimat- und Tropenbilder" von Almansor.

„Die zweite Auflage!" staunte er. „Diese Freude – oh, ich danke Ihnen!"

Er faßte gerührt ihre Hand.

„Sie haben diese Auflage noch nicht gesehen?"

„Nein."

„So schlagen Sie das Buch schleunigst auf!"

Er öffnete es. Hinter dem Titelblatt lagen einige größere Geldscheine.

„Was ist das?" fragte er betroffen.

Seine Augen suchten die des Mädchens mit einem fast vorwurfsvollen Blick.

„Ihr wohlverdientes Honorar, das beträchtlich aufgerundet wurde!" lachte Hedwig. „Dort steht der Mann, dem Sie das zu verdanken haben."

Van Zoom schien nur auf den Augenblick gewartet zu haben, denn er trat rasch herbei und reichte Richard ein Schriftstück.

„Der abgeänderte Verlagsvertrag zwischen Almansor und der Firma Strickrod. Sie waren krank, und so habe ich mich dieser Angelegenheit ein wenig angenommen."

Es dauerte ein Weilchen, bis Richard selber erkannte, daß es sich wirklich um sein wohlverdientes Honorar handelte. Eine Sicherheit überkam ihn, die er vorher nie gekannt. Galt er nicht plötzlich etwas in der großen Zahl jener Wesen, die man mit dem Sammelwort Menschheit bezeichnet? Ja, er war jetzt nicht mehr der unbekannte Schreiberling, der sein geistiges Schaffen für spärliches Entgelt hingeben mußte. Man war auf ihn aufmerksam geworden.

Dann ging man zur Tafel. Richard saß neben Ulrike von Helfenstein. Wieder war es ihm, als verknüpfe ihn ein unsichtbares Band mit ihr, und schon nach wenigen Worten erschien sie ihm wie eine vertraute Bekannte.

Im Lauf des Abends ging das Buch seiner Heimat- und Tropengedichte von Hand zu Hand, und es währte nicht lange, da baten ihn seine Gastgeber, er möge doch ein Gedicht vortragen.

„Ja, Herr Bertram!" spornte Hedwig ihn an. „Mir zuliebe!"
Er überlegte kurz.

„Erst heute vormittag habe ich im Krankenhaus ein Weihnachts-
gedicht niedergeschrieben", sagte er dann. „Ich werde versuchen,
es vorzutragen."

Damit stand er auf und trat etwas zur Seite. Einige Augenblicke
hing sein Auge, wie nach dem Anfang suchend, am Boden; endlich
hob er die Stirn, und in seinen Augen leuchtete es auf.

> „Es machte einst der Engel Schar
> in sternenheller, heil'ger Stunde
> des Vaters Willen offenbar
> der ganzen weiten Erdenrunde.
> Und was die Engel dort verkündet,
> das klingt noch heut von Stern zu Stern
> und bleibt für ewig fest gegründet:
> das doppelte Gebot des Herrn."

Richard besaß eine volltönende, ausdrucksreiche Stimme; man
hörte es ihr an, daß ihr Besitzer daran mit zähem Eifer gearbeitet,
daß er sie wohl in manch einsamer Stunde an den Rhythmen seiner
eignen Verse geübt hatte. Musik war diese Sprache – und aller
Blicke schauten auf ihn, und aller Ohren lauschten.

So sprach er von dem Engelsruf: „Ehre sei Gott in der Höhe!"
Diesem Mahnruf zu gehorchen, befähigte den Sterblichen allein
der Glaube. Das andere Gebot aber, „Friede auf Erden!", setzte
in denen, die ihm Gehorsam verschaffen wollten, die Liebe voraus,
die Liebe, die allen Haß und alle Feindschaft überwindet.

Zum Schluß erhob sich der Vortrag zum Feierklang einer
Hymne.

> „So ward das doppelte Gebot
> der ganzen Schöpfung einst gegeben,
> damit der Mensch in seiner Not
> die Kraft gewinnt, zu Gott zu streben.
> Wenn wir die Gabe recht begreifen
> und unser Herz der Liebe weih'n,
> wird des Gebots Erfüllung reifen:
> Es wird auf Erden Friede sein."

Schweigen lohnte mehr als lauter Beifall den Sprecher und
schweigend trat Ulrike von Helfenstein an ihn heran und drückte
ihm die Hand.

212

„Nun, mein gefeierter Dichter", scherzte van Zoom, als er mit Richard Bertram wieder im Wagen saß, „haben Sie schon über Ihre nächste Zukunft nachgedacht? Und was haben Sie beschlossen?"

Richard fühlte nach seiner Brusttasche und streichelte sie zärtlich.

„Das Honorar, das ich heute durch Ihre Güte erhielt, macht mir die Erfüllung meines Herzenswunsches möglich: Ich will meinen armen Geschwistern aus der Not helfen!"

„Dergleichen habe ich erwartet. Eigentlich sind es ja Stiefgeschwister, Herr Bertram. Sie waren doch nur Pflegekind!"

„Desto größer ist meine Schuld. Mein Pflegevater hat Opfer für mich gebracht, und seine Kinder haben ihr Brot, auch als es knapp wurde, redlich mit mir geteilt. Man hat mich nie fühlen lassen, daß ich aus dem Waisenhaus stammte. Das verpflichtet."

„Recht so! Vielleicht kann ich Ihnen einen Rat geben. Nun, wir werden sehen!"

Der Kutscher hielt vor einem kleinen Haus in der Siegesstraße. Der Leser kennt es schon; es war im Stil eines schlichten Landhauses gebaut und nahm sich unter lauter stattlichen Villen aus wie ein Kind unter Erwachsenen. Am Türschild der Pforte stand der Name der Hausbewohner zu lesen: Grube.

„Wir sind am Ziel", sagte der Fürst und sprang aus dem Wagen.

Richard fragte nicht mehr. In unbeschränktem Vertrauen folgte er seinem Wohltäter.

Ein alter, weißbärtiger Mann mit freundlichem Gesicht öffnete und führte sie ins Wohnzimmer, wo ihnen eine bejahrte Frau in mütterlicher Weise entgegentrat.

„Willkommen, Herr!" sagte sie mit gewinnender Herzlichkeit zu Richard. „Treten Sie ein: Sie werden schon sehnsüchtig erwartet!"

„Erwartet?" fragte er verwundert.

Lächelnd öffnete sie die Tür des Nebenzimmers. Heller Lichterschein strahlte ihm auch hier entgegen – ein Weihnachtsbaum brannte, und neben einem mit Gaben bedeckten Tisch standen – Richards kleine Geschwister und Marie.

„Richard, lieber Richard!" rief die große Schwester und schlang ihm die Arme um den Hals.

Nun kamen auch die Kleinen; sie sprangen um ihn herum und streckten die Händchen nach ihm aus. Wie oft hatte er seinen Gönner, wenn er auf Besuch ins Krankenhaus kam, nach seinen Geschwistern gefragt! Der hatte ihm stets ausweichende Antworten gegeben und ihn auf später vertröstet, im übrigen aber mit dem Versprechen beruhigt, sie seien gut aufgehoben.

Die Augen gingen Richard bei diesem unerwarteten Wiedersehen über. Er kniete nieder, zog die Kinder an sich und weinte vor Freude und Rührung. Er gedachte des Pflegevaters; er gedachte – doch nein, er hatte keine Zeit, sich trüben Erinnerungen hinzugeben, denn die Kleinen brachten ihm ihre Geschenke, und er mußte jedes einzelne betrachten und gebührend bewundern.

„Und von wem habt ihr das alles?" fragte er.

„Vom Vater", sagte das eine.

„Von der Mutter", erwiderte das andre.

„Und wer ist das, Vater und Mutter?"

Da zeigten sie jubelnd auf die alten Leute.

„Verstehe ich recht? Sie haben sich ..."

„... der Kinder angenommen, ja". nickte der alte Mann. „Sind Sie damit zufrieden, junger Herr? Sie dürfen versichert sein, daß sie in gute Hände gekommen sind. Wer ich bin, das will ich Ihnen nachher in Ruhe ..."

„So brauchten meine Geschwister nicht ins Waisenhaus?" unterbrach ihn Richard.

„Was Sie denken! – Die Kleinen wohnen bei uns, schon seit jenem verhängnisvollen Tag."

„Welch eine Freude! Und das habe ich doch nur Ihnen ..."

Richard hatte sich umgewandt, um seine Worte an seinen Gönner zu richten; der aber war verschwunden.

„Ah!" Er tat einige Schritte zur Tür. „Ich muß sogleich zu ihm!"

„Halt, Herr Bertram!" meinte der Alte. „Bleiben Sie ruhig hier! Sie finden ihn nicht. Er ist schon fort, denn er ist kein Freund von vielen Danksagungen. – Und nun folgen Sie mir!"

Grube leuchtete ihm durch ein Vorzimmer und die Treppe hinauf. Hier war an einer Tür ein Porzellanschild angebracht.

„Richard Bertram!" las der Erstaunte. „Das soll heißen ...?"

„... daß Sie hier in diesen zwei Giebelstuben wohnen werden. Treten Sie ein!"

Der Alte öffnete die Tür, und Richard stand in einem behaglichen Zimmer, an das eine Schlafstube stieß. Es gab da einen Schreibtisch und in den Wandfächern Bücher. Stumm betrachtete er alles. Es war ihm, als wollten ihm noch einmal die Tränen hochsteigen.

„Das wurde von Herrn van Zoom so angeordnet?"

„Ja."

Er wandte sich ab und holte tief Atem. Endlich glaubte er, seiner Rührung Herr zu werden. Er wollte weiter zu dem Pflegevater seiner Geschwister sprechen, aber der Weißbart war verschwunden. Der alte Mann wußte, daß man in Augenblicken der Erschütterung allein sein muß.

Später kam es doch noch zu einer klärenden Aussprache mit

den freundlichen alten Leuten, und als sich Richard an diesem Abend zur Ruhe legte, da geschah es mit einem Glücksempfinden, das er seit Jahren nicht mehr gekannt hatte. Er fühlte sich sicher und geborgen wie ein Kind unterm Dach des Vaterhauses, denn er wußte nun, bei wem er untergebracht war, und wer die Kinder seines Pflegevaters in seine elterliche Obhut genommen hatte. Ruhig schlief er ein, und bald umgaukelten ihn freundliche Traumbilder, die ihn das Leid der letzten Wochen vergessen ließen.

17. Zwischen Haß und Liebe

Nicht so weihnachtlich selig verlief der Heilige Abend für Lena Rosenbaum, die Tochter des jüdischen Pfandleihers aus der Wasserstraße.

Mehrfach hatte sie sich im Krankenhaus eingefunden, um Richard Bertram zu besuchen. Aber nachdem es ihr einmal geglückt war, zu ihm vorzudringen und der Arzt einen ungünstigen Einfluß des Besuchs auf den Kranken festgestellt hatte, wurde ihr der Zutritt untersagt. Dennoch war sie mit einer verbissenen Zähigkeit immer wieder im Warteraum erschienen, bis man ihr eines Tages rundweg erklärte, sie solle sich keine Hoffnung machen; sie werde Richard Bertram nicht eher sehen und sprechen dürfen, als bis er völlig wiederhergestellt sei.

Seitdem hatte sich der Gedanke, Richard Bertram selbst verwehre ihr den Zutritt, mehr und mehr in ihrem Herzen festgesetzt. Sie durchlitt Höllenqualen der Eifersucht, denn sie hatte in Erfahrung gebracht, daß jene andere, der ihr glühender Haß galt, Hedwig von Tiefenbach, in Begleitung des Fürsten van Zoom bei Richard vorgelassen worden war.

So hielt sich Lena eine Weile fern. Am Spätnachmittag des vierundzwanzigsten Dezember aber schritt sie, ein kleines Geschenk im Täschchen, wieder die Treppen zum Wartezimmer hinauf.

„Ach, Fräulein Rosenbaum!" sagte die Krankenschwester mit einem ablehnenden Lächeln. „Herr Bertram ist entlassen."

„Entlassen?"

„Ja. Der Fürst van Zoom hat ihn abgeholt."

Lichterloh flammte wieder die Eifersucht in ihr auf. Sie rannte nach Haus. Natürlich van Zoom! Vielleicht war der erste Weg der beiden zu den Tiefenbachs gewesen, und die Lena Rosenbaum, die den armen Dichter mit offenen Armen aufgenommen, die hatte man vergessen. Oh, diese zuckersüße Adelspuppe, wie Lena die haßte!

Längst war es in ihrem romantischen Hirn klar, daß Richard Bertram, das Findelkind, ein adliger Sprößling sein müsse. Das ging für sie aus der Goldkette mit dem Anhänger hervor. Und ebenso klar war für sie alles Weitere.

Mit Hilfe der Kette würde Richard, dem es bisher nur an dem nötigen Geld gefehlt hatte, die Nachforschungen nach seiner Herkunft tatkräftig betreiben, eines Tages herausbringen, daß er aus irgendeinem der alten Adelsgeschlechter des Landes stamme. Das würde er durch diesen van Zoom erreichen, der mit seinen märchenhaften Besitztümern nötigenfalls eine ganze Schar von Detektiven in Bewegung setzen konnte.

Und das Ende würde sein, daß der in seine angestammten Rechte wieder eingesetzte Adelssproß die zuckersüße Hedwig von Tiefenbach heiratete und daß die Verhaßte dann an der Seite des berühmten Almansor ein beneidenswertes Dasein führen konnte. An Lena Rosenbaum aber würden die beiden nicht mehr denken. Die mochte ihr Leben in der Wasserstraße vertrauern.

Das Mädchen zitterte, wenn es an diese Möglichkeit dachte. Das nächste war der wild aufflammende Vorsatz, alles zu tun und zu wagen, um diese Wendung der Dinge zu verhindern. Und schließlich war schon ein fertiger Plan da, der ihrer Meinung nach sicher und leicht zum Ziel führen mußte.

Wie ein Sturmwind wirbelte sie ins elterliche Haus. Sie stürzte ins Zimmer Salomon Rosenbaums.

„Vater, ich habe etwas Hochwichtiges mit dir zu besprechen!"

Und der Alte, der in seine Tochter blind vernarrt war, hörte ihr willig zu, ließ sich von ihr einfangen und wurde ihr dienstbar zur Verwirklichung ihrer geheimen Absichten.

Das war der Weihnachtsabend der Rosenbaums. Die Folgen dieser Verschwörung zeigten sich gleich nach dem Fest.

An einem der ersten Nachmittage nach Weihnachten stand Richard Bertram vor Rosenbaum. Friedliche Stunden ohne Nahrungssorgen hatte er im Haus jener alten Leute verlebt – Stunden, so von der Sonne des Glücks durchleuchtet, im Kreis seiner Geschwister, daß er zu träumen glaubte. Heute nun war er zum erstenmal nach dem Fest wieder auf die Straße gegangen, und zwar galt dieser Gang dem Pfandleiher Rosenbaum, bei dem er die Goldkette auslösen wollte.

„Ist der Herr plötzlich geworden so reich?" fragte der Pfandleiher, als er Richard so gut gekleidet eintreten sah und seinen Begehr hörte. „Ich hätte Sie nicht gedrängt, Ihre Schuld zu bezahlen so bald. Aber wenn Sie durchaus wollen –! Ich muß nur rufen meine Tochter. Sie ist es, die hat geborgt das Geld und die hat aufbewahrt die Empfangsbescheinigung. Jaja, junger Herr, bei Salomon Rosenbaum muß alles haben seine Ordnung, wenn es geht um Geld und Geldeswert!"

Das war Bertram keineswegs lieb. Doch was sollte er dagegen tun? Lena trat ein. Sie war sehr bleich und grüßte Richard mit ausgesuchter Freundlichkeit. Er zog das Geld und den Pfandschein hervor und reichte Lena beides. Dieser Schein hatte ihm nach seiner Genesung schwere Sorgen bereitet, denn er war verschwunden. Auch die Polizei hatte ihn nicht gefunden. Erst van Zoom brachte seinen Schützling darauf, das Papier könne in Richards altem Rock zwischen Stoff und Taschenfutter gerutscht sein. Und so war es auch.

„Aber, mein Herr", sagte Lena, sichtlich befangen, „ist das denn gar so eilig? Ich brauche das Geld nicht!"

„Dennoch bitte ich, es zurückzunehmen. Schulden drücken."

„Ich hatte gedacht, Sie öfter bei uns zu sehen . . ."

„Leider wird meine Zeit von meinen Arbeiten so in Anspruch genommen, daß ich wohl nicht so bald . . ." Er wies auf den Pfandschein in ihrer Hand. „Wenn Sie die Güte hätten, Fräulein Rosenbaum, mir die Kette zurückzugeben!"

„Du hast die Kette doch gut verschlossen?" wandte sie sich an den Vater.

„Sie liegt noch so, wie ich sie habe getan ins Pult. – Hier, Herr Bertram!"

Richard öffnete nur flüchtig die Verpackung und warf kaum einen kurzen Blick auf die Kette.

„Ja, sie ist's! Nehmen Sie meinen besten Dank!"

Von dem Pfandleiher aus besuchte er das Grab seines Pflegevaters. Er hatte an die Vorgänge bei der Beerdigung nicht die geringste Erinnerung und wußte deshalb auch nicht, wo er das Grab zu suchen hatte. Auf dem Friedhofsamt erhielt er jedoch Auskunft, und kurze Zeit später stand Richard vor dem Hügel, unter dem der Mann ruhte, der ihm wie ein wirklicher Vater gewesen war.

Seltsame Gedanken bewegten sein Herz, Gedanken, die ihn früher, da er den Schneider Bertram noch Vater nennen durfte, auch schon bisweilen, aber nie so drängend, beschäftigt hatten. Wer waren seine Eltern? Die Kette mit den Buchstaben R und H und den seltsamen Schnörkeln auf dem Anhänger legte, falls sie wirklich von seinen Eltern stammte, die Vermutung nahe, daß er in sehr guten Verhältnissen geboren worden sei. Aber wie kam er ins Findelhaus? Sollten seine Eltern ihn als unschuldiges Kind aus irgendeinem Grund verstoßen haben? Sein ganzes

Innere empörte sich gegen diesen Gedanken. Oder war er ihnen verlorengegangen? Oder hatte er irgend jemand im Wege gestanden, dessen Vorteil es war, daß er verschwand?"

Lange hing er diesen Fragen nach. Erst als er vor Kälte erschauerte, erwachte er aus seinem Sinnen. In einem seltsamen Zwiespalt von Weh und Glück schlug er den Weg zur Siegesstraße ein, wo seine neue Heimat war.

Hier fand er van Zoom vor, der auf ihn gewartet hatte. Gespannt sah der Fürst seinem Schützling entgegen, den er wohlweislich ermahnt hatte, ja keinen Tag unnütz verstreichen zu lassen und die Kette, das wertvolle Besitzstück, so bald wie möglich zurückzuholen.

„Da ist sie!" sagte Richard und legte die Kette auf den Tisch.

„Sie erlauben, daß ich mir den Schmuck einmal ansehe", meinte der Fremde aus Indien.

Er nahm die Kette in die Hand, musterte sie genau und stutzte.

„Ist das wirklich Ihr Eigentum?" fragte er dann.

„Gewiß. Man hat die Kette bei mir gefunden –"

„Nein, nein", unterbrach ihn der Fürst, „so war meine Frage nicht gemeint. Ich wollte sagen: Ist dieser Schmuck hier nicht etwa bei Rosenbaum vertauscht worden?"

Richard erschrak. Er dachte nicht daran, sich zu erkundigen, wie denn van Zoom zu seiner Vermutung käme. Der Fremde aus Indien kannte doch die Kette überhaupt nicht. Er nahm den Schmuck nun hastig aus der Hand seines Gönners, hielt ihn ans Licht, stutzte nun seinerseits und stand betroffen.

„Das ist –"

„Nun?"

„Das ist meine Kette nicht. Ich habe mir mein Eigentum so oft und sorgfältig und nachdenklich betrachtet, daß ich jetzt den Unterschied genau herausfinde, freilich erst, nachdem Sie mich zu genauerem Anschauen veranlaßt haben."

„Welchen Unterschied?"

„Gleich mehrere. Hier die Gravierung der Ranke war anders, das R und das H waren viel kleiner als diese da, und endlich stimmen die Verzierungen nicht."

„Bitte", fiel van Zoom ein, „bitte, beschreiben Sie mir einmal die Verzierungen auf Ihrer Kette genau!"

Richard kam dieser Aufforderung nach, so gut er es vermochte. Er hob dabei den Blick nicht von dem goldenen Gegenstand in seiner Hand und war überhaupt so eifrig, daß ihm das Aufblitzen in den Augen van Zooms entging. Im übrigen beherrschte sich der Fremde aus Indien auch sofort.

„So, so", meinte er gelassen, als sein Schützling schwieg. „Könnten Sie die Angaben, die Sie mir da machen, gegebenenfalls auch beschwören?"

„Das könnte ich", versicherte Richard ohne Zögern.

„Dann überlassen Sie mir, bitte, einmal dieses Schmuckstück für eine kurze Zeit!"

„Hier ist es. Darf ich fragen, was Sie damit beginnen wollen? Sie wittern offenbar einen Betrug. Wollen Sie etwa zur Polizei gehen und –"

„Nein. Ich will damit zu Rosenbaum."

„Und ihn zur Rede stellen? Er wird nichts sagen."

„Der alte Jude wird leugnen. Darauf bin ich gefaßt."

„Und mir ist die Sache sehr peinlich. Die Rosenbaums waren freundlich zu mir. Sie haben mir Geld geliehen –"

„Gegen sehr gute Sicherheit."

„– und die Tochter hat mich zum Abendbrot eingeladen."

„Das wird auch seinen guten Grund gehabt haben. Doch ich werde dafür eine gewisse Rücksicht walten lassen, vorausgesetzt, daß der alte Gauner nicht gar zu hartnäckig ist."

„Ich kann Sie nicht zurückhalten."

„Das dürfen Sie auch nicht. Es steht mehr auf dem Spiel, als Sie ahnen. Warten Sie hier! Ich bringe Ihnen so bald als möglich Bescheid."

Der Fürst ging, aber er suchte nicht sofort den Pfandleiher auf, sondern begab sich erst in die Wohnung Ulrike von Helfensteins. Hier hatte er mit seiner Verbündeten eine lange, sehr lebhafte Auseinandersetzung, wobei die Kette mit dem Anhänger eine große Rolle spielte. Es war dabei auch wieder von Franz von Helfenstein, dem Hauptmann, und von den beiden Wolfs im Gebirge die Rede, und Ulrike blieb, als van Zoom sich endlich verabschiedet hatte, in großer Erregung zurück.

Hierauf schritt van Zoom seiner eigenen Wohnung zu, wo er eilig eine seiner Verkleidungen anlegte. Selbst einem guten Bekannten völlig unkenntlich, verließ er das Haus wieder und suchte nun erst den Pfandleiher Rosenbaum in der Wasserstraße auf. Die Kette steckte wohlverwahrt in der Tasche seines Pelzmantels.

Auf sein Klopfen öffnete ihm die Frau des Trödlers.

„Was wollen Sie?"

„Ist Herr Rosenbaum zu Haus?" fragte der Fremde.

„Darf ich fragen, was der Herr von ihm will?"

„Ich bin Altertumssammler und kaufe besonders gern alte Münzen, echten Schmuck und Geschmeide."

„Treten Sie ein!"

„Also Ihr Mann ist zu Haus?"

„Wenn es sich dreht um ein Geschäft in echtem Schmuck und Geschmeide, ist er niemals ausgegangen", kicherte sie bedeutungsvoll. „Kommen Sie!"

Sie führte den Fremden ins Hinterzimmer zu Rosenbaum. Der verkleidete van Zoom kaufte einige Kleinigkeiten, ließ sich aber noch mehr zeigen, um Zeit zu gewinnen.

„Der Herr ist wohl nicht aus dieser Stadt?" erkundigte sich der Trödler. „Sie sprechen wie ein Ausländer."

„Schwede", erklärte van Zoom so kurz wie möglich.

„Sie haben große Kenntnisse von Steinen, Perlen und Münzen. Sind Sie vielleicht ein Forscher in alten Büchern, Waffen und Geschmeiden von Beruf?"

„Nein, nur Liebhaber."

„So sind Sie eigentlich etwas andres?"

„Gewiß. Bin Verwalter. Auf den Besitzungen eines schwerreichen schwedischen Barons."

Der Jude fuhr achtungsvoll hoch, denn er gehörte zu den Leuten, denen nichts soviel Ehrerbietung einflößt wie der Reichtum.

„Ich habe noch nie gehört, daß es in Schweden gibt so reiche Grundbesitzer", meinte er.

„Oh, es gibt dort genau solche Grundbesitzer wie in Rußland und Ungarn! Mein Herr hat Land, groß wie ein Fürstentum. Schade nur, daß seine Reichtümer dereinst den in Staatssäckel fließen!"

„Waih geschrien! Das viele Geld! – Warum?"

„Weil die Familie ausstirbt."

„Hat der Baron keine Kinder?"

„Nur einen Sohn, aber er ist verschollen."

„Verschollen?" staunte Rosenbaum, der ahnungslos an den gefährlichen Köder biß.

„Leider! Der Knabe ist entführt worden."

„Entführt? Großer Gott! Dann kann man ihn doch noch suchen und finden! Ein Menschenkind verschwindet ja schließlich nicht spurlos wie ein junger Hund oder eine Katze!"

„Das schon, aber es sind seit jener Zeit zwanzig Jahre vergangen, und alle Nachforschungen waren bisher vergebens."

„Zwanzig Jahre! Das ist freilich eine lange Zeit", meinte der alte Jude, den das Märchen des Fremden lebhaft fesselte. „Hat man denn geforscht durch ganz Schweden?"

„Dort? Gar nicht!"

„Gar nicht? Man forscht nicht nach, wenn entführt worden ist ein Kind, das dem Finder würde einbringen eine Belohnung von tausend Mark, von fünftausend Mark, vielleicht gar von . . ."

„Das Kind ist nicht in Schweden entführt worden, sondern während einer Reise in Deutschland. Der Baron hielt sich damals in einem kleinen Ort in der Nähe der hiesigen Hauptstadt auf."

Der Alte öffnete den Mund sperrangelweit.

„Darf ich fragen, was der Knabe hatte für einen Namen?"

„Gewiß. Robert von Holmström hieß er."

„Robert! Robert von Holmström! Das R und das H auf dem Anhänger! – Gott aller Erzväter!"

„Was ist's? Was haben Sie?"

„Nichts! Gar nichts! Ich wollte nur sagen, daß es ist eine sehr spannende Geschichte. Wer hat ihn denn entführt?"

„Das Kindermädchen hatte sich an den Wertsachen der Herrin vergriffen und sollte entlassen werden. Aus Rache verschleppte sie den kleinen Knaben."

„Herr Zebaoth! Was für eine schlechte Person! Gab es denn gar keinen Anhaltspunkt, um zu ermitteln den Verbleib des Kindes?"

„O doch! Der Kleine trug eine Halskette mit seinem Namenszeichen. Danach haben wir geforscht. Aber vergebens. Der Baron hat sogar eine bedeutende Summe als Belohnung auf der Schwedischen Bank eingezahlt."

„Eine bedeutende Summe?"

„Ja. Zehntausend Mark."

„Gott der Gerechte! Und wer kriegt die?"

„Der, der eine Spur, eine richtige Spur bringt."

„Zehntau...", wiederholte Salomon Rosenbaum andächtig, aber das Wort blieb ihm vor Ehrfurcht im Munde stecken.

„... tausend!" ergänzte seine Frau, die in einem Winkel die ganze Unterhaltung schweigend mit angehört hatte.

„Und eine Halskette, sagen Sie, Herr?"

„Warum fragen Sie so eifrig danach?" lenkte der angebliche Schwede ab. „Die Geschichte liegt zwanzig Jahre zurück, und man wird nie erfahren, wo der Knabe lebt oder ob er gar gestorben ist."

Der Jude fuchtelte mit beiden Armen.

„Sagen Sie das nicht so leichthin. Zehntausend Mark bleiben zehntausend Mark, und eine goldne Halskette bleibt 'ne goldne Halskette!"

„Ach was, lieber Mann!" lachte der Fremde. „Zeigen Sie mir lieber noch einiges von Ihren Schätzen!"

Wie geistesabwesend kramte der Trödler noch einige Kästchen und Schachteln auf den Tisch.

„Ich muß Sie sehr tadeln, Herr", brummte der dabei, während seine Finger zitterten. „Menschen vergehen. Sie werden geboren und begraben. Aber Gold und Edelsteine bestehen. Und wo 'ne goldne Kette ist, das kann man noch ermitteln nach tausend Jahren. Was sind schließlich lumpige zwanzig Jährchen? – Wie sah sie denn aus?"

„Das Kindermädchen? Das weiß ich wirklich nicht!"

„Ach, was geht mich an das unehrliche Frauenzimmer! Ich meine die Kette!"

„Dünn, saubere altdeutsche Arbeit. Daran ein Anhänger, verziert mit krausen Schnörkeln, neben denen links ein R und rechts ein H eingegraben waren."

„Ein R und ein H?"

„Ja, ein R und ein H."

Die Frau öffnete den Mund, aber Rosenbaum fuhr sie an.

„Schweig, Alte! Das ist allein meine Sache. Du redest Blech, wenn du bewegst die Zunge. Hier aber handelt es sich um zehntau..."

„...tausend Mark!" kreischte sie auf.

„Mir scheint", sagte der Fremde, „Sie bringen der traurigen Familiengeschichte der Holmströms ungewöhnliche Teilnahme entgegen. Ist Ihnen in Ihrem Beruf etwa einmal etwas über ein Findelkind zu Ohren gekommen? Schließlich war's ja in dieser Gegend, wo der Knabe verschollen ist. Die Möglichkeit ist also..."

„Nein, Herr", unterbrach ihn der Jude schnell, denn er sah, daß seine Frau schon wieder den Mund öffnete. „Nein. Ich habe nur erst kürzlich gekauft einiges altdeutsche Geschmeide für meine Tochter Lena. So nebenbei aus Bürgerhand. Darunter auch eine Kette mit Anhängsel. Das kommt bei uns bald einmal vor, daß uns solcher Schmuck gerät unter die Finger. Aber zehntausend Mark, Herr! Ich werd' sie holen, die Lena!"

Rosenbaum stürzte aus der niedrigen Tür, eilte die Treppe hinauf und verständigte seine Tochter.

Das Mädchen starrte den Alten mit funkelnden Augen an.

„Nein, Vater! Ich gebe die Kette nicht her!"

„Sei nicht dumm, Tochterleben!"

„Ich habe dir gesagt, Vater: Wenn Richard Bertram mich verschmäht, dann soll er auch seinen Adel nicht wiedererhalten. Du siehst, wie klug es war, von deinem Goldarbeiter in aller Eile die Nachahmung anfertigen zu lassen, die die Gravierung des Anhängers nicht genau wiedergibt. Nein, Lena Rosenbaum weiß, was sie sich schuldig ist!"

„Aber das kostet deinem Vater zehntausend Mark!"

„Glaub doch nicht dem dummen Gerede! Vor ein paar Stunden holt Richard Bertram die Kette ab, und jetzt kommt dieser Mann aus Schweden! Merkst du da nicht den Zusammenhang?"

„Du hast nicht unrecht, Lena!" nickte der Alte. „Aber wenn es wirklich so wäre, dann könnte man uns schließlich auch schicken die Polizei und haussuchen! Es ist doch besser, wir zeigen dem Herrn die Kette."

„Gut. Aber ich will selber dabeisein! Ich gebe sie nicht aus der Hand."

„So komm schnell mit hinunter!"

Aufgeregt hastete er die Stufen hinab, während seine Tochter gelassen und überlegend folgte, das Kästchen mit dem Schmuck fest in der Hand.

„Hier ist Lena, meine Tochter!" stellte der Pfandleiher das Mädchen vor.

Der Besucher verneigte sich höflich. Dabei erschrak er fast vor dem bleichen Leidensgesicht Lenas.

„Sie sind sehr liebenswürdig, mein Fräulein. Ihr Herr Vater hat Ihnen wohl schon erzählt, daß ich altes Geschmeide sehr liebe. Er wollte mir nun eine Kette zeigen, die er Ihnen vor kurzem geschenkt hat. Denn Sie wissen, es handelt sich dabei um zehntau . . ."

„. . . tausend Mark!" schoß Frau Rosenbaum das Wort zum drittenmal heraus.

Selbst auf Lena hatten die zehntausend Mark ihren Zauber offenbar nicht ganz verfehlt.

„Sie sollen die Kette sehen", sagte sie, „aber nur unter einer Bedingung: Sie rühren sie nicht an! Sie bleibt unser Eigentum!"

„Sie haben diese Kette doch gekauft?"

„Das versteht sich."

„Also gehört sie Ihnen auch! Nein, ich bitte nur, sie anschauen zu dürfen."

Lena legte die Kette auf den Tisch, behielt aber die beiden Enden zwischen den Fingern. Der Fremde trat nahe heran und betrachtete sie.

Sofort wußte er, woran er war. Dieses Schmuckstück hatte Salomon Rosenbaum auf keinen Fall rechtmäßig erworben. Es war die echte Kette, die Richard Bertram seinerzeit als Pfand in den Händen des Trödlers gelassen hatte. Sie war aus Gründen, die van Zoom im Augenblick noch nicht kannte, zurückbehalten und mit einer Fälschung vertauscht worden. Diese Fälschung hatte man dann dem arglosen Dichter ausgehändigt.

Dabei gaben van Zoom zwei Umstände zu denken. Erstens, daß die Fälschung so rasch zur Stelle gewesen war. Sie mußte in aller Eile mit Vorbedacht angefertigt worden sein, und das gestattete einen bedeutsamen Schluß auf den dabei verfolgten Zweck. Zweitens, daß gerade die Schnörkel auf dem Anhänger der Kette verändert worden waren, die bei richtiger Ausdehnung als stilisiertes Familienwappen mit einem v. darin schon damals dem Vorsteher des Findelhauses einen deutlichen Hinweis auf die Abstammung des Findelkindes Richard Bertram hätte geben müssen. Es lag die Folgerung nahe, daß die Rosenbaums Bescheid wußten und beabsichtigten, den jungen Dichter über seine Herkunft auch weiterhin im Ungewissen zu lassen.

Von hier bis zur völligen Erkenntnis des wahren Sachverhalts war für den scharfsinnigen van Zoom nur noch ein Schritt. Hier war die Liebe der treibende Beweggrund. Lena, die Tochter des jüdischen Pfandleihers, liebte den Dichter und wollte ihn für sich haben. Er sollte ihr nicht durch Enthüllung seines wahren Namens entrückt werden. Und das mußte unfehlbar geschehen, wenn Richard erfuhr, was sein Beschützer bisher geahnt hatte und nun angesichts der echten Kette bestätigt fand: die Schnörkel auf dem Anhänger bildeten stilisiert und deshalb verschleiert das Wappen der Familie von Helfenstein. In den krausen Zierlinien steckte ein v., und das R und das H links und rechts davon deuteten somit den Namen des Findelkindes an: Robert von Helfenstein.

„Nun, was sagen Sie dazu?" fragte Lena, die hastigen Gedankengänge van Zooms unterbrechend.

„Bei Gott!" rief der angebliche Verwalter, rasch gefaßt. „Das ist die Kette der Holmströms! – Kein Zweifel, mein Fräulein! Ich habe die Abbildung aus dem Schmuckalbum des Hauses genau im Kopf, und vor allem stimmt das Wappen – sie ist es!"

Wieder öffnete Frau Rosenbaum den Mund, aber diesmal schloß sie ihn selber. Auch der alte Pfandleiher war keines Wortes mächtig.

Der Schwede schien mit einer begreiflichen Erregung zu kämpfen. Lena hielt die Enden der Kette fest in der Hand, schloß die Augen halb und preßte die Lippen zusammen.

„Sie ist es!" wiederholte der Fremde nach einer Weile. „Sagen Sie mir, bitte: von wem haben Sie die Kette erstanden?"

„Das ist unser Geheimnis!" rief das Mädchen heftig. „Und nie sollen Sie . . ."

Hastig riß sie den Schmuck an sich. Van Zoom wehrte gelassen ab.

„Bitte, mein Fräulein! Ich denke nicht daran, Ihr Eigentum zu rauben, wenn Sie wirklich ein Recht darauf haben. Wir wollen in Ruhe verhandeln, und ich ersuche Sie nochmals, mir meine Frage zu beantworten: Bei wem haben Sie die Kette gekauft?"

„Das geht Sie nichts an!" begehrte sie heiß auf.

Van Zoom lächelte.

„Ich glaube, doch! Und wenn Sie mir die erbetene Auskunft

verweigern, so fühle ich mich verpflichtet, bei dem anzufragen, dem das Schmuckstück wirklich gehört!"

„Gott Abrahams!" kreischte Salomon Rosenbaum auf. „Sie wollen machen Mitteilung dem Baron von Holmström?"

„Nein."

„Wem denn sonst?"

„Einem gewissen Richard Bertram!"

Entsetzt ließ Frau Rosenbaum den Kopf in den Nacken sinken und brach in ein böses Lachen aus.

„Da gehen Sie hin, die zehntausend Mark! – Hahaha! – O du Schafskopf!"

Der schlaue Jude hatte sich mehr in der Gewalt.

„Wie? Der Herr Richard Bertram ist der verschollene Sohn der Holmströms? Wie mich das freut für den armen, braven Schlucker! Ich fürchte nur, daß das alles nicht stimmt. Herr Bertram hat doch seine Kette zurückerhalten."

„Eine gefälschte, mein guter Mann!"

„Was für eine Lüge! Salomon Rosenbaum hat Geld und Vermögen! Er braucht nicht zu vertauschen einem armen Teufel eine goldene Kette, um zu verdienen hundertfünfzig Mark oder auch tausend."

„Er wird seine Aussage beschwören!"

„Zehntausend Mark!" kreischte die Alte.

„Gott Abrahams, wie kann es geben so verworfene Menschen!" zeterte der alte Gauner. „Einen Meineid leisten wegen 'ner einfältigen Kette!"

Der Fremde griff nach dem Hut.

„Wenn Sie mir so kommen, muß ich gehen. Ich werde die Polizei veranlassen, in dem Waisenhaus anzufragen, wo Richard Bertram einst als Kind abgegeben wurde. Die Beschreibung der Kette mit dem Anhänger ist dort unbedingt noch in den Aufnahmeakten vorhanden; denn das ist gesetzliche Vorschrift."

Einige Augenblicke war es still im Zimmer, nur das Wimmern der Alten war zu hören. Dann fuhr van Zoom fort:

„Ich will Ihnen aber vorher noch einmal zum Guten raten, denn mir liegt an Ihrer Bestrafung nichts. Lassen Sie es nicht zu weit kommen! Wenn einmal die Gerichte die Sache ins Rollen bringen, dann ist Ihnen eine schwere Freiheitsstrafe gewiß!"

„Gott meiner Väter! Freiheitsstrafe!"

Rosenbaum schlug entsetzt die Hände zusammen.

„In Ketten und Eisen!" kreischte die Alte.

„Freiheitsstrafe!" murmelte auch Lena vor sich hin.

„Und nicht bloß das: Richard Bertram will Ihnen wohl. Sie

waren einmal freundlich gegen ihn, als er in Not war; das hat er nicht vergessen, und darum spricht er gut von Ihnen. Er nimmt noch jetzt an, daß die Verwechslung der Kette nur ein Zufall ist. Aber wenn Sie beim Leugnen bleiben, dann – dann würde ihm das leid, sehr leid tun."

„Leid, sehr leid!" flüsterte Lena.

In ihrem Gesicht spiegelte sich der Kampf, den sie in ihrem Innern durchfocht: Haß und Liebe. Endlich fuhr sie wie in einem raschen, kräftigen Entschluß auf.

„Würde es ihm wirklich leid tun?"

„Ja gewiß. Und ich glaube", setzte van Zoom leiser hinzu, „gerade um Sie, Fräulein Rosenbaum."

Der Fürst wußte, was er tat, indem er diese Worte sprach. Er wußte, daß seine Äußerung in Lena Hoffnungen nähren würde, die dann vor der Wirklichkeit in nichts zerrinnen mußten. Aber er glaubte, das vor seinem Gewissen verantworten zu können. Denn was war im Augenblick wohl härter und rücksichtsloser den Rosenbaums gegenüber: mit Hilfe einer Art Täuschung ihnen die Kette aus den Händen zu winden, die sie doch nur durch Betrug an sich gebracht hatten, und die Richard brauchte, um den ihm gebührenden Platz im Leben zu gewinnen, oder kurzerhand zur Polizei zu gehen, Anzeige zu erstatten und die Rosenbaums einsperren zu lassen? Bestimmt das zweite, und menschlicher und weniger grausam war die Täuschung, die List. Einen dritten Weg gab es ja nicht.

So wartete er denn ruhig Lenas Antwort ab, indem er den Blick fest auf sie gerichtet hielt.

Er sah, was in ihr vorging. Sie erwog, wo allenfalls ihr Vorteil liege. Durchschaut war sie nun offenbar. Der Mann, den sie sich erringen wollte, nicht nur um seiner Person, sondern auch um seines Namens und seiner Stellung willen, drohte ihr zu entgleiten. Um dennoch zum Ziel zu kommen, gab es nur eine Möglichkeit. Wenn sie jetzt scheinbar ganz großzügig und selbstlos handelte, verpflichtete sie sich diesen jungen Menschen mit der weichen Seele und dem tiefen Gemüt vielleicht aufs neue.

In dieser Erkenntnis gab sich Lena schließlich einen Ruck.

„Hier!" sagte sie. „Er soll die Kette haben!"

„Waih geschrien!" zeterte der alte Jude. „Die Kette!"

Sie schüttelte nur abwehrend den Kopf und reichte van Zoom den Schmuck.

„Sie ist sein Eigentum. Er soll sie haben und unser Zeugnis dazu, daß sie ihm gehört."

„Ich danke Ihnen", erwiderte van Zoom einfach und verbeugte

sich, um zu vermeiden, daß er ihr die Hand geben müsse. Dann verließ er eilig das Haus des jüdischen Pfandleihers, ohne darauf einzugehen, daß der Alte wegen Rückgabe der falschen Kette hinter ihm her zeterte.

18. Der Totengräber feiert Geburtstag

Über die tiefverschneite Straße, die von der Bahnstation zum Dorf Helfenstein führte, fuhr unter lustigem Schellengeklingel ein von zwei Pferden gezogener Schlitten. Der eine der beiden Insassen war ein stämmiger Bursche und führte die Zügel, während der andre so in Decken und Pelze eingehüllt war, daß man von ihm nichts weiter sah als ein Paar blaue Augen, die nachdenklich und schwermütig ins Weite blickten.

Ihr Ziel schien nicht das Dorf Helfenstein zu sein, denn der Schlitten glitt an den Häusern des Ortes vorbei. Hier und da ließen sich an vereisten Fenstern ein paar neugierige Gesichter sehen, um nach den Reisenden Ausschau zu halten. Sonst kümmerte sich kein Mensch um das Gefährt. Die schneidende Kälte hielt gleichsam alles Leben gebannt. Nicht einmal in der Schmiede, wo es sonst allezeit lebhaft herging, regte es sich. Das Feuer war erloschen; es schien wie alles andre im Dorf eingefroren zu sein. Nur der dünne Rauch, der da und dort den Kaminen entquoll, zeugte davon, daß lebendiges Wesen unter den dicken Schnee-hauben der niedrigen Dächer hausten.

Draußen vor dem Dorf, dort, wo ein halbverwehter Steig zur Höhe des Gottesackers führte, hielt der Schlitten. Der Bursche sprang heraus und blies sich in die steif gefrorenen Hände. Dann half er dem unter Decken und Pelzen vermummten Fahrgast aussteigen, einer städtisch gekleideten Dame, und zum Schluß brachte er noch einen Kranz unter dem aufgeschlagenen Sitz zum Vorschein. Ohne ein Wort nahm er den Kranz über die Schulter und stapfte der ihm Unbekannten durch den tiefen Schnee voraus den Hügel hinan.

Vor der Gittertür blieb er stehen.

„Es ist gut. Ich danke Ihnen", sagte die Dame. „Fahren Sie ins Dorf zurück und lassen Sie sich etwas Warmes geben! Vergessen Sie auch die Pferde nicht!"

„Und Sie, gnädiges Fräulein? Soll ich Sie nicht lieber unten an der Straße mit dem Schlitten erwarten? Der tiefe Schnee . . ."

„Sorgen Sie sich nicht um mich!" unterbrach sie ihn freundlich. „Es ist ja nicht weit bis zum Gasthof zurück, und ich bin gut zu Fuß. Geben Sie mir jetzt den Kranz, bitte!"

Er entfernte sich, indem er noch einen bedenklichen Blick auf die langgestreckten Schneewehen warf, unter denen die Straße fast verschwand.

Die Dame aus dem Schlitten stieß die Friedhofspforte auf und trat ein. An der Umfassungsmauer entlang arbeitete sie sich durch den hohen Schnee bis zu einer kleinen Grabkapelle, deren offene Seite durch ein Gitter abgeschlossen war. Die gegenüberliegende Wand zeigte ein in den Stein gegrabenes vergoldetes Kreuz und darüber in schwarzen Buchstaben die Inschrift: ‚Erbbegräbnis der Familie von Helfenstein'. Die seitlichen Wände trugen die Namen derer, die unter der breiten Marmorplatte schliefen.

Die Besucherin – Ulrike von Helfenstein – zog einen Schlüssel hervor und öffnete das Gitter, trat ein und schob mehrere verwelkte Kränze am Boden zur Seite. Dann legte sie den frischen Kranz sorgsam nieder, zupfte einzelne Blätter zurecht, erhob sich wieder und faltete die Hände.

Lange stand sie so, unbeweglich wie ein Marmorbild. Sie gedachte der toten Mutter, die ihre Jugend froh und sonnig gemacht; sie gedachte des Vaters, dessen grausames Ende bis zum heutigen Tag keine Sühne gefunden; sie gedachte des kleinen Bruders, dessen verkohlte Reste dort unten in einem winzigen Sarg ruhten.

Dann wanderten ihre Gedanken zurück in die Stadt zu dem jungen Mann, der die Kette der Helfensteiner besaß. Van Zoom hatte ihr davon erzählt, hatte wunderbar kühne Vermutungen daran geknüpft und in ihr eine jähe Hoffnung heraufbeschworen. Und sogleich war in ihrem Kopf der Plan gereift, hierherzufahren und zu forschen, ob wirklich etwas an dem Verdacht des Fürsten sei, daß damals, vor nunmehr zwanzig Jahren, neben all den anderen Verbrechen auch ein ungeheuerlicher Betrug geschehen sei.

Aber während der langen Fahrt hierher hatte ein Bedenken nach dem andern ihre romantischen Hoffnungen zerstört, und als der Zug an der letzten Station hielt, da barg ihre Brust nur noch eiskalte Zweifel, eiskalt wie die Welt ringsum. Doch nun war sie einmal an Ort und Stelle, und sie war nicht der Mensch, der eine einmal begonnene Aufgabe unvollendet läßt.

„Ja, wen sehen denn da meine alten Augen? – Ist es möglich? Das gnädige Fräulein von Helfenstein hier? Und bei dieser Hundekälte? Jaja!"

Ein altes Männchen, das wohl schon seine Siebzig auf dem Rücken hatte, stand neben ihr. Sie erkannte ihn sogleich; es war der Totengräber, der seit mehr als einem Menschenalter in Helfenstein seines nicht allzuschweren Amtes waltete. Seine Behausung lag auf der andern Seite des Friedhofs.

„Du bist's, Sebaldus?" gab Ulrike zurück und reichte ihm die Hand. „Doch nein, ich darf ja nicht mehr ‚Du' sagen. Das war ja nur damals so, in der Kinderzeit und noch eine Spanne darüber hinaus."

„Nicht doch!" widersprach der Alte. „Lassen wir es so, wie es damals war! Sagen Sie weiter ‚Du'! Es tut wohl, solch einen Klang aus der Vergangenheit zu hören! Jaja!"

„Dann soll's wohl so sein, lieber Sebaldus!"

„Danke! – Ich schaute gerade drüben aus dem Fenster und sah jemand in der Gruft stehen. Da mußte ich freilich wissen, wer das war. Ach, wer hätte das gedacht, daß ich Ihr liebes Gesicht wieder einmal sehe! Und gar nicht älter! Genauso wie damals – so hübsch und so frisch – und so lieb, jaja!"

„Sebaldus, Sebaldus!" drohte sie lächelnd mit dem Finger. „Ich wußte noch gar nicht, daß du auch so schön tun kannst wie die windigen Stadtleute!"

„Oh, von einem alten Mann dürfen Sie so etwas schon anhören", schmunzelte er. „Ach, das waren schöne Zeiten, als Ihr seliger Vater noch lebte! Viel schönere als jetzt unter der neuen Herrschaft, die sich überhaupt nicht um Helfenstein kümmert! Jaja!"

„Und dein altes, gutes Jaja hast du auch noch nicht abgelegt!" sagte Ulrike lächelnd.

„Jaja", nickte Sebaldus, der von seinen Erinnerungen nicht so ohne weiteres abzubringen war. „Wenn ich so zurückdenke an Ihre Frau Mutter, die so gut mit uns war! Und gar nicht stolz – – aber mein Gott, Fräulein Ulrike", unterbrach er sich plötzlich, „Sie zittern ja vor Kälte, und ich Dummrian stehe da und schwatze von Dingen, die Sie ohnehin schon wissen! Jaja."

In der Tat hüllte sich Ulrike frierend in den Pelz.

„Es ist nichts", meinte sie. „Aber, es wird doch gut sein, wenn ich jetzt ins Gasthaus zurückkehre. Ich habe Bedürfnis nach etwas Warmen."

Der alte Mann blickte bedenklich auf ihr nasses Schuhwerk hinunter.

„Wenn Sie sich nun eine Erkältung holen? Ach, ich würde ja gern – ich möchte wohl – – wenn Sie nichts dagegen haben..."

Er stockte. Es erschien ihm doch etwas gewagt, seinen Vorschlag auszusprechen und die frühere Herrin in sein enges Häuschen einzuladen.

„Nur heraus mit der Sprache!" ermutigte sie ihn.

„Sie könnten es als Zudringlichkeit auffassen."

„Unsinn, Sebaldus! Ich kenne dich doch und weiß, wie es gemeint ist."

„Nun – ich wollte Sie zu einer Schale Heißen einladen", platzte er heraus. „Dabei könnten Sie Ihr nasses Schuhwerk trocknen. Jaja."

„Ich möchte dir und deiner guten Frau keine Umstände verursachen."

„Meine Alte wird sich ganz närrisch freuen, und eine Tasse Kaffee ist bei uns allemal übrig. Gehen Sie nur gleich mit, denn es ist sowieso Kaffeezeit! Jaja."

Ohne eine Erwiderung abzuwarten, machte Sebaldus kehrt und trippelte seinem Häuschen zu. Ulrike folgte ihm lächelnd und zufrieden.

„Mutter! Komm her und schau, wen ich bringe!" rief der Alte und riß die Tür zu der Stube auf, die Küche und Wohnzimmer in einem war. „Richte nur gleich einen Kaffee her! Jaja."

Die Frau schlug in freudigem Erstaunen die Hände über dem Kopf zusammen, stammelte eine verwirrte Begrüßung und begann dann ein geschäftiges Herumwirtschaften. Bald saß Ulrike hinter dem Tisch auf dem alten Sofa und zog die Schuhe aus, die dann zum Trocknen über die Herdplatte gestellt wurden. Hierauf setzte sich Sebaldus zu ihr und wunderte sich, daß das Fräulein jetzt, im tiefsten Winter, die Gruft der Ihrigen aufsuche.

„Ein Einfall des Augenblicks", sagte sie. „Ich weiß selber kaum, wie es kam. Auf einmal fühlte ich mich einsam und verlassen, und da faßte mich eine solche Sehnsucht nach meinen lieben Toten, daß ich auf der Stelle hierherfuhr."

„Jaja", nickte das alte Männchen. „Es gibt solche Stimmungen. Sie waren ja auch noch so jung, als das große Unglück über Sie kam. Ich weiß es noch so gut, als ob es gestern geschehen wäre. Jaja."

„Zwanzig Jahre sind eine lange Zeit, Vater Sebaldus. Da verwischt sich gewöhnlich die Erinnerung an ein Unglück, besonders wenn es andre betroffen hat."

„Das dürfen Sie nicht behaupten", versicherte der Alte eifrig. „Ich kann Ihnen sagen, daß alle Guten im Dorf damals redlich Anteil an Ihrem Unglück nahmen. Noch heute wird davon erzählt. Jaja. Und ich – na, ich will von mir nicht reden, aber selbst wenn ich kein Herz für meine ehemalige Herrschaft im Leibe hätte, würde ich jenen Tag nicht vergessen."

„Weshalb nicht?"

„Aus dem einfachen Grund nicht, weil das Unglück ausgerechnet auf meinen Geburtstag fiel."

„Ja, dann freilich!" lächelte Ulrike. „Ein Geburtstag ist ein wichtiges Ereignis!"

„Für uns Dörfler schon. Sehen Sie, wir kleinen Leute haben nur wenig Festtage, und wenn einer kommt, muß es hoch hergehen. Ich zum Beispiel kann mir keinen Geburtstag denken ohne Napfkuchen. Gibt's keinen Napfkuchen, dann kann mir der ganze Geburtstag gestohlen werden. Jaja. An jenem Tag gab es also auch einen Napfkuchen. Und diesmal war er größer als gewöhnlich – wegen der Gäste. Wir hatten den Schmied hier und seinen Sohn. Jaja."

Ulrike horchte überrascht auf. Die beiden Schmiede! Damit meinte der alte Sebaldus die Wolfs, Vater und Sohn, denen van Zoom seinerzeit, als er wegen des Hauptmanns noch auf falscher Fährte war, vergeblich nachgestellt hatte. In Anbetracht der Wendung, die die Dinge weiterhin nahmen, war jenes Beginnen schließlich doch gar nicht so verfehlt gewesen, wie es anfangs schien. Der Fürst konnte jetzt, da neue Vermutungen über die dunklen Geschehnisse der Vergangenheit in ihm aufgetaucht waren, seine Kenntnisse über die Wolfs recht gut verwerten. Und von größter Wichtigkeit würde es ihm sein, wenn ihm Ulrike berichten konnte, daß sie von ihrem Besuch in Helfenstein, von dem van Zoom zur Stunde noch nichts wußte, so nebenbei unauffällig und wie unabsichtlich bestimmte Nachrichten über das Verhalten der Wolfs in jener Unglücksnacht vor zwanzig Jahren mitbrachte.

Sie hatte dem Geplauder des Alten bisher gutmütig zugehört und ihm auch Rede und Antwort gestanden, ohne dabei sonderlich beteiligt zu sein. Jetzt war ihre Anteilnahme erwacht, und sie tat ihre nächste Frage äußerlich zwar ebenso ruhig wie bisher, in Wahrheit aber mit gespannter Erwartung.

„Sind das deine besonderen Freunde?"

„Nicht gerade besonders", entgegnete Sebaldus. „Aber unser Sohn, der Karl, schickte mir einen Brief zum Geburtstag, und da ich damals mit den Augen kränkelte, so daß mir Geschriebenes wie Mücken vor der Nase tanzte, meine Frau aber die Lesekunst überhaupt schlecht versteht, luden wir den Schmied zu uns ein, der bei unserm Karl Pate gestanden hat. Er sollte mit uns Geburtstag feiern und uns den Brief vorlesen. Und weil bei einer solchen Gelegenheit ein Spielchen gemacht zu werden pflegt, zu zweit aber nicht gut zu spielen ist, haben wir eben seinen Sohn mit eingeladen. Jaja."

„Und habt wahrscheinlich den ganzen Tag und die ganze Nacht hindurch gespielt?"

„Wo denken Sie hin? Der Pate und sein Sohn sind ja erst später gekommen, und dann mußte natürlich erst der Brief von meinem

Karl vorgelesen werden, und dann konnten wir auch wieder nicht gleich anfangen, weil ein Begräbnis war. Jaja."

„Ein Begräbnis?"

„Das Kind der Botenfrau, der krummen Grete – Gott hab sie selig! Sie ist jetzt auch schon lange tot, die gute Haut – also der Botenfrau ihr Kleines war gestorben, und das Begräbnis war abends um sechs Uhr."

Ulrike mußte ihre ganze Kraft zusammennehmen, um ihre Aufregung zu verbergen. War am Ende doch etwas Wahres an dem Verdacht van Zooms? Wenn er recht behielt, dann war der Zusammenhang schon gegeben: die Schmiede wußten um das Begräbnis und hatten den Totengräber nicht nur des Geburtstags wegen aufgesucht, sondern vor allem auch des toten Kindes halber, dessen sie zur Ausführung ihres Vorhabens bedurften.

Diese Gedanken schossen ihr durch den Kopf, während sie das Weitere überlegte.

„Das nenne ich freilich Pech!" sagte sie. „Bis das Begräbnis vorbei und das Grab zugeschaufelt war, verging natürlich eine lange Zeit und aus dem Spielchen wurde einstweilen nichts."

Das Männchen kniff verschmitzt das linke Auge zu.

„Nun, ganz so lange mußten wir gerade nicht warten. Ihnen kann ich's ja sagen, denn Sie werden mich wohl nicht gleich verraten, und dann ist die Geschichte ja auch schon längst verjährt. Jaja."

„Was ist verjährt?" fragte Ulrike. „Das Spielchen?"

Der Alte schüttelte ernsthaft den Kopf.

„Nein. Ich meine das mit dem Begräbnis. Hören Sie mich nur an und denken Sie deshalb nicht gleich schlecht von mir! Ich bin sonst nicht so einer, der seine Pflicht versäumt. Also, wie wir gerade bei Karls Brief saßen und ich zwischendurch von dem Begräbnis anfing, da meinte der Gevatter, ich brauche das Grab doch nicht gleich zuzuschaufeln, damit wir bald zum Spielen kämen. Wenn sie später fortgingen, würden sie mir helfen; es sei dann im Augenblick geschehen."

„Und" – beinahe stockend kam es von Ulrikes Lippen – „du hast das Grab tatsächlich nicht gleich zugeworfen? Ich will dich deswegen nicht tadeln; ich frage nur so. Eine Leiche stiehlt man ja nicht."

„Das sagte ich mir auch. Und schließlich hat man nur einmal im Jahr Geburtstag. Ob ein Grab nun ein paar Stunden früher oder später zugeschaufelt wird, ist ja völlig gleichgültig. Die Leiche wird so und so nicht mehr lebendig. Jaja."

Nur mit halbem Ohr hörte Ulrike noch auf die weitere Erzählung des Totengräbers, wie der Gevatter und sein Sohn nach Mitternacht gegangen seien, nachdem sie ihm beim Zuwerfen des Grabes geholfen hätten, wie Sebaldus und seine Frau dann schlafen gehen wollten, als plötzlich der Ruf ‚Feuer‘ ertönte, und wie sogleich das ganze Dorf auf die Brandstätte eilte, um doch nur sehen zu müssen, daß alle Rettungsversuche vergebens waren. Wie im Traum schlürfte sie die Tasse Kaffee, die Frau Sebaldus vor sie hinstellte, wie im Traum gab sie auf die Fragen der beiden Alten Antwort, wie im Traum nahm sie Abschied von ihnen und legte hastig den Weg zum Gasthaus zurück, wo sie sofort anspannen ließ, um den nächsten Zug nach der Hauptstadt zu erreichen.

Als Ulrike dann in ihrem Abteil saß, erfüllte eine Hoffnung ihre ganze Seele. Vorausgesetzt, daß ihr Gedankengebäude nicht noch zusammenstürzte, würde sie in Zukunft nicht mehr einsam durchs Leben gehen. Ihr Dasein würde einen neuen Inhalt bekommen, denn sie besaß ja dann einen – Bruder.

Freilich war bis zur Erhärtung dieser Tatsache noch ein weiter Weg. Aber sie vertraute auf van Zoom. Dieser Fremde, der seit dem Verschwinden Gerhard Burgs – seit damals vor zwanzig Jahren – der erste Mann war, der einen seltsam starken Zauber auf sie ausübte, der würde auch weiter helfen und wohl auch dort noch einen Pfad finden, wo sie nur ein undurchdringliches Dickicht voller Dornen und Hindernisse sah.

19. Das Kind der krummen Grete

Als Ulrike von Helfenstein ihrem Verbündeten, dem Fürsten van Zoom, von dem überraschenden Ergebnis ihrer Fahrt in den Heimatort berichtete, nickte er befriedigt vor sich hin.

„Sie sehen, mein sehr verehrtes Fräulein, daß sich meine Mutmaßungen durchaus bestätigen. Unsere Aufgabe, die Ehrenrettung Gerhard Burgs ist beinahe schon als geglückt zu bezeichnen. Ich kann heute bereits beweisen, daß Ihr Vetter, der Bankier von Helfenstein, der berüchtigte Hauptmann ist. Ebenso steht es für mich fest, daß er seinerzeit all die Verbrechen begangen hat, die dem armen Gerhard Burg zur Last gelegt wurden. Franz von Helfenstein hat sich auf diese Weise das reiche Familienerbe gesichert, das er offenbar brauchte, um seine brüchig gewordene Existenz zu retten. Franz war allezeit ein leichtsinniger Spekulant, und er ist es geblieben. Deshalb hat wohl auch das Vermögen der Helfensteins in seiner Hand nicht lange vorgehalten. Und ein großer Teil davon war ja überhaupt unveräußerlich. Dieser Mensch hat Schandtat auf Schandtat häufen müssen, hat als Hauptmann wie ein Räuber gewütet, um immer neue Summen an sich zu bringen, die er benötigte, rasch anwachsende Fehlbeträge zu decken."

„Und das Kindergrab droben in Helfenstein?" fragte Ulrike.

„Auch dieses Grab erzählt von dem Verbrechertum des Franz von Helfenstein. Die beiden Wolfs sind dem Schurken schon damals, vor zwanzig Jahren und mehr, irgendwie hörig geworden. Er hatte sie in der Hand, und sie mußten, um von ihm nicht als Übeltäter verraten zu werden, dem Herrn Bankier jederzeit Hilfsdienste leisten. Schloß Helfenstein wurde angezündet, und in den Flammen des Riesenbrandes sollte Ihr kleiner Bruder Robert umkommen. Der Schuft rechnete damit, daß man die verkohlten Reste der Kindesleiche finden würde. Dann gehörte das Erbe ihm. Die Wolfs handelten auch nach seinem Befehl. Sie zündeten das Schloß an. Aber sie waren und sind wohl auch heute noch keine ganz schlechten Menschen. Sie scheuten sich, Robert auf diese Weise sterben zu lassen. Und so haben sie, um ihrem Bedränger scheinbar zu Willen zu sein, den alten Sebaldus betört und das tote Kind der Botenfrau mit List an sich gebracht, nachdem sie den kleinen Robert rechtzeitig entführt hatten. Im Brand von Schloß Helfenstein verkohlte also nicht der wirkliche Erbe, sondern die Leiche des Kindes der Grete. Schließlich haben die Wolfs den geretteten Robert als Findelkind auf der Schwelle des Städtischen Waisenhauses ausgesetzt, wo man leider die Kette nicht richtig benutzt hat, Nachforschungen nach der Herkunft des Knaben zu betreiben. Was weiter mit Robert geschah, ist uns unbekannt. Er lebt heute noch als Richard Bertram."

Ulrike sah eine lange Weile starr vor sich hin. Dann hob sie den Kopf.

„Es ist so", sagte sie, „zweifellos. Die Kette mit dem Anhänger zeugt dafür. Andere Beweise haben wir freilich nicht, und die Täter werden sich hüten, ein Geständnis abzulegen."

„Ich werde dafür sorgen, daß wir noch andere Beweise in die Hand bekommen. Übersehen Sie auch nicht die große Ähnlichkeit Richard Bertrams mit Ihnen, mein Fräulein und mit Ihrem Herrn Vater!"

Hierauf entwickelte van Zoom seiner Verbündeten eine neuen Plan, und diesen Plan setzte er dann auch sogleich in die Tat um.

Schon vor längerer Zeit hatte der Fürst wegen der Entlarvung des Hauptmanns mit dem zuständigen Minister Fühlung genommen. Der hohe Beamte war von ihm in alles eingeweiht worden und behandelte die Sache van Zooms mit liebenswürdigstem

Entgegenkommen. Die beiden schieden damals als gute Freunde, und der Fürst nahm schriftliche Anordnungen und Vollmachten des Ministers mit, die ihm für sein weiteres Vorhaben alle Wege ebneten.

Diesem Minister stattete van Zoom heut abermals einen Besuch ab. Er offenbarte ihm seine neuesten Absichten, fand volles Verständnis und erhielt neue Empfehlungen und Vollmachten.

So suchte van Zoom den Amtmann des Kreises Helfenstein auf. Der Beamte wohnte in dem Ort, von dessen Bahnstation aus Ulrike im Schlitten nach Helfenstein gefahren war. Der Fürst benützte jedoch nicht die Bahn, sondern sein eigenes Gefährt. Da das Empfehlungsschreiben des Ministers mit Bedacht nicht auf den Fürsten van Zoom lautete – denn der sollte wohlweislich im Hintergrund bleiben –, sondern auf einen vorgetäuschten Namen, hatte van Zoom die Maske eines alten Herrn angelegt. In seiner Begleitung befand sich sein Diener Friedrich, gleichfalls so verkleidet, daß er nicht zu erkennen war.

Der Beamte las den ministeriellen Ausweis, reichte ihn dem Eigentümer zurück und verbeugte sich.

„Ich stelle mich Ihnen zur Verfügung. Sagen Sie mir, bitte, womit ich Ihnen dienen kann!"

„Ich möchte ein Grab öffnen lassen, Herr Amtmann."

„So, so. Dieser Fall ist allerdings selten und mir noch nicht vorgekommen. Es handelt sich vermutlich um eine Ermittlung weit zurückliegender Dinge. Wie heißt der Ort?"

„Helfenstein."

„Wessen Leiche?"

„Eine Kindesleiche. Einen Zeugen habe ich schon bei mir. Nun brauche ich noch eine Gerichtsperson."

„Bei einem so wichtigen Fall, den sogar der Herr Minister zu klären sucht, lasse ich mich nicht vertreten. Ich gehe selber mit. In einer Stunde bin ich bereit, wenn es Ihnen so recht ist. Einen Amtsschreiber bringe ich mit."

„Sehr erfreut. Wir müssen Stillschweigen darüber bewahren und alles Aufsehen vermeiden. Daher möchte ich Sie bitten, vor dem Dorf auszusteigen und sich unauffällig zum Friedhof zu begeben. Der Kutscher, zugleich mein Zeuge, wird Sie hinbringen und den Schlitten im Gasthof einstellen und nachkommen. Mich treffen Sie auf dem Friedhof. Auf Wiedersehen, Herr Amtmann!"

Van Zoom ging und gab Friedrich Befehl, einstweilen in einen Gasthof zu fahren und den Amtmann nach einer Stunde abzuholen. Auch erteilte er Friedrich genaue Weisung, wie er sich in Helfenstein zu verhalten habe.

„Und was tun Durchlaucht jetzt?" erkundigte sich der Vertraute.

„Ich gehe voraus nach Helfenstein."

„Zu Fuß, in diesem Schnee?"

„Ja!" – –

Oh, wie sich van Zoom gerade auf diese Wanderung freute! Er kam dabei am alten Forsthaus vorüber, wo Gerhard Burg seine Jugendzeit verlebt hatte. Er sah das Dorf Helfenstein vor sich liegen. Er ging an der Schmiede vorbei . . .

Das Tor war weit geöffnet. Funken sprühten vom Amboß. Der junge Wolf stand davor und handhabte wie spielend den großen, schweren Vorschlaghammer. Sein Vater, der Gastwirt, half ihm dabei und hielt das glühende Eisen in langer Zange.

Der Kirchhof lag am andern Ende des Dorfs.

Der Fremde gelangte an das winzige Haus des Totengräbers, und gleich darauf erschien schon das alte Männchen auf der Schwelle.

„Sie sind der Totengräber Sebaldus?"

„Zu dienen, mein Herr!"

„Haben Sie das Gräberverzeichnis hier?"

„Jaja. Von welcher Zeit wünschen Sie es?"

„Vom Sommer vor zwanzig Jahren."

„Sofort."

Van Zoom erhielt das Verzeichnis und fand den Tag, an dem das Kind der Botenfrau begraben worden war. Die Nummer des Grabes stand wie üblich dabei.

„Wie lange bleiben hier die Gräber unberührt?" forschte er.

„Ich bin alt und grau geworden im Amt und habe doch erst wenig Gräber zu öffnen brauchen, um sie wieder zu verwenden. Im letzten, das ich ausgrub, lag eine Frau, die vor vierzig Jahren gestorben war. Jaja."

„Demnach ist also auch das Kind, um das es sich für mich handelt, noch nicht wieder ausgegraben worden. Das ist gut. In spätestens einer halben Stunde wird der Amtmann dieses Kreises mit noch einigen Herren kommen, um die Ausgrabung vornehmen zu lassen."

„Herrgott! Eine Leiche ausgraben! Welch ein Aufsehen wird das machen! Wen betrifft es denn?"

Der Fremde wies auf die entsprechende Eintragung im Gräberverzeichnis.

„Dieses Kind hier!"

„So etwas ist mir noch gar nicht vorgekommen! Und nun gar das Kind der Botenfrau! Ich habe sie noch gut gekannt, die Brave. Jaja."

„Die Ausgrabung soll in tiefster Verschwiegenheit vorgenommen werden. Hören Sie: in tiefster Verschwiegenheit! Ich werde hinausgehen und mir das Grab suchen. Nummer einundfünfzig."

Als van Zoom von seinem Gang über den Friedhof zum Haus des Totengräbers zurückkehrte, tauchte gerade der Diener Friedrich auf.

„Nanu, du bist schon da? Ich glaubte, der Amtmann werde eher kommen als du. Er sollte doch aussteigen, und dann mußtest du das Geschirr nach der Schenke bringen."

„Er war derart durchfroren, daß er unbedingt ein Glas Grog trinken mußte, bevor er herkommt."

„In der Schenke? Das ist großartig! Es gibt doch in Helfenstein nur eine einzige, und deren Besitzer ist Wolf. Wie unvorsichtig! Ausgerechnet Wolf sollte unsre Anwesenheit am allerwenigsten erfahren. Na, herein in die gute Stube, Friedrich! Wir müssen eben warten, bis der Herr Amtmann seinen Grog getrunken hat."

Der Totengräber war nicht zu sehen.

„Er ist schnell einmal fortgegangen", sagte seine Frau freundlich. „Er wird aber bald wiederkommen. Soll ich den Herren vielleicht eine Tasse Kaffee . . ."

„Danke", erwiderte van Zoom kurz. „Ihr Mann hätte mir doch erst etwas sagen können, bevor er fortging."

„Entschuldigen Sie, lieber Herr! Es war wegen der Werkzeuge!"

„Die hat er doch jedenfalls hier im Haus?"

„Ja. Aber der Boden ist hartgefroren, so daß Sie lange warten müßten, bis das Grab geöffnet ist. Deshalb ist er gegangen, sich die Spitzhacke schärfen zu lassen."

„Nicht wahr", sagte van Zoom höflich, „das besorgt doch der Schmied, gute Frau Sebaldus?"

„Ja."

„Na, lieber Friedrich, dann haben wir Muße, uns gemütlich zu setzen!"

Nach einer geraumen Weile erst traf der Amtmann ein.

„Sie sind allein, Herr Amtmann?" empfing ihn van Zoom, indem er langsam aufstand.

„Nein. Ich habe, wie besprochen, noch einen Amtsschreiber mit. Er wird gleich kommen."

„Auch er verspürte wohl ein Bedürfnis nach Grog?"

„Nur nach Kaffee. Er traf, als wir aus der Schenke kamen, den Ortsvorsteher, und da er in amtlicher Angelegenheit einige Erkundigungen einzuziehen hatte, wollte er das gleich noch mit erledigen."

Van Zoom drehte sich scharf auf dem Absatz herum. Dann kam er wieder auf den Amtmann zu und legte ihm die Hand auf die Schulter.

„Wir hatten Stillschweigen und Unauffälligkeit in dieser Angelegenheit vereinbart, nicht wahr?"

„Gewiß. Dazu bin ich überhaupt von Amts wegen verpflichtet.
Es ist mir auch nicht eingefallen zu plaudern, und ebensowenig
wird mein Schreiber . . ."

„Schon gut!" unterbrach ihn der Fürst. „Aber man kann auch
mittelbar sündigen."

„Mittelbar?"

„Ja, indem man erst in den Gasthof geht und die Leute im Dorf
stutzig macht."

„Daran habe ich – allerdings nicht gedacht!" stotterte der Beamte.

„Aber ich. Und deshalb bat ich Sie, sich nicht sehen zu lassen. –
Doch da kommt jemand. Ist es Ihr Begleiter?"

„Ja, der Amtsschreiber Reichelt."

„Ah, und da erscheint auch Freund Sebaldus. Na, nun sind wir
ja vollzählig, und das Rennen kann beginnen!"

Der alte Totengräber stapfte herein.

„Verzeihen Sie, meine Herren! Es ging nicht so rasch, wie ich
dachte. Das Feuer mußte erst neu geschürt werden. Jaja."

„Oh, wir haben Zeit", lächelte van Zoom nachsichtig. „Ich
glaube nicht, daß wir jetzt noch viel versäumen."

Der alte Sebaldus war wohl schon ein wenig vergeßlich und
wunderlich geworden. So fühlte er auch gar nicht, daß er gegen
das Gebot der Geheimhaltung bereits dadurch verstieß, daß er
dem Schmied Wolf die Hacke bereits zum Schärfen brachte.

„Was soll es mit dem Ding, Gevatter?" empfing ihn der Schmied,
dem sein Vater gemeldet hatte, der Amtmann sei drinnen in der
Gaststube.

„Schärfen."

„Es hat doch Zeit? Wir schlagen noch ein paar Nägel und lassen
dann das Feuer ausgehen. Morgen ist auch noch ein Tag. Da kommt
deine Hacke dran."

„Nein, nein", drängte Sebaldus. „Ich brauche sie augenblicklich.
Jaja!"

„Wozu denn so eilig?"

„Ein Grab zu öff– zu graben."

„Es ist doch niemand gestorben!" wunderte sich der Schmied.

„Ich muß dennoch eins machen!"

Das war ungewöhnlich. Ungewöhnlich war auch die Anwesenheit des Amtmanns. Der Schmied war ein Schlaukopf, und neugierig war er obendrein. Deshalb beschloß er, auf den Busch zu
klopfen, und lachte vor sich hin.

„Nur nicht so geheimnisvoll, Gevatter! Ich weiß doch bereits, was es ist. Der Amtmann sitzt ja drin bei uns!"

„Der Amtmann? – Ja, der will kommen. Das hat der fremde Herr auch gesagt. Aber es soll doch geheimbleiben! Jaja."

„Das gilt doch nur für die andern, Gevatter, aber nicht für uns. Der Vater ist doch Mitglied vom Gemeinderat und muß sowieso alles erfahren."

„Da hast du recht. Na, wenn du es schon weißt, so brauche ich nicht mehr so ängstlich zu sein. Was sagst du denn zu der Geschichte? Ich glaube, solange Helfenstein steht, ist noch nie ein Grab von Amts wegen geöffnet worden. Jaja."

„Aber warum tut man es denn jetzt? Das hat mir der Amtmann noch nicht erzählt."

„Man hat es auf die Leiche eines Kindes abgesehen. Jaja."

Der alte Wolf hatte von der Gaststube aus beobachtet, daß der Totengräber in die Schmiede gegangen war. Deshalb kam er auf einen Sprung herüber, um zu forschen, was es gab. So hörte er den Bericht des Gevatters Sebaldus in der Hauptsache mit an.

„Ein Kind?" warf er jetzt ein. „Welches denn?"

„Das Kind der Botenfrau. Weißt du noch, das war die krumme Grete – Gott hab sie selig! Jaja."

Es war dem alten Wolf, als erhielte er einen Schlag ins Gesicht. Unauffällig wechselte er einen raschen Blick mit seinem Sohn.

„Der krummen Grete?"

„Na, du mußt dich doch noch an das Begräbnis erinnern können. Es war vor zwanzig Jahren. Jaja."

„Ich kann mich an nichts erinnern. Aber du vielleicht?" wandte er sich an seinen Sohn.

„Keine Ahnung."

„Freilich ist's schon lange her", meinte der alte Sebaldus. „Aber ich weiß alles noch recht gut. Es war genau an dem Tag, als der große Schloßbrand ausbrach. An meinem Geburtstag. Wir haben Napfkuchen gegessen und Skat gespielt. Und ihr beide habt mir dann geholfen, das Grab zuzuwerfen."

„Was für ein fabelhaftes Gedächtnis du hast, Alter! Aber sag, wie kommt es, daß du schon von der Sache weißt? Der Amtmann ist ja vorhin erst gekommen."

„Es ist einer oben bei mir. Ein Fremder. Ich kenne ihn nicht."

„Jedenfalls ist er vom Amt."

„Wahrscheinlich! – Ich sage euch, der Mensch hat Augen, als könnten sie durch zehn eiserne Türen dringen. Er muß ein vornehmer Herr sein. Jaja."

„Warum?"

„Weil er gar keinen Sums mit mir macht. Ich mußte ihm gleich das Gräberverzeichnis vorlegen. Jaja."

„Hat er sich denn ausgewiesen?"

„Ausgewiesen? Nein."

„Dann hätte er mir nicht kommen dürfen. Da könnte ein jeder in meine Bücher gucken wollen! Na, laß dir nur den Ausweis nachträglich noch vorzeigen! Du mußt doch wissen, wer der Kerl ist."

„Das werde ich tun! Gewiß und wahrhaftig! Jaja."

„So geh einstweilen in die Küche und laß dir von meiner Frau einen Schnaps geben!"

„Warum nicht in die Gaststube?"

„Weil da der Amtmann sitzt. In zehn Minuten ist die Hacke scharf."

Als der alte Sebaldus fort war, blickten sich die beiden Wolfs eine Weile stumm an.

„Warum schickst du ihn hinein?" fragte der Sohn.

„Wir müssen rasch handeln! Ich war wirklich ganz starr vor Schreck, denn ich dachte, diese alte Geschichte sei längst vergessen. Und nun kommen die Herren vom Gericht! Weißt du, was das heißt?"

„Daß die Sache verraten ist. Aber zwanzig Jahre sind drüber hingegangen, und uns geht die Angelegenheit nichts mehr an. Wer sollte denn auch an uns denken?"

Der alte Wolf schüttelte den Kopf.

„Mir gefällt das alles nicht. – Der Amtmann steigt wohl nicht umsonst gerade hier bei uns aus."

„Doch nur, weil hier die Schenke ist."

„Das fragt sich noch. Er behandelt mich recht von oben herab und war sehr schweigsam. Ich traue dem Landfrieden nicht."

Der Sohn legte die Hackenspitze, die inzwischen glühend geworden war, auf den Amboß und tat einen wütenden Schlag darauf.

„Der Teufel hole die ganze Helfensteingeschichte!"

„Mit Fluchen erreichen wir hier nichts. Wir müssen sofort hinter dem Totengräber her und bei der Ausgrabung zusehen."

„Damit sie uns gleich beim Kragen nehmen können, wenn sie Lust dazu verspüren!"

„Unsinn! Ich muß vor allem erfahren, ob ich den fremden Menschen kenne, und muß die Leute beobachten, um zu erraten, wie die Sache steht."

„Wie willst du das anfangen?"

„Auf irgendeine Weise. Wir gucken über die Mauer. Wo der Friedhof an den Wald stößt, ist eine Mauerlücke, weißt du da, wo innen die Holundersträucher stehen. Dort können wir, vom Holunder gedeckt, alles überblicken. – Und nun schlag zu, damit wir fertig werden!"

Als die vier Männer nach der Rückkehr des alten Sebaldus zum Grab aufbrechen wollten, nahm der Totengräber seinen Mut zusammen und versuchte, Einspruch zu erheben, so wie es ihm der alte Wolf geraten hatte.

„Das geht nicht so schnell, wie Sie denken! Jaja!" sagte er verlegen zu dem Fremden.

„Warum nicht?"

„Ich kenne Sie ja gar nicht. Wer sind Sie denn eigentlich?"

Van Zoom legte ihm die Hand auf die Achsel.

„Wer ich bin, kann Ihnen gleich sein; aber kennen Sie diesen Herrn hier?"

Er deutete auf den Amtmann, der ein unterstempeltes Gerichtspapier aus der Tasche zog und es dem Totengräber hinhielt.

„Ich bin der Kreisamtmann. Hier haben Sie meinen Ausweis."

Der Alte machte ein hilfloses Gesicht.

„Wenn das so ist, dann geht ja alles in Ordnung", meinte er verlegen. „Jaja."

Er wollte dem kleinen Trupp vorangehen, um die Männer aus der Stadt zu dem Grab zu führen. Aber van Zoom hielt ihn zurück.

„Jetzt sagen Sie uns erst einmal, was Sie unten in der Schmiede ausgeplaudert haben!"

Sebaldus warf einen erschrockenen Blick auf den Sprecher.

„Ich weiß nicht, was Sie meinen, Herr!"

„Ach was! Verstellen Sie sich nicht! Sie haben dem Schmied erzählt, weshalb Sie Ihre Hacke schärfen ließen?" Und da das alte Männchen schwieg, fuhr van Zoom fort: „Ich sehe, daß Sie nicht den Mut haben, Ihre Schuld einzugestehen. Aber Sie wollen auch nicht lügen. Folglich bleibt mir nichts andres übrig, als nach dem Schmied zu senden, um Sie ihm gegenüberzustellen. Dann können Sie wegen Verletzung des Amtsgeheimnisses bestraft werden."

„Herrgott!"

„Ja, nun erschrecken Sie! Also, heraus mit der Wahrheit!"

Der alte Totengräber befand sich in gräßlicher Verlegenheit. Bestraft werden und seine Stelle verlieren? Nein, dieser Gefahr wollte er sich in seinem Alter nicht aussetzen.

„Ich hab's nicht bös gemeint, Herr! Er wußte es schon."

„Das heißt, er schlug auf den Strauch? Was haben Sie ihm erzählt?"

„Daß ein Grab geöffnet werden soll."

„War der Wirt dabei?"

„Sie waren beide in der Schmiede."

Van Zoom warf einen raschen Blick über die Kirchhofsmauer und bemerkte die Mauerlücke und den Holunderbusch, wovon die Wolfs gesprochen hatten. Blitzschnell kam ihm ein Gedanke. Die Wolfs würden bestimmt wissen wollen, was hier vorging. Einen andern konnten sie nicht schicken; sie mußten also selber kommen.

Er nahm die Herren aus der Stadt ein paar Schritte abseits.

„Herr Amtmann", wandte er sich an den Beamten, „ich werde mich jetzt dort bei der Mauerlücke auf die Lauer legen. Bitte, lassen Sie die Arbeit beginnen! Aber werfen Sie während der ganzen Zeit keinen Blick nach dem Holunderbusch dort! Davon hängt wahrscheinlich das Gelingen unsres Vorhabens ab."

Der Fürst kehrte mit Friedrich zum Wohnhaus zurück. Vielleicht befanden sich die Wolfs bereits auf ihrem Lauscherposten. Darum machte er mit seinem Diener den Umweg. Das geringe Geräusch ihrer Schritte im Schnee wurde von dem Schall der Hacke übertönt. Sie erreichten die Stelle von der Seite und duckten sich hart am Holunder nieder.

Sosehr sie aber ihr Gehör auch anstrengten, sie vernahmen nichts. Schon glaubte van Zoom, seine Vermutung sei irrig gewesen, da hörte er draußen an der Mauer den Schnee knirschen, und bald darauf erklang auch eine gedämpfte Stimme.

„Sie haben schon angefangen!"

„Aber wohl erst seit kurzem. Verdammte Steigerei hier herauf durch den tiefen Schnee!"

„Es ging nicht anders." Der das sagte, schien der alte Wolf zu sein. „Den Weg durften wir ja nicht gehen. Hol's der Teufel, sie haben das richtige Grab!"

„Hast du es dir denn gemerkt?" fragte der Sohn.

„Und wie! Sooft ich hier oben war, hat es mir die Augen hingezogen. Ein dummes Gefühl, zu wissen, daß ein Grab leer ist!"

„Gefährlich kann die Geschichte für uns nicht werden."

„Sehr gefährlich sogar!"

„Warum? Du hast, um einen Mord zu verhüten, den der Bankier von dir verlangte, eine Leiche verbrannt. Das ist doch letzten Endes eine gute Tat."

„Aber der Leichenraub!" widersprach der Vater. „Und außerdem vergißt du, daß wir den Kleinen verschwinden lassen mußten!"

„Das wird nicht entdeckt werden."

„Doch wie kommen diese Menschen auf den Gedanken, daß ausgerechnet dieses Grab leer ist?"

„Das ist allerdings ein Wunder."

„Eins, das wir teuer bezahlen werden."

„Wie sollte man denn auf uns kommen?"

„Das weiß der Teufel! Sollte der alte Sebaldus etwas gemerkt haben?"

„Der? Ausgeschlossen. Der hätte uns davon gesprochen."

„Dann ist es mir ein Rätsel. Aber wenn es herauskommt, so steht noch mehr auf dem Spiel. Wer dieses tote Kind gestohlen hat, der hat auch das Schloß angezündet, die Leiche ins Feuer geworfen und den kleinen Robert beiseite geschafft. Das wird man wohl herausfinden."

„So schnell geht das nicht!" beruhigte der Sohn den Vater. „Weißt du, ich denke, daß diese Herren sich zunächst nur überzeugen wollen, ob das Grab leer ist. Den Täter kennen sie noch nicht."

„Woraus willst du das schließen?"

„Wäre er ihnen bekannt, so hätten sie ihn festgenommen und mit hierhergebracht."

„Das ist wahr! Aber wenn sie erst entdeckt haben, daß die Leiche fehlt, dann werden sie auch weiterforschen. Anhaltspunkte haben sie jedenfalls. Ich fürchte, daß sie zu uns kommen."

„Daran glaube ich nicht, doch man muß sich vorbereiten. Wenn sie uns festnehmen, werden sie uns auch hierher an das Grab führen."

Eine Weile schwiegen die beiden.

„Sie sind schon ziemlich tief hinab", meinte der alte Wolf. „Sebaldus arbeitet, daß ihm der Schweiß von der Stirn läuft. Aber wo ist der Fremde, von dem er redete?"

„Der wird noch in der Stube sein."

„Möglich, daß es ihm draußen zu kalt ist. Er wird warten wollen, bis sie auf den Sarg treffen; dann kommt er, und wir werden sehen, ob wir ihn kennen und ob wir ihn zu fürchten haben oder nicht. Zum Kuckuck, man wird alt, und man kann doch nicht mehr alles so leicht verwinden und verdauen wie in jüngeren Jahren."

„Besser ist's, man macht sich keine dummen Gedanken."

„Die kommen von selber. Wenn ich nachts nicht schlafen kann, so seh ich ihn oft daliegen in seinem Blut – verdammt!"

„Wen? Den Rittmeister von Tiefenbach?"

„Ja, den Tiefenbach! Wie mir der arme Burg leid getan hat! Aber, es ging nicht anders."

„Freilich nicht. Indem wir schwiegen, bekamen wir den Bankier in die Hand, und an Gerhard Burg hast du es ja wiedergutgemacht."

„Wo er nur stecken mag?"

„Der ist längst tot, sonst hätte man doch wohl wieder etwas von ihm gehört."

„Das ist's ja eben! Wenn wir damals mit der Wahrheit hervorgetreten wären, so wäre er gerettet gewesen und hätte nicht aus dem Land fliehen müssen!"

„Laß jetzt die alte Sache, Vater! Schau, sie müssen auf den Sarg getroffen sein. Die Herren treten näher. Nun wird wohl auch der Fremde erscheinen."

Der Totengräber schien wirklich fertig zu sein, denn der Amtmann und der Schreiber stießen laute Rufe des Erstaunens aus.

„Verdammt", knurrte der Alte, „daß wir so von der Ferne zusehen müssen! Ich gäbe was drum, wenn ich dabeisein und hören könnte, was jetzt dort am Grab gesprochen wird."

„Wir werden es trotzdem erfahren. Sebaldus muß uns berichten."

„Wenn man ihm noch die Gelegenheit dazu läßt! Ich fürchte, ich fürchte . . ."

„Was?"

„Daß die Sache für uns einen schlimmen Ausgang nimmt! – Wo nur der Fremde solange steckt?"

„Da ist er schon!" erscholl es in ihrer unmittelbaren Nähe hinter der Friedhofsmauer.

Der Fürst hatte es gerufen und zugleich seinem Diener einen Wink gegeben. Sie sprangen auf, legten die Hand auf den oberen Rand der Mauer, ein Schwung – und im nächsten Augenblick standen sie neben den Überraschten.

„Guten Tag, meine Herren!" grüßte van Zoom.

„Wer sind Sie? Was wollen Sie?" fragte der alte Wolf barsch.

„Ich bin der Fremde, den Sie so gern sehen wollten. Ich bin hier bei Ihnen erschienen, um Sie beide zu dem Grab zu führen. Sie wollten ja gar zu gern hören, was dort verhandelt wird."

„Ich verstehe Sie nicht."

„Ist auch nicht nötig. Das Verständnis wird schon kommen. Sehen Sie hier diesen Revolver? Bei der ersten verdächtigen Bewegung Ihrerseits mache ich von meiner Waffe Gebrauch!"

„Was fällt Ihnen ein? Sind Sie ein Räuberhauptmann, daß Sie über ahnungslose Menschen herfallen . . .?"

„Schwatzen Sie nicht!" herrschte nun van Zoom den Sprecher an. „Friedrich, die Stricke!"

Im Nu hatte Friedrich einige feste Schnüre aus der Tasche gezogen.

„Keinen Widerstand! Bei der geringsten Gegenwehr schieße ich. Ich habe das Recht dazu."

Die beiden Schmiede fügten sich zähneknirschend und ließen sich fesseln. Sie sagten sich wohl, daß sie sich durch offenen Widerstand nur ins Unrecht gesetzt hätten, und überdies wußten sie nicht, ob hinter ihnen etwa gar schon einige Polizeibeamte bereit standen. Erst allmählich überzeugten sie sich davon, daß ein Fluchtversuch nicht ganz aussichtslos zu sein schien.

Die drei Männer am Grab staunten nicht wenig, als sie den Fürsten mit dem Diener und zwei Gefesselten durch die Gittertür – van Zoom hatte den Umweg um die Friedhofsmauer eingeschlagen – auf sich zukommen sahen. Am betroffensten war der alte Sebaldus.

„Gevatter Wolf? Ihr hier? Und gefesselt? Was habt ihr denn verbrochen?"

„Was weiß ich!" wütete der Alte. „Frag doch den hier, der uns wie ein Räuber überfallen hat!"

Der Fremde aus Indien achtete nicht auf das Gerede und trat an die ausgeschaufelte Grube. An ihrem Rand stand der geöffnete Sarg. Er war noch leidlich erhalten trotz der zwanzig Jahre, die er unter der Erde gelegen hatte. Diese merkwürdige Tatsache erhielt dadurch ihre Erklärung, daß der Sarg – leer war.

Van Zoom betrachtete ihn eingehend, nickte vor sich hin und wandte sich dann an seine Begleiter:

„Meine Herren, Sie haben sich überzeugt, daß dieses Grab keine Gebeine enthält?"

„Ja!"

„So werden wir nachher in der Stube einen Bericht anfertigen."

„Was soll's mit diesen beiden Männern?" forschte der Amtmann.

„Sie haben bemerkt, daß ich an der Mauer gelauscht habe?" gab van Zoom zurück.

„Ja."

„Nun, so hören Sie! Die kleine Leiche wurde einst aus dem Grab geraubt. Ich hatte die beiden Schmiede des Orts, Vater und Sohn, im Verdacht. Unglücklicherweise gingen aber Sie in den Gasthof und der Totengräber zum Schmied. Der alte Wolf, der Gastwirt, ist ein schlauer Kopf; es war zu erwarten, daß er Ihr Erscheinen, Herr Amtmann, und die Angelegenheit des Totengräbers miteinander in Verbindung bringen und sich mit seinem Sohn auf den Weg machen würde, um uns zu beobachten. Das war aber nur an der Mauerlücke möglich."

„Ah, wie klug!" lobte der Amtmann. „Und er kam wirklich?"

„Ja, und zwar tatsächlich mit seinem Sohn. Nun", wandte sich van Zoom an die beiden Gefesselten, „wollt ihr noch leugnen, daß ihr damals die Leiche geraubt habt?"

„Leugnen? Unsinn!" erwiderte der alte Wolf. „Wir können nichts leugnen, weil wir nichts begangen haben!"

„Was hattet ihr dann da drüben hinter der Mauer zu suchen?"

„Nichts. Wir gingen zufällig dort vorüber. Dabei warf ich einen Blick durch die Lücke und bemerkte, daß man sich mit einem Grab beschäftigte. Wir blieben stehen und sahen zu. Das ist alles."

„Nicht übel gelogen. – Sie vergessen nur, daß wir beide, mein Begleiter und ich, auf der andern Seite der Mauer lagen und jedes Wort hörten, das Sie miteinander redeten."

„Wir haben nichts gesprochen, was uns als Verbrechen ausgelegt werden könnte."

„Wirklich nicht? Ich dächte doch! Ihr Sohn hat daran erinnert, daß Sie eine Leiche verbrannt haben, um einem Mord auszuweichen, den man von Ihnen verlangte."

„Verdammt!"

„Ferner wurde gesagt, daß der, der die Leiche gestohlen hat, auch das Feuer ans Schloß gelegt, das tote Kind den Flammen überantwortet und den kleinen Robert von Helfenstein fortgeschafft haben müsse."

Der alte Wolf brachte vor Bestürzung kein Wort heraus.

„Endlich wurde von der Ermordung des Rittmeisters von Tiefenbach gesprochen", fuhr der Ankläger fort, „und davon, daß Sie von der Sache geschwiegen haben, um den Täter in die Hand zu bekommen."

Der Sohn stand hinter dem Vater, ohne ein Wort zu sagen. Plötzlich glänzte ein Messer in seiner Rechten, die er auf irgendeine Weise aus der Schlinge gelöst hatte. Mit einem raschen Schnitt fuhr er über den Strick, der um die Handgelenke des Vaters geschlungen war. „Mir nach, Vater!" rief er, und im nächsten Augenblick rannten die beiden über den Friedhof hinüber.

Der Amtmann wollte mit dem Schreiber den Flüchtlingen nacheilen, sie wurden aber durch van Zoom daran gehindert.

„Lassen Sie die Schurken laufen!"

„Aber dann werden sie entkommen!"

„Geben Sie sich zufrieden! Sie würden die zwei doch nicht einholen und fassen können. Ich dagegen weiß, wo ich sie zu suchen habe."

„Wo?"

„Das ist vorläufig noch meine Sache. Sie brauchen nur dafür zu sorgen, daß die beiden nicht in ihre Wohnung kommen und sich mit Geld versorgen können. Eilen Sie gleich ins Dorf hinunter und treffen Sie die nötigen Anordnungen! Bieten Sie die Ortspolizei auf und kehren Sie dann wieder hierher zurück! Wir müssen den Bericht anfertigen."

Der Amtmann entfernte sich schnell mit dem Schreiber, während van Zoom mit Friedrich und dem alten Sebaldus dem Totengräber-häuschen zuschritt. Wie gebrochen wankte der Totengräber zwischen den beiden dahin.

20. Alte Schuld steht auf

Die beiden Wolfs hatten ihre Flucht nicht den Berg hinab zum Dorf gerichtet, sondern waren zu der Mauerlücke geeilt und hindurchgesprungen. Dort befand sich der Wald in der Nähe, der sie für den Augenblick schützte.

Unter den ersten Bäumen blieben sie stehen und schauten sich um. Von Verfolgern war weit und breit nichts zu sehen.

„Wohin nun?" erkundigte sich der Sohn.

„Nach Hause können wir nicht", keuchte der Vater, atemlos vom eiligen Lauf. „Die Schmiede wird bald unter strenger Bewachung stehen. Wir müssen zum Bankier in die Hauptstadt. Er muß Geld schaffen."

„Aber wie kommen wir dahin? Ich habe nicht einen Groschen bei mir."

„Ich auch nicht. Doch das ist die geringste Sorge. Wir gehen zum Bergwirt. Der hat schon so manches Ding mit uns gedreht, er muß uns helfen."

„Aber wir dürfen nicht hinein zu ihm."

„Natürlich nicht! Wir schleichen uns durch den Wald, bis wir seiner Schenke gegenüber sind. Dann locken wir ihn durch den Pascherpfiff heraus."

„Gut!" nickte der Sohn. „Aber wird man nicht unsre Spuren finden?"

„Nein. Im Hochwald unter den Tannen gibt es fast keinen Schnee. Und auf der Höhe, wo die Schenke steht, werden die Spuren rasch verweht sein. Vorwärts!"

Sie rannten quer durch den Wald, der sich die Höhe hinaufzog. Oben schob er sich bis an die Straße vor, an deren andrer Seite sich ein Gebäudeblock erhob, die Bergschenke.

Der alte Wolf steckte zwei Finger in den Mund und stieß einen trillernden Pfiff aus. Schon nach kurzer Zeit trat der Bergwirt aus dem Tor und blickte sich um.

Wolf pfiff abermals, aber leiser. Nun kam der Wirt über die Straße herüber und huschte zwischen die Bäume.

„Ihr seid es? Habt ihr wieder etwas?"

„Ware? Nein!" lachte der alte Schmied grimmig. „Wir selber sind heute die Ware, um die es geht."

„Ich verstehe euch nicht."

„Wir beide haben ausgeschmuggelt für immer! Man ist hinter uns her, und du mußt uns weiterhelfen!"

Der Bergwirt erschrak. „So ist man euch auf die Schliche gekommen? Was hat's gegeben?"

„Es handelt sich nicht ums Paschen, sondern um etwas andres."

„Was denn? So rede doch!"

„Du wirst alles schon noch früh genug von den Leuten erfahren, denn man wird es selbstverständlich bald an die große Glocke hängen. Ich habe keine Zeit zum Erzählen; wir müssen rasch nach der Hauptstadt."

„Wie soll ich euch helfen?" fragte der Wirt, dem ein Stein von der Seele fiel, da er schon gefürchtet hatte, daß auch er in Gefahr sei.

„Sind deine Pferde daheim?"

„Ja."

„Spann an und wirf gehörig Stroh in den Wagen, damit wir uns verstecken können! Bring auch zwei Mützen sowie einiges Geld und Mundvorrat mit! In der Hauptstadt bezahlen wir."

„Wollt ihr denn hier warten?"

„Wie lange dauert es, bis du fertig bist?"

„Eine halbe Stunde immerhin."

„So lange können wir uns unmöglich hierherstellen!"

„Dann macht, daß ihr fortkommt! Sagt mir, wo ich euch treffen soll!"

„Hinter dem nächsten Dorf, wenn du bei der Windmühle vorüber bist, im Wald."

Der Bergwirt kehrte in die Stube zurück, wo sein Sohn, ein Bursche von neunzehn Jahren mit gutmütigem, aber doch auch schon pfiffig-schlauem Gesicht, voll Spannung auf den Vater wartete.

„Nicht wahr, es war der Pascherpfiff?" fragte der Sohn.

„Ja. Ein Bote von drüben."

„Endlich wieder einmal! Wir haben lange genug feiern müssen."

„Ich soll etwas abholen, und zwar gleich. Schirre die Gäule an!"

Während sich der Sohn in den Stall begab, steckte der Vater einige Strohbündel in den Rollwagen, legte ein paar Decken hinzu und zog das Gefährt aus dem Schuppen. Dann schlüpfte er in seinen Pelz, schaffte einige Lebensmittel, Zigarren und Schnaps, auch zwei Mützen in den Wagen und war eben damit fertig, als sein Sohn die Pferde brachte.

„Wohin geht's denn?" erkundigte sich der Bursche.

„Nach Tripstrill, wo sich die Füchse gute Nacht sagen."

„Man wird doch wohl fragen dürfen!"

„Halts Maul, Junge! In solchen Sachen braucht nicht jeder alles zu wissen."

„Aber wenn die Mutter fragt! Was soll ich antworten?"

„Sage ihr, ich sei geradewegs in den Himmel gefahren. Wenn sie heute abend hinaufguckt, wird sie neben dem Mond meine Pelzmütze sehen."

Lachend über seinen Witz stieg der Bergwirt auf.

Nach einer halben Stunde kam er durchs nächste Dorf; als er dann an der Windmühle vorübergerollt war, sprangen die Schmiede aus dem Wald und krochen in den Wagen.

„Hast du etwas Verdächtiges bemerkt?" fragte der alte Wolf.

„Nein. Kein Mensch hat sich um euch gekümmert."

„Das sieht nur so aus. Ich bin überzeugt, daß jetzt schon die ganze Polizei sucht."

„Also zur Hauptstadt?"

„Ja."

„Alles mit dem Wagen oder eine Strecke mit der Bahn?"

„Auf der Bahn dürfen wir uns jetzt nicht blicken lassen!"

„Aber wir werden die Stadt nicht vor Abend erreichen."

„Das ist uns gerade recht."

„Habt ihr dort jemand, der euch aus der Patsche hilft?"

„Das will ich meinen."

„Gut", brummte der Bergwirt auf dem Kutscherbock. „Bezahlt oder bezahlt nicht, ich tu' euch den Gefallen. Jetzt aber hinein ins Stroh! Später, wenn wir in andre Gegenden kommen, dürft ihr die Nasen wieder herausstecken!"

Van Zoom hatte im Haus des Totengräbers geduldig auf die Rückkehr des Amtmanns aus dem Dorf gewartet. Auf die ängstlichen Fragen des alten Sebaldus und seiner Frau gab er ausweichende, nichtssagende Antworten, so daß man ihn bald in Ruhe ließ. Nach einer Stunde traf der Amtmann ein.

„Schmied und Schenke stehen unter strenger Bewachung der Ortspolizei", meldete er. „Keine Maus kann ungesehen durchschlüpfen."

„Und die Landjäger des Kreises?"

„Sind benachrichtigt."

Der Amtmann verfaßte nun den Wortlaut des Berichts, und die Zeugen setzten ihre Namen darunter. Dann ließ sich der Fürst und Friedrich zum Bahnhof fahren, in der Hoffnung, durch Benutzung der Eisenbahn die Stadt rascher zu erreichen als im Schlitten. Er erfuhr dort indes, daß vor dem Nachmittag kein Zug nach der

Hauptstadt abging. Das war unangenehm, aber nicht schlimm, denn den Flüchtlingen kam man wahrscheinlich auch mit dem Schlitten noch zuvor; vorausgesetzt, daß die Hauptstadt wirklich ihr Ziel war, wie van Zoom mit Sicherheit annahm.

Zur Vorsicht gab er an seinem Diener Anton folgende Drahtnachricht auf, deren Sinn dem Eingeweihten sofort klar sein mußte:

„Zwei Wölfe entflohen. Höhle des Löwen streng bewachen."

Die Stunden vergingen. Meist schweigend, in Gedanken verloren, fuhren van Zoom und Friedrich durch die verschneite Landschaft. War die Straße einmal besonders gut, so fielen die Pferde eine Strecke lang in Trab. Dann ging es wieder geruhsam weiter. Endlich kam die Hauptstadt in Sicht. Bei ihrem Anblick richtete sich der Fürst unwillkürlich aus seiner Versunkenheit auf und begann, seinem Vertrauten die nötigen Anweisungen zu geben.

„Schlitten und Pferde überläßt du daheim sogleich dem Kutscher und suchst geradenwegs Anton auf, um mit ihm Wache zu stehen, während ich mich umkleide! Maske sieben! Sage das Anton, damit wir uns wiedererkennen! Anton mag sich, wenn es irgend geht, an seine Zofe wenden und versuchen, von ihr den Schlüssel zur Hinterpforte zu bekommen, den sie ihrem ‚Verehrer' kürzlich versprochen hat!"

„Durchlaucht, ich habe einen Gedanken, der vielleicht nicht schlecht ist: Es ist wichtig zu erfahren, ob die Schmiede wirklich nach der Hauptstadt flüchten."

„Ich bin überzeugt davon."

„Nun, es muß ihnen daran liegen, den Bankier auch bestimmt anzutreffen. Sie werden also dafür sorgen, daß er heut zu Hause ist."

„Ah, du denkst, sie benachrichtigen ihn? Das könnte nur durch eine Drahtnachricht geschehen. – Und?"

„Man muß Ihnen doch im Telegraphenamt Auskunft erteilen!"

„Dein Rat ist nicht übel. Ich werde ihn befolgen. Fahre also zunächst dorthin!"

Im Telegraphenamt wies van Zoom dem Leiter die ministerliche Vollmacht vor und fand sofort das größte Entgegenkommen. Man forschte nach, und sogleich zeigte es sich, daß die Wolfs tatsächlich so unvorsichtig gewesen waren, an ihren Verbündeten zu drahten.

„Hier ist die Nachricht, mein Herr: ‚Bitte bestimmt heut abend zehn Uhr in Ihrer Wohnung sein!' "

Die Unterschrift fehlte. Der Aufgabeort lag halbwegs zwischen Helfenstein und der Hauptstadt. Daraus ersah van Zoom, daß die Schmiede auf einem Fuhrwerk geflohen waren. Sonst hätten sie in so kurzer Zeit nicht eine solche Strecke zurücklegen können. Und mit der Bahn waren sie der Aufgabezeit des Telegramms entsprechend nicht gefahren.

„Nun, hat es sich gelohnt, Durchlaucht?" fragte Friedrich, während sich der Fürst im Schlitten wieder zurechtsetzte.

„Ja. Dein Gedanke war gut. Punkt zehn Uhr ist die Zusammenkunft."

„Nehmen wir sie sofort fest?"

„Das kann ich jetzt noch nicht sagen. Erst müssen die Wolfs mit Helfenstein sprechen, wobei ich sie zu belauschen hoffe. Dann werde ich wissen, was zu tun ist. Jedenfalls haben die Flüchtlinge ein Absteigequartier, wo wir sie fassen können."

Van Zoom und Friedrich fuhren heim. Der Diener verschwand sogleich, wie vereinbart, und der Fürst kleidete sich um. Er wählte die Verkleidung, in der er seinerzeit als Geheimer zu später Nachtstunde bei den Helfensteins erschienen war. Bis zehn Uhr waren es noch drei Stunden, und er benutzte die Zwischenzeit, um bei Ulrike von Helfenstein vorzufahren und ihr von den Ereignissen des Tages zu berichten. Vom Dom schlug die Turmuhr die erste viertel Stunde nach neun, da befand er sich schon wieder an dem Hinterpförtchen des Hauses Franz von Helfensteins, wo Friedrich Wache hielt.

In einem Schlupfwinkel gegenüber der Vorderseite wartete Anton.

„Ist der Bankier daheim?" erkundigte sich van Zoom.

„Ja. Ich habe mit meinem Kammerkätzchen geplaudert, und sie erzählte mir, daß der Herr augenblicklich zur Nacht speist. Beiläufig drückte sie mir den Schlüssel zur Hinterpforte in die Hand. Hier ist er."

„Sehr gut! Ich werde ihn gleich versuchen und ein wenig auf Erkundung ausgehen. Du warst schon einmal oben, als du Frau Nora wegen der Juwelen belauschtest. Du wirst mich führen!"

Sie suchten Friedrich an der Hinterpforte auf, und sein Herr sagte ihm, daß er jetzt allein die Wache übernehmen müsse.

„Ich habe den Schlüssel zur Pforte und will mich ins Haus schleichen", fügte van Zoom hinzu. „Anton kennt sich drinnen aus. Er wird mitkommen!"

Der Schlüssel drehte sich geräuschlos. Als sie die Tür hinter sich verschlossen hatten, standen van Zoom und Anton vor einer schmalen, steilen Holztreppe. Die kleine Blendlampe des Fürsten leuchtete ein wenig auf, und geschmeidig huschten sie über die Stufen.

Oben gelangten sie zu einem kurzen Gang, an dessem Ende,

wie Anton seinem Herrn erklärte, eine Tür ins Arbeitszimmer des Bankiers führte, während eine andre Tür, an der linken Wand des Ganges, in sein Schlafzimmer mündete.

Van Zoom stand auf der obersten Stufe der kleinen Holztreppe. Seine Linke umspannte das mit seltsamen Schnitzereien verzierte Geländer. Dabei ertastete er völlig unabsichtlich einen kleinen erhabenen Punkt im Schnitzwerk, einen Fleck am äußersten Rand des Treppengeländers, wohin sonst kaum eine menschliche Hand kam. Und siehe da, der Punkt gab nach. Verblüfft hob der Fürst den Kopf. Er ahnte schon etwas.

Anton aber, der vor van Zoom stand, fuhr betroffen beiseite. Zu seiner Linken, neben der Schlafzimmertür, war plötzlich eine Öffnung in der Wand.

„Was ist –?"

„Still!" warnte der Fürst. „Eine Tapetentür!"

„Wer hat sie geöffnet?"

„Ich. Ganz unabsichtlich. Ich kam mit dem Finger – hier – an einen versteckten Drücker. Rasch hinein in den Raum hinter der geheimen Tür! Ich wette, wir haben einen der wichtigsten Schlupfwinkel des Hauptmanns entdeckt, den selbst die hilfreiche Zofe, die dir den Schlüssel zur Hinterpforte gab, nicht kennt."

Sie huschten durch die Tapetentür und gelangten so in ein Zimmer, worin eine Menge Kleidungsstücke, Perücken und Bärte hingen. Von diesem engen, finsteren Raum führte eine zweite Tapetentür ins Schlafgemach; ein Vorhang verhüllte den Eingang ins Arbeitszimmer, wo eine Tischlampe brannte. Vorsichtig näherten sie sich dem Vorhang und schauten in den Raum. Es war niemand drin.

„Hier wird er die beiden wahrscheinlich empfangen", meinte Anton. „Denn in den Salon wird er so ‚gewöhnlichen' Besuch wohl nicht lassen."

„Ganz gewiß nicht. – Doch sieh, der Schreibtisch ist offen! Ich möchte einmal einen Blick in die Buchführung des Hauptmanns tun."

„Buchführung?" lachte Anton leise auf.

„Gewiß. Bedenke seine vielerlei Angelegenheiten! Er käme nicht durch, wenn er versäumte, über seine Geschäfte und Pläne Aufzeichnungen zu machen. Wir werden ja sehen." Van Zoom hatte bei seinen Worten schon die Schieblade weiter herausgezogen und den säuberlich geordneten Inhalt überflogen. „Da haben wir's", sagte er.

„Was denn?"

„Fällt dir denn nichts an der Größe der Lade auf?"

„Nein – ah, doch! Sie scheint etwas kürzer zu sein als die Schreibtischplatte!"

„Sehr richtig, mein guter Anton – und da" – der Fürst fuhr mit dem ganzen Arm in die leere Höhlung –, „da ist das Hauptbuch!"

Van Zoom schwenkte eine abgegriffene Kladde in der Hand. Er blätterte flüchtig darin, und seine Miene wurde finster.

„Machen wir wieder zu, Anton!" sagte er, indem er das Buch an seinen Platz zurücklegte. „Der Hauptmann ist ein Erzschurke, und es wird hohe Zeit, ihn zu vernichten! Jede Gnade wäre Verbrechen! – Es ist jetzt halb zehn. Du gehst hinunter, sorgst für eine Droschke und hältst dich in der Nähe auf! Hier ist der Schlüssel. Ich bleibe."

Anton zog sich zurück, und van Zoom untersuchte zunächst das Bett. Es stand inmitten vier Säulen, die einen blauseidenen Himmel trugen; kostbare Gardinen wallten an den Seiten hernieder. Zwischen ihnen und dem Bett war Raum genug. So machte er es sich denn bequem, setzte sich auf den Teppich und erwartete getrost das Kommende.

Kurze Zeit verstrich, da erschien der Bankier in seinem Arbeitszimmer. Man hörte seine Schritte und seine Stimme nebenan. Ein Diener schien ihm zu folgen.

„Gegen zehn Uhr wird jemand nach mir fragen, Fritz. Er wird vorgelassen. Du bringst ihn hierher!"

„Sehr wohl, gnädiger Herr!"

Nun begann der Bankier im Zimmer hin und her zu wandern, bis sich nach ungefähr einer Viertelstunde die Tür öffnete.

„Wolf, Sie hier?" rief Helfenstein. „Von Ihnen stammt also die Depesche?"

„Ja, von mir und meinem Sohn", hörte man den Alten antworten.

„So ist er mit Ihnen hier?"

„Es ist besser zu zweien als allein."

„Haben Sie sich vor jemand zu fürchten?"

„Die Polizei ist hinter uns her."

„Verdammt! Habt ihr euch beim Schmuggeln erwischen lassen?"

„O nein! Es ist vielmehr eine alte Geschichte. Wir dürfen uns nie wieder in Helfenstein blicken lassen. Faßt man uns, so sind auch Sie verloren."

„Sie reden in einem seltsamen Ton, Freundchen."

„Entschuldigen Sie, Herr! Aber wenn man stundenlang auf einem Rollwagen im Stroh gelegen hat, immer in Sorge, von einem Landjäger geschnappt zu werden – ich danke!"

„Aber in drei Teufelsnamen, was ist's denn eigentlich?"

„Da ist ein Fremder in Helfenstein, der weiß das von dem Kind!"

„Von welchem Kind? Sie sprechen in Rätseln."

„Von dem Kind der Botenfrau, Herr. Es wurde genau an dem Tag begraben, als Schloß Helfenstein niederbrannte."

„Was geht mich denn das Kind der Botenfrau an? Und was hat es mit dem Schloßbrand zu tun?"

„Wenn das Schloß nicht weggebrannt wäre, so läge das Kind noch im Grab."

„Ich glaube, Sie haben zu tief ins Glas geguckt, Wolf, daß Sie so ungereimtes Zeug schwatzen!"

„Nein, Herr, ich bin ganz nüchtern. Grad heute kommen sie und öffnen das Grab. Nun sitzt die Karre im Dreck!"

„Seien wir mal vernünftig, Wolf! Was ist das mit dem Kind?"

„Was soll es mit ihm sein? Es ist nicht begraben worden, weil wir es damals brauchten."

„Mensch, Sie sind verrückt! Ihr brauchtet es? Wozu?"

„Es sollte verbrannt werden."

„Das Kind sollte verbrannt werden?"

„Ja."

Mann, nehmen Sie sich in acht! Wenn meine Ahnung richtig ist, so bekommt ihr es mit mir zu tun! Verbrannt! Und ein Kind! Ich weiß nur von einem einzigen Kind, das in den Flammen umkam, und das war der kleine Robert von Helfenstein."

„Freilich, das wollte ich sagen."

Franz von Helfenstein stieß einen lästerlichen Fluch aus.

„Was denn? Was wollten Sie sagen? Kann man denn kein vernünftiges Wort aus Ihnen herauskriegen? Sie kommen doch nicht hierher, um mir alte Geschichten zu erzählen. Daß Robert damals verbrannte, das weiß ich seit zwanzig Jahren!"

„Herr", stammelte Wolf, „der Robert – ist damals – gar nicht verbrannt!"

Ein Stuhl polterte auf den Teppich; eine Faust dröhnte auf den Tisch. Dann war es sekundenlang still.

„Ihr habt ihn leben lassen, ihr Schweinehunde?"

„Ja, Herr."

„Hölle und Teufel! Wozu?"

„Diesen Ton, Herr – hm – den möchte ich mir doch sehr verbitten! Ich bin kein Schweinehund, Herr! Und wenn Sie mich damals nicht verführt hätten, dann wären mein Sohn und ich noch immer die anständigen Kerle wie einst!"

„Wozu? Wozu ließen Sie den Knaben leben?" zeterte der Bankier.

„Hm, vielleicht kommt die Zeit, da Sie es erfahren!"

„Wolf, bringen Sie mich nicht auf! Wissen Sie, daß Sie ein Lügner und Verräter sind? Sie und Ihr Sohn?"

„Sie wohl nicht?"

„Verdammter Lump!"

„Ein verdammter Lump? Ja, der bin ich. Durch Ihre Schuld, Herr! Wir haben Ihren Mord verheimlicht, weil Sie uns von der Pascherei her in der Hand hatten und uns eine hohe Summe dafür versprachen – doch selber gemeine Mörder zu werden, dazu ließen wir uns nicht herbei!"

„Aber das Schloß habt ihr doch weggebrannt!"

„Auf Ihren Befehl! Sie sind der Anstifter. Den Knaben dagegen schonten wir, denn wir hatten Mitleid mit ihm und verbrannten lieber eine Leiche. Das war immerhin noch kein Mord. Und noch aus einem andern Grund ließen wir den Knaben leben, Herr. Wir trauten Ihnen nicht! Wir sagten uns, wenn es um Ihren Vorteil geht, so gilt Ihnen ein Menschenleben nichts. Brauchen Sie uns nicht mehr, so ist's aus mit uns. Darum mußten wir Sie ein bißchen in der Gewalt behalten, Herr. – So, nun ist's heraus. Nun wissen Sie alles."

Der Bankier schwieg. Er sagte sich, daß es geraten sei, sich scheinbar ins Unvermeidliche zu fügen.

„Sie haben recht, Wolf", erklärte er endlich in versöhnlichem Ton. „Von Ihrem Standpunkt aus mußten Sie so denken. Ich will Ihnen das auch nicht übelnehmen. Aber wir sind doch schließlich Verbündete, die Vertrauen zueinander haben müssen. Erzählen Sie mir also vor allem, wo sich dieser Robert von Helfenstein befindet!"

„Ausgeschlossen!" wehrte Wolf ab.

„Weshalb ausgeschlossen?"

„Weil Sie ihn aus der Welt schaffen würden."

„Unsinn! Um vor dem rechtmäßigen Erben sicher zu sein, würde mir Ihr Versprechen genügen, daß er nie erfahren soll, wer er ist."

„Wir würden dabei unsern besten Trumpf aus der Hand geben."

„Ich bezahle ihn euch."

„Jawohl, eine Kugel bekämen wir wie Tiefenbach, aber kein Geld!"

„Seien Sie doch nicht kindisch! Sagten Sie nicht, daß Sie nie wieder nach Helfenstein zurück dürften?"

„Leider ist es so."

„Nun, ich werde euch mit Geld versehen und euch helfen, ein neues Leben anzufangen. Noch glaube ich freilich nicht, daß eure Lage gar so sehr bedrängt ist. Erzählen Sie mir einmal in Ruhe, wie alles gekommen ist! Ich werde dann klarer sehen."

Wolf erzählte. Der Bankier hörte schweigend zu.

„Kurz und gut", sagte er, als Wolf geendet hatte, nach scharfem Nachdenken und mit lauernder Miene, „ihr habt damals euer Wort gebrochen: ihr habt mich betrogen. Bitte, Sie brauchen nicht aufzubrausen – man kann doch das Kind beim rechten Namen nennen. Sie sehen ja auch, was Sie davon haben. Wärt ihr damals ehrlich zu mir gewesen und hättet getan, wozu ihr euch verpflichtet hattet, so säßt ihr heute nicht hier als heimatlose Flüchtlinge. – Doch nun wollen wir das Vergangene vergessen sein lassen und überlegen, was noch zu retten ist."

„Nichts ist mehr zu retten, Herr!" rief der alte Schmied verzweifelt.

„Langsam, langsam! Wenn ihr beiden schlau seid und einfach alles leugnet . . ."

„Der Fremde hat doch alles gehört! – An der Mauerlücke!"

„Trotzdem. Kein Gericht kann euch verurteilen. Woraufhin denn? Auf ein paar dumme Worte hin, die der Fremde mißverstanden hat? – Niemals. Sogar wenn ihr euch selber bezichtigt, muß erst der Schuldbeweis geführt werden, bevor ihr verurteilt werden könnt. Wie aber sollte euch eure Schuld bewiesen werden? Vollkommen unmöglich! Nur ein Fall könnte euch gefährlich werden: wenn Robert von Helfenstein erführe, wer er eigentlich ist. Ihr seht, euer Schicksal liegt in euern Händen. Denn so dumm werdet ihr nun hoffentlich nicht mehr sein, es ihm selbst mitzuteilen."

Wolf schwieg.

„Oder", begann der Bankier von neuem, „halten Sie es für möglich, daß er bereits – halt!" unterbrach er sich. „Habt ihr ihm damals etwa gar ein Erkennungszeichen gelassen? – Nun? Ist Ihnen die Zunge eingefroren? He? – Zum Teufel", brüllte er plötzlich auf, „reden Sie doch, Sie Dummkopf! Für euern Betrug muß ich heute schließlich auch meine eigne Haut zu Markte tragen! – Gewiß habt ihr da noch etwas ausgefressen – ich sehe es doch Ihrem Gesicht an! Und wenn nicht – wo bleibt dann euer Trumpf, was?"

„Die Kette!" sagte Wolf kleinlaut, halb triumphierend.

„Welche Kette?" argwöhnte der Bankier.

„Die Halskette, die der Kleine trug!"

„O ihr unglaublichen Hornochsen!" schrie Helfenstein. „Wahrscheinlich sogar noch mit den verräterischen Gravierungen auf dem Anhänger! Hahaha!" Er beruhigte sich erst nach längerer Zeit. „Unglaublich, wie ihr euch selber in den Sumpf geritten habt! Nun freilich kann ich mir alles erklären. Man hat die Kette bei Robert gesehen und daraus Schlüsse gezogen. Die Kette muß her! Sofort muß sie her! Hören Sie? Sie ist der einzige Beweis, den man gegen euch und mich hat! Wo steckt sie?"

„Wie sollen wir das wissen?"

„Ihr müßt doch wissen, wohin ihr den Knaben gebracht habt!"

„Ins Findelhaus. Das heißt: wir setzten ihn heimlich vor der Tür ab."

„Und wo befindet er sich jetzt?"

„Wir hörten später einmal, daß ihn ein Musikant als Kind angenommen habe, ein Musikant und Schneider."

„Welches Findelhaus war es?"

„In der Straße hinter dem . . ."

Der Alte hielt inne. Ihm kam gerade noch die Erkenntnis, daß er im schönsten Zug war, seinen letzten Trumpf aus der Hand zu geben.

„In der Straße hinter dem – nun, wo?" drängte Helfenstein.

„Jedenfalls in der Stadt, und zwar hier in der Hauptstadt – wahrscheinlich im Findelhaus in der Straße hinter dem Gemüsemarkt?"

Wolf stieß eine Verwünschung aus.

„Sehen Sie?" fuhr Helfenstein fort. „Von Ihnen lasse ich mich noch lange nicht an der Nase herumführen! Sie sind auch heute noch so dumm wie damals! Also ins Findelhaus! Und ein Musikant, der zugleich ein Schneider war, hat ihn genommen! Vor zwanzig Jahren – ah, das stimmt alles prächtig! Ihr habt gar nicht geahnt, ihr beiden Lieben, daß ich diesen Schneidermusikanten kenne. Er wohnte in einem meiner Häuser in der Wasserstraße und hieß Bertram. Ist kürzlich erst gestorben. – Habt ihr vielleicht im Findelhaus verraten, wie der Knabe hieß?"

„Nein. Nur die Kette haben wir ihm gelassen", sagte der Alte.

„Mit den eingeprägten Buchstaben. Das R hat man als Richard gedeutet. Richard Bertram – da haben wir ihn!"

„Hol Sie – der und jener!"

„Nun ärgern Sie sich, mir so wohlfeil auf die Sprünge geholfen zu haben?" lachte der Bankier hämisch. Dann aber schlug er einen andern Ton an. „Na, Ihr Schaden soll es trotzdem nicht sein. Jedenfalls sehe ich schon so viel, daß sich euer Fehler wiedergutmachen läßt. Wissen Sie vielleicht, was kürzlich mit dem Jungen geschehen ist – daß er eingesteckt worden ist?"

„Eingesteckt?"

„Wegen Einbruchs. Ein nettes Früchtchen, nicht wahr? Polizei und Gericht haben nach seinem Herkommen geforscht, er hat wohl die Kette vorgezeigt, und man hat weiter gespürt. Daraufhin hat man ein Auge zugedrückt und ihn freigelassen. Mir wird jetzt alles klar! Man ist auf den Gedanken gekommen, daß Robert von Helfenstein gar nicht verbrannt ist. Und weil man damals die verkohlten Kinderknochen gefunden hat, so müssen sie von einer andern Leiche stammen. An jenem Tag aber wurde das Kind der Botenfrau begraben – da haben Sie den ganzen Roman!"

„Verflucht!" rief Wolf. „Mußte uns dieser Mensch an der Kirchhofsmauer belauschen! Jedes Wort hat er gehört!"

„Schlimm! Ich sagte zwar vorhin, daß ein Schuldbeweis nötig ist. Aber man weiß nicht, was noch kommt. Dieser Mensch kann jetzt gegen euch als Zeuge auftreten. Deshalb ist's besser, ihr verschwindet auf einige Zeit."

„Denke ich auch."

„Wie kamt ihr übrigens so schnell hierher?"

„Der Bergwirt hat uns hergefahren."

„Weiß er, bei wem ihr jetzt seid?"

„Nein."

„Er darf es auch nie erfahren. Wo habt ihr ausgespannt?"

„Im ‚Goldnen Ring'."

„Ihr seid unverantwortlich leichtsinnig!"

„Nicht doch. Wir beide, mein Junge und ich, haben uns nicht blicken lassen. Der Bergwirt ist in den Hof gefahren. Wir steckten im Wagen unter dem Stroh. Mein Sohn ist noch dort; nur ich habe mich heimlich davongemacht. Ich wollte hören, was Sie uns raten. Wir brauchen Geld, Verkleidung und Pässe, um nach Amerika auszuwandern."

„Was werdet ihr brauchen?"

„Zwanzigtausend Mark."

„Sie sind verrückt, Wolf! – Das ist unverschämt viel. Nein, Freund, das kann ich nicht zahlen!"

„So sind wir geschiedene Leute."

„Und ihr seid verloren!"

Jetzt taute der alte Wolf auf.

„Zwanzigtausend Mark wäre zuviel für ein zerstörtes Leben? – Oho, Herr! Erinnern Sie sich nur Ihres Schusses im Wald! Ich würde Sie als Mörder Tiefenbachs anzeigen! Die Brandstiftung und der Diebstahl der Kindesleiche, das ist alles lange nicht so schlimm wie der Mord im Wald und Ihre Anstiftung zu den Untaten! Kurz: zwanzigtausend Mark!"

„Aber was denken Sie, Wolf – ich verfüge augenblicklich gar nicht über diese Summe!"

„So beschaffen Sie das Geld!"

„Jetzt? In der Nacht? Kann ich es aus dem Ärmel schütteln?"

„Wir warten bis morgen."

„Wo wollt ihr euch denn bis morgen aufhalten?"

„Wir werden schon einen Unterschlupf finden."

Der Bankier schritt schweigend im Zimmer auf und ab.

„Gut", sagte er nach einer Weile, „ich habe einen Vorschlag: Sie holen jetzt Ihren Sohn hierher! Ich erwarte Sie unten an einer geheimen Tür und beherberge Sie bis morgen nacht. Dann zahle ich Ihnen das Geld aus, gebe Ihnen gute Pässe, eine vortreffliche Verkleidung und bringe Sie mit eignem Geschirr nach einem entlegenen Bahnhof, von wo aus Sie Ihre Reise in voller Sicherheit antreten können."

Der alte Wolf lachte grob.

„Wir bekämen bei Ihnen ein Obdach, das unser allerletztes wäre. Daraus wird nichts!"

„Wolf!" brauste Helfenstein auf.

„Nein, nichts da! Sie hatten für Ihren Onkel ein Jagdmesser und für den Rittmeister Tiefenbach eine Kugel. Den kleinen Robert sollte ich in Ihrem Auftrag töten. Und das alles, weil sie Ihnen im Weg standen. Jetzt sind wir an der Reihe. Nein, Herr von Helfenstein, wir danken für das Obdach, das Sie uns bieten!"

Van Zoom hörte ein paar rasche Schritte und dann die wutheisere Stimme des Bankiers.

„Mensch, das wagen Sie mir zu sagen? Mir? – Ich kann Sie zermalmen!"

„Das geht nicht so schnell, Herr! Im übrigen müssen wir uns beeilen! Jetzt ist's nach Ihrer Uhr dort dreiviertel elf. Bin ich um elf noch nicht bei meinem Sohn, so geht er auf die Polizei und läßt Sie festnehmen. Das ist so ausgemacht und wird auch so ausgeführt. Verlassen Sie sich darauf!"

„Ihr seid Schufte, Wolf!" stieß der Bankier hervor. „Aber meinetwegen denn! Kommt morgen abend um zehn!"

„Geld, Pässe und das andre?"

„Liegt dann alles bereit. Doch eins bitte ich mir aus: Benützen Sie morgen nicht wieder den großen Eingang – die Polizei sucht Sie. Man darf nicht erfahren, daß Sie zu mir gehen!"

„Gibt's denn einen andern Weg?"

„Ja. Wenn Sie um die obere Ecke des Hauses biegen, so kommen Sie an ein Pförtchen. Es wird volle fünf Minuten vor der angegebenen Zeit für Sie offenstehen."

„Soll ich es jetzt schon benutzen?"

„Nein. Meine Leute haben Sie kommen sehen; sie müssen also auch merken, daß Sie das Haus wieder verlassen."

Wolf ging. Helfenstein stand eine Weile und horchte ihm nach. Dann schüttelte er die Fäuste.

„Alter Fuchs, dich überliste ich doch!" sagte er ingrimmig zur

Tür hin. „Das Geld sollst du haben – aber wenige Minuten später nehme ich es dir wieder ab! Ich werde meine Leute schon so aufstellen, daß ihr ihnen unmöglich entgehen könnt! Die Hölle über euch!"

Diese Worte waren so laut hervorgestoßen worden, daß van Zoom, der sich inzwischen leise hinter dem Bett wegschlich, sie noch zu hören vermochte. Dann huschte er vorsichtig nach dem Ankleidezimmer und von da die Treppe hinunter und zur Hinterpforte hinaus ins Freie.

Unten fand er Friedrich im Finstern.

„Wo steht die Droschke?"

„Drüben an der Ecke."

Der Fürst schloß die Pforte zu und eilte mit Friedrich zu dem Wagen, wo Anton wartete.

„Gasthof zum ‚Goldenen Ring' in der Marienvorstadt! – Kommen wir dabei an einer Polizeiwache vorüber?"

„Ja. Nicht weit vom Gasthof."

„Halten Sie dort!"

Das Pferd trabte los. Bald überholten sie einen Mann, der langsam die Straße hinabschritt.

„Der alte Wolf", sagte van Zoom. „Er geht langsam. Wir haben also Zeit."

Bei der Polizeiwache sprang der Fürst noch halb im Fahren hinaus. Schon nach wenigen Augenblicken kehrte er mit einigen Schutzleuten wieder, lohnte den Kutscher ab, und alle eilten zu Fuß zum „Goldenen Ring".

„Im Hof des Gasthauses wird ein Wagen mit Stroh stehen", erklärte van Zoom unterwegs dem Polizeiwachtmeister, der den kleinen Hilfstrupp führte. „Darunter steckt der junge Wolf. Der Vater ist ausgegangen, wird aber gleich zurückkehren. Es wäre gut, wenn wir den Sohn dann schon fest hätten."

Richtig, wie der alte Wolf es gesagt, fanden sie dort im Hof den strohbeladenen Wagen. Im Nu waren die Polizisten lautlos oben und griffen unters Stroh.

„Ah, hier steckt er! – Heraus mit ihm!"

Der Schmied wurde von kampfgewohnten Fäusten gepackt und hervorgezogen; man trug ihn gefesselt in den Stall. Dann suchten sich die Beamten auf den Rat van Zooms hin in einem dunklen Winkel möglichst zu verbergen, während der Fremde aus Indien vorsichtig die Straße beobachtete.

Langsam, als drücke ihn eine schwere Last, kam der alte Wolf daher. Er musterte mit scharfen Blicken den Hof, und als er niemand bemerkte, huschte er schnell herbei und trat an den Wagen.

„Hallo!" sagte er halblaut. „Ich bin wieder zurück!"

„Er ist nicht mehr drin!" erklang es da in freundlichem Ton hinter ihm.

Erschrocken wandte sich Wolf um.

„Der arme Kerl ist verhaftet!" fuhr van Zoom fort.

„Verhaftet?" wiederholte der Alte verdutzt. Dann jedoch begriff er seine Lage sogleich. „Verhaftet? Aber, bei allen Teufeln, mich sollt ihr nicht bekommen!"

Er schwang sich herum, als habe er einen schweren Vorschlaghammer in den Fäusten. Doch van Zoom erinnerte sich eines seiner Griffe, der ihm unter den rüden Diamantensuchern in Niederländisch-Indien oft gute Dienste geleistet hatte – er packte scharf zu und riß mit kurzem, kraftvollem Ruck den rechten Arm des einstigen Grobschmieds über seine Achsel – der alte Wolf lag mit ausgekugeltem Gelenk am Boden.

„Bravo!" schrie der Wachtmeister begeistert, während er mit seinen Leuten aus dem Versteck hervorkam. „Den Griff müssen Sie meinen Jungens auch beibringen!"

Aber selbst mit nur einem Arm war der ehemalige Helfensteiner Schmied ein ernsthafter Widersacher; doch gegen ein Dutzend Fäuste kam er nicht auf.

21. Die Todesfrist

Van Zoom überließ die beiden Wolfs ihrem Schicksal und kehrte zum Haus des Bankiers von Helfenstein zurück. In dessen Arbeitszimmer brannte noch Licht.

Jetzt werde ich ihm die Schlinge um den Hals enger ziehen, dachte der Fürst bei sich und stieg die Freitreppe hinauf.

„Was wünschen Sie?" fragte ein Diener den Einlaß Begehrenden.

„Der Herr Bankier daheim?"

„Um diese Zeit nimmt der Herr keine Besuche mehr an."

„Mich vielleicht doch. Sagen Sie, ein Bekannter wünsche ihn in besonders dringender Angelegenheit zu sprechen!"

Der Diener ging und holte den Fremden schon nach kurzer Zeit herein.

Franz von Helfenstein saß am Schreibtisch, den Kopf in der Hand, und wandte das finstre Gesicht dem Eintretenden zu. Kaum aber fiel der Lichtschein auf den Besucher, so sprang er auf.

„Hölle und Verdammnis! Wer ist denn das?"

„Hoffentlich kennen Sie mich noch, mein Herr", sagte van Zoom höflich mit einer halben Verbeugung.

„Sie sind – Sie sind . . .“

„Ich hatte die Ehre, mich eines frühen Morgens mit Ihnen und Ihrer Frau Gemahlin zu unterhalten.“

„Weiß schon. – Bitte zur Sache! Sie scheinen verdammt wenig Übung in den Regeln des Anstands zu besitzen! Morgens um drei oder abends in der zwölften Stunde!“

„Ich komme stets dann, wenn Ihnen mein Besuch am dienlichsten ist“, meinte der Geheimnisvolle ruhig.

„Herr, wollen Sie mich verspotten?“

„Durchaus nicht. Als Ihre Gattin damals die – Torheit mit den Edelsteinen des Fürsten van Zoom begangen hatte, habe ich Ihnen beiden eine Brücke gebaut. Und heut komme ich, um Ihnen eine freundschaftliche Mitteilung zu machen, Herr von Helfenstein.“

„Und die wäre?“

„Sie brauchen für morgen abend nicht vorzusorgen.“

„Vorsorgen? Für morgen abend? Ich verstehe Sie nicht.“

„Ich meine, daß Sie Ihr Geld, das Sie morgen auszahlen müssen, zurückerhalten.“

„Welches Geld?“

„Die zwanzigtausend Mark.“

Der Bankier wurde aschfahl.

„Ich weiß – nichts von – zwanzigtausend Mark“, stammelte er.

„Sollten Sie das schon vergessen haben? Es ist ja kaum eine Stunde her, seit Sie Ihre Verabredung mit dem alten Wolf trafen.“

Mit weit aufgerissenen Augen starrte der Bankier den mitternächtigen Gast an. War dieser Mann allwissend? Oder hatten die Wolfs Verrat geübt?

„Herr!“ schrie er plötzlich wütend. „Jetzt sagen Sie endlich, wer Sie sind und was Sie von mir wollen!“

„Was ich will? Nichts, als Ihnen ein wenig die Nachtruhe stören. – Und wer ich bin? Der Beschützer Ihrer unglückseligen Gattin!“

Franz von Helfenstein schüttelte grimmig die Fäuste.

„Wenn ich Sie fassen könnte! Aber Sie sind wie ein Gespenst! Ein Geschöpf, das sich hinter lauter Geheimnissen und Andeutungen versteckt! Eine Hand aus dem Dunkel!“

„Ja“, sagte der Unheimliche kalt, „Sie haben recht, ich bin die Hand aus dem Dunkel, die Sie zermalmen wird!“

Mit einem fauchenden Laut sprang der Bankier auf. Der Toledaner-Dolch, den er als Brieföffner benutzte, blitzte in seiner Hand – doch fast in der nächsten Sekunde klirrte die Waffe in weitem Bogen an den Messinggriff der Tür und fiel matt auf den Teppich. Dann stieß van Zoom den heimtückischen Angreifer, der mit den Fäusten auf ihn eindringen wollte, mit solcher Wucht zurück und gegen die Wand, daß er ächzend zusammensank.

„Hör zu!" befahl der Fremde mit gedämpfter und doch stahlharter Stimme. „Du hast dein Spiel mit falschen Karten und mit allen Gemeinheiten der Verbrecherwelt gespielt. Heut ist es aus. Nur eine letzte Gnade bewillige ich dir, weil eine Frau, die ich verehre, deinen fluchbeladenen Namen trägt: Ich lasse dir die Wahl zwischen dem Henker und dem freiwilligen Tod. Es ist Mitternacht. Von jetzt ab gebe ich dir noch dreimal vierundzwanzig Stunden Frist. Lebst du dann noch, so wird die Hand aus dem Dunkel dich fassen, und dein Ende wird voll Schrecken sein!"

Damit wandte er sich ab und ging, unbehelligt von dem Gegner, der ihm wie gelähmt nachstarrte.

Man merkte es van Zoom nicht an, als er jetzt durch die nächtlichen Straßen schritt, daß er erst vor wenigen Minuten seinem gefährlichsten Feind die Wahl gestellt hatte zwischen Henker und Freitod. Sein Gesicht war ernst, aber nicht erregt, sein Gang gemessen, ruhig. In der Mauerstraße zog er einen Schlüssel hervor, öffnete eine Haustür und stieg vier Treppen hinauf, wo er leise an eine Stubentür klopfte. Als sich die Tür öffnete, stand Friedrich im Schein einer schwachbrennenden Lampe auf der Schwelle.

„Glücklich zurück vom Gasthaus zum ‚Goldnen Ring'?" fragte der Fürst. „Wie steht's mit den Wolfs?"

„Sie haben sich gefügt. Ich komme eben vom Untersuchungsgefängnis, wo wir sie abgeliefert haben."

Van Zoom sah sich in dem ärmlich eingerichteten Dachzimmerchen um und nickte befriedigt. „Ich denke, daß er auf den Leim gehen wird."

„Wer? Der Hauptmann?"

„Ja. Wenn mich nicht alles täuscht, wird er dir morgen einen Besuch abstatten."

„Endlich! – Ich wollte schon die Hoffnung aufgeben. Fast reute es mich, daß ich den Dienst bei Durchlaucht verließ und dafür in dieses Loch zog."

„Es mußte sein, Friedrich. Warum hast du dem Apotheker Horn und dem roten Architekten Jakob das Märchen aufgebunden, du hättest bei mir gekündigt! Du trägst an deinen eignen Sünden!"

„Kein Leid ist so schwer wie selbstverschuldetes!" seufzte Friedrich, der diesen salbungsvollen Ton nun einmal liebte.

„Gut, daß du das einsiehst", ging der Fürst launig auf die scherzhafte Art seines Dieners ein. „Und deshalb warne ich dich vor deiner angebeteten, schnapstrinkenden Jette."

„Heiraten ist schön, Durchlaucht. Und dann die Mitgift!"

„Sag lieber ‚das' Mitgift, Friedrich! Es wäre doch eine sehr gefährliche Verwandtschaft. Aber ich muß anerkennen, du hast deine Sache gut gemacht! Doch das war auch nötig; denn du kannst dir vorstellen, daß dich der Hauptmann nicht mehr aus den Augen gelassen hat."

„Das habe ich gar manchmal gefühlt", lachte Friedrich.

„Und du bist immer vorsichtig gewesen, wenn du das Haus verließt, um mich aufzusuchen?"

„Ich glaube nicht, daß irgendein andrer hätte vorsichtiger sein können. Ich mietete nicht nur dieses Zimmer, sondern auch das benachbarte, jedoch unter dem Namen Bildhauer Stein. Wenn ich einen Gang tat, von dem der Hauptmann nichts zu wissen brauchte, öffnete ich die Verbindungstür – hier hinter dem Schrank – und trat durch die andre Stube als der Herr Bildhauer Stein auf den Flur hinaus. Manchmal auch lud der entlassene Diener Friedrich den armen Bildhauer Stein zu einem Täßchen Kaffee. Das hätten Durchlaucht hören sollen, wie sich die beiden gegenseitig ihr Leid klagten! – Wünschen Durchlaucht jetzt den ehrsamen Friedrich oder den etwas windigen Bildhauer Stein?"

„Gegenwärtig bin ich mit dem ehrwindigen – wollte sagen mit dem windsamen Friedrich beschäftigt. Ich glaube also bestimmt, daß du morgen den Besuch des Hauptmanns erhältst. Wenn nicht, so werde ich auf andre Weise erfahren, was er gegen mich unternimmt."

„Er geht also jetzt gegen Sie vor?"

„Er muß! Ich habe ihm eine Frist von drei Tagen gestellt: Henker oder Freitod. Er wird in dieser Zeit versuchen, alle Personen, die ihm im Wege sind, zu beseitigen."

Nun folgte eine nur flüsternd geführte Unterhaltung, so geheim, daß – wie Friedrich feierlich erklärte – selbst der hellhörige Windikus Stein nichts davon erfuhr.

Nach einer halben Stunde verließ der Fürst das Haus. Durch die Siegesstraße und das Häuschen des alten Ehepaars Grube, bei dem Richard Bertram wohnte, hindurch, begab er sich heim und legte sich endlich zur wohlverdienten Ruhe nieder.

Aber schon am frühen Vormittag war van Zoom wieder unterwegs. Er trat in das Geschäft des Mechanikers und Optikers Hartwig, suchte sich ein Theaterglas aus und beugte sich beim Bezahlen freundschaftlich über die Glasplatte des Verkaufstisches.

„Bitte, Herr Hartwig, kennen Sie das?"

„Um Gottes willen!" stieß der Meister halblaut hervor. „Die Polizeimarke!"

„Ja. Sie wissen also, daß Sie meine Fragen nach bestem Wissen beantworten müssen?"

„Gewiß mein Herr. Ich habe ja auch nichts zu verheimlichen."

„Das weiß ich, lieber Herr Hartwig. Meine Fragen gehen auch nicht gegen Sie, sondern gegen einen gefährlichen Burschen, der schon manchen ins Elend gebracht hat. Hören Sie zu: Sie hatten einen Gehilfen namens Wilhelm Fels?"

„Stimmt. Und ich hätte Häuser auf seine Ehrlichkeit gebaut! Aber so ist es überall im Leben: trau, schau, wem!"

„Er ist geständig?"

„Natürlich! Wie könnte er auch leugnen? – Aber er tut mir eigentlich bitter leid, denn wegen der paar armseligen Messingstreifen und der Stahlschräubchen hätte ich ihn nie..."

„...angezeigt, meinen Sie? – Ich weiß, Herr Hartwig. Da war sicherlich jemand, der Sie dazu aufgehetzt hat."

Der Meister nickte.

„Das war es ja, mein Herr! Und ausgerechnet einer von Ihren Leuten! Er sagte mir, es läge noch mancherlei gegen Wilhelm Fels vor – na, und da bin ich eben im ersten Zorn – Sie werden mich begreifen, wenn Sie bedenken, daß grad dieser stille Wilhelm Fels mein ganzes Vertrauen besaß..."

„Erlauben Sie, Herr Hartwig, daß ich mich setze? – Danke. Also zunächst möchte ich Ihnen erklären: nie ist einer von der Polizei bei Ihnen gewesen, um Sie gegen den armen Burschen aufzuhetzen."

„Aber ich habe doch meine gesunden Augen, und ich kenne die Marke!"

„Ein Betrüger, lieber Herr Hartwig, ein Betrüger!"

„Ein Betrüger? Wahrhaftig? Einer, der Wilhelm Fels ins Unglück bringen wollte? Ja, dann wäre mir freilich dies und das klar, was mir so rätselhaft war an der Geschichte. Die Polizei erklärte mir, Fels sei vollkommen unbescholten, und der sogenannte Geheime damals behauptete, es läge Verschiedenes gegen ihn vor."

„Weil dieser angebliche Geheime ein Halunke war. – Wissen Sie, Herr Hartwig, wer der geheimnisvolle Engländer ist, der bei Wilhelm Fels die Maschine bestellte?"

„Nein, ich habe mich auch bei den Nachbarn des Fels erkundigt – er ist nicht mehr in diesem Haus gesehen worden."

„Er wird sich dort auch nie mehr zeigen."

Der Meister kam langsam hinter dem Ladentisch vor.

„Kennen Sie ihn denn, Herr Kommissar?"

„Vielleicht, Herr Hartwig."

„Aber warum kommt er denn nicht zu mir? Er wollte doch die Maschine bis Weihnachten haben! – Und nun steht sie hinten in der Werkstatt – eine saubere Arbeit, ein Meisterstück – aber kein Hahn kräht danach!"

„Nun", meinte van Zoom, „der geheimnisvolle Engländer war ja schon bei Ihnen!"

„Bei mir? Nein! – Das müßte ich doch wissen!"

„Sie haben sogar mit ihm gesprochen."

„Unsinn! – Verzeihung! Ich meine, Sie irren sich."

„Ich irre mich kaum. Nur kam er zu Ihnen nicht als Lord, sondern als ein Beamter der Geheimpolizei, zeigte Ihnen seine Marke und warnte Sie vor Ihrem Gehilfen Fels."

Das Gesicht des Mechanikers war jetzt nichts weniger als geistreich. Er öffnete den Mund und vergaß, ihn zu schließen.

„Aber", begann er endlich, „aber – warum – wieso –"

Van Zoom erhob sich.

„Ich werde wiederkommen, wenn Sie sich von Ihrer Überraschung erholt haben, Meister Hartwig", sagte er. „Heute nur soviel noch: Der falsche Engländer bestellte bei Fels die Maschine. Er dachte sich bereits, daß der unerfahrene Junge, um den schönen Auftrag ausführen zu können, bei Ihrem Werkstattmetall eine Anleihe machen würde. Und so geschah es auch wirklich. Dann kam der Halunke als Geheimpolizist zu Ihnen. Er rechnete so: ein Mensch wie Wilhelm Fels wird durch solch eine Geschichte fürs ganze Leben zerbrochen. Er findet nach Verbüßung der Strafe kaum wieder Gelegenheit zu ehrlicher Arbeit. So fällt er dann rettungslos dem Unbekannten, seinem bösen Dämon, anheim. Wer weiß, vielleicht braucht dieser Satan grad einen geschickten Mechaniker wie diesen Fels!"

„Heiliger Himmel!" schrie der Meister auf. „Sie meinen..."

„Ja, ich meine, Herr Hartwig. Und ich meine, es wäre nett von Ihnen, wenn Sie sich ein bißchen um die Mutter Ihres Gehilfen kümmern wollten. Es ist zwar in einer Anstalt für sie gesorgt, für ihre leiblichen Bedürfnisse. Aber – Sie verstehen – das Seelische...! – Auf Wiedersehen!"

Etwa zur selben Stunde saßen in einer um diese Zeit nur wenig besuchten Weinwirtschaft zwei Männer beisammen. Der eine war ein würdiger alter Herr mit grauen, fast weißen Locken, den man etwa für einen ausgedienten Kantor oder Organisten halten mochte. Der andre stand in mittleren Jahren und trug kein ausgeprägtes Wesen zur Schau; er schien mehr ein Dutzendmensch zu sein.

Sie unterhielten sich in einem gemessenen, fast würdevollen Ton.

Eine gewisse Feierlichkeit schien über ihnen und dem sicherlich erhabenen Gesprächsgegenstand zu schweben. Bei näherem Hinhören ergab sich freilich, daß Würde und Erhabenheit hier nur äußerlich und vorgetäuscht waren.

„Eine verdammte Geschichte das!" orgelte der weißlockige Alte mit würdevoller Geste. „Lassen sich die Schweinehunde fangen!"

Der andre blickte ihn erstaunt an.

„Ist Ihnen das so unangenehm? Die zwei sind doch aus der Provinz!"

„Das verstehen Sie nicht. Es handelt sich um Sachen von früher her."

„Ach so! Gute Freunde von Ihnen? Werden sie schlecht aussagen?"

„Ich fürchte."

„So müssen wir sie befreien."

Der Alte wiegte ernst den Kopf und zog die Stirn in Falten.

„Kann nicht viel nützen. Diese dummen Grobschmiede lassen sich schließlich doch wieder schnappen. Am besten wäre es . . ."

„. . . die albernen Kerle führen ab!" vollendete der in mittleren Jahren salbungsvoll. „Könnte man nicht ein wenig nachhelfen?"

„Gewiß. Tausend Mark je Kopf – das wäre die Sache schon wert."

„Nach Adam Riese zweitausend Mark. Schönes Geld!"

„Es liegt bereit."

„Wann?"

„Sofort bei Einlauf der verbürgten Nachricht, daß die beiden abgetan sind."

„Hand darauf?"

„Hier!"

Das Leben der beiden Wolfs schien verfallen. Der würdige Alte begehrte von seinem Werkzeug genauere Auskunft.

„Wie wollen Sie die Sache anpacken?"

„Schuß durchs Zellenfenster."

„Hm. Wenn es nicht zuviel Lärm macht. Sie dürfen sich keinesfalls dabei erwischen lassen. Und dann weiter! Wissen Sie die richtigen Zellen?"

„Nein."

Der ehrwürdige Greis holte ein Notenblatt aus der Rocktasche und zeichnete etwas auf.

„Wolf Vater sitzt im ersten Stock, hinter dem vierten Fenster vom Kanzleigebäude aus, der Sohn hinter dem neunten. Die Fenstersimse sind nur reichlich vier Meter hoch, vom Pflaster aus. Die Straße wird dunkel sein, denn die Laterne an der Ecke wird in der elften Stunde versagen."

„Abgemacht. Noch einen ähnlichen Auftrag? Zweitausend Mark sind kein Pappenstiel – und man bemüht sich gern dafür."

Der weißlockige Organist schaute sinnend in seine hohlen Hände. In seinem Gesicht stand ein sanftes Lächeln.

„Das kann ich mir denken, denn bares Geld lockt. Vielleicht kann ich Ihren Verdienst noch erhöhen. Da ist Siegesstraße zehn ein kleines Haus, das meiner sehr begründeten Vermutung nach dem Fürsten van Zoom gehört. Wenigstens ist es das Hinterhaus seines Grundstücks in der Palaststraße. Dort wohnt ein junger Mensch namens Richard Bertram. – Doch nein", unterbrach er sich. „Darüber werde ich heut in der Versammlung bestimmen."

„Schade", sagte der andre. „Es wäre *eine* Arbeit gewesen – und nicht jeder hat eine so sichere und zuverlässige Hand wie ich, Herr."

„Schon gut!" winkte der Organist ab. „Wir sprechen nachher noch einmal darüber."

„Soll ich abends die beiden Lichter aufstecken?"

„Ja. Aber früher anbrennen als gewöhnlich! Und noch eins: Bei der letzten Versammlung fehlten mehrere; diesmal ist es notwendig, daß alle ohne Ausnahme kommen."

Nach dieser seltsamen Unterredung suchte der „Dutzendmensch" die Mauerstraße auf und stieg hier in einem Haus vier Treppen hinauf. Friedrich, der ehrsame Diener und windige Bildhauer in einer Person, öffnete.

„Was wünschen Sie?"

Worauf ihm der „Dutzendmensch" haarklein berichtete, was er soeben mit dem „Organisten" erörtert und vereinbart hatte.

„Schlosser", sagte Friedrich darauf, „das haben Sie gut gemacht. Der Fürst wird es Ihnen lohnen, zumal Ihr Doppelspiel Sie leicht den Hals kosten könnte. Nun aber hurtig fort! Ich vermute, es kommt bald weiterer Besuch."

Der Schlosser ging, und wirklich klopfte es kurz darauf wieder an Friedrichs Tür. Es war der Organist.

„Was wünschen Sie?" fragte Friedrich auch ihn.

Der Weißhaarige sah sich in dem ärmlichen Raum um und ließ sich unaufgefordert auf einem Stuhl nieder.

„Ich komme zu Ihnen im Auftrag eines Bekannten. Kennen Sie einen Architekten Jakob?"

„Jakob? – Kann mich nicht erinnern."

„So muß ich Ihrem Gedächtnis nachhelfen. Sie trafen ihn beim Apotheker Horn. Den kennen Sie doch wohl?"

„Ja. Ich bin schon bei ihm gewesen."

„In den letzten Tagen haben Sie sich gar nicht mehr bei ihm sehen lassen. Ja, das ist so bei der leichtherzigen Jugend: erst macht man einem Mädel den Hof, und dann will man nichts mehr von ihm wissen. Stimmt's?"

„Herr", begehrte Friedrich auf, scheinbar in tiefer Verlegenheit, „ich weiß nicht, wie Sie dazu kommen . . ."

„Schon gut, schon gut, junger Freund! Warum haben Sie denn der Jette eigentlich den Abschied gegeben?"

„Aber ich muß doch sehr bitten, mein Herr! Das ist ja schließlich meine eigne Angelegenheit!"

„Sie wollen nicht mit der Sprache heraus? Nun, so werde ich Ihnen den Grund sagen: Ein Herr – der Architekt Jakob – versprach Ihnen, sich Ihrer anzunehmen, so daß Sie nicht nötig hätten, Ihre Jugend an dieses Weib zu verkaufen."

„Ich verstehe Sie nicht."

Der Organist nickte bedächtig vor sich hin.

„Sie sind vorsichtig und verschwiegen, und das gefällt mir. Sie scheinen der Mann zu sein, den ich brauche. – Widersprechen Sie nicht! Ich weiß von Ihnen alles und könnte jedes Wort wiederholen, das zwischen Ihnen und diesem Architekten Jakob gewechselt wurde. Es war in der Fröbelschen Weinstube in der Basteigasse. – Na, sehen Sie. Sie können mir ruhig vertrauen."

„Nun, wenn Sie so gut eingeweiht sind, mein Herr", lenkte Friedrich scheinbar ein, dann habe ich keine Veranlassung mehr zur Zurückhaltung. Jakob hat Ihnen von mir erzählt?"

„Ja."

„So sind Sie am Ende gar der geheimnisvolle Hauptmann selber?"

„Das nun gerade nicht, junger Freund. Der Hauptmann hat Wichtigeres zu tun, als Sie persönlich zu besuchen. Aber ich bin einer seiner engsten Vertrauten."

„Schade, mein Herr. Ich hätte ihm gern einmal mein Herz ausgeschüttet. Denn es wird höllisch Zeit für mich – mit meinen Ersparnissen ist's bald Matthäi am letzten!"

„Das verstehe ich", lächelte der Organist freundlich. „Ich kann Ihnen Ihre Sorgen nachfühlen. Aber ich bin ermächtigt, Ihnen zu sagen, daß Ihnen geholfen werden soll – vorausgesetzt, daß Sie auf unsre Vorschläge eingehen."

Der ehrsame Diener machte eine komisch eifrige Gebärde.

„Alles! – Verlangen Sie, was Sie wollen! Not kennt kein Gebot – nur schnell, schnell! – Durch diesen verdammten Halbaffen bin ich . . ."

„Halbaffen?"

„Nun, durch diesen Asiaten, diesen Exoten, diesen Fürsten der indischen Ratten und Mäuse! Er allein ist an allem schuld! Und wenn ich ihm endlich etwas am Zeug flicken könnte – oh!"

„. . . so wäre heute die beste Gelegenheit, mein Lieber!"

„Heute? Wieso? Heraus damit, alter Herr! Ich habe dies Hungerleben satt!"

„Ich sagte Ihnen schon, daß der Hauptmann Ihnen helfen will. Da ist eine Gastwirtschaft, die für Sie passen würde."

„Was Sie sagen! – Welche?"

„Ist Ihnen das ‚Gasthaus zur Eintracht' bekannt?"

„Sehr gut! Es soll verpachtet oder verkauft werden."

„Der Hauptmann will Ihnen zunächst die Pacht zahlen, und wenn er sieht, daß Sie treu und willig sind, wird er es Ihnen wahrscheinlich später ermöglichen, das Haus zu erwerben."

„Heiliger Strohsack! Herr Hotelbesitzer Friedrich, wie vornehm das klingt! – Wissen Sie, alter Herr, ich habe da soeben eine Mischung gefunden – eine Mischung, sage ich Ihnen! Passen Sie auf! Man nehme auf zehn Liter Wasser sechs Gramm ganz gewöhnlichen – na, ich will Sie mit meinen kleinen Retortengeheimnissen verschonen – jedenfalls schmeckt das Zeug wie der älteste Kognak! Verstehen Sie etwas von Kognak?"

„Nachher, junger Freund, nachher! Erst wollen wir uns mal das Gasthaus verdienen!"

„So schießen Sie los! Ich brenne darauf!"

„Also! Ich nehme an, daß Sie das Haus des Fürsten van Zoom genau kennen."

„Wie meine Hosentasche! Wenn man selber monatelang drinnen treppauf, treppab gelaufen ist! Keine Ruh bei Tag und Nacht, sag ich Ihnen; 's war 'ne verdammte Schinderei."

„Ist es des Nachts immer erleuchtet?"

„Ja. Gasflammen auf allen Gängen."

„Unangenehm!"

„Warum?"

„Wie soll man da unbemerkt eindringen? Zumal wir keinen Schlüssel zum Tor besitzen und erst am Schloß herumarbeiten müssen!"

Der ehrsame Friedrich kniff das linke Auge ein.

„Das Öffnen der Tür wird rasch erledigt sein."

„Ah, Sie haben . . .?"

„Ja. Sie wissen ja, daß ich schon lange auf die Stunde der Vergeltung warte. Ich kann eben Geizkragen und Hochnasen in der Seele nicht ausstehen. So habe ich mir denn, als ich ging, vorher einen zweiten Hausschlüssel verschafft. Nein, alter Herr, dieser eingebildete Knicker soll mir nicht umsonst meine Retorten und Reagenzgläschen in den Mülleimer geschmissen haben!"

„Recht so, junger Mann. Sie gefallen mir immer besser. Das ist eine der wichtigsten Lebensweisheiten: Nichts gefallen lassen!"

„Ausgeschlossen! Da kennen Sie meiner Mutter Sohn schlecht. Über das Trumpf-As gehen immer noch 'n bißchen Gehirnschmalz und die Faust!"

„Regen Sie sich nur nicht wieder auf, lieber Freund! Wo haben Sie den Schlüssel?"

„Hier ist er!"

Der Organist betrachtete ihn.

„Der wird die Sache bedeutend erleichtern. Und Sie wollen ihn uns überlassen?"

„Ja. Unter der Bedingung, daß ich entsprechend dafür belohnt werde."

„Versteht sich. Sie sollen in Zukunft nicht mehr rechnen müssen, vorausgesetzt, daß Sie bereit sind, dem Bund nach dieser Probe auch fernerhin zu dienen."

„Das ist klar. – Kraulst du meine Katze, kraul ich deine Katze! Einverstanden. Und nun sagen Sie mir, bitte, genau, was ich tun soll! – Ich zittere vor Begierde."

„Wann geht der Fürst schlafen?" fragte der Alte.

„Nicht vor ein Uhr. Gewöhnlich arbeitet er noch spät."

„Das tut nichts. Die Nacht währt jetzt sehr lang. Vielleicht um drei Uhr?"

„Recht so."

„Gut! Das Haus hat einen Vorgarten und liegt etwas von der Straße zurück. Wenn es von der Hauptkirche drei Uhr schlägt, werden Sie am Tor sein."

„Was weiter?"

„Zunächst wird ein Mann langsam vorübergehen und grad vor dem Tor ein Taschentuch verlieren. Das ist das Zeichen, daß er der ist, auf den Sie warten."

„Soll ich ihn anreden?"

„Ja. Das übrige ergibt sich dann. Sie werden das Tor öffnen und die nachfolgenden Leute führen."

„Wohin?"

„Ins Ankleidezimmer."

„Was suchen Sie dort?"

„Es ist nie gut, alles zu wissen, junger Freund. Sie können sich denken, daß sich der Hauptmann genau unterrichtet hat, bevor er an ein solches Unternehmen geht, und daß er weiß, wo er das findet, was er sucht."

Der schlaue Friedrich schnippste mit den Fingern und lachte.

„Wissen verkalkt das Gehirn und verdirbt den Appetit. Deshalb bin ich auch so helle und bei so glänzendem Appetit, alter Herr! Sie haben keine Ahnung, wie wenig ich weiß und wie sauwohl ich mich dabei fühle. Aber mancherlei weiß ich doch, was sogar einem hochwohllöblichen Hauptmann von Nutzen sein könnte."

„So reden Sie!"

„Ist Ihnen bekannt, daß der Fürst Millionen besitzt und kostbare Schätze sein eigen nennt?"

„Nun? Und?"

„Ich habe eine krankhafte Vorliebe für Gold und Edelsteine. Ist das nicht merkwürdig?"

„Weiter!"

„Das ist eine richtige Sucht, alter Herr, fast wie die Mondsucht. Sie führt mich immer dahin, wo diese edlen Dinge liegen. Ich glaube, das ist das edle Blut in mir, und gleich und gleich zieht sich an. Das packt mich manchmal sogar im Schlaf!"

„Weiter, weiter!"

„Sie wissen wohl, daß einem Schlafwandelnden oft übernatürliche Kräfte innewohnen. Da nützen auch die verzwicktesten Schlösser eines Geldschranks nichts. – Werden Sie nicht ungeduldig, lieber Herr, gleich habe ich's! – Also er hat einen Geldschrank in seinem Ankleidezimmer . . ."

„Damit sagen Sie mir nichts Neues. Ich kenne sogar die Stelle, wo er steht. Doch weiter!"

„Außerdem, außerdem! Da ist noch ein großer, schwerer Schrank, stets verschlossen. Und darin bewahrt der Fürst, wie ich vermute, seine sonstigen Reichtümer."

„Auch damit sagen Sie mir nichts Neues. Ich kenne diesen Schrank."

„Was Sie nicht sagen!"

„Woraus Sie schließen können, junger Mann, daß dem Hauptmann nichts verborgen bleibt."

„Der Fürst riegelt sich oft in diesem Zimmer ein, hat aber nicht mit meiner – Edelsucht gerechnet. Und so sah ich eines Nachts durchs Schlüsselloch, wie er den Schrank öffnete. Ich sage Ihnen, eine ganze Bücherei der prächtigsten Bände! Er nahm ein Buch, schlug den Deckel auf und – ich erstaune wirklich nicht leicht, alter Herr, aber damals wäre ich doch beinahe durchs Schlüsselloch gefallen! – es war gar kein echtes Buch, was van Zoom in der Hand hielt, sondern eine Schatulle, worin es von Edelsteinen nur so funkelte und blitzte!"

„Weiß ich, weiß ich ebenfalls", nickte der weißgelockte Organist. „Sie brauchen mir nichts mehr zu sagen. Ich gestehe, daß es gerade dieser ‚Bücherschrank' ist, auf den es der Hauptmann abgesehen hat."

„Ausgezeichnet! Ich merke, daß der Herr Hauptmann guten

Geschmack besitzt. – Doch das sind die toten Schätze des Geizkragens. Er hat seit kurzem aber auch noch einen lebenden!"

„Einen lebenden?" wunderte sich der Organist. „Hören Sie, mein Freund, Sie scheinen ein durchtriebener Spaßvogel zu sein, der selber genug lebende Schätze in der Stadt herumlaufen hat!"

Aber Friedrich ging auf den Witz des andern nicht ein. Er zog eine ernste Miene.

„Nein, nein, ich spaße nicht", erklärte er bedächtig. „Ich überlege nur, ob ich verpflichtet bin, alles, was mir auffällt, dem Hauptmann mitzuteilen."

„Natürlich!"

„Na also. Es ist so, wie ich sage: dieser filzige Geizhals hat sich einen seltsamen Schatz zugelegt – eine stattliche Frau! – Nein, wehren Sie nicht gleich ab – denn mir ist die Sache sehr auffällig! Es ist eine Frau, die immer schläft und die er wie ein rohes Ei behandelt."

„Die immer schläft?"

„Ja. Und das ist das Sonderbare: es ist die Frau des Bankiers von Helfenstein, die . . ."

Mit einer jähen Bewegung packte der Organist Friedrich beim Arm.

„Donnerwetter, haben Sie Kräfte!" rief Friedrich und machte sich von dem Griff des andern frei. „Das sollte man Ihnen gar nicht mehr zutrauen, alter Herr!"

„Junger Mann", sagte der Organist in mühsamer Beherrschung, „sind Sie Ihrer Sache auch ganz sicher? Wäre da nicht ein Irrtum möglich? Kennen Sie die Frau von Helfenstein denn auch wirklich genau?"

„Ich habe sie doch selber bedient, als sie ihn damals besuchte. Nein, alter Herr, ich habe ausgezeichnete Augen – wenn Sie wollen, kenne ich Ihnen noch nach Jahren eine Gans aus der Herde heraus!"

Der Alte fuhr sich durch den Bart.

„Pech und Schwefel!" stieß er dann zähneknirschend hervor. „Das soll ihm in der Hölle heimgezahlt werden! – Junger Mann, Sie haben noch keine Ahnung, was für wichtige Sachen Sie mir eben anvertraut haben. Sie haben mir, ohne daß Sie es wußten und wollten, endlich die Augen darüber geöffnet, wer jener Unbekannte ist, jene Hand aus dem Dunkel, die . . . doch lassen wir das! Es kann Ihr Glück sein. Aber wehe Ihnen, wenn ich an Ihnen ein falsches Haar finde! – Also: ich verlasse mich auf Sie. Punkt drei!"

Der Alte ging, und der ehrsame Friedrich horchte ihm eine Weile regungslos nach. Dann aber kam plötzlich sprühendes Leben in ihn. Er eilte in die Nebenstube, und nach knapp einer Viertelstunde öffnete sich die andre Pforte seines Doppelheims, und heraus trat, den weichen, breitrandigen Filz keck auf einem Ohr, am Handgelenk den Silbergriff eines dünnen Spazierstöckchens – der windige Bildhauer Stein.

Er schlenderte durch die Straßen wie einer, der keine andre Beschäftigung kennt, als sich des Lebens zu freuen und seine Augen an den Auslagen der prächtigen Geschäfte zu weiden. Dann aber bog er in eine Seitenstraße ein und verschwand im Gerichtsgebäude, um bei Assessor Schubert ein Schreiben persönlich abzugeben. Es enthielt nur drei knappe Zeilen, in denen dringend darum gebeten wurde, die beiden Wolfs aus Dorf Helfenstein in ein höheres Stockwerk zu verlegen, und zwar in Zellen zum Hof hinaus.

22. „Ich klage an!"

„Was – schon sieben Uhr?" sagte am Abend des gleichen Tages der Minister des Innern mit einem ungläubigen Blick auf die große Wanduhr. „Nehmen Sie Platz, lieber Wrede! Sie sehen, man hat so sein Päckchen zu tun. Aber ich dachte nicht im entferntesten daran, daß Sie schon jetzt kämen, um mich zum Fürsten van Zoom abzuholen. Nur einen Augenblick noch – die letzten Unterschriften!"

Eifrig öffnete seine Linke eine Aktenmappe nach der andern, während die Rechte in gewohnter Eile nach kurzem Blick auf die sauberen Zeilen in Kanzleischrift rechts unten den Namen zog.

Der Polizeipräsident Wrede drückte nachdenklich seine Zigarre im Aschenbecher aus.

„Jaja, ich bin überpünktlich. Das macht die Einladung van Zooms mit all dem ungewöhnlichen Drum und Dran. Ich kann es mir eigentlich gar nicht denken, Exzellenz, daß er das, woran sich das ganze Präsidium seit Jahr und Tag die Zähne ausbeißt . . ."

„Und Sie haben doch gute Zähne, wollen Sie sagen, Wrede!" lachte der Minister, klappte den letzten Aktendeckel zu und sprang auf. „Wird hierorts auch nicht bestritten. Aber ein guter Gedanke war es dennoch, einmal allen bisherigen Gepflogenheiten zum Trotz diesen Außenseiter an die Sache heranzulassen. Ich weiß noch, wie Sie sich mit Händen und Füßen dagegen sträubten!"

„Exzellenz haben gut lachen. Möchte hören, was Sie sagen würden, wenn irgendein Fremder plötzlich seine Finger hier" – er blickte rundum – „hier in diese geheiligten Räume stecken wollte!"

„Das wäre auch etwas andres, lieber Wrede. Hier ist alles Überlieferung, Tradition, Schema Eff – hier ist jeder mehr oder weniger von des Gedankens Blässe angekränkelt – bei Ihnen drüben aber weht eine andre Luft. Bei Ihnen, da ist der Mann noch was wert. Bei Ihnen ist noch mehr urwüchsiger Kampf. Großstadtwildwest. In Ihren Vorortprärien und Verbrechergassen gilt noch der natürliche Scharfsinn, der persönliche Mut."

„Mit Verlaub, Exzellenz! Unser Fachgebiet ist auch nur ein Urwald von Paragraphen und gesetzlichen Bestimmungen! Und vor allem: nur ja keinem der Herren Verbrecher ein Haar krümmen! Lieber kann ein Dutzend braver Leute dran glauben! Wie ich höre, ist sogar eine neue Vorlage eingebracht worden: der Polizeibeamte darf nur in der Notwehr zur Waffe greifen, und auch nur dann, wenn er schon tot ist!"

„Sie werden ungerecht, lieber Wrede. Wirklich, ich möchte Ihnen wünschen, daß Sie einmal das Vergnügen hätten, hier auf diesem schönen Sessel zu sitzen!"

„Gott soll mich bewahren!"

„Na, sehen Sie! Ihr Arbeitsgebiet hat noch einen Rest von Romantik. Ich habe schon als Junge davon geträumt: entweder Pfadfinder in Wildwest oder aber Detektiv zu werden. Das Schicksal hat es nicht gewollt, und gerade das, was ich schon in meiner Jugend nicht leiden . . ."

Der rote Türvorhang teilte sich, und ein Diener meldete, daß der Wagen vorgefahren sei.

„Schön, dann kommen Sie, lieber Wrede! Wir werden einen reizvollen Abend bei dem Fürsten verleben, denke ich. Bin wirklich neugierig, was er uns vorsetzen wird."

„Wissen denn Exzellenz nicht etwas Näheres?"

„Nicht mehr und nicht weniger als Sie, lieber Wrede. Van Zoom verspricht uns, nein, er verbürgt uns die völlige Entlarvung des Hauptmanns, nachdem wir ihm vor kurzem die Vollmacht gegeben haben, seine rätselhafte Kranke durch Ihre Leute unauffällig aus Rollenburg in sein Heim bringen zu lassen."

„Jaja", nickte Wrede. „Eine Entführung unter Polizeiaufsicht sozusagen. Unerhörter Fall!"

„Na ja", fuhr der Minister fort. „Und dann weiß ich noch, daß wir heut abend fast den ganzen Gerichtshof beisammen finden werden, der seinerzeit im Prozeß Helfenstein-Burg das Urteil fällte."

„Was Sie nicht sagen, Exzellenz. Auch den alten Geheimrat Stiewe?"

„Ja, den Vorsitzenden des damaligen Schwurgerichts!"

„Der ist doch längst im Ruhestand. Wußte gar nicht, daß er noch lebt. Muß ja hoch in die Siebzig sein?"

„Hm, die Sache heute wird ihm sicherlich keine reine Freude

bereiten. Aber immer noch besser, als wenn er damals das Urteil doch da sind wir, Wrede. Steigen Sie ein! – Zum Fürsten van Zoom!" Die beiden Apfelschimmel zogen an.

Es war wirklich eine seltsame Abendgesellschaft, die sich in den Räumen van Zooms zusammengefunden hatte; man hätte sie, wenn nicht außer dem Minister und dem Polizeipräsidenten auch der Oberst von Tiefenbach und Ulrike von Helfenstein sowie die Ärzte Professor Dr. Hoffmann und Dr. Zander unter den Gästen gewesen wären, für einen juristischen Klub halten können. In der Tat, sämtliche Herren, die einst im Doppelmordprozeß Helfenstein hervorragend mitgewirkt hatten, schienen sich hier ein Stelldichein geben zu wollen. Zudem war als Jüngster in dieser Runde Assessor Schubert vertreten.

Ein Abend im Haus van Zoom war etwas ganz Besonderes. Es war ein öffentliches Geheimnis, das der Fürst seltene Kostbarkeiten liebte, und daß sein Haus eine Schatzkammer von Überraschungen sein müsse. Auf weichen, geräuschlosen Sohlen huschten die wohlerzogenen Diener durch die Räume, führten die Gäste und gaben Erklärungen, soweit sie dazu imstande waren.

Das zwanglose Abendessen an einzelnen Tischen war vorüber. Die Gesellschaft hatte sich in Gruppen aufgelöst. Polizeipräsident Wrede, selber ein alter Jurist, fachsimpelte mit dem Geheimrat Stiewe.

„Oho", polterte der glatzköpfige Richter, „es sei nicht gut, daß Zeitungsleute in aller Öffentlichkeit über Fehlurteile orakeln! Es erschüttert das dem Richterstand dringend notwendige Ansehen. Man müßte das einfach verbieten!"

„Das würde einen Sturm im Blätterwald entfesseln, Herr Geheimrat!"

„Und das andre untergräbt die Achtung vor dem vornehmsten Stand! Nein, Herr Präsident, da lobe ich mir das Los der Chirurgen – nie werden Sie von einer Fehloperation lesen."

„Das ist auch etwas andres, denn dem Messer des Arztes wird ein Leidender überantwortet, der Genesung finden soll – nach menschlicher Kraft und Gottes Ratschluß. Dem Richter aber ist bestimmt, Verbrecher der Schuld zu überführen und die Menschheit von ihnen zu befreien, Unschuldige dagegen zu rechtfertigen. Hierbei hängt alles von unmeßbaren Umständen und Möglichkeiten ab, und irren ist menschlich."

Wredes schnarrende Stimme drang fast durch die ganze Flucht der Gesellschaftsräume, und allmählich sammelten sich die Herren, da sie fast alle ,vom Bau' waren, um die beiden Kämpfer.

„Zugegeben!" rief Geheimrat Stiewe heftig. „Ich behaupte aber, daß eine Fehloperation viel häufiger vorkommt als ein Fehlspruch. Das will ich Ihnen beweisen. Bei einem ärztlichen Eingriff hängt alles nur vom Geschick des einen einzigen ausführenden Arztes ab – über eines Menschen Ehre aber sitzen beim Schwurgericht viele klare, ruhige und durch keine Eile bedrängte, erfahrene Männer zu Gericht. Und erst die Summe aller Weisheit dieser Männer führt, meist nach wochenlangen öffentlichen Untersuchungen, zum Urteil. – Deshalb möchte ich meine Behauptung dahin erweitern, Herr Polizeipräsident: ein Fehlurteil ist bei einem Schwurgericht so gut wie ausgeschlossen!"

„Ah", meldete sich van Zoom über die Köpfe der Umstehenden hinweg, „da komme ich offenbar gerade recht, Herr Geheimrat! Mir ist hier ein altes, vergilbtes Zeitungsblatt in die Hand gefallen mit dem Bericht über eine Gerichtsverhandlung, die man einmal unter dem Gesichtswinkel Ihrer letzten Äußerung betrachten sollte. Es handelte sich um einen Doppelmord. Der Mörder wurde zum Tode verurteilt, und – wie der Zufall oder die Fügung spielen – ich erkannte, daß die Eltern des Verurteilten heut in meinen Diensten stehen."

„Unangenehm! Höchst unangenehm!" sagte der Geheimrat mit einer Gebärde des Abscheus. „Man kann doch schließlich nicht die Eltern eines Mörders in seiner unmittelbaren Nähe haben! Oder wollten Sie etwa andeuten..."

„Oh, es sind ruhige, stille, ehrbare Leute. Der Vater, ein gewisser Ernst Burg, war früher Förster. Ich erwirkte für ihn an zuständiger Stelle die Erlaubnis einer Namensänderung. E. Burg! Lesen Sie das von rückwärts, dann ergibt sich: Grube. So nennt sich dieser Burg zur Zeit."

Überrascht hob der alte Geheimrat eine Hand, und die Herren zwischen ihm und van Zoom traten zur Seite.

„Burg? Und Förster? – Ah, den Fall kenne ich, Durchlaucht! – Das war eine aufsehenerregende Sache – ich habe sie sogar selber geleitet. Übrigens ein Schulbeispiel dafür, wie abgrundtief die Verworfenheit der menschlichen Seele zu sein vermag. Dieser Burg, der Sohn, Gerhard Burg hieß er – oh, mein Gedächtnis ist wie eine Zange – tja, Durchlaucht, dieser verkommene Mensch hatte wirklich die Stirn, zu leugnen!"

„Seine Eltern behaupten noch heute, er sei unschuldig gewesen."

„Natürlich! Eltern verteidigen meist ihre Kinder! Man hat da manchmal ganz rührende Beispiele für die Verbohrtheit von Blutsverwandten oder Verliebten!"

„Es soll aber schon damals beachtenswerte Stimmen des Zweifels gegeben haben. Auch die Zeitung, von der ich soeben sprach, meinte ..."

„Meinte! Meinte!" polterte der Geheimrat erbost. „Ein Zeitungsschreiber! – Was kann der ..." Da Polizeipräsident Wrede sich auffällig räusperte, hielt er es doch für gut, einzulenken. „Verzeihung, Durchlaucht", sagte er, „wenn ich etwas drastisch werde! Aber es kränkt mich immer, zu hören, wie Leute, die Zeitungsberichte schreiben, viel klüger und einsichtiger sein wollen als der Vorsitzende, die Richter und die Geschworenen. – Er kommt mir gerade recht, der Fall Burg; er ist ein Schulfall. Und das trifft sich heute ausgezeichnet, denn ich sehe mehrere Herren hier, die dabei mitgewirkt haben. Drei, nein, fünf Herren! Ich darf wohl sagen, daß wir damals, wie immer, nach bestem Wissen und Gewissen Recht gesucht und Recht gesprochen haben. Recht, sage ich, Durchlaucht! – Nein, winken Sie nicht ab, Exzellenz! Jetzt will ich den Fall hier durchfechten, das bin ich mir und meinen Herren Kollegen schuldig. Ich erinnere mich deutlich, Durchlaucht – schon damals war die Sache nicht leicht, und es kostete uns alle reichlich Mühe, dem verstockten Bösewicht gegenüber unparteiisch zu bleiben. Er wußte sich geschickt zu verteidigen – oh, er war ein heller Junge, ein durchtriebener Bursche!"

„Das heißt, Sie waren von seiner Schuld fest überzeugt?"

„Welche Frage, Durchlaucht! – Dafür spricht doch das Urteil!"

„Sie sind Ihrer Sache so gewiß, verehrter Herr Geheimrat, daß ich mir keinen Zweifel gestatte, obgleich man gerade hier hartnäckig behauptet, daß ein Unschuldiger für schuldig erklärt worden sei!"

Geheimrat Stiewe wiegte spöttisch die Glatze. „Ein guter Richter darf nie auf das Urteil der Menge hören."

„Sehr richtig", lächelte van Zoom. „Die Menge ist in der Tat mit ihrem Urteil oft allzu rasch bei der Hand und geht dabei gewaltig in die Irre. Nehmen wir doch gleich einmal einen Fall, der jetzt in aller Munde ist! Da ist eine Kranke aus der bekannten Heilanstalt Rollenburg überraschend weggeschafft worden. Die Menge spricht von einer Entführung, einem Verbrechen. In Wahrheit hat die Polizei jene Kranke abgeholt. Es ist da nichts Ungesetzliches geschehen, im Gegenteil, man wollte hier einer ungesetzlichen Tat vorbeugen."

„Ah!" rief einer der Richter. „Sie reden von dem Fall der Frau Bankier von Helfenstein?"

„Ganz recht", bestätigte der Fürst.

„Was wissen Sie von dieser geheimnisvollen Angelegenheit?" erkundigte sich Geheimrat Stiewe, der sich, ganz so, wie es van Zoom wollte, zunächst von der Sache Burg ablenken ließ

„Was ich davon weiß, verehrter Herr Geheimrat?" erwiderte der Fürst. „Wohl alles! Denn ich selbst bin die Triebfeder bei diesem Geschehen! Und ich werde Ihnen jetzt den Gang der Ereignisse schildern und Ihnen auch die Gründe angeben, die mich zu meinem Eingreifen veranlaßten. Vorher jedoch bitte ich die Anwesenden, mir ehrenwörtlich zu versichern, über das, was hier noch gesprochen wird und noch geschieht, bis auf weiteres tiefstes Schweigen zu bewahren! Ich versichere Ihnen nochmals, daß ich nichts Ungesetzliches getan habe. Hören Sie mich an, meine Herrschaften! Im Auftrag des Herrn Ministers und des Herrn Polizeipräsidenten Wrede, die jetzt als Zeugen dieser Behauptung in unserer Mitte weilen, war ich einem Verbrecher auf der Spur. Jener Verbrecher, so folgerte ich mit gutem Grund, hatte Frau Nora von Helfenstein durch Gifte in ihren rätselhaften Ohnmachtszustand versetzt, um sich ihrer als seiner gefährlichsten Mitwisserin zu entledigen. Ich setzte mich mit Professor Hoffmann und Dr. Zander – bitte, auch diese zwei Herren sind als Zeugen hier! – in Verbindung. Sie hatten die Kranke beobachtet und bestätigten meinen Verdacht. Ja, der Herr Professor konnte mir sogar von einem Bestechungsversuch des Verbrechers berichten, der sich von dem Arzt durchschaut sah und dessen Schweigen erkaufen wollte. Das war für mich die Veranlassung, mir vom Herrn Minister die Erlaubnis zu erwirken, die Kranke unter Polizeiaufsicht in meine Wohnung bringen zu lassen. Sie sehen, ich tat nichts wider das Gesetz. Ich holte die Frau lediglich aus der Anstalt, um sie zu retten. Denn der Verbrecher wollte sie sterben lassen."

„Wer ist dieser Mensch?" fragte Geheimrat Stiewe hastig.

„Frau Noras Gatte, der Bankier Franz von Helfenstein."

„Franz – von – Helfenstein?" stammelte der Geheimrat. „Wahnsinn!"

„Nicht doch! Er hat ihr ein Gift beigebracht, wodurch sie in ihren allseits bekannten Zustand verfiel. Darauf hat er sie nach Rollenburg zu Professor Hoffmann geschafft. Das mußte er zunächst tun, weil ich um die Erkrankung der Frau wußte. Später hätte er sie sterben lassen. Das ist feststehende Tatsache. Ich sage nochmals: Um sie zu retten, haben wir sie aus der Anstalt hierhergebracht."

Der alte Richter trat auf van Zoom zu.

„Die arme Frau befindet sich also bei Ihnen?"

„Ja. Sie liegt in einem Zustand der Erstarrung. Glücklicherweise ist das Gegengift in meinen Händen, und Herr Doktor Zander hat es der Kranken bereits eingegeben. Es wirkt nur langsam, aber doch immerhin so, daß Sie alle nachher Zeugen ihres Erwachens sein können."

Einige Sekunden herrschte tiefes Schweigen; erst allmählich erfaßte man die Tragweite des Gehörten.

Geheimrat Stiewe strich sich mehrmals über den glänzenden Schädel.

„Durchlaucht verfolgen dabei, wie es scheint, eine bestimmte Absicht?"

Wort für Wort betonend, erklärte van Zoom: „Das Erwachen der Frau von Helfenstein soll den Beweis liefern, daß – Ihr Gerhard Burg unschuldig war!"

Der Geheimrat fuhr wie von einer Schlange gebissen zurück.

„Vergessen Sie nicht: ich war Vorsitzender!"

„Gut, verehrter Herr Geheimrat, ich enthalte mich meiner Meinung und überlasse auch heute das Urteil Ihnen!"

Nun wandte sich van Zoom an die übrigen Gäste.

„Darf ich Sie bitten, mir ins Nebenzimmer zu folgen? Aber Sie dürfen Ihre Anwesenheit dort durch keinen Laut verraten."

Der Raum, wohin der Fürst die Gesellschaft jetzt führte, war mit dicken Teppichen belegt; die schweren, weichen Polstermöbel erstickten jedes Geräusch. Man nahm einer dunklen Wand gegenüber Platz.

„Dies scheint eine Zwischenwand zu sein", erklärte der Hausherr, „ist aber nichts als ein durchsichtiger, straffgezogener Schleier, durch dessen Maschen Sie blicken können, ohne selber bemerkt zu werden, sobald wir hier das Licht entfernen. Ich bitte nochmals um Ruhe!"

Van Zoom schickte den Diener, der der Gesellschaft mit einem Leuchter vorangegangen war, hinaus; es wurde finster, und nun sahen die Anwesenden allerdings, daß sie sich vor einem Schleier befanden, durch den sie den dahinterliegenden Raum als ein vornehm ausgestattetes Damenzimmer erkannten. Eine Ampel verbreitete drüben ein mildes Licht.

Alle warteten in höchster Spannung.

Da wurde jenseits ein Vorhang zurückgeschlagen. Zwei Diener trugen ein Ruhebett herein, das sie in die Mitte des Raumes setzten, und zogen sich zurück. Auf dem Ruhebett lag eine bleiche Frau. Einige der Gäste erkannten sie sofort.

Kurz darauf trat der Fürst mit Doktor Zander drüben ein, völlig unbefangen.

„Warum ordneten Sie an, daß die Kranke in dieses Zimmer geschafft werde?" fragte van Zoom laut.

„Weil es abgesondert liegt. Es ist zu befürchten, daß sich die Kranke bei ihrem Erwachen sehr aufgeregt benimmt, und es wäre nicht angenehm, wenn sie von Unberufenen gehört würde."

„Sehr gut."

„Der Puls geht schon lebhaft. Es ist genauso, wie Durchlaucht vorhergesagt haben. In etwa fünf Minuten wird sich die Ärmste bewegen können."

„Bitte, lassen Sie mich mit ihr allein, Herr Doktor!"

Zander ging. Van Zoom zog einen Stuhl neben das Bett und setzte sich.

So verstrichen mehrere Minuten. Da ertönte ein gräßlicher Schrei – Nora von Helfenstein saß plötzlich aufrecht da, mit übernatürlich weitgeöffneten Augen.

Van Zoom stand auf.

„Endlich!" rief er.

Die blassen Wangen der Frau röteten sich; sie hob matt die Hände und ballte sie zu Fäusten, doch kraftlos sanken sie wieder auf die Decke.

„Fluch ihm! – Verderben! – Rache!"

„Wem?"

„Franz – Ein tausendfacher Schuft ist er!"

Dann kam wieder die Erschöpfung über die Kranke. Sie lag eine Weile still. Bis sie abermals auffuhr und weitersprach, immer in Pausen, immer wieder von jähem Ermatten unterbrochen.

„Gift gab er mir – ich konnte nicht den kleinen Finger regen – aber ich fühlte und hörte alles! Oh, jede Minute wurde zu einer entsetzlichen Ewigkeit! Er stand vor meinem Bett und sprach in kalter Grausamkeit davon, daß er mich beseitigen werde – und er zeigte seine höllische Freude darüber, daß ich jedes Wort verstand! – Wo ist er?" schrie sie gellend auf. „Wo ist er?"

„Fassen Sie sich!" mahnte van Zoom, der befürchtete, die übergroße Erregung der Frau könne zu einem Nervenzusammenbruch führen.

„Fassen?" wehrte sie ab. „Wer könnte sich hier fassen? Sie wissen ja nicht, welch unnennbare Qualen ich erduldet habe! Welch ein fürchterliches Gift! Ich lag wie tot, und dennoch lebte ich. Ich wollte mich bewegen, und ich vermochte es nicht! – Oh, wo ist er, daß ich ihm heimzahle, daß ich ihm vergelte? – Er hat mich bei lebendigem Leib in die Hölle gestoßen! – Aber ich schwöre es mit allen Eiden: nun soll die Reihe an ihn kommen! Ich werde nicht rasten und nicht ruhen, bis ich ihn vernichtet habe!"

Auch das hatte Frau Nora wieder nur stückweise vorgebracht. Der Fürst bemühte sich ständig, den Aufruhr in ihr zu dämpfen.

„Bitte, beruhigen Sie sich!"

Diesmal nickte sie, und so nahmen ihre Gedanken für ein paar Augenblicke eine andere Richtung.

„Durchlaucht, Sie haben mich gerettet. Aber nachdem Sie mich dem Leben zurückgegeben haben, dürfen Sie mich nicht verlassen!"

„Was soll ich für Sie tun?"

„Ich klage an! Rache will ich! Ausgestoßen soll er werden wie ein räudiger Hund! Er ist der Auswurf der Menschheit, der niedrigste Verbrecher!"

„Ein Verbrecher?"

„Alles werde ich Ihnen sagen – und dann sollen Sie hingehen und ihn verderben! Ich werde Ihnen alle seine Schandtaten entdecken!"

„Aber bedenken Sie, er ist Ihr Mann – und Sie verderber sich selber dabei!"

„Ich mag nicht mehr leben! Einst hatte auch ich ein Herz – aber er hat es zertreten! Ich war tot, und ich will wieder sterben." Sie machte eine Pause und schloß die Augen, als blickte sie in sich hinein. Und dort mußte sie Furchtbares sehen, denn sie erschauerte wie im Fieber. Als sie wieder zu sprechen anhob, hatte ihre Stimme einen heiseren, gebrochenen Klang. „Ich lag tagelang in starrer Ruhe", sagte sie leiser, „aber ich konnte nicht schlafen – das machte meine Seele glühend wie flüssiges Blei, und in dieser Glut tauchte meine Vergangenheit auf – Haß, Rache, Lüge, Verrat, Meineid, Blut. Ich wollte einst seine Frau werden – um jeden Preis! Blind war ich! Ich wollte heraus aus Armut und Not, und er hatte mich mit falschen Schwüren umgarnt. So wurde ich sein Weib, aber ich gab mein Gewissen und meine Seligkeit dafür hin. Jetzt will ich beichten – ich mag nicht mehr so leben! – Werden Sie mich anhören?"

„Wenn es Sie erleichtert . . ."

Frau Nora schüttelte den Kopf.

„Erleichtert, Durchlaucht? Ich will nur meine Rache haben. Zu diesem Zweck muß erst alles heraus, was mich seit zwanzig Jahren vergiftet! Hören Sie – und wenn Sie das Grauen packt, dann denken Sie, daß ich das Grauen seit zwanzig Jahren ertrage! – Oh, Durchlaucht, ich war nicht so verworfen von Anfang an! Ich war eitel, ich war auch verliebt – aber schlecht, wirklich schlecht und gemein, glauben Sie mir, das bin ich erst durch ihn geworden – durch ihn", sie schrie es gellend hinaus, „durch ihn, den Mörder seines Onkels in Helfenstein! – Den Mörder des Rittmeisters von Tiefenbach!"

„Mörder seines Onkels? – Mörder des Rittmeisters von Tiefenbach?"

„Ich sage die reine Wahrheit. Gott ist mein Zeuge – wenn er sich meiner nicht schämt. Sie wissen, daß ich einst die Gesellschafterin Ulrikes von Helfenstein und die Erzieherin des kleinen Robert war?"

„Ich hörte davon "

„Aber kein Mensch weiß, wie es kam, daß der hochmütige Bankier die arme Base aus weitläufiger Verwandtschaft zur Gattin nahm."

„Man sprach meines Wissens von einer romantischen Laune."

„Nein. Einer solchen Regung ist dieser Mensch nicht fähig. Er handelt unter Zwang, aus Furcht vor mir. Ich war in letzter Stunde, ohne es zu wollen, Mitwisserin seiner Verbrechen geworden."

„Seiner Verbrechen? Wieso?"

„Das Gericht hat damals einen gewissen Gerhard Burg als Mörder verurteilt, weil in seinem Besitz der Schlüssel zum Zimmer des alten Helfenstein gefunden wurde und weil das Jagdmesser, mit dem die Tat geschah, ihm gehörte."

„Das ist richtig. Diese beiden Punkte bildeten die Hauptstützen für die Anklage."

„So kennen Sie den Fall?"

„Ja. Ich habe erst kürzlich einen ausführlichen Bericht darüber in einer alten Zeitung gelesen."

„Dann wissen Sie ja Bescheid. Gerhard Burg konnte den alten Helfenstein gar nicht ermordet haben, denn er war an dem Abend nicht der letzte, der aus dem Zimmer des Schloßherrn kam. Ich selber bin kurz nach Burgs Weggang noch bei dem alten Herrn gewesen."

„Und?"

„Er saß im vollsten Wohlsein am Tisch."

„Weiter, weiter!" drängte van Zoom, den eine merkwürdige Unruhe erfaßt zu haben schien.

„Aber auch ich war nicht die letzte Person, die mit dem Alten sprach. Eine Stunde später – ich war noch nicht zur Ruhe gegangen, denn die Kunde von den Zusammenstößen mit den Schmugglern hielt uns alle munter – also eine Stunde später hörte ich auf dem Flur Geräusch. Ich öffnete vorsichtig meine Tür und spähte hinaus. Da sah ich Franz, ohne daß er mich bemerkte, aus dem Zimmer des Schloßherrn kommen und den Schlüssel abziehen."

„Doch wie kam dann der Schlüssel in die Tasche Burgs? Und wie konnte die Tat mit Burgs Jagdmesser ausgeführt werden?"

Frau Nora verzog bitter den Mund.

„Als ob es für einen so verschlagenen Menschen wie Franz schwer wäre, die Schuld auf andre zu wälzen! Hören Sie weiter! Franz, der sonst immer sehr freundlich, ja zärtlich zu mir war, hatte noch vor einem Jahr heftig um die jugendliche Ulrike geworben. Aber sie hatte ihm rundheraus erklärt, sie könne seine Neigung nicht erwidern, er solle sich keine Mühe geben, ihr Herz gehöre einem andern. Franz glaubte, dieser andere sei der Rittmeister von Tiefenbach. Ich merkte, daß er einen Groll gegen Tiefenbach hegte, und sagte mir, das sei die Folge davon, daß ihm der Rittmeister seiner Ansicht nach bei der schönen Ulrike den Rang abgelaufen habe. Überdies stellte ich fest, daß Franz Ulrike gegenüber auch weiterhin höflich, ritterlich und vertraulich blieb. Wie ich später erkannte, wollte er es mit ihr nicht verderben, weil er sich in ständiger Geldverlegenheit befand und ihren Einfluß auf den alten Helfenstein benützte, eine größere Summe aus dem Familienvermögen geliehen zu bekommen.

So war Franz auch an diesem Tag, vor der Nacht der grausigen Ereignisse, Ulrike auf einem Spaziergang unbemerkt gefolgt, um mit ihr über Geldsachen zu reden. Dabei wurde er Zeuge einer Begegnung, die Ulrike mit ihrem Jugendfreund hatte. Gerhard Burg war soeben von der Bahn gekommen und wollte seine Eltern aufsuchen. Für die Nacht plante er dann den Schlag gegen die Pascher. Haß und Wut loderten in Franz auf beim Anblick der beiden, Haß gegen Gerhard Burg, der, wie Franz wußte, bei Ulrike einmal gegen den Vetter aus der Stadt gesprochen hatte.

Während er nun, hinter Büschen, die beiden am Wildgatter hinter dem Schloßpark belauschte, gewahrte er Burgs Diensttasche, die jener beiseite gelegt hatte. Da die beiden auf und ab gingen, konnte er die Tasche ohne Sorge an sich heranziehen und öffnen; er fand darin unter anderm ein Jagdmesser in einer Lederscheide. Franz hat später mir gegenüber immer behauptet, erst beim Anblick des Messers sei er auf den Gedanken gekommen, den Onkel zu beseitigen. Er steckte das Messer zu sich und schloß die Diensttasche wieder; dann machte er sich auf den Heimweg. – Folgen Sie meinen Worten, Durchlaucht?"

Van Zoom antwortete nur durch ein tiefes Seufzen, das bis zu den Lauschern im Dunkeln hinüberdrang.

„In der Nacht schlich sich Franz zu dem alten Herrn und beging kaltherzig den grauenvollen Mord. Ich sah ihn dann aus dem Zimmer kommen, ohne zu ahnen, was geschehen war. Vorher war Gerhard Burg dagewesen. Sie erinnern sich! Das Messer ließ Franz liegen: als Beweisstück gegen Gerhard Burg."

Sie schwieg erschöpft, und van Zoom gönnte ihr eine Minute der Erholung. Dann fragte er:

„Und wie wollen Sie beweisen, daß Ihr – daß Franz von Helfenstein in jenen Minuten da drinnen im Zimmer einen Mord begangen hat?"

„Tote Dinge reden!" hauchte sie müde dazwischen.

„Tote Dinge?"

„Ja, die – die Stutzuhr!"

„Bitte! Was heißt das?"

Frau Nora holte schwer Atem.

„Da war eine Stutzuhr, eine wertvolle Stutzuhr. Sie stand auf dem Kamin im Zimmer des alten Herrn von Helfenstein. Stunde um Stunde klimperte sie mit dünner Stimme ihre Weise: ‚Üb' immer Treu und Redlichkeit bis an dein kühles Grab . . .' Als ich Franz in jener Nacht aus dem Zimmer des Schloßherrn kommen sah, hatte sie auch gerade wieder gespielt: ‚Üb' immer Treu und Redlichkeit . . .', das war nachts ein Uhr gewesen. Und dann verfluchte er die Uhr . . ."

Wiederum Stille. Van Zoom fragte kurz:

„Sie meinen, er wollte . . ."

„Wollte, wollte!" fuhr die Kranke auf. „Er konnte das Spiel der Uhr nicht hören, nachdem sie mit ein paar anderen Wertgegenständen aus dem Schloßbrand von Helfenstein gerettet worden war. Er geriet in Raserei, wenn sie zu klingeln anfing. Ich habe die Uhr beiseite gebracht und in meinem Schlafzimmer auf einen Wandsockel gestellt. Laufen durfte sie freilich nicht mehr. Er fürchtete sich vor ihr."

„Und was geschah damals weiter?"

„Am Morgen nach der Tat beobachtete Franz, daß Ulrike und Tiefenbach miteinander nach der Tannenschlucht gingen, schlich ihnen nach, wurde Zeuge der Unterredung Burgs mit Rittmeister Tiefenbach und schoß diesen kaltblütig nieder – mit dem Gewehr Burgs, das Burg an einen Baum gelehnt hatte. Darauf verschwand er im Gebüsch. Anstatt den Mörder zu verfolgen, beschäftigte sich Burg mit dem Erschossenen, weil er glaubte, ihm noch Rettung oder Linderung bringen zu können. Franz aber konnte nun mit Ruhe die Entwicklung der Dinge abwarten. Selbst der scharfsinnige Burg richtete seinen Verdacht nicht auf ihn, sondern auf die Schmuggler, zumal er dann bis zum folgenden Tag sein Jagdmesser nicht vermißte. Sonst wäre ihm vielleicht beizeiten ein andrer Argwohn gekommen."

„Aber woher wissen Sie den ganzen Vorgang so genau?"

„Oh, ich war doch nicht auf den Kopf gefallen! Nachdem ich den Mörder des Schloßherrn kannte, brauchte ich nicht lange nach dem Mörder Tiefenbachs zu suchen. Es genügte auch, Franz zu erzählen, daß ich ihn aus dem Mordzimmer hatte kommen sehen. Daraufhin beichtete er. Ein Wort von mir hätte ihn vernichtet, und so erkaufte er mein Schweigen dadurch, daß er mich heiratete."

„Und Sie ließen es geschehen, daß ein Unschuldiger verurteilt wurde?" fragte van Zoom. „Glaubten Sie denn wirklich, aus einer solchen Saat könne für Sie ein Glück erblühen?"

„Ich habe damals gar nichts mehr gefragt und bedacht. Ich war müde und abgehetzt. Mein Vater hatte viel Unglück in seinen Unternehmungen gehabt, so daß wir gänzlich verarmten und ein jämmerliches Dasein führen mußten. Ich lebte aber dennoch in dem Wahn, es sei mein Standesrecht, in der großen Welt ein sorgloses, bequemes Dasein haben zu können, und so war mir alles gleichgültig, wenn ich nur dieses Ziel erreichte. Ich habe es auch erreicht. Aber fragen Sie nicht, um welchen Preis!"

Eine Weile schwiegen die beiden. Dann begann van Zoom wieder zu sprechen.

„Noch eins, bitte: Sind Sie der einzige Zeuge oder gibt es sonst noch jemanden, der um den wirklichen Täter von damals weiß?"

„Das kann ich nicht mit Bestimmtheit sagen. Ich vermute aber, daß er noch Helfer hatte."

„Woraus schließen Sie das?"

„Franz tat einmal eine diesbezügliche Äußerung, als ich ihn fragte, wie denn eigentlich der Schlüssel zum Zimmer des Oheims in Burgs Tasche gekommen sei. Er lachte darauf höhnisch und meinte, wozu habe man denn seine Vertrauten. Und dann bin ich überzeugt, daß Franz auch der Urheber des Schloßbrandes war, wobei der rechtmäßige Erbe, der kleine Robert, ums Leben kam. Zwar kann ich nichts beweisen – aber diese Tat war eigentlich das letzte Glied einer Reihe von Verbrechen, durch die mein Mann dahin kam, wohin er wollte. Doch diesen Streich hat er nicht eigenhändig ausgeführt."

„Wie wollen Sie diese Behauptung begründen?"

„Franz weilte zur Zeit des Brandausbruchs gar nicht auf Schloß Helfenstein. Er befand sich, genau wie Ulrike, an jenem Abend noch in der Stadt, wo die Schlußverhandlung gegen Burg stattfand. Deshalb muß er seine Helfershelfer gehabt haben. Vermutlich einige Pascher, mit denen er in Verbindung stand, was ich auch erst später entdeckte."

„Gräßlich! Brandstiftung und damit Feuertod eines unschuldigen Kindes!"

Nora, die auf das Lager zurückgesunken war, richtete sich wieder auf.

„Was bedeutet das bei einem Mann", sagte sie laut und deutlich, „der so wenig Gewissensbisse hat wie der Hauptmann?"

„Der Hauptmann?"

Die Frau hob den Kopf und lauschte. Wie ein tiefes Aufatmen aus mehreren Kehlen war es durch den Raum geklungen. Aber da alles stillblieb, ließ sie den Kopf wieder sinken

„Jawohl", sagte sie langsam, „ich bekenne es frei und offen: mein Mann ist der Hauptmann, der die Hauptstadt und ihre weite Umgebung seit einer Reihe von Jahren in Schrecken versetzt."

„Wissen Sie auch, daß Sie Ihren Mann mit dieser Anklage höchstwahrscheinlich aufs Schafott bringen?"

„Das möchte ich, und ich bedaure nur, daß es für ihn keine mittelalterliche Folter gibt! Tausendfältig müßte er leiden – wie ich gelitten habe! – Deswegen allein habe ich Ihnen alles gebeichtet."

„Und er ist wirklich und wahrhaftig der Hauptmann?"

„Ich bürge mit meinem Kopf dafür."

„Gut, ich will Ihnen helfen, von diesem Scheusal in Menschengestalt loszukommen. Selbstverständlich müssen Sie Ihre jetzigen Beschuldigungen vor dem Richter wiederholen."

„Ja, ja, ja! Und wenn ich ihn vernichtet habe, will ich gern sterben!"

„Ich setze den Fall, Gerhard Burg lebte noch und würde aufgefunden – würden Sie sich ihm gegenüberstellen lassen?"

„Auch das!"

„Und wenn man Sie Ihrem Mann gegenüberstellt?"

„Ich wünsche nichts heißer, als diesem Ungeheuer meinen Haß ins Gesicht schreien zu dürfen!"

„Dann sind wir einig. Ihre Zufluchtsstätte bei mir können Sie behalten, solange Sie wollen."

Sie richtete sich überrascht auf.

„Ich – bin in Ihrem Haus und darf hierbleiben? Sie werden mich nicht sofort der Polizei übergeben?"

„Das wäre unklug von mir. Wenn wir den Hauptmann fassen wollen, müssen wir es besser anfangen. Er würde Sie einfach für unzurechnungsfähig erklären; und da Sie aus der Heilanstalt kommen, wäre das sehr glaubhaft."

Mit einem Seufzer der Erleichterung ließ sie sich, erschöpft von der großen seelischen und körperlichen Anstrengung, wieder ins Kissen fallen.

„Ich werde Ihre Bedienung rufen", sagte der Fürst.

Er zog an einer Glockenschnur; eine Pflegerin erschien mit den beiden Dienern, die auf einen Wink das Ruhebett wieder hinaustrugen. Dann streckte van Zoom die Hand nach einer andern Schnur aus, und der Schleiervorhang glitt zur Seite. Die Zeugen des seltsamen Vorgangs wurden vom Licht beschienen.

Ulrike saß neben Oberst von Tiefenbach. Sie bewegte sich nicht und hielt das Taschentuch ans Gesicht.

Wie von einer Feder geschnellt, sprang Geheimrat Stiewe auf und rieb sich die Augen.

„Habe ich geträumt? Das war doch" – er brach ab und blickte die andern Herren an, als wolle er sich vergewissern, daß er nicht einem Taschenspielertrick oder einer Sinnestäuschung zum Opfer gefallen sei. Aber er sah rings nur bleiche Gesichter, in denen sich Erstaunen und Ergriffenheit malten.

„Diese Dame ist wirklich die Frau des Bankiers von Helfenstein?" fragte er dann den Fürsten.

„Ich verbürge es", erklärte van Zoom. „Und Fräulein Ulrike von Helfenstein, deren Gesellschafterin Frau Nora früher war, kann es bestätigen."

„Und sie ist nicht . . ." Stiewe tippte sich an die Stirn.

„Nein, sie ist geistig so gesund wie Sie oder ich. Das hat Ihnen ja die ganze Unterredung bewiesen, und die Herren Professor Hoffmann und Dr. Zander werden es Ihnen bestätigen."

„Dann – dann – dann . . ." rief Geheimrat Stiewe und fuchtelte mit den Händen.

„Bitte?" fragte van Zoom geduldig.

„Dann – ja dann haben wir uns damals allerdings gräßlich geirrt."

Ein betretenes Schweigen folgte. Man räusperte sich und schob Sessel und Stühle zurück.

Polizeipräsident Wrede faßte sich zuerst. Seine Züge entspannten sich und zeigten bald ein zufriedenes Lächeln. Ihm war mit dem Geständnis Frau Noras eine Zentnerlast von der Seele genommen. Endlich würden all die Anpöbelungen in der Presse und auch gesellschaftlich, die der Polizei Unfähigkeit vorwarfen, aufhören. Sogar am Hof hatte man es unliebsam vermerkt, daß er nicht vermochte, dem Hauptmann hinter die Schliche zu kommen. Das war jetzt mit einem Schlag anders; er durfte wieder aufatmen.

Händereibend trat er zu den Fürsten.

„Einfach fabelhaft, Durchlaucht!" sagte er vergnügt. „Nur eins verstehe ich nicht: Wie haben Sie diese hartgesottene Person nach zwanzigjähriger Verbrecherpraxis zu diesem vollkommenen Geständnis gebracht?"

„Dazu war nur ein bißchen Menschenkenntnis nötig. Ich mußte sie auf irgendeine Weise mit Haß und Rachsucht gegen ihren Mann erfüllen. Deshalb zwang ich den Bankier, sie nach einem entdeckten Diebstahl als krankhaft veranlagt in einer Heilanstalt unterzubringen."

„Sie zwangen ihn dazu? – Gab er ihr etwa auch das Gift auf Ihre Veranlassung? Das wäre peinlich."

„Nein. Das war sein eignes Werk. Ich sagte mir, wie bereits erwähnt, daß er ihrer nach der ganzen Vorgeschichte – denken Sie nur an die erzwungene Heirat – und als einer gefährlichen Mitwisserin schon längst überdrüssig sein mußte, und daß er nur allzugern diese Gelegenheit ergreifen werde, sie für immer aus dem Weg zu schaffen. Dadurch ist sie seine erbittertste Feindin geworden."

„Sie verstehen, Durchlaucht, daß mich dieser Erfolg außerordentlich freut, und daß ich infolgedessen in bester Laune bin", nickte Wrede. „Aber eigentlich war es doch entsetzlich, was wir da hörten! Armer Gerhard Burg!" Er schlug sich auf den Mund und blickte sich im Kreis um. Zu gleicher Zeit klappte draußen eine Tür. „Ich glaube", sagte er leiser, „wir haben einen Gast weniger – ich sehe unsern Geheimrat Stiewe nicht mehr. Ich kann ja gestehen, Durchlaucht: dieser verfluchte Hauptmann hat mir manche schlaflose Nacht bereitet – aber das ist vielleicht ein Nichts gegen die Nacht, die unser alter, selbstgerechter Geheimrat vor sich hat!"

Hier wurde das Gespräch der beiden unterbrochen. Der Minister trat hinzu und drückte van Zoom anerkennend die Hand. Dann wandte er sich an den Polizeipräsidenten.

„Ich glaube, mein lieber Wrede, was hier noch zu tun bleibt, ist Ihre Sache."

Wrede machte etwas wie eine halbe Verbeugung.

„Gewiß, Exzellenz! Ich werde sofort die Verhaftung Helfensteins veranlassen und –"

Doch van Zoom ließ ihn nicht ausreden.

„Wenn ich eine Bitte äußern darf –?"

„Und?" fragte der Minister.

„Keine sofortige Verhaftung! Ich habe dem Verbrecher eine letzte Frist gestellt, und die läuft in etwa achtundvierzig Stunden ab. Entweder er richtet sich selbst, was ich kaum glaube, oder er geht mir bereits heute Nacht endgültig ins Garn. Es soll noch mehr ans Tageslicht kommen. Sicher ist er uns auf jeden Fall. Dafür bürge ich."

Wrede sah den Minister fragend an. Der aber nickte.

„Sie bürgen, Durchlaucht. Gut! Ihre Bitte ist gewährt. Warten wir noch, lieber Wrede!"

23. Die Stutzuhr

Es war gegen elf Uhr, als der letzte Schlitten vom Eingang des Hauses van Zoom davonfuhr. Die Nacht war dunkel und stürmisch. Ein hohler Wind strich durch die Straßen und Gassen und trieb die Schneeflocken in dichten Schwaden an die Fenster der Wohnungen. Wie schwache Glimmpünktchen ohne Leuchtkraft schwebten die

Gaslaternen im Gestöber und vermochten kaum, den späten Fußgängern den Weg auf wenige Schritte zu erhellen.

Nun erlosch das Licht im geräumigen Eingang, und nach einigen Minuten lag die breite Front des stolzen Hauses in tiefer Finsternis.

Aber noch waren die Bewohner nicht zur Ruhe gegangen. Die Dienerschaft hielt sich in den Räumen, die nach dem Hof hinaus lagen, hinter dichtverschlossenen Läden auf, so daß kein Lichtstreif in die Nacht hinausdrang.

Vorn in seinem Arbeitszimmer saß einsam, die Stirn in die Hand gestützt, Fürst van Zoom und starrte durch die Scheiben ins Dunkle, durch das manchmal, Gespenstern gleich, mit fahlem Lichtschimmer dichte Schneewolken an seinem Blick vorüberstrichen. Seine Gedanken weilten bei der Frau des Bankiers, die auf Wunsch des Polizeipräsidenten nun doch einstweilen in einem staatlichen Krankenhaus untergebracht worden war, wo sie der Behörde zwecks weiterer Nachfragen jederzeit zur Verfügung stand und zugleich die Pflege fand, die sie als Genesende brauchte. Van Zoom überlegte, wie vollkommen es ihm geglückt war, die erwünschten Geständnisse aus der Mitwisserin des Hauptmanns herauszuholen. Aber so genau er auch alles vorher berechnet und vorausgesetzt hatte – nun, da es wirklich geschehen war, erschütterte es ihn doch. Er dachte an den alten Geheimrat Stiewe, der damals vor zwanzig Jahren Gerhard Burg mit unerbittlicher Strenge ins Kreuzverhör genommen und dann mit seinem Urteil aus der Reihe der Lebenden gestrichen hatte. Jetzt mochte der alte Mann wohl ebenso wie er, van Zoom selber, in schweren Gedanken sitzen und die Gespenster der Vergangenheit heraufbeschwören.

Der Fürst sprang auf. Nein, er hatte keine Zeit zu unnützen Träumereien. Noch war der Feind nicht zur Strecke gebracht! Doch wenn alles so abrollte, wie er es aufgezogen, dann hatte des Hauptmanns Stunde schon heute nacht kurz nach drei Uhr geschlagen.

Der letzte Gast hatte das Haus noch nicht verlassen, da war Friedrich mit der Meldung vom Gefängnis gekommen, daß ein Unbekannter abends zwischen zehn und halb elf Uhr in die ursprünglichen Zellen der verhafteten Wolfs mit einer Art Windbüchse hineingeschossen habe. Man hatte den Burschen, den van Zoom und Friedrich sehr wohl kannten, auf den dringenden Wunsch des Fürsten unbehelligt laufen lassen, obwohl sein Tun genau beobachtet worden war. Van Zoom, in dessen Hand bereits alle Fäden der Handlung zusammenliefen, genügte es zu wissen, daß der Hauptmann ernstlich bemüht war, jeden gefährlichen Mitwisser zu beseitigen, bevor die dreitägige Todesfrist verstrichen war.

Noch einmal überdachte der Fürst sämtliche Maßnahmen und Sicherungen, und ihm kam der Gedanke, über all diese Dinge so bald wie möglich noch einmal mit Friedrich zu reden. Er traute dem Hauptmann jede Hinterlist zu, und der helle, stets gutgelaunte Junge war ihm in diesen kurzen Monaten besonders ans Herz gewachsen und wertvoll geworden.

Als die Glocke der Hauptkirche die dritte Stunde verkündete, löste sich unweit vom Gittertor eine Gestalt von einem Straßenbaum und kam gemächlich näher. Es war ein Mann, der in tiefen Gedanken zu sein schien. Als er am Tor vorüberschritt, entfiel seinen steifgefrorenen Händen das Taschentuch.

„Pst!" flüsterte es im nächsten Augenblick von der andern Seite des Gittertors. „Gut Freund!"

Es war der Diener Friedrich, der hier getreu seiner Weisung geduldig der Dinge harrte, die da kommen sollten.

Der Mann draußen hatte sich bedächtig gebückt und das Tuch wieder aufgehoben. Jetzt machte er eine Bewegung der Überraschung.

„Sprach hier jemand?" fragte er gedämpft.

„Ja."

„Was sagten Sie?"

„Gut Freund!"

„Ich weiß nicht, was Sie meinen."

Da knirschte es hinter Friedrich im Schnee, und ein zweiter Mann stand neben ihm innerhalb des Vorgartens.

„Alles in Ordnung!" sagte er zu dem Draußenstehenden. „Steigen Sie über!"

Leicht und schnell schwang sich der andre nun über den Zaun.

„Hat jemand das Haus in den letzten zwei Stunden betreten?" erkundigte sich indessen der zweite bei Friedrich.

„Keine Seele."

„Nichts Auffälliges bemerkt?"

„Nichts."

„Gut. Heut ist Ihre Probe. Klappt alles, so gehört Ihnen schon jetzt die ‚Eintracht'. Habe ich mich aber in Ihnen getäuscht, so sind Sie noch heute ein toter Mann."

„Nanu", lachte Friedrich leise. „Schließlich ist mir eine Schenke lieber als ein Sarg!"

„Das hoffe ich um Ihretwillen. Ich muß Sie aber dennoch fesseln. Geben Sie die Arme her!"

„Fesseln? Warum, Herr?"

„Aus Vorsicht. Sie zeigen den Weg! Finde ich Sie treu, so geschieht Ihnen nichts. Finde ich das Gegenteil, so sitzt Ihnen mein Messer im Herzen."

„Hu, klingt das grauslich, mein lieber Freund! Aber daraufhin will ich mich getrost fesseln lassen. Hier!"

Friedrich hielt dem Mann lächelnd die Fäuste hin, obgleich ihm dabei gar nicht wohl zumute war. Im Nu waren ihm die Hände auf den Rücken gebunden, und jetzt kamen auf ein Zeichen noch mehrere Gestalten von verschiedenen Seiten durch das Schneegestöber gehuscht. Friedrich zählte insgesamt zehn Mann nebst dem Anführer.

„Also", befahl der Wortführer – und Friedrich glaubte, jetzt die Stimme des ehrwürdigen Organisten wiederzuerkennen – „jede Person, die sich drinnen nicht gleich ohne Geschrei fügt, erhält das Messer zwischen die Rippen. Du bleibst unten an der Tür als Wache zurück, du im Treppenhaus. So! Ihr vier besetzt die Schatzkammer! Die letzten vier hier folgen mir zum Fürsten! Los!"

Damit steckte er den Schlüssel ins Loch. Geräuschlos öffnete sich die Tür. Einer der Männer schob Friedrich vor sich her. Im Innern des Hauses entzündete jeder eine Blendlaterne. Friedrich schritt voran, gefolgt vom Anführer – er hätte jetzt schwören mögen, daß es der Hauptmann war – und den übrigen. Er stieg die Treppe hinauf in den ersten Stock. Dort blieb er vor einer Tür stehen.

„Hier ist der Raum mit den Kostbarkeiten", flüsterte er.

„Wo schläft der Fürst?"

„Dort rechts. Die vorletzte Tür führt zum Vorzimmer."

Der Hauptmann ließ vier Mann in die Schatzkammer hinein. Er wartete, bis der letzte hinter der Tür verschwunden war; dann nickte er den übrigen vieren.

Das Vorzimmer, in das sie hineinhuschten, war stockfinster. Die matten Laternen verbreiteten einen unsicheren, trügerischen Schein.

„Wo?" fragte der Hauptmann an Friedrichs Ohr.

„Dort hinter dem Vorhang!"

„Also", wandte sich der Hauptmann an die Leute und faßte den Dolch stoßbereit mit der Rechten, „ich nehme den Hund auf mich allein! Ihr greift nur im Notfall ein!"

Er trat auf den Zehenspitzen vor und schlug den schweren Vorhang zurück, der so dicht war, daß selbst grelles Licht ihn nicht zu durchdringen vermochte.

Doch wie angewurzelt blieb der Hauptmann stehen. Er hatte geglaubt, ein dunkles Schlafzimmer vorzufinden, und nun sah er vor sich einen strahlend erleuchteten Raum. Seine Hände tasteten zur Seite, und die Laterne polterte mit dem Dolch zu Boden. Es war ihm, als griffe eine eiskalte Hand nach seinem Herzen – die Hand aus dem Dunkel ...

In dem Zimmer stand, der Tür grad gegenüber, der Schreibtisch des ermordeten Schloßherrn von Helfenstein. Ja, es war überhaupt das nämliche Zimmer; die Möbel, die Bilder und der sonstige Schmuck, alles dasselbe. Oder besser: den Dingen, die im Schloßbrand von Helfenstein zugrunde gingen, genau nachgebildet. Aber das war ja van Zooms Werk!

Und dazu tönte vom Kamin her der helle Stundenschlag und durch ihn ausgelöst das Klingen der alten Stutzuhr: ‚Üb' immer Treu und Redlichkeit bis an dein kühles Grab ...!'

Die zarten Töne trafen den Verbrecher wie Keulenschläge. Waren sie doch einst gerade in dem Augenblick vor seinem Ohr aufgeklungen, als er das Jagdmesser gegen den alten Helfenstein zückte, als das rote Blut aus der Brustwunde des Ermordeten hervorsickerte.

Tausendfach hatte ihn seitdem dieses Tönen genarrt. Er glaubte, es zu hören, wo er ging und stand. Nora hatte gegen seinen Willen diese widerliche Uhr aufbewahrt und in ihrem Schlafzimmer aufgestellt. Aber sie durfte nicht schlagen. Sie durfte ihr Lied nicht klimpern. So hatte Franz von Helfenstein befohlen.

Und nun sprang ihm die dünne Stimme der alten Stutzuhr hier entgegen. Er ahnte ja nicht, daß van Zoom durch Anton und durch Nora von der Bedeutung dieser Uhr erfahren, das seltsame Spielwerk in letzter Minute in seinen Besitz gebracht und das Klingen der Uhr in seinen Überrumpelungsplan miteinbezogen hatte.

Ein halberstickter Schrei entrang sich der Brust des Hauptmanns. Er wankte.

Da zerriß hinter ihm eine laute Stimme die Grabesstille.

„Mörder!"

Franz warf sich herum. Vor ihm stand – Gerhard Burg.

„Hilfe!" brüllte er. „Die Toten stehen auf!"

Er fuhr mit den Armen durch die Luft und schlug schwer zu Boden. Im Fallen stieß er mit den Füßen an den Dolch, so daß die Waffe weit in eine Zimmerecke kollerte.

Seine vier ausgewählten Leute, zweifellos die Kühnsten der ganzen Bande, waren wie versteinert vor Schreck über den Zusammenbruch des Hauptmanns. So bemerkten sie gar nicht, daß sich Friedrich inzwischen unauffällig beiseite geschlichen hatte.

„Achtung!" befahl jetzt die gleiche scharfe Stimme. „Dreht euch um!"

Sie gehorchten wie willenlose Puppen und sahen sich sechs Polizisten gegenüber, bei denen Friedrich stand, ungefesselt, in der Hand einen Revolver. Sie mußten den Posten unten an der Tür ebenso wie den im Treppenhaus lautlos unschädlich gemacht haben.

„Verrat!" schrie der Beherzteste. „Stecht zu!"

Aber noch ehe sie die Arme zum Stoß hoben, sausten die Totschläger der Beamten auf ihre Köpfe nieder, und binnen kurzem lagen sie gefesselt auf dem Teppich.

Auch dem bewußtlosen Hauptmann band man Hände und Füße zusammen, schaffte ihn in ein anstoßendes Zimmer und ließ einen Mann als Wächter bei ihm.

Kaum drei Minuten waren über diesem Auftritt verstrichen. Mit wenigen Handgriffen verwandelte sich Gerhard Burg zurück in den Fürsten van Zoom und begab sich mit Friedrich und den Polizisten nach dem Ankleideraum, um auch dem Rest der Bande das Handwerk zu legen.

Während der Hauptmann und seine vier Spießgesellen ins Arbeitszimmer van Zooms gegangen waren, hatten jene anderen vier mit wenigen Handgriffen den Schrank der Kostbarkeiten geöffnet. Gierig rissen sie die Bücher heraus – sie kannten ja deren Geheimnis durch den Hauptmann – und klappten sie auf. Aber sie fanden nichts als – Kieselsteine.

„Kieselsteine!" rief der erste enttäuscht.

„Halt's Maul!" herrschte ihn sein Nachbar an. „Das hier ist bloß eine Finte. Das Richtige kommt schon noch. Sehen wir weiter nach!"

Da ertönte aus dem angeblichen Schlafzimmer ein Schrei, gedämpft zwar durch die Wände und den dicken Vorhang, aber doch deutlich vernehmbar.

„Was war das?" fragte der eine, gespannt nach der Tür horchend.

„Das letzte Lebenszeichen des Fürsten van Zoom", bemerkte ein andrer gelassen und klappte wieder ein Buch zu, das nur Kieselsteine enthalten hatte. „Der Hauptmann wird ihm den Garaus gemacht haben."

„Wollen es hoffen."

Gierig suchten sie weiter, doch so viele Bände sie auch öffneten, sie entdeckten nichts als wertlose Steine und wieder Steine.

„Verdammtes Zeug!" riß dem Eifrigsten die Geduld. „'ran an den Geldschrank! Versäumen wir mit diesem Schund nicht unsre Zeit!"

In diesem Augenblick wurde es taghell. Die beiden Türen zum Flur und zum Nebenraum waren geöffnet worden, in ihren Rahmen blitzten die blanken Waffen der Polizisten, drohten, klein und unheimlich, die Mündungen der Pistolen.

„Auf sie!" brüllte der Nächststehende aus der Rotte der Einbrecher und stürzte mit erhobenem Messer vorwärts.

Da krachte ein Schuß. Mitten durch die Stirne getroffen brach der Mann zusammen.

„Hände hoch!" befahl die scharfe Stimme des Fürsten. „Wer sich bewegt, wird erschossen!" Den Revolver schußbereit, trat er über die Schwelle.

„Werft die Messer weg!" fuhr er fort und ließ den Hahn knacken. Man hörte Stahl zu Boden klirren.

„Dort von rechts – einzeln vortreten! Los!"

„Wo ist der Hauptmann?" schrie ein Bursche, dessen kurzgeschorene rote Haare den kaum erst entlassenen oder entsprungenen Zuchthäusler verrieten.

„Du wirst ihn gleich zu sehen kriegen, Rotkopf", lautete die Antwort, „und zwar gebunden und geknebelt. Könntest dir doch eigentlich denken, daß wir sonst nicht hier wären!"

„Na dann", lachte der Rote roh und kam mit wiegenden Schultern näher. „Heute klebt noch kein Blut an der Klinge – sonst würde ich mit euch abfahren, ihr verdammten Greifer! – Kommt, Jungs!"

Zögernd und knurrend wie bissige Kettenhunde kamen sie heran, aber sie fügten sich ins Unvermeidliche und hielten die Hände hin, um sich binden und abführen zu lassen.

Mit dem Glockenschlag drei waren sie vor dem Haus van Zooms erschienen. Die Hauptkirche schlug die erste viertel Stunde – ein Viertel vier Uhr – als der Hauptmann an Händen und Füßen gefesselt das Haus wieder verließ. Während die Dienerschaft wie ein aufgescheuchter Geflügelschwarm durch die Räume des weiten Gebäudes eilte, um die Spuren des Kampfes zu entfernen, stand, in tiefes Sinnen versunken, van Zoom am Fenster des Arbeitszimmers und blickte den dunklen Gestalten nach, wie sie im Schneegestöber verschwanden.

Der Hauptmann hatte seine Rolle für immer ausgespielt.

Vielerlei Gedanken gingen van Zoom dabei durch den Kopf. Er rieb sich über die Stirn, als wenn er dort etwas wegwischen wollte, und wandte sich ins Zimmer zurück.

Auf der Schwelle war der Diener Friedrich erschienen. „Befehl ausgeführt, Durchlaucht!" meldete er in militärischem Ton. „Vier Mann bitten um Rückentlassung zum Detektivdienst in ihre Heimatstadt jenseits dieser schönen Berge!"

„Vier Mann?" fragte sein Herr, der ein wenig verwirrt aus seiner Gedankenwelt auftauchte. „Ich sehe doch nur einen!"

„Eigentlich sind es zwei. Aber der eine zählt hier soviel wie drei.

Denken Sie an den Gevatter Heidenreich damals bei der Schatzgräberei: Eins ist drei, und drei ist eins, das ist das Hexeneinmaleins!" lachte Friedrich, aber es klang fast etwas wie Wehmut dazwischen. „Da ist erstens Ihr Diener Anton. Zweitens der ganz gewöhnliche Spürhund Hans Holl, der von heut ab wieder mit besag-
tem Anton zusammen im Dienst als Privatdetektiv in seiner Heimatstadt an die Kette gelegt wird. Drittens der Windikus und Bildhauer Stein, der ruhm- und spurlos verschwindet. Und viertens
der ehrsame Friedrich, manchmal auch Johann genannt, der weder
seine holde Jette noch seinen ,Gasthof zur Eintracht' erhält – denn
den Mann, der ihm diese schöne Schenke schenken wollte, haben
Durchlaucht in ein Hotel geschickt, wo ihm selber sicherlich nichts
geschenkt wird! Ach ja, Durchlaucht: Undank ist der Welt Lohn!..."

24. „Um Abschied zu nehmen..."

Groß war am andern Tag die Erregung in der Stadt, als verlau-
tete, daß während der vergangenen Nacht der berüchtigte Hauptmann mit seiner Bande durch den Fürsten van Zoom gefangen-
genommen worden sei. Die Erregung steigerte sich ins Maßlose,
als die Blätter den Namen des geheimnisvollen, langgesuchten
Verbrechers brachten: Bankier Franz von Helfenstein. Man staunte
ungläubig; man fragte sich, ob die Presse oder die Polizei nicht
Opfer eines gerissenen Witzboldes geworden seien. Aber dann
meldeten die Zeitungen immer mehr und immer überzeugendere
Einzelheiten – und langsam löste sich der Alpdruck, der die Bewohner des Landes weithin seit langem unsäglich gequält hatte.

Um die Mittagszeit klingelte der Schlitten mit der kleinen goldenen Fürstenkrone über dem holländischen Hoheitszeichen durch
die verschneiten Straßen, hielt da und dort, und überall sprang der
Diener über den Bürgersteig, um ein Schreiben abzugeben.

Überall rief die kurze, mit der Hand flüchtig hingeworfene Einladung Verwunderung hervor, und bei Ulrike von Helfenstein
paarte sich dieses Erstaunen mit einem tiefen Schmerz.

Als die Zofe, die ihrer Herrin das Briefchen brachte, das Zimmer
verlassen hatte, vermochte sich Ulrike nicht mehr zu beherrschen,
und während ihre Augen noch einmal über die Zeilen glitten, als
könnten sie deren Sinn nicht recht fassen, rollten zwei Tränen
über Ulrikes Wangen und verwischten die Schrift seiner Hand.
„Um Abschied zu nehmen, gibt sich Fürst van Zoom die Ehre,
Fräulein Ulrike von Helfenstein zu einer Tasse Tee und einem
zwanglosen Abendimbiß höflichst einzuladen..."

Um Abschied zu nehmen! Warum diese plötzliche Abreise? Noch gab es, gerade nach der Entlarvung des Hauptmanns, in ihren Familienangelegenheiten so manches zu klären und zu ordnen, was nur mit van Zooms Hilfe geschehen konnte. Und nun ließ er sie einfach im Stich. Ein leises Schluchzen erschütterte ihre Gestalt. Jäh wurde es wieder dunkel in ihr, und der heitere Lebensmut, der seit einigen Wochen ihre jahrelange stille Traurigkeit verdrängt hatte, erlosch wie mit einem Schlag. Um Abschied zu nehmen ...! Sie preßte das Tuch an die nassen Augen und versuchte des dummen Gefühls Herr zu werden. Was ging sie denn auch schließlich der Fürst van Zoom an? Was hatte sie gedacht, gehofft? Welch ein Zwiespalt klaffte in ihrer Seele? – Sie wollte es sich nicht eingestehen, daß ihr einfältiges Herz in seiner Nähe aus zwanzigjähriger Erstarrung erwacht war, daß es sich in seltsamer Weise angezogen fühlte von dem Wesen dieses Fremden, fast so, als habe er einen Hauch von dem verschollenen Jugendgeliebten mitgebracht.

Die Stunden verstrichen, und endlich hatte sie sich wieder in der Gewalt. Sie klingelte nach der Zofe, und während sie sich mit Hilfe des Mädchens für den Besuch bei van Zoom ankleidete, überlegte sie zum wiederholten Male, was dieser schnelle Abschied wohl bedeute. Aber so sehr sie sich auch den Kopf zermarterte, ihr fiel keine Lösung ein.

Im Haus des Fürsten fand sie die Gäste schon an der Tafel. Da waren Oberst und Frau von Tiefenbach mit ihrer Tochter Hedwig und der in den Zeitungen jetzt vielgenannte Assessor Schubert. Da war auch der Dichter der ‚Heimat- und Tropenbilder‘, Almansor, mit seiner stillen Stiefschwester Marie Bertram. Verstohlen glitt Ulrikes Blick immer wieder hin zu diesem jungen Menschen, der ihr, ohne es noch zu ahnen, so nahestand.

„Leider hat der alte Geheimrat Stiewe abgesagt“, meinte Fürst van Zoom bedauernd. „Er schreibt, die gestrige Aufregung und die Erkenntnis, daß alles menschliche Urteil doch nur elendes Stückwerk sei, hätten ihm eine schlaflose Nacht bereitet, und er müsse erst versuchen, sein seelisches Gleichgewicht wieder zu erlangen, bevor er einer Einladung folgen könne. Aber er wünsche mir zu meiner Abreise und für meinen ferneren Lebensweg alles Gute.“

„Abreise!“ sagte Oberst von Tiefenbach mit seiner dröhnenden Stimme. „Richtig, das war ja die Veranlassung zu Ihrer Einladung. Aber, weshalb denn das, Durchlaucht? Wir hatten gehofft, Sie für immer in unserer schönen Stadt zu halten! – So sagen Sie uns wenigstens: warum denn so plötzlich?“

Aller Augen waren gespannt auf den Fürsten gerichtet; doch van Zoom wehrte lächelnd ab.

„Später will ich Ihnen das erklären, später, meine lieben Freunde. Deshalb habe ich Sie ja um die Ehre Ihres Besuchs gebeten. Ja, es ist allerdings ein Abschied – aber das Leben ist so bunt – kann man sich nicht einmal wiedersehen, ehe man es vermutet?"

Ulrike von Helfenstein beugte sich tief über ihre Tasse und tat zerstreut und verwirrt zum drittenmal Zucker in den Tee.

„Offengestanden, Durchlaucht", unterbrach Assessor Schubert das tiefe Schweigen, das den Worten des Gastgebers folgte, „es ist ein herber Verlust für uns alle. Wenn ich auch gestehe, daß Sie nach Erledigung der Hauptmann-Angelegenheit an diese Stadt nichts mehr bindet, so . . ."

Nun wandte sich das Gespräch den Ereignissen der verflossenen Nacht zu, und die Köpfe erhitzten sich derart, daß man es gar nicht zu merken schien, wie die Zeit verfloß. Man erging sich in den benachbarten Gesellschaftsräumen; die Damen naschten Süßigkeiten, die Herren tranken Liköre und wählten in den Zigarrenkisten, die von den Dienern herumgereicht wurden.

Ulrike von Helfenstein hatte kaum ein Wort zu der lebhaften Unterhaltung beigetragen. Das Herz tat ihr weh. So war sie in ein kleines Nebenzimmer geflüchtet; hier stand sie traumverloren vor einem Ölgemälde der Landschaft von Delhi. Sie erwog ernstlich den Gedanken, Kopfweh vorzuschützen und heimzufahren; denn sie fürchtete, daß sie in diesen Räumen, die sie nie wieder sehen sollte, plötzlich noch in Tränen ausbrechen müsse.

„Wissen Sie auch, Fräulein von Helfenstein", hörte sie plötzlich seine klangvolle Stimme hinter sich, „daß dieser Abschiedsabend eigentlich nur Ihnen zuliebe veranstaltet worden ist?"

Erschrocken hatte sich Ulrike umgewandt und starrte nun in das freundlich lächelnde Gesicht van Zooms.

„Mir – zuliebe?" wiederholte sie stockend. „Ich glaube, Sie scherzen, Durchlaucht!"

„O nein, im Gegenteil, es ist mein voller Ernst!"

„Aber ich sehe den Grund nicht ein, weshalb . . ." Sie schwieg und suchte in seinen Mienen zu lesen.

„Darf ich Sie vielleicht an unser Gespräch über unsern gemeinsamen Freund erinnern . . ."

„Gerhard Burg?" rief sie erregt.

„Ganz recht. Ich sagte Ihnen – oder ließ ich es nur erraten? – daß er die Heimat wiedersehen möchte, aber nur unter der Voraussetzung, daß sein Name von dem bösen Verdacht des Doppelmordes gereinigt sei . . ."

„Sprechen Sie weiter!" drängte sie.

„Ich glaube, daß diese Rechtfertigung endlich geglückt ist!"

„Und?"

„Und damit Gerhard Burg heimkehren kann, muß ich gehen. – Sie sehen mich so fragend an. Ich wiederhole: Gerhard Burg kann nur hier sein, wenn der Fürst van Zoom den Platz räumt. Es gibt für diese beiden Männer kein Nebeneinander. Und da Ihnen, wenn ich recht vermute, an einem Wiedersehen mit dem Jugendfreund gelegen ist, gedachte ich, Ihnen mit meinem Abschied eine Freude zu machen. Verstehen Sie mich?"

Blutrot neigte Ulrike die Stirn.

„Quälen Sie mich nicht!" bat sie. „Es ist etwas geschehen. Sprechen Sie! Haben Sie Nachricht von ihm?"

„Ja."

„Darf ich den Brief sehen? Was schreibt er?"

„Einen Augenblick Geduld, bitte! Ich bin sogleich wieder da. Sie sollen – alles – erfahren."

Hinaus war er. Ulrike sah ihm erstaunt nach. Er hatte die letzten Worte so eigenartig betont. In ihr erwachte eine fiebernde Unruhe.

Von nebenan klang Stimmengewirr zu ihr herüber. Die andern stritten sich noch um allerlei Fragen, die den Hauptmann und sein Treiben betrafen. Ulrike kam das alles jetzt so nichtig vor. Sie suchte nach irgendeiner Ablenkung. Ihre Blicke fielen wieder auf das Bild von Delhi. So kehrte sie der Tür, hinter der van Zoom verschwunden war, abermals den Rücken zu.

Da plötzlich hörte sie hinter sich ein Geräusch. Sie drehte sich rasch um und – schrie auf.

„Gerhard ...!"

Der Schreck, der Ulrike beim Anblick des Mannes überkam, der da so unvermittelt vor ihr stand, war gewaltig. Sekundenlang schien sich der ganze Raum um sie zu drehen. Aber sie hielt sich tapfer und kämpfte ihre Schwäche nieder. Heller Jubel leuchtete in ihrem Blick, da sie Gerhard Burg erkannte, verändert zwar, begreiflicherweise auch älter geworden in zwanzig Jahren, aber doch straff und blühend gesund und vor allem dem Bild, das sie treulich in ihrer Seele bewahrt hatte, so ähnlich, daß keine Täuschung möglich war.

„Gerhard!" rief sie noch einmal und wollte dem Wiedergefundenen die Arme entgegenstrecken. Da besann sie sich, daß ihr van Zoom ja erzählt hatte, ihr Jugendfreund sei längst verheiratet. Die Hände sanken ihr schlaff herab. Ein Hauch von Wehmut zitterte mit in ihrer Freude.

In diesem Augenblick tat er einen raschen Schritt auf sie zu.

„Ich bin es, Ulrike. Bin endlich wieder daheim, endlich gerechtfertigt, endlich imstande, dich zu fragen, ob du mich all die Zeit
über wirklich nicht vergessen und etwa gar ein wenig lieb behalten
hast."

Sie sah unsicher zu ihm auf.

„Ja – ich freue mich sehr, dich – Sie – nein, dich wiederzusehen.
Ich hörte schon durch den Fürsten van Zoom, – doch, mein Gott,
die Stimme – genau wie die des Fürsten . . ."

Sie brach völlig verwirrt ab. Er strahlte sie überglücklich an.

„Ulrike, ahnst du nun endlich die Wahrheit? Der Fürst van Zoom
und ich können nicht nebeneinander erscheinen, denn wir sind –
ein und derselbe Mann."

„Du bist – van Zoom?"

„Ich bin es."

„Und die Holländerin?"

„Die Frau und die Kinder sind erfunden, glatt erfunden, Ulrike."

Da weinte sie plötzlich, weil eine furchtbare Spannung in ihr zerriß.

„Verzeih!" sagte er, indem er wie schützend den Arm um sie
legte. „Es ist mir nicht leicht geworden, dir diese Unwahrheit zu
erzählen. Aber ich mußte erst einmal wissen, wie es um dein Herz
stand. Und dann durfte ich ja noch immer nicht reden, mich nicht zu
erkennen geben, bevor nicht die Schande von meinem Namen
getilgt war."

Unter Tränen nickte sie. „Sie ist getilgt. Gerhard Burg hat sich
gerechtfertigt."

„Dank deiner Hilfe und dank dem Fürsten van Zoom, der unermüdlich als Detektiv tätig war. Keiner hat die Maske durchschaut."

„O doch!" behauptete sie rasch. „Mein Herz hat die Wahrheit
geahnt. Es schlug dem Fremden aus Indien so seltsam entgegen,
weil es sich nicht völlig täuschen ließ."

„Also", ergänzte er, „hat es den Gerhard Burg, an den keiner
mehr glaubte, immer und immer geliebt?"

„Ja."

Seine Antwort bestand darin, daß er Ulrike zärtlich küßte.
Und sie erwiderte den Kuß und duldete es, daß er ihren Kopf an
seiner Brust barg, sie streichelte und ihr zuflüsterte:

„Nun ist alles Leid vorbei. Nun sollst du glücklich sein, glücklich
nach diesen langen Jahren der Trauer und des Unheils."

Endlich machte sie sich frei und sah ihm forschend ins Gesicht.

„Wie steht es nun aber mit dem Fürsten?" fragte sie. „Ich meine
mit dem Titel. Ist er echt oder auch nur – ersonnen?"

„Ah, du meinst, auch er sei nur eine Maske? Nein, beruhige dich!

Der Fürst ist vollkommen waschecht, und er ist ehrlich verdient! Und wenn wir heiraten, Ulrike, so wirst du die Herrin eines ganz ansehnlichen Landes."

„Wo denn?"

„Auf Borneo!"

Wieder sah sie ihn fragend an.

„Wie bist du denn dazu gekommen?"

„Das will ich dir mit wenigen Worten erzählen. Als ich damals floh – damals, vor zwanzig Jahren –, da ging ich nicht nach Amerika, wie die meisten, die mit dem Gesetz in Widerstreit geraten sind, sondern nach dem Indischen Archipel. Drei Jahre lang trieb ich mich im Norden und Westen Borneos herum . . ."

„Mein Gott – unter den Wilden? Es soll dort sogar Menschenfresser geben!"

„Oh, so schlimm ist's nun doch nicht! Es gibt unter diesen Wilden sogar ganz tüchtige und achtbare Kerle. Jedenfalls bin ich mit ihnen gut ausgekommen. Ich erwarb mir die Freundschaft des Fürsten von Matan, da ich dessen Lieblingssohn vor einem wütenden Nashorn rettete. Mit Hilfe dieses Fürsten fand ich später große Diamanten – er selber besitzt ja den Danau radja, der über dreihundertsechzig Karat wiegt. So wurde ich bald reich. – Da kamen die Engländer. Aber ich floh alles, was mich an Europa und an die Heimat erinnerte – denn es gab doch hier eine Frau", sagte er leise, „die ich vergessen mußte und die ich – nicht vergessen konnte . . . Kurz, es trieb mich fort. Ich ging also ins Innere des Landes – es gehörte den Holländern, allerdings nur dem Namen nach. Dort hatte ich auch keine Mitbewerber, denn jeder hütete sich, seine Haut zu Markte zu tragen. Nach wenigen Jahren hatte ich unter den Dajaks, den Eingeborenen, einen großen Ruf als nie fehlender Schütze erworben. Man achtete und man fürchtete mich, und ich durfte es wagen, mitten unter ihnen ein riesiges Stück Land zu erwerben. Da wohnte ich, und sämtliche Häuptlinge in weitem Umkreis hörten auf mich. So gelang es mir, durch meinen Einfluß eine dem sicheren Untergang verfallene Forschergesellschaft und eine Abteilung Kolonialsoldaten heil zurückzubringen und die unbotmäßigen Eingeborenenstämme zu einem Vertragsverhältnis mit den holländischen Statthaltern zu bewegen. Der Nieuwe Rotterdamsche Courant brachte damals sogar eine Sonderausgabe darüber, und die niederländische Regierung ließ mich auffordern, genaue Angaben einzureichen. Mein Auftreten verschaffte ihr bedeutende Erfolge, und sie trug mir dafür eine lebenslängliche Rente an; doch ich verzichtete. Darauf bezeugte sie ihren Dank durch meine Erhebung zum Fürsten van Zoom."

„Und dieser Titel ist nicht anzufechten?"

„Nein."

Ulrike schwieg und nach einer Pause fragte sie leise:

„Nun möchte ich vorläufig nur noch eins wissen, Gerhard. Du hast mich heute eingeladen: Um Abschied zu nehmen. Wieso? Willst du Deutschland wieder verlassen?"

„So bald nicht wieder! Meine Besitzungen drüben stehen unter zuverlässiger Verwaltung, und es genügt, wenn wir dort gelegentlich einmal gemeinsam nach dem Rechten sehen."

„Warum dann das irreführende Wort Abschied, das mich so schmerzlich erschreckt hat?"

„Das will ich dir erklären. Ich lud dich ein, um Abschied zu nehmen – von den vergangenen trüben zwanzig Jahren und auch von diesem Borneo-Fürsten van Zoom. Er wird sich dir gegenüber nur noch Gerhard nennen! – Bist du mit dieser Erklärung zufrieden?"

Beglückt ließ sie sich in seine Arme nehmen.

25. Das Spiel ist aus

Der erste Weg, den van Zoom am nächsten Morgen unternahm, führte ihn ins Haus Franz von Helfensteins, dessen Eingänge von Polizisten bewacht waren. Hierauf begab er sich, einen dicken Aktenband unterm Arm, ins Gerichtsgebäude. Die Witterung war plötzlich, mitten im Januar, umgeschlagen; ein Föhn fegte über die Stadt und verwandelte den Schnee in Schlicker und Schmutz. Die Menschen, bisher an grimmige Kälte gewöhnt, öffneten die Fenster. Es war wie eine Vorahnung des Lenzes, der freilich wohl noch geraume Zeit auf sich warten lassen würde.

Assessor Schubert schien bereits mit dem Besuch van Zooms gerechnet zu haben. Er stand noch unter dem Eindruck des vergangenen Abends, wo sich der Fürst in Begleitung Ulrikes auch seinen übrigen Gästen zu erkennen gegeben hatte. Die Augen des Beamten leuchteten auf, als der Fürst eintrat, und er eilte ihm entgegen.

„Ich danke Ihnen, Durchlaucht, daß Sie mich gestern zu der seltsamen Verwandlung gebeten haben! Wir haben viel gutzumachen an dem einst verfemten Gerhard Burg, der heute den Namen und Titel eines Fürsten van Zoom führt, und wir haben diesem ‚Fremden aus Indien‘ viel zu danken. Je mehr ich mich in die Akten des Hauptmanns vertiefe, um so rückhaltloser muß ich zugeben: ohne Ihr Zutun hätten wir diesen verschlagenen Ver-

brecher vielleicht niemals hinter die Schliche kommen können!
Wissen Durchlaucht schon, daß der Herr Minister in dieser Sache
heute Vortrag beim König halten soll?"

Van Zoom wehrte ab.

„Vergessen Sie nicht, lieber Herr Assessor, ich habe mein Ziel
nur deshalb so schnell erreicht, weil man mir hier in allem auf das
bereitwilligste entgegenkam! Reden wir also von andern Dingen!
Sie wollten heut die Güte haben, mir einmal den alten Schmied vor-
zuführen."

„Ist schon vorbereitet. Eins gestatten Durchlaucht dabei noch zu
erwähnen: Aus dem bisherigen Verhalten des Schmieds scheint
mir hervorzugehen, daß er einen alten Groll auf den Hauptmann
hat, ja, daß er seinerzeit zu seiner Tat gezwungen wurde."

Nachdenklich wiegte van Zoom den Kopf.

„Auch ich habe den gleichen Verdacht schon seit langem. Mir
fehlt nur der Schlüssel. Möglich, daß die damalige . . . doch wir
werden sehen. Vielleicht sagt er dem längstverschollen geglaubten
Gerhard Burg, was er vor dem Untersuchungsrichter bisher noch
zurückgehalten hat."

Der Fürst nahm mit an dem Tisch des Assessors Platz.

„Wenn ich nun bitten dürfte?"

Der Gerichtsschreiber saß schon abwartend an einem Tischchen
abseits, und auch Assessor Schubert selber hatte sich Bleistift und
Papier zurechtgelegt.

Schubert klingelte einen Gerichtsdiener herbei und gab ihm die
entsprechende Weisung. Nach einiger Zeit öffnete sich die Tür,
und herein kam auf schweren Füßen der alte Wolf. Seine Schultern
waren etwas nach vorn geschoben. Der rechte Arm, der ihm bei der
Verhaftung durch van Zoom ausgekugelt worden war, hing jetzt
in einer Binde. Die Augen unter den buschigen Brauen lagen tief
in ihren Höhlen. Ein bitterer Gram schien an seiner Seele zu nagen.

Beinahe wäre van Zoom aufgesprungen und ihm entgegen-
gegangen, so erschütterte ihn dieser sichtliche Zusammenbruch
des starken Mannes.

Der alte Wolf kam wie ein Träumender auf den Tisch zu, wie
einer, den die Umwelt nichts mehr angeht.

„Herr Assessor", sagte er halblaut, „was ich auch getan haben
mag – lassen Sie meinen Jungen laufen! Er ist unschuldig – er weiß
wirklich nicht . . ."

Mitten im Satz brach er ab, denn jetzt gewahrte er van Zoom,
der keine Maske mehr trug, den er also als Gerhard Burg erkannte,
obwohl die zwanzig Jahre an dem Schwergeprüften nicht spurlos
vorübergegangen waren.

„Bei meiner Seele!" schrie er auf. „Gott sei mir gnädig – der Burg! Der Gerhard Burg!"

Erschaudernd schlug er die linke Hand vors Gesicht.

„Ah, Sie kennen mich noch, Wolf?" sagte van Zoom bewegt. „Das ist recht. Setzen Sie sich! Ich bin hier, alter Freund, um mich zu bedanken. Denn ohne Sie lebte ich heute wohl nicht mehr!"

Langsam, als begriffe er nicht recht, ließ Wolf die Hand sinken und starrte den Mann am Tisch an. Dann brach er auf einen Stuhl nieder, daß das Holz in allen Fugen krachte.

„Be – danken?" stotterte er leise. „Ohne – mich – lebten – Sie . . ."

„So ist's, Freund Wolf. – Wenn Sie mich damals nicht aus dem Eisenbahnabteil geholt hätten, dann hätte ich die Freiheit nicht wiedergewonnen und wäre wohl längst in der Kerkerluft verkommen oder gar als vermeintlicher Mörder hingerichtet worden."

Mit diesen Worten stand van Zoom auf und ging um den Tisch herum, auf den einstigen Schmied von Helfenstein zu.

„Gerhard Burg!" wiederholte der alte Mann halb geistesabwesend. „Wahrhaftig, er weiß alles – ja, er weiß alles!"

„Ja, Wolf. Wenn auch nicht alles, so doch genug, um Ihren Jungen vor dem Zuchthaus zu bewahren – und Sie dazu!"

„Herrgott – Mein Junge!"

„Zunächst will ich Ihnen das eine sagen: Die Brandstiftung am Schloß Helfenstein . . ."

Der Gefangene schien aufspringen und widersprechen zu wollen, aber er sank mit einem Ächzen zurück.

„Seien Sie vernünftig, Wolf, und hören Sie genau zu, was ich Ihnen jetzt sage! Diese Brandstiftung an sich ist verjährt. Kein Richter könnte Sie heute noch deswegen verurteilen!"

Wie von einer unsichtbaren Kraft gezogen, erhob sich der alte Grobschmied vom Stuhl. Seine Augen waren unnatürlich weit aufgerissen; die schweren, ausgearbeiteten Hände zitterten wie Espenlaub.

„Verjährt?" gurgelte er. „Verjährt? – Oh – das – möchte ich – – gleich – dem Jungen – sagen!"

„Nicht doch, Wolf! Sie würden ihm nur falsche Hoffnungen machen."

„Falsche Hoffnungen?"

„Vorläufig ja, Wolf. An Ihnen liegt es, ob Ihr Sohn und Sie endgültig gerettet werden. Passen Sie auf! Ihre Brandstiftung ist an sich verjährt – aber es kommt etwas Böses hinzu. Wenn bei einem vorsätzlich angelegten Brand ein Menschenleben vernichtet wird, so währt die Verjährungsfrist volle zwanzig Jahre. Und diese Frist wäre erst in vier Monaten abgelaufen – Sie haben Unglück, lieber Wolf. Sehen Sie, wenn nicht der kleine Robert von Helfenstein in den Flammen umgekommen wäre, so . . ."

„Nein, nein, nein!" schrie Wolf auf, daß die Scheiben des offenen Fensters klirrten und die Fußgänger unten auf der Straße sicherlich seine gewaltige Stimme hörten. „Kein Mensch ist damals verbrannt! Kein lebender Mensch! Das war nur das tote Kind der krummen Grete, der Botenfrau!"

„Der krummen Grete?"

„Bei meiner Seele Seligkeit, es ist wahr! Der Bankier wollte, daß der kleine Robert in den Flammen umkäme, und da haben wir – nein, da habe ich den kleinen Robert gerettet. Ich konnte es nicht übers Herz bringen – und dafür habe ich die kleine Leiche . . ."

Er machte eine Geste, als schleuderte er etwas von sich. Dann brach er, an allen Gliedern bebend, wieder auf dem Stuhl zusammen.

„Ruhe, Wolf!" begütigte van Zoom. „Ruhe! Auch das weiß ich. Aber wir brauchen Ihr offenes Geständnis; sonst haftet Ihnen weiterhin der Verdacht an, Sie hätten ein Menschenleben auf dem Gewissen. – Nein, sitzen bleiben, Wolf! – Ich werde einige wesentliche Fragen stellen, und Sie werden mit Ja oder Nein antworten. Also: Der Bankier Franz von Helfenstein verlangte von Ihnen, daß Sie das Schloß anzünden sollten?"

„Ja."

„Es kam ihm vor allem darauf an, daß der Erbe des alten Bernhard von Helfenstein, der Knabe Robert, dabei verbrannte?"

„Ja."

„Er hat das deutlich erklärt?"

„Ich kann es beschwören. Und auch mein Junge . . ."

Van Zoom winkte schnell ab.

„Sie aber wollten den Knaben retten. Ich verstehe. Deshalb stahlen Sie aus dem Sarg, kurz nach dem Begräbnis, während Sie mit dem Totengräber Sebaldus Geburtstag feierten, das Kind der Helfensteiner Botenfrau?"

„Der krummen Grete, ja."

„Weiter holten Sie den kleinen Robert kurz vor der Brandstiftung heimlich aus dem Schloß und brachten ihn hier in der Stadt ins Findelhaus?"

„Ja."

„Sie ließen ihm sein Halskettchen mit einem Anhänger und seinen Namenszug?"

„Ja, Herr Burg! Aber woher wissen Sie . . ."

„Es mag Ihnen genügen, daß ich es weiß. Seien Sie froh – sonst würden sich die Pforten des Zuchthauses für immer hinter Ihnen schließen! Denn wie wollten Sie sonst das alles beweisen? – Weiter: Haben Sie später im Findelhaus nachgefragt, was aus dem Kind geworden ist?"

„Nein. Aber ich erfuhr es trotzdem. Ein Schneider Bertram, der zugleich auch Musiker war, hat sich des Kindes angenommen. Er nannte den Knaben Richard, nach dem R auf der Halskette."

„So daß das Kind jetzt Richard Bertram heißt und der Sohn eines Schneiders ist?"

„Ja."

„Um Gotteswillen, Durchlaucht!" rief Assessor Schubert dazwischen. „Dann ist ja unser Almansor, unser Dichter Richard Bertram, der einzige berechtigte Erbe . . ."

„ . . . der Herrschaft Helfenstein. Allerdings, Herr Assessor, und es dürfte nach all den Aussagen, Geständnissen und Beweisen der amtlichen Anerkennung Robert von Helfensteins nichts mehr im Wege stehen."

Da faltete der alte Grobschmied die Hände wie zum Gebet. Um seine Mundwinkel zuckte es, als gewittere es in seiner Seele und als müsse er gegen aufsteigende Tränen ankämpfen.

„Das", sagte er heiser, „das hat mich Tag und Nacht verfolgt, im Wachen und im Schlafen. Immer habe ich den Robert als Findelkind vor mir gesehen – und Sie, Herr Burg, wie Sie in der Ferne herumirrten! – Oh, Gott ist doch gnädig, daß er mir diese schöne Stunde noch schenkt! – Er hat mir vergeben!"

„Auch die Menschen werden Ihnen vergeben, Wolf, und Sie werden in Helfenstein ein neues Leben beginnen können, wenn Sie alles ehrlich bereuen und bekennen."

„Ich will alles sagen, alles! Aber ein neues Leben? Nein, Herr Burg, dazu ist's doch zu spät. Und wieder nach Helfenstein zurück? Nie! Sehen Sie, Herr Burg –" und nun geriet der alte Wolf ins Reden, und man merkte, wie er sich gesehnt haben mochte, einmal alles das von der Seele herunterzuwälzen, womit er die ganzen langen zwanzig Jahre allein hatte fertig werden müssen – „sehen Sie, Herr Burg, als ich Sie damals aus dem Zug herausholte . . ."

„Das geben Sie also zu?"

„Gewiß!"

„Aber warum taten Sie das? Man befreit doch nicht einfach nur aus gutem Herzen einen verurteilten Doppelmörder! Sie mußten doch von irgend etwas dazu getrieben sein!"

Der alte Wolf starrte eine Weile vor sich hin.

„Schreiben Sie's nur auf, Herr Assessor!" sagte er dann. „Es ist nur *ein* Aufräumen, und ich will alle Schuld endlich los sein. Na ja, ich hatte schon einiges auf dem Kerbholz, Herr Burg; ich will's nur gradheraus bekennen: ich war ein Schmuggler – oh, es sind – wollte sagen: es waren damals 'ne ganze Menge an der Grenze in und um Helfenstein – und da geht's nicht immer mit Samtpfötchen her! Also da hab' ich in der Nacht mal – in der Notwehr, Herr Assessor – den Grenzjäger zwischen die Fäuste gekriegt" – er betrachtete seine derben Hände – „sie sind halt Eisen und Stahl gewöhnt – und der Grenzjäger hat einige Wochen im Spital liegen müssen. Aber 's war ehrlich zugegangen, Mann gegen Mann; wenn er mich auch wegen meiner schwarzen Maske nicht erkannt hat. Niemand hat es nachher gewußt, daß das der Wolf gewesen war. Nur einer, der hat 'rausgekriegt, ich weiß nicht wie, und das war . . ."

„. . . der Bankier Franz von Helfenstein!" warf van Zoom ein.

„Richtig. Der war's. Und seit der Zeit hat er mich in den Klauen gehabt wie der leibhaftige Gottseibeiuns. Und immer mehr bin ich hineingerutscht. Und wenn ich nicht mehr mitmachen wollte, dann hat er mit Anzeige gedroht. Na ja, er konnte mir alles beweisen, ich ihm aber nicht das Schwarze unterm Nagel. So ging's immer weiter. Und da sah ich eines Tags den Schuß des Bankiers auf den Rittmeister von Tiefenbach, just als ich in der Tannenschlucht . . ."

„Was?" rief van Zoom dazwischen. „Sie haben den Schuß gesehen, Wolf?"

„Ja, Herr Burg. Ganz genau."

„Aber warum haben Sie denn zugelassen, daß ich verurteilt wurde?"

„Ich sagte es Ihnen doch: Er hatte mich in seinen Klauen. Und er kannte kein Erbarmen! Er hätte mich verderben können. Außerdem hätte der Richter sicher gedacht, es wäre ein lächerlicher Racheakt gegen den Bankier, wenn ich als Ankläger erschienen wäre. Ich, der einfache Grobschmied, gegen den hochgeborenen Mann! Und dann, Herr, habe ich mir geschworen: Wenn Sie wirklich verurteilt würden, dann wollte ich alles tun, um Sie zu retten. Na, und das habe ich ja auch gehalten!"

„Zu retten, Wolf?" sagte van Zoom mit wehem Lächeln. „Sie retteten mich, gewiß – aber ich verlor Heimat und Ehre bis auf den heutigen Tag!"

Der alte Wolf schlug sich mit der Faust auf die breite Brust, daß es dumpf dröhnte.

„Glauben Sie mir, ich hab's abgebüßt hier innen – Tag für Tag, Nacht für Nacht. Ein Höllenleben war's! Ich kam mir vor wie ein Hund, der an der Kette liegt. Und Stunde für Stunde hab' ich mich danach gesehnt, ihn, den Lumpen, zwischen die Fäuste zu kriegen! Aber wenn er mit mir etwas zu reden hatte, dann hielt er dabei den

Revolver in der Hand, den Finger am Drücker, daß ich ihm nicht ans Genick konnte – oh – oder er machte es schriftlich."

Ein tiefes Stöhnen drang dem alten Mann aus der Kehle.

„So kam's denn wohl auch zu der Brandstiftung, Wolf?" forschte van Zoom weiter.

„Ja."

„Und der Bankier glaubte bis vor kurzem, daß der Erbe von Helfenstein in den Flammen umgekommen sei?"

„Ja."

„Wollen Sie das alles auch in der Verhandlung wiederholen?"

„Ja. Nur eine einzige Bitte habe ich noch, Herr Burg."

„Und die wäre?"

„Einmal noch möchte ich dem Schuft gegenüberstehen, der mir mein Leben vernichtet hat!"

„Das sollen Sie, Wolf. Diese Gegenüberstellung macht sich sogar notwendig", warf der Assessor rasch ein und gab, nach einem verständigenden Blick mit van Zoom, dem Schließer an der Tür einen heimlichen Wink.

„Einmal noch möcht' ich ihm meine Verachtung in das glatte Schurkengesicht schleudern! Nur einmal noch . . ."

Das übrige verlor sich in ein undeutliches Gemurmel, denn der alte Wolf hatte die linke Hand vor das Gesicht gedrückt und war vollkommen in sich zusammengesunken, als hätte ihn plötzlich alle Widerstandskraft verlassen.

Van Zoom störte ihn nicht weiter und ließ ihn mit seinem Gram allein. Leise ging er um ihn herum und schob dem Untersuchungs-richter, den Rücken mit Vorbedacht der Tür zugewandt, auf seinen Aktenbogen die Kladde hin, die er dem Hauptmann nun endgültig aus dem Geheimfach des Schreibtischs genommen hatte. „Mir scheint, Herr Assessor", sagte er mit gedämpfter Stimme, „wir sind am Ende der Jagd angelangt. Jetzt kommt das Halali. Da will ich Ihnen dieses Buch noch zu Ihren Akten geben; Sie werden daraus erkennen, daß dieser Franz von Helfenstein nicht nur ein abge-feimter Verbrecher ist, sondern überhaupt ein Lump niedrigster Sorte. Und daß jede menschliche Sühne ein Nichts sein wird für das grenzenlose körperliche und seelische Elend, das er um sich verbreitet hat. Er ist ein Schurke, wie ihn die Menschheit glück-licherweise nur sehr selten hervorbringt."

Der Fürst hielt inne, und der Assessor hob den Kopf, als erwarte er weitere Erklärungen.

„Sehen Sie hier!" fuhr van Zoom leise fort und deutete auf eine Reihe in der Kladde. „Hier finden Sie jeweils den Namen eines Mannes oder einer Frau und die Wohnung verzeichnet –

und daneben die Rolle, in der der Hauptmann bei dem Betreffenden aufgetreten ist, um ihn mit dem Gesetz in Zwiespalt zu bringen."

„Aber warum nur diese zeitraubende Maskerade?"

„Das will ich Ihnen erklären. Die unheimliche Stärke seiner Bande bestand darin, daß sie sich meist aus Leuten zusammensetzte, die im Grund anständig und ehrlich waren."

„Anständig und ehrlich?"

„Ja, Herr Assessor. Genauso wie ursprünglich der alte Wolf; denn das Schmuggeln ist ja leider Gottes bei diesen Grenzbewohnern halb und halb eine Leidenschaft, wie bei manchen Gebirglern das Wildern. Und ich bin überzeugt, Helfenstein hat ihm den Grenzjäger damals selber über den Pascherweg geschickt, damit der Schmied sich an ihm vergreife und er ihn dann für immer in die Hand bekäme. – So hat sich der Hauptmann mit Vorliebe ehrliche Beamte, Kaufleute und Handwerker ausgesucht, die er irgendwie in Not brachte. – Er ließ sie schuldig werden, Herr Assessor", sagte van Zoom grimmig. „Ist es Ihnen nicht klar, daß ein rechter Lump und Verbrecher viel eher eine Tat oder einen Kumpan ‚verpfeifen' wird als ein sogenannter anständiger Kerl, der Polizei, Gericht und Schande scheut wie die Pest? – Und der beim geringsten Ungehorsam ihn samt seiner Familie fürs ganze Leben vernichtet?"

„Allerdings."

„Und so hat er jeden einzelnen in seinen Klauen gehalten und jeden einzelnen immer tiefer ins Verderben getrieben!"

„Das ist wahrhaft teuflisch!"

„Nun, so werden Sie auch meine Bitte verstehen, Herr Assessor, diese Kladde und ihren Inhalt mit großer Vorsicht zu gebrauchen – es ist Ihnen damit manches Lebensglück in die Hand gegeben. Manchen Unglücklichen können Sie vielleicht einem geordneten Leben wiedergewinnen. Aber mit Vorsicht und Behutsamkeit! Ich will Ihnen zwei Fälle als Beispiele zeigen." Van Zoom blätterte einige Seiten um und wies auf eine Stelle. „Da sehen Sie: ‚Wilhelm Fels, Mechaniker, Wasserstraße 10.' Dahinter: ‚Engländer, Maschine'. Darunter das Datum: ‚Anzeige durch Optiker Hartwig wegen Unterschlagung'."

„Ah, ich kenne diesen Fall, weil ich ein Kunde des Meisters Hartwig bin! Ja, Wilhelm Fels sitzt noch in Untersuchungshaft. – Teufel auch!" fuhr der Assessor hoch. „Wer hätte das gedacht? Dieser Fels wäre in Zukunft also auch ein Mitglied seiner Bande geworden?"

„Was hätte anders aus ihm werden sollen, Herr Assessor? Wegen Unterschlagung oder Diebstahl bestraft – von der menschlichen Gesellschaft geächtet – arbeitslos, hungernd – und der einzige Ernährer seiner blinden Mutter? – Und dann sehen Sie hier: ‚Schließer Arnold, Wasserstraße 4. Bürgschaft für Mehnert einhundert Mark!' Darauf die Daten der wiederholten Besuche bei Arnold und dessen Frau als alter Herr mit steifem linkem Fuß, blauer Brille und der Forderung: ‚Bormann drei Stunden frei, dreihundert Mark Schmerzensgeld.' Erst ließ er den Mann durch die Bürgschaft in Bedrängnis geraten, um ihn für seine Zwecke, nämlich Bormann je nach Bedarf freizubekommen, gefügig zu machen. – Nun, ich glaube, Herr Assessor, das genügt fürs erste."

Schubert zog finster die Brauen zusammen und schlug das Buch heftig zu. Im gleichen Augenblick trat der Schließer ein und klappte vor seinem Vorgesetzten militärisch die Haken zusammen.

„Lassen Sie ihn herein!" rief der Untersuchungsrichter laut.

Die Tür öffnete sich zum zweitenmal. Franz von Helfenstein wurde vorgeführt, die Arme auf dem Rücken gefesselt. Hinter ihm erschien ein breitschultriger Wachtmeister mit umgeschnalltem Revolver.

Unterdessen hatte sich van Zoom hinter den großen Aktenschrank zurückgezogen, und Assessor Schubert nahm den Platz des Untersuchungsrichters wieder ein.

Mit einem frechen Zug im hochmütigen Gesicht trat der Hauptmann dicht an den Tisch heran, ohne den alten Wolf auch nur eines Blicks zu würdigen.

„Ich bitte dringend", begann er sofort, „mir diese entwürdigenden Fesseln abzunehmen! Die Komödie hat lange genug gedauert, und ich werde mich beim Justizminister über Sie beschweren, Herr!"

„Oho!" sagte Assessor Schubert gelassen. „Pfeift man noch immer die gleiche Melodie? Man erwischt Sie bei offenkundigem Einbruch und Mordversuch – und da ..."

„Schweigen Sie! Wagen Sie nicht, mich weiter zu beleidigen! Was täten denn Sie als Mann von Ehre, wenn Sie erführen, Ihre Frau sei ohne Ihr Wissen und Ihre Einwilligung in ein fremdes Haus geschleppt worden? Ich dringe in das Haus dieses fragwürdigen Fürsten ein, weil er meine Frau verbirgt – und das nennen Sie Einbruch und Mordversuch?"

„Halt!" warf der Assessor ein. „Die Überführung Ihrer Frau geschah mit Wissen und Willen der Polizei, und zur Zeit, da Sie beim Fürsten van Zoom eindrangen, weilte Ihre Frau bereits nicht mehr dort, sondern in einem staatlichen Krankenhaus. – Doch lassen wir diesen Fall! Vielleicht ist es Ihnen lieber, von einer andern Straftat zu sprechen – von dem rätselhaften Verschwinden Robert von Helfensteins. Bisher haben Sie geleugnet. Vielleicht leugnen Sie in gleicher Weise auch noch, Ihren Blutsverwandten, den alten Herrn Bernhard von Helfenstein, in der Nacht überfallen und ermordet zu haben . . ."

„Bin ich denn unter Wahnwitzigen?" lachte der Beschuldigte laut.

„. . . obgleich Ihre eigne Frau", fuhr der Richter unerbittlich und mit erhobener Stimme fort, „vor einwandfreien Zeugen, darunter dem Minister des Innern und dem Polizeipräsidenten Wrede, klar und deutlich ausgesagt hat, daß Sie – Sie ganz allein – Bernhard von Helfenstein mit dem Jagdmesser Gerhard Burgs getötet haben!"

Das wutgerötete Gesicht des Beschuldigten wurde plötzlich aschfahl; er bewegte die Lippen, aber kein Wort kam über seine Zunge.

„Ferner: daß der damalige Schmied Wolf auf Ihr Geheiß das Schloß Helfenstein in Brand steckte, damit der Erbe Robert von Helfenstein in den Flammen umkommen sollte."

Wieder machte der Assessor eine Pause.

„Ferner: daß Sie den Rittmeister von Tiefenbach vorsätzlich niederschossen – Zeuge: der Grobschmied und Gastwirt Wolf aus Helfenstein!"

„Wahnsinn und Lüge!" schrie Franz jetzt gellend auf. „Man will mich verderben! – Aber das Ganze ist ein lächerliches Spiel! – Vor zwanzig Jahren ist wegen der beiden Morde der Täter gefaßt und rechtskräftig verurteilt worden. Er ist auf dem Weg in die Strafanstalt entflohen und nie wieder in der Heimat erschienen – der beste Beweis, daß er zu Recht verurteilt war! Ein Unschuldiger läßt die Schmach nicht auf sich sitzen! Und nun kommt man plötzlich und verdächtigt ein angesehenes Mitglied der Gesellschaft einer gemeinen Tat, für die längst der Schuldige gefunden und gerichtet wurde! – Unerhört!"

„Vielleicht", sagte der Assessor ernst, „hat Gerhard Burg nur nicht die Gelegenheit gefunden, sich gegen das Urteil zu wehren."

Der Hauptmann lachte schallend.

„So mag er doch selber kommen, um seine Sache hier zu vertreten! Dann wollen wir weitersehen! Solange sich aber der rechtskräftig Verurteilte selbst bei dem Urteil beruhigt und es damit anerkennt, solange hat man auch nicht das Recht, derart unglaubliche Beschuldigungen gegen mich zu erheben!"

„Gut", sagte da eine klangvolle Stimme vom Aktenschrank her. „Sie sollen Ihren Willen haben, Franz von Helfenstein – hier bin ich!"

Sekundenlang stand der Angeredete wie erstarrt; die Augen blickten weit aufgerissen auf den hochgewachsenen Mann, der langsam, Schritt für Schritt, vom Schrank her, um den Tisch auf ihn zukam.

„Burg –" lallte er mit schwerer Zunge, und blitzschnell zog das Geschehen der vergangenen Nacht an ihm vorüber – „Gerhard Burg . . ."

„Ja, ich bin's", sagte van Zoom. „Ich bin gekommen, um mit Ihnen abzurechnen. Endlich haben Sie sich in Ihren eignen Schlingen gefangen – ich bin der Fürst van Zoom!"

Verdächtig zuckte es in den Augen des Hauptmanns – aufbrüllend wie ein Tier, stieß er mit dem rechten Fuß nach seinem Feind, da er die Hände nicht frei hatte. Van Zoom sprang zur Seite. Aber er hätte diese Bewegung nicht zu machen brauchen, denn der einstige Grobschmied stand plötzlich hinter dem Hauptmann. Mit einem Ruck hatte der Alte seinen verletzten Arm aus der Binde gerissen und packte soeben den Wütenden von hinten bei den gefesselten Oberarmen.

Der Assessor griff zur Glocke, der Wachtmeister sprang hinzu.

„Nicht nötig!" rief Wolf. „Ich bändige ihn!" Er beugte sich an das Ohr des Hauptmanns und sprühte ihm in wildem Grimm zu: „Du willst nicht beichten und bekennen, du Hund, du Seelenverderber, he? Gut – so sollst du einen Richter finden, bei dem es kein Leugnen mehr gibt! Mein Leben ist dahin, so will ich dich wenigstens mit mir nehmen! Komm!" Er riß ihn empor – ein gewaltiger Sprung, ein entsetzlicher Schrei – und beide waren durch das offene Fenster in die Tiefe verschwunden.

Alle standen zunächst wie erstarrt. Dann aber machte der Wachtmeister kehrt, stürzte zur Tür hinaus und die Stufen hinab. Der Gerichtsschreiber schnellte von seinem Sitz auf, so daß der Stuhl zu Boden polterte. Der Assessor tat einen Satz zum Fenster. „Mein Gott!" rief er. „Mein Gott!"

„Ja", sagte van Zoom erschüttert, „das ist wie ein Gottesgericht."

Von allen Seiten liefen unten die Menschen herbei. Der alte Wolf lag tot auf dem Steinpflaster, zerschmettert vom Sturz aus dem dritten Stock. Sein Widersacher aber lebte noch.

Van Zoom und der Untersuchungsrichter eilten hinab.

„Eine ärgerliche Sache", meinte Assessor Schubert, während der rasch herbeigerufene Arzt an dem schwerverletzten Bankier herumtastete. „Die Verletzung wird ihn verhandlungsunfähig machen, und so bleibt die Untersuchung vielleicht gar einige Zeit ruhen."

„Das müssen wir abwarten", entgegnete der Fürst. „Jedenfalls hat er entsetzliche Schmerzen auszustehen, und ich hoffe, daß ihn gerade diese Qualen zu einem unumwundenen Geständnis bringen werden. Wir sind dem Ziel ein gut Stück näher gekommen."

Was noch geschah, sei kurz berichtet.

Van Zoom sollte mit seiner Vorhersage recht behalten. Was kein Verhör und keine Gegenüberstellung mit den Genossen seiner Schandtaten vermocht hätten, das bewirkte die Folter, auf die der Himmel den Verbrecher nach zwanzigjähriger Duldung spannte: er legte ein umfassendes Geständnis ab, das zwar nichts Neues brachte und den Lauf der Voruntersuchung kaum noch beeinflußte, aber ihn doch wesentlich beschleunigte.

Der Fremde aus Indien sorgte mit aller Gründlichkeit dafür, daß nicht nur die Ehre Gerhard Burgs wiederhergestellt, sondern daß auch in das gesamte Treiben des Hauptmanns und seiner Bande hell und klar hineingeleuchtet wurde. Dabei leistete ihm und der Staatsanwaltschaft jenes Buch wertvolle Dienste, das van Zoom im Schreibtisch des Bankiers gefunden und schließlich dem Assessor Schubert ausgehändigt hatte.

Auch in jenem Haus, wo die geheimen Zusammenkünfte der Untergebenen des Hauptmanns stattgefunden hatten, entdeckte der Fürst noch Wichtiges: eine im Fußboden eingelassene Geheimtruhe, gerade unter dem Rednerpult, und darin allerlei belastende und aufklärende Schriften und Aufzeichnungen. Im übrigen barg das Grundstück eine von Franz von Helfenstein finanzierte Handelsniederlassung, die in keinerlei Zusammenhang mit den Verbrechen des Hauptmanns stand. Eben dadurch schützte er das Gebäude vor jedem Argwohn der Behörden. Die Kellerräume waren jedoch allein dem Grundstückseigentümer zugängig gewesen, und er hatte beiläufig geäußert, er habe diese Räume einer Vereinigung für ihre Zusammenkünfte zur Verfügung gestellt. Das hatte man allgemein geglaubt, bis jetzt endlich die Tatkraft eines zielbewußten Mannes die Dinge besser aufklärte.

Auf diese Weise ergänzte van Zoom unter anderem auch sein Wissen über den Giftmischer Horn. Der Mann hatte früher einmal an einem Gymnasium Chemie gelehrt, war aber seines Amtes entsetzt worden. Darauf versuchte er sich als Apotheker. Hier beachtete er die gesetzlichen Vorschriften nicht und verlor seine Gerechtsame. Seitdem ernährte er sich durch Quacksalberei und allerlei mehr oder weniger dunkle Geschäfte, die ihm den Namen ‚Giftmischer' eintrugen. Man sagte auch, er sei in Südamerika gewesen, am Xingú, und habe dort die indianischen Pfeilgifte studiert. Jetzt nun wurde ihm das Handwerk gehörig gelegt Auch er zählte zu denen, die der Hauptmann in seinen Fall mit hineinriß.

So konnte man dem Drängen der Öffentlichkeit nachgeben und die Hauptverhandlung gegen Franz von Helfenstein eröffnen, sobald der Angeklagte einigermaßen verhandlungsfähig war. Das Urteil wurde bereits nach wenigen Tagen gefällt. Es lautete für den sogenannten Hauptmann auf Tod durch das Beil. Aber es brauchte nicht vollstreckt zu werden; der Himmel hatte für ihn ein schlimmeres Ende vorgesehen. Am Abend nach der Urteilsverkündung erlitt Franz von Helfenstein einen schweren Rückfall. In gräßlichen Fieberphantasien rang er einzeln mit seinen unzähligen Opfern. Dazwischen schüttelte ihn in wachen Stunden das Grauen vor dem Ende. Es war ein hundertfältiger Tod, den Franz von Helfenstein starb.

Der Sohn des Schmieds kam mit einer verhältnismäßig gelinden Strafe davon. Sein Vater hatte ja alle Schuld auf sich genommen, und so konnte sich van Zoom mit Erfolg für den Sohn verwenden. Der Apotheker Horn wanderte auf lange Jahre ins Zuchthaus; seine fünf sauberen Töchter wurden in einer Anstalt untergebracht, und seine Giftküche fiel der Vernichtung anheim. Durch die Kladde, die van Zoom aufgespürt hatte, gelang es, wie gesagt, fast alle Mitglieder der Bande des Hauptmanns zu überführen, und einige kamen auf viele Jahre hinter die Gitter der Strafanstalt. Das Urteil traf auch den Riesen Bormann, der natürlich nicht ohne weiteres von aller Sühne befreit werden konnte, dem man jedoch eine Begnadigung in Aussicht stellte, falls er den guten Willen zur Besserung aufrechterhalten und beweisen würde.

Ähnlich erging es auch dem Schließer Arnold, der sich der passiven Bestechung und der Untreue im Amt schuldig gemacht hatte. Strafe mußte ihn treffen; aber sie fiel mild aus, weil er nachweislich unter dem Zwang des Hauptmanns gehandelt hatte. Auch ihm winkte die Begnadigung, falls er sich in der Strafanstalt gut führte. Und für die Seinen wurde während seiner Haft ebenso gesorgt wie für Bormanns Frau und Kind.

Nora von Helfenstein war ihrem Vorsatz, sich an ihrem Mann zu rächen, bis zum Schluß treu geblieben und hatte durch ihr unumwundenes Geständnis manche Schwierigkeit aus dem Weg geräumt, ohne Rücksicht darauf, daß sie sich dabei als seine Mitwisserin und Mitschuldige bezichtigte. Sie schien im Krankenhaus einer sicheren Genesung entgegenzugehen. Am Tag des Urteils über Franz von Helfenstein jedoch meldeten die Blätter, daß man Frau Nora morgens tot aufgefunden habe; sie war plötzlich einem

Herzschlag erlegen. Als van Zoom davon hörte, dachte er: Wohl ihr! So bleibt ihr viel erspart.

Der Staatsanwalt hatte ja ursprünglich auch sie in die Anklage gegen den Hauptmann und seine Spießgesellen mit einbezogen. Das Verfahren gegen Nora war nur einstweilen abgetrennt worden, wegen Verhandlungsunfähigkeit der Angeklagten. Sie mußte geahnt haben, was ihrer nach der Genesung wartete, und so kam der Tod, eine natürliche Folge der schlimmen Aufregungen, als Erlöser zu ihr.

Besondere Aufmerksamkeit hatte der Fremde aus Indien schon seit längerer Zeit den unsauberen, undurchsichtigen Machenschaften des Pfandleihers Salomon Rosenbaum gewidmet. Dabei stellte er einwandfrei fest, daß der Hehler dem Hauptmann bis zu gewissem Grad hörig, also dessen Mitschuldiger war. Dazu kam, daß Rosenbaum versucht hatte, Richard Bertram, dessen wahre Familienzugehörigkeit er ahnte, um jene Kette, den greifbaren Nachweis der Abstammung des jungen Mannes, zu betrügen. Und van Zoom wußte wohl, daß hinter dieser verbrecherischen Handlung Rosenbaums Tochter, die heißblütige Lena, steckte, deren Streben dahin ging, den Dichter Almansor für sich zu gewinnen.

Das alles erfüllte den Fürsten mit tiefem Abscheu gegen den Wucherer und seine Sippe. Wenn er die Rosenbaums gleichwohl zunächst geschont hatte, so geschah das aus zwei Gründen Erstens wollte er dem Dankbarkeitsgefühl Rechnung tragen, das sein Schützling Richard Bertram oder besser Robert von Helfenstein gegen Lena hegte, weil sie ihm seinerzeit mit dem Darlehen auf die Kette aus der bittersten Not geholfen hatte. Allerdings war er dabei nicht so weit gegangen, dem zeternden Alten die so heftig begehrte falsche Kette, ein Beweisstück der Schuld, zurückzugeben. Zweitens hatte er das Empfinden, als müsse es sich lohnen, den Juden einstweilen noch gewähren zu lassen, ihm aber schärfer auf die Finger zu sehen, um über seine Person und sein Treiben völlige Klarheit zu erzielen.

Danach verfuhr er denn auch, und der Erfolg war verblüffend. Bei den Nachforschungen van Zooms entpuppte sich Rosenbaum, den auch der Fürst bisher für einen kleinen schmutzigen Trödler mit finsteren Winkelgeschäften gehalten hatte, als ein Schacherer und als ein Gauner ganz großen Stils. Überall, wo durch Pfiffigkeit und brutale Rücksichtslosigkeit ein unerhörter Wuchergewinn zu erraffen war, hatte er seine Hände im Spiel. Über zerstörtes Menschenglück, ja über Leichen führte der Weg dieses gemeinen

315

Blutsaugers. Seit Jahrzehnten schon ging das so, und Salomon Rosenbaum war bestimmt längst ein schwerreicher Mann. Der Reichtum, nach dem er mit der zähen Gier des Geizhalses strebte, war ihm in Strömen zugeflossen, und nur eines hatte ihm das Schicksal bisher versagt: die gesellschaftliche Achtung, den Aufstieg in die Kreise des angesehenen Bürgertums und des Adels. Er war und blieb trotz seines Geldes der kriechende, schmeichelnde, sich duckende Trödler und Pfandleiher. Aber auch damit, so dachte Salomon Rosenbaum, sollte es jetzt ein Ende haben. Durch seine Tochter Lena, der das Geld des Vaters, die äußeren Reize der jungen Orientalin und eine leidliche Bildung zur Verfügung standen, hoffte er zum Ziel zu gelangen. Sie sollte sich einen Mann erobern, der ihr und den Ihren die Türen der großstädtischen Salons öffnete. Doch Rosenbaum hatte, wie man so sagt, die Rechnung ohne den Wirt gemacht. Nicht nur, daß Robert von Helfenstein weit davon entfernt war, Lena ins Garn zu gehen, nicht nur, daß der unermüdliche van Zoom in jenen Kellerräumen der geheimen Zusammenkünfte des Hauptmanns und seiner Bande eine Falschmünzerwerkstatt aufspürte und herausfand, daß kein anderer als Rosenbaum sich dazu hergegeben hatte, das Falschgeld in Umlauf zu bringen, ein Umstand, der van Zoom zwang, sofort jede Rücksicht gegen den Pfandleiher fallenzulassen. Nein, Lena selbst, die der Fürst bisher immer noch für besser gehalten hatte als ihre Eltern, bewies durch eine Tat verbrecherisch blinden Hasses, daß sie von Salomon Rosenbaum und seiner Frau mit dem Blut auch alle bösen Eigenschaften dieses Blutes geerbt hatte und weder Mitleid noch Schonung verdiente.

Eines Tages kehrte der inzwischen längst auch behördlich anerkannte Robert von Helfenstein und Hedwig von Tiefenbach mit deren Vater von einer gemeinsamen Ausfahrt im Wagen ins Haus des Oberst zurück. Hedwig entstieg dem Gefährt. Robert war ihr behilflich. Der Oberst stand schon am Gartentor. Da sprang plötzlich eine verschleierte Frauengestalt auf Hedwig zu und hob jäh die rechte Hand gegen sie. Das sah aus, als wolle sie einen Dolch gegen das Mädchen zücken.

Der Oberst packte die Unbekannte von rückwärts.

„Was wollen Sie? Sind Sie von Sinnen?"

Robert ergriff die erhobene Hand der Frau. Sie wehrte sich.

„Rache! – Rache!" keuchte sie.

Hedwig wich erbleichend zur Seite. Robert aber riß mit der Linken den Schleier vom Gesicht der Angreiferin.

„Lena –", stammelte er, „– Lena Rosenbaum!"

Inzwischen war der Kutscher vom Bock gesprungen. Ein Diener

eilte herbei. Sie bändigten die Jüdin und entwanden ihrer Rechten ein Fläschchen mit Salzsäure.

„Jaja!" schrie Lena, da der Oberst sie mit harten Worten anfuhr. „Ich leugne es nicht. Die Säure wollte ich ihr in das glatte Lärvchen gießen, damit sie entstellt würde, damit er sie nicht zur Frau nähme! – O du Gott meiner Väter, warum hast du mein Werk mißlingen lassen!"

Robert schauderte. Da sah er, daß Hedwig zitterte. Er gab sich einen Ruck, wandte sich dem Mädchen zu und führte es ins Haus. Der Oberst aber verständigte die Polizei und ließ Lena abführen.

Am gleichen Tag wurde auch der Pfandleiher samt seiner Frau als Mitwisserin auf Grund der Anzeige van Zooms verhaftet. So führte der Weg der Rosenbaums statt in die Salons der Großstadt in die Fronfeste.

Wilhelm Fels war unterdessen aus dem Gefängnis entlassen worden. Das Ministerium begnadigte ihn, da es feststand, daß er durch die Schlechtigkeit des Hauptmanns in Bedrängnis und Schuld geraten war. Sein alter Meister nahm ihn wieder auf, und der Fürst vergaß auch ihn und seine Mutter nicht bei seiner Fürsorge. Eine aber hatte auch in der finstersten Zeit zu ihm gehalten, das war Marie Bertram, die durch die Verhaftung Franz von Helfensteins von ihrem unheimlichen Verfolger befreit worden war. Und als Wilhelm Fels sie als seine Frau heimführte, da nahm der ganze Stadtbezirk freudigen Anteil an dem Glück des jungen Paares.

Ungleich größer noch war die Anteilnahme der Bevölkerung an dem Schicksal zweier anderer Paare, die durch die hier geschilderten Ereignisse zusammengeführt worden waren; denn diese vier Menschen standen noch viel mehr als Wilhelm Fels und Marie Bertram im Mittelpunkt der allgemeinen Aufmerksamkeit. Richard Bertram, bekannt als der Dichter Almansor, trug, wie schon gesagt, fortan seinen rechtmäßigen Namen Robert von Helfenstein. So warb er um Hedwig von Tiefenbach, der einst der dreiste Anschlag des Riesen Bormann galt, und sie schenkte sich freudig dem Mann, der sie bereits glühend verehrt hatte, als er noch ein armer, hart ringender Schreiber und Dichter gewesen war. Gerhard Burg aber führte als Fürst van Zoom seine Jugendliebe Ulrike von Helfenstein heim. Das Erbe ihrer Väter fiel, da es als Majorat weiblicher Erbfolge ohnehin nicht zugängig war, nunmehr ihrem wiedergefundenen Bruder Robert zu.

Robert ließ Helfenstein auf altem Grund neu erbauen. Der Fürst van Zoom wurde sein Nachbar. Er erwarb die Tannenschlucht und ein beträchtliches Stück Land im Umkreis dieses Waldtales und errichtete hier auf freier Höhe einen neuen Herrensitz, genannt Schloß Tannenstein. Außerdem griff er, gemeinsam mit Robert, auch sogleich tatkräftig den Plan auf, von dem er seinerzeit nur geflunkert hatte, als er noch glaubte, den Gevatter Heidenreich als einen Hauptverbrecher entlarven zu können: er ließ die heilkräftige Quelle im Moor fassen, das Gelände ringsum entwässern und gab so dem kleinen Gebirgsort die Möglichkeit zu einer raschen Entwicklung zum Kurort. Bisweilen, wenn er dann einmal dem alten Heidenreich so von ungefähr begegnete, nickte er ihm vertraulich zu: „Grüß Gott, Gevatter! Nicht wahr, jetzt wird es schön hier? – Jaja! *Ora et labora!* Die Schatzgräberei hat sich doch gelohnt!" Und so, wie sich van Zoom nach glücklich errungenem Sieg des Gevatters Heidenreich seines einstmaligen Mißerfolgs, und all seiner Kämpfe um das ersehnte Ziel erinnerte, so vergaß er auch keinen der vielen Armen, deren Elend er bei seinen Nachforschungen in der Hauptstadt kennengelernt hatte. Er blieb auch weiterhin ihr großzügiger Wohltäter.

Droben auf Schloß Tannenstein aber wohnten außer dem neuvermählten Paar, Gerhard und Ulrike, auch die alten Grubes, bei denen Marie Bertram mit den kleinen Geschwistern und später auch Richard Bertram ein Unterkommen gefunden hatten. Sie nahmen auf ihre alten Tage mit behördlicher Genehmigung ihren Namen Burg wieder an; denn dieser Name war ja nun endgültig von allem Makel befreit. Ihnen, den Eltern, hatte sich der endlich heimgekehrte Sohn begreiflicherweise zuerst zu erkennen gegeben, lange bevor ein anderer ahnte, wer hinter der Maske des Fremden aus Indien steckte; hinter der Maske eines Mannes, der wie ein Held der Sage erschienen war, das Land von einem geheimnisvollen, für unüberwindlich gehaltenen Unhold zu befreien und dem Recht der guten Sache den Sieg zu erstreiten.

INHALT

Karl Mays Gesammelte Werke

DER FREMDE AUS INDIEN

ist als Band 65 der Original-Reihe Karl Mays Gesammelte Werke erschienen

Jeder Band in olivgrünem Ganzleinen mit Goldprägung und farbigem Deckelbild

KARL-MAY-VERLAG · BAMBERG